刘加云◎著

一街两城

YIJIE LIANGCHENG

时代出版传媒股份有限公司
安徽文艺出版社

图书在版编目（CIP）数据

一街两城 / 刘加云著. —合肥:安徽文艺出版社,2021.11
ISBN 978-7-5396-7304-2

Ⅰ．①一… Ⅱ．①刘… Ⅲ．①长篇小说－中国－当代 Ⅳ．①I247.5

中国版本图书馆CIP数据核字(2021)第202704号

出 版 人：姚 巍
责任编辑：宋晓津　　　　　　　　装帧设计：徐 睿

出版发行：安徽文艺出版社　　www.awpub.com
地　　址：合肥市翡翠路1118号　邮政编码：230071
营 销 部：(0551)63533889
印　　制：安徽联众印刷有限公司　(0551)65661327

开本：787×1092　1/16　印张：36.5　字数：540千字
版次：2022年8月第1版
印次：2022年8月第1次印刷
定价：98.00元

(如发现印装质量问题，影响阅读，请与出版社联系调换)
版权所有，侵权必究

一街两城　万千风景
——刘加云长篇小说《一街两城》序言

　　文学作品,体裁多样,若论容量,非长篇小说莫属。它动辄几十万字,甚至上百万字,凭空建构一个艺术世界,让读者领略到万千风景。这种大容量、大制作,对作家的智力与体力,对他的认知力与表现力,都是严峻的挑战。然而,尽管长篇小说的写作格外费力劳神,还是有无数作家迎难而上,我的文友刘加云就是这么一位。二十年来,他创作了多部长篇小说,荣获多次奖励。近几年,他数易其稿,写出了《一街两城》,让他的文学才华又一次得到了充分展示。

　　小说中的两城,现实中是存在的。在山东日照市北部,一条大河从五莲山区流出,在黄海之滨冲积出一片小平原,很早就有人类在此定居。1934年至1936年,先后有南京中央研究院的王湘、祁延霈、梁思永、尹达等考古专家对两城遗址进行发掘,出土了一批精美的陶器、玉器和石器。学界认为,这里是龙山文化时期一个较大的城市。后来,这里成为南北通衢上的一个重镇。12世纪,金朝官员将镇中一条街当作两州分界线,于是出现了"一街两城"之奇观。

　　《一街两城》的故事发生地就在这里。作者以浓墨重彩,刻画了在两城出土的高柄镂空蛋壳黑陶杯的奇美形态,讲述了由它引发的一段段动人故事,将小说背景渲染得幽远而神秘。与此同时,这一方水土上的历史风云也扑面而来:土匪刘黑七的凶残,"日照暴动"的悲壮,日军入侵后的人性嬗变,新中国成立前后的

一街两城

人心向背……改革开放之后,黑陶杯的文化价值更是受到了空前的重视,两城河边建起黑陶博物馆,引得天南地北的游客前来参观。这一幕一幕依次展现,历史的积淀也仿佛经过窑火煅烧而升华成壮丽诗篇。

命运感的展现,是长篇小说的一项重要功能。刘加云深谙此道,几个主要人物的命运在他笔下坎坷莫测,扣人心弦。尤其是女主人公安雪梅,其身世令人唏嘘,其言行令人敬佩。她是王家"四美"之首,异常漂亮,却是安老太爷与丫鬟秦翠翠的私生女,秦翠翠生下孩子后长期装疯。雪梅自小被家长定下"娃娃亲",新郎王里路却在成亲当日逃婚。婚礼上,镇长的儿子姜邯春喜欢上了新娘子,想尽一切办法要得到她。雪梅忍受着家人的误解和外界的陷害,持续不断地给丈夫写信,用九十九封信才拉回了丈夫的心。姜邯春因爱成恨,用尽一切手段迫害王里路,让他被判刑并发配至青海劳改。安雪梅为了心底那份爱,为了肚子里的孩子和一家人的生存,只好嫁给又丑又有病的李有俊,这让一直暗中保护并暗恋她的张守东非常痛苦……她命途多舛,却始终保有蕙质兰心。她来到婆家就支持分家,与长工、用人们结为好朋友,支持小叔子、小姑子参加共产党闹革命;她成全大姑姐婚事,收养仇敌、情敌的孩子;她救济难民,资助贫苦孩子上学;她放走被关押的共产党员王璐方,给落难的张守东、王璐方送食物;她用计赶走土匪刘黑七,识破姜氏兄弟的阴谋,巧计保护黑陶杯不被日本人抢掠;她坚强隐忍,从容面对日本人和仇敌的迫害与威逼;她赡养公婆、爱护子女,将孩子们一个个养大成人,将老人们一个个送终……她近乎完美,是许多人眼中的"活菩萨",即便是仇敌,最后也跪在她面前忏悔。可以说,雪梅身上体现了中国妇女坚忍不拔、吃苦耐劳、淳朴善良、大爱无疆的优秀传统品德。《一街两城》的其他人物,也多是个性鲜明,栩栩如生。小说用一个个人物的不同命运告诉读者:人生无常,但人心恒常。这个"心",就是代代传承的善良本性与悲悯之心。

刘加云的家乡就在海边,他爬上村前的山顶,东面的大海、南面的日照、北面的两城尽收眼底。他自小熟悉这里的风土人情,历史故事、民间传说与他的亲身经历,成为创作上取之不尽用之不竭的素材宝库。因而,《一街两城》的许多篇章都夹杂了海风与泥土的味道。那反复出现的民间小调《满江红》,那花样繁多的渔家和农家饭菜,那让人眼花缭乱的各种风俗,都给人审美享受。就连农人耕作时的"喊嗓",也被写得不同凡响:"……会使耙的人必须懂得牛的习性,让牛领会使耙人的意图。飞扬的尘土虽然落满在张传根黝黑而又沧桑的脸上,但怎么也遮不住眼睛微闭、嘴唇大张那般陶醉其中的惬意神态,他已经与土地与牛完全融在一起了。""王在川把鞋子脱了,赤着脚走在海绵似的柔软土地里,顿时一种凉爽且痒非痒的快感从脚心传遍全身,他由衷地说:'土地啊!'抓起一把黑黝黝的土,真想吞进肚子里去。"想把土吃进肚里,这是热爱土地如同生命的传统农民才有的心理。

《一街两城》的另一个特色,是详细记录了时代样貌。小说开头,写王在川手握偃月刀行侠仗义,因用此刀杀死几十名土匪而威名远扬。然而听到牟百财在酒场上当着众人的面说他的偃月刀过时了,落后了,现在的"汉阳造"百步之外一颗子弹就能杀死敌人,他气愤不已,坚决不让他进王家大门,更不准他跟大女儿来往。冷兵器与热兵器的交锋,让一个民间英雄形象轰然坍塌,也让时代变迁有了实实在在的投影。再如,1936年梁思永等著名学者来两城考古,当地官员士绅怎样招待他们,书中描写也是不厌其详。还有,20世纪70年代青年男女结婚,书中这样记述:"子幸的陪送嫁妆与迎春一样,一把竹皮暖水壶、一个脸盆、一个长方镜子,上面印着毛主席头像,再就是一对木箱子,这是时兴的'四大件'。子幸出嫁没有坐花轿,现在也不时兴用花轿,是被玉柳的弟弟用独轮车推着去婆家的。"我们早就听说过,在1939年举办的纽约世博会,有一个深埋入地下的特制容器——"时间胶囊"。放入这个容器的有电动剃须刀、电话等35件日常用品,人造纤维等75种纺织品,各种书籍、杂志、图片和缩微胶片,还有爱因斯坦写给五千年后人类的一封信。我认为,作家写一部现实题材的长篇小说,在某种意义上也是制作"时间胶囊"。若干年后有人看这书,能通过作品了解我们所记录的时代,这是一件很有意义的事情。就如两城的王在川,虽然他生活的时代早已过去,他舞动大刀斩杀土匪的英武形象却留在我们的脑海中,挥之不去。

《一街两城》,值得一读。

(赵德发,全国著名作家,山东省作家协会原副主席,日照市作协原主席。出版有12卷《赵德发文集》。作品曾荣获人民文学奖、齐鲁文学奖、泰山文艺奖等,其中长篇小说《经山海》获全国第十五届精神文明建设"五个一工程"奖,入选"新中国70年百种译介图书推荐目录"。)

一街两城　万千风景

——刘加云长篇小说《一街两城》序言　赵德发 / 001

目录

第一章　王的黑陶杯 / 001

第二章　失威的偃月刀 / 008

第三章　神圣使命 / 015

第四章　童伴 / 021

第五章　唤醒民众 / 028

第六章　装疯的女人 / 034

第七章　东林寺惊动 / 041

第八章　一见倾心 / 048

第九章　暴露身份 / 052

第十章　为爱夜奔 / 057

第十一章　逃婚 / 062

第十二章　两城考古 / 068

第十三章　远嫁美国 / 076

第十四章　风雨向东亭 / 082

第十五章　第一封信 / 090

第十六章　慧眼识珠 / 095

第十七章　曙光 / 103

第十八章　发现藏宝洞 / 107

第十九章　农民暴动 / 112

第二十章　智退刘黑七 / 118

第二十一章　智放小叔子 / 125

第二十二章　逃往军营 / 129

第二十三章　暗中收养 / 134

第二十四章　庙会惊遇 / 139

第二十五章	回头是岸 / 143
第二十六章	姑嫂情深 / 150
第二十七章	古墓遇险 / 155
第二十八章	坚持斗争 / 160
第二十九章	不期而遇 / 165
第三十章	第九十九封信 / 170
第三十一章	争养 / 172
第三十二章	鬼子来了 / 177
第三十三章	投靠日军 / 183
第三十四章	唱着校歌奔向战场 / 187
第三十五章	初次交锋 / 191
第三十六章	威逼利诱 / 195
第三十七章	不是最后一节课 / 201
第三十八章	火烧日本课本 / 207
第三十九章	营救王在田 / 212
第四十章	义薄云天 / 219
第四十一章	失约 / 226
第四十二章	相逢太行山 / 232
第四十三章	为虎作伥 / 236
第四十四章	圈套 / 242
第四十五章	寒冰中的梅花 / 246
第四十六章	飞雪救人 / 253
第四十七章	激战大窑 / 258
第四十八章	巧救辛芝 / 263
第四十九章	无中生有 / 268
第五十章	敲门盼儿归 / 273
第五十一章	喜不双至 / 278
第五十二章	以死证清白 / 286

第五十三章　强盗行径 / 291

第五十四章　真假高柄黑陶杯 / 297

第五十五章　决战石城 / 301

第五十六章　如梦初醒 / 306

第五十七章　战地双花分外红 / 308

第五十八章　舍生取义 / 313

第五十九章　回家 / 319

第六十章　为有牺牲多壮志 / 324

第六十一章　杏花村阻击战 / 326

第六十二章　侦察日军码头 / 333

第六十三章　调虎离山 / 338

第六十四章　鬼子末日到了 / 341

第六十五章　迟来的真相 / 344

第六十六章　开学 / 349

第六十七章　鸠占鹊巢 / 353

第六十八章　一门三义士 / 358

第六十九章　杏子 / 363

第七十章　欲说还休 / 368

第七十一章　将两城一分为二 / 373

第七十二章　迎着枪口上 / 380

第七十三章　三占界碑 / 385

第七十四章　劝说不成反被劝 / 393

第七十五章　南下 / 400

第七十六章　找回亲生女儿 / 405

第七十七章　还乡团 / 411

第七十八章　避难青岛 / 418

第七十九章　兄弟战场见 / 422

第八十章　请相信我 / 428

第八十一章　王里道失踪 / 432

第八十二章　伤别离 / 438

第八十三章　暗中相助 / 442

第八十四章　向南、向南 / 450

第八十五章　长夜难眠 / 454

第八十六章　当沙尘暴来临时 / 458

第八十七章　尽孝 / 462

第八十八章　失去联络 / 466

第八十九章　崇高的爱情 / 470

第九十章　　近在眼前远在天边 / 476

第九十一章　倒霉的饭局 / 481

第九十二章　绝地反击 / 484

第九十三章　酒醉人不醉 / 491

第九十四章　寻找亲人 / 496

第九十五章　人生何处不相逢 / 502

第九十六章　相爱未必长相守 / 506

第九十七章　纷飞离巢 / 510

第九十八章　难解的心结 / 516

第九十九章　风雨同舟 / 520

第一百章　　高柄黑陶杯惊世间 / 525

第一百零一章　兄妹相认 / 531

第一百零二章　等你一声问候 / 535

第一百零三章　再相守 / 541

第一百零四章　回家 / 546

第一百零五章　渡尽劫波兄弟在 / 551

第一百零六章　先富帮后富 / 558

第一百零七章　难舍难分 / 562

第一百零八章　回归 / 569

第一章　王的黑陶杯

两城,其实是一条街。

南北朝时期设梁乡县,到金朝,朝廷突发奇想,在县城大街中段立了界碑,界碑南为琅琊,界碑北为密州,硬生生分成两座城。

一条街两座城,可便宜了盐贩:南城打击,他们跑到北城躲避;北城严查,他们就跑到南城躲藏。有时候,南城老张家的鸡飞跑了,到北城寻找;北城小李家的猪弄丢了,到南城搜寻。双方在界碑相遇,从争执演变成一场械斗,最终出了人命,官司打到了朝廷。

后来,虽然推掉界碑统归日照县管辖,但"南北战争"并没因此而结束,相反,愈演愈烈。要么南城张氏占街,要么北城赵氏霸街,争来夺去不过三十年。转眼,到北城升茂堂老姜家占街已是清末民初了。

镇长姜有观身穿藏青马褂坐在太师椅上,神情略显不安,大拇指不停地在三足长嘴黑陶杯壁上摩擦着。三弟姜有谷坐在对面,一会儿坐着一会儿站起来,两眼不时地朝门外张望,显得很不耐烦。四弟姜有理静静地坐着,双眼微闭,左脚却不由自主地点着地,接二连三发出的响声让姜有谷愈加烦躁,他指着姜有理不满道:"老四,你的脚闲得难受了?!"姜有理急忙双脚并拢,没敢当面顶撞三哥。

今天是妈祖的生日,天后宫要举行祭祀大典。往年,南城忠和堂堂主王在山要带着厚礼亲自来迎请姜有观主祭,而今天太阳都升到屋顶了,还没见任何动静。

街一两城

姜有谷实在憋不住了,撩了一下长袍,攥着拳头敲打着桌面不耐烦道:"大哥,你整天攥着一个黑黢黢的破玩意儿有什么用?!王在山来不来了?你派人去问问嘛。"

"唉,老三,沉住气。"姜有观依然将黑陶杯捧在手里,哈着热气继续摩擦着,虽然没有对着三弟,但说出的话显然是针对他的,"这可不是破玩意儿,它上通天地神灵,下保荣华富贵,要想坐稳两城街,没有这个东西镇街可不行啊。"说完郑重地放在桌子上,两眼瞅瞅瞧瞧,发现有丁点灰尘忙用指肚小心擦去。姜有谷撇撇嘴,不以为然:"我看老王家没有这个东西,王在山已经蠢蠢欲动了。"他这句话是有意说给大哥听的,姜有观用鼻子哼了两声。

姜有理也坐不住了,站起来倒背着手来回踱步,掏出怀表看看时间,抬手捋着乌黑的中分发型,然后坐回椅子跷起二郎腿,装出学识渊博的样子说:"我看哪,现在老王家翅膀硬了,想跟老姜家争夺江山啦。"姜邯冰接着说:"是是,听说王在山也做了一件黑陶杯。"

"什么?!"姜有谷忽然感觉到黑陶杯的重要性了,拍着桌子啪啪响,"看来王在山早有预谋啊。当年,爹就不该同意王静轩来两城街落户!爹活着的时候,老王家开窑厂、做买卖还算本分老实。现在他们竟然也做了黑陶杯,显然要跟我们对着干,气死我了!"他们的话字字句句敲打着姜有观的心窝,他猛地站起来,还没发话,姜邯举跑到门口指着天后宫嚷了起来:"爹,您听听,他们开始放鞭炮了,唱大戏了。"姜有谷拿起八宝乌金枪就要往外冲:"大哥,我去砸个稀巴烂……"

此时,天后宫人山人海,香火缭绕,前来参加祭祀大典的信众从四面八方赶来,沿海渔民乘船顺两城河口到朝阳门码头上岸,顺着南城大街进入天后宫。

天后宫坐落在南城,建于明朝中叶,是鲁东南沿海独一无二的供奉天后的大庙。正殿供奉圣母,左右两座配殿分别供奉龙王爷和财神爷。院内建有戏台和钟鼓楼,均为清水墙、小灰瓦。大梁、门柱、天棚均为彩绘点染,显得富丽堂皇。

王在山身穿青黑色长袍马褂,神情肃穆,高举双耳宽肚黑陶杯站在天后娘娘塑像前,将杯子里的酒从左至右缓缓洒向大地,然后伏身跪地。前来参加大典的人全都跪下,虔诚地随着他郑重、缓长的声音磕头,心中念叨自己的心愿。"一叩首,请天后娘娘保佑一帆风顺、满舱而归;二叩首……"仪式刚进行一半,忽然场外传来狂潮般的喊杀声:"想活命的,钱财留下,不留的杀!"场内顿时大乱,有人从地上爬起来开始掏钱,有的直接吓晕倒地,有人开始扔钱,更多的人拼命逃跑。来人手拿长枪砍刀把住各个路口,掀翻祭台,砸烂塑像,将滴血的刀枪架在信众的脖子上,凡是不快点交出钱财的一刀捅死。

"快跑啊,土匪杀人了。"王在山顾不得主祭了,慌忙站起来,一时起猛了,跟跄几步,被赶过来的儿子王里门扶住了:"爹,快跑,土匪抢东西来了。"王在山忙问是哪里来的土匪,王里门说是大珠山来的。王在山边收藏黑陶杯边对儿子说:"快去找姜镇长前来救援,不该……"话还没说完,满眼刀飞血溅和纷纷倒下的人群,呼天号地,响彻天宇,他顿时瘫在地上了。

"姜镇长,南城进来土匪了,将天后宫砸了,正在杀人抢钱劫财。"正在烦躁的姜有观听见报信,立即气上心头,大手一挥道:"哪来的土匪?!竟敢窜到两城,他们不要命了,抄家伙!"说着就冲出门外,姜有谷、姜邯举、姜邯冰等人手执器械紧随其后。姜有观走到大门口,忽然停下了脚步,并缓慢转过身,扬起手朝屋里示意道:"慢慢慢……"他走回堂厅坐了下来,忽然仰天大笑,"哈哈,老天有眼啊!"姜有谷急了,快步走到他面前道:"大哥,去还是不去?"

"去还是要去的。"姜有观缓慢站起来,"老三,你带着邯举、邯冰只到界碑。"姜邯举紧接着问:"那土匪来咱北城怎么办?"

"今天他们是不会来北城的。我告诉你们,土匪是奔着各堂主和众把头丰厚的钱财,哈哈,今天老王家要折大了。"姜有观盯着三弟道,"你明白了?"双手做了一个合围的动作。姜有谷说了一声"明白",带着儿子姜邯冰和侄儿姜邯举快步出门了。姜有财似乎明白了大哥的意图,小心提醒道:"大哥,就怕殃及池鱼啊。"姜有观立即呵斥六弟道:"你懂什么?现在老王家被土匪灭门了才好!"

"土匪来了,快跑……"

"啊!"忠和堂二太太丁使秀顿时浑身颤抖,她不假思索,侧身抱起两个熟睡的女儿就往外跑,可是没跑几步就摔倒在地,王芬、王芳被摔醒,哇哇直哭。丁使秀有孕在身,艰难地爬起来张口喊人,侄女王璐瑶和丫鬟跑了过来,一个扶起丁使秀,一个抱着孩子往外跑。

土匪在前门跟护院打了起来,喊杀声、刀枪的撞击声搅在一起,仿佛天要塌下来一般。丁使秀实在走不动了,一屁股坐在地上,任凭怎么拉也起不来。婆婆姜二妮与管家王汗赶了过来,姜二妮高声喊着:"别管钱物,快跑!"指挥王汗带着孩子们到后院垛楼、仓库躲藏,自己搀着丁使秀紧跟其后。土匪冲到院里,像饿狼、疯狗一样叫嚣着,见物抢物,见人杀人。眼看土匪的枪尖逼近丁使秀的后背,姜二妮用力将丁使秀推进门里,自己却被土匪一枪捅死在门槛上。魔鬼般的土匪呼啦一下冲进屋里,女人们哭着叫着缩成一团……

"住手!"突然,一声霹雳,忠和堂老二王在川犹如从天而降,挥舞偃月刀将逼近家人的土匪头目一刀劈开,鲜血四溅,其他土匪见状,夺路而逃。

王在川是从哪儿来的呢?

王在川不信鬼神,没有跟着大哥去参加祭祀大典,而是骑着通身乌黑的肥膘马去了县城。他常年留着八字须,喜欢穿青黑色衣服,骑在马上,远远看上去就像大山上立着一座黑铁塔。他崇拜关公,平日里喜欢弄枪舞棒,特意在县城张铁匠铺子做了一把刀。刀如半弦月,杆头装有铜镈,看上去铮亮,寒气逼人。好友任书武喜闻他得了偃月刀,便以祝贺的名义邀请他到石臼所吃海鲜。他刚坐下,只见仆从进来对任书武说:"老爷,据报,两城镇遭到土匪洗劫,两城河上漂着不少尸体。"王在川大惊,连筷子带鱼肉扔到桌子上,立即起身与任书武告辞,疾驰回家。

王里门浑身是血,从外面跑进来,看见王在川,立即抱着他的腿哭喊着:"二爷,为爹报仇啊!"说着将沾满鲜血的双耳黑陶杯高举在王在川面前,"二爷,给您!"

王在川厉声问:"你这是干吗?"

"爹让我给您的。"王里门说到这儿,王在川全明白了,接过黑陶杯,随手扔了出去,黑陶杯撞上南墙粉身碎骨。王在川将偃月刀一挥,大吼:"人都死了,要这个东西还有什么用!我刚做了一柄钢刀,今天就拿找死的土匪试刀!"

王在川追杀到朝阳门码头,众人纷纷加入猛打土匪的队伍。土匪扔掉财物反扑过来，王在川吼声如雷，偃月刀在他手中犹如风中雪舞，一个个土匪的头颅被削掉滚到了地上。众土匪见势不妙，扔掉杀人的屠刀，跪着向王在川求饶。其中一个苦苦哀求道："我、我的不是土匪，我的日本人……"王在川哪听他言语，将手中的大刀顺势一挥，只见一道白光闪过，刀刃上的血点绛雪似的在空中飞舞："管你什么人！跟着土匪杀人劫财就不是好人，该杀！"

"杀杀杀……好快的刀呀，好！利落！"众人一片欢呼，有人开始从土匪手里争夺被抢去的财物。

"四、五、六……"有人高声数着。轮到最后一个年轻的土匪了，他趴在地上，紧闭双眼，没有反抗，杀红了眼的王在川走到他跟前，周围的人喊着叫着让王在川快些动手。此时，王在川感觉自己像是开足马力的杀人机器，那把滴着血的偃月刀被举过头顶，眼看着一个项上人头就要落地。突然，任书武拨开人群，气喘吁吁地跑到王在川的跟前，说："老兄，快住手啊！嫂夫人，她、她在路上生产了，让你别再杀人了。"

王在川稍一犹豫，怎奈手中的刀由不得他了，嗖地从土匪头顶上划过……也就是土匪闭着眼睛，如果睁着眼看到血红的大刀劈来，不被劈死也得吓死。一刀下来没有劈死土匪，众人都觉着不痛快、不过瘾，叫喊着再来。这时，姜有谷不知从哪儿冒出来，一个箭步上前，用长枪将年轻土匪捅死了。

众人似乎并不买姜有谷的账，纷纷拥向王在川。王在川还想寻找漏网的土匪，手中的刀却被任书武稳稳按住了："王兄，嫂夫人要紧！"至此，王在川仿佛一下子清醒了过来，看着任书武坚毅的目光，朝姜有谷抱拳说："姜兄，你收拾残局吧。"说完拿着刀大步流星地往回赶，老远就听见孩子的哭声，这声音与前两个丫头的哭声大不一样，异常响亮、清脆。"是儿子，一定是儿子！"他狂奔着，扔下了带血的大刀。

"将土匪的尸体扔到河里喂鱼。"姜有谷指挥姜邯举等人将土匪的尸体全部扔进两城河里。有些人不甘心自己的财物丢失，想从土匪扔掉的财物中捡回来。姜邯冰拿着棍棒指点着："不准拿不准抢，俺大爷姜镇长说了，全部充公。"

突然，有人来报："不好了，另一帮土匪冲进升茂堂了。"等姜有谷得到消息

一街两城

赶回家救援时，姜有观已经被土匪砍得半死不活。

姜有观自觉活不长了，将三个弟弟叫到床前，紧紧攥着黑陶杯，指着姜邯举吃力地嘱咐道："让邯举接替我干……镇……"话还没有说完，姜有谷夺过大哥手里的黑陶杯，当着他的面摔得粉碎。姜邯举刚要上前争辩，姜有谷抄起八宝乌金枪将屋里的桌椅板凳以及上面的器物砸了个稀巴烂，吓得姜有观当场口吐白沫，一命呜呼。

姜邯举眼看镇长官位被三爹强占，又无法承袭升茂堂族长地位，无奈离家当了兵，临走时放狠话：一辈子不再踏进姜家大门半步。

姜有谷当上镇长后拆了一座牌坊，又建造了一座牌坊。新牌坊位于界碑对面，为三间四柱三楼式牌坊，中间的匾额上写着"光耀门庭"四个大字。他这样做，用意很明显，但让街民很反感，不应该拆了人家秦氏家族立的"进士第"牌坊。秦氏祖上曾经一门三进士五翰林，尤其是秦御史清正廉洁，留名后世。还有一件事姜有谷没有忘怀，也不敢不去做。他找了一位能工巧匠，烧制了一件黑陶杯，杯体大如盆，上面雕刻了游龙、祥云等图案，底座方正，是实心的，一两个人根本抬不动，他就放在后花园的望街亭上。亭柱上的对联很有意思："看山看水看两城，数天数地数一家。"前来观赏黑陶杯的人都奉承道："姜镇长，你这个黑陶杯在咱两城街可是数第一啦！啊，不，应该天下唯一啊！"这时，他总学着大哥的习惯动作，用掌心摩擦着黑陶杯："哈哈，恐怕忠和堂也有一个吧！"

还真让姜有谷说着了。忠和堂也在自家窑厂烧制了一件黑陶杯。老三王在田拿着黑陶杯给王在川看："二哥，你看看这件黑陶杯咋样？是董玉璀师傅专门烧制的，比以前那个双耳杯好看不？"王在川接过黑陶杯转动着仔细观摩，平口长肚，短柄圈足便于使用，看上去敦实、古朴。还没等他开口表态，王在田抑制不住内心的兴奋说："听说老姜家也烧制了一件，大得像个盆，咋用啊？看看咱这个，小巧玲珑，等你在祭祀大典上……"没等他说完，王在川很不耐烦地将黑陶杯递给他道："你整天捣鼓这个干啥？用点心思干正经的吧。"说完扭头就走了。

姜、王两家如此重视黑陶杯，与两城街的传说有关。很早很早以前，两城是座大王城，每逢重大战争或重大活动，大王都要用黑陶杯祭天祭地祭神灵。后来,大王城消失了,黑陶杯也就随之神秘失踪了。但黑陶杯通天地神灵、交好运带富贵的传说流传了下来,尤其受两城历代的街主重视和偏爱。

王在川本无意争夺街主,他喜欢结交天下朋友,随着"杀匪试刀"的传播,人们对他和偃月刀愈加认可和崇拜,莒县莫家、莒南庄家等大户人家纷纷聘请他为武术教练。他为了避免姜有谷的猜忌,将家业、生意交给三弟王在田和大侄儿王里门打理,自己外出常常一年半载不回家。

安家台族长安老八建造船厂,开业当天,怕占据灵山岛的海盗来抢劫,赶紧把王在川请来了。

第二章　失威的偃月刀

安家台坐落在两城河口南岸的一座小山丘顶上。是先有台后有村,还是先有村后有台,说法不一。村里吴秀才专门考证安东卫的演变历史,查阅了明朝卫所制度等资料,得出一个结论:明代戍边将士可以带家属,安家台村由一位姓安的百夫长建村。他的言论立即遭到村民的置疑,尤其是任姓家族的强烈反对:上溯百年,安家台一直由任姓族长掌权,吴秀才之所以胆敢这么说,是有意讨好安氏族长安老八。

安家祖上并不富裕,命运转折发生在安老八二十多岁的时候。他将烽火台上废弃的石条运到村东海嘴并建了渔港码头,北到辽宁鲅鱼圈、南到江苏赣榆的渔船纷纷前来停泊卸货,撒网季节能停泊上万条渔船,鱼货远销济南、北京等大城市。尤其是咸白鳞鱼,由大商户牟敦银独家贩卖到沂蒙山及莱芜鲁中地区,那里的人喜欢白鳞鱼,几乎奉之为神鱼。每次都装满几十辆马车,排成长龙,浩浩荡荡地由东向西进发。返回时,车队载满真金白银。从此,安家不但越过任家坐稳了村中第一大家族的交椅,还跻身日照"四大家族"行列。

安家与王家相交多年,王在川不敢怠慢,骑着大黑马,持着偃月刀急匆匆来到安家台。

开业庆典选在码头上,锣鼓喧天,唢呐响亮。安老八特意邀请了划旱船、踩高跷、舞狮队前来助兴,巨大的拱门上悬挂着写着"安家台造船厂"的匾额,四周用红绸子包裹着,前来参加仪式的人络绎不绝。安老八头戴黑色毡帽,身穿墨绿驼绒长袍,外套青色夹袄,挂着枣木拐杖,带着族人,热情地迎接前来道贺的宾客,管家安福将客人送的礼物、礼金一一登记造册。

"雪梅,你慢点跑。"安妈跟在一个十二三岁的女孩子后面边跑边喊着。女孩叫安雪梅,是安老八的孙女。她穿着白色裙子,裙袂飘飘,所到之处,似乎枝条和花草都随之飘舞,她与安妈去码头观看造船厂开业仪式。

牟百财穿着军装,与身穿西式服装的安杰、秦天喜走在人群中,格外显眼,免不了被身后的女孩子们悄悄评头论足。牟百财指着前面的安雪梅,问安杰:"那小姑娘怎么走路还有铃铛声响?"安杰是安老八的第四个孙子,从济南大学毕业后,约几位好友回老家看海,他笑着说:"三爹家的三妹雪梅,从小就与人定了娃娃亲,一直戴着长命锁。"他这么一说,牟百财想起来了,忙问:"是不是跟二舅家的表弟王里路?"安杰惊奇地看着他点头。牟百财愤愤不平地攥紧了拳头道:"我们起来闹革命,就是要革除以二舅为代表的封建家长顽固势力。"

秦天喜说:"听说安八爷这次开业庆典,还把你二舅请来保护啦!他那把偃月刀可是厉害。"牟百财不以为然道:"现在都有枪有炮了,一把刀还能厉害到哪儿去?唉。"

"雪梅。"安杰叫住了安雪梅。雪梅回头看是四哥,便停住脚步,笑吟吟道:"四哥,你回来啦!给我带纳兰的诗集了吗?"还没等安杰说话,秦天喜随口道:"'人生若只如初见,何事秋风悲画扇。'纳兰性德的诗词清丽哀婉,可谓李后主再世。"没等他说完,牟百财立即针锋相对,道:"当代青年怎么还读这些颓废、无聊之诗词呢?应该读《新青年》,还有鲁迅的《呐喊》《狂人日记》,唤起大众觉醒的进步书籍。"秦天喜立即回应道:"你喜欢读这样的书,总不能强求所有人都像你一样嘛。"牟百财大手一挥,争辩道:"你还是新时代的大学生吗?你的思想怎么如此保守?不,是落后!"

安杰看到他们两个人争吵了起来,忙向雪梅介绍:"三妹,这位军官在武汉当见习排长,我的好朋友牟百财。"牟百财止住了与秦天喜的辩论,朝着安雪梅点头示意。安杰刚要介绍秦天喜,他却抢话自我介绍道:"我叫秦天喜,安杰的大学同学。"安雪梅没有说话,而是含笑朝着他们点头。

一街两城

牟百财意犹未尽,看到安雪梅胸前的长命锁,就想上前给拽下来:"雪梅姑娘,你应该去县城或省城求学,要走出去,看看外面的世界。"雪梅始终微笑着,她一时无法回答牟百财的话,还是安杰解释道:"是爷爷不让她出门。"

牟百财顿时气愤道:"中国有多少有志青年被封建家庭的枷锁牢牢套住了!雪梅姑娘,你怎么还戴着封建的枷锁啊?摘下扔了。"说着就要伸手去扯掉雪梅胸前的长命锁,却被眼明手快的安妈打住:"你这个人神经病啊?这是小姐的长命锁,怎么能随便动呢?!"说完就拉着安雪梅走了,嘴里还不停地数落牟百财的不是。

"哎哎……"牟百财有些尴尬,还要上前解释,却被安杰拉住了:"好了,你不要强求三妹了,她现在还小,不懂事。"

"就是不懂,我们才唤醒她呀。"牟百财似乎不满意,眼看着安雪梅消失在人群中,然后对安杰说,"开始了,咱们快走。"三个人随着人流来到开业现场,秦天喜指着堆积如山的礼物对安杰说:"安杰,你爷爷这是借开业趁机敛财啊。"

安杰很尴尬,无奈地摇摇头。牟百财指着高台上的安老八和前来道贺的头面人物,道:"看看这些人,表面上人模人样的,其实背后还不都做着欺压、剥削穷人的勾当?"他的手指正巧与王在川的眼光对上了,当即缩回手指躲到安杰的身后。秦天喜笑道:"干吗呀?你天不怕地不怕的,这么怕你二舅?"

牟百财说:"我不是怕二舅,是烦他自以为是、盲目自大。就说他手里那把被众人视为无所不能的大刀吧,你是知道的,冷兵器时代,在西方早就结束了。可是,我们有些人还抱着大刀、长矛沾沾自喜。"

"只能说勇气可嘉。"秦天喜禁不住叹气说,"是啊,中国跟西方对比,差距太大了,英国人从18世纪就开始了工业革命,现在都20世纪了,我们泱泱大国还处在落后的农业社会,还是动荡的社会。"

"落后就要挨打。"安杰慷慨陈词,"从鸦片战争、八国联军火烧圆明园,到丧权辱国的《南京条约》、甲午海战……中国一直都是任人宰割的羔羊。我们这一代人必须勇敢地站起来革命,否则有着五千年文明历史的中国就真完了。我以我血染中华大地,唤起全民族的觉醒……"

"对,我以我血染中华大地!"牟百财、秦天喜和安杰六只大手紧紧握在了一起。

忽然,几声炮响,有人高喊:"快快,开业了,放鞭炮了。"

安杰环视四周,没见有人放鞭炮。他向东海望去,见海平线上出现了黑压压的船队阵形,如同密集的乌鸦群朝海岸边蔓延扑来。船头站满了海盗,他们个个面如凶煞,手执刀枪,狂乱叫喊着冲向码头,惊散群群海鸥。这时,不断有人高呼:"不好了,海盗来了,快跑啊!"

顿时,人们乱成了一团,惊恐地呼叫着四散开来。安雪梅被混乱的人群冲散了,不小心被石头绊倒在地上,多亏被衣衫破烂、满脸污垢的秦翠翠扑在怀中保护着,才没有被人踩死。惊恐的安雪梅还没有看清楚她的脸面,安妈就跌跌撞撞地跑过来推开秦翠翠并斥责道:"你快闪开,浑身脏兮兮的,别碰小姐!"说着就拉着雪梅走了。雪梅回头寻找那个救了自己的女人,乱哄哄的人群,她早已不见踪影,便转身问安妈:"安妈,她是谁呀?我看她怎么经常在咱家门前转悠呢?真可怜。"安妈没好气地说:"一个疯女人有什么可怜的?快走,别理她。"雪梅忍不住再回头,眼前的人几乎跑光了,但还是没有看到她。

这边,王在川高举偃月刀,吼道:"有我王在川,你们都不要怕,海盗前来找死……"忽然,一阵猛烈的海风吹来,夹杂着海水像石子打在他的脸上,冰凉刺骨。他抹了一把脸,才发现漫天大雪纷飞,腾空而起的巨浪一个接着一个地冲击码头,将小船抛向空中,然后摔在礁石上。刹那间,船体四散,船板、桅杆断裂,在汹涌的波涛中随意漂荡。他毅然跳上战船迎战,双脚还没有站稳,一个巨浪打来,船体剧烈摇摆,将他掀入大海……

"啊,杀……"王在川猛然惊醒,揉了揉眼睛,习惯性地摸了摸身边的偃月刀,才发觉自己躺在舒适的床上。他侧身见玻璃窗上结了冰花,透过间隙隐约看见外面还下着雪,墙头上、瓦檐上聚积的雪已经一尺多厚了。哦,他想起来了,昨天正当与海盗大战一场的时候,突然来了暴风雪,自己掉进大海里……海盗呢?自己是怎么被救上来的?好多疑问萦绕在他的脑海中,他起身想喊人问个究竟,感觉嗓子眼里刺棱棱的。他连喘气都不顺溜,头有些昏沉,下了床连棉衣都没有

一街两城

穿,帽子也没有戴,就想出去透透气。门刚开了道缝,一阵风雪扑面而来,他并没有感觉寒冷,干脆解开白色衬衣扣子,打开房门,脚还没迈出门槛,几只麻雀从屋檐下扑棱飞走了,翅膀碰到树枝上的雪,那雪霎时化作一团团白烟四散又落下。

王在川踩着厚厚的雪走到院子里,仰望天空,浓云像一匹无边的灰布盖在头顶上,北风依然裹着雪花漫天飞舞,雪花打在他的脸上,令他愈加郁结。

"表叔醒了。"安杰戴着虎皮帽子,身穿棉衣,外披貂皮领子大氅进来。王在川点头问道:"海盗……"没等他说完,安杰先回答说:"被暴风雪刮进大海里淹死了。"王在川又问:"我是被谁救上岸的?"安杰答非所问:"表叔,我爷爷请你去喝酒,给你压惊,到时候你就什么事情都明白了。"王在川点头应允。

酒席特意安排在安老八住的小草屋里的热炕上,作陪的除了他的三个儿子,还有安杰。这间小草屋虽然在偌大、气派的安家不起眼,可是有些年头了,即便是安老八也不知道是哪辈留下来的,他只知道自己是在这间屋里出生的,是在这间屋里成亲的,连夫人也是在这间屋里咽气的。正因此,无论后来家业多大,无论新建了多么高大宽敞的厅堂宅院,他哪儿也不去,就一个人安然地住在这间让他难以割舍的小屋子里。炕上铺着光滑的泛青竹席,外间锅灶里烧着木柴,整个炕热烘烘的,室内温暖如春。

不一会儿,用人端上锅,锅里有黄花鱼、带鱼、鲅鱼、鳝鱼等十几种鱼,锅底下炭火正红,锅里冒着水泡,热气腾腾。安老八放下烟袋对王在川笑着说:"贤侄,今天这顿饭就不按俗套上四盘五碗了,这是沿海特色杂鱼锅,大冬天吃热鱼肉,暖身子。"

王在川夹了一块带鱼放在口里咀嚼了几下,仔细吸吮,体味着特鲜异香的滋味,实在舍不得立即咽下,连声道:"哎呀,果然好吃,又烂又香又鲜,真煮到火候了。"

"好吃就多吃点。"安老八夹了一条黄花鱼放在王在川面前的小盘子里。王在川几口就吃完了,一边吃一边说:"好吃好吃。"

安杰父亲首先奉承道:"这次多亏在川老弟吓退海盗啊。"安老八等人都朝王在川点头称赞。王在川接话说:"哈哈,海盗是被这场暴风雪吓退的,没我半分功劳。"

"你王偃月的威名,现在咱四邻八乡何人不知何人不晓啊?海盗肯定听说你到安家台了。"雪梅父亲安为海也跟着奉承道。王在川连连摆手:"过誉了,过誉了。"然后问安老八,"八爷,我是……"没等他说完,安老八指着安杰说:"是安杰跟他那两个朋友把你救上来的。"

王在川立即想起了自己的外甥牟百财,忙问:"他们呢?"安杰忙回答道:"表叔,我那几个朋友当天就回家了,你的衣服都湿透了,而且整个人昏昏沉沉,爷爷就没有让你走。"王在川听罢,端起酒杯敬安老八:"八爷,我敬您,谢谢!"然后对安杰说,"谢谢贤侄了,你少年有为,将来一定有出息。"

安为海问安杰毕业后有啥打算,安杰说去村里学堂教书。王在川连连摆手:"像你这样的大学生,到学堂教书,太屈才了。这样吧,我修书一封,你去找我二侄儿王里户吧,他在军队里当团长。"安杰忙说:"谢谢表叔的好意,但我不喜欢从军,喜欢教书。"安老八捋着花白的胡须,频频点头:"嗯,正合我意,在村里教书好,好。"

大家正说着,安雪梅进来了,她扎着两个小辫,辫子上用粉红绸子系着两个蝴蝶结,把脸蛋儿衬托得红扑扑的、粉淡淡的,忽闪忽闪的长睫毛下是水灵灵的大眼睛,见了王在川尤其害羞。安为海道:"雪梅呀,你敬你表大爷一杯酒,将来要好好伺候你公婆。"王在川忙摆手说不用。安老八笑道:"贤侄啊,当年也是在这间小屋里,外面也是下着雪,咱俩给两个孩子定了娃娃亲。"

王在川道:"是啊!我记得那年,院子里的梅花正巧迎雪开放,雪梅降生。"安为海接着说:"雪梅的名字还是你给起的呢!"雪梅端起一杯酒对王在川说:"表大爷,祝您和表大娘身体安康!"王在川愉快地接过酒杯干了。安杰开玩笑说:"雪梅,还有你那位从未谋面的……"雪梅不让他说完,含笑挠了他一下,快步出去了。

安老八对王在川道:"在川,我跟你爹的交情,就是一个'信'字。"王在川听出了安老八话里有话,忙说:"八爷,我知道,我们全家都知道。"

"知道就好。"安老八继续说,"可是,我怎么听说大孙子身边还有一个同年

一街两城

同月同日生的女孩儿,与他同吃同住啊?"王在川急忙解释道:"啊,八爷,就是一个丫鬟,专门伺候里路的,没有别的事啊。"

安老八嗯了声,虽没有再问,但显然情绪低沉。安杰怕冷场,端起酒杯敬王在川,场面又开始活跃起来,一直喝到傍晚时分。一场突如其来的暴风雪让王在川的偃月刀没有了用武之地,多少有些遗憾,好在安家台平安无事,倒也安心。酒席过后,王在川就向安老八告辞回家了。

第三章　神圣使命

安老八不放心王在川一个人走夜路,特意安排安杰护送他回家。两个人骑着马前行,身后留下两道深深的雪沟。海量的王在川开始还能挺得住,离开村子后,在马背上颠簸了几下,他就有些坐不稳了,明明是白色的世界,眼前却是白雾茫茫的,啥也看不清,坚持走到驻跸岭时已经天黑了。

岭上有一座庙,叫东林寺,王家是常年香客。王在川感到口干舌燥、头昏脑涨,想进寺内喝杯茶稍加休息再走:"贤侄,走,进去找慧安大师喝杯茶再走。"安杰答应,两人在山门外拴好马,便进了寺院内。

王在川高喊:"大师,快沏上一壶茶。"他知道慧安对茶非常讲究。冲茶所用的水必须是岭前的山泉水,山泉周围栽种各种山花和中草药。慧安见王在川来了,忙迎进禅房,让他坐在木椅上,吩咐小和尚用松枝烧水。王在川介绍了安杰,慧安打量一番安杰,但没有说话,然后一边冲洗茶具,一边对王在川说:"你可知道,当年安施主和王施主就是在敝寺相识的?"

慧安大师所说的安施主是安杰的爷爷安老八,王施主便是王在川的父亲王静轩,官居沂州府州判。一年秋天,王静轩到两城镇视察粮运,同乡两城镇镇统姜远太好客,约上好友安老八一起到驻跸岭游览。王静轩不禁被眼前的山海奇观所吸引,从此有了辞官归隐两城的想法。

早年,王在川曾听父亲提过此事。今天,慧安旧事重提,难免让他有所回忆,刚要询问一些老话,慧安将茶杯递给他:"施主,茶沏好了。"

一街两城

王在川接过慧安递过来的茶杯,先用鼻子闻了闻,道:"还是那种清香的味道,几十年了,一直没有变啊。"说完一口喝了。安杰也说茶香,好喝。慧安说:"这种岩茶太少。每年,光明寺师兄也只给我一竹筒,平时自己舍不得喝。你再仔细品品。"

王在川感觉慧安话里有话,便小口含在嘴里,用舌头仔细品了几下,感觉今日的茶汤果然与以往不同,似乎更浓醇了一些,还有一丝酒香。

"怎么样?觉出了什么味道?"慧安问。

王在川忙将茶汤咽进肚子里,说:"大师不说,我还真感觉不到,的确与往不同,茶汤似乎浓醇了一些,还有点淡淡的酒香。师父,您今晚给我下的什么茶?"

"哈哈,王施主果然对茶有研究。"慧安拿着茶壶对王在川说,"茶还是五莲山的岩茶,你看看这是什么?"王山川忽然看清慧安手中的茶壶不是原来用的那把黑色平底泥壶,而是呈白色,有着鸭舌嘴、长颈、葫芦肚子、三个长足的奇形怪状的茶壶。安杰说:"这个东西似乎在哪儿见过。"接过来,正反上下打量了一遍,也说不出这是一个什么东西,忽然道,"我有个喜欢考古的同学,他要是见了,定能知晓一二。"慧安问王在川:"王施主,你见识广,这是什么东西啊?"

"好像是一把茶壶嘛。"王在川递给慧安,笑着说。慧安也笑了,是啊,自己正在用此冲茶,还用得着故弄玄虚吗?慧安便道出实情:"老衲路过两城街,见街民拆城墙用砖盖屋,挖出好多陶罐、陶杯、陶片,我觉得扔了可惜,便挑了几件品相尚完整的回来冲茶,果然味道奇异。"

提起拆城墙的事,王在川就生姜有谷的气。一次他从外地回家,走到朝阳门外,抬头忽然见城楼没有了,疑惑之中四处查看,见城墙也倒塌了,留下残垣断壁。"他姜有谷就是两城的罪人!"想到此,他脱口而出。

"喝茶,喝茶。"慧安说。

"哎,那是什么东西?"安杰忽然看见茶柜上摆放着一件高柄黑陶杯。这个杯子通体乌黑,泛着光亮,上口平沿外展,呈喇叭花形状,圈足,麻秆般细而长的柄中间有肚,透过灯光还能看到斑斑亮点……他将高柄黑陶杯拿在手里看了又看,陶杯薄如蛋壳,轻如鸿毛,用指尖轻轻敲之,顿时发出清脆、悦耳、富有乐感的声响,而且余音缭绕悠长。

"这件东西得之亦是有缘。"慧安说,"那天,我路过望岱门,看见许多孩童在废弃的砖墙上玩耍,其中一个就拿着这个黑陶杯玩,被一个外国人要了过去连连拍照。正当他跟孩童交涉索取黑陶杯时,被一个半路杀出的疯汉抢走了。当时我也没有在意,回来的路上,忽然疯汉冲出将黑陶杯硬塞给我,朝我嘿嘿两声就跑了。我十分诧异,回来用清水洗干净,杯体所散发的神秘光芒让寺院蓬荜生辉。我将柄肚里的泥土用细针一点点剔掉,竟然是镂空的,造型之妙美、工艺之精巧,堪称奇绝。这不是一件普通的器物,应该与传说中大王城的那件黑陶杯有关。"

王在川脑海里立即浮现出大王祭祀的场景,他慌忙从安杰手里接过陶杯看了一会儿,然后小心地放回原处,将杯中茶水喝了,觉着满口生香,而且愈呚愈有味。此时,他完全清醒了,与安杰一起告辞,出了寺庙大门还觉口有余香。

雪表层白天融化了,到了晚上很快结成了一层薄冰,马踩在上面忽深忽浅,像大海中的小船上下起伏着,咯吱咯吱的声音在寂静的夜晚显得格外响亮。安杰和王在川心里都清楚慧安大师屋里的黑陶杯是真品,可是谁也没有主动提及此事。上了驻跸岭顶,借着雪光只能看到两城镇模糊的轮廓,迷蒙的夜空下白茫茫一片,大地显得空旷、寂寥。

安杰在大学期间秘密加入了中国共产党,他这次回家是受中共日照县委派遣,以教书为由秘密开展地下活动。他与牟百财、秦天喜在两城镇成立了区委,安杰担任第一任书记。

目前,两城镇的形势对安杰开展工作非常有利,姜、王两家几乎到了水火不容的境地。缘由是姜有谷做了一件惹恼全街民众的事情。姜邯冰仗着自己的父亲是镇长,开了盐业店铺,所有盐贩,不管是公家还是私贩,必须经过他的店铺盘剥一遍才能出街。许多大盐商干脆走王家滩、涛雒等商埠,造成两城镇经济大萧条,商铺、堂号、乡绅纷纷给县政府写举报信。商业、盐业协会会长亲自找县长反映情况。在县议会上,议员们纷纷建议县政府罢免姜有谷镇长职务。尤其是南城各堂主、众乡贤联合推举王在川担任镇长,还说,老姜家霸街十多年了,风水轮

一街两城

流转,应该到王家了。

姜有谷认为王在川在背后指使,下战书约王在川在界碑决斗。

"斗就斗,还怕他们不成!"王在川的大侄儿王里门攥紧拳头说。

"我不是怕他,多一事不如少一事。"王在川将挑战书扔到地上,立即去了安家台请安老八说和。当天,安老八将姜有谷和王在川约到关帝庙,指着他们两个,生气道:"你们的爹都是我的好朋友,我还没有死,我不想看着你们自相残杀,到时候我无法向两个老伙计交代!"根据安老八的提议,两个人在关帝庙关公像前焚香磕头义结金兰。事后,姜有谷照样干他的镇长,王在川却意外当选县议员,这让姜有谷心不甘气不顺,两个人也因此貌合神离。

安杰就借着这层关系,成了姜、王两家的座上宾。不过,他走的是底层路线,与两家的长工和街上的小贩、码头上的渔民,甚至要饭的穷人交谈、做朋友。然而,开头之难完全出乎他的意料。

街上住着老张家,祖祖辈辈给东家当长工。老大张传根自幼跟着父亲,留在了王家。老二张传梢则去了姜家。安杰先私下跟张传根闲聊,没有想到他时不时流露出对东家的感恩之情。安杰知道老王家对待长工还算宽容、厚道,理解了他的心情。安杰又暗地里找张传梢聊天:"老张,全两城街都知道老姜家对待长工刻薄,常常拖欠工钱不说,还换着花样克扣工钱,你为什么不起来反抗或另找东家呢?"

张传梢叹气说:"天下东家一个样,能给碗稀粥活命就不错了。"

安杰听了简直无语,他无法理解像张传梢这样的人,明知被压迫、剥削,还不敢起来斗争,要回本属于自己的那份所得。在接下来的深入走访中,他看到不仅仅是老张家一家,还有更多的家庭挣扎在死亡线上,他们基本上是忍气吞声,过着活一天算一天的日子。要想改变这个黑暗的世界,就必须唤醒广大劳苦大众的思想觉悟。

安杰晚上换上贫民的衣服,积极走访贫民户;白天,换上青布长衫到学堂教书。学堂是大间房子,用木头桌子当作讲台,青砖地面,学生坐在小板凳上听讲。全班有三十多位学生,大多数是旁听生,是安杰特意招收了贫民家的渴望读书的孩子,只有安雪梅是女生,她坐在最前排。

一天,雪梅刚下轿,见好多同学拿着石块打秦翠翠:"快滚,疯女人臭死了,滚,滚!"秦翠翠用手臂挡着脸,嘴里发出嗷嗷的痛苦声,显然不想离开。安雪梅分明感觉她一直盯着自己,那眼神是期盼还是哀怨,她一时说不清楚。她刚要劝阻同学们,安妈急忙上前将她推到学堂里了:"我的小姐呀,有什么好看的?那个疯女人爱打人,万一让她打伤就不得了了,以后见了她可要躲闪啊。"

"安妈,她真的好可怜啊。"雪梅想起了秦翠翠那哀怨的眼神。安妈忙说:"像她这样的人多得是,你可怜得来吗?快进去吧,啊,放学了,我来接你啊。"最后还特别强调,谁来接也不准跟着走。安雪梅有点烦安妈啰唆,头也没回地进了学堂。可是,一上午她都没有心思听讲,满脑子都是秦翠翠那惊恐而痛苦的眼神。

由于班里女生少,尤其是安雪梅胸前戴着长命锁,男生知道她有男人了,都拿她开玩笑。课间活动时,几个男生围着安雪梅哄闹。有的说她不害羞,有的叫她安公主,还有的叫她小媳妇……雪梅又恼又羞,捂着脸跺着脚,连声骂道:"讨厌,讨厌……"其中一个男生趁机上前抢长命锁。正当安雪梅极力反抗挣扎的时候,秦翠翠举着木棍像虎豹一般吼叫着跑了过来,吓得男生们迅速跑回教室里,纷纷向正在伏案批改作业的安杰告状,说那个疯女人又来打人了。安杰急忙跑出教室,只见安雪梅呆呆地站在院子里,已经不见秦翠翠的踪影了,他忙问:"雪梅,她打你了吗?"

安雪梅摇了摇头。安杰放心了,说:"雪梅,快回课堂吧,别让她打着。"安雪梅嗯了一声就回课堂了。不久,学生家长们纷纷来到学堂,向安杰提出强烈要求,立即赶走秦翠翠。为了学生的安全,安杰爽快地答应了。

这天,安杰下了课没有回家,直接来到秦翠翠住的地方。这是一间很破很破的小茅草屋子,孤零零地缩在地势最低的东南角。没有院子,用海边的鹅卵石简单地堆砌便是院墙,门窗用几根木棍支撑着,房顶还塌了一半,看样子是大雪后没有财力翻盖。门口一堆臭鱼,味道刺鼻,好在他在海边长大,对这种臭鱼腥味还算习惯。安杰喊了几声"翠翠",因为她曾经给爷爷当过丫鬟,所以安杰才这样喊她。屋里没有人回应,他便推门进去。

屋里没有人,家什虽少却整洁,锅碗瓢盆摆放得规规整整,这让他感到非常惊讶。挑开东门帘子,里面有个土炕,竹席子干干净净,被子摆放于靠墙的东边,也叠得整齐,被面上绣着梅花图案。忽然光影闪了一下,原来窗台上有块残破镜片,他拿着能清晰地照出自己的脸庞。安杰纳闷:一个疯女人要这个干什么?放回原处便出来,见锅里还剩下没有吃完的海螺、海蛎子等贝类,一个很少人家用到的白瓷梅花碗里盛着臭鱼烂虾,这些东西都是没有人要扔到路边的,看样子她拾回家当饭吃了。

安杰刚要出门,见秦翠翠提着两条臭鱼从外往里进,步子很稳很快,进屋忽然发现一个男人,立即吓得大哭大叫起来。安杰忙道:"翠翠,我是安杰呀!你不认识我了?"

秦翠翠嗷嗷叫着,两只颤抖的满是污物的手在头发上乱抓乱抹,还拿着臭鱼往安杰身上扔,从脏乱的头发间隙中透出一双白眼。安杰有种恐怖的感觉,便匆忙出来。路上,他想:她怎么好端端的说疯就疯了呢?这时,他忽然记起来,原本要跟她说的话竟然忘了说。

安杰走到家门口,见门口停着一辆豪华马车,知道家里来客人了。管家安福出来,他便问谁来了,安福回答说是沈疃牟老爷和牟少爷。"难道是牟百财来了?"安杰心头大喜,进去才知是牟百财的大哥牟贾贝。

安老八正陪着客人喝茶,安杰施礼后就坐到牟贾贝身边的座位上,跟他聊天。牟贾贝长年累月跟着父亲走南闯北做生意,他知道安杰跟二弟是好朋友,便问:"安杰,你最近见到过二弟吗?"安杰摇头说没有。牟敦银一提及这儿子就有些许不快,指着安杰对安老八说:"看看安杰这个孩子,多听家长的话啊!我那个就是不省心,三两个月见不着他的影子,也不知他整天忙些什么事儿。"

安杰自然知道牟百财在干什么,他当然不能告诉牟敦银真实情况,便安慰说:"牟会长,你放心,我最了解百财,他是不会走邪路的。"

第四章　童伴

的确，牟百财也在积极开展地下工作。他走的是上层路线，借着父亲县商会副会长的身份，与政界、商界等各界人士加强联系扩大影响面。

这天，牟百财来到位于县政府东、夫子庙后的县立中学，刚走到大门口，一个脸大身粗的学生迎上前道："你是来找王里路的吧？"牟百财刚要问话，他接着自我介绍说，"我叫姜邯春，是两城北城的。"他这么一说，牟百财立即明白了，马上笑着说："你是姜镇长的小儿子？邯春同学，麻烦你叫里路过来，就说……"姜邯春没等他说完，转身拔腿就跑："我知道，你是他的表哥。"

不一会儿，姜邯春与王里路过来了。"表哥，是不是又让我给二姐带东西？"王里路说。在姜邯春的对比下，王里路显得白净而瘦弱，浓密的头发几乎盖住半个额头。

牟百财将一个不大的包裹递给他说："嗯，给王芬买了一个本子，别让二舅看到啊。"王里路知道他为什么怕父亲，是因为一次酒席上，他当着众人面说父亲的偃月刀过时了、落后了，还说现在的汉阳造百步之外一颗子弹眨眼间就能杀死敌人。为此，王在川生气了，坚决不让他进王家大门，更不准他跟大女儿来往。

王里路答应着正要转身回学校，姜邯春对他似乎命令道："里路，快到晌午了，表哥来了，你怎么也得管顿饭呀！"

"那……那……表哥就吃了饭再走吧。"王里路之所以听姜邯春的话，是因为他们从小在一起玩耍，经常约着伙伴们到古墓道里捉迷藏。虽然姜邯春经常

一街两城

拿王里路取笑,王里路也不跟他较真,两个人总算相安无事,从小学到中学,都是一个班,而且同桌。本来牟百财还有别的事,看到姜邯春性格特殊,心头暗喜,便同意了。

三个人来到东关路上的一家饭馆,王里路要了四个菜一壶酒。牟百财坐下就对王里路说:"看看你,整天像个文弱书生;看看人家邯春,肥头大耳,能说会道。"

姜邯春笑道:"我能吃能喝还能睡,不像里路,整天想着那个小媳妇,我看再不结婚,要变成病秧子林黛玉了,哈哈。"

"哎哎,你你……你喜欢,你去安家台娶她吧。"王里路最不爱听别人说自己有媳妇了,一着急,不知说啥好了。

"你们同学,也真能开玩笑的。"牟百财接着给他们讲天下大势,讲外面的世界,讲人生的意义。王里路感觉耳朵都听得起茧子了,不耐烦道:"表哥呀,还吃不吃饭了?"牟百财这才停住慷慨演讲,说:"吃,吃,吃饭!"

"先喝酒呀。"姜邯春给牟百财倒上酒,说,"表哥,你讲得太好了,我都听得入迷了,我太崇拜你了。"这番话太令牟百财振奋了,他喝了一口酒,继续侃侃而谈,气得王里路简单吃了几口菜,站起来说:"你们在这儿聊吧,我上学去了。"

牟百财和姜邯春没有挽留他,也没有让他付钱再走,他们继续聊,而且越聊越投机。从那以后,姜邯春就成了牟百财的发展对象。有一天,姜邯春急匆匆找到牟百财说:"我爹让管家来学校传话,命我今天必须回家。"牟百财立时警觉起来,问了三个问题:"你透露我这个人了吗?你透露我跟你所说的话了吗?你透露我跟你所干的事情了吗?"姜邯春发誓说:"我对天发誓,一个也没有!"

牟百财放心了,说:"你尽管大胆回家吧。"并且一再嘱咐他保守所有秘密。

姜有谷急着让儿子回家,其实另有原因。近来,两城街疯传黑陶杯真品现世,引得各路人马纷至沓来寻宝、盗宝。作为一镇之主,他最担心宝物落入王家。

在厅堂家族会上,姜有谷要求每一位家族成员都要打听、探寻真品黑陶杯的下落,谁要是得到黑陶杯将重赏。姜邯春不以为然,说:"不就是个破黑陶吗?我没有闲工夫去捣鼓这个玩意儿,我要做大事。"

姜邯冰立即反驳说:"二弟,要是真能搞到黑陶杯真品,咱爹的镇长之位就永远保住了,两城街就永远是咱老姜家的,咱家的荣华富贵就千秋万代了,难道这不是大事吗?"

姜邯春说:"大哥,通天地神灵的黑陶杯只是个传说,你还真信了?"

"咋不信?"姜邯冰说,"你不信,人家老王家可是真信了,从全国来的文物贩子可是真信了。我告诉你,这个黑陶杯已经价值连城了,我真不知道你心中的所谓大事是什么!"

姜有谷老婆李腊枝接话说:"要我说呀,邯春的头等大事就是娶媳妇。"

姜邯春忙说:"不急。"

"还不急呀?"李腊枝说,"人家王里路从小就定下娃娃亲了。"

姜邯春哈哈大笑:"娘,他在班里,同学们都笑话他封建,我是新青年,我可不受你们的约束。"

"邯春呀,你二舅家的三表妹……"李腊枝还想劝儿子,姜邯春根本不想听,起身就跑了出去。到了学校,同学们正在自习,他来到王里路面前嬉笑道:"里路,最近没跟那个小媳妇儿耍耍?哈哈。"全班同学哄堂大笑。

王里路顿时涨红了脸,指着姜邯春愤怒道:"你去找她耍好了!"有几个同学也跟着起哄:"王里路,娃娃亲,小媳妇配对儿。"姜邯春指着王里路大声道:"他的媳妇儿叫安雪梅!"同学们开始私下悄声议论:"现在还听爹娘包办的,肯定思想有问题,嘻嘻。"王里路实在听不下去了,冲出了教室,背后传来同学们的嘲弄声,姜邯春的声音最高:"安雪梅——王里路,王里路——安雪梅……"

王里路实在烦透了,干脆请假回家。

王家在王静轩落户于两城时,建了三进式四合院,大门楼连着一排倒座房,前院建有正房、东厢房、西厢房和南厢房,中院为绣楼、书房,后院为马厩、仓库等。青砖墙下是一丛丛青翠挺拔的竹子,有的高过硬山式金钱透空脊的房顶。到王在山主家时,随着家大业大、进口添丁,又连续建造了多处房屋,各房之间建有回廊,廊里修建栏杆和供休息聊天的座位,并在青河北岸买了大片荒地建造了王家祠堂,祠堂前挖了一个防火的水池。到王在川当家时,将池塘开挖十亩成湖,引进青河水,建造一座亭子,修栈桥连着陆地,因为此处向东是大海,他给亭子起名为"向东亭"。

王里路回到家时已经夜晚了,在大门外下了马车,遇见刚从田地里干活回来的张传根和张守东父子俩。张传根牵着牛,张守东扛着犁、耙等工具,他们浑身泥土,头发都被汗水湿透了。

"少爷回来啦?"张守东擦了一把汗,问道。他们小时候是一起玩耍的伙伴,彼此非常熟悉。王里路说:"这么晚了才回来啊?"张传根从儿子肩膀上卸下农具交给管家王汗保管,说:"春天播种,赶时节,一刻也不能耽搁。"

"主要是里门大少爷催得紧,咳、咳。"随着一阵剧烈的咳嗽声,短工李有俊扛着锄头从黑暗中走了出来,他驼背,从小得了哮喘病,不能干重活,只好四处打短工,工钱也比整劳力少一半。他也是王里路小时候的玩伴,看到他非常疲惫、劳累的样子,王里路十分同情他:"有俊,你都病成这样子了,还去农地干活呀?"

"不挣点,还不饿死了?咳……"李有俊说不下去了,蹲下剧烈地咳嗽起来。王里路上前对他说:"我跟爹说说,给你找份轻快的活干。"正说着,一个打扮朴实且俊秀的女孩子出现在他的面前:"少爷回来啦!"

"兰兰。"王里路立即转身朝她走去。兰兰就是安老八质问王在川的那个女孩子。王里路小时候跟姜邯春、张守东、李有俊玩耍,因为王里路同情李有俊,他被姜邯春故意推到古墓里,当场吓掉魂魄,昏迷六七天不醒。王家找神婆算命,神婆说,给他找一位同年同月同日生的女孩子做伴就好了。丁使秀听从此言,从山里花钱将兰兰买回了家,王里路果然苏醒了过来。

"谢谢少爷啦,你快回家吧。"李有俊站起来说。张守东也打了一声招呼,就跟着父亲回家了。

王里路进了院子,发现少有人走动,忙问:"他们都去哪儿啦?"兰兰回答说:"都在祠堂前看戏。"

王里路先来到王芬闺房,发现关着门,心想,她可能去看戏了,便将表哥给她的礼物放在门口。

"少爷,咱们也去看戏吧。"兰兰说。王里路蓦地紧张起来,这是以前所没有的感觉,笑着说,"兰兰,以后不要叫少爷、少爷的,很别扭的……演的什么?"

"周鼓子戏,《小姑贤》。"兰兰回答。

"哦,我早看过了。"王里路突然抓着兰兰的手臂说,"兰兰,不如我们到花园玩玩吧,今晚月亮又圆又亮。"

"太太会责怪的。"

"没事,有我呢!"王里路说着拉着兰兰跑了出去。他们来到了向东亭里。风儿轻轻、月色柔柔,河面上波光粼粼,花园里淡烟漫漫。月光荡涤了白昼的五颜六色,将梦幻般的银辉洒向了花草遍生的田野和滚滚东流的青河、丝水……面对如此美景,王里路诗兴大发,随口吟咏了几首。兰兰自觉不如里路,想改个话题,刚要叫少爷,忽然怕他不高兴,只好叫名字,但这个名字从没叫过,所以,口没开心就乱了:"里……里路……"

王里路还以为她想听诗词里有自己的名字,高兴地脱口而出:"三十功名尘与土,八千里路云和月。莫等闲、白了少年头,空悲切。怎么样?有'里路'两个字吧?"

"这是谁的诗?"

"南宋爱国英雄岳飞的词《满江红》。哎,兰兰,你听我自己作的。"王里路凭栏道:

长亭别,风骤狂,万里长路尘飞扬。挥长鞭,步匆忙,阳关门外看斜阳。
浓云卷,草地黄,大漠起烟暮色苍。回凝望,泪成行,长夜孤灯欲断肠。

"唉,又是斜阳,又是断肠的,我听了不好受,兰花呢?"

王里路动情地说:"兰,兰……兰乃四君子之一。它生长在深山幽谷,不与群芳争艳,不为世俗所染,更不以颜色媚人,清高傲骨,馨香怡人。袁枚曾写诗道:'秋雁回空,秋江停波。兰独不然,芬芳弥多。秋兮,秋兮,将如兰何!'。"

兰兰虽然不懂诗词,但从"秋兮,秋兮,将如兰何"诗句中感受到了自己命运如同秋兰一样,在这样的大家庭里,自己是乡下女子,能得到大家的认可吗?命运啊,将我兰兰奈何?!奈何?!虽然从感觉中知道少爷喜欢自己,可只有他一个人喜欢又能怎样?再说,少爷出口成诗,学识层次又高,并且早已定了娃娃亲,自己大字不识几个,哪有……想着想着,触到伤心处,不禁潸然泪下。正兴奋着的王里路突然看到兰兰流泪了,忙掏出手帕给她,关切地问:"怎么了?不舒服还是我哪儿说错了?"兰兰轻轻地摇了摇头,说:"没有。里、里路,我们回去吧。晚了,如果戏散了,太太会不高兴的。"

　　两个人走到门口,王里路忽然激动起来,他双手扶着兰兰的肩膀说:"兰兰,我有话对你说!"还没说完,就听一声咳嗽,他急忙抬头看,是娘,不知她什么时候站在眼前。

　　兰兰见势不妙,转身低着头跑回屋内。王里路想对娘解释,丁使秀面无表情地摆摆手,说:"睡觉吧,有事明天再说。"

　　王里路回到卧房,兰兰已把被褥铺好,坐在床沿上发愣。往常要是里路回来,两人非得闹上一阵不可,他扭她一把,她撩他一下,然后比脱衣服,躺下说会话儿就呼呼地睡了,一切都那么自然、和谐。俗话说,日久生情。随着年龄的不断增长,那相互吸引、爱慕的感觉日趋强烈,今天隔在两人之间的那层窗户纸就要被捅破了,谁知……兰兰恍如梦中,心始终跳个不停,在激动、兴奋的同时,也有几分后怕、担心。此时,她多想里路像小时候那样把自己搂在怀里啊。

　　春天夜短。王里路近天明时才打了个盹儿,醒来时太阳已升过屋檐顶了。他一骨碌爬起来,饭也顾不得吃,直奔娘住的房间。路上遇到王芬,她问这问那,非常关心牟百财。王里路心里有事,只好简单回答:"你惦记他,去找他多好嘛。"说完急匆匆地走了。王里路到了娘住的房间才想起来这时候娘该在佛堂里念经了。他直奔佛堂,到了又想起来这时候即便是天塌下来,娘也不会半途而废。王里路只好在佛堂门前踱来踱去,等着娘念完经出来。

　　王汗过来说:"少爷,马车准备好了,该回学校了。"

　　王里路正烦着,没好气地说了一句:"等会儿!"刚说完,忽然想起今早起来就没看见兰兰,忙问王汗:"管家,你看见兰兰了吗?"王汗说:"没有。"王里路觉着不对劲,便到厨房、客厅四处寻找,见了人就问,不顾一切地喊:"兰兰,兰兰……"

王里路急得满头大汗,来到前院,想问问看门的老倔头,刚拐过影壁,只见父亲阴沉着脸站在马车旁看怀表,说:"快九点了,你到处乱窜什么?还不快上学去!"王里路感到父亲的目光像皮鞭一样抽到了自己的身上,他极不情愿地上了马车走了。

第五章　唤醒民众

　　谷雨前后，栽苗种豆。一场透犁春雨，两城镇外远山凝烟，杏花含珠，布谷鸟在山间树林里声声啼叫，田间地头河水草丛中燕子衔泥筑巢，田野里到处是忙春的人。

　　王在川带着二儿子王里道在明媚的阳光下，轻快地走在湿漉漉的小路上。王里道是二房莫小倩生的，已经五岁了，小子长得虎头虎脑。

　　莫小倩原是莒县大户人家小姐，王在川曾经在莫家干过护院，与她相识并暗生情愫。有一年，莫家差点被大土匪刘黑七灭门，莫老爷临终将宝贝女儿托付给正巧路过的牟敦银，求他务必护送莫小倩到王家。这时，王在川已经娶妻生子，只好将她作为二房留下，第二年便生下了王里道。

　　王里道不愿意跟着爹爹在路上行走，喜欢到沟沟坎坎的田埂上蹦着跳着、闹着玩着，遇到宽阔河沟没有跳过去掉进泥水里，就大声喊："爹爹快来救我呀。"王在川装作没有听见，他只好自己爬了出来。

　　"爹爹落后啦。"王里道抄近路，远远超过了父亲，蹲在路旁笑着道。王在川赶了上去，看到儿子满身泥污，并没有责怪儿子，上前伸出手将儿子拉起来说："你这样子回家，要挨你娘的责骂了。"王里道机灵道："我不怕，有爹爹做证，我不是在捣蛋。"

　　王在川疼爱地摸着儿子的脑袋，道："你小小年纪，心眼还不少呢！"刚说完，王里道撒腿就往前跑，他去追逐刚刚飞过去的斑鸠。此时，王在川禁不住道："真是孩子,天上的飞鸟能抓得住吗?"

来来——来来来——忽然,一阵阵悠扬而高亢、绵长而清亮的嗓音从凤凰岭北坡上传来。王在川驻足听了一会儿,觉着这腔音有点像肘鼓子戏的唱腔,也有点像时下流行的《满江红》音调。

起锚了——
红日升波涛,老大喊起锚。披波又斩浪,船头利如刀。闯海人潮头尖上逞英豪。

哎哟嗨,嗨哎哟,撒一网,海鸥叫,虾兵蟹将网中跳,不觉夕阳西下一抹晚霞照。

世间不平事,谁知有多少?心烦看大海,仰天放声笑。打鱼人千愁万难随风飘。

哎哟嗨,嗨哎哟,浪涛天,雾缥缈,风雨浪里走平道,等急了刚过门的新娘娇。

王里道就很喜欢这首《满江红》,别看他小小的年纪,唱起来有板有眼。特别是唱到"闯海人潮头尖上逞英豪",架势一摆,嗓子一吊——稚嫩而又老到的表演,连一向严谨、喜怒不形于色的王在川也禁不住说:"这小子还真随我,哈哈。"

王在川听着想着看着,不觉来到了岭上。王里门正看着长工、短工在地里翻土、保墒,他自己坐在树荫下乘凉。

喊嗓的是张传根,他挽着裤腿挥舞着牛鞭,拉紧缰绳,站在柳条耙子上,身体后倾,赶着一头黄牛耙地。干这种活儿的人,必须好把式,且有丰富的使牛经验。牛走快了,地里的坷垃碾不碎,还容易从耙上摔下来,走慢了又容易形成土坎和硬土。所以,会使耙的人必须懂得牛的习性,让牛领会使耙人的意图。飞扬的尘土虽然落满在张传根黝黑而又沧桑的脸上,但怎么也遮不住那眼睛微闭、嘴唇大张陶醉其中的惬意神态,他已经与土地、牛完全融合在一起了。

一街两城

"谁说对牛弹琴牛不懂啊？我看还是弹不好，牛才不爱听。你们看传根喊出的调子，牛怎么能听不懂呢？"王在川把鞋子脱了，赤着脚走在海绵似的柔软的土地上，顿时一种凉爽的快感从脚心传遍全身，他由衷地说："土地啊！"抓起一把黑黝黝的土，真想吞进肚子里去。这时，他才真正明白爹爹为什么舍弃荣华富贵而归隐乡间。

张守东、李有俊等人在地里碾碎大一点的土块。"李罗锅，看你磨磨蹭蹭的，快点干！"王里门大声斥责干活慢的李有俊。王里道看不下去了，对着王里门道："大哥，你没有看到他身体有病吗？"王里门说："我已经可怜他了，他这个病秧子，其他人不要他干活的。"

王在川没有顾及大侄儿的感受，对李有俊说："你别在这儿干了。"李有俊一听吓坏了，刚要下跪哀求，只听王在川说："你到花园干点活儿吧，那儿的花木需要人修理。"王里门刚要提出反对意见，王里道立即说："大哥，你连爹爹的话也不听了吗？"王里门只好作罢。

李有俊几乎是趴到地上碾碎土块，流着泪，自言自语："肯定是少爷跟老爷说的，少爷从小就对我好……"

王里门对王在川说："二爹，别在这儿日晒土扬地遭罪了，到树下凉快凉快吧。"王在川点头，与王里门来到树下，说："里门啊，春忙固然要急，也不能让他们没日没夜地干，容易累出毛病。"王里门说："二爹，咱们对长、短工们，可比老姜家好多了，每顿都管饱，还不欠钱。"

王在川嗯了一声，忽然见王汗小跑着过来，说："老爷，县里来的公文。"王在川急忙打开公文看，是县政府下的开会通知，他跟王里门嘱咐了几句话，就回家骑上大黑马去了县城。

县城由高耸、坚固的城墙包围着，留有东、南、西、北四个城门，东西、南北两条大街穿城而过。县政府位于东大街，由明清时期保留下来的旧县衙改造而成，大门上方悬挂着白底黑字"日照县政府"的牌子，门前的台阶已残缺不全，看样子好久没有翻新了。

刘鸿伦县长身穿灰色笔挺中山装站在海棠树下迎候。一阵风来，吹得海棠花儿簌簌作响,立即引起任书武、王在川等参会人员抬头看,刘鸿伦介绍说:"这株海棠有年头了,据记载是康熙年间从济南府移植的,每年到这个季节,繁花似锦,蔚为壮观。"

姜有谷故作渊博,道:"汝若能香,当以金屋贮汝。海棠花虽然好看,但香气不够,是为遗憾。"刘鸿伦急忙更正道:"姜镇长有所不知,这株海棠为湖北海棠,花开时节香气袭人。"任书武故意道:"姜镇长还是文化人呀。"姜有谷心里清楚他是在嘲讽自己,不免尴尬,扭头匆匆进了会场。

会场里坐满了来自各要害部门的人、各镇的镇长,大家安静后,刘县长满脸严肃,首先通报了省政府关于遏制共产党在山东地区肆意蔓延的文件,然后说:"据省政府通报,已经在济南、青岛等地破获多个共产党地下组织,抓获首要分子多人……"这时,台下就有人小声议论:"不会吧,光听南方闹'共匪',咱们北方不会有。""是是,还到不了咱们这小小的县城。"

"千万不能大意啊,要防患于未然。"刘县长继续说,"省政府下了紧急通知,要求全省搜捕'共党'分子,一定将他们消灭在萌芽状态。咱县成立保安大队,任命任书武为大队长,各镇、各村都要行动起来,挨家挨户盘查询问,凡是陌生人,尤其那些经常跟少衣无食穷苦百姓密切联系的人,要严密监视,一旦发现有可疑的,甭管他是谁先抓起来……"

会后,刘县长专门将王在川和姜有谷留下,反复交代说:"两城比较特殊,尤其是近来关于黑陶杯现世的传闻很多,外面来寻宝、盗宝的人激增,容易让'共党'钻了空子。你们俩是我最信任的朋友,一个县议员,一个镇长,可要精诚团结啊。"王在川立即表态:"我们是义结金兰的好兄弟,请县长放心。"姜有谷拍着胸脯说:"我敢保证两城镇不会有一个'共党'分子,有一个抓一个,抓一个杀一个。"

连日来,安杰明显感到两城街上有了重大变化,原来成群结队的乞讨者没有了,一些商铺关了门,镇公所的人挨家挨户查户口,对入住宾馆的客人逐一盘问,凡是不明身份的人,一律押到镇公所严加审问。

安杰来到镇公所探听消息,姜有谷见了他也不像以前那般热情了,寒暄几句,就掏出手枪擦拭着。还有,安杰上趟厕所,也有人跟踪。他明显感到气氛不对,就借口说回家。姜有谷也没有挽留吃饭,而是送到门外,说:"贤侄啊,没事就在家里好好教书,别出来闲逛啊。"安杰连连答应着告辞了。

走到南城,安杰观察身后没有人跟踪,就抄近道来到王家。王在川见了依然将他视为贵宾,迎到客厅喝茶。安杰有意说出街上与以往不同,王在川说:"贤侄,你有所不知,前几天,县里召开了'防共反共、抓捕共党分子'的大会,是省政府下的紧急通知,听说在济南、青岛等大城市抓了不少'共党'头头……姜镇长是一镇之长,他不敢松懈啊。"

安杰听到此消息,暗暗着急,想着尽快将消息报告给中共日照县委。他原本打算找张传根等人谈话,遂临时决定取消,便起身告辞了。王在川看他徒步来的,便招呼张守东用马车送他回家。安杰暗喜,这次正是与张守东近距离、长时间交心的好时机。

路上,安杰坐到张守东身边,与他闲聊,两个人越聊越投机。张守东像遇见了亲人,诉说了自己与家庭的困境和艰难。安杰反问了一句:"难道你不想改变自己的命运吗?"

"怎么不想?"张守东脱口而出,然后又黯然道,"唉,看不到出路啊!"

安杰鼓励道:"其实,每个人的命运都掌握在自己手里,出路也是靠自己走出来的。"张守东敬佩地看着他,真诚地说:"安老师,我想改变命运,先怎么做,你给指点一下。"安杰说:"首先要有知识、有文化……"张守东叹气说:"别说有文化,我连自己的名字都不会写。"安杰仿佛发现了新大陆,立即抓住张守东的手腕说:"下车、下车,我教你写。"张守东将马车靠边停稳,两个人下车,安杰找了一根指头粗的木棍在地上写出了"张守东"三个字,然后让张守东学着写。

不一会儿,张守东就学会了,然后又让安杰教会了写父亲张传根和妹妹张守花的名字。张守东高兴地对安杰说:"我周围邻居大多不识字,安老师,你能去教教他们吗?"安杰按捺不住内心的激动,忙说:"好的好的,我一定教会他们识字。"

当天,安杰找到县委书记安哲,汇报了得到的情报和开展工作的情况,安哲立即做出应对措施。此后,他经常利用夜晚时间,与安杰、秦天喜一起到张守东家与穷苦人交谈,帮助他们识字,提高思想觉悟。从此,张守东家成了南城第一个秘密联络点,发展了张守东、王永臣等若干党员骨干。不久,他们又在北城姜有谷的眼皮底下,发展了以尚近影、尚夏为党员骨干的秘密组织。从此,中共地下组织在两城街的工作全面铺开,并延伸到周围各个村庄。

第六章　装疯的女人

　　在安杰他们的努力下，很多农民加入了党员队伍，也有一些成了积极分子。安杰强烈认识到，农民的文化和军事素质普遍较低，亟待进行强化学习和训练。他想到了东林寺有个后院，比较清静和安全，适合秘密训练。

　　安杰找到了王在川："表叔，我有一帮朋友，想跟着慧安大师练习武艺，请你当介绍人。"王在川不假思索地表示同意。

　　"那，表叔，现在我们就去？"安杰用期盼的眼神看着王在川。

　　王在川连连点头："走走，我正好没事，现在就去。"两个人到了东林寺见到慧安大师。安杰说明来意，慧安爽快地说："有在川大施主介绍，自然应允了。"安杰高兴地连声说谢谢。几个人查看了练武场地，安杰非常满意，便定下日期带人来练武。说话期间，秦天喜气喘吁吁地跑来，他急匆匆地朝着慧安道："大师，听说您有薄如蛋壳的黑陶杯？"

　　慧安点头，然后指着王在川，说："他也见过。"看了安杰一眼，但没有指他。

　　秦天喜急忙转身抓着王在川的手臂，迫切说："王先生，是真的吗？现在在哪儿？能否让我过过眼瘾？"王在川指着慧安道："那天晚上确实见过，据说已经被摔碎了。"

　　"碎片呢？还有吗？还保存着吗？"秦天喜不知问谁好了，抓住王在川，忽然又回头问慧安。慧安没有想到他如此执着，正不知如何回答他时，王在川说："当时我觉着没有用了，扔岭后深沟里了……"不等他说完，秦天喜拔腿就往驻跸岭后奔去。

秦天喜简直被高柄黑陶杯迷住了。他大学期间接触了考古方面的知识,听说两城镇过去是座大王城,而且近几年挖出了许多陶罐、陶片、石器等古物,引起了他的兴趣。他来两城镇秘密开展地下工作,偶然在牟敦银店里看到一张包装干海货的旧报纸,报纸虽然皱巴巴的,而且残损不全,但能看清一幅新闻照片,是一个高柄黑陶杯。下面有几行文字说明:美国旅行家安德森在日照县两城镇发现高柄黑陶杯,薄如蛋壳,造型别致,为东方神器。他几乎是冲出门店来到了街巷中寻找黑陶杯,后从街民口中得知高柄黑陶杯被疯汉抢走后给了东林寺的和尚,就急匆匆赶来寻找。

秦天喜趴在草丛里、河沟里、乱石中仔细寻找,不放过任何黑色东西。数月后,终于在崖石下聚集多年的草木堆里发现了大拇指肚般大小的陶片,他拿在手里轻轻擦去泥土,判断是杯口与柄的连接部位,惊喜地连声道:"是它,是它,薄如蛋壳,果真有高柄黑陶杯,太好了,罕见啊。"他用红布将陶片包好藏在怀里,准备到省城找专家鉴定。

牟百财要在半路上截杀秦天喜,被安杰制止了:"人各有志,不必勉强。"牟百财担心他当了叛徒,安杰说:"我相信秦天喜还有良心。"

对于秦天喜退党,安杰很长时间难以平复内心的波澜,开始想不通,慢慢也就理解了。

这天,在东林寺授完课后,回家的路上忽然下起了瓢泼大雨,他急忙撑开了伞。路过秦翠翠家,安杰忽然看见她在雨中仰着脸,两只手娴熟地梳弄着长长的头发,雨水将衣服紧贴在她的身体上,突出了她修长的身段。安杰没有惊动她,而是绕道回家了。

回到家,安杰越想越觉着奇怪,仔细想想秦翠翠的一些举止令人生疑,便举着伞去了秦翠翠家。出门不多久,雨渐渐停了,大片大片的云朵向西飘去,不时从云彩的缝隙中露出了半轮月亮。他收起了雨伞,不多会儿来到了秦翠翠的屋前,低矮的窗户透出了灯光,走近了发现,女人照镜子的影子投到窗户纸上,他压抑着内心的激动,停住了脚步,故意咳嗽了两声,然后轻声喊道:"翠翠,在家吗?"声音未落,屋里的灯光瞬间熄灭了,接着打碎东西的清脆声传来,但里面没有人应声,安杰更加坚信了他的判断。

"翠翠,我是安杰,我知道你在家里。"安杰说着推开了门,里面忽然发出了呜呜啊啊的极不规则的慌乱的惊恐声。安杰站住了,沉住气,依然轻声道:"翠翠,你不要害怕,我没有别的意思,我知道你装疯,点上灯吧,我们说说话儿。"

"你你……你出去,黑灯瞎火的,你……要不我喊人啦……"秦翠翠终于说话了。安杰暗喜,趁机道:"好呀,翠翠,你喊吧,大声喊吧,让全村的人都知道你装疯。"秦翠翠不敢再说话了,沉默了好大一会儿,屋里的灯亮了,借着微弱的光线,安杰分明看见翠翠虽然头发凌乱,但怎么也掩饰不住她那张已经清洗干净、瘦削而又秀丽的脸庞。秦翠翠惊恐地看着安杰,右手放在身后,他往前走一步,她往后退一步。安杰弯下腰从地上拾起了破碎的镜片,见上面有血,不由分说一把抓住她的右手,顿时吓得秦翠翠惊叫了起来:"少、少爷,你要干什么?放开我!"安杰没有听她的话,而是急促地说:"你看看,手指被镜片划破了,现在流着血,走,找医生看看。"

"我、我没事、没事。"秦翠翠这会儿明白过来,急忙将手缩了回来,在身上擦了几下,连声说,"没事,没事,真的没事,一会儿就好了。"

安杰看到秦翠翠终于安定下来,也没有强迫她去找医生包扎,而是掏出手帕给她包扎,并安慰道:"翠翠,你不要害怕,没事,我一会儿就走。"秦翠翠没有说话,但眼里含着泪花。

"好了。"安杰包扎好后,将镜片递给秦翠翠,说,"你真的很漂亮,你照照看。"她并没有去接,而是捂着脸呜呜地哭了。安杰没有继续询问,悄然离开了。

此后,安杰秘密打听秦翠翠的身世,可是问谁谁摇头,都说不清楚,当问到安福时,吓得他没说几句话就匆匆离开了。如此一来,更加深了安杰对秦翠翠身世的好奇。自从与秦翠翠说话以后,已经好多日子没有见到她了,也没有见到她来学堂,安杰担心她是不是遇到了什么不测。从船厂秘密发动群众出来,安杰特意买了圆形的精致的小镜子来到了秦翠翠家。还好,她坐在炕上,虽然神情呆滞,但没有出现意外,安杰放心了。

"翠翠,看我给你买了什么好东西?"安杰将小镜子递给秦翠翠,她没有伸手接,依然望着窗外出神。安杰笑着说:"翠翠,记得你在安家时,是非常漂亮的姑娘……"秦翠翠打断他的话:"少爷,你什么也不要说了,我希望你不要再来了。"

"为什么?"

"我没有疯,你会将我真逼疯的。"秦翠翠说实话了。

安杰觉着非常内疚,低头沉默了一会儿才说:"对不起,翠翠,是安家对不起你,这些年让你受苦了。"秦翠翠听了,禁不住勾起伤心事,豆大的泪珠从眼眶里掉落下来。

安杰继续说:"翠翠,我不是逼你,我是想帮你。你觉着不公平,你可以找爷爷评理啊!你伺候他那么多年,没有功劳也有苦劳,总不能……"秦翠翠听到这里,仿佛整个身体都颤抖了起来,压抑着内心的巨大痛苦说:"是命运对我不公平。"

"不是的,是我们安家对你不公平,是爷爷对不起你。"安杰感觉自己这样说出来痛快了许多,继续引导道,"翠翠,命运掌握在自己手里,你遭受了这么大的罪,为什么不起来反抗呢?为什么不找爷爷斗争呢?"

"不不……"秦翠翠惊恐地连连摆手,"我没有受罪,我没有受罪。"

"还有,听说你的孩子在大雪中夭折了,为什么那个男人不管你呢?他也太没有人性了。翠翠,你不要怕,我们……"安杰刚要说我们组织会给你撑腰,但考虑还不了解秦翠翠的底细,而且当前开展活动还在保密期,便改口道,"我会帮你的,真的。"他的话顿时让秦翠翠悲伤起来,嘴里不停地哀求道:"少爷,求求你了,不要再说了,你要是真对我好,你快走吧,不要再来了。"看到她如此痛苦的样子,安杰站了起来,刚要离开,忽然觉着自己要是不帮她的话,恐怕没有人能帮助她了,便直接道:"翠翠,我实话告诉你,现在除了我能帮助你,不会再有人帮你了,你可要想明白了。"

秦翠翠擦了脸上的泪水,低下头,不再嘴硬了。安杰趁机说:"你将实话告诉我,好吗?"

秦翠翠呜咽着道:"我知道少爷是好人。"

安杰重新坐回炕沿上，耐心地说："翠翠，有件事情我至今不明白。你在我们家干得好好的，为什么突然走了呢？是因为你有了相爱的人被爷爷驱赶了吗？"

秦翠翠哇地哭了，哭得很伤心很委屈，似乎又无法诉说出来。

安杰继续道："自由恋爱，现在来说，已经不是丢人的事情了，只是爷爷他们这一代人还守旧。我的问题是，为什么一切苦难都由你自己来承担呢？我还清楚记得，那场大雪我们家院子里的梅花开了……"秦翠翠再也听不下去了，突然跪在安杰面前，苦苦哀求道："少爷，你帮帮我吧，求求你了。"

"你说出实情，我才知道如何帮助你呀。"安杰将秦翠翠扶了起来，并尽量稳定她的情绪，"翠翠，不要着急，今天你不想说就先不说，等你想好了，可以到学堂找我慢慢说，好吗？"秦翠翠将额头上散乱的头发往后捋了捋，顿时一张干净、亲切的面容呈现在安杰面前，她轻轻地说："其实，我的孩子没有死。"

"没有死？现在在哪儿？"

"她、她是雪梅。"

"雪梅？！"安杰几乎惊得站了起来，忽然觉着有道理，好像在情理之中，但又似乎很不可思议，连忙问，"这么说，你跟我三爹……"

"不是。"秦翠翠似乎摇了一下头，实在难以启齿，又实在不说不行，"是——与——老——太——爷的。"

"什么？是爷爷的。"安杰简直要晕倒了，他仿佛要发疯了，在屋里跺着脚，连声道，"怎么可能呢？怎么可能……"他忽然拉着秦翠翠的手，大声道，"走，跟着我找他去，为什么如此惨无人道啊！"秦翠翠又给安杰跪下了，连声道："少爷，你不能找老太爷啊，要是他知道了我将孩子的事情告诉你，他会打死我的。"

"哼，他不敢！我给你做主，走！"

"他曾经对我说要是让雪梅知道了我是她娘，他就将雪梅赶出家门……少爷，求求你了，我这样忍着，装疯卖傻就是为了能够看见她呀！我不希望我的女儿跟我一样命苦啊……"听了秦翠翠字字声声包含血泪的诉说，安杰什么都明白了，他虽然想到了她有私情，但万万没有想到是爷爷造的孽，表面上风光威望乡里的爷爷，私底下怎么会做出如此可恶的事情来呢？难怪三爹一家早早去上海落户了,难怪爷爷对雪梅宠爱有加。他攥起拳头狠狠打在墙壁上,整个屋子都为之晃动,尘灰从屋顶上唰唰掉落下来。此时,他看得出秦翠翠隐藏在心中的担心和后怕,也感觉到了她激烈的情绪和矛盾的痛苦心情,思虑再三,没有贸然行事,觉着此事要从长计议,便道:"你想让我怎么帮你?"

"我只想与雪梅近距离接触一次,哪怕说一句话也好。"秦翠翠说完,紧盯着安杰,等着他回话。安杰点头道:"你先别着急,我想想办法。"

从安家台村后到两城河口有一片沙滩海岸,因为沙子又细又洁净,远远看上去就像铺上了一层黄金,人们称之为"金沙滩"。这里盛产日照最有名的贝类特产——西施舌,它大如碗口,肉质鲜嫩无比,曾是皇家贡品。每到落潮的时候,沙滩平缓向里伸展三四里路,海水平静少浪,是绝佳的游泳场地。

浪花在蓝蓝的海面上顺风轻唱,海鸥在细细的沙滩上或觅食或嬉戏或翔集。安雪梅穿着白色的短裙,外套一件朱红色的小褂子,赤着脚丫,与同学们拿着小铲子、挎着小竹篮来到了沙滩上。这是安杰有意开展的课外活动,让学生们接触大自然,热爱大自然。当然,他目的就是给翠翠提供与女儿接触的机会。

秦翠翠戴着苇笠,早早就来到沙滩,她有意避开人多的地方,不时地朝海岸边张望着,盼望着快点见到自己的女儿。来了,当她看到安雪梅与同学们赤着脚往海水里开心奔跑的场景,她的心激动得快要跳出来,可是雪梅根本没有朝她这边看,她只好挎着篮子主动靠近女儿,强忍住奔涌的泪水,在嗓子眼里喊了一声:"雪梅。"雪梅正玩得高兴,忽然听见有人喊自己,回头见是一个和善的女人,顿时升起别样的亲切感,笑着走了过来,看到秦翠翠篮子里有好多西施舌,便趴在篮子上开心地叫了起来:"呀,好多西施舌呀,都是您挖的?"

"你喜欢吗?喜欢都拿去。"秦翠翠说着将涌出的眼泪擦干。安雪梅更加开心,连连说:"喜欢喜欢,爷爷经常让安妈挖西施舌给我吃……"秦翠翠听到这儿,犹如万箭穿心,憋了一肚子的话却一句没法说出来。此时,她多想将女儿抱在怀里叫一声:雪梅,我的女儿啊。

"雪梅,雪梅……"忽然安妈跑过来,拉着安雪梅就要离开,"你怎么能到这个危险的地方呢?要是让老爷和老太爷知道了,还不扒了我的皮呀。"安雪梅还没有玩够,忙哀求道:"安妈,让我玩一会儿好吗?求求你了。"

"不行,走走,快跟我回去。"安妈说着硬拉着安雪梅往海岸边走,雪梅极为不情愿,甚至都哭了。这一切让秦翠翠看得明明白白,她刚要上去阻止安妈的武断行为,走了几步,最终还是停住了,怀着满腔的悲伤,一屁股坐在沙滩上捂着脸哭了,手里还拿着准备送给女儿的小镜子。

安雪梅被拉到海岸上,她实在生气了,将长命锁拿下来扔给了安妈:"给你好了,你整天让我戴着这玩意儿叮叮当当的多烦人啊,同学们都嘲笑我,现在玩一会儿都管,我不要你了……"说着一边哭一边赌气地往家走。安妈吓坏了,急忙给她戴上,可是雪梅死活不同意,安妈没辙,坐在沙滩上哭了起来。安杰闻声跑过去,问明情况,正要支持安雪梅时,只见安雪梅走到安妈面前说:"安妈,是我不好,对不起呀,你不要哭了。"安杰顿时感叹不已,看着远处哭泣的秦翠翠,再看看破涕为笑的安妈重新给雪梅戴上长命锁,忽然觉得雪梅的命好苦好可怜,这哪是长命锁?分明是架在她脖子上的枷锁!

第七章　东林寺惊动

安杰辞掉了教师工作,经安哲介绍,在刘鸿伦家里谋得了一份差事,为他的女儿补习国文。刘鸿伦因防共反共不力,被山东省政府主席韩复榘解职以后赋闲在家,几乎不问政事。

刘府东邻县立中学,门前十亩荷塘。安杰每天沿着荷塘东边的小道绕过影壁墙走进刘府古色古香的大门。院内的建筑与中式大门相反,一栋豪华的西式三层小楼矗立于中央位置。一楼是宽敞明亮的客厅,左右各有厢房。中间安放着绣有日出东海的四折屏风,前面摆放着一拖二真皮沙发。每天客人不断,形形色色各行各业的人都有。

安杰在三楼辅导,有时候也来到客厅小坐,刘鸿伦便介绍朋友认识,这样他就有机会接触到各阶层人物,并物色发展对象。一次,在他们谈话中,他偶然听到新来的杨金彪县长要在全县对共产党员实施大搜捕。他暗暗吃惊,补习完课程后不动声色地告辞出了刘家,顺着县政府门前大街向西行走,见大门口增加了岗哨,街上有警察逐门逐户盘查户口,并对可疑人员进行询问搜查,整个县城仿佛笼罩在恐怖、紧张得近乎令人窒息的气氛中。

忽然,一个女人凄厉的哭喊引得众人回头看,原来她男人被几个警察抓走了,她趴在地上朝着丈夫离去的方向拼命哭喊着。安杰没有停步,看到熟悉的人将帽檐往下一拉,遮住脸面,迅速离去。他顺着牌坊街出了北城门,快步来到了两城镇,接近中午,他来到三大锅饭庄。

一街两城

大锅里煮着羊肉,锅底的柴火烧得正旺,锅内沸腾,汤白如奶,似趵突泉般喷涌,如珠玑跳跃,热气像云海一阵阵在屋顶漫卷缠绵,整个屋子弥漫着浓醇的羊肉鲜香味。或一碗全羊汤或一碗羊杂汤或一碗纯羊肉汤,不加任何调料,吃进肚子里解酒解乏解饿,还能解病。面食是如锅盖般大的大饼,正反两面微黄,少许烟点,厚薄均匀,吃起来表皮香脆,内瓤甜软,越嚼越筋道。喝羊汤、吃大饼是特色美食。当然,还有一样不可缺少的,羊肉汤里必须放点芫荽才出味,而芫荽两城产的最佳,有"南芹北香"之说。

安杰要了一碗羊杂汤,拿了一块大饼,坐到了安哲对面。这里是地下联络点。安杰将自己听到的情报向安哲做了汇报。安哲指示他静观事态发展,不可冒险行事。同时,安哲还告诉他解散驻跸岭上的训练基地,杨金彪要在全县开展大搜捕,各级党组织务必引起高度警觉。说完安哲起身付钱,不动声色地走了。

安杰心中有数了,刚咬了一口大饼,忽然瞧见姜邯春也在此吃饭,禁不住暗暗吃惊,观察了一会儿后,并未发现他有特殊举动便心里踏实了。姜邯春吃完了站起来,大声对老板说:"老板,付账。"老板忙哈腰答应着,接过他递过来的钱,姜邯春临走还望了安杰一眼,然后仰着脸大摇大摆地走了。

"先生,这里的羊肉汤需要自己放调料,你不放点两城芫荽?"安杰听出是郑岩,并没有抬头。郑岩是县立中学校长,中共地下党员。他在安杰身边的空位上坐了下来,安杰便转身笑着对他说:"加了点,两城芫荽的香味太重,不敢多加。"郑岩喝了一口汤,道:"是,适中便增味。"然后压低声音说,"现在形势严峻,姜邯春怎么还敢如此张扬?"安杰用眼梢瞥了周围没有发现可疑之处,便道:"县委安书记要求我们立即解散东林寺训练基地。"

"嗯,非常有必要。"郑岩警惕性很高,道,"还有,牟百财同志将家里的枪偷出来使用,态度固然好,但从目前形势看,是不是太冒险了啊?很容易暴露。"安杰故意喝着汤道:"这件事你提醒得很对,我找他研究一下。"郑岩点头,说:"对了,据同志们反映,姜邯春经常下饭馆,花钱大手大脚,凡认识的同志就借钱,而且借了不还,像他这样的纨绔子弟,啊,我说得有点重啊。不过,我认为他加入组织动机不纯,建议让牟百财同志再考察一段时间。"安杰点头同意。

郑岩转身,高声道:"老板,再加点汤。"老板娘答应着过来给郑岩碗里加满了汤,安杰起身装出不认识郑岩的样子,付了账匆匆离开了。

安杰遵照安哲的指示来到了东林寺后院,牟百财正领着骨干分子练习王在川教授的刀法。牟百财迎上来,举着拳头对他说:"书记,县委什么时候同意举行暴动啊?干吧,我们都已经准备好了。已经发展两三百人了,我将家里的三条长枪、一支驳壳枪拿出来,现在革命队伍要人有人要枪有枪,足够具备暴动的条件了,先打县城……"安杰没等他说完,急切道:"县委领导同志一再强调,仅靠目前的力量显然不够,暴动条件还不够成熟,最关键的是,还没有将劳苦大众发动起来,没有他们的支持和拥护,暴动是不会成功的。"

牟百财热血澎湃道:"我实在等不及了,现在党中央在瑞金建立了苏维埃政权,南方各省都轰轰烈烈地开展了'打土豪分田地'运动……我为表达彻底革命的决心,改名春雷,就是春天一声霹雳,震醒沉睡的国人。"

"好,果然有气势,以后就叫你春雷。"安杰肯定了牟百财的热情后,沉住气道,"其实,我比你还着急,但我们不打无把握之仗。县委安书记说杨金彪要在全县对共产党员进行大搜捕,目前形势对我们非常不利。安书记要求我们务必引起高度警惕,千万不可冒险行事。"春雷忙问下一步该怎么办,安杰忙回道:"从县城里种种迹象来看,他们眉毛胡子一把抓,还没有明确目标,只是兴风作浪。所以,我们最近不能盲目冒险行动,这里的训练组织立刻解散,区委分头到各个街道、村庄、厂矿、码头秘密建立各种农民组织,如佃户会、船工会、觅汉会、长工会、铁匠鞋匠会……"他忽然想起路上看到放牛的农民,"也可以将那些给东家放牛的农民组织起来,组建放牛会嘛。"

"这样好是好,可是太慢了。"

"干革命不可能一蹴而就,我们要做好长期斗争的准备。"

"长期,长期是什么时候啊?我等不及了,革命的熊熊烈火已经烧得我热血沸腾了,很多同志,如姜邯春同志就积极要求加入党组织,多好的形势啊!"春雷攥起拳头道。安杰想起了郑岩的话,对春雷说:"姜邯春这个人还要考察一段时间,尤其是你要多关心帮助他,必须克服掉一些坏毛病,绝不能违反纪律,像他这样有特殊家庭背景的人,加入我们行列中来,所产生的效应是巨大的。"春雷打包票说:"书记,姜邯春思想动机没有问题,多次要求加入党组织,虽然有点小资产阶级的情调,我相信经过大风大浪的磨砺,他会改正的。"安杰点头道:"那就好……"两个人正谈着话,哨兵跑进来道:"安先生,警察局的人来了。"春雷立即警觉了起来,道:"这么快呀!难道被人告密了?还是你被警察盯梢了?通知同志们快撤。"安杰伸出大手压住气氛道:"别慌,还不知他们什么来头,万一是路过或例行检查,我们如此惊慌很容易暴露。"

安杰听到嘈杂的脚步声临近了,大摇大摆地来到了前院。慧安正与任书武交涉。任书武穿着警服,头戴'青天白日'帽,扎着宽牛皮腰带,皮带上别着手枪,他抱拳道:"大师,在下打扰了。"

"局长到敝寺上香还是……"慧安问。

任书武放下手,走近了几步道:"最近全县不太安宁,有人反映东林寺经常进出不明人员,杨县长特命我来搜查。"还没等慧安答话,安杰紧走几步,朝着任书武抱拳道:"是任局长啊,久仰大名啊。"任书武并不认识安杰,慧安正要介绍,安杰自我介绍道:"我是八爷的孙子,安杰。"安老八大名鼎鼎的,谁人不识啊!还没等任书武反应过来,安杰接着进一步道:"王偃月与三爹是……"他刚要说亲家,忽然改口道,"是好朋友,听说与局长交情匪浅啊。"他这么一番铺垫,任书武自然明白他是什么人了,伸出手热情道:"八爷是我尊敬的长辈,在川兄是我的好朋友,这么说,咱们也算认识了,你来上香?"安杰握着他的手,回答道:"哦,是这样,我平时喜欢武术,与几个弄棍舞棒的小伙伴切磋技艺,听说这里有习练的场所,就托王偃月表叔介绍来了。"

接着,慧安说:"是,要不是王施主介绍,老衲还真不敢随便容纳不熟悉的人来敝寺练武。"

"主要跟大师学习武术嘛。"安杰快嘴道。

慧安很高兴,任书武相信了,也想到后院看看,正巧王在川提着偃月刀进院了,见到任书武,惊奇道:"任兄,你什么时候穿一身黑皮了?怎么有空来寺里了?是来上香还是找大师喝茶啊?"任书武见好朋友也来了,更不再怀疑了,笑道:

"自从杨县长上任之后,就将保安大队整建制转为保安团,将我调到警察局,早就听说大师这里有好茶,王兄可是这里的常客啊,哈哈。"王在川接话道:"既然知道这里有好茶,为什么不早来啊?"

"忙啊。"任书武叹气道,"警察局不比保安大队,没有不管的事,杨县长新官上任三把火,说我们县快成'共党'的活动基地了,当前主要任务是搜查抓捕'共党'分子。"

"'共党'到咱县了?还没听说呀!谣传吧?"王在川紧问道。

任书武摇着头道:"王兄不在其位不谋其政啊。听说有了,但我至今还没有抓住一个真的,别看牢里抓了不少,我看都是些普通村民,有那么几个也不过思想激进或者多说几句过头话而已,共产党狡猾得很,喜欢搞地下活动。"安杰一直沉住气。

"走走,请施主们到禅室喝茶。"慧安道。

任书武、王在川、安杰走进禅房,一个警察跑过来问任书武:"局长,还看不?"任书武不耐烦道:"还看什么呀!有王兄在,王偃月你不知道吗?天下太平。你先回县城告诉杨县长,就说我遇见故人了,正在大师这里喝茶,今天就不回局了。"警察敬了个礼,带着其他警员走了。

"看来,王偃月的威名至今不衰啊。"安杰敬佩道。任书武接话道:"那是,王兄王偃月的威名什么时候都不过时啊,对吧,王兄?"王在川听了虽然觉着有些奉承,但总是给自己长了面子,急忙点头哈哈一笑应付过去了。

慧安给冲上茶水,任书武品了一口,连声说好茶。王在川看到今天用的是瓷器茶杯,便问:"大师,以前用的茶杯都是陶器的,今天怎么改用瓷器的了?味道可是不一样啊。"慧安看着安杰,笑道:"是秦天喜施主告诉老衲,陶器都是古物,应当保护。这不,老衲从此改用瓷器了。"王在川想起那个年轻人了,觉着好久没有见到他了,便问安杰:"安杰,好长时间没有见到他了,他对黑陶杯很感兴趣,不知找到了没有。"因为安杰也不知他最近忙些什么,不便多说,便应付道:"我也好长时间没有见到他了。"

"秦天喜,秦……这个名字好熟啊。"任书武沉吟着,忽然大声道,"对了,我记起来了,前些日子,我在县长办公室见过这个人,是不是高挑个子,中分头,脸瘦削,戴着眼镜?"

"对对,是他。"王在川道。

这时安杰紧张了起来。开始他们在谈论共产党的时候,他始终保持镇静,尽量应对过去,没想到他们又要喝茶,更没有想到竟然听到秦天喜去了县长办公室,这次警察突然来东林寺,很可能与他有关联。安杰继续稳住自己,一再告诫自己别冲动,听他们说些什么。忽然外面一阵响动,任书武警觉道:"谁在外面?进来!"王在川和安杰都紧张地站了起来,任书武的手已经放在手枪柄上了。门开了,春雷慢腾腾地进来道:"是我。"任书武不认识他,依然保持紧张姿势,王在川看见是他,顿时脸上掠过一片浓云,不再看他第二眼了。安杰眼尖地看出了王在川的心事,忙笑着对任书武介绍道:"局长,他叫牟百财,是表叔的亲外甥。"任书武转头看着王在川,王在川连看都不看,道:"出去出去,我不想再看到你。"春雷趁机转身匆匆离去。

任书武重新坐下,但还是盯着王在川,好像还等着他最终的解释。

"大姐家的二外甥。"王在川低着头喝了一口茶道。

任书武这才完全放心了,笑道:"看样子你在生他的气?"

王在川叹道:"按说家丑不可外扬。可是,我让这两个混账东西气死了。"除了春雷,他指的另一个混账东西就是王芬了。前天,有媒婆给王芬提亲,王芬死活不去相亲,嚷着非表哥不嫁。气得王在川拿出偃月刀恐吓她,不去就杀了她。王芬更加坚决,哭着闹着寻死上吊。

任书武听罢,笑道:"所以王兄才来东林寺散心啊?"王在川指着安杰说:"说实话,最近多亏认识这帮小青年,我手中的偃月刀才有了用武之地。唉,现在你们……"说着指着任书武腰间的手枪,"都用上这个家伙了,原来找我看家护院的族长、堂主也不找我了。"安杰这才明白了王在川近日的忧郁心情,原来教授刀法的目的是为了自己的面子和精神寄托啊,便笑着道:"表叔的偃月刀所向披靡、威风凛凛,什么时候也不过时啊!"任书武顺着他的话,说道:"安杰说得不错,你王偃月的大名可顶一个排一个连啊!只要你王偃月站着大声一吼,谁不怕?!还不乖乖地扔掉枪炮逃跑了啊!"他这么一说,大家都笑了,王在川的心情渐渐好了起来。

安杰他们正在室内轻松地聊着,外面春雷叫上姜邯春也没有请示安杰书记就直奔涛雒镇,他要刺杀秦天喜这个叛徒。

涛雒镇与县城、两城镇三点一线。春雷他们赶到涛雒镇已经晚饭时分了,他们顾不得吃饭,潜伏在秦天喜家对面的树丛里,伺机刺杀他。突然,骑着自行车的一个青年在秦家门口停了下来。春雷以为是秦天喜,示意手下准备开枪射击。可就在这时,那个青年猛然回头,春雷看清楚了,不禁暗暗大惊,急忙示意姜邯春不要开枪。原来这个青年不是别人,正是表弟王里路。

第八章　一见倾心

　　王里路不是在县城上学吗？怎么会到涛雒镇了呢？原来，自从父母将兰兰辞退后，他就赌气不回家了，学校放假他不回两城镇，而是来到姥姥家躲着。

　　今天晚上，王里路给秦天喜送船票，他大舅在码头上开小火轮，每周去青岛三趟。秦天喜想坐船去青岛，然后再坐火车去济南找山东省图书馆馆长丁履堂。他是一位国学大家、考古界权威，是涛雒镇丁家族人。秦天喜曾经是他的学生，知道他对考古有研究，想求他帮忙鉴定报纸上刊登的高柄黑陶杯和他捡到的陶片是哪个朝代的，其价值有多大。他那天去找县长，是想请县长派人保护两城镇古遗址，正巧被进来汇报工作的任书武遇到了。

　　王里路给了秦天喜船票正往回走，在窄窄的巷子里被三个黑衣人截下了。王里路刚要生气，春雷故意大喊："王里路。"王里路本能地答应了。春雷立即道："你还知道姓王啊？"王里路仔细看，原来站在前面三个男人中间的是表哥，还有一个是同学姜邯春，他将车子停稳，惊奇道："表哥、邯春，你们黑灯瞎火的干吗呀？"

　　"我干吗？我问你，你为什么不回家？"春雷当然知道表弟的底细。王里路认为他是父亲派来的说客，反感道："你告诉爹，我现在还上学，不回去。"姜邯春忍不住开玩笑道："里路，你还上什么学呀？抓紧回家把那个小媳妇娶回家抱孩子吧，哈哈。"

　　"要娶你娶吧。"王里路瞅了姜邯春一眼就要上车离开。姜邯春还想嘲弄王里路一番,春雷忙将他推开,问王里路:"哎,我问你,你去秦天喜家干什么?"王里路实话实说了,春雷闪开路让王里路过去了。

次日清早,春雷和队员埋伏在去码头的路上。这里是富水河下游的湿地,大片大片的芦苇荡一望无际,人趴在芦苇里,外面的人一丁点儿也看不到。太阳升起一竹竿高了,还没有见到秦天喜的影子。蚊子在头上、脸旁飞来飞去,叮一下就是红点子,刺痒难受。水蛭爬到胳膊上、腿上,他们也不敢动,强忍着疼痛,紧张地注视着路上来往的人群,担心秦天喜溜走了。

"来了来了。"姜邯春指着路上骑车的人道。

来人靠近了春雷,仔细一看,差点把他给气死,原来是王里路骑着自行车驮着秦天喜。此时,春雷顾不得那么多了,举起手枪朝秦天喜瞄准,可是车子在不平的路上颠簸着,忽上忽下、忽左忽右,秦天喜要么被表弟挡住了,要么被芦苇挡住了。再不开枪,秦天喜就过了芦苇荡,他果断扣动扳机,结果没有打中,秦天喜迅速跳下车子,一头扎进路边的芦苇丛里,对王里路高喊:"快走,喊人来救我。"春雷急忙对队友说:"快追。"说完几个人朝秦天喜逃跑的方向追去。

王里路还认为遇到土匪了,加快速度来到码头告诉了大舅。里路大舅二话没说,叫上几个人拿着枪快步来到了芦苇荡,边喊边开枪警告。正在追赶秦天喜的春雷看到救兵来了,知道今天的计划落空,心里直后悔昨晚没有将捣蛋的表弟送回老家去。

秦天喜被救到火轮上,因为火轮就要开了,他顾不得跟王里路解释,草草写了一封信交给他,急切道:"里路,这封信务必交给在安家台学堂教书的安杰先生,切记不要对任何人说。"王里路点头答应了,与他挥手告别。

王里路不安地回到姥姥家,姥姥说母亲又捎话来了,让他必须回家,还唠唠叨叨,既然定了娃娃亲就要听大人话,要做懂事孝顺的好孩子。因为要去安家台送信,他便爽快答应了。

王里路骑着自行车往安家台赶,到了县城已是中午时分,找了饭馆吃了饭,接着赶路,多方打听找到安家台学堂时已经过半晌了。学堂里正上着课,他没有贸然打搅,而是将车子停在门外,等下课后再找安杰。几个没有见过自行车的孩童围了上来，有的按车铃，有的摇脚踏板，后轮呼呼地转动了起来，像鸟儿叽叽喳喳说笑个不停。

教书先生出来了，刚要赶走孩童，见王里路站在门口，便好奇地问："这位同学，你找谁？"王里路认为是安杰，忙道："安杰先生……"教书先生忙回答："对不起，我不是安杰，他已经辞职了。"王里路有些失望，刚要转身离开，忽然觉着这样走了将来无法跟秦天喜交代，又问："请问，您知道他去哪儿了吗？或者说他家住哪儿？"

教书先生是个五十多岁的中年人，穿着粗布长衫，有些驼背，他很热情，指着前面的一条街巷道："你看啊，往前走到头右拐，看见一棵大槐树左拐，第四个路口左拐，那里竖着一座石牌坊，右拐，看见最高的门楼就是了，记住了？"

"记住了。"王里路虽然答应了，其实他一句都没有听懂，对方满口地方腔，他好歹能听清楚左、右两个字，心想，这样水平的先生能教好学生吗？正当他要上车离开的时候，忽然看见前面一个妇人摔倒在光滑的以卵石铺成的路上，他顾不得车子有没有停稳，飞驰过去将妇人扶了起来，见她满身污垢，还散发着刺鼻的臭鱼味，他没有在意，而是关心道："大婶，这里路滑，您走路要小心点。"

这个妇人就是秦翠翠，她感激地望着里路，忽然从背后传来女孩子的声音："先生……"她急忙回头，见女儿从学堂里跑出来，她快速闪在一旁。

安雪梅已经出落成亭亭玉立的大姑娘了，白嫩的脸庞上一对像是要涌出清水般的大眼睛，一颦一笑间难以掩饰流淌着的快乐和散发着的热情，乌黑亮丽的秀发扎成一对过肩的辫子，上面结着两块浅黄的手帕。白底绛红花纹镶边盘扣斜襟短褂正正好好卡在腰际，突显了她婀娜的身材。她看着眼前这个俊朗挺拔、玉树临风的年轻人，竟然有似曾相识的亲切感。

刚才，当先生说门外有个貌似学生的青年找安杰时，她只是朝外瞟了一眼，心就莫名猛跳了几下，似乎有种魔力在召唤她吸引她，她不由自主地向学堂外走去。刚出大门，就看见他正将摔倒在地的秦翠翠扶了起来，阳光照射在他藏青色的学生装上，修长的轮廓镀上了一层金边。他竟然能俯身扶起那个人人嫌弃的疯女人，一并给予的还有满满的尊重和善意。雪梅这一刻是有些呆滞的，但内心中随即而来的澎湃让她瞬间绯红了脸颊。王里路的这个举手之劳,真的让雪梅铭记一辈子。

"先生,你找四哥?"安雪梅平缓了一下情绪,走到王里路面前含笑问。

"你四哥是?"王里路打量着眼前这个俊俏白净的姑娘。

"就是安杰呀!"雪梅说完,咯咯笑了起来。

王里路一下子高兴了,忙从内衣口袋里掏出信道:"啊,是这样,一位朋友托我捎给安先生的信,那就麻烦你了。"

"不麻烦。"安雪梅慌忙收回眼光,接过信收好,见王里路骑上车子要走,急忙问道,"还不知你叫什么呢!我该如何告知四哥呢?"

王里路忽然觉着自己失礼了,忙转过身歉意道:"哦!对不起,忘记告诉你了,我叫王里路。"当最后这三个字从他嘴里再平静不过地吐出来时,安雪梅被重锤击中了似的,整个人都怔住了,她无论如何都没有想到,此时此刻眼前这个令她一见倾心的人就是自幼与自己订了终身的男人!那个被她设想了无数次的"他"居然是这么文质彬彬、心地善良,庆幸之余,她还有些不放心,不禁急切地追问:"你家是两城'忠和堂'王家吗?"

"是啊,你是怎么知道的呢?"

"我猜的。"安雪梅说完,顿时羞得脸颊如三月桃花了,满眼的深情如潮水般涌了出来,她双手合十在胸前,自言自语,"谢天谢地……"

"你在说什么呢?要是没有其他事,我走了。"说完,王里路骑上车子走了。

安雪梅恍惚中还想说话,忽然听见身边有人嘿嘿了两声,她转身见是秦翠翠,正朝着自己连连点头,还竖起大拇指。雪梅明白她的意思,笑着指着远去的王里路,问她:"他很好,对吗?"秦翠翠眼睛都放光了,不住地点头,嘴里发出"嗯嗯啊啊嗯嗯"的声音。安雪梅高兴极了,连疯女人都说他好,他一定是大好人,禁不住又朝王里路远去的方向望了一眼又一眼,看了一遍又一遍,心想:"他真傻,怎么不问问我是谁呢?"

第九章　暴露身份

  很长一段时间,安雪梅的心都无法平静,时常一个人默默地发呆,一遍遍回放那天的情景,她不愿意放过每一个细节:他干净的藏青色的学生装、洁白的牙齿、挺拔的身姿、彬彬有礼的举止……还有他扶起疯女人时满脸的关切和真诚……在深情回想之后,她心头幽幽地浮起一丝怨尤:那日,他为何不问问我叫什么名字呢?是他粗心吧?不!或者原本他就是庄重的男子,不会对陌生的女孩多说话呢!这样想着,雪梅又羞红了脸,似乎在心底原谅了他。

  这天,安杰正巧回家办事,安雪梅立刻将信转交给他。他拆开信,见写了几句话:"你有你的信仰,我有我的事业,本不相干,何必赶尽杀绝?"落款"秦"字。安杰立刻明白了,立即将信烧了,然后问安雪梅,刚要叫妹妹,忽然觉着不合适了,现在应该叫小姑,也觉着不妥,还是称呼其名:"雪梅,谁捎来的信?"

  雪梅还没有回答脸就羞红了,仿佛已经让四哥看透了心事似的,羞涩地说:"是、是一个姓王的。"安杰因为想着自己的心思,并没有察觉雪梅的变化,随便问:"你怎么不留下他的名字呢?"

  "留了,他叫王里路。"安雪梅说完,有些后悔。安杰还是吃惊不小,但掩饰不住自己的笑意,忙问:"哎,你那个也叫……"说到这儿,他忽然觉着雪梅处于兴奋状态,而且还有点害羞的样子,尤其那眼神充满着幸福和期待,顿时明白了,忙说:"是不是就是他呀?"安雪梅抿着嘴,点点头。这让安杰又惊又喜又好奇,站起来拉着她的手,激动地问:"他知道你们的关系吗?"

"不知道。"安雪梅回答说。

"那,他没有问你叫什么?"

"没有。"

"他也没有多看你几眼?"

"四哥,讨厌,谁知道他看没看呀!"

安杰听到这儿,真的不想给雪梅泼冷水,很显然王里路心里根本没有安雪梅这个人,他又不是不知道自己的未婚妻就是安家姑娘,他心里要是有雪梅的话,既然来到安家台能不关心问一声吗?这是安杰的心里话,他没有对安雪梅说。在他看来,这个小姑太单纯了,单纯得几乎不食人间烟火,不知人间险恶,不知人情冷漠,甚至连未婚夫对自己的感受都没有察觉到。

"雪梅,你是不是爱上他了?"安杰试探地问。

安雪梅看似生气,其实害羞道:"四哥,你再胡闹,我可走了,不跟你玩了。"安杰认真地说:"雪梅,我是认真的,你见了他第一面就对他动心了,对吗?"

安雪梅咬着嘴唇,含着笑点头,她在屋里走动着,两只手不时地有节奏地拍打着,想想那个男人,心中就会升起对未来美好的憧憬,她脸上洋溢着快乐的笑容,说:"幸福是靠自己努力争取来的,我会牢牢抓住的,嘻嘻。"

安杰实在不忍心打破这个快乐、纯洁的小姑的憧憬,她哪里知道看似繁花似锦的背后还有那么多的辛酸和悲痛啊,他想到了秦翠翠。

当日,安杰在县城理发馆与春雷会面,对他擅自行动提出严厉批评,还将郑岩的提醒告诉了他,要求他立即取消对秦天喜的追杀,同时,命令他立即隐藏起来,最近不准抛头露面,不准与任何人包括家人联系。安杰说完就匆匆离去,路上暗自庆幸前几日已经将驻跸岭上的训练组织分散了,否则,后果不堪设想。

春雷虽然心里不服,但也不能不执行书记的命令。此时,事业的挫折和爱情的打击让他很烦心,走到王家大院,望着高高的院墙,明知道心爱的人就在里面,却不敢进去看她,想到二舅那张阴沉的脸就有点发怵。他站了一会儿,便来到镇上的店铺,好久没有见到父亲和大哥了。此时,他忘记了安杰的提醒和特别交代,还没有进门,牟敦银从玻璃窗子看到他往里面进,大声喊着不让他进来,春雷不知发生何事，反而加快脚步进店，牟敦银上去就是一巴掌，生气道："这些日子你滚哪儿去了？啊，放着买卖不做，到处游逛，气死我了，我打死你……"说着就向儿子使眼色，意思是让他快跑。春雷开始并不理解，认为父亲真生自己的气，正想坐下跟父亲认真解释，忽然看见门外姜有谷带着警察朝这儿跑来，他才如梦初醒：敌人来了。

姜有谷指着春雷狂喊道："他就是共产党，抓活的。"

"快上楼。"牟敦银说着就要去关门，刚喊，"姜镇长……"就被飞来的子弹打中倒地了。春雷见父亲倒在血泊中，喊着要去救父亲，牟敦银伸出带血的手，艰难道："快跑啊。"

警察朝春雷开枪，春雷边还击边朝楼上跑。这时，警察迅速将牟家店铺团团包围。姜有谷高喊道："'共党'分子，你要是乖乖投降，政府会宽大处理。"春雷怒火中烧，与警察在狭窄的廊道展开了枪战。敌人将他逼到三楼，此时枪里已经没有多少子弹了，他边打边撤，趁敌人躲避的空隙从后窗跳到后院里。

姜有谷拼上死命边追边喊："不能让他跑了，追！追……"

春雷翻过后墙在狭窄的街巷里拼命地跑，后面的警察像疯狗咬着紧追不放，子弹在他头顶上嗖嗖直响，路边的人家赶紧关闭了大门，眼看前面就是死胡同了，春雷忽听有人喊："青年，快往两城河跑。"他也不管是谁喊的，迅疾掉转方向，跃上院墙踩着房顶逃到两城河畔，纵身跳到两城河里，瞬间消失在湍急的河流之中。

姜有谷指着河水中的旋涡，气急败坏道："打打打，打死他……"警察、保安团一阵乱枪，河水泛起了密集的水花，很快恢复平静。当天，两城街上贴出告示："共党"分子牟百财，在逃跑中被警察打死在两城河。

姜有谷觉着不能错过难得的立功和打击王家的机会，亲自来到了杨金彪县长办公室告了王在川一状："被打死的那个'共党'分子叫牟百财，他亲二舅就是县议员王在川。"

"哦，有这事？"杨金彪顿时来了兴致。姜有谷仿佛挖到了金矿，急不可待地说："要是没有王在川王议员袒护，'共党'分子能这么猖狂吗？听说，他还在东林寺里给不明身份的人教刀法,恰恰牟百财是这些人的头头,很说明问题嘛,值得怀疑啊。"杨金彪听了大为恼火,一拍桌子:"这还了得,小小的县议员还反了不成!"他激动得后背上的大氅都随着手臂的挥舞滑到地上。姜有谷转到他身后,小心地给他披上。

不久,王在川县议员被罢免。

姜有谷坐在太师椅上,从窄窄的前额往后捋着短硬的头发,长长地舒了一口气:"终于报了小小的仇,解了小小的恨,也让他尝尝被冷落被折磨的滋味。"

李腊枝猜到了是谁,忙道:"是王在川吧?"说着倒了一盅酒递给他。

"不是他还能有谁让我这般高兴?"姜有谷端起酒盅一口喝了,不等李腊枝亲自动手倒酒,忽然见姜邯冰端着别样的酒壶过来,道:"爹,您看,这是什么壶啊?"姜有谷认得,是三足黑陶鬶,这样的东西原来满大街都是。姜邯冰神秘地笑道:"爹,您别小看了这个玩意儿,我实话对您说了吧,这个东西现在已经成了宝贝,据北京来的张先生说,这个玩意儿是国宝了,不可买卖了,至少不敢明着卖了。"说着从黑陶鬶里倒酒,"爹,您尝尝从这个东西里倒出的酒是啥滋味。"姜有谷喝了一口,果然味道独特,指着陶鬶道:"就是用这个东西烫的酒?"姜邯冰点头道:"爹,我认识不少道上的朋友,他们说倒卖古物能挣大钱,这几年,我收藏了不少黑陶鬶、黑陶杯、黑陶罐。"

"你找到了那个高柄黑陶杯?"姜有谷问。

姜邯冰摇头道:"咱哪有那福气,我挖了很多古墓就是没有找到。据传,一个疯汉从小孩子手中抢走后,给了东林寺的和尚,后来不知去向,说是摔碎了,谁也没有看见。哦,对了,王在川见过真品,说不定他们合起伙来撒谎。"姜有谷点头说:"应该到他家了,和尚要黑陶杯没有用。"忽然叹气道,"唉,那个至高无上的高柄黑陶杯真在他手里,我、我心不甘呀。"

"爹,想办法弄过来。"姜邯冰立即道。

姜有谷为难道:"咋弄呀?总不能去抢吧?再说他有大刀会,我也抢不过他呀。"李腊枝本来要给丈夫倒酒,听到他如此无能气短,便将酒壶重重放到桌子上,溅出了酒花,瞪着丈夫,大声道:"你能让他当不了官,咋不能灭了他!再说,

一街两城

你不是有镇公所嘛。"姜邯冰立即领会母亲的意思:"对,爹,镇公所有枪,暗中射死他,只要老王家家破人亡,咱老姜家就能成为日照四大家族之一,恢复两城街老大地位,到时候那个价值连城、如金山般贵重的高柄黑陶杯还怕到不了咱家吗?"

姜有谷点着头,拿起酒壶倒满一盅酒一饮而尽,然后将空盅重重拍在桌子上:"一步一步来,我早晚会让王在川滚出两城街,现在王家人该难过了!"

第十章　为爱夜奔

　　王家沉浸在悲伤之中。牟家派人来报丧,一天死了父子俩,仿佛天塌了一般。王芬听到心上人被打死的消息,当场晕倒在地上,虽然被救醒了,但她哭着要为心爱的人披麻戴孝。王在川觉着对不起两个孩子,是自己硬拆散了他们。他不敢对女儿吼了,独自来到东林寺。偌大的练武场静悄悄的,练武用的器具都还在,只是不见一个人影。他刚要转身离开,任书武从侧门走了出来,满脸严肃道:"在川兄,你怎么今天有空来这里啊?"王在川没有理他,继续往外走。任书武觉出王在川误解自己了,紧走几步,解释道:"外甥的事情,我有责任。"

　　"你不用解释了,你是警察,他是'共党'分子,打死活该!"王在川说完,提着偃月刀气哼哼走了。

　　任书武是来抓捕安杰等人的。事因春雷引起。牟敦银例行查看库房发现少了枪支,不假思索,就报了警。警察通过调查发现,偷盗枪支的不是别人,正是牟家二少爷。牟敦银得到消息,后悔报官了。当他发现已经有便衣警察跟踪、监视自己及牟家所有店铺时,想通知儿子已经晚了,自己也为此送了性命。

　　按说无官一身轻,可是王在川站在驻跸岭上忽然感觉天下如此之大竟然没有想去的地方。他走着走着,来到了自家开的窑厂,见董玉璀正在转轮上制陶,地上摆着许多高柄酒杯模样的陶坯,有的虽然烧成了却都是残损品。王在川随手拿起一件品相好点的,但厚度与茶杯差不多,不由得道:"看样子,与原品还有很大距离。"正聚精会神制陶的董玉璀这才发现东家来了,忙停下手中的活儿站了起来道:"是老爷啊,什么时候来的,我都没有发现。"

"没事,你忙,我随便转转。"王在川看到转轮上的半成品,"我总感到不像是在转轮上完成的。"董玉璀接上话道:"我也寻思过,不知试了多少次都不成功,即便是达到茶杯厚度,可是到窑里温度烧不到五百摄氏度就裂了或瘪了,因此我得了结论,咱这里的黄泥土不适合烧制陶杯,达到蛋壳厚度根本不是人做的。"王在川没有接他的话,而是转了一个话题:"你弄几个小菜,我在这儿跟你喝上几盅。"

董玉璀听了很激动,连声说好,就跑出去准备了。王在川转到挖泥土的地方,随手抓起一块干透的泥土,坚如磐石。围着窑厂转了一圈,董玉璀过来喊酒菜准备好了,他进屋见桌子上摆放着大盆,里面盛着狗肉,周围摆放几样小菜。董玉璀抱了一坛子烧酒说:"地瓜干老烧。"王在川连说好,两个人端着酒碗抓着狗腿吃喝开了。

王在川越喝越来劲,他干脆将外衣脱了,三碗酒下了肚后说:"董师傅。"董玉璀忙道:"老爷,您别叫我师傅,我担待不起。唉,我笨啊,连小小薄薄的酒杯也做不成,不配给您干活。"王在川忙摆手道:"不怪你,你不是说过嘛,那个黑陶杯是神人做的,你又不是神人,哈哈,来,喝酒!"说着与董玉璀将酒干了。董玉璀借着酒劲说了实话,曾经用粘贴法、卯榫法、雕刻法等试着做镂空高柄黑陶杯,但都失败了。

王在川不让他说下去了:"你不要再做了,我知道做不成,不要枉费工夫了。"说到这儿,董玉璀忽然想起经常有人前来寻找或询问高柄黑陶杯,王山川忙说:"都扔了,快扔了。"董玉璀问为什么,他立即道:"留着惹麻烦。"董玉璀不再问了,当夜将制作的成品或半成品黑陶杯全部扔到丝水里。

王在川提着上衣刚走到自家门口,王里道跑过来说:"爹爹,三哥回来了。"王在川嗯了一声,忽然一阵晕眩,双腿不听使唤了,赶过来的王汗急忙扶着他回房休息。

王里路是回家更换衣服的。那天从安家台出来,本想回家看看,可是走到驻跸岭又拐了弯去姥姥家了,他实在怕回家爹娘逼婚。至今,他都不曾想过在学堂前认识的那个女学生就是自己的未婚妻。

王里路几乎失去了人身自由,每走一步都有人跟着。丁使秀坐在他的床前哭诉,从他如何在路上降生到被人吓掉了魂,像诉家史般,而且尽挑伤心的事说,并故意做了渲染:"天下哪有爹娘不疼儿女的?都是为你们好啊。可是你大姐为了一个男人寻死上吊,你又为了一个女孩儿家都不回了,一切过错都让你爹怪罪于我,我还不如死了的好。"丁使秀说着,不停地抹泪。

王里路没想到看似富贵、光鲜的家庭背后却有那么多辛酸、曲折的伤心事,娘的哭诉使他动摇了,他更加愤恨父亲冷酷无情。丁使秀看到儿子松动了,趁热打铁,接着说:"唉!兰兰确实是个好孩子,我也很喜欢……我把你们分开是不得已而为之。你想想,你们都成年了,如果再不把你们分开,万一出了那种事对谁都不好,尤其对兰兰更不公平。没想到兰兰这孩子犟,想不开自己回去了,她娘逼她给光棍儿哥哥转个媳妇,她宁死不从跳崖自杀了……唉!你们这些孩子,啥时能理解做娘的心啊。"

王里路傻呆了。屋还是那间屋,床还是那张床,那人儿却永远回不来了。待娘走后他控制不住自己了,趴在床上大哭,挥舞着拳头捶打着床铺,后悔道:"兰兰,我对不起你啊,我不该走啊!"连续几天,王里路茶饭不思,常常半夜醒来感觉兰兰的气息还在,喊着兰兰的名字,低沉哀怨的声音在黑洞洞的屋子里缠绕回旋。

"有贼,抓贼啊。"深更半夜,突然有人高喊。

王在川惊醒,一骨碌爬起来,顾不得换衣服了,穿着睡衣就冲到了客厅,见王汗及护院四处寻找捉拿盗贼:"四处搜,找到了,我一刀劈了他。"护院上前邀功道:"老爷,我好像看到盗贼朝二小姐房间去了。"王在川听罢,扭头就冲向王芬的房间,王汗他们也紧跟了上去。他们见王里路站在王芬房间外。王里路惊讶道:"爹,你们这是干什么?"王在川一愣,猛然推开儿子,用力推开门,见女儿正坐在梳妆台前若无其事地吃着点心,见了父亲头都没有抬,噘着嘴依然生气的样子。王里路解释道:"爹,二姐饿了,我到厨房找了点心给她送来了。"

"哼,她还知道饿呀!"王在川不敢对女儿动气了。王汗松了口气道:"是少爷就好,咱家有高墙护院,还有大刀会守着,连耗子都进不来,别说盗贼了。"忽然间,王在川看到王芬好像懂事了,心里倒是踏实了,便对王汗嘱咐道:"还是小心点好。"王汗连连答应,挥手让护院离开,王在川放心地回房休息了。

王里路见众人散去后,便推开王芬的房门道:"出来吧,他们都走了。"王芬故意道:"里路,你说什么呢?"

"藏着一个大男人,丢人不丢人啊?要是让爹爹知道了,还不一刀劈了你们?"

"你可别胡说啊。"

"我胡说?"王里路说着,蹲下要朝床下伸头,春雷赶紧从床底下爬出来说:"里路,这次多亏你啊。"王里路立即朝向王芬,王芬顿时羞得低下头不敢看弟弟了。

春雷并没有被姜有谷打死,他跳进两城河后,泅渡到河口逃生了。因为他的冒险行动,给刚刚起步的两城区党组织造成重创,许多共产党人被逮捕,甚至有些忠贞不屈的党员牺牲了,一场大搜捕在日照大地上展开了。

风雨交加的夜晚,在秦翠翠家里,安杰、郑岩与春雷秘密会面,县委特派了委员牟春霆参加。春雷认识到自己的鲁莽行动给组织和同志造成了巨大损失,自愿承担一切责任。牟春霆代表安哲书记给予了他严厉批评。安杰做了自我批评:"我要检讨,没有严格执行安书记的指示精神,对郑岩同志的提醒没有引起足够重视,才导致春雷同志冒险行动,教训惨痛啊。"接着传达了县委的指示精神,要求所有党员暂停公开活动,暴露的党员干部外出躲避风头。牟春霆传达安哲的指示,要求安杰、春雷快速离开日照县。

安杰坚定地说:"春霆同志,我不能走,我是区委书记,这个时候要是离开了,会让仍在战斗的同志们没有安全感、失去目标。"最终,县委安排春雷去济南暂避风头,同时代表日照县委向省委汇报日照的实际情况。

春雷临走前放心不下恋人,冒着生命危险潜进王家,哪怕见一面说一句话也好,不承想被护院发现,多亏王里路及时出现。

王里路并不知道春雷的身份,但清楚他跟姐姐的关系及不利处境,说:"我劝你们今夜就逃走,一旦天明了让爹爹发现,你们谁也跑不了了。"春雷拉着王芬的手,焦急道:"现在外面戒备森严,我们如何出去啊?"这时,王芬满腔希望地看着弟弟。王里路看着春雷,看到他的眼神,顿时强烈的责任感让他决定冒险行动,说:"下半夜,你们从后窗户用绳索下去,然后从后花园到东厨房,那儿有个倒垃圾的后门。"春雷连说好。王芬担心道:"厨房里有值班的啊。"

"不要紧,我去应付他们。"王里路说完就出门走了。春雷和王芬再也控制不住自己的情绪了,两个人紧紧拥抱在了一起。

下半夜,万籁俱寂,偶尔有一两只夜行动物出现,也迅速隐没在墙角杂物或草丛中。春雷悄悄打开后窗,伸出头朝下望了望,觉着安全了便用床单拧成绳子顺下去,自己先下去,观察四周没有动静,抬头向上招手,王芬背着包袱,紧紧抓住绳子,可是到了一半就抓不住掉了下来,多亏春雷稳稳接住才没有让她惊叫出声音来。两个人不敢停留,弯着腰悄悄来到厨房,值班人听见有动静,开灯要起来查看。早在此等候的王里路忙应付道:"大叔,是我呀,饿了找点东西吃。"

"哦,是三少爷啊,菜橱里有猪蹄子,你拿着啃吧。"值班人不再起床了,关灯放心地睡了。

王里路领着王芬、春雷悄悄地来到了后门,道:"从这里出门朝后走,走大姑墩小路,别走青河大路让巡夜发现了,现在街上还有不少警察。"春雷上前拥抱着王里路:"谢谢,你的救命大恩,将来我们一定会报答的。"

"别说些无用的了,快走吧,可要好好照顾我姐。"王里路说。

"放心。"春雷说完拉着王芬就要走,王芬忽然觉着有千言万语要说,甚至有些舍不得这个弟弟了,含着泪对弟弟说:"里路,幸福靠自己掌握,要是不喜欢那个女孩子,就勇敢去寻找自己的真爱,我永远支持你。"说完,跟着心爱的人消失在茫茫黑夜中了。

次日一早,丫鬟叫王芬起来吃饭,推开门见后窗户开着,人已经不见了。她大呼说二小姐不见了。丁使秀惊恐地跑来一看,空无一人,顿时坐在地上哭晕过去了。王在川到后院抬头朝绣楼看了看,一条布绳子还在风中摇荡着,顺着凌乱的脚印寻找到厨房,查问值守用人,听说三少爷半夜过来找吃的。他一下子都明白了,刚要动气去找儿子,走到门口还是停住脚步。此时,他心想,或许这是上天最好的安排。

第十一章　逃婚

王芬逃走后，王里路在房间里惶恐了一整天，见没有人过来问话，尤其是父亲没有过来找事，暗自庆幸瞒过去了。他想起了二姐临走时的嘱咐，"勇敢去寻找自己的真爱"。兰兰死了，上哪儿去寻找真爱呢？此时，他觉着心灰意冷，正想如何逃离家庭的时候，忽从客厅传来吵闹的声音。

原来是为了分家的事情，长支张传兰和儿子王里门，三支王在田都坚持要分家。王在川知道三弟喜欢抽大烟，已经卖了好几百亩地，怕他成了败家子，始终坚持不同意分家。他们闹腾一阵，走了之后，王在川只觉胃里像灌了辣椒水般火辣辣地痛，他不得不趴在椅子沿上，用力往里使劲压，以减轻疼痛。莫小倩过来噙着泪，安慰道："他爹，没必要跟自己过不去，你辛辛苦苦地为这个家，到头来还赚了不是？与其这样还不如分开好。"

"你懂什么？滚一边去！"王在川生气道。小倩默默站在一边不敢再说话了。

这到底是怎么了？儿女不乖不孝，家人离心离德，外人排挤打压，难道自己真的老了没有威望了吗？王在川不甘心这样失败，他还要行使家长的权力。安雪梅芳龄二八，他要给儿子完婚，他想让喜气冲去近来的霉气、晦气。

今天是个好日子。两城镇万人空巷，大人小孩、男女老少五人一群、三人一组潮水般涌向王家。王家张灯结彩，喜气洋洋，所有门窗都贴上了大红双喜字。新郎礼帽礼服，披红戴花，骑高头大马，领彩球大花轿从南大街徐徐而来。霎时，鞭炮齐鸣,鼓乐阵阵。轿夫两手举着门帘,从看喜的人群中挤到洞房门口高声道:"上八仙,下八仙,现在八仙挂门帘。上挂门帘生贵子,下挂门帘出状元。两手一起挂,子孙满堂富贵家。"说完,新郎用一条结着大红花的红绸子把头顶红盖头的新娘领了出来。围观的人们顿时叽叽喳喳议论纷纷:"新郎是个小孩啊?怎么是四少爷?"

"一拜天地,二拜高堂,夫妻对拜。"礼仪官拉着长声主持婚礼。王里道在王芳的指引下,笨拙、呆板地做着新郎在婚礼上所需要做的动作。由于个头太矮,红绸布都拖在了地上,新娘不时地拉一拉,引起众人阵阵笑声。

然而王在川笑不出来,满脸的阴云驱不散挥不去,胸口火烧火燎地痛,他一直强忍到新娘子入了洞房,快步出来连吐三口鲜血昏倒在地上。

莫小倩没有惊动大太太,急忙将王在川扶到室内请医生抢救。他醒来第一句话:"我失信了,对不起八爷啊!"莫小倩给他抚着胸口,安慰道:"老爷啊,您这是急火攻心,不能再这样了,会出人命啊,说不定里路想通了就回来了。"王在川连连摆手道:"你们都去忙吧,别让看喜的亲戚朋友知道了,丢死人了,我一生讲义气,没有想到让不孝子陷我于不义之地,可恼……一定跟雪梅解释清楚啊,里路这个混账东西对不起她,我们老王家对不起老安家啊。"说完昏昏沉沉地闭上了眼睛。此时,他真的不如死了好受。

新娘子上床,异姓邻居端上来九碗水饺,每碗九个,让新娘新郎吃,俗称"上床饭",新娘吃了两个,而王里道怎么也不吃,直说不饿。王芳只好小声哄着他:"快吃吧,吃了也给你娶媳妇。"王里道听了,高兴地说:"好,好,我吃,我吃。"看喜的人都哈哈大笑。

姜邯春、张守东和李有俊都夹杂在看喜的人群中。张守东是轿夫,亲自抬着新娘子从娘家来到婆家,一路上他都好奇新娘子长的啥样。李有俊重活干不了,只有烧水或帮着拾掇桌椅板凳,听到鼓乐传来,他踮着脚想一睹从小就听说的那个小媳妇。姜邯春今天特意从县城回家,好奇心驱使他来看新娘子,带头喊着快点掀起红盖头。

王里道被众人怂恿着催促着,爬上床去,将红盖头掀了起来。呀,新娘子这么俊呀！长长的睫毛忽闪着，大大的眼睛透着喜悦，红红的嘴唇含着笑意。看喜的人发出阵阵惊呼：新娘子真漂亮啊。姜邯春没有想到他一直用来拿王里路开涮的媳妇儿竟然如此漂亮，他的眼睛仿佛呆滞了一般，整个魂魄像飞走了，随着人流挤来挤去，直到张守东过来说找王里路讨要喜糖喜酒，他才一步三回头离开洞房。

安雪梅终于等到最幸福的这一刻了，她缓慢地把头抬起来，一对明亮的大红蜡烛，屋里红红的暖暖的——他在哪儿呢？他……怎么日盼夜想的郎君竟然是一个小孩？她的心猛然揪紧："你是谁？"正在玩耍的王里道忽然被人询问，一时不知如何回答："我……我……"

"你说实话，你到底是谁？"雪梅紧跟着问。王里道看到嫂嫂温柔可亲的样子，刚才的拘谨、害怕一下子都抛到九霄云外去了，他把腰直起来，大声说："你打我，我也不怕，我行不更名，坐不改姓，王里道就是我！"

"你……"雪梅听了直觉天旋地转，趴在床上哭泣起来，吓得王里道连忙高声喊："娘，大娘，快来，嫂嫂哭了。"在外面忙着接待客人的丁使秀、莫小倩、张传兰、王芳都跑过来，看到雪梅伤心的样子，不用问都明白为什么。丁使秀坐在床沿上，拉着雪梅的手，说："雪梅，事到如今，我也不能再瞒你了，里路他、他……"不等着说清楚，自己反倒呜呜哭了起来，弄得大家不知劝谁好了。

安雪梅止住哭声，小心地问："他怎么了？"

王芳现在是北京一所大学的学生，专程回家参加弟弟的婚礼，忙解释说："弟弟没事，只是今天怎么也找不到他了，只好让四弟代替他跟你拜堂。里路也真是的，大喜的日子，你……唉！"安雪梅明白了。

按老说法，新房是不能缺人和空房的，小叔子代替哥哥拜堂自古有之。安雪梅独自坐在长明灯旁，心乱如麻，眼泪簌簌落下。

她想起出嫁之前曾与安杰有一番对话。

安雪梅笑着说："四哥你那么忙，还赶回家看我，谢谢你。"安杰沉静了好大会儿才说："雪梅，你觉着嫁给他会幸福吗？"安雪梅笑着反问道："四哥，你觉着会不幸福吗？"没等安杰回答，她接着道，"都这时候了，你怎么还说这样的话呢？

现在不是幸福不幸福的事了,而是我必须上轿去王家,否则爹娘、爷爷会伤心的。"

"那你考虑过自己的感受吗?"安杰紧接着问。

安雪梅似乎懂了他的意思,抿着嘴,依然抑制不住内心的喜悦,道:"四哥,我懂你的意思。其实,也不是我思想守旧,我不想像王芬那样勇敢得连家都不顾了,我只想让两个家保持平静,让爹娘、爷爷安心。再说了,我们不能说话不算数,虽然是当年爷爷一句话决定了我的终身,但一诺千金,不能反悔。"

"雪梅,你总是替别人着想,可是你想过与王里路从未见过面……"安杰忽然想起他们见过一面,便改口道,"哦,虽然你们见过一次面,但你并不知道他爱不爱你呀!"

"我知道就足够了……"安雪梅笑着说。

"娘,撒尿,娘……"王里道打断了安雪梅的回忆。

王里道见嫂嫂还坐在灯下垂泪,揉了揉眼睛,突然唱道:"……心烦看大海,仰天放声笑。打鱼人千愁万难随风消……等急了刚过门的新娘娇……"

正沉浸在忧伤痛苦中的雪梅忽然看到王里道又跳又唱,心里顿时热乎乎的,禁不住把他搂进怀里,心里怨恨道:连这么小的孩子都善解人意,你为何不说一句话、不见一次面就不辞而别?!你既然不喜欢我,为何答应这门亲事?为何如此不负责任?以后让我如何见人啊……一连串的疑问和心痛化作一连串的泪滴。

这一夜,还有两个人久久不能入睡,自然是王在川和丁使秀了。王在川一直昏昏沉沉,吃了大夫开的药好了一些,但胸口还是火辣辣地痛。"里路这孩子听我话的,为什么他竟然瞒着我?"丁使秀越想越伤心。王在川的拳头攥得咯吱响,要是能打的话,他真想找到儿子一拳砸死算了,口里不停地大骂着:"不孝子,不孝子啊,丢死人,丢死人了,以后我的老脸往哪儿放啊!"

王在川再生气,也丝毫没有办法,出去寻找的人都陆续回来了,车站、码头上都没有发现王里路的影子。丁使秀又生气又担心儿子的安全,不住地抹眼泪。王在川敲着床沿,没好气地说:"哭顶个屁用?!他没事的,这会儿雪梅比你更伤心。"丁使秀说:"唉,这以后的日子该怎么过呢?人家能在咱家里住久吗?"

第九日,是新郎陪着新娘"回九"的日子。雪梅自己一个人回去了,她坐在轿子里黯然伤神。出嫁那天,爹娘才从上海匆匆赶来,没说几句就上轿了,现在……唉,她不敢想象下去了,直想见到娘痛痛快快哭一场。

"来了来了……"外面有人说话,安雪梅意识到到家了,伤心委屈的眼泪止也止不住,用手帕擦了一遍又一遍。"到了。"轿夫说了一声,轿子慢慢落下,她急忙又擦了一遍,她不想让娘看到自己伤心的样子。掀开轿帘门本想第一眼看到的是爹娘,没承想是大爷和大娘。大爷安为江只说一声:"雪梅,来啦。"大娘上前拉着安雪梅的手说:"雪梅,进屋吧。"本来就疑惑的安雪梅突然发现来到了陌生的小院,她便停住脚步,惊讶地望着大爷,安为江平静地说:"进屋再说吧。"安雪梅还是不想进去,大娘几乎连拉带推将雪梅领进屋里。这哪是自己曾经的闺房啊!低矮的屋子里满地是凌乱的生活用具,中堂连个桌子、椅子也没有,只能坐在小板凳上。安雪梅坐下又站了起来,急切地问低着头神情忧郁的大爷:"大爷,这是哪儿?爹娘呢?爷爷呢?"

"雪梅,你坐下容我慢慢对你说……"接着安为江将雪梅出嫁后家里突发变故一五一十地说了。

雪梅快要上轿了,安老八才颤颤巍巍地过来送行,他来到雪梅身边让她伸出手臂,从口袋里掏出手链给她套上,说:"这是爷爷给你的嫁妆,你可要收好啊。"众人还当是贵重的玉手镯,拿起雪梅的手腕仔细看,原来是用五彩丝线编成的彩手链,上面还缀着一个提篮形状的樱桃核。大家都笑了,有人还笑话他家财万贯,却陪送孙女不值钱的小玩意儿。安老八笑而不答,雪梅倒是挺高兴的,戴着彩手链上了花轿。

当晚,安老八就突然去世了。正当为安老八举行葬礼的时候,来了一个吊丧的陌生人,他头戴礼帽,穿着青布长衫,给安老八磕头后,就退到来宾当中一直没有说话。安家都认为他要么是安老八的朋友,要么是哪房的亲戚,都没有询问和在意,直到将安老八安葬,那个人拿出了一张欠条,说安家欠他三十万大洋。

整个安家又是一片号啕,安家人要将陌生人抓起来送官府查办。这时候,安为海说话了:"是真的,这几年在上海经营不善,几条船在航行途中遭受大风大浪沉没了,造成了巨大亏损,不得已在征得父亲同意后才借款三十万大洋。"虽然他这么说,但是大家还不相信,安为海忙指着安为江道:"大哥了解情况,你们不信问他。"安为江不得不点头称是,安家又哭成一片。

为了还债,安家开始变卖家财,加上积攒的十五万大洋,总算还清了债务。剩余部分,安为江做主分给各支各房维持以后的生计,仓库的粮食按照安老八留下的遗嘱,一半分给安家的长工、短工、用人和丫鬟们,让他们各回各家。其余的部分给村里贫困人家。偌大的安家,顷刻间归入平常人家了。

听完大爷的诉说,安雪梅恍如隔世。

第十二章　两城考古

雪梅吃过午饭一刻也待不下去了,告别大爷大娘回婆家。

刚出门,忽然看见安妈站在路旁抹泪,她下了轿,还没有张口,安妈就跪在她面前哭了:"小姐,我总算见到你了,见你一面死而无憾了。"安雪梅问清情况,原来安妈自从被安家辞退后,已经无家可归了。雪梅便道:"安妈,你跟着我走吧,你养我长大,我养你老。"这可把安妈高兴坏了,连声说谢天谢地,又要给雪梅叩头,被雪梅扶了起来,跟着雪梅走了。

雪梅刚在王家大门口下了轿子,丁使秀、莫小倩等就迎了上来。雪梅趴在丁使秀肩膀上哭了,丁使秀安慰道:"亲家发生的变故,其实我们早知道了,怕你大喜的日子伤心就没有告诉你,唉。"说着自己也禁不住泪眼蒙眬,她是因为惦记至今还没有下落的儿子。王芳拉开雪梅道:"娘,弟妹累一天了,刚回家您就眼泪扑簌簌的,多不好呀。"莫小倩忙从另一边扶着雪梅,对丁使秀道:"大姐,咱们快回屋,先让媳妇休息。"丁使秀擦着眼泪与雪梅往屋里走,雪梅介绍了安妈的情况,丁使秀连声道:"好呀,安妈来了,由她照顾你,我就放心了。"

连日来,王家所有人几乎都围着安雪梅转,雪梅能感觉出他们都是强装欢颜,十几天过去了,依然没有王里路的一点消息,派出去寻找他的人都陆续回来了,他们都说连王里路的影子都没有看着。王在川苍老了许多,常常独自在客厅里呆坐半天,连平时喜欢喝茶的习惯也免了。

雪梅知道自己是整个家族气氛的调节器,她欢大家则喜,她悲大家则忧。她没等安妈和丫鬟来就梳妆打扮了一番,因为没出喜月她依然穿着大红的短褂长裙新娘妆,从抽屉里拿出翠绿手镯戴在右手腕上,然后拿起樱桃核手链看了一会儿戴在左手腕上。还觉着不放心,走到镜子前将额头上的刘海儿梳了,两手将脑后的发髻纠正按实,插上錾金簪子,戴上碧玉耳坠儿,走了几步,感觉还行,便开门出去。正巧遇见王芳从闺房出来,她今天穿着蓝底大红牡丹花开襟高领旗袍,一条白色围巾自由地搭在肩膀上。

雪梅笑着上前将王芳有些凌乱的鬓发梳理了一下道:"三姐这身打扮好洋气,还搽着口红,这是要去哪儿呀?"王芳拉着雪梅的手臂,傍着她说:"去县城,有个同学聚会。"安雪梅颔首,但没有说话,两个人朝正房走着,忽听客厅里传出父亲大声说话声。王芳害怕父亲恼火生病,急忙松开手,快步跑到客厅里,见父亲正对秦天喜和一个大胡子外国人不满道:"我说没有就没有,你们不要在我这里劳心费神了。"

秦天喜身子前倾,朝他笑着说:"王老爷,现在传说您有高柄黑陶杯,您就让我们一饱眼福嘛。我跟您说,我现在是代表政府来两城考古的,下一步北京、济南都派专家来考古发掘。所以,高柄黑陶杯对这次考古非常重要。"

原来,秦天喜逃脱春雷的追杀后乘船到了青岛,然后从青岛坐火车到省城济南,他直奔省立图书馆。得知丁履堂带着考古人员去章丘龙山镇考古了,他不敢停留,搭上了一辆顺风马车来到了龙山镇城子崖,在荒野工棚里终于找到丁履堂。秦天喜直接将从两城镇捡到的陶鬻、陶罐递给他,并说明来意。丁履堂拿着陶鬻、陶罐,惊喜道:"我对两城遗址留意已久了,一直没有亲自去看看,你带来的黑陶器非常好,你看看,与这里出土的有些类似。"说着指着地上的一些陶片,"这次在城子崖出土了大量的黑陶器及陶片,还有石斧、骨器等,我初步断定这是石器时代的遗存,早于夏、商、周。"

秦天喜一听可兴奋了,忙说:"从我对两城出土的陶器的初步观察,我敢断定两城遗址也应是石器时代的遗存,您看看……"说着将报纸上的图片摊开给丁履堂看,"这是当年美国记者偶然发现并进行了报道,这个陶杯不但有高柄,还是镂空的,工艺精巧独特,而且薄如蛋壳,技艺之超高,不但在中国,世界都罕见啊。"

一街两城

丁履堂啧啧称奇。

秦天喜从怀里掏出保存的陶片说:"老师,您看,这就是原物的残片,我费了好大劲才从河沟里找到这么一点点,十分珍贵。"

"太好了太好了……"丁履堂接过陶片,闭上眼睛用手指夹在中间摩擦着用心体味着,说,"虽然我不敢断定这就是真品残片,但两城镇遗址一定会有更大发现。这样吧,我暂时还离不开,我修书一封,你拿着到北京找梁思永先生,请求他给鉴定并引起重视。如果政府能立项,我们以后的考古发掘工作就好开展了。"说完坐在木头箱子上写了一封信递给秦天喜,"你拿着信还有陶片直接去找梁先生,他会帮助并支持你的。"

秦天喜马不停蹄地来到北京找到了梁思永,正巧报道两城镇发现镂空高柄黑陶杯的美国记者安德森也在,他是来动员梁思永一起去两城考察的。当秦天喜将丁履堂的信递上时,梁思永连声道:"太巧了,安德森来动员我去两城镇考察。你来了,还带来了实物,更坚信了我对两城镇遗址的判断和期许,一定有震惊世界的重大考古发现。"接着,他安排安德森与秦天喜打前站,他将发现两城古代遗址并将进行抢救性发掘的报告呈交了政府。就这样,秦天喜和安德森从北京一路回到了两城镇。

安德森看不惯王在川不阴不阳的样子,当即不满道:"王先生,你什么意思?高柄黑陶杯可不是你的私人财产,而是全人类的,请你一定要拿出来。"王在川一听就火了,指着安德森道:"你算个什么东西?你是哪国人?敢来中国指手画脚!我告诉你,我即便是有那个东西,也不给你看!"

"哎哎,他又为什么不给我看呢?"安德森一时不明白王在川的意思,回头问秦天喜。还没等秦天喜答话,安德森就转身上前争辩,却被走过来的王芳推了一把:"你干吗呀?我爹正生病,你少惹他生气。"

"是啊,哪来的毛猴子?敢在我们王家撒野!"王在田的女儿王璐圆过来冲着安德森嚷嚷,后面跟着张传兰的女儿王璐瑶,她排行老大,人称大姐,是被璐圆带过来的。璐圆说二爹客厅里来了一只会说话的猴子,她感到好奇就跟了过来,见是外国人,刚要转身离开,安德森张开近乎被浓密乌黑胡须遮住的大嘴,连连惊呼:"你不要走,太神奇了、太巧合了、太美丽了,中国之美,东方之美,来来来,都过来站好了。"说着就拿起胸前的照相机。王璐瑶为安德森的显摆感到反感,王芳和王璐圆还没有明白怎么回事,安雪梅笑着说:"人家想给大姐照张相。"

秦天喜认出了安雪梅,忙问:"你、你是八爷的那个……小雪梅。"

"您是?"安雪梅已经不认得秦天喜了。

秦天喜忙解释道:"我与你四哥安杰是同学。"雪梅这才想起来了,笑着忙让他坐下。这时候,安德森过来拉着安雪梅的手道:"又来了一位大美人,快过去,你们站好了。"秦天喜忙解释说:"安德森想给你们四位美女照相呢。"

"对对,都过来,站好了。"安德森一边安排王璐圆、王芳、安雪梅站好,一边招呼王璐瑶过来。她今天穿着白色旗袍,长长的头发及腰,头上扎着白色蝴蝶结,两条长长的白色飘带与头发一般长短,她那双沉郁的眼睛一直飘忽着抹不去擦不掉的忧愁。正犹豫之间,王璐圆跑过去将她拉了过来:"大姐,照张相怕什么呀?"王璐圆今天穿着学生装,长年累月一头短发,圆圆的脸蛋、圆圆的眼睛,尤其是她那尖牙利齿,整个家族中没有她不敢叨念的,当然一个人除外,那就是二大爷王在川。

"古有四大美人,今有王家四美人,我真正领略了东方女人之美。各位美女都站好了,我开始照了,一、二、三,OK。"安德森边鼓动着边按动了快门,新"四美人图"诞生了。

王璐圆和王芳还没有尽兴,拉着安德森到庭院、花园里各个美景前继续照相,王璐瑶不喜欢照相就独自先走了,安雪梅禁不住王芳的邀请,也过去照了几张单照和合影。经安德森这么一来,气氛就缓和了下来,安德森主动提出给王在川照张相,开始王在川硬着头皮不照,禁不住女儿劝说,被安德森抓拍了一张,这是王在川一生唯一的一张照片。

王在川照完相就回卧房休息了。安德森还想找他谈话,被秦天喜拉住了:"今天看来是不行了,改天再来找他吧。"安德森实在琢磨不透王在川,路上连续问秦天喜:"这个王先生太奇怪了,为什么明明有黑陶杯,却不给我看呢?"秦天喜笑着解释说:"先生,你不太了解中国话,中国话奇特就奇特在这里,同样的一句话,但意思大相径庭,往往一种语气代表一个意思。"

"为什么呀?我之前从没有接触或得罪过王先生,不认识他呀!看来我得找个中国媳妇,让她好好教教我中国话呢!"安德森笑着道。

秦天喜忙开玩笑道:"你是看上王家哪位美女了吧?"安德森连连道:"眼睛都看花了,现在不敢说哪位更漂亮了,哈哈。"

安德森在报纸上登出了王家四美的照片,并特意附上说明"两城四美人图",一时间,王家接到的信如雪花飘来,有好多向王璐瑶求爱的,她气得连看都不看就随手撕掉扔了。也有人登门问她们的衣服在哪儿做的,由哪个师傅剪裁的。她们都指向了张一长,无疑给张一长做了广告,他抓住机会将王家四美人的衣服样式挂在墙上,裁缝铺子立即人满为患,有时连茶水、瓜子都跟不上。

不久,由国立中央研究院历史语言研究所组成了考古队,梁思永、刘耀、丁履堂等专家带着政府的文件来到了两城。这是有史以来第一次由政府牵头、有关专家参与的对两城镇遗址进行的正规考古发掘活动。他们在大姑墩南侧搭起了帐篷,作为考古队休息和办公的地方。

丁履堂是丁使秀的堂叔,王在川做东宴请了考古队员一行。菜肴以当地特产为主,首先上的四珍,松蘑炖鸡、紫丁拌肉丝、松扎炒韭菜和柞树菇炒青椒。这四种菜都是菌类,尤其是紫丁形状很像汉字"丁",因此得名,只有在丝山能够采到,而且产量极少,村民一年也只能采到十个八个而已,所以特别珍贵。梁思永四样菜都尝了,用筷子指着松扎道:"此味不输云南松茸,是独到的鲜美。"丁履堂笑着说:"我特别爱吃松蘑,我们当地叫黏我子,秋天雨后松树下出得最多,黏我子炖鸡放点粉皮,真正家乡的味道。"说着又夹了松蘑放在口里咀嚼着回味着。安德森插话问:"丁先生,黏我子?什么意思?不就是松蘑吗?"秦天喜几乎成了安德森的翻译,忙解释道:"黏我子是当地方言,是一个意思。"

"这种蘑菇本身含有黏性物质,老百姓采蘑菇的时候,手上粘了很多黏液,所以叫黏我子……"不等他说完,安德森急切地拉着王在川的手说:"王先生,求您一件事好吗?"

"好啊,你说。"王在川爽快地答道。

安德森迫切地说："请给我找一位中国老师好吗？我想学中国话，尤其是两城当地的什么土话。"他这么一说，大家都笑了，正当王在川寻思找谁合适的时候，王芳端着菜上来说："找我呀，我既是土生土长的两城人，也是北京大学的学生。"

"那好呀。"安德森反应尤其快，他接着问，"你学的什么专业？"

"土木工程专业……"还没等王芳说完，安德森几乎高兴得要跳起来，笑着对王芳说："好呀，我也学的这个专业。那就这么定了，你教我说中国话，酬金从优。"秦天喜拉着安德森说："我还认为你在开玩笑呢！要学中国话，跟着我学不就得了？还不花钱。"他是看上王芳了，不承想让这个外国佬抢先了一步。

王芳笑着对安德森说："好呀！就这么定了！我正想找一位西方人学英语呢。"安德森多机灵啊，立即笑着说："好，算咱俩有缘，我教你英语，你教我中国话，酬金就、就各算各的了，哈哈。"丁履堂笑着说："那还算什么呀？哈哈。"大家都笑了，只有秦天喜笑不出来。安德森指着秦天喜问王在川："王先生，他说你讨厌我，怎么一回事？咱们以前并不认识啊。"秦天喜见这个外国佬将自己卖了，急忙过来拉他不让他说，但此时王在川已经听到了，只好解释道："我不是针对你这个人，而是对外国人就没有好感。"

"为什么呀？"大家都好奇地问。

王在川将筷子放下，重新调整了坐姿道："我二爹王静斋在京城是国子监祭酒王懿荣的属下，八国联军攻打北京时，他们率领民团奋起反抗，最终阵亡了。"梁思永接上王在川的话题说："王懿荣大人投井殉国了，令我辈敬仰啊。"刘耀喝了一口酒，将酒盅重重放在桌子上，激愤道："我辈就应该学习王先生为国抛家舍业舍生取义的精神。"

"是啊，主忧臣辱，主辱臣死。于止，知其所止，此为近之。王大人可谓千百年来国之忠臣代表。"丁履堂接着对梁思永说，"他不仅民族大节令我们敬仰，尤其治学之严谨、学识之广博也足以让我景仰啊。"

"不假。"梁思永说，"如果将'甲骨文之父'的头衔给他都不为过，是他第一个发现了甲骨文，并断代为殷商，这等于证实了中国有文字可考历史有三千多年。这是多么了不起的一件大事啊！不但为中国的文字学、历史学研究开创了新局面，还为中华五千年文明做出了有力的诠释。不是还有个别外国人怀疑中国是否有殷商这段历史存在吗？"秦天喜急忙拿出那张旧报纸说："这个高柄黑陶杯就能证明中国五千年的灿烂辉煌的文明史，甚至更长，可能有六千年或七千年。"梁思永一笑说："报纸上的报道，如果没有实物，并不能说明问题。我们在安阳小屯村开始发掘殷墟遗址了，已经有了重大考古发现。下一步就看两城遗址了，希望也能有奇迹发生。"

"我当时亲眼见过那个黑陶杯子，太漂亮了。"安德森回忆起当年亲眼见过实物的情景，激动得手脚并用，怕大家不相信，还特别发表了自己的见解和感受，"我走过不少的地方，几乎去遍了世界上所有的古人类遗址和考古现场，以我对两城遗址的初步印象，不敢说全世界，至少可以说是当时亚洲最具规模的城市。"

梁思永笑着道："还只是你的感觉嘛！没有出土实物，并不足以服众。"

"一定会有的，我坚信。"安德森坚定地说。

梁思永说："从目前看，不能说这个高柄黑陶杯没有出土过，但也不能断定这个东西就真正存在。所有传说包括报纸上的报道还有残片都不能说明什么证明什么。为什么要考古？就是通过实物说话、证实。"丁履堂指着梁思永对众人说："梁先生是站在国家的高度和考古的严谨性、真实性来说这番话，我非常赞同。所以这次来两城镇考古发掘非常重要，不但要找到高柄黑陶杯这个实物，还要对整个遗址进行系统性发掘。"安德森看到王芳又端上来好菜了，便先夹着菜说："今天是王先生请客，这么多好吃好喝的，我可不能错过了。"

"对对，吃饭时说吃饭，工作时就谈工作，不能混为一谈，哈哈。"梁思永这么说，大家才将关注点转到吃饭上了。

姜有谷看到王在川宴请考古队成员，他认为这些人是民国政府、省政府派来的，一定大有来头，便请杨金彪县长和在县城当经理的四弟姜有理作陪，宴请考古队一行。可是，县长披着大氅坐着轿车来了，姜有理开着轿车也到了，山珍海味都准备好了，就是请不来考古队的任何一个人。不过，能请来县长还是有重大收获的，临走时送上一根金条，姜邯春次日就到县政府报到了。

能在县政府工作,自然光耀门庭。姜邯春当然不会错过张扬显摆的机会。瞅着县长去南京开会了,买通县长司机,经常开着福特轿车在县城里兜风。这天,他开着车来到了王家门前。

"啊哟,给县长当秘书就不一样啊!鸟枪换炮了,都开上轿车了。"正巧王芳从外面回家遇到姜邯春便说。她经常到考古现场,名义上辅导安德森学中文,其实他们相爱了。王芳在工地上转了一圈,见梁思永、丁履堂、秦天喜他们正忙,没有去打搅他们便回家了,不承想遇到了姜邯春。

姜邯春下了车,对王芳炫耀说:"怎么样,三姐?带着你兜兜风吧!"王芳赶紧摆手说:"算了吧,我可不想抢人家的专座。"姜邯春明白她吃醋了,哈哈笑着说:"你就是尖刻,我要是说今天专为接你,你信吗?"王芳撇撇嘴,笑着道:"别油嘴滑舌了,你接的人来了。"说着朝大门里一指,王璐圆从里面出来,见了姜邯春就扑上去,王芳立即道:"别在这儿亲亲热热的,让爹看见了还不一刀劈了你们?找个没人的地方吧。"说完就回屋了。王璐圆笑着就钻进轿车里,姜邯春暗叹一声,回头朝王家看,此时,他心里正惦记着另一个人儿。

第十三章　远嫁美国

"雪梅呀,这几天可把你忙坏了,真要好好谢谢你。"莫小倩躺在床上对着安雪梅说。安雪梅抱着莫小倩刚生下的女儿说:"二娘,看您说的,咱是一家人,照顾您还不应该呀!看看,小妹妹多俊呀,长得像您又像爹。"莫小倩暗叹一声,要是王里路在家,他们也该有孩子了,想着想着自己反倒难过了起来,怕安雪梅看见,便转过身子偷偷将泪擦干了,然后转回身子朝着雪梅道:"雪梅呀,等我出了月子,你过来,我弹琴给你听。"

"好呀好呀,那我每天都来,嘻嘻。"雪梅高兴地回答。

莫小倩出了月子,雪梅每天都过来找莫小倩玩,孩子由奶妈看护着睡了,两个人便聊天。屋里收拾得一尘不染,全然没有月子期间的杂乱。墙壁上挂着一幅设色艳丽、线条流畅的古代仕女图。"这是谁呀?这么漂亮,是貂蝉,还是西施?"雪梅欣赏了一番转身说,"二娘,我看画得像您呢。"

莫小倩正给花架上盛开着的水仙花浇水,笑着答道:"你这个媳妇呀,明明埋汰我,也让我听着受用。"雪梅忙说是真心话。莫小倩放下水壶在地上转了一圈,指着自己的腰围道:"生孩子都胖得不成人样了。要我说呀,画上的美人还真像你,古时四大美人我最喜欢王昭君,咱们王家四美人呀,我最喜欢的是你呢。"说着先笑了起来,雪梅都羞红脸了。

琴被摆放在琴台上,上面覆盖着洁净的琴套。雪梅羡慕地说:"二娘,你房里布置得真淡雅、别致。"小倩给女儿叠着尿布,笑着说:"比不了你娘,她的书比我多。"雪梅笑而不答。小倩干完活便走到琴台解开琴套弹了起来,琴声忽而悠扬明丽,忽而抑扬顿挫,俩人都沉浸在美妙的乐曲之中,忘记了一切烦恼和忧伤。从此以后,娘俩经常在一起谈天说地,弹琴咏诗,叹人生、感情怀,常常聊到半夜才散去。

这晚,雪梅没有到二娘房间,独自来到了花园。今夜格外沉静,月亮害羞似的一直躲在云层里不出来,使得花园里的景色朦胧而又迷离。她正信步走着,忽然听到有声音传来,她开始还认为长工们干活晚点了,又往前走几步,转过一座假山,看见亭子上有两个人拥抱在一起亲吻,她立即感到浑身像针刺一样不自在,便停住脚步想转身离开。

"抱紧点,不要扭扭捏捏。"

"在这儿有点凉,还是到我房间吧。"说话的声音是王芳。

"你爹……"男人说话的声音一听就是那个美国佬发出的,安雪梅这才知道她与那个外国人搞上对象了。

王芳先向母亲提出与安德森结婚的事情,丁使秀立时哭了,说白养了他们三个孩子了,还说她要是走了,自己就成孤独老太婆了。王芳婉转地向父亲诉说与安德森相爱的事,王在川竟然没有生气,而是说:"你这个丫头还算孝顺,甭管我同意不同意,起码事先跟我商量一下,比你姐你弟好。"

"爹,这么说,您同意了?"王芳高兴地抓住父亲的手说。

王在川忽然一拍桌子,大声道:"全中国的好男人都死光了?你去找一个外国猴子?!"王芳忙笑着道:"看看,我就怕您生气才慢慢跟您商量。"说着就过去揉着父亲的胸口,用最温柔的话语道,"爹呀,中国好男人多得是,遍地都是,可是再好我们没有感情啊,我不乐意啊。"王在川搁不住女儿的柔情和暖意,忙缓和口气道:"开口感情,闭口感情,咋,我跟你娘可是正儿八经媒人介绍家长同意的,要是没有感情还能生下你们几个东西?!"王芳忍不住笑了,说:"爹,我可没说您跟娘没感情,我说跟中国的好男人没有感情。"王在川不愿意听下去了,起身摆手道:"甭管你将他夸得天花乱坠,我就三个字:不同意。"说完走了。

王芳没有王芬和王里路的勇气,也不想再惹父亲生气了,她曾经想过,要是自己跟着安德森私奔了,父亲非气死不可。所以,她采取了迂回的策略,来到了莫小倩房间,她正在奶孩子,与安雪梅聊天。莫小倩看到王芳眼睛红红的,故意笑着说:"听你爹说,准备托媒人将你介绍给那个叫……叫,啊,就是那个考古的秦天喜。"

"我死也不同意。"王芳嘟着嘴说,说着一屁股坐在床沿上。

"你们这些孩子啊。"莫小倩奶完了孩子,安雪梅接过去抱着逗着玩,她接着说,"听说秦家虽然不是大户人家,但是读书人家,人家学历不比你低,我看就挺好。"王芳抓着莫小倩的手说:"二娘,您别说了,我今儿来就是求您劝劝爹。"

"劝什么呀?"莫小倩有些莫名其妙,安雪梅心里明白,紧闭嘴唇不说话。接着,王芳将自己与安德森相爱的事情一五一十地说了。

"那个外国人,看年龄很大了。"因为太突然了,莫小倩一时也无法回答。王芳忙说不大,才三十刚出头。安雪梅插话问:"三姐,你怎么爱上他了呢?"王芳仿佛打开了话匣子,将安德森的家庭、身世、经历统统都说了:"二娘,雪梅,我就是看中了他满脸的沧桑感和四海漂泊的人生经历。他到过南美的玛雅遗址,到过埃及的金字塔,到过希腊的雅典卫城、阿波罗神庙,还到过印度的阿旃陀石窟,他去复活节岛考察石人像,差点被海浪卷进浩瀚的大海里喂鱼了……啊,我就欣赏他这种冒险的浪漫人生。"说着闭上眼睛享受着恋人带给她的浪漫情怀和美好憧憬。

"看看,三姐真的陶醉了。"雪梅对莫小倩说。

王芳睁开眼睛道:"真的,他说自踏上中国这片土地,就深深爱上这里的山山水水、一草一木。来到两城偶然发现了高柄黑陶杯,他说这是神赐的器物,这里一定是远古人类文明遗址。他要宣传出去,推广到全世界。"莫小倩被她说动心了,忙插话问:"没跟你爹说说这些事儿?"王芳叹气道:"说了也没有用。爹说中国好男人都死光了,偏偏找一个外国猴,看看,爹说话多难听啊。"

"你怎么说?"莫小倩忙问。

王芳依然撅着嘴说:"我说中国好男人遍地都是,可是我没有看上一个,没有感情。"然后学着父亲的口气说,"张口感情闭口感情,我跟你娘是媒人介绍的,要是没有感情能生下你们几个混账东西吗?"说到这儿,莫小倩和安雪梅都忍不住哈哈大笑了起来。王芳却收住笑容:"其实,我真觉着爹跟娘没有什么感情,只是聚在一起过日子而已。"

莫小倩低下头,两只手指交叉在一起,叹气道:"聚在一起能过好日子就很不容易了。"

王芳望着莫小倩,有些不解地问:"二娘,您为何叹气?我看爹跟您还算有感情,您对爹确实关心体贴,可是娘呢,自从弟弟那场大病以后,就对爹不闻不问了,虽然没有打骂哭闹,但这是冷暴力。二娘,您说,他们还有什么感情呢?"莫小倩不说话了,接过雪梅手里的孩子朝着安雪梅方向给王芳使眼色,王芳立刻明白了,拉着雪梅的手央求道:"雪梅,现在爹最听你的话了,麻烦你给说说呗,求求你了。"雪梅笑着答应了,然后从莫小倩怀里抱过来小妹妹,刚要转身去客厅,忽然见王里道和王璐方跑过来争着看小妹妹。

王璐方是王在田的小女儿,家族姊妹当中排行最小。王里道在兄弟当中排行也最小。两个人都是调皮活泼的性格,自然玩到了一起。璐方长的模样与璐圆正相反,娇小的身材,走起路来一蹦一跳的,头上扎着两个羊角辫子也跟着一蹦一跳的。一对大眼睛下是一张薄巧的小嘴,说起话来或笑起来,尖尖的下巴部位特别突显,张一长见几次说几次:这个丫头活泼,将来能说会道。

"小妹妹,小妹妹……"王璐方要抱小妹妹玩,莫小倩明白雪梅要借女儿说事,就找出了一本书让璐方看,她见了书如饥似渴,捧着书跑到窗前专心看了起来。王里道要跟着雪梅到客厅,被莫小倩硬拖住了。

雪梅抱着孩子来到了客厅。

王在川正与王汗喝茶。王汗见雪梅来了就告辞走了。雪梅叫了一声爹,然后坐在旁边的椅子上,道:"爹,二娘说,让爹给妹妹起个好听的名字。"王在川一时还挺尴尬,甚至不敢直面雪梅,儿媳都上门了,还生了一个末梢,忽然又觉着遗憾,要是儿子在家,说不定儿媳现在抱的是自己的孙子了。他稍加思索,道:"她姐一个芬一个芳,你是花,芬芳花香,就叫王香吧。"

"这个名字好听。"安雪梅立即逗着王香,"香儿,爹爹给你起名字了,你以后就叫王香了,笑笑。哎,爹,香儿笑了……"说着将王香抱到公公跟前,王在川是第一次近距离看到女儿,一张白白胖胖的小脸蛋的确给他带来老来得女的喜悦心情,忙抱在怀里站起来走动着。突然王香哭了,雪梅看到他抱的姿势不对就接了过来:"爹,还是给我吧。"王在川看到儿媳妇哄着女儿不哭了,感叹道:"孩啊,是爹对不住你啊。"还没等雪梅回话,他起了高腔道,"不过,你不用担心,那个混账东西即便到了天涯海角,我也要用绳子把他捆回来。"安雪梅觉着火候差不多了,笑着说:"爹,我们的事以后再说。我今儿找您,就是替三姐说情的。"王在川不但没有生气,而是小声对雪梅说:"你不找我,我还想找你劝劝你三姐呢!她怎么如此糊涂呢?我们王家与外国人有家仇国恨,你二爷爷就是被八国联军打死的,她却要嫁给美国人,你说我能不生气吗?"

"原来就为这件事您才不同意啊?"雪梅道。

王在川继续说:"还有啊,你看看那个跟你一个姓的安德森,一身毛,看上去五六十岁了,比我还老,我真怀疑你三姐的眼光,她响当当的大学生,还是咱家四美之一,你说说,她……唉,反正我三个字:没看中。"雪梅一听,心中有数了,便笑着说:"爹,现在的大学生讲究自由、感情、个性,您即便是给她介绍总理、总督,她没有感情也白搭。"王在川鼻子哼了一声,没有回答。雪梅趁热打铁说:"不说远的,就说您跟两个娘吧!爹,您说,您跟哪个娘最有感情?"王在川没有想到雪梅竟然问这种事情,一时脸都羞红了,即便是心中有差别,也不能与儿媳妇说呀,他支支吾吾没有将话说清楚。

雪梅抱着王香边走边笑道:"爹,我替您说了吧!甭管您承认不承认,您跟二娘有感情,即便是您平时对二娘粗鲁冷漠,您知道为什么吗?"王在川更不敢抬头看雪梅,只听耳边传来雪梅的声音,"这是因为您与二娘自由恋爱。"此时,王在川额头上的汗珠子都滚落下来了,有生以来第一次这么慌张,想快些离开又怕儿媳妇笑话,便硬撑着不敢起身。

"爹,您就成全他们吧!他们幸福您才幸福,对吧,爹?"雪梅这一句话让王在川无论如何都找不出不同意的理由。

"小妹妹,我抱抱……"王璐方和王里道突然跑过来,抢着要抱王香玩。雪梅担心他们太小看护不了王香,王芳探头探脑过来了,雪梅朝着她先挤眼,然后笑着道:"爹给小妹妹起了好听的名字,叫王香。"王芳顿时明白了,满脸的阴霾立即被阳光驱散了,抱着王香道:"我抱抱香香,是香香给我带来了好运。"璐方也抢着抱:"三姐,我抱抱香香,也给我带来好运。"王在川笑着说:"小五这丫头,啥事也漏不了。"

"璐方五妹聪明呗。"王里道的称赞引得大家都哈哈大笑。

很快,王芳与安德森在青岛大教堂举行了西式婚礼,结束后,王芳就跟着丈夫去美国了。临走那天,她悄悄对娘说:"娘,我最不放心的是雪梅。"丁使秀一下子心里空落落的,眼泪扑簌不止,看到女儿幸福快乐的样子,她能感受不到媳妇那埋藏深处的幽怨吗?但此时,对她来说,女儿哪里是出嫁啊!分明是现实版的昭君出塞。王芳给娘擦去泪花,丁使秀叹气道:"那么老远,啥时候能回来啊?"

连日来,安雪梅如鲠在喉,道不得说不出,从王芳身上,她似乎看到自己的软弱,要是……可是……她想了很多,要么不现实,要么狠不下心来,在屋里实在觉着烦闷,想到花园里透透气。路过中堂,听见公公与人争吵,她刚要进去,莫小倩出来拦住了她:"你现在别进去了,你爹正与你大娘、你三爹还有你里门大哥争论。"

"为什么呀?"

"还不是为分家的事。"莫小倩叹气道,"你三爹借钱不还,里门有看法,就不想领着长工们正经干,去年收成减半,窑厂也亏损,如此下去,还能有个好吗?唉!你三姐刚出嫁,他们就跟着闹,真不像话!"从二娘的话中,雪梅隐约感到分家是早晚的事情。

果然,没过多久,王在川主动提出分家。

忠和堂由长支承续。二支取堂号:义云堂。三支给堂号起了:德书堂。家是分开了,大家欢喜地各回自己的家了。王在川忽然间苍老了,伫立在祠堂外的暮霭中,感到了从未有过的失落和孤独。

第十四章　风雨向东亭

王家分家惊动了姜家。

姜有谷将两个儿子叫到眼前商量对策。姜邯冰连连叹气道:"完了完了,本来一山就容不下二虎,现在王家分家等于两城街二虎变成四虎了,看来老姜家想恢复往日的街主地位很难了。"姜有谷最忌讳别人说带"虎"的话,便没有理会姜邯冰,叹道:"唉,没有想到王在川老骨头挺硬的,免了他县议员职位竟然没有伤他精气神,如此一来,家族势力越来越庞大,以后更难对付了。"

"未必。"姜邯春吃完苹果掏出手绢擦了嘴唇,冷冷地说了一句。姜有谷和姜邯冰齐齐看着他。姜邯春本来半躺在椅子上,坐直后说:"我倒认为他们分家是件好事,就像战场上强悍人马突然分散了兵力,可以各个击破呀。"姜邯冰一拍大腿,连声道:"二弟说得对呀!那个王在田喜欢抽大烟,让四爹多弄些大烟来,仅我那几个把兄弟也能把他家败光。"姜有谷也明白过来,哈哈大笑:"天助我也,王里门好色,找几个小娘们儿也能把他吸干了。王在田、王里门败落了,剩下王在川光杆子就兴不了风作不了浪了,我姜某人在两城街忍了姓王的很多年啦!上次没有整死他,接着来!"

姜邯冰任何时候也不会忘记他的"职业习惯",笑着对父亲说:"爹,您知道吗?现在全世界都在寻找那件真品。"接着神秘地小声道,"我想过了,只要将王家搞垮了,王在川走投无路了,必然出手救急,或者不花一个铜板也能搞到手,嘿嘿。"

姜邯春猛地站起来,攥着拳头愤愤道:"难怪啊,我们请那帮考古的来家里吃饭,他们个个假正经装清高,连县长的面子也不给,之所以去王家,一定惦记着那个黑陶杯了。"

姜有谷频频点头,思索如何除掉王在川这个眼中钉。姜邯冰对二弟说:"二弟,你说得对,想办法为我们发财路上除掉拦路虎。"说到这儿,他忽然想起父亲忌讳"虎"字,忙改口道,"除掉拦路狼。"姜邯春哈哈笑着从口袋里掏出两封信说:"我早准备好了。"

"信?你什么意思?"姜有谷、姜邯冰异口同声道。接着,姜邯春将自己的计划说了,姜有谷和姜邯冰听了连说妙哉、妙哉。

突然,一阵香味从厨房里飘来。姜邯春肚子饿了,跑到厨房,李腊枝站在厨房里,两只手叉着腰看着厨师们做饭。姜邯春两手放在母亲的肩上,俏皮地问:"娘,做了什么好吃的?这么香呀。"李腊枝没有回答,而是用头朝一个锅里示意,他过去看锅里正是自己最爱吃的乌贼煨肉。看到张传梢正往另一个锅里加水,姜邯春不解道:"糊糊也太稀了,他们能吃饱吗?为什么不跟咱们吃一样的呢?"李腊枝立即道:"人要是一样的话,还能分出三六九等吗?"姜邯春又问:"厨房里那些掺着糠的地瓜面煎饼和玉米饼子,还有咸菜疙瘩都是给他们吃的?"李腊枝有点烦了:"不给他们吃,你吃呀?"

"我吃不了,难怪人人都不愿意受穷。"姜邯春寻思着去了餐厅。

张传梢从东家残羹剩饭里找了几块乌贼肉用菜叶包好装进内衣口袋里。晚上,他回到家,全家人都围了上来,儿子张守手和张守柱在他身上摸着寻找,果然摸出来一包好吃的,弟兄俩争抢中将菜叶弄碎了,乌贼肉掉在地上了。张守手比弟弟身体强壮,他也不管沾没沾上土,抓起来连土带肉塞进自己口里,都还没有来得及咀嚼尝味就囫囵咽进肚子里,连说:"好吃好吃。爹,我也跟着你去扎觅汉。"张守柱坐在地上哭了起来。张传梢看到两个儿子为争夺丁点食物而打得不可开交,哀叹道:"同样是人,但人家姜邯春少爷生在镇长家,不愁吃不缺穿啊。"

县长在家,姜邯春就不敢动用轿车,回家只能骑自行车。在回县城的路上,他临时决定去考古现场看看,便掉转车头直接去了大姑墩。路旁竖着牌子,上面写着:贩卖文物犯法,上交文物有赏。进了考古现场,只见工人们挖土抬土,非常忙碌,专家们正在小心翼翼地清理各种文物。几个人正在交谈,他走上前。丁履堂指着一堵土坑墙道:"从目前发掘来看,已经清晰地看到数层文化堆积。很显然,汉代的唐代的都有。"秦天喜接着说:"两城原为梁乡县,金大定二十年,将两城一分为二,上年纪的街坊百姓说小时候曾经见过躺在路边草丛里的大界碑,现在已不知去向,但南城北城的叫法还是流传了下来。"梁思永点头道:"看来,离我们期待的还有很大距离,我建议扩大发掘面积。"丁履堂说那样会延伸到镇上居住区的。

"不要紧,百姓事小,考古事大。"姜邯春突然说话,大家都一惊,他忙自我介绍道,"哦,我是县长秘书姜邯春,县长特意让我来慰问诸位。"丁履堂忙对他说:"正好,你回去跟县长汇报,让他派几个警察来维护秩序,还有让他多派警力打击倒卖文物贩子。"姜邯春连忙答应。秦天喜走了过来对他说:"姜秘书,你回去告诉县长,让他引起重视……"他刚说到这儿,姜邯春朝他狡黠地笑了几声,"秦先生,想不到您干这行了,那年在涛雒差点没把你……哈哈……"

秦天喜心头仿佛被人用火燎了一下,急忙回头,见丁履堂他们正忙,没有人注意自己,便对姜邯春小声道:"我早对政治不感兴趣了,已经让王里路捎信给安杰书记了,请以后不要干扰我的工作。"说完扭头就走了。姜邯春听罢,可高兴坏了,无意之中得到了重要信息,更没有想到最熟悉不过的安杰竟然是自己最想要找的人。

姜邯春回到县政府,当即向杨县长做了汇报。当然,他汇报的内容完全颠倒了:"杨县长,有个发财机会……啊……哈哈。"看到县长饶有兴趣地注视着自己,他接着将自己的想法说了。杨县长说:"好,我们就成立稽查队,收缴所有民间私藏的文物,你写个布告去各个乡镇张贴,凡是不上交者,按窝藏倒卖文物罪论处。"姜邯春看到自己的建议被县长采纳了,非常得意,连连点头说"这就去办",说着从文件夹里拿出两封信递给县长:"县长,收到两封举报信。"杨县长接过信,姜邯春就悄然退了出来,带上门,然后从门缝里望去,见县长看完信后勃然大怒:"姜秘书。"姜邯春立即进去,杨金彪指着他道:"你去把任局长叫来。"县长气得连最快捷的电话都忘记用了。

姜邯春将任书武叫到县长办公室,自己坐在秘书室里跷着二郎腿侧着耳朵就听见任书武争辩的声音:"……这都是诬告,是诬陷……"不一会儿,传来任书武狠狠带门的声音,接着是他不服气的声音:"简直诬陷好人,可恶至极!"姜邯春捂住嘴偷偷笑。

中午吃饭的时候,杨县长问姜邯春:"姜秘书,任书武这个人怎么样?"姜邯春有意说他挺好的,然后靠近杨金彪,压低声音说:"他是刘县长的人。"县长点点头,若有所思地吃了几口饭,小声说:"找买家的事情,只有你一个人操办,不得让第二个人知道。"姜邯春连声道:"县长,您放心,我保您一百个满意一万个称心。"

任书武没有想到自己尽心尽力忠于职守却遭到了举报,县长拿着两封信说他以权谋私,收受商户钱财,还私贩文物。他郑重表态请县长调查还自己清白,要是事实清楚确凿,自己甘愿受党纪国法制裁。他回到家依然气愤难平,将警服脱掉扔到沙发上:"没法干了,简直没法干了!"夫人过来将衣服挂到架子上,关心地问:"怎么啦?"任书武还没来得及回答,电话铃响了,他拿起话筒听见是丁履密打来的,他现在是县党部书记长,立即抱屈道:"书记长,我正想找你,可气死我了。"丁履密哈哈笑着说:"任局长啊,不要生气了,你的事情我知道了。"丁履密安慰了任书武一番,然后道:"好了,你也不要生气了,我听说在川分家了,我们也好久没有见到他了,去给他温温锅吧。"

"好好,书记长,我正想出去散散心。好好,就这样,明天一起去。"任书武将话筒放下后,坐在沙发上怎么也想不出是谁告的密。

分家对王在川来说,冲击很大。连续几天,他都是半夜时分,摇摇晃晃、磕磕碰碰地回到家中。莫小倩倒的醒酒茶,他连看都没看,倒在床上便昏昏欲睡了……此后,王在川仿佛得了一场大病,地里的活都安排新招的管家张守东负责。

张守东要不是认识了安杰,他连自己的名字都不会写,吃糠咽菜的贫苦生活并没有让他干巴憔悴,长年累月的高强度劳动反而锻炼了他一副肩宽腰粗的强壮身板，干起活来那架势不输于他父亲。正因为如此，王在川才放心让他领头干活。

这天，王在川在屋里觉着闷热，拿了蒲扇来到院子里的树荫下，刚坐下就见任书武和丁履密带着礼物进来。王在川忙起来，高兴地招呼："丁叔、任贤弟，你们怎么有空到我家里？"任书武将手中的礼物递给张守东，笑着说："再忙，也得给老兄烧炕温锅啊！分家悠闲了吧？"王在川摆摆手，叹气道："一言难尽啊！哦，我们不如到向东亭上喝茶吧，那里凉快。"丁履密连声说："好、好，那地方风景也好。"路过学堂约了教书先生杨义先。

任书武站在栈桥上说："王兄，你这里的栈桥可与青岛栈桥相媲美啊。"王在川在亭子里招手说："没法相比，快来，这里风凉。"丁履密站在亭前欣赏着亭柱上的一副隶书对联，上联：两山两岭山岭聚集一镇。下联：一河一水河水流过两城。任书武问："王兄，两山是河山、丝山，两岭是指驻跸岭和凤凰岭，一河是青河，那一水是……"

"丝水。"王在川答道，"快上来。"丁履密和任书武并排上了亭子，四人按主宾座次坐下，任书武对着王在川道："哎，缘何这么长时间不去城里？老弟实在想得很呀。"

"还不是因为分家的事。"王在川解释后，接着感叹道，"前段时间我非常郁闷，原以为诸位朋友都将我忘记了，没有想到你们还惦记着我，谢谢啊。"

"天下大势，合久必分，分久必合，何况我们这些小家乎？"丁履密笑着接着补充说，"其实，老朋友都没有忘记你，是你失落心态决定了你的看法。"任书武接上说："是啊，老兄认为不是县议员了，觉着没有面子了，思想上就不喜出门交往了。其实，我们都没有变。你想想过去，我们也是一年见不了几次嘛。"丁履密接上道："其实真没有必要，好朋友是任何环境所改变不了的。"王在川给他们冲上茶水说："不说我家这些烦恼事了。哎，丁叔，你不是到南京任职了吗？什么时候回来的？在县上还是回涛雒了？"

"在县党部干书记长。"丁履密竟然叹了一口气，说，"唉，不瞒你们说，到南京后，丁秘书长给安排到山东省府，可是去了以后啊，没法干了，官场太黑了，太腐败了,办点事不送礼送钱门都没有。"任书武笑着插话道:"所以你就回来干书记长了?"丁履密接着道:"我还真不喜欢干这个职务,我倒是愿意回涛雒继续干镇长。"大家正说着话,张守东带着刘鸿伦来了,任书武说:"老县长都来了,王兄,老朋友是不会忘记你的。"王在川忙点头称是,站起来给刘鸿伦让座。大家正谈得起劲,忽然一阵凉风掠过亭子,紧接着狂风骤起,天空一个炸雷,大雨如注。

张守东打着竹伞上来说做好饭了,请客人去餐厅吃饭。任书武兴意正浓,连连说今中午就在亭子里吃饭。大家一致响应。

张守东把酒菜用捧盒盛着提上来,几乎全是素菜。任书武一看傻眼了,指着桌子上的菜肴,着急问王在川:"哎哎,在川兄,都知道你过日子比你手里的偃月刀出名,但我们今天是来给你烧锅的呀!你总不能招待我们来吃斋吧?"王在川调侃道:"你们整日大鱼大肉,估计也腻了,到我这儿粗茶淡饭乡土味道给你们涮涮肠子。"

刘鸿伦连连道:"对对,人家曹操招待刘备也不过几个青杏,我们这么多……"他见桌子上似乎还少了一碗菜便闭嘴不说了。这时张守东端着一碗猪肉炖粉条上来了。丁履密抢刘鸿伦的话题说:"头等大荤这不是上来了嘛,在川贤侄也算是四盘五碗招待我们,总算不失礼啊!"他这么一说,大家都哈哈大笑了起来。接着大家频频举杯开怀畅饮,酒过半酣,刘鸿伦端起酒盅,醉意蒙眬地说:"诸位,我趁着酒兴,吟首打油诗吧。"他仰脸举杯道,"亭外风雨裹雷声,水涨荷动漂浮萍。五人痛饮一壶酒,遥想煮酒论英雄。"

大家拍手叫好,说诗作得豪气。杨义先也来了兴致,说:"鄙人实在不胜酒力,趁现在清醒,随前人脚后跟,胡诌几句《八声甘州》,以谢各位知遇之恩。"他呷了一口酒,吟道:"亭外云天骤雨,一番洗汗流。云闪裹雷激,阵风掠栏柱,雨点洒,酒水不分家。是处觥筹交错,纵论历史功与过。唯有亭下水,无语向东去。

不忍登高望远,故乡缥缈,思归难收。叹生不逢时,四海漂萍,想佳人,梦惊醒,天涯何处是归舟?酒酣至,莫凭栏,向东亭里有人愁!"

"好一句'向东亭里有人愁'。"刘鸿伦带头鼓掌叫好。

杨义先吟完,不觉潸然泪下。任书武关切地问:"先生为何如此伤感?"王在

一街两城

川替他说:"先生老家东北,家乡已被日本人占领了,漂泊至此。"任书武愤愤地说:"凭着几十万东北军不抗日,白白撤回关里打内战,这不是天大的笑话吗?"说着对丁履密说,"书记长,你应该知道些详情,能在这儿透露点吗?"丁履密连连摆手道:"不便说,任何场合政府的事情也不能随便言论。"说到此处,大家的心情都很沉重,一时都默默无语,各自想着心事。

外面的雨渐渐地停了下来,远山青翠,近树清新。从青河里流出的清水与丝水流淌着的黄水泾渭分明,在亭下湖水里汇聚,缠绵交融,缓缓向两城河流去。

任书武联想到自己目前的境遇,气愤地说:"杨县长贪得无厌,不给他送礼,别想办成事。上有所好,下有所效。现在所谓的公门都快成了黑门,照这样下去,用不了多少年,不亡党亡国那才怪……唉!生逢乱世,无可奈何啊!书记长,以后大家都看你的了。"丁履密无奈而伤感地说:"不瞒诸位说,丁秘书长作为党国元老,出了那么多力,到头来还不是换来了老蒋的猜忌、提防?自从他的学生被老蒋当作共党抓去枪毙以后,他算是看清了老蒋的真实面目,从此淡泊人生,基本不过问政事了。我也不会去拼命了,回到家乡能为父老做点有益的事情糊弄一生就算了。"

刘鸿伦想起了一件事,说:"也别说杨县长不干正事,他最近成立了稽查队,收缴被村民盗挖的文物,这就是利国利民的好事嘛。"任书武不服道:"我能不了解他?他看到国家考古队来了没有办法了才出此政策,以前我多次向他汇报要坚决打击盗墓、抢劫、诈骗分子,可他总是说先打击'共党'分子。"

"'共党'分子……"丁履密刚要就这个问题展开讨论,忽然觉着场合不适宜,忙望着王在川问,"现在外面流传在川收藏一个高柄黑陶杯,可有此事?"王在川忙摆手说没有的事,丁履密接着道:"我也不信,可有人就偏偏相信,还说黑陶杯能通天地通神灵,要风得风要雨得雨,岂不成了神物了?可能吗?!"王在川笑着自嘲道:"我要是有此物,岂不成神仙啦?!哈哈。"大家都笑了起来。任书武接上说:"只有乱世才有妖言惑众。"

忽然,一个警察匆匆忙忙地跑了上来,贴着任书武的耳朵叽咕着什么,任书武听完脸色骤变。众人忙问出什么事了?任书武神态严肃地说:"县里发现了

'共党'活动。"

"是吗？抓到了吗？"丁履密关心地问。

任书武说："还没有，只是从上边传来消息，有'共党'在咱县活动。对不起各位了，我有要事先告辞了。"

"看看，嘴上对政府有意见，一旦有事他第一个冲在前头，比谁都急。"丁履密也站了起来，对王在川说，"在川老侄，共党非同寻常啊！现在政府被南方'共党'闹得焦头烂额，处处被动，不得不拿出大量的物力、财力和军队围剿，可是他们打土豪分田地，几乎所有的穷人都起来跟着闹革命。"

"听说'共党'共产共妻？"杨义先插话问。刘鸿伦忙说："据我了解，那倒没有。"丁履密依然不放心，对王在川嘱咐道："近来可要多留意啊！别看你身边那些老实的长短工，说不定其中的一个就是'共党'，一个'共党'将来就是一团熊熊烈火啊，不可不防啊。"

"是，是，我一定留意。"王在川看着匆匆离去的任书武、丁履密和刘鸿伦，心中愈加不安起来。

第十五章 第一封信

　　共产党到底是什么样的人？王在川从外甥牟百财身上强烈感受到了无形的敌对和巨大的冲击力量，他断定共产党来了。接下来的日子，王在川的情绪直接影响了整个家庭，他看谁都不顺眼，看谁都像是要分自己的家产，用人、雇工看见他就迅速躲开。偌大的家庭没了笑声少了笑容，大家即便是吃饭也不敢多说一句话，吃完了放下筷子便快速离开。

　　安雪梅并不知道公公的心事，有时到婆婆房间拿一些唐诗宋词解闷儿，有时候到莫小倩房间听琴，也有时候到王璐瑶闺房看她画画。这天，她买了浅绛紫色毛线憋在屋里学着织围脖。王里道和王璐方突然掀起门帘进来，哈哈地笑着："嫂子！"雪梅把手里毛线放在一边，笑着说："你们进来也不在院里吱声，吓了我一大跳，怎么没去上学？"里道生气地说爹不让去县城读书了，璐方说放假休息。雪梅忙问里道为什么不让上学，王里道伤心道："还不是怕我走三哥的老路。"雪梅听了一阵难受，陡升无限的伤感。里道见大嫂不高兴了，忙开玩笑说："怎么，又在想三哥了？"

　　雪梅故意一扭脸道："谁稀罕他？！"

　　"不会吧？不想他，怎么眼圈都红了？哦，给谁织的围巾？是给三哥吧？"璐方逗着雪梅，雪梅刮了她的鼻子道，说："就你懂事多。哼！我才不给他呢，没情没义的。"

　　"哈哈，嫂子，看你紧张得，一提三哥你就……哈哈……"璐方和里道都笑了起来。雪梅为了解除尴尬,忙对里道说:"你呀,在家闲着就讨厌,我明儿告诉爹,让你快去上学。"里道自然知道雪梅在家中说话的分量,高兴地说:"谢谢嫂子。"然后又拉着璐方说:"五妹,我又能上学了。"忽然朝着雪梅道,"嫂子,别老憋在家里,出去走走散散心。"璐方连说好好,硬拉着雪梅出门了。

三个人走在田野里,满眼忙碌的秋收景象,雪梅呼吸着新鲜空气,心情立时好多了。王在川领着李有俊在地里捡拾黄豆粒。王里道怕父亲看见挨骂,便指着凤凰岭道:"去那儿,好玩。"

"蜻蜓。"璐方看到一只蜻蜓飞过来没有抓住,里道追了上去,"五妹,我给你抓。"璐方边跑边喊着:"四哥,抓住给我玩。"跟着去抓蜻蜓了。雪梅看到他们两小无猜的开心样子,不由得喜上眉梢慢慢跟了上去。忽然,背后传来一阵车铃声,雪梅回头见姜邯春骑着自行车过来,在她身边停下,一只脚踩着踏板,一只脚支着地面站在了面前:"这不是雪梅嘛!你去哪儿?我带着你。"

雪梅并不认识他:"你是?"邯春忙下了车子,说:"我是里路的同学,我们光着屁股长大的。当年在川叔早我父亲一步,要不你就成了我的……哈哈……"雪梅觉得他油嘴滑舌,不想与他继续交流,转过身朝里道和璐方玩的方向望去。邯春并没有觉着冷落和难堪,而是不停地自我介绍:"我家是北城老姜家,我爹是镇长,我现在是县长秘书,县长安排我去考古现场慰问专家……"边说着边朝路过的行人点头或主动打招呼,雪梅觉察出他们并不熟悉,他有意在自己面前张扬或者表明关系。

"你忙吧,我走了。"雪梅在前面走,姜邯春却赶着车子与她并肩行走,这让雪梅犹如傍着一棵仙人掌刺痒难受。"那不是张守东嘛!张守东!"姜邯春看见张守东挑着黄豆走在田埂上大声招呼。雪梅怕引起误会,追赶里道、璐方他们,姜邯春却将自行车几乎挡在了她的前面,没话找话说:"我们一般大,从小在一起玩。"说着招呼本不朝这边走的张守东,"守东,过来,过来,我介绍你认识。"张守东只好过来,不顾满脸汗水,朝着雪梅点头道:"少奶奶。"

"哦,你们早就认识啊!我明白了。"姜邯春故意挑弄是非,"守东,你看看雪梅多么漂亮啊,可是里路竟然不喜欢。是啊,没有感情怎么能凑合在一起呢?其实人家里路早有心上人了,叫兰……"雪梅听见他平白无故搬弄是非,非常反感,转过自行车从张守东背后追赶璐方他们。

"哎哎,我还没说完。"姜邯春撇下张守东掉转自行车头就要追赶雪梅。突然,一匹发疯的骡子拉着玉米秸从岭顶上直冲下来,姜邯春急忙闪在一旁,走在路中间的雪梅被吓慌了,一时不知怎样躲闪了。千钧一发之际,张守东扔掉挑子箭步冲上前去,将雪梅推到路边,自己却被飞速而来的骡车撞倒在地,腿上被锋利的玉米秸划开了一道口子,鲜血直流。

雪梅急忙从怀里掏出干净的手绢给张守东包扎。张守东满不在乎地说:"庄户人家这点划伤算什么?撒上点土灰,明天就好了。"雪梅怎么也不同意,替他擦好了伤口。里道、璐方都跑了上来,雪梅指着张守东说:"我没事,他为了救我伤得不轻。"里道将张守东扶起来,正想找人将他抬回家救治,张守东连说没事,弯腰拾起扁担挑着黄豆就走了,走路明显不如正常人那般稳健了。

一场惊吓让雪梅没了心情,更失去了兴致,她也不知姜邯春什么时候不见了,与璐方和里道回到家就躲进自己屋里:"里路早有心上人了……"这句话就像大冷的天凉凉的风在她耳畔回响,她忽然觉着自己或许真的一厢情愿。"为什么呀!"她趴在床上伤心地哭了。

安妈不知道雪梅咋回事,慌忙告诉了丁使秀。丁使秀一听也吓坏了,找里道问明情况,然后来到雪梅房间,未开口自己先哽咽了起来,雪梅只好起来安慰她,丁使秀喃喃说:"那混账东西,几天的工夫,竟跑到他二哥那里去了。"

"就是里户二哥。"里道朝着雪梅笑着说。此时,雪梅心乱如麻,又想知道又害怕知道。丁使秀几乎按照自己的意愿说:"他说对不起你,请你原谅,你是好人,是他辜负了你的一片真心,他还说很快回家亲自向你道歉……还有很多,我都记不大清了。"雪梅知道婆婆是在安慰自己,他信中绝不会说这样的话。

的确,雪梅猜得没错。王里路在信中主要对这桩包办婚姻提出了抗议,他说自己不能和一个从不相识更不甚了解的女人过一辈子。他之所以逃婚,主要是为了解除两人的关系,使她不至于受到更大的影响和伤害。

王在川不看则罢,看后气得肺都要炸了,破口大骂:"混账,他说得轻巧,婚姻大事当小孩戳尿窝了?!还不使人家受影响?这影响够大了!如果不是亲家识理,雪梅孩子懂事,咱这张脸恐怕没处放了。写信明确告诉他,我快被他气死了,只要我还有一口气,想休了人家,没门!"

终于得到丈夫平安的消息,但雪梅一直悬着的心总也落不下来。莫小倩猜到了她的心事,当听到姜邯春说的那番话时,莫小倩气愤不已,连说姜邯春不是好东西,还分析了王、姜两家这些年的矛盾纠葛,最后给了雪梅一颗定心丸:"雪梅,我实话告诉你,里路与兰兰没有那种事,况且兰兰已经死了。"

有了莫小倩的劝导,雪梅好受了许多,再想想与里路第一次见面的情景,那种暖暖的美美的感觉使得她随之恢复理智了。雪梅思前想后,决定给丈夫写信,便跟张传兰要了里户的地址,快步回到自己房中。当她推开那两扇门时,心头骤然拧紧了,一只脚进了门槛,另一只脚真不想迈进去。屋里依旧弥漫着沁人的芳香,正面大红双喜在灯光的映衬下,显得格外刺目。新房、新被、新床、新人……一切都是新的,新的又有什么用呢?洞房花烛夜,新人垂泪时。她越想心里越委屈,鼻子一酸,泪水不知不觉地又流了出来。她从抽屉里拿出信笺,踟蹰了一会儿才拿起笔,可满肚子话一时又不知从何说起。说什么呢?第一张信纸撕了,第二张信纸揉成了一团……到底撕了揉了多少不知道,地板上到处都是,直到下半夜里,信纸上还是空空如也。

天渐渐凉了,尤其是到了晚上,那挥不去、驱不尽的孤独、寂寞就会涌上雪梅的心头。窗外下雨了,一场秋雨一场寒,她不知多少个晚上就这样伴着夜雨到天明。屋里静悄悄的,窗外细雨唰唰地打在梧桐叶子上,更增添了深秋的漫长、寂寥、凄凉。雪梅实在睡不着,披了件外衣,来到书桌旁,拿起笔来,下决心要给里路写封信:

里路:

  这一封信,我思忖多日,几度执笔,几度哽咽,我终是可以唤你一声了。
  那日午后阳光正暖,安家学堂门外,你有封信要交给安杰。你可知,我见你那一刻,心若狂澜?你可知,那个女孩便是你自幼订了终身的妻?

一街两城

  从此我便记住了你的模样,无数次幻想着红盖头被揭开的那一刻,我会打开一个怎样的全新的美好世界。然而,我无论如何都想不到,我面对的是如此的境地……里路,我怎就如此地遭你嫌弃?

  此时此刻,窗外秋风细雨,梧桐落叶,声声滴滴,滴滴声声,让人心碎,我依然独守空房,个中滋味,问君知否?

  我曾经无数次想过,你是为追求自己的爱情,还是为了抗拒封建包办婚姻才离家出走的?我理解你作为新青年对封建礼教的抗争,可是我想问你,为人子,弃年迈高堂的牵肠挂肚于不顾,你孝道何在?为人夫,你不辞而别,陷我于进退两难之尴尬境地,你良心何在?为人兄,你置姊弟成长于罔闻,你亲情又何在?这应该算不得责怪。我想,这些问题你也许也问过自己,我想知道你的真实答案。里路,你既然有逃婚的勇气,当初就应该有阻止我们这场包办婚姻的责任,不是吗?

  事已至此,我已泰然,得知你有信来,知道爹和娘不会如实告知我信的内容,但终于有了你的消息,阖家欢庆,尤其是身体微恙的爹,嘴上不说,但可明显看出他心中甚慰,娘得儿消息如何欣喜自是不必多述。我会尽心尽力照顾好爹、娘、弟、妹,勿念!

  我等你归来,慰我竟日的相思。

妻　雪梅

  信写好了寄走了,仿佛也把雪梅的心带走了,她不但没有丝毫的轻松,反而一天比一天焦虑不安,她现在似乎已不再奢望丈夫会一下子出现在自己面前,而想哪怕只等到他的一个态度或一个答案。

  对于等待的人来说,度日如年。安雪梅从窗棂里看到院子里飘起了雪花,寂寞更添凄凉,想起自己的命运,不觉黯然神伤。

  突然,小丫从外面跑进来说:"少奶奶,来信了……"

  安雪梅听说来信了,高兴地从床上跳下来,鞋都没顾上穿,上前接过小丫手里的信,手都有点颤抖了,激动得心仿佛都要跳出来了。

第十六章　慧眼识珠

　　信是王芳从美国写来的。她在信中劝雪梅要敢于面对现实,走自己的路,自己的幸福要靠自己去寻找……雪梅看着看着,眼睛模糊了,忍不住掉下的泪珠打湿了信纸。

　　晚上,莫小倩过来看望雪梅。

　　雪梅怀着歉意说:"二娘,我没事,您用不着每天都来。"莫小倩抚摸着她蓬松的头发,爱怜地说:"香香睡了,闲着没事,过来和你说说话儿。"雪梅见二娘这样说,不好意思再说别的了。莫小倩将雪梅揽在怀里,说:"雪梅,让你受委屈了。"小倩的关心更引起了雪梅心中的酸楚:"二娘,为什么我的命这样苦啊?"

　　小倩说:"唉,咱做女人的何尝不是一样啊!"

　　雪梅说:"三姐就与我不一样,她有思想有知识,看得远,走得也远。唉,我什么时候像她那样想得开放得开就好了。"莫小倩将雪梅扶正,两个人面对面,她发自内心地说:"也不能这么说,你的品质是她不具备的,你善良、细心、孝顺、顾家,这些王芳是无法跟你比的。"一番夸奖、赞美,让雪梅都有些不好意思了。莫小倩叹气道:"王芳、王芬还都是有理想有志向的女子,那你再看看璐瑶,她越来越不食人间烟火了。"

　　"我看大姐这样也挺好的,最起码有自己的空间和主张。"雪梅说。

　　莫小倩缓慢地站了起来,走了几步,然后转身对雪梅说:"是,要说堂姊妹,你看看璐圆就不一样了,今年都要考大学了,却不见人了,你三爹、三婶四处寻找,急死了。"

"她一个女孩家,还能去哪儿?"雪梅话音未落,王璐圆用力推门进来了,冲着她张口就骂:"安雪梅,你真不要脸,竟然跟我去抢男人!"安雪梅和莫小倩都莫名其妙,好长时间没有回过神来,相互眼神交流了一下,还是莫小倩主动质问道:"璐圆,看你愣张飞似的,怎么啦?你嫂子碍你什么事了?"王璐圆指着雪梅,不依不饶道:"她、她跟我抢男人!"安雪梅还是一头雾水,但此时她似乎明白了什么,不但没有生气,反而笑着道:"璐圆,你可要把话说清楚啊,我一直在家里,怎么……"她刚说到这儿,姜秀莲匆匆忙忙地进来,拉着王璐圆就往外走,还不断回头对安雪梅歉道:"她嫂,对不住了,璐圆疯了。"

"我没有疯,她就是跟我争男人。"王璐圆话音未落,王在田狠狠扇了她一耳光,骂道:"没出息的东西,你学啥不好呀!小小年纪就学着搞对象,你疯了还是傻了!"王璐圆被父亲打了,这时她将怨恨、矛头转向了父亲,故意气他道:"我没疯也没傻,我就爱他,我就要找他。"王在田气得本来就瘦弱的身子骨眼看站不住了,但他还是叉开双腿稳住了,指着女儿狠狠道:"我告诉你,只要我还活着,就不准与姓姜的搞对象,从你大爷开始,老王家就不准与姓姜的通婚,这是你爷爷定的规矩,我们是什么人家?他们是什么人家?难道你不懂吗?!"

王璐圆毫不相让,争辩道:"我爷爷在大门上定的规矩你都遵守了吗?"

王在田顿时哑口无言。

璐圆继续道:"你还好意思瞧不起姜家?姜家哪个不比咱家强?人家当官比咱家高,钱财比咱家多,人家姜邯春的爹按说有钱有势,可从没有听说拿着家里的钱去抽大烟。"这番话可把王在田羞辱死了,当着一家人的面他感到无地自容,真想找个老鼠洞钻进去,抬起的手立即收回,扭头就走了,背后传来女儿嘲讽的话音:"你去兴隆货店吧,那个骚货正脱了裤子等你呢。"姜秀莲看到女儿真的疯了,啥话都敢说出口,急忙把她往家拉。而王璐圆心中的怒火还没有彻底发泄出来,还要与安雪梅吵架,突然见王在川阴沉着脸站在一旁,立即闭嘴跑了。

从王璐圆口中,大家才清楚王在田与兴隆货店的老板娘李茹萍相好,才明白王璐圆与姜邯春搞上了,明明安雪梅整天待在家里没有出门呀,怎么会"中枪"

呢？难道就因为那一次路上偶遇吗？

原来，王璐圆整日缠着姜邯春，姜邯春时不时提到安雪梅，开始她并没有在意，觉着他与里路三哥是同学关系，关心关心嫂子是可以理解的。一次，姜邯春又当着她的面提起安雪梅，言语轻佻露骨。王璐圆不高兴了，没等他说完，就说："浑蛋，你这么喜欢她，你找她好了。"说完气哼哼地走了。

姜邯春见她吃醋了，刚要出门追赶，忽然从玻璃窗看到对面路上一张戴着礼帽低着头行色匆匆而熟悉的射影，那不是安杰吗？

此人正是安杰。他想得到县委的指示精神，可是县委被叛徒出卖遭到了严重破坏，一时无法取得联系。面临严峻、恶劣的环境，他并没有消沉、彷徨，而是在工人底层、广大的农村贫雇农中建立党支部，积极开展工作，他这是要去两城西街召开秘密会议。

西街是贫民窟。会议在地下交通站举行，这是一家豆腐铺子。安杰肯定了北城支部书记王永臣、尚近影等人的工作，安排了当前工作和任务。散会后，他掏出一个铜钱对老板说："来一碗豆腐脑，三个煎饼。"老板答应着，端上一碗热豆腐脑。就着青辣椒、虾酱两样蘸料和三个地瓜面煎饼，安杰吃了起来。

"哎哟，表哥，你也喜欢这口。"正在吃饭的安杰忽然听到有人打招呼，猛然抬头看见姜邯春竟然笑嘻嘻地站在自己的面前，他没有回应，而是怔怔地看着他。姜邯春拿了马扎坐在安杰的对面："我是三姑家的邯春啊！你不认识了？"能不认识他嘛，安杰高度警惕了起来，用余光角环视四周，觉着没有可疑人，便淡然颔首，装出不冷不热的态度。

姜邯春见安杰警惕性太高了，不得不佩服，压低声音道："晚上春和酒楼后院一号雅间见，有重要事情向您汇报。"说完就站起来大声道，"看来表哥这几年闯得不咋的呀！到这种地方吃这种饭，实在过不下去了，到县政府找我呀，哈哈。"说完扬长而去，周围一些人投去鄙视的目光。老板误认为邯春真是安杰的表弟，气愤道："你怎么会有这样嚣张的亲戚呀？咱有骨气，不去找他。"安杰笑笑说："多年不见了，现在混成了县长秘书，说话难免口大气粗。"

"哼，我最瞧不起这样的人。"老板说。

一街两城

安杰还摸不清姜邯春的底细，尤其是在目前紧张严峻的形势下，无论做什么事情都要小心再小心。他换上长衫，戴上近视眼镜，提着包从后门出来，没有发现任何可疑现象才走进又长又窄的胡同，然后拐到两城大街，过青河桥徒步去了县立中学。

郑岩正在批阅作业，见安杰进来了，伸出头没有发现可疑人员就闭上门，道："安书记，你怎么突然来我这里？有紧急情况吗？与县委联系上了吗？"

"你先给我倒杯水，渴死我了。"走了几十里的路程，安杰又渴又累，他解开衣服扣子，接过郑岩递过来的水杯，几口喝完，将水杯放到办公桌子上，接着将遇到姜邯春的事情说了，"以前都是春雷与他单线联系，他是如何知道我的身份的呢？再者，他说有重要情报向我汇报，难道县委有指示了？如果他是县委的同志，那就太好了，关键不曾听春雷说过。"郑岩又给安杰倒了水，建议道："现在形势很险恶，还是小心为好。我建议你不要去了，即便非去不可也要由别人代替你。你是书记，不能冒险。"

安杰端着水杯刚要喝，忽然觉着心里话不说出来憋得慌："我考虑再三，亲自去比较稳妥。第一，姜邯春未必知道我的真实身份，他现在是县长秘书，想在我面前显摆。第二，如果他知道我的真实身份，很可能有重要情报告诉我，要不当时就可以喊警察抓我，没必要大费周折。本来春雷想介绍他加入党的组织，我认为条件不够成熟，现在正是考察他的最好时机。第三，我们党组织太需要有知识有理想的热血青年了。"

郑岩听到这儿，急忙插话道："安书记，你说到热血青年，我想起一个人来，这个学生你应该认识。"安杰将水杯放到办公桌上，忙问是谁，郑岩说王在川的儿子王里道。安杰笑着摇头说他还小。郑岩接着介绍了王里道的基本情况："前段时间，他父亲不让他上学，还是他嫂子替他在家长面前求情才复课……别看他小，可富有正义感，还有同情心，常常将节省下来的钱物分给贫穷同学。对了，我叫过来，你考察考察吧。"

安杰点头，不由得想到了秦翠翠。

安雪梅出嫁那天深夜，安杰悄悄来到秦翠翠家里，门半开着，里面却亮着灯，他忽然感觉异常,迅速躲在隐蔽处观察,稍后没有动静便蹑手蹑脚地进去,当他发现秦翠翠已经惨死在炕上时,第一个念头就是爷爷害死了她。

确实如此。一个时辰前,安老八来到了秦翠翠的小屋子。秦翠翠恍如梦中,忽然清醒过来,急忙给他跪下连连叩头,他将包袱放在炕上说:"这是给雪梅做的喜糕,特意给你留的,你吃点吧。"

"您总算没有忘记我。"秦翠翠喜形于色,刚要解开包袱,忽然想起了什么,忙说,"我给您烧水啊。"说着不管安老八同意不同意就到锅灶前点火烧水,急匆匆将安杰留下的书籍、传单投到灶膛里面点上火烧了。她现在已经成了安杰的秘密联络员。秦翠翠的慌乱举止和不自然神态被安老八看得一清二楚,但他并没有当场揭穿,更没有责备,而是拿起喜糕对她说:"你别忙了,吃点吧,很好吃的。"

秦翠翠为了不引起他的怀疑,就接过来放在嘴里,边吃边说:"谢谢你给雪梅办的嫁妆,村里都说……"刚说到这儿,她忽然觉着肚子有点痛,开始还认为是自己紧张的缘故,并没有在意,吃完了糕点,又将其他传单点着烧完了,这时她已经受不了了,开始大口吐血了。安老八慢腾腾地走了过来,木然地盯着她。秦翠翠指着他怒吼道:"你为什么对我如此狠毒?!"

安老八想把秦翠翠扶起来,她挣扎着要往外跑,被他拉了回来,并将她拖到炕上。此时,秦翠翠已经吐血不止了,双手在炕上乱抓着,所到之处留下一道道血印:"四少爷……安书记快来救我啊……"

安杰见到秦翠翠的尸体,似乎忘记了所有危险,也忘记了自己的身份,冲出房门,直奔爷爷的住处。爷爷的房间亮着灯,门大开着,他正坐在太师椅上拿着烟杆抽烟。安杰几乎是冲进去的,不讲什么礼节了,指着爷爷大声吼道:"爷爷,您为什么这么做?为什么呀?您是刽子手啊!"无论他怎么指责、怒吼,安老八始终不动,像尊木雕。实在气极的安杰上前将爷爷的烟袋夺过来:"爷爷,您说啊!您为什么不说啊……"突然,安老八身子歪倒。这时,安杰才发现爷爷已经死了。

"爷爷,您为什么这样!为什么呀?您说啊!"安杰跪在爷爷的面前,晃动着他的身子哭着喊着。安为江闻声过来,立即将安杰拉起来,催促他快走,他已经知道儿子现在干什么了,因为警察来过多次调查安杰的动向。安杰不愿意走,还说秦翠翠是爷爷害死的,爷爷是刽子手……没等他说完,安为江狠狠扇他一耳光,让大儿子将他强行拖走了……安杰站在东海头的礁石上,心中如波涛汹涌,长久不能平静下来,他甚至怀疑家里发生的一切都是爷爷一手布的局。可是,看到安家凋落凄惨的景象,家里人哭天号地的悲伤场面,他又一时找不出合理的理由来证明就是爷爷的阴谋。但有一件事情是肯定的,秦翠翠的死肯定与爷爷有关……忽然,他恍惚地看到爷爷坐在云端朝着他嘿嘿笑了笑,忽然消失了,好长时间他没有琢磨透爷爷是微笑,是冷笑,还是嘲笑。

"唉,曾经答应秦翠翠,等革命成功了,让她们娘儿俩相认……"安杰擦了眼泪,自语道。恰巧,王里道抱着厚厚的作业本敲门进来,打断了他的回忆。郑岩过来介绍,王里道很有礼貌地鞠躬道:"安先生好。"说完将作业放在郑岩的办公桌上,然后主动给安杰倒水。安杰从不同角度打量着王里道,只见他穿着整齐的深青学生服,戴着学生帽,一双细长而有神的眼睛,说话时总是带着笑容。

"你嫂子叫安雪梅?"安杰故意问。王里道立刻回答道:"是的,先生。我嫂子可好了,要不是她我可能上不了中学了。"

"为什么呀?"安杰又问。

"唉,爹怕我走三哥的老路。"安杰问一句王里道答一句,不多说,更不随便问。他见安杰不问话了,便朝郑岩道:"郑校长,要是没有其他事,我不打搅你们谈事情,先告辞了。"郑岩点头,王里道又礼貌地向安杰道别,安杰先伸出手,王里道急忙伸出双手,安杰即刻对他有了重新的认识,看似纤细的手,其实非常有力,那双清澈的眼睛忽然变得犀利了,具有穿透力。安杰先松开了手,王里道利索地转身快步走了。

安杰有些不舍,他走到窗前望着王里道的背影,那眼神在脑海里久久不散,有王在川的神气,但又不完全像……"这是雄鹰的眼睛",他终于想到了恰当的比喻。安杰暗暗称道,对郑岩道:"郑校长,你没有看错,果然是一只羽翼渐丰的雏鹰啊。"

当晚,安杰如约来到春和酒楼。这是非常隐秘的地方,三层楼,独门独院,淹没在四周浓密高大的绿树之中。如果不是门头上写着"春和酒楼",安杰还认为这里是有钱人家的别墅。门口虽然有保安,但并没有查问他,看来姜邯春早安排好了。他直接来到后院一号雅间,姜邯春正在用高级茶具洗杯醒茶。姜邯春见了安杰也没有起身,而是伸手指向客座道:"表哥,请坐。"安杰坐了下来,说:"表弟,你找这么漂亮的地方喝茶,让我承受不起啊。"

"红茶,暖胃。"姜邯春给安杰冲上茶水道,"表哥,你放松一点吧!我实话告诉你,这个地方是县长的外室。这么跟你说吧,就是县长内部接待的地方,比如会会相好的、打个牌、喝点小酒。"

安杰觉着浑身不自在,总是感到房间里弥漫着令人眩晕的味道,他始终保持高度警惕,一口茶水也没有喝,而是起身道:"表弟,我清贫淡泊惯了,你这个地方我享受不了,我先走了。"姜邯春见安杰要走,一把拉住他,压低声音道:"安书记,我真有重要情报告诉你。"安杰盯着他,但没有出声,姜邯春真被他的高度警惕性折服了,只好小声道,"我看到了省政府发给县长的绝密文件,说……"说到这里,故意停顿,看安杰的脸依然面无表情,只好接着说,"我都把话说到这份上了,你还防着我?唉,谁叫我一心想参加共产党呢?我现在可是拿着全家人的脑袋跟你说……"接着就将那份文件的内容说了。

安杰听了暗暗着急,也清楚姜邯春确实不是敌人了,暗自庆幸发展了一位入党积极分子。为了安全起见,他并没有做出惊喜的动作或说出全面相信他的话,觉着还有必要考察他,便道:"表弟,我先走了,家里实在揭不开锅,回头再去县政府找你啊。"说完就出门。他并没有直接回到住处,而是拐了大弯,蹲在城墙下足足两个时辰,直到半夜时分,才顺着城墙小道拐向东关大街,顺着东关大街往北走,确认背后没有人盯梢才走上荷塘东路。走到文庙附近,迎面来了一个夜宵挑子,还没有看清那人的长相,便迅速闪到路一旁,擦肩而过时,安杰感觉到衣服口袋里被塞进了东西,他不动声色,也没敢停步,直接进了刘家大门。

刘鸿伦正在客厅与一位客人聊天。安杰不想打搅他们,与刘鸿伦打了招呼,就想上楼回房梳理姜邯春提供的情报和刚才塞进口袋里的东西。刘鸿伦笑着介绍道:"安先生,我给你们介绍,这是我二弟刘鸿仁,在北京上大学,今天刚回家。"安杰忙上前与刘鸿仁握手,刘鸿伦接着介绍了安杰。刘鸿仁笑着说:"听大哥说过,安先生学识渊博,对侄女辅导得非常认真,谢谢。"三个人聊了一会儿,安杰心里有事告辞回房。

安杰从口袋里掏出来地瓜面饼子,掰开,里面有一张纸条,上面写着:明日一同去石臼码头接大哥,安。肯定是安哲写给自己的。太好了,终于与县委取得联系了,安杰激动得一夜未眠。

第十七章　曙　光

石臼因海边裸露的岩石布满"碓臼"洞穴而得名,是鲁东南最大的渔港和客货码头,战略地位十分重要,明朝设"备御千户所",也称"石臼所"。

安杰如约来到码头上接站,见到安哲装出一家人的样子,安哲小声说接省委巡视员。直到旅客都走完了,也没见有人过来对暗号。正当他们转身要去候船大厅时,忽听背后传来声音:"石出石臼所。"他们回头见一个身穿风衣,戴着礼帽、墨镜,手提旅行箱的男子站在面前,安哲按捺住内心的激动,忙道:"日升日照县。"是同志,当四只大手紧紧握在一起的时候,对方哈哈大笑:"是我呀。"说着摘下墨镜,原来是春雷。安杰也上前与他握手,相互问好。

"你就是巡……"安哲刚要问,春雷忙说:"这里说话不方便,边走边说。"三个人走出了码头。

原来,春雷带着王芬到了省城后,才发现省委已经遭到了破坏,无法取得联系,他找到同学帮忙安排王芬在医院当护工,自己先后去北京、青岛、上海等地寻找党组织,终于在北京找到了党组织。山东省委恢复以后,他被中央调回山东省委工作,随后又被派往日照县工作。

安哲高兴地说:"巡视员同志,我们太盼你们来了。"春雷忙笑着说:"我不是巡视员,我是打前站的。"安哲和安杰都哈哈笑了。

为了安全起见,安哲特意将接头地点安排在离县城较远的两城河口。安杰提着篮子拿着铲子赤着脚早早来到沙滩上,他装模作样挖了几个西施舌和蛏子,然后悄悄观察着岸边赶海的人群。

忽然,刘鸿仁提着篮子来了,安杰急忙低下头故意避开他向深处有海水的地方走去,然后留心注意身后的动向。不一会儿,安哲、春雷来了,郑岩也来了。过了一会儿,郑天九、牟春霆等县委委员也来了。春雷走到他身边,小声道:"安书记,巡视员来了。"说着指向了刘鸿仁,两个人都会心一笑,继续赶海。赶海的人没有注意到有几个人时聚时离干什么说什么。开始涨潮了,他们都挖了半篮子海鲜,刘鸿仁提议找个地方边吃边谈。要说河口南岸就是安杰的老家安家台,顺河而上不远处就是安哲的老家安家村,可是他们以现在的身份又不敢回去。安杰忽然看到沙滩上停着一条渔船,他笑着说:"有了,走,上船。"

船主是个上了年纪的渔民。安杰说租用渔船上的锅煮海鲜,老大爷没有犹豫就答应了。几个人爬上渔船,将捉到的贝类、鱼虾洗净,然后倒在锅里用柴火煮,水煮开了,海鲜也熟了,大伙开始动手抓着吃,边吃边说鲜、真鲜、太鲜了。

郑岩拿出煎饼和熟鸡蛋,将鸡蛋切开放在煎饼上,然后放上一根小葱,少许疙瘩丝,捏了一点芝麻盐撒上,老渔民见他们吃饭了,拿出晒干的虾皮,给他们放在煎饼上。刘鸿仁将煎饼卷起来咬了一口,嚼着说:"我们沐着海风,听着涛声,坐在大海母亲的摇篮里,大快朵颐,也是人生一大快事啊。"安杰将卷好的煎饼分给安哲、郑天九等人,笑着说:"快哉,快哉,太好吃了。"牟春霆边吃边说:"我看等革命成功了,郑校长开个煎饼铺子就行。"刘鸿仁口里的煎饼还没有咽下去,急忙说:"对对,就要这口味……"大家边吃边聊,不觉船已经漂在大海中了。刘鸿仁朝船尾望去,见老渔民正专心补网,便道:"真是天赐良机啊!中国共产党第一次代表大会最后几天是在船上召开的,我们日照县暴动第一次筹备会议也是在船上开的,意义深远啊。"大家都笑了,春雷站起来眺望陆地,连声说:"在海上开会安全。"

刘鸿仁传达了省委指示精神,要求在日照县举行农民暴动,这是省委对日照县委前期开展革命斗争工作的肯定。还说山东省委要继续在泰安、胶东等地区举行暴动,日照县暴动是重点。安哲汇报了日照县委的工作,安杰汇报了两城区委的工作,还汇报了姜邯春提供的情报,国民党山东省政府已经要求各县加强

"防共剿共"，国民党从外省调派了五个旅的军队到山东驻扎。

这时，郑岩提出准备不足、武器数量少、暴动仓促、缺少外援和没有根据地等问题。春雷腾地站起来，由于重心不稳，船摇晃了几下，郑天九忙对他说："春雷同志，坐下说。"春雷坐下后，指着郑岩不满道："郑岩同志，你这是对革命的悲观论调和消极态度，什么是准备不充分？我要问你了，什么时候能准备充分？一年还是两年三年？要是三十年五十年，还用我们这些人干什么？怕死不革命！再说了，日照不光有你们两城区，还有沈疃、涛雒、石臼……"这话等于严厉批评了，安杰感觉连自己也被他否定了，郑岩虽然内心有意见，但看到春雷激烈的态度，没有站起来争论。

刘鸿仁紧盯着安杰道："这次省委为什么要在山东不断组织大规模的暴动？一是有力回应那些提出'北方落后论'的不实论调，我们就是要在北方创建苏维埃政权。二是配合南方红军反'围剿'，夺取大城市……"安哲握紧拳头，捶着船板说："干吧，早就等这一天了，革命高潮又来临了。"郑天九、牟春霆、安杰、郑岩等人立即表态：虽然有困难，但我们一定克服困难，坚决执行省委的指示。安杰满怀信心地说："即使没有火枪钢炮，我们拿着铁叉、镐头、大刀也要将暴动轰轰烈烈开展起来，将革命进行到底！"他的话引起与会者热烈鼓掌。

春雷抑制不住内心的兴奋，道："我建议暴动指挥部设在县城，即便县城不行，至少设在石臼、涛雒这些开展工作卓有成效的区，社会影响面广，对敌人打击大。"郑岩感到春雷对日照现状不甚了解，对自己尤其是对两城区委似乎有成见，立即质问道："春雷同志，我问你两件事，指挥部设在县城什么地方？这是其一。其二，即便是暴动队员聚集于县城，一旦敌人发觉，将四个城门关闭，我们如何突围出去？"

"这……"春雷还真没有去想这些应对措施，但他又不甘心认输，指责郑岩道，"你总是将困难想在前头，要是这也不行那也不中，我们还革不革命了？我看不是能不能在县城暴动的问题，而是你的思想有问题。"安杰笑着对春雷道："春雷同志，有事说事，可不要乱扣帽子。"郑岩刚要站起来进行辩解，却被安杰一只大手稳稳按住了："我们坚决服从上级的决定，并积极投身日照暴动中去，就是用

一街两城

我们的热血和头颅唤起劳苦大众翻身求解放的觉悟！"郑岩立即朝着刘鸿仁、安哲和郑天九等人表决心："是的，我们不怕流血、不怕牺牲，我们一定要把困难和问题想到并且在暴动之前解决掉，确保暴动成功！"

刘鸿仁环视了一圈，然后将目光投向安哲。

安哲胸有成竹地说："暴动指挥部设在县城或石臼镇显然不符合实际。我建议设在两城镇。"大家听后都没敢议论，屏住呼吸，继续听他分析，他说，"主要有三点理由。第一，两城镇经过安杰、郑岩等同志的努力工作，已经在各村发展了党组织和革命积极分子，群众基础牢固，暴动队员集中，这是主要的。第二，我们先向敌人薄弱的地方进攻，然后夺取县城等重点地区。两城镇虽然有民团、盐警，但城墙已经毁坏，进出自如，便于大队伍行动。王家滩盐警有两门炮、几十条枪，里面有我们的同志，可以里应外合。第三，两城镇西邻五莲山、九仙山等高山密林，一旦形势对我们不利，我们可以迅速转移到山区打游击，继续同敌人做斗争。"

安哲的建议得到了与会人员的一致赞同。会议决定组建暴动领导机构"鲁南革命委员会"，安哲为总指挥，成立"中国工农红军鲁南游击纵队"，分南、北两路纵队，北路以安哲、安杰为正、副指挥，攻占两城、王家滩、于家村、安家台等村镇。南路以郑天九、牟春霆为正、副指挥，夺取沈疃、涛雒、山子河等村镇。然后两路会师日照城下，夺取日照县城、石臼镇⋯⋯

会议结束时，已是次日凌晨，东方露出了鱼肚白，海浪轻缓地拍打着船体，发出哗哗的声音。老大爷将几个人送回到陆地上，郑岩付了租船费用。安杰紧紧握着刘鸿仁的手，说："巡视员同志，前段时间我们真像大海里的孤船，你来了，我们就像回到了陆地上，心里踏实了。"

刘鸿仁感慨道："是啊，为拯救劳苦大众于水火，让我们向着理想和目标前进⋯⋯"几个人站在海岸上，迎着微微海风，放眼向东望去，海面上海浪滚滚，海鸥飞翔，一轮旭日冲破海雾，瞬间霞光万丈，海天一色。大家纷纷赞叹海上日出的壮观与唯美，郑岩道："日照自古就有'日出初光先照'之说，今日之见果真如此。美哉，日照日出！"安哲意味深长地说："天亮了，太阳升起来了，我们即将开启崭新的伟大的航程。"

第十八章　发现藏宝洞

　　日照暴动筹备会散会后,大家按照会议安排积极分头行动。为了摸清日照县的军事布防,安杰通过秘密方式将任务交给了姜邯春。

　　姜邯春坐在办公室里,心想:终于通过安杰的审查了。正当他琢磨如何了解全县驻军、民团、警察、保安、巡盐等驻防情况时,同事过来说有个胖胖的女孩找他。他想准是王璐圆,急忙从后门溜走了。

　　王璐圆闹了几次,见没有人搭理她,知道姜邯春对自己已经绝情了,她将这股怨恨记在了安雪梅的头上,她想回家找安雪梅算账,可到半路上发现自己回不去了,她怀孕了,要是让父亲知道她怀了姓姜的孩子还不乱棍打死她啊!在外流浪了几个月,眼看着肚子一天比一天大,她不得不回家了。果然,她遭到了全家人的谩骂和羞辱,王在田用脚踹女儿的肚子:"你这个不要脸的东西,你去流了狗杂种,流不了别回家。"姜秀莲也抱着女儿哭,连连骂她糊涂。王里门的三个老婆都过来嘲讽道:"咱们王家可是正经人家,竟然出了败坏门庭的肮脏事,要是让二爹知道了,还不一刀劈了。"王在田听了就仿佛巴掌扇在了自己的脸上,用皮鞭狠狠抽打着女儿,嘴里还不停地吼叫着:"你滚,你走,我没有你这样的闺女!"王璐圆披头散发地爬起来,冲着父亲喊道:"我不是你的女儿,你也不是我爹,我去死好了。"

　　"你去,你现在就去死!"王在田气得失去理智。

　　王璐圆挣脱了母亲的手,夺门而出,往青河跑去,姜秀莲跟在她后面哭喊:

一街两城

"你回来啊,傻孩子你不要去死呀……"王璐圆跑到河边看着湍急的河水犹豫了,看见安雪梅和王璐方跑了过来她才往河里跳,却被眼明手快的雪梅拉住了,璐圆却哭喊着:"你滚开,都是你害的,别猫哭耗子——假慈悲。"此时,安雪梅不管她说什么,甚至难听的话也忍了,与王璐方死死拉住了王璐圆。赶过来的安妈实在看不下去了,对安雪梅说:"少奶奶,这样不识好歹的人甭管她,让她去死好了。"说着硬将安雪梅的手掰开拉着她就走。王璐圆一看傻眼了,本来她也不想死,做个样子让大家看看,没想到被安妈识破了。正当她进退两难的时候,王璐方拉了她一下:"姐,回家吧。"想回家,可是往哪儿去呀?安雪梅实在不忍心,就让她住到自己隔壁的空房,让她暂时有了安身之处。

　　王在川听到老三家出了败坏家风的事,正想找王在田算账,见张守东领着一个中年男人进来了,他穿着西装,头发梳得油亮,显得脑门特大,尤其那双深凹的眼睛透着精明与狡黠。王在川不认识他,张守东介绍说是卢老板,专程从北京来登门拜访东家。王在川与卢老板落座后,张守东沏上茶水,退了下去。卢老板从皮包里拿出名片递给王在川。王在川接过来见上面写着"卢芹斋"三个字,心头猛然一紧,因为他听说过这个人,是大古董商,地地道道的文物贩子,据说中国许多文物经过他的手被贩卖到外国。王在川心中有数了,将名片顺手扔到茶几上,显露出不屑的样子。

　　卢芹斋已经注意到王在川厌恶、漠然的神情,脸上堆笑道:"哈哈,早就听说王偃月的大名,今日一见,果然名不虚传,在下实在荣幸之至啊。"王在川也没有给他好脸色,甚至都没正眼看他,自己端起茶杯喝着,冷冷道:"你是什么样的人,我心里清楚,请便吧。"卢芹斋听到下逐客令了,忙说明来意:"王先生,不瞒你说,我今日登门拜访,就是冲高柄黑陶杯来的。说吧,一口价,绝不二话。"王在川仰天大笑,也不想与他废话了:"卢老板,那你找错人了,我见过不假,但我绝对没有。"

　　"可是,都传说你有呀。"

　　"那只是传说嘛。"

　　"传说未必就不是真的。"

"真真假假,假假真真,有时候真的未必就是真的……"

"那好,在下打扰了,告辞。"卢芹斋从王在川的表情和言语上断定他并没有高柄黑陶杯,便起身告辞了,王在川也没有出门礼送。

安雪梅进来见公公脸色十分难看。王在川依然怒气未消:"现在外面都传说我有黑陶杯真品,连北京的大文物贩子都找来了,真是既可笑又可气。"安雪梅沉住气道:"没有就是没有,您气啥呀?"

"雪梅呀,你不知道,那个黑陶杯……"王在川说到这儿,突然改变话题道,"那个璐圆呢?她死了没有?老王家的脸算是让她在两城街丢尽了。"雪梅忙说救回来了。王在川哼了几声,显然是放心了,但还是忍不住生气道:"天下有多少好姓呀,她偏偏找姓姜的。"安雪梅笑着说:"爹,姓姜的怎么啦?不好吗?奶奶可是姓姜啊。"这话差点将王在川噎死了,他扭头就起身走了。

王璐圆住在安雪梅房里,有吃有喝的,还有人伺候,天天挺着大肚子想爱吃的东西,气得安妈在雪梅面前发牢骚不应该收留她。雪梅理解怀孕女人的心情,也不计较。让雪梅受不了的是,王璐圆的真性情完全暴露了,能吃能睡,还打呼噜,有事没事就找雪梅说话,内容尽是那些房中事。安雪梅非常反感和难堪,一时又没法赶走她。这天听到她开始打呼噜了,心里就烦烦的,拿出毛线织围脖,可是拿起来织了两针又放下,放下觉着无聊又拿了起来,不小心针头扎了手指,她只好又放下,翻来覆去,无尽地惆怅和伤感,仿佛千针万线无不缠绕、刺疼她的心头,只好独自出来到花园走走散散心,远远看见李有俊低着头急匆匆往外走,她也没有在意,进了花园。

安雪梅跨过低矮栅栏,顺着人踩过的小路进了竹园,见里面竟然有一座假山,好像还有小门,门口地面较为平整而且光滑坚硬,像是被人经常踩踏的样子。好奇心驱使她推开小门,赫然发现里面是乌黑的地洞,什么也看不见。她刚要退回来,瞥见石台上有蜡烛和洋火柴,她点上蜡烛,顺着竹梯下到洞底。里面比外面凉,她警觉着小心往前走,借着烛光发现地上摆放着四个黑色坛子,她顺手掀开盖子,不禁大吃一惊:是满满一坛的"袁大头"。她稳稳自己的紧张情绪,将几个坛子都掀开看看,一坛金元宝、一坛银锭,还有一坛珠宝,她明白这是公公的藏宝洞。刚想往回走，又感觉还没有走到尽头，好像有种神秘力量牵引着她继续往前走。地上散落着好多陶器，有的破碎了，虽然脚步很慢，但也发出咯吱咯吱的声响。她停了一会儿，侧耳听了听，里面没有声音了，继续往前走，走着走着，忽然从黑暗中蹿出一个黑影，哇地叫了一声，她被惊吓倒地，蜡烛掉在地上了，好在没有熄灭，她急忙拿起来定神看，原来是一只黑猫，脖子上套着环圈，链子拴在长条石头上，旁边还有只缺了口的黑碗，里面有剩菜，她捂着剧烈跳动的胸口放心了。

继续往前走，里面充溢着刺鼻的腐烂霉味，她想往回走，但又按不住强烈的好奇心，于是再走走再看看。又走了一段路，就感觉有异样的气流袭来，走路都有些费事了，烛光忽明忽暗，她便用身体阻挡着阴风，继续往前走。忽然前面宽敞了，似是大厅，虽然灯光幽暗，但也能看清周围的景物。台子上有个高脚酒杯似的器物散发着幽光，她想上前看清楚，忽然一股气流围着器物旋转，她只好退到三尺开外，心想：这就是传说中的高柄黑陶杯？明明公公拥有此物，为何从没有听他透露丝毫信息呢？而且对外矢口否认。正当她环视四周的时候，胸口出现不适，有想吐的感觉，她不敢再停留了，快步顺着原路跑了出来。

一阵咳嗽声传来，雪梅急忙闪到假山后，看见李有俊匆匆走到门口自语："刚才怎么忘了上锁呢？"看他下地洞了，雪梅没敢从原路返回，而是来到亭子上，怎么也无法平复内心的激动，她还有许多疑问，除了公公，那个李有俊是干什么的呢？

李有俊给黑猫加了鱼刺鱼骨，王在川进来了，问："还有谁进来了？"李有俊忙说没有外人进来，王在川生气道："你用鼻子仔细闻闻。"李有俊放下黑碗，弓着腰放大鼻孔展开鼻翼用力吸了几下，忙道："老爷，好像有女人的胭脂味。"王在川哼了一声，显然非常生气，李有俊想了想，忙说："老爷，我刚才有事急着回家，路上瞥见少奶奶进花园了，不知道她进没进来。"说完在地上寻找脚印，果然有一行小脚印，"老爷，是有女人的脚印，肯定是少奶奶进来了。我走急了，忘记上锁了。"王在川没有怪罪他，而是嘱咐他以后要锁好门，不准让任何人知道，李有俊急忙道："以后我记着上锁，少奶奶不会再进来了。"

安雪梅回到房间,安妈正在收拾王璐圆住的房间,雪梅问王璐圆去哪儿了,安妈边打扫卫生边唠叨着:"终于被她娘接回家了。她这种没心没肺的人我实在伺候够了。你三婶看外表也算是拿得起放得下的人物,可倒头来还不是有苦没处诉?"

雪梅问:"她有什么苦?"

安妈将璐圆用过的毛巾扔到垃圾桶里,说:"听说你三爹整天爱往兴隆货店里跑,你就没发现古家少爷像你三爹?人家都说还是在保定做买卖时⋯⋯"听到这里,雪梅忽然想起二娘说过此事,三爹在保定做买卖时,认识了李茹萍,后来保定兵乱,她就带着全家人投奔了王在田。为此,三爹与三婶夫妻感情冷淡。雪梅不是那种爱背后嚼舌的女人,没吱声,只是暗叹不已。

此时,姜秀莲正对着女儿哭泣,王璐圆气愤道:"娘,您不用哭了,我找人替您报仇。"说完就让王汗赶着马车来到县城,她想自己挺着大肚子让姜邯春看看,也做最后摊牌。可是,县府里有人告诉她姜秘书跟着县长外出视察了。

在春和酒楼雅间里,姜邯春与杨金彪正陪着卢芹斋和姜有理商谈生意。照相师傅过来说:"县长,姜秘书安排给你们照张相留个纪念。"卢芹斋本不愿意,但看到杨县长期待的眼神,也只好勉强照了,然后拿着陶罐简单看看,说:"杨县长,不瞒你说,这些东西啊不值钱,我找两城街上的人随便都能收十个八个。最值钱的是什么?"杨金彪忙点头哈腰道:"我知道,高柄黑陶杯。"

"正是。"卢芹斋放下陶罐说,"我告诉你,你要是有那件真品,你要多少钱我给你多少钱。"姜有理忙接着道:"县长,无价啊,你有⋯⋯"没等他说完,杨金彪丧气道:"我要是有的话,谁还稀罕当芝麻大的县长啊?"大家都笑了起来。

姜邯春走到卢芹斋的面前,指着台子上的陶器、玉器、石器等文物道:"卢老板,怎么说这些东西也是几百上千年的古董,您看在县长整日勤政为民的辛苦分上多少收点,少赚一点嘛。"卢芹斋哈哈大笑说:"我是商人,讲究两个字:图利。政治、民情一概与我无关。"说完就起身走了,杨金彪抓起几个黑陶摔在地上:"要这些破烂东西无用⋯⋯"还没有说完话,警察局局长急匆匆地跑进来说:"县⋯⋯县长,大事不好,共产党暴动了。"

第十九章　农民暴动

日照农民暴动如期举行。总指挥部设在两城镇天后宫,这天正逢两城大集,赶集民众络绎不绝。

安哲站在界碑的高台子上,当众宣布:"日照农民暴动了!"

安杰挥舞着右手,高声道:"各位父老乡亲,我们是中国共产党领导的农民武装,就是要打倒帝国主义、封建军阀和国民党反动政府,打倒恶霸地主、土豪劣绅,收缴地主武装,焚烧不平等的地契文书,开仓放粮救济贫困百姓,真正实现人人自由、民主、平等,建立公平、正义、富强的大中国!"台下众人振臂高呼响应,有的人从衣服里抽出大刀举了起来,也有人从小推车的货物里抽出长矛、铁叉。王永臣举着一杆鸟枪带头高喊:"打倒恶霸地主,分掉地主家的田地和财物……"许多人也跟着高呼,奔走相告,许许多多的穷苦百姓被动员了起来,他们热血沸腾,纷纷参加暴动队伍。

北路纵队编为两个大队、六个中队。安哲和安杰分别带领一个大队攻打于家村、安家台和王家滩。王家滩是两城镇最北端的通商口岸,作为鲁东南最大盐场而闻名,商铺大贾百余家,盐巡、商团、民团二百多人,四周建有牢固的围子墙,墙外挖掘有深不见底的壕沟,四角建有炮台,易守难攻。

安杰率领暴动队伍冲到王家滩围墙下,虽然遭到了盐巡和民团的猛烈阻击,但还是在地下党的配合下打开了城门,暴动队伍潮水般拥进王家滩,很快占领了巡盐所、民团团部等场所,仅此战斗就缴获枪支三百多条,弹药堆成小山,全部装备暴动队伍。紧接着,暴动队伍连续攻占了安家村、于家村,收缴了地主的枪支弹药,分了地主的粮食,焚烧了地契文书,北路暴动取得了第一阶段全面胜利。

南路暴动队伍在郑天九和牟春霆的领导下,向涛雒镇发起猛烈进攻……

日照农民暴动立即在全国引起强烈反响,《大公报》报道了日照县农民暴动的消息。革命根据地瑞金,中华苏维埃共和国临时中央政府机关报《红色中华》头版头条报道,详细介绍了日照县农民暴动的情况。

国民政府大为震动和恐慌。杨金彪急忙发电报给山东省政府主席韩复榘告急,同时加强县城的防备,将四个城门用土石封死,禁止城内所有人外出,外人没有县长的命令也不准进城。周围各乡镇的镇长、大地主、富豪纷纷赶来县城避难,杨金彪下令一律不准他们进城。姜有谷挎着空匣子,站在城门外高喊:"杨县长,我是两城镇镇长姜有谷呀,快放我进城,我有重要情报向您汇报啊。"杨金彪还是不允,站在身边的姜邯春忙说:"县长,两城镇是共产党的暴动中心,应该听听镇长的汇报,我们也好掌握第一手情况,避免到时候省主席一问三不知。"杨金彪觉着有理,派人用绳子顺下竹筐将姜有谷提了上来。

韩复榘接到电报后,急电调防山东的姜邯举、王里户旅从潍坊、诸城赶往两城镇镇压暴动队伍,命令运其昌旅从临沂、莒县赶往涛雒镇镇压暴动队伍。诸城、莒县、胶县、莒南等县的反动地方武装也纷纷向日照县压来,两路暴动队伍完全陷入敌人的重重包围之中。北路暴动队伍边打边撤,被国民党军队包围在凤凰岭上。

王在川听到消息后惊恐万分,他不是替国民党军或者暴动队伍担心,而是王家的祖坟在凤凰岭,他怕炮弹不长眼落到祖宗的坟头上,于是急忙带着大刀会成员来到国民党军阵地,见指挥攻打暴动队伍的军官竟然是多年不曾探家的侄儿王里户。他更加恼火,将刀柄触地,冲着他吼道:"你不知道凤凰岭是王家林地?"王里户见二爹来了,将望远镜放下,说:"二爹,我怎么会不知道呢?暴动队伍已经占据凤凰岭了,我正准备下令进行清剿捉拿呢,不会打炮的,您放心。"

"你为什么还不下令打炮?为什么不打炮?"突然一位上校军官怒气冲冲地进来。王在川认识他,他就是那位发誓永不踏进家门半步的姜邯举,他朝着王里户发火,王里户忙解释道:"旅长,所谓'共党'不过是一帮穷人造反,成不了大气候,再说他们都是受'共党'蛊惑的乡民近邻,亲戚连亲戚,不如将他们缉捕归案交给政府审判得了……"不等他把话说完,姜邯举厉声道:"我是旅长,你是副旅长,我说了算!为了党国利益,务必要将'共党'及乱民斩草除根。"说完就要亲自下令开炮。

王在川立即火了,冲着姜邯举道:"你要是敢开炮,先将我轰死吧。"王里户看到二爹拼命了,从乡土感情上也不想看到暴动队员被炮弹炸得血肉横飞,忙劝姜邯举道:"旅长,让我二爹的大刀会上去跟他们拼一下吧,减少弟兄们的伤亡,也减少弹药损失。"姜邯举虽然不愿意,但王里户说得句句在理,他也只好同意了。

王在川让每个大刀会成员都换上黑色衣服,涂上神秘油彩,举着大刀排成整齐队列,喊着"刀枪不入,刀枪不入……"的咒语冲向凤凰岭暴动队伍阵地,他举着偃月刀正要往前冲,王里户急忙朝卫兵使眼色,卫兵会意地将他牢牢拉住了。他挣扎地吼道:"你们这是干什么?我们刀枪不入……"士兵见状都偷偷笑了。

正在指挥战斗的安杰突然发现冲上来凶煞恶鬼般的神秘队伍,好多暴动队员抱着头缩回掩体不敢看了,他忙高喊道:"同志们,不要怕,他们是人,不是神鬼,也不会刀枪不入,打啊!"说着朝前面的大刀会人员开枪,几人应声倒地。安杰立即举枪高喊:"同志们,打呀,狠狠朝反动派打呀!"暴动队员壮着胆刚朝大刀会人员开火,大刀会成员要么中弹倒下,要么趴在地上抱着头连连哀求饶命。

王在川惊呆了,眼看着承载精神支柱、汇聚心血的大刀会没了,痛心加失望差点让他没有站稳。姜邯举朝着王里户鄙视道:"王副旅长,看到了吧?这就是你二爹所谓的刀枪不入?"说着对身边的副官命令道,"用炮火压住阵脚,加强连冲上去彻底剿灭'共匪',一个不留!"副官立即传达命令,密集的炮火倾泻在凤凰岭上,随后国民党军冲了上去。

突然,王里户接到上峰命令,立即赶赴新泰地区执行任务。王在川还想问问王里路的情况,还没开口,王里户急切道:"二爹,今天侄儿多有得罪了,请转告我娘,孩儿不孝,因军务在身,没法进门问安了。"说完上了小汽车头也不回就走了。

王在川望着汽车后面的滚滚尘烟,心里百感交集。

当国民党军冲上来的时候,安杰心里咯噔一下,他意识到暴动队伍遭遇国民党大部队了。他立即向安哲汇报了自己的想法,建议不能与南路纵队会合,攻打日照县城更不可能了,应转移到五莲山、九仙山地区开展游击斗争。因为没有南路纵队的消息,安哲没有做出最后决定。暴动队伍继续与国民党军队展开激烈战斗,在武器少而且质量差的情况下,打退敌人多次进攻。

南路纵队多次围攻涛雒镇不下且伤亡巨大,剩余人员只好撤到傅疃河南岸。从涛雒镇潜逃出来的地下党告诉牟春霆,日照县国民党党部书记长兼涛雒镇镇长丁履密早有防备,不但加强了墙垣工事,还买了六门钢炮、十挺机枪架在城墙上,三百多民团每个人都有钢枪,且子弹充裕,仅靠手拿铁叉、长矛、鸟枪的农民强攻是不可能胜利的。这时,牟春霆得到了运其昌率领国民党军队占领沈疃的情报,认为南北两路纵队会合已经失去优势和时机了,便与郑天九商量决定派春雷立即向总指挥安哲汇报,并且建议两路纵队不要会合于日照城下,立即转移至西部山区开展游击斗争。

春雷在路上巧遇姜邯春,他们两个人冒着枪林弹雨赶到北路暴动临时指挥所,向总指挥报告了南路纵队的情况。姜邯春汇报了县政府镇压暴动队伍的兵力部署,还说临县地方武装已经进入日照县境。最后,安哲对敌我形势进行了研判,与安杰、郑岩等人商议后,决定南北两路纵队不再会合,而是分头突围。安杰主动请求留下掩护主力突围。安哲同意了他的请求,并安排春雷和姜邯春留下配合。

安哲与安杰握手道别:"一定活着突围出来,五莲山见。"

"五莲山见,总指挥一路多保重。"安杰郑重道。

郑岩带队冲在前面开路,安哲率领主力紧随其后向西突围,安杰带队留下断后。这一切都出现在姜邯举的望远镜里,他断定暴动队伍要突围,立即下令加强营冲上去,同时命令炮火截断突围道路。瞬间,凤凰岭被硝烟遮住了,只听见震耳欲聋的枪炮声和双方厮杀的呐喊声。

"打呀,狠狠打,坚决保证大部队突围成功!"安杰边打边喊。

姜邯春跑了过来："安书记，主力突围出去了，我们完成任务了，快撤吧。"安杰没有顾得上看他，依然朝前方开枪："再坚持一会儿，让安书记他们撤得再远一点。"话音刚落，子弹从安杰前额穿进去，鲜血顺着伤口汩汩地往外流，他中弹倒下昏迷了。春雷赶了过来："快抢救安书记。"突然炮弹在他们身边爆炸，气浪掀起的尘土几乎将他们两个人掩埋了，春雷爬出来抢救还埋在土里的安杰，鲜血染红了土地，姜邯春推了他一把："春雷同志，主力突围出去了，我们的任务完成了，安书记已经牺牲了，快走，晚了谁也没命了。"春雷还想救安杰，姜邯春突然道："你在北京失踪的那段时间，他可是要求你跟组织必须说清楚，你能说清楚吗？"春雷猛然心惊，脸上的肌肉在抽动，他看看姜邯春急迫而又狡黠的眼神，再看看还埋在泥土里的安杰，迟疑片刻，然后转身跟着姜邯春向西跑去。

国民党军队夺取了凤凰岭，王在川跌跌撞撞地跑上来，他关心的是祖宗坟墓遭到毁坏了没有，看见父母的坟茔完好无损，他向西望去，原来暴动队伍全部聚集在岭顶西侧，与王家林地还有大段距离。他来到依然冒着硝烟的战斗现场，暴动队员的尸体随处可见，有的趴在掩体里血肉模糊，有的胳膊、腿被炮弹炸飞了，场面惨不忍睹。姜有谷带着警察、民团赶来，突然见姜邯举站在土堆上，又惊又喜，还有点尴尬，硬着头皮刚要上前搭话："邯举侄儿……"姜邯举连眼皮都没有眨一下就扭头走了。

"哈哈，我侄儿，姜邯举，现在是国军的大官啦。"姜有谷想显摆自己，却看到了所有人的嘲笑面孔，一时怒起，要将暴动头目安杰割首示众。王在川有些不忍，毕竟沾亲带故，但又无法阻止。正在这时，安雪梅奔跑赶来，她闻听暴动头头安杰在凤凰岭上被国军打死了，不顾家人的阻拦跑来，看到四哥的尸首掩面痛哭。

姜有谷指挥警察将她拉开，刽子手举着刀要割掉安杰头颅，安雪梅用力推开他，然后跪在王在川面前："爹，我求您了。"王在川看到姜有谷要动手了，急忙上前阻止道："姜镇长，看在八爷面子上，留安杰全尸吧。"他提到了安老八，姜有谷有所顾虑，气急败坏地倒背着手走了，警察、民团也跟着走了。王在川安排王汗、张守东等人将安杰就地埋葬，张守东偷偷抹了一把眼泪，然后看着安杰下葬。

安雪梅给四哥立了墓碑,上面写着:安杰之墓。

第二十章　智退刘黑七

王在川心事重重地走到岭下,进了家门,看到全家人都神情紧张地聚在一起,他忽然想到了王里道,急忙在人群里寻找,看到他正与璐方安慰雪梅就放心了,便来到后院看看大刀会的情况。十几个人或躺或坐在地上唉声叹气、哭爹喊娘,有的用力擦着身上的油彩,骂道:"什么狗屁刀枪不入?!纯粹是骗人。"

王在川悄声退了出来,来到练功房,将偃月刀扔在了地上,当啷几声震痛了他的心。他感到浑身疲惫,心里空荡荡的,似乎飘在空中下不来上不去,偃月刀无用了,自己也就无用了,他忽然感到自己的人生很失败。

王家大堂,全家人聚在一起纷纷小声议论共产党暴动的事情。雪梅更加难过,莫小倩看出她悲伤、焦躁的样子,刚要扶她回房休息,只见王在川进来,众人都忽然没有了话说,整个王家似乎一下子沉静了下来,寂静得几乎令人窒息。

忽然,王汗急匆匆地跑来说:"老爷,有个人躺在西洼那片谷子上,口口声声要会会您。"王在川吃惊不小,敢情共产党找我算账来了?他转念一想,不对,"共党"刚刚被打跑了,再说能够躺在谷子上,说明他的轻功很好,通过这种方式点名要找我,说明曾与我打过交道,很显然向自己挑战来了。难道是灵山岛上的海盗来报仇了?他急忙问:"来人长什么模样?有多少人?"王汗说:"长得五短三粗,络腮胡子,浓眉大嘴,庄户打扮。"

"他来了。"王在川脱口而出。众人看到他神态凝重的样子,王里门小心地问:"二爹,是谁啊?不会是共产党吧?"

"不是共产党,是杀人不眨眼的混世魔王——刘黑七,没想到这家伙跑到这里来了。"王在川说着环视四周,问,"张守东还没来?在田,你快去看看。里门,带领护院保护家人……还有,王汗,去告知姜镇长,就说土匪来了,请他做好准备。"这时,王里门颤抖着小声说:"二爹,当年二弟探亲,我瞒着您私下跟他要了枪支弹药,现在……"没等他说完,王在川高兴地大声说:"你总算办了一件好事,快去取枪,发给护院和大刀会。"此时,他不得不相信钢枪关键时比大刀管用了。

不一会儿,王里门慌慌张张地跑了过来,哭丧着脸说:"二……二爹,不好了,出事了!枪和弹药都……都没有了。"王在川听罢,如五雷轰顶,浑身汗毛直竖起来,忙问怎么回事。王里门说枪支弹药由张守东看管,正巧张守东办完事回来,王在川上前就是一耳光,大喝道:"枪支弹药你弄哪里去了?如果不赶快找回来,我今天非杀了你不可!"在场的人也都吓得绷紧了神经,大气都不敢出了,瞪着眼看着张守东。

张守东是最早被安杰发展的党员,按说他应该参加暴动队伍,但安杰为了长远发展,命令他继续隐藏身份,见机行事。

王里道见张守东挨打了,说:"不就是个胖矮子吗?有什么大不了的!我看……"此时,王在川正在气头上,没有让里道把话说完,道:"你懂什么?刘黑七是杀人魔王,手下人马几十万,横行河南、河北和大半个山东。你姥娘一家都被他杀死了,你任叔很早就提醒说他会来咱两城,没想到他还真来了。他此次来是有目的、有准备的,要不,他能单刀赴会吗?"说着质问张守东,"你快说,那些枪你弄到哪里去了,不说我可要动手了!"

"老爷,我冤枉,我真的不知道呀。"张守东只喊自己冤枉,其他啥也不说。

众人也都纷纷迁怒张守东,王里门拿着柳条用力抽打张守东让他老实交代。张传兰让王在川去找儿子王里户带军队来救援,王在川回答说来不及了。这时,王汗回来说姜有谷正带着民团"追剿"共产党,暂时顾不上土匪。王在川一听姜有谷见死不救,转身连骂带踹张守东:"把这个混账东西绑起来,等杀退了刘土匪,再来收拾他!"转身对王汗说,"唉,要是里户不走就好了,姜有谷又不肯帮忙。老王,你到县城找任局长,就说我这里来了土匪,不,就直说是刘黑七,让他快来救援。其余的人准备敲锣,老、幼、妇全部躲藏起来,男人们能拿刀的拿刀,能拿棍的拿棍,跟我来!"在大家同仇敌忾情绪即将爆发的刹那,安雪梅大声喊道:"先不要乱,听我说一句话!"接着她转身对王在川说,"爹,咱这样盲目冲出去不妥,有可能造成重大人员伤亡,还打不过土匪。"

王在川急切地说:"那你说怎么办才好?"

雪梅沉稳地说:"刘黑七之所以独自来,是因为他心存疑虑:一者闻听您的威名想会会您,您要是不敌他的话,他可乘机下手;二者不摸清我们的虚实,他不敢贸然硬冲,所以来个投石问路。我敢说,在不远处,一定有护卫他的人。"有村民急忙插话说:"是、是,不远的高粱地里好像有不少人影在晃动。"

"那你说怎么办?""是啊,雪梅,你快想想办法啊。"大家都着急了。

雪梅沉着地说:"他不是来单刀赴会吗?我们就给他唱空城计。咱们该怎么干就怎么干,但必须有人在地堡里和墙头上,找木棍伪装成真枪,弄几个烟筒当钢炮,虚张声势,然后找一个伶俐、大胆的小孩去把他引来,就说'老爷有请'!"

"俗话说,请神容易送神难。万一引狼入室,那如何是好?"大家都不无担心地说。雪梅用力攥紧拳头,坚定地说:"不用担心,让小孩子去,就是让他知道爹根本没把他放在眼里,他识时务就会知难而退,如果真的进了王家大院,我们一人一块石头也会把他砸死的。"王在川沉思了片刻,转身朝着众人:"也只好如此了。那谁去合适呢?"

王里道自告奋勇,说:"我去!"

"我也去。"王璐方冲到了人前,朝着里道笑,好像说,"咱们不怕。"

莫小倩担心地说:"里道还是学生,怎么能行?不行、不行……"姜秀莲急忙上前拉着璐方说:"你女孩子家,别逞强了。"璐方用力拽了娘,跑到里道跟前抱着他的臂膀。里道忙对她说:"五妹,你别搅和,有我,没事。"

"不嘛,我就去。"璐方执拗道。

小倩过去拉儿子,雪梅拉着她的手说:"二娘,您不用担心,现在也只有里道能行。"说着抓了土撒在里道的头上,并让他换上破旧的衣服,然后反复叮嘱道,

"不要怕,他如果问你是谁,千万别说是爹的儿子,就说是给东家放牛的。"里道胸脯一挺,用手一拍,说:"嫂子您放心吧,我是浑身是胆的赵子龙!"然后朝着璐方做了标准的武戏中的亮枪动作。

"四哥,你真棒,我也行!"璐方很佩服四哥,说着就要跟着里道去,被姜秀莲牢牢地抱住了。

王里道走在"请"刘黑七的路上,心潮难平。库房里的枪是他全部偷出去给了安杰、郑岩用于暴动。他的初衷只是想帮着安杰干一番轰轰烈烈的大事业,并没有考虑家里如果没了枪,来了土匪会是什么样的后果。当看到张守东挨打有口难辩的时候,他不忍心,刚想出来坦白,没想到一波未平一波又起,面对突如其来的事情,如不是雪梅嫂机智、果断,有可能现在赤手空拳的家人、街民正成片地倒在土匪的枪炮之下……里道暗下决心:一定要把刘黑七赶出两城!

出了镇,不远处是一片谷田,金黄黄、沉甸甸的谷穗在秋风中或点头或左右摇摆着,一个粗短的男人侧躺在上面,不远处的高粱地里隐约有人晃动。王里道压住内心的紧张,大摇大摆地走到刘黑七跟前,高声喊道:"哎,胖矮子!我家老爷有请!"里道话音刚落,只听吧嗒一声,刘黑七从谷穗上掉落在地上。

早年,刘黑七风闻东海有个杀匪试刀的王在川,一直想会会,但由于近来战事频繁,众多仇家上门,故一拖再拖。这次来日照恰巧遇到"共党"暴动,国军打了过来,他开始也不敢行动,当得知两城镇的国军撤退了时,他就像躲在地洞里的豺狼小心地露出了头颅。他仗着自己有轻功,侧躺在谷穗上,试图给王在川一个下马威,本以为王在川听到他刘黑七的大名,就会吓得屁滚尿流毕恭毕敬跑步前来,没想到王在川竟派了个十二三岁的小孩过来传话,真是可恶!他一生气内功就减半,忽然又传来清脆而嘹亮的声音,像一声霹雳震得他一哆嗦,没留神从谷穗上跌落在地上,此前的霸气顿时减了三分。

"哈哈……"看到此景,王里道大笑,心想:就这点本事,还敢来会俺爹,呸!

刘黑七很懊恼,竟然在小孩面前出了洋相,他爬起来怒道:"哪里来的野孩子,竟敢嘲笑我?!你……"他刚想说你不要命了,突然又忍住了,唉,何必跟小孩子斗气?里道说:"你才是个野蛮人哪!正经人哪有像你这样不懂礼数的?走

一街两城

吧,我家老爷摆好四盘五碗酒菜等着你呢。"刘黑七感觉很没有面子,堂堂的世之枭雄,竟然……唉,心中的霸气不觉又减三分。王里道挺着胸脯走在前面,刘黑七鬼鬼祟祟地紧跟其后,他越走越觉得气氛不对劲,许多地堡、墙头上都开了枪眼,王家大院南北炮台上有人正在调整炮口……路上行人对这个领路的小孩非常敬重,刘黑七感到这个小孩不一般,有可能他是王在川的儿子。

"王在川,你这个王八蛋!"刘黑七突然大声道。里道仿佛什么也没听到,继续往前走。刘黑七见里道没什么表示,又说:"领路的小孩,我问你哪!"这时,里道才回过头,装作无所谓的样子:"你问我什么啊?我好像听见你在骂东家。"

"你是谁?是不是王在川的儿子?"

"你呀,真是个大老粗,人家少爷哪像我这样邋遢……"里道瞥见后面有人跟踪,像是刘黑七的护卫,正想出口恶气,便从地上捡起小石头,说,"我从小就给东家放牛放羊,练就了飞弹打鸟的本领,不信?你看后面有两个鼠头贼脑的人,我让他额头流血。"说着一扬手,后面的其中一个哎呀了一声,捂着头叫苦不迭。另一个刚想摸枪,刘黑七急忙瞪眼,那人缩了回去。里道看在眼里乐在心里,说:"怎么样?哎,我应该叫你什么?"刘黑七没说话,里道才不管他呢,继续说:"传说横行大半个山东的土匪刘黑七非常残忍、毒辣,剜人眼、点天灯、碾小孩,杀人不眨眼,无人不怕,无人不恨,人皆诛之。东家说他也算是乱世人物。这年月,是英雄辈出的年代。"

刘黑七说:"你家老爷,真这么说的?"

里道心里说,可没说你这个大坏蛋是英雄,嘴上却回答道:"那还有假?听说东家还想去会会他呢。"说着过了青河桥来到了王家大门口,门头上四个金光闪闪的"威武之家"像四根长钉把刘黑七钉住了,这是当年王里户从山东督军手里为二爹求的褒奖。刘黑七呆呆地看着,自己拥兵数十万,掠地千里,钱财成堆,也没弄上这样的牌匾。王在川一个小小的乡绅,竟然有此殊荣。顿时嫉妒、不服和羞愧汇成一股怒气涌上心头,刘黑七刚要跳上去把它摘下来,只见一个头目急匆匆地跑了过来,在他的耳边咕噜了几句,刘黑七的脸色骤变,转身就要往回走。里道故意高声喊:"哎,你别走啊,已经到家门口了,怎么也得见见东家啊。"刘黑七一言不发,快步如飞地走了。他走到青河桥头,低声对在此等候的人说:"前队换作后队,快撤回莒县。"待全部撤回三珠山时,手下不解地问:"大哥,我们这些年纵横天下从未害怕过谁,为何在两城街让土乡绅吓住了?"

"你们有所不知,"刘黑七擦着额上的冷汗说,"他不愧是有智谋的人,防备严密、固若金汤。刚才得到情报,县城的姜邯举旅出动了,运其昌旅从沈疃出发了,明显要前后夹击我们,快撤。"头目说:"是不是姓王的虚张声势?"

刘黑七叹气说:"不管虚张声势也好,还是成心气我也罢,我不想把一世名声毁在这里。你们没有看到,连一个放牛娃都有百步穿杨之功,何况有枪有炮啊!如果他王在川想起事,规模绝不在我之下。"他的这番话被叫朱信斋的随从听到了,并牢记在心里。

一场突如其来的灾难就这样被雪梅的机智和王里道的勇敢化解了。王里道感到比喝了蜜还要甜,他一蹦一跳地回到家中,只见前院站满了人,众人见了他也并没有像他想象中那样夹道欢迎,只是感激地向他点点头。王璐方跑过来拉着他的手说:"四哥,你真厉害!"莫小倩也跑上来抱着他的头,浑身还在发抖。

"娘,我这不是完好无损地回来了嘛。"里道对娘说。忽然他看到张守东被五花大绑跪在地上,姜有谷挎着盒子枪与荷枪实弹的警察、民团站在周围,姜有谷趾高气扬地指着王在川道:"王在川,你现在不要指望你军官侄子来说情了,我今儿来,就是要将你儿子王里道逮捕法办。"

莫小倩忙将儿子拉到身后,气愤地道:"你凭什么抓我儿子呀?我儿子犯什么法了?"

"通共,死罪!"这四个字从姜有谷的嘴里吐出来,全家人都惊呆了。

那么,姜有谷是如何知道王里道将家里的枪支交给安杰用于暴动的呢?原来,王里道给安杰、郑岩送枪的时候,姜邯春也正去给安杰送枪,虽然他们两人没有打照面,但姜邯春从背后认出了王里道。

两城街上爆发农民暴动后,姜有谷正要带民团去镇压,一摸手枪没有了,他顿时明白被二儿子偷走了,一身冷汗湿透了内衣,眼看着暴动队伍冲向镇公所,他不敢抵抗,临阵逃脱来县城报信。上了城楼后,他第一个要找的人就是儿子,

一街两城

见到姜邯春就拍着自己腰间的空皮子,姜邯春多聪明呀,不但不觉得恐慌反而嬉笑着道:"爹,跟您直说了吧,是我偷的,您现在就去告我吧。"

姜有谷看见城楼上的杨金彪,然后朝着儿子嘿嘿了两声,跐着脚逼视着他。这时,姜邯春有点发蒙,甚至有些发怵了,他明白自己的爹什么事情都能干出来,便嘿嘿一笑道:"爹,您也别考虑着如何大义灭亲了,我给您报仇的机会吧,咱爷俩也算公平交易,怎么样?"姜有谷连声道:"快说快说!"姜邯春走到父亲近前,悄声说:"王在川的儿子王里道通共,把家里的枪支弹药送交共党用于暴动了。"姜有谷哈哈大笑:"你这小子,如此大的立功机会,怎么不早说呀?"姜邯春也哈哈笑着,一语双关说:"我是怕爹不相信儿子嘛。"姜有谷急忙解释道:"我刚才正想着替你打掩护,如何保护你呢!"

"好了,咱爷儿俩心里都明镜似的,什么也别说了,我有事先走了,你立功去吧。"姜邯春说完来到城楼上,见到杨金彪,将他拉到小屋里,交给他一封密信,然后快速离开了。

杨金彪打开信封,惊得眼珠子都要蹦出来。信封里有一张他与卢芹斋等人的合影,还有一张纸条,上面写着:要想咱俩都平安无事,别管我的闲事。此时,杨金彪气得脸都铁青了,甚至连肠子都悔青了,他将信和照片揉成一团扔在地上,懊悔与卢芹斋合影,暗暗骂姜邯春是小人,恨自己上了他的圈套,连连扇自己的耳光解悔。忽听门外有人,他急忙将地上的信和照片捡起来烧掉,然后出门楼寻找姜邯春,早不见他的踪影了。这时候,姜邯举的军队到了县城北门外,杨金彪下令开城门迎接。

姜有谷为立大功,匆忙赶回两城镇叫上几个躲藏在墙角旮旯抱头发抖的民团直奔王家大院,遇到国民党军正与暴动队伍激战。听说是王在川的侄子指挥战斗,他不敢贸然行事,直到战斗结束才发现国民党军最大的官竟然是自己的侄儿。他刚要带人去抓王里道,半路上闻听刘黑七来了,他窃喜,巴不得王家被刘黑七一扫而光,便对王在川派来的王汗推说要"剿共",实则坐山观虎斗。没承想王家化险为夷,他这才大摇大摆地找上门来。

第二十一章　智放小叔子

现在姜有谷不怕王在川了,毕竟侄儿带着军队还在县城。当然,他也不敢明目张胆说就是王里道拿枪给了"共党",也怕拔出萝卜带出泥,只能瞎诈唬:"'共党'能在两城街暴动成功,就是有人提供了枪支和弹药。县长说了,谁提供的枪,谁就是通共分子,全家都负连带责任,统统抓起来枪毙!"

王在川要不是觉着自己理亏,哪能容他在此放肆?他把憋在肚子里的怒气全部撒在了张守东身上,用马鞭抽打着拷问:"你说不说?"张守东始终低着头,一言不发,脸上、身上一道道血印子。传根虽然站在一边,却始终冷静,没有任何表示。

姜有谷幸灾乐祸地说:"再不说,可要连累你东家全家了,都得杀头。"这无疑是火上浇油,王在川大声说:"再不说,我可要拿刀劈死你!"

"枪是我偷的,与张守东无关!好汉做事好汉当,要杀就杀我。"就在这节骨眼上,王里道勇敢地站了出来,璐方想拉住他但没有拉住。顿时一片哗然,莫小倩和安雪梅都跑上前劝道:"里道,这可是人命关天的大事,你不要胡言乱语。"里道平静地说:"我说的都是真的。前几天,我偷了张守东的库房钥匙,把枪全部拿出去卖钱了……"他没敢说给了安杰,防止家人被牵连进去。

"哈哈,终于有人敢承认了,你给'共党'用于暴动了吧?"姜有谷紧盯着王里道逼问。

王里道坚决不承认:"姜镇长,你不要瞎猜胡说,没有的事,我卖了下馆子了。"虽然儿子不承认,但王在川心里已经清楚了,他怒目圆睁地瞪着里道,手指气得直发抖,一股烈火冲上胸口,吐出了一口鲜血差点昏倒。王在田急忙上前将他扶住,王家人立即上去又喊又叫让他消消气。姜有谷见火候差不多了,再加一把火就能把他气死,便故意大声对王里道说:"孩子呀,你怎么如此不懂事呢?看看把你爹气得快要死了,只要你现在招认给'共党'用于暴动了,我在县长面前替你说情,保证你们王家平安无事……你刚才也说了,一人做事一人当,别连累你爹娘了啊。"

"拿刀来——"王在川实在不愿被姜有谷挖苦、讥讽,也不愿家里人说三道四,更不想王里道做任何解释,他咬着牙喊道。莫小倩见势不妙,扑上前道:"他爹,他可是你的亲儿子啊,你不能下狠心,我求求你,看在我跟你多年的分上……"王在川像疯了一样照着小倩的肚子猛踹,呵斥道:"看看你养的混账东西,我杀了他再来收拾你!"

"在川,你可不要一时糊涂啊。""爹,您消消气,弟弟可是您的亲儿子啊……"丁使秀、雪梅、在田等都纷纷上来劝阻。王在川呵斥道:"谁再劝我,我一起杀!给我拿刀来!"众人傻眼了,一时不敢再说,只有小倩抱着丈夫的腿苦苦哀求。王在川见没有人替他拿刀,一脚踹开小倩,指着里道说:"你给我老老实实地跪着!"大步去练功房拿刀。此时,所有人都蒙了,都不知如何是好了,时间仿佛一下子凝固了,只有小倩抱着儿子撕心裂肺地哭喊:"杀了你,娘也不活了,我不活了!"

见此情景,姜有谷非常得意,对警察、民团说:"弟兄们,走,离远点,身上别溅血。"他现在最想看到的结局是老子杀了儿子,或者儿子气死老子。但他万万没有想到正是他这句话一下子提醒了雪梅:对啊,怎么还不快走呢?爹亲自去拿刀,不就是给里道腾出逃走的时间吗?想罢,在姜有谷被扬扬得意冲昏头脑的情况下,雪梅拉起王里道就往花园跑,边跑边说:"从花园往东跑,在青河桥南头等我。"说完,她回屋拿着围巾和一包钱快步赶到和里道约定的地方,急促地说:"我想爹绝对不会追你,趁姜镇长还没有回过神来抓你,你先出去躲躲吧,最好去二哥那儿,等家里平静了再回来。这是一点钱和一条围巾,你路上一定要当心啊。"

王里道扑通跪下了,说:"嫂子,您的大恩,我一辈子也忘不了。现在我最不放心的是娘和妹妹,请您替我照顾好她们,拜托了!"说完,连磕三个响头,洒泪而别。

眼看着王里道走远了,雪梅忽然想起一件事,高声喊:"见了你哥……"然而,声音再大王里道也听不到了。

安雪梅郁郁地回到家,姜有谷正在指责王在川:"我现在才明白过来,你真会演戏啊,故意倒出空隙把罪犯放跑了。跑了和尚,还跑了庙?你们这些人都是通共嫌疑分子!"

面对姜有谷的紧逼不放,莫小倩为儿子争辩:"姜镇长,你别血口喷人,里道根本没有承认将枪给了'共党'。"这时,王家人都指责姜有谷诬陷好人。姜有谷后悔让王里道跑了,看到安雪梅独自回来了,指着她道:"你们王家做贼心虚,要是那小子没有通共,为何把他偷偷放走了?有本事跟我去见县长说清楚。"他这话明显是说给王在川听的,此时王在川没法对儿媳妇怎样,只能将鞭子狠狠地抽在莫小倩的身上。

雪梅冲了过来护着二娘,气愤道:"爹,人是我放的,你打我吧!"此时王在川看谁都不顺眼了,疯了一般,脱口而出:"你这个倒霉精,你来,我走了一个儿子,现在又放走了我另一个儿子,你、你是来专门与我作对的吧?你、你到底安的什么心!"一直护着雪梅的安妈忍不住了,挡在雪梅的前面,冲着王在川道:"老爷,你以为雪梅嫁到你们王家享多少福啦?今天要不是雪梅放走了你儿子,我看你没法收场!"说着硬拉着雪梅回屋里了。

姜有谷见关键人物逃走了,无法对证抓人了,只好垂头丧气地带着民团撤走了。

夜深了,窗外的秋风一阵接着一阵,屋里的人儿眼泪一串连着一串。几年来所遭受的痛苦,特别是今天所发生的事噩梦般浮现在雪梅的脑海里,她越想越觉得委屈伤心,越想越对王家失去了希望和信心,她感到无法在此生活下去了。安妈生气地说离开王家去上海,璐方过来拉着雪梅,流着泪说:"嫂子,四哥走了,您

一街两城

不要走,我想四哥……"雪梅抱着璐方安慰道:"璐方,你四哥没事,很快就会回来的,放心吧。"璐方含泪点头。

雪梅整整一夜犹犹豫豫收拾要带走的东西。其实,她真的不想走呀!不见他一面,心不甘。

次日清晨,安妈挎着包袱来敲门。雪梅醒了,发现自己昨晚趴在包裹上睡着了。安妈催促雪梅快走,不要在此受窝囊气了。她艰难地爬起来,发了会儿呆,想洗洗脸,然后与婆婆等长辈们告别了再走。小丫急火火地进来道:"少奶奶、少奶奶,不好了、不好了,二太太她、她上吊自尽了……大太太叫你快去!"

"啊!"雪梅惊呼了一声,手里的脸盆哐啷一声掉在了地上,与安妈跑到莫小倩的房间。莫小倩静静地躺在床上,像睡着了一样。丁使秀、张传兰、姜秀莲她们在给她准备后事。雪梅哭叫着:"二娘、二娘,你走了里道该怎么办呀?香香到哪儿找娘啊?二娘……"丁使秀把雪梅拉开,说:"雪梅,别哭了,快帮助着给她……"丁使秀说不下去了,泪珠直往下掉。

莫小倩就这样静静地走了,正如她悄悄地来。由于她不是正常死亡的,不能出大殡,也不能进王家老林,只能在西山找一块空地埋了。

莫小倩在人世间留下的最后一句话是:雪梅,请照顾好香香。

连续几天,雪梅一直抱着香香,大滴大滴的泪珠掉在香香白嫩的脸蛋上。她多希望这是一场梦啊。二娘不在了,公公厌恶了,丈夫至今杳无音信……王家还有什么可留恋的呢?她感到心灰意冷,心力交瘁:"为什么我的命这样苦啊?里路啊,我现在走了,我安雪梅在你们王家这么些年算怎么一回事啊!你现在在哪儿啊?"

第二十二章　逃往军营

河南安阳。

王里路从南京军训回营,刚脱下军装,机要员张新进来了,她圆圆的脸、娇小的身材,走起路来风风火火,常常未见其人先闻其声,官兵都非常喜爱她,一些心仪她的青年军官更是对她猛追不舍,不过至今她还未喜欢上哪一个。她递给里路一封信,他猜想又是安雪梅寄来的,攥着信深深吸了一口气,才拆开看了起来……

那年,王里路从家里跑出来直接到了济南,他想找同学范开明帮忙继续求学,可是跑遍了济南所有大学,也没有打听到他的音信。走投无路的他来到了省政府打听二哥王里户的地址,办公人员告诉他王团长已经移防河南安阳了。正巧,有来办事的汽车,里路搭车去了安阳。

王里户见到里路非常高兴,笑着说:"我正缺个心腹,你来给我当副官吧。"由于一时还没有合适的去处,里路只好同意了。他穿上了笔挺的国民党军装,看着大檐帽上的青天白日帽徽,感慨万千,久久难以平静。一天,里户把里路叫到办公室,问:"二爹来信说你是逃婚跑出来的?"里路霎时脸红了,接着把经过一五一十地说了。里户听完笑了笑,没说什么。不久,里路收到了雪梅的第一封信。

里路看完信,才知道爹娘包办的妻子就是那个曾经见过一面的女学生,用力想了想,她确实挺漂亮,但并没有特别的感觉,他就把信压在床铺底下了。没过多久,张新又送来一封信,里路拆开一看又是她的,随手扔在了一边,张新见状,默不作声地拾了起来。

接下来,中原大战爆发了。蒋、冯、阎、桂等军阀投入兵力一百多万,由于蒋把持着中央政府,又有美、英等国的支持,其他军阀很快被分化、瓦解。王里路所在的团是主力部队,整天跟炮火、死亡打交道,团长王里户又是打仗不要命的,所以,里路每天都不敢有丝毫懈怠,紧张得连睡觉都得睁着一只眼。

秋天的夜晚,月光如水,草虫叽叽。战场上的枪炮声渐渐停了下来,硝烟也慢慢散尽了,难得有这么个宁静的夜晚。王里路见团长休息了,便独自从营房里悄悄地踱了出来,来到小河边,河水在月光下泛着粼粼波光。"唉,多像家乡的青河啊,只是人都不在。'人散后,一钩新月天如水'。"睹景思人,王里路不觉黯然神伤。

"何事如此伤感?是为白天死去的人,还是为情?"张新不知什么时候站在王里路身后了。里路勉强一笑说:"唉,看到与我同龄人就那么顷刻间当了枪靶子、成了炮灰,心里怎能不伤感?比比他们,活着的人还有什么情愁、伤恨呢?"

张新笑道:"生在这个动荡的时代,还能有什么法子呢?正是有他们比着,活着的人更应该今天不管明天的事,乐一时享受一生。王副官,你说对吧?"里路听她问自己,转头见她正含情脉脉地看着自己,不由得一阵紧张,特别她刚才的话,明显有挑逗的意思。里路心意并不在此,说:"话虽如此,可人总得为活着而奔波,虽然不知明天的事,但总不能荒废今天的事吧?"

"唉,不说这些伤感的事好吗?"张新努力想把气氛调和得温馨一些,"我看你隔几天就收到一封来信,是谁啊?新嫁娘,还是恋人?"里路感到很窘,说也不是,不说也不是,笑笑,没说话。张新歪着头俏皮道:"怎么,还保密呀?是不是父母包办的?要不怎么没见你给她回信?她很丑对吗?"张新不管里路回不回答,一个劲儿地追问,使得里路的脑海里不能不浮现那张清纯的笑脸。

随着战势的好转,激烈的战斗明显少了。雪梅的信雪片似的飞来,有时因打仗邮路不通信都聚集在一起了,看到张新抱着厚厚的一沓信过来,里路有些烦了,想拒绝看。可是雪梅在信里总会写一段家里尤其是爹娘的近况,写得非常细腻,连爹拿着偃月刀对谁发火了、娘最近非常讨厌傅美意大嫂欺负下人了等等都写上,吸引着他不能不看,还有她那怨而不恨的表白,触景生情的流畅隽秀文笔,都像涓涓的细流湿润着他的心田。

这时候,张新也总是静静地坐在他身边看他读信,他扔了,她就捡起来,直到他不扔了,她隐约感觉他心里已经有了那位姑娘或者妻子了。

一天傍晚,里户对里路说:"晚饭到家里吃,你嫂子有话要对你说。"里户的话,里路不敢不听。里路回住处简单整理就去了二哥家。里户住处在团部后院,是一座古典木质结构的二层小楼。里路推门进去突然见张新正和张英在客厅里说话,她今天着意打扮了一下,一头波浪式的头发,描眉涂红,一身浅绿色旗袍,使她看上去越发秀丽、清纯。里路开玩笑说:"哟,脱了军装,更漂亮了。"张英指着张新说:"我妹妹什么时候不漂亮啦?我看穿着军装更精神。"里路连说是,张新笑而不答。

不一会儿,丰盛饭菜上齐,大家坐好后,里户开了一瓶红酒和一瓶白酒,给妻子和张新倒上红酒,接着给王里路倒着白酒说:"别看安阳这个地方小,曾经是七朝古都,中国最早的文字甲骨文就是在这里发现的,国家考古队发掘了一座古代遗迹,听考古人员讲是商代的都城殷墟……"张新插话说:"我从报纸上看到你们老家两城也进行考古发掘了,还挖出了好多陶鬶、陶罐等黑陶。"

王里户接着她的话讲解:"两城传说叫大王城,古墓很多,种田挖窖都能挖出坛坛罐罐,当年里路就是被小伙伴推进一座古墓里昏迷了七八天。"张新笑着看着王里路说:"王副官当年还有这样的传奇故事?"王里路不想提及那些没有意义的往事,张英也催促丈夫先进行主要议题。王里户给自己倒上白酒后,端起酒杯说:"今天是大年三十,我买了道口烧鸡、老庙牛肉这些本地最有名的风味菜,还让你嫂子特意做了扁粉菜、烩菜、血糕等几个当地特色菜。一年了,我们生死与共,风雨同舟,平平安安地过来了。来,让我们共同举杯,为老家的爹娘安康长寿干杯,为明年我们多打胜仗干杯!"

原来过年了,怪不得周围的村子一整天鞭炮声不断,里路心中顿时涌上思乡之情,酒进肚里火辣辣地难受。张英含笑着埋怨丈夫说:"今天是过年,应该说吉利话，别总把打仗挂在嘴上。"王里户哈哈一笑说："打仗是军人的天职，不打仗还算军人吗？"张英还要争论，王里路急忙端起酒杯说："来来来，今天是过年，过年就应该说吉祥话，我祝老家爹娘身体安康，祝哥嫂恩爱一生，祝在南京上学的兆树侄儿学业有成，祝张新小姐越来越漂亮，祝明年我们都平平安安的。来来，干杯。"说完自己先干了。张英接着端起酒干了，给张新夹着菜说："看看，还是里路弟弟祝酒词顺耳好听，今晚上都是自家人，别客气啊，吃吃。"张新是张英的堂妹，平时见面两人有说不完的话，可是今天她显得有些慌乱，甚至有些忸怩，与平时判若两人，只听别人说话或抿嘴点头，很少主动启齿。

王里户自觉有失也给王里路碗里夹菜。他平时不苟言笑，今天许是多饮了几杯，加上都是自家人，话也就多了起来："张新，你平时叽叽喳喳的，今天怎么像个淑女？是不是里路在的缘故啊？"张新立时感觉脸颊滚烫滚烫的，说："姐夫您也会开玩笑呀？"里户和张英他们都笑了。张英伸出手搂着妹妹的脖子说："张新是那种静若处子，动如脱兔的女孩子，要不怎么有那么多的青年才俊追求呀，是不是里路？"里路正想着自己的心事，冷不丁听到张英问自己，忙点头："啊啊……是是……"

里户说："听见你嫂子说什么了？就啊啊是是的。"里路红了脸。

吃过饭，张英说参谋长约好了打牌，就和里户出去了。屋里只有里路和张新，平时两人因工作关系经常在一起，说话都很随便。张新往沙发上一仰，叹了一声，里路隔着距离问："怎么了？为何而叹？是不是想家啦？"张新没说话，起身走到唱机前，放了一首舞曲，说："里路，我们跳个舞好吗？"里路开始犹豫，看着她期盼的目光，忙起身说："好呀。"两个人随着舒缓、轻柔的乐曲跳了起来，跳着跳着，张新把头贴在了里路的肩膀上，里路心脏突突地跳了起来，有心推开她，又觉着会伤了她的心，坚持一曲结束才终于松开了手。两人重新回到沙发上，里路剥了一个橘子递给她，关心地问："张小姐，你没事吧？我看到你今晚有些伤感，什么事让你不开心？"

张新摇了摇头，并没有回答他的话，而是幽幽地问："里路，你爱她吗？"里路一愣，不知"她"指的是谁，更不知她什么意思，一时不知如何回答。张新并没有吃橘子,而是又问:"她漂亮吗?比我还漂亮吗?"这时,里路才明白张新指的是一封接着一封来信的雪梅,他长长叹了一口气。张新似乎看到了希望,向他靠近,接着问:"里路,为何而叹?她不漂亮吗?还是……"里路始终没有给她所希望的答复。在张新的心目中,他仿佛是需要探寻的宝藏,越是神秘越想知道……

"王副官,信来了没几天。"几天后里路从外地回来,张新又来给他送信。他随手将信放在桌子上,转身从行李箱里拿出一条红色丝织围巾,说:"江南丝织,苏州工艺,给你的。"张新急忙接过柔软的丝巾,几乎是冲上前拥抱着里路,高兴地跳着说:"我就知道你不会忘了我。"王里路笑着说:"怎么能忘了你呢?哎,二哥呢?他在吗?"只顾往自己脖子上系丝巾的张新头也没抬,说:"调到你们老家了。"

"移防山东?干什么?旅部为什么没有去?"王里路疑惑问。

张新忙解释道:"你们老家'共党'暴动了,他接到上峰命令前去'剿共'。"王里路大惊,忙问:"你有最近的新闻吗?"张新说旅部里有,王里路催她快拿,不一会儿,张新拿着最近的报纸进来,王里路翻阅了几张,在报纸醒目位置看到了《日照"共党"彻底"剿灭"》的新闻。报纸详细报道了"清剿"过程,涉及的村镇如两城、王家滩、于家村、安家台等,他都熟悉,当看到"'共党'头目安杰被击毙"时,他感到非常震惊和惋惜。他顾不得收拾行李了,让张新先出去,自己则急忙拿起笔给家里写信。

第二十三章 暗中收养

国民党政府对日照县农民暴动实行了残酷镇压,大批参加暴动的党员群众或被捕或被枪杀。当局张贴告示缉拿暴动负责人及参与人员。安哲、牟春霆、郑天九等突围成功人员纷纷化名远走他乡,春雷、郑岩等人转入地下。由于姜邯春表现积极,经春雷介绍,他火线加入了党的组织。王永臣因参加了暴动,躲在家里的炕洞里。

张一长是街上裁缝,就因为一句闲话"要不是过不下去了,谁愿意起来闹什么……命啊"被姜有谷绑到镇公所,逼迫他交代谁是共产党。张一长连喊冤枉,说自己只是裁缝,随口说说而已。姜有谷强加给他的罪名是给共产党暴动人员做过衣服。张一长急忙辩解道:"姜镇长,来裁缝铺子的人多得是,我哪知道谁是共产党啊!再说了,您夫人和姜邯冰媳妇不也是裁缝铺里的常客嘛。"最终,姜有谷找不到他通共的证据,加上好多人还等着他做衣服,就将他无罪释放了。

在界碑,姜有谷站在高台上挥舞着手臂,用鸭子一般的声音高喊:"两城街的街坊邻居们,凡是窝藏、包庇、串通'共党'的人,无论是谁,家有多大,统统以通共论处!"喊了大半天,围观的人稀稀拉拉,他看到天快黑了,便解散乡团,揣着手快步回了家。他拿着火钩子将炉里的木炭拨动了几下,见炭火烧得旺了,便哼着小曲端起热乎乎的酒盅,正要把酒倒进嘴里,姜邯春闯了进来,看到桌子上摆放着烧鸡、猪蹄,哈哈了几声:"爹,这时候不去抓'共党',躲在家里小日子过得不孬,有滋有味呀。"说完抓起猪蹄就猛啃了起来。

姜有谷急忙将门关紧,惶惶不安道:"你这臭小子,还敢回家啊?警察到处抓你。"姜邯春边嚼着边掏出一张照片扔给了父亲:"你看看这个就明白了。"姜有谷拿起照片仔细看,有杨金彪县长,有四弟姜有理,还有一位派头十足的人不认识,还没等他询问,姜邯春一把夺过照片说:"看到了吧?那个你不认识的人叫卢芹斋,大古董商,哦,不,是大文物贩子,不,是卖国贼,卖国贼你懂吧?就是将咱老祖宗留下的好东西贩卖到外国的人。"姜有谷似懂非懂,姜邯春接着说,"他杨金彪竟然与这样的人交往。爹,您说,要是让省政府或记者看到了,会是什么情况呀?"姜有谷终于听明白了,对儿子竖起大拇指道:"好呀,你小子竟然将县长大人握在手心里,哈哈,好,有能耐,多读了几年书就是不一样。"

"爹,您别夸奖我了,快让管家弄桶热水,我想洗澡,这些日子不是钻山沟就是蹲穷人的炕洞,难受死了,也脏死了。"姜邯春说着不住地用手挠后背。李腊枝听闻小儿子回来了,忙跑过来,见到儿子就埋怨道:"你这熊孩子,这些日子都跑哪去了?外面兵荒马乱的。"姜邯春不敢告诉母亲真相,谎称外出开会了。姜有谷嫌她啰唆催促她叫管家张守手给儿子烧水洗澡。

张守手可以说是顺着父亲裤袋里的味道来到了姜家,他不像父亲那般懒惰,既勤快又能说会道,很快得到姜有谷的赏识,被提拔为管家。

李腊枝刚要去喊张守手,忽然听见有人敲门,姜有谷急忙摆手让姜邯春躲藏起来,然后去开门,见王汗提着腰篮子站在门外冻得瑟瑟发抖。姜有谷还以为王家害怕自己了,特意安排人来给自己送礼,抑制住内心的喜悦,故意矜持说:"这么晚了送什么礼呀?你回去告诉王在川,就说我姜镇长不吃这一套,现喂的鸡不下蛋。"王汗跺着脚说:"姜镇长,不是给您送礼,是一个小孩。"

"小孩?什么小孩?"

"外面太冷了,您能让我到屋里说吗?"

"不行,要是让你进屋,别人还以为我收王家什么大礼了,在外面说就行。"

王汗急忙将篮子伸到姜有谷面前,道:"姜镇长,这是刚出生的小孩子……"姜有谷一怔,连连后退,李腊枝将他拽到一边,自己迎上去,恼怒道:"姓王的从哪儿找了死孩子来吓唬我们?"王汗急忙解释说:"太太,是这么一回事:这个小孩

一街两城

子是姜少爷与我家璐圆小姐的。三老爷说了,这是你们姜家的孽种,啊,看我不会说话,是你们姜家的骨血,让我给你们送来……"李腊枝即刻恼羞成怒,双手用力往外推:"我们姜家不要,我们不要,我家二小子一直在县政府里办公,他怎么会与你们王家不要脸的女人生小孩子呢?还不知她跟哪个野汉子有的,诬赖我家邯春。我们姜家也不是好欺负的!快拿走!快离开!"姜有谷似乎明白了,还想上前看清楚却被妻子硬拉了回来:"你干吗呀?不明不白的,谁知道是个什么东西。"说着两个人就要转身关门回屋。

王汗急了,直接将篮子放在门台上,道:"姜镇长,要不要是您的事情,反正我放这儿啦。"李腊枝一听更加生气,转身指着王汗,吼道:"怎么,你还有理了啊!信不信我叫警察抓你啊?快拿着滚,再不拿走,我叫人扔到马虎林里喂狗!"说完转身砰的一声将门关死了。

姜有谷猛然一惊,有些不放心,但看到老婆那副冷漠呆板的面孔,只好作罢。他从门缝里看到王汗提着篮子走了,然后回屋将儿子叫出来问怎么回事,姜邯春死活不承认是自己的孩子,还说王璐圆喜欢他,可他不喜欢王璐圆,所以被她"诬赖"。姜有谷相信了,李腊枝瞪着他道:"看看吧,多亏没有将那个孽种留下,还指不定跟哪个野汉子的。你还是一镇之长,关键时候还不如我一个女人。"姜有谷连连点头称是。

王汗只好将小孩子带回家给王在田。此时,王在田的怒火还没有消退,见王汗把孩子拿回来了,指着黑洞洞的门外道:"你将这个孽种再给他们送去。"王汗说姜家死活不收,还说要扔到马虎林里喂狗。王在田正在气头上,张口就道:"好呀,反正是他们姓姜的种,让他们扔!"姜秀莲想把孩子留下,王在田冲着她吼道:"留下你看呀?你喂奶给他呀?我让你这娘儿们丢死脸了。"说着对王汗说,"趁天还没有亮,放他们家门口,死活与咱们无关了。"王汗于心不忍,犹豫着没有动身,王在田气得跺着脚吼道:"快去呀!"王汗只好转身走了,刚到院子里,姜秀莲追了上来,王汗还认为他们想通了要将孩子留下,却听姜秀莲嘱咐道:"管家,别将孩子放在姜家门口,那样会冻死的,最好明早放在两城街上,让好心人抱走。"说完抹着泪回屋了。

王汗站在院子里,望着漆黑的夜晚,感觉浑身都麻木了,他想了想走到南院敲开了安妈的房间。说明来意后,安妈急忙将孩子放到炕上,掀开被子角查看,小孩子脸冻得发紫,紧闭着眼,像是昏死过去了。安妈叹了一声气,答应王汗将孩子暂时放这儿一晚上,明早赶紧拿走。王汗答应着走了。

次日,天蒙蒙亮。王汗果然来拿孩子。安妈敞开门,外面的冷风就吹了进来,顿时屋里如同冰窖。安妈将孩子放进腰篮子里,一句话也没说。王汗提起篮子也一句话没说就出门了,安妈望着门外寒冷的天气,忽然打了一个冷战,心想:这样的天,孩子放在外面一会儿还不活活冻死了?唉,作孽啊。

王汗来到两城街,他听了姜秀莲的话,没有将孩子放在姜家门口,而是放在集市路口人多的地方,自己躲在远处望着过路的人们。此时,大地还笼罩在晨霜薄雾之中,这样寒冷的天更少有人早起。偶尔有几个路过人当是丢的好东西,掀开被子看了一眼就起身快步走了。孩子哭了起来,哭了几声渐渐没声了。王汗擦了一把眼泪,认为孩子已经冻死了,刚要起身回家,安雪梅和安妈急匆匆地跑来,问孩子怎么样了,王汗指着远处的篮子,哽咽着道:"刚才还有哭声,现在没有了。"

接二连三的打击让王在川支撑不住身子骨了,他躺在床上咯血不止,如果没有人扶着他自己都起不来。王妈端过来大夫开的中药,丁使秀将他扶了起来勉强喝了又躺下,望着微明的窗外出神。突然,王里门大老婆傅美意跑了进来,喘着气说:"二爹、二婶,我一早出来上茅房,看见雪梅和安妈走了。"王在川不知哪来的劲头,猛然坐了起来,急切地问:"你看清楚了?是雪梅吗?"

"都是一家人,我还能看错吗?开始我还认为是俺家老二,她白天睡晚上玩,整夜跟不三不四的人打牌闹腾,敢情跟哪个汉子私奔了?要是这样我们家可安静了,我跟上去仔细看,竟然是三弟妹,她在前头,安妈跟在后面往外跑,看样子怕咱们追她们。"傅美意说到这里,丁使秀手里的药碗掉在地上摔碎了,无力地坐在床沿上抹泪。王在川刚要仔细询问,忽然觉着不会那么简单,雪梅是知书达理、懂事的孩子,她不会不吱一声就悄悄走了:"她手里带着什么东西没有?"傅美意说没有看到,这时王在川放心了,又倒在床上起不来了。

"爹,娘,起床了吗?"随着叫声,安雪梅进门了,傅美意自觉不妙,转身就离去了。

丁使秀见雪梅来了,几乎跳下床快步迎到门口,抓着她的手说:"是媳妇呀!起床了,你爹也起来了。"丁使秀擦着眼泪,心里高兴地说:媳妇没有走啊。

安雪梅进来问安后,接着将璐圆生的孩子说了。王在川又来气了:"就是扔给姜家,咱们不能留,养人家孩子种人家地,到头来都没有好结果。"雪梅忙说姜家死活不收,还说这么冷的天就冻死了。丁使秀忙双手合十祷告着:"罪过罪过,可怜的孩子,孩子是无辜的。"安雪梅趁机说:"爹,娘,不如我们留下养着吧。"王在川惊得瞪着眼望着她,但没有吱声,丁使秀忙说:"雪梅呀,不是咱们养不起,就怕日后生口舌事端。"

"爹,娘,不要紧,咱们不说是璐圆的孩子,如果三爹三婶问起来就说俺娘家表姐的,她家孩子多养不了就送我了。"王在川和丁使秀都不吭声了。雪梅继续劝道:"我看香香奶奶奶水挺多,正好让她一起喂奶,到时候多付给她钱就可以了。"听媳妇说得头头是道,安排得井井有条,王在川和丁使秀都勉强同意了,怎么说这个孩子有一半是王家骨肉,再说了能留下媳妇才是最关键的。

雪梅看到二老同意了,跑到院子里捂着胸口松了一口气,急匆匆回到自己房间。安妈已经将孩子温暖了过来,雪梅放心了,对安妈说:"这个孩子活你手里,要不是你一早过来对我说,还不知咋样了……唉……虽然生在富人家,却遭此磨难。"安妈叹气道:"要说这个孩子能活下来,还多亏你公婆心肠好,要不是他们同意,咱们也不敢收养啊。"雪梅点头,看着安然入睡的孩子道:"给你起个什么名字呢?要不然就叫王满吧,希望你能有一个圆满的人生路。"

"好好,就叫满满。"安妈笑着说。

雪梅见公公厌食,便吩咐用人买来乌贼和西施舌,亲自做了一菜一汤,名为"酱二白"和"西施赶海"。王在川吃后赞不绝口,人也渐渐恢复了精神。从此,"酱二白"和"西施赶海"这一菜一汤在当地迅速传开,家里来贵客,如果不上这道菜,等于没瞧得起人家。

第二十四章　庙会惊遇

　　王璐圆得知自己的孩子被父亲送人时，哭喊着："还我儿子，我要儿子……"她不顾月子虚弱找到王汗要孩子，王汗告诉她孩子已经被陌生人抱走了，她冲着父亲愤怒道："我恨死你了，一辈子不会原谅你！"

　　王在田看到妻女哭天号地非常痛苦和后悔，为了排解心中的忧闷，他来到了兴隆百货店。李茹萍见到他笑眯眯地说："你来得正好，三缺一。"王在田掀开门帘见姜邯冰和姜有理坐在屋里喝茶。姜邯冰起身笑着说："你来得太及时了，李老板，上麻将桌。"李茹萍答应着将麻将桌准备好了，四个人围成一圈打麻将。王在田的手气特别好，连和四把，当天就赢了钱。后来，王在田赢多输少，嫌麻将筹码太低不刺激，在姜有理和姜邯冰的引诱、蛊惑下，开始玩捞宝。

　　捞宝是一种赌博，王在田觉着很简单，但因为摸不清门路第一局就输了五万。没有及时收手，而是越输越想赢回来，到最后一晚上输了十五万，还欠了姜邯冰五万。当然，他不会想到这是姜家设的局。

　　腊月，家家开始准备年货了，杀猪宰羊捕鱼捞虾都忙忙碌碌的，只有王在田坐在门槛上揪心，屋里冷清清的没有一点笑声。王璐圆屋里还时不时地传出："我的儿啊，还我儿子啊……"他感到声声钻心窝。家里所有积蓄都输光了，窑厂的份子钱还没有下来，他忽然想起箱子底还有两千元的银票，不如再去试试，说不定还能捞回本钱过个年。姜秀莲哭着说："就这点养家钱了，你再拿去输光了，咱们怎么活呀？"王在田用力推开妻子，连连说："不会的，这次我一定能赢，一定赢回本钱。"

王在田来到赌场,不但输掉了两千元银票,还输了房产和田地,他瘫坐在地上,怎么也起不来了。

除夕夜,王在川一家聚集在前堂吃团圆饭,大家有说有笑,仿佛一年的晦气、相互之间的不愉快都在此时消失了。忽然,王在田低着头进来了,雪梅忙拿了椅子让他坐下来。王在川阴沉着脸,也没有理他,丁使秀觉着过意不去,让雪梅给他倒上酒一起过年。其实,他走投无路了才来二哥家的。妻子和两个女儿都不理他了,他想找李茹萍解解闷,到了兴隆百货店,远远从窗子里望见李茹萍一家人吃团圆饭,他只好折返回家,屋里屋外冷清清的,看样子连饭都没有做。他实在饿得不行了,便硬着头皮来到了二哥家。丁使秀觉察出王在田的困境,安排雪梅去把三婶及两个妹妹叫来一块吃饭。

雪梅走进三婶家,屋里连火炉都没有,如同进入了冰窟,姜秀莲与王璐圆用被子蒙着头躺在床上抵御寒冷,雪梅将她们叫起来吃饭。来到王璐方房间,见她坐在灯下学习,不时地跺跺脚搓搓手,眼睛却一直盯着书本,幽暗灯光照射出了她寂寞而清冷的影子。雪梅看到她在如此艰苦的环境下还专心读书,感动之余,也心疼道:"五妹,别用功了,走,先吃饭去。"璐方忽然感觉一只暖暖的手贴在了脸颊上,顿时一股暖流涌遍全身。她抬起头见是雪梅嫂,忙要站起来,雪梅抓起她的双手捧在手心里暖了一会儿,然后拉着她一直到了自家暖和的房间才松开,王在田一家总算过了团圆年。

雪梅担心璐方在冰冷的屋里学习容易冻伤身体,就让她搬到自己屋里住,确保了璐方一个冬天没有冻坏身体影响学业。

正月里,你来我往,走亲访友,相互拜年、祝福,不觉到了十五赶庙会的日子。

王家妯娌、姑嫂坐着马车一起赶庙会。安雪梅进了天后宫大殿上了三炷香,跪下磕了三个头许了愿,然后出来与站在大院等候的王璐圆和随身带的小丫会合。王璐圆笑着说:"嫂子,许啥愿呀?"雪梅抿嘴,没有回答。小丫接话道:"求天后娘娘显灵让少爷快回来。"雪梅朝小丫嗔怪道:"你一个小孩子懂啥呀?"王璐圆笑道:"我看也是,不盼三哥还能盼谁呀!嫂子对吧?"雪梅不愿与她在人群中贫嘴,便跟随人流逛庙会。

庙会上不仅逛的人多,卖糖葫芦的、烤鱼片的、唱戏的、杂耍的、说书的等三教九流,五花八门,多得令人眼花缭乱、目不暇接。雪梅买了一对风车、一双拨浪鼓,买啥都成双成对的。王璐圆不解地问:"嫂子,就香香一个小孩子,买玩具你咋都买成双成对的?还有谁呀?"雪梅怕她觉察出自己的真实意图,忙编了谎话应付过去了。王璐圆愿意听"周姑子戏",雪梅先依她,来到了唱戏的场子找了座位坐下来。唱戏的不是丁氏家的那班子,好像是外来的。这场戏唱的是《西厢记》,当唱到红娘牵线,张生越墙赴约时,雪梅感觉浑身不自在,便和小丫先退场了。

雪梅想给王香买点合适的零食。忽听南面锣鼓阵阵,叫声连片,走近见是一帮子耍旱船的。雪梅认出台上演老艄公的是张传根,演"傻大婆"的是李有俊,你别看李有俊平时罗锅腰,风一吹就倒的样子,在台上演起戏来,扮演的老太婆,那真是像极了。他头戴黑绒帽,身穿蓝布长大襟,扎小腿,手摇芭蕉扇,走起路来一扭一歪、一说一唱,加上本来就是罗锅腰,十分滑稽可笑,观众拍手叫好。扮演船娘子的好像在哪里见过,但由于化的妆太浓,一时想不起来。只见他在艄公的引导下,不断地变换行船动作,快如行驶在大风浪里,缓似在平静的湖水里荡漾。

在李有俊的口里是时下最流行的曲目《四盼》,轻松活泼、诙谐逗人。说的是少妇在春、夏、秋、冬四季中盼郎归的故事。雪梅实在听不下去了,直觉泪眼模糊。她想回去,转身还没走几步,一个男子的声音传来:"哎,你别走!看了戏,还没给钱呢!"雪梅由于心中不快,没在意,继续往前走。那人急了,上前拉了雪梅一把,说:"哎,说你呢!你还没给钱。"雪梅见有人拉自己,急忙回头,原来是台上跑旱船的那个船娘子,那人一见雪梅,慌忙中叫了句:"少奶……"话没说完,急忙低下头跑了。这时,雪梅才认出来船娘子竟然是张守东。

雪梅和小丫懒懒地回到了马车旁边。刚想掀开门帘进去,突然姜有谷带着警察吆喝着跑了过来:"给我搜,连老鼠洞也不能放过。"张守手跟在姜有谷屁股后面,有意做给主子看:"对,给我,啊,给镇长搜,连老鼠洞也不能放过。"

张守手指着马车对姜有谷说:"镇长,只剩那辆马车没搜了,像是大户人家的。"姜有谷一挥手,走上前说:"走,管他娘谁的!搜!"话音刚落,只听沉稳而又果断的声音响起:"我看谁敢?!"姜有谷看到雪梅时,皮笑肉不笑地说:"啊,哈哈,原来是在川兄的儿媳妇啊!我儿子你应该认得,哈哈。"安雪梅忙笑着说:"原来是姜叔叔啊,邯春兄弟与俺家那位从小就是同学,我当然认得了。您堂堂的大镇长,咋与一帮小兄弟搅和在一起啊?"

姜有谷嘿嘿了两声,然后道:"现在'共党'地下活动猖獗,竟然明目张胆给安杰立碑、上坟,县上命我们限期侦破。唉,年都没有过好……冒犯了,实在对不起,得罪了,得罪了。"说完手一挥,张守手连声道:"走啦走啦,镇长说不搜了。"他们呼啦啦地走了。

雪梅看着他们走了,就想上车赶快回家。车门很小,她低着头往里进,突然一只大手扑过来,还没等她喊出声来,嘴已被人家捂住,在惊恐之中,听见那人压低声音说:"我不是坏人,多亏你救了我,我这就走。"说完,那人掀开窗帘,往外环视了一圈,眨眼间不见了人影。小丫和车夫老李恍惚看到有人从车里跳出来,他们不放心雪梅,老李在马车四周巡查,小丫急忙掀开门帘,探头问:"少奶奶,我好像看到一个人从车里跳出来,您没事吧?"雪梅强压住自己的紧张情绪,一只手捂着胸膛,一只手摆了摆,说:"我这不是好好的吗?哪有什么事?走,回家吧。"

第二十五章　回头是岸

安雪梅回到家回想庙会上发生的事情依然余悸未消,她隐约感到这个人不是一般的人。他是谁?他为何被姜有谷等人追捕?他现在又去了哪里?

雪梅猜得没有错,这个人就是郑岩,化名陈雨田。在日照县委和两城区委遭受严重破坏后,他始终坚持地下斗争。他今天来两城与张守东秘密接头,没有想到被警察发觉,要不是安雪梅沉着机智地应对过去,他很可能被逮捕了。

暴动失败后,张守东非常痛苦和焦急,秘密与党组织取得联系,今天就是利用演出做掩护与陈雨田接头,突然来了许多警察,他当即做出了取消接头的暗号。回家的路上,张守东低着头想着心事,突然听到有人喊他:"张守东,你停下,我有话对你说。"

张守东抬起头见璐圆满脸怒色地拦在了路中间,顿时从心底升起一种厌恶,想要从她身边溜走,气得璐圆抓住他,大声道:"你怕什么?我又不是拦路虎。"她要真是一只虎张守东还不怕呢!近日可被她纠缠得烦死了,知道她又在无理取闹耍小姐脾气,几乎夺路而逃。

张守东的家位于南城西北角,这个地区住的都是给东家扛活或在街上卖豆腐、钉鞋、补锅、卖菜等做小买卖的贫困人家。家家用绳子连接玉米秸秆当院墙,房顶上盖着从山中割来的茅草或麦秸,只有少数人家盖着青黑脊瓦。

张守东进屋,妹妹张守花正在做饭,他见父亲还没有回来,便拿了一捆稻草坐在院子里搓绳子。

一街两城

张传根卸完妆并没有回家,而是拐弯去了二弟张传梢家。张传梢年前没有领到工钱,无法给二儿子治病,张传根帮忙从王家借了两个大洋。

张传梢正坐在石头墩子上打盹,张传根见面劈头就问:"你还东家钱了没有?"张传梢慢慢睁开眼,懒懒地为难道:"两个大洋,我们全家一年不吃不喝也挣不着,我……我哪有钱还啊?"张传根很生气,但还是耐心地说:"你要是觉着钱多了,当时就不应该借那么多!我们虽然穷,但穷人也要讲信用、有骨气,借了钱就应该还,借钱还钱,天经地义!"张传梢只好堆上笑脸说:"大哥,你跟太太说说,我现在确实困难,暂缓些时日,我有了一定还,一定还。"

"这句话还算是人说的。"张传根总是兄长,听见二弟认错了,口气也缓和了下来,道,"传梢啊,爹娘去世早,留下咱哥儿俩,作为大哥,我不能不说你,听说你经常从东家偷东西拿回家……"张传梢立即打断他的话说:"大哥,没有,没有,我怎么能偷东家的东西呢?"张传根立即指着屋里的瓷盘、茶碗,大声道:"你还敢说没有?你一年挣不了两个大洋,屋里的瓷盘、茶碗是从哪里来的?守手、守柱经常口里含着糖块,是从哪里来的?"张传梢见被大哥当场揭穿了,忙辩解道:"人家都拿,不拿白不拿,东家剩菜剩饭有的是,扔了挺可惜的,我……"气得张传根真想扇他一耳光,气愤地警告道:"我告诉你,传梢,你不本分老实,早晚害人害己!"

张传根气呼呼地回到家,守花已经做好饭了,张守东收拾好稻草绳子进屋吃饭,可是张传根坐在饭桌前连连叹气咽不下饭,干脆起身抱了几捆稻草到院子里搓绳子。突然,王汗垂头丧气地进院。张传根问怎么了,王汗说失工了,要去姜家扎觅汉,还说王在田将所有田地家产输光,已经待不下去了。

张传根安慰了几句,说姜家不能去,还是求求王老爷吧。他们两个一起进了王在川家。王在川忙安慰王汗道:"王管家,你哪儿也不要去,就留在我家吧,要不是分家你去了三弟家,我不会放你走的。"王汗忙说自己年纪大了给老爷添麻烦,王在川主动拉着他的手,说:"什么话啊?你我虽然是主仆,但亲如兄弟,你给我们王家操劳大半辈子,我应该养你老,要是我死在你前头,让孩子们继续养你老。"王汗扑通跪在王在川面前,老泪纵横。

突然,王里门跑进来道:"二爹,您听到了吧?姜家在放鞭炮。"

王在川摆手让张传根和王汗忙去了,王汗抹着泪走了。王在川说:"大正月里,谁家还不放个鞭炮?"王里门指着门外,手指上下摆动着,生气道:"是三爹为了还赌债,将所有田地卖给姜有财了,他现在一下子成了两城街最大的财主,还起了堂号:善谷堂。"

王在川很难受,鞭炮声声震得他的心脏快要碎了,他赶紧让王里门闭门,突然见丁履堂和秦天喜来访,便迎进客厅。宾主落座寒暄几句后,丁履堂说明来意。原来考古队有块地被王在田卖给了姜有财。王在川更加生气,立即指着王里门让他找姜有财协商,能要回来就要,实在要不回来就用钱买回来给考古队继续使用。

丁履堂非常感激,还告诉王在川两城镇考古暂告一段落,梁思永先生前段时间已经回北京了,他也要回济南,留下刘耀、秦天喜继续考古发掘。

王在川问这次考古有什么收获。秦天喜介绍说:"这次考古收获很大,两城遗址方圆一百多万平方米,发现了一千多米的古城墙,其文化堆积层有五米多厚,上层为周、春秋、汉等各个朝代,下层与章丘龙山文化相似,但具有鲜明的海洋文化特点,出土了大量的贝器、石器、玉器和陶器,还有骨器如箭头、鱼钩等。"

丁履堂接过话题,介绍道:"据我们初步考证,两城遗址应为新石器时代古遗址。磨制精巧还钻有孔的石器、骨器,是农业生产力提高的重要标志。古城墙的发现,充分说明这里曾经是颇具规模的大城市,为传说的大王城提供了可供考证的实物。而且这种大型防御措施在其他考古发掘中还不多见,主要是防止邻近部落的侵袭和掠夺,反映出原始社会后期部落战争的兴起……这在研究中国古代文明起源中有着重要的地位和作用。"

秦天喜插话说:"至少从出土的陶鬶、陶杯等造型奇诡、精美的陶器就可以看出,就当时来说,大王城已经进入高度发达和文明的社会。"

丁履堂点头,继续说:"这次考古发掘应该只是开始,随着考古发掘的继续进行,下一步还有更多的课题等待我们去破解。我们普遍认为华夏文明是从黄河流域开始的,那么两城大王城为何有大规模的城池?这里的人从哪里来?又到哪里去了？为什么一个辉煌的文明时代又突然消失了呢？还有那些出土的精致陶器是如何烧制的呢？到底有什么用意呢？"秦天喜插话说："至少现在的制陶工艺达不到古人的水平。"

丁履堂朝秦天喜点点头，然后接着对着王在川说："所以需要在不断的考古发掘中找到打开古代文明密码的方法。我最近回济南做进一步研究，秦天喜先生和刘耀先生留下来继续考古发掘。这个四千多年前的典型龙山文化带有海洋文化特征的遗址，一定要发掘出具有代表性的陶器，体现其历史重要价值。"说着转身朝向秦天喜，"下一步呀，你们多在两城街宣传演示，向老百姓讲清楚，一定要保护好老祖宗留下的宝贵遗产，千万别糟蹋了或被贩卖到国外去。"秦天喜连连点头。

王在川听了很受启发，按捺不住内心的激动，握着丁履堂的手郑重表态一定将那块地要回来归还给考古队。

当晚，姜有财亲自来见王在川，见面先道歉，还说只要王在川同意收回王在田卖的那些土地，他愿意原价退还。王在川说起考古那块地。姜有财知道原委后当即表示全部还给考古队，而且一文不收，也算是他作为两城街人为考古尽微薄之力。王在川对姜有财的仗义和爽快有了重新认识，当他提出想为三弟回收部分田地时，姜有财劝道："在川兄，这次在田兄卖地确实是他主动找的我，我这里都有地契和协议……"说着将地契和协议拿出来让王在川看，王在川瞥了一眼并没有表示，听他继续说，"我倒是劝你暂时不要管他的闲事，像他这样嗜赌吃烟成瘾的人，即便给他金山银山也很快就玩完了。你知道吗？他很快将无处居住，据说，他所有的房屋已经抵给债主了。"

"竟有这种事？"王在川刚想去找王在田，走了几步，忽然又叹气坐下了，他对这个弟弟已经失去信心了。

连续阴雨天气让人的心情也阳光不起来。安雪梅正给两个孩子试穿她织的毛衣，隐约听到一阵哭闹声传来。她来到窗前朝外望去，雨依然不停地下着，院子里低洼处积了一汪汪水，仔细听听，也只有雨打梧桐树叶的唰唰声。王满哭了，她过去看撒尿了，急忙给换尿布，王香看不管自己了，也哭了起来，雪梅又跑过去抱着她边哄边给她穿上毛衣。王香笑着搂着雪梅叫嫂子,让雪梅又高兴又心酸,泪珠在眼眶里打转转,想起死去的二娘,想起远走的小叔子,想起了丈夫……又一阵哭喊声传来,而且不是一个人,好像很多人在哭泣。难道哪家死人了?她想。

雪梅并不知道,这哭喊声是从王在田家传出来的。债主明明是姜邯冰,上门逼王在田腾房子的却是另外一群人。王在田实在赖不过,领着老婆孩子出来,一家人站在风雨中又是哭又是叫。姜秀莲指着王在田的鼻子骂:"我跟着你倒八辈子霉了,整日就知道抽烟、赌钱、找娘儿们,我们的死活你不管不顾……从今日起跟你一刀两断,你找那个狐狸精去吧,你去抽大烟吧,你去赌钱吧……往后的日子,我们娘儿们可怎么过啊?呜呜……"说着坐在泥水里双手拍打着地面号啕,溅起的泥水将她的衣服都湿透了弄脏了。

王璐圆、王璐方抱着娘跟着哭了起来,污泥、雨水溅到她们的身上、脸上,被雨水冲到了她们的口里,她们毫不知觉。一群壮汉从屋里往外搬东西扔在雨水里,璐圆和璐方想去保护家产却被推倒了,姜秀莲跑过去保护女儿,娘哭儿叫的场景十分悲惨。围观的人小声议论说:"早知今日,何必当初啊!""自找的,活该!福都享尽了,也该受罪了,这就叫风水轮流转。"王在田装作没有听见,低着头灰溜溜地独自出门了。

"哈哈,王家终于要败了。"此时,姜有谷、李腊枝、姜有理、姜有财和姜邯冰、姜邯春围着菜肴丰盛的桌子庆祝。姜有理拍着姜有谷的大腿道:"三哥,你是一镇之长,老六又是两城街首富,姜家从北城到南城又在两城街站稳了啊。"

姜有谷端着酒盅,喷着酒气说:"好呀,上次虽然没有将王在川气死,但逼走了他的小儿子,也算气他个半死。这次让王在田倾家荡产了,好、好,照这样下去,王里门、王在川也不愁败了。"姜邯冰接着幸灾乐祸地说:"就是就是。哈哈,我估摸着现在王在田找地方上吊了。"

此时,王在田虽然没有去上吊,但他也悔恨交加,生不如死。他来到青河桥上,俯身看到湍急的河水,忽然外孙的小脸蛋浮现在水面上……

"满满,看看谁来了。"雪梅抱着王满,王璐瑶进来,王满张开小手,朝王璐瑶甜甜地笑笑。很少露齿的王璐瑶竟然笑了，她问王香去哪儿了，雪梅说在客厅与爹玩。两人抱着王满来到了客厅，见王香趴在王在川的大腿上画着画儿，王在川正与坐在身边的秦天喜说话。王璐瑶见有陌生男人，刚要转身离开，被雪梅拉住了："看看怕什么？他又不是老虎，吃人。"雪梅与秦天喜打了招呼便介绍了身后的王璐瑶，秦天喜立即被王璐瑶惊呆了，王璐瑶有生以来第一次见了陌生男人不再恐惧，她低着头与王香画画。雪梅看看他，又看看她，喜上心头。

秦天喜是来与王在川商量姜有财归还田地的事情。正说着话，张守东突然闯进来说，三老爷在青河桥上要自杀，喊着临死前见大女儿一面。

王在川猛地站起来说："你没有让璐圆快去呀？"张守东说璐圆死活不去，也跟姜秀莲说了，她也不去，还说他死就快让他死。现在，姜秀莲母女被王在川收留在后院住下。此时，王在川虽然恨王在田，但怎么说也是一母同胞的弟弟，刚要冲出去，雪梅将王满给王璐瑶抱着，转身对他说："爹，我去能救了三爹。"然后侧身对张守东说，"守东，你跑得快，先将三爹抱住别让他跳河，我随后就到。"张守东听了正要往外跑，王璐圆进来拦住了："不用管他，让他死好了。"王在川冲过来照着王璐圆的脸狠狠扇了一巴掌："滚开！"张守东趁机跑了出去，雪梅也紧跟着跑了出去。

王在田站在桥边，神情呆滞地仰望蓝天，口里不停地胡乱喊着："我该死啊，我不是人啊，我对不起璐圆啊，我对不起小外孙啊！"桥上围着好多看热闹的人，没有一个人上前去劝说或营救。他已经抱着死的念头了，但临死前他只想对璐圆说声对不起，是自己害死了亲女儿的亲儿子啊，自己该死啊。可是，璐圆一直没有来，周围的人都跟着起哄，他实在等不及了忍受不了了，闭上眼睛跳河的瞬间，被冲过来的张守东抱住了。

"让我死啊，是我害死了亲外孙啊……"王在田挣扎着要往河里跳，张守东死死地抱住了他。这时候，安雪梅喘着粗气跑了过来，璐方也哭喊着跑来。王在田更觉丢人了，直往河里蹿，好在张守东牢牢地抱着他。

"三爹，死很简单，但死了您还能看到亲外孙吗？"雪梅劝说王在田。

王在田哭着说对不起璐圆，对不起外甥，现在不如死了好受，还劝雪梅别管他,自己活着已经没有任何意义了,家没有了,妻儿不管他了,外孙也不知下落了,只有一死才能解脱自己的罪孽。璐方紧紧地抱着父亲说:"爹,您改掉烟瘾、赌瘾就好了,我们穷不怕,我们从头再来,爹呀!您醒醒啊!我求求您了!"眼泪顺着脸颊流进她的嘴里。

雪梅将璐方搂在怀里对王在田说:"三爹,看看璐方多懂事啊,只要您以后改邪归正,好好过日子,我保证给您找到外孙。"王在田惊呆了,瞪着大眼看着雪梅,不敢相信是真的:"三侄媳妇,这时候你别哄我了,让我快死吧,算我求求你了。"

雪梅用柔和的语气道:"三爹、三婶和妹妹们都被爹安排妥当了,只要您发誓以后不再抽大烟赌钱了,我给您找回外孙。"王在田忽然明白了,指着雪梅道:"你收留的那个男孩就是……"雪梅郑重地点了点头。王在田突然跪在雪梅面前哭着道:"三侄媳妇啊,叔公公给你磕头了,你救了我,救了我们一家啊,活菩萨啊……"

第二十六章　姑嫂情深

　　王在川的堂厅里,全家人都来了。安雪梅领着王香抱着王满刚进门,王璐圆就跑过来夺过王满:"这是我的儿子,你还给我。"雪梅怕伤着孩子就给了她,可是王满哇的一声哭了起来,怎么哄也不住声。

　　王璐方走过去,学着雪梅抱孩子的样子道:"四姐,嫂子不像你这样抱满满,所以他才哭。"许是璐圆思儿心切,两手像是抱着木棍似的紧紧搂在怀里,听王璐方这么说,反而不知怎么抱了,掉过来倒过去,生硬的手弄痛了王满,他哭得更厉害了,还撒了一泡尿,湿了她的衣服,这让原本急切的王璐圆显得有些狼狈和烦躁。

　　安雪梅走了过去:"还是我来吧。"也怪,王满到雪梅手里立刻不哭了。雪梅给他换了干净的尿布,将他头高腚低很自然地抱在怀里,不停地走动着,嘴里哼着《摇篮曲》,不一会儿,王满就呼呼睡着了。王在田见此情景,发自内心地道:"要不是三侄媳妇,我现在恐怕已经被冲到两城河口喂鱼了。"他这么说,堂厅里顿时鸦雀无声,姜秀莲忍不住又抽泣了起来。王璐圆心惊,急忙将头低下了,璐方紧紧拉住父亲的手。

　　"不败家不知吃喝嫖赌的危害,不经生死不知平常日子的珍贵。我都经历了,也算彻底明白过来了。"王在田说着,瞟了张传兰和王在川一眼,继续说,"大嫂、二哥都在这里,我说句真心话,我从今以后一心一意过日子,即便是要饭也不抽不赌了;要是再抽再赌,二哥不用上祠堂训诫,一刀劈了我就行,到了那边我去跟爹娘解释。"他这么说,屋里才有了笑声。张传兰指着他,埋怨道:"咱这个家呀,都让你给带坏了。"王在田知道自己错了,也不敢顶嘴。王在川怕大嫂说出难听话,就抢过话头道:"老三既然认错改正了,俗话说,浪子回头金不换。我相信老三不会重蹈覆辙。"

"我发誓,我一定改,再不改禽兽不如。"王在田一再表态发誓。

王在川终于放心了,说:"这样吧,我带头,西院闲着一处房子,老三你们就暂时搬过去居住,什么时候有钱买房或建房了再搬出去,凤凰岭爹娘坟前十亩地划给你们,另外再给你们一万元添补家用。王满还小,没有点细粮咋行呀?璐方上学还需要钱。"

王在田和姜秀莲听了都感动地哭了。雪梅听了心里咯噔一下,看样子爹打算将王满还给他娘了,看着熟睡中的王满,忍不住泪水涌上眼眶。张传兰也不好吝啬了,朝着儿子道:"这样吧,我们这一支我说了就算,里门,将青河南那五亩地划给你三爹,外加五千元。小时候你三爹还抓过家雀给你玩,你别忘了。"

王在田哽咽了,话都说到这份上了,才真正感到一家人的和睦、平安是多么重要啊。

"雪梅,跟我出去一趟呗。"王璐瑶悄悄跟雪梅说。雪梅猜到了她去的地方,就将王满递给王璐圆:"满满现在睡着了,你们娘儿俩好好亲亲吧。"王璐圆还没有伸手,王在田和姜秀莲都争着要去抱孩子,最终雪梅先给了王在田,喜得王在田擦着泪紧紧盯着孩子。

雪梅和璐瑶刚出来,王香喊着嫂子也跟了过来。雪梅对璐瑶说:"让香香跟着吧。"璐瑶哪有不同意的道理呀?拉着香香的手问:"香香,你穿着这件红毛衣真好看呀。"王香仰起头朝雪梅望了望,然后对璐瑶说:"是嫂子给我织的,都说好看。"雪梅急忙笑着说:"香香本来长得就好看。"王香懂得爱美了,开心地笑了,跟着雪梅和璐瑶出了大门,朝着大姑墩走去。

雪梅早看出王璐瑶对秦天喜有好感,也想成全这桩婚姻。刚才,王在川虽然没有明确将王满送还王璐圆,但从话里已经表露出意思了。虽然这是雪梅想看到的结局,但心里总是有些不舍,毕竟是自己和安妈将他从死亡线上拉了回来,一把屎一把尿地将他养成白白胖胖的小子。正巧王璐瑶说出去玩,她为了散心就同意了。来到了大姑墩前,坟墓就多了起来,远远能看到考古队搭建的帐篷。雪梅觉着这个地方阴气重,就将王香抱在肩膀头上,还嘱咐她不要四处看。雪梅走在前头,进了帐篷,见秦天喜正拿着放大镜对着骷髅仔细考究,急忙转身将王香的眼睛用手蒙住,对璐瑶说:"大姐,你进去吧,他在里面,我们到别处玩玩。"王璐瑶会意,自己进去了。

正专心研究头颅的秦天喜忽然看到一团白色东西出现在眼前,惊诧之余不小心将近视眼镜弄掉了,隐约中看到一位白色女子向自己飘来,他起身后倒退几步伸开大手惊恐道:"你是人还是鬼?"王璐瑶将眼镜拾起来递给他道:"整天跟死人白骨打交道,害怕鬼呀?"秦天喜颤颤巍巍地将眼镜戴上才发现竟然是王璐瑶,他松了一口气,道:"这不是让你给吓着了吗?你怎么来了?"

"来看看。"王璐瑶说着就四处看看瞧瞧,也不怕摆在台上或扔在地上的人体骨架或骷髅。秦天喜放下手中的放大镜跟上来介绍道:"都是发掘出来的,最早的有新石器时代的,也有春秋战国、汉、唐的……"王璐瑶也没有搭话,拿起红色长嘴大肚三足的陶器道:"这是什么东西?两城出土的陶器不都是黑色的吗?"

"红陶在两城遗址也出土了。"秦天喜指着陶鬶说,"这个东西叫陶鬶,是新石器时代的东西。"

"哦。"王璐瑶点点头,然后拿起肥皂大小的红色盒子说,"这个胭脂盒真漂亮呀。"秦天喜忙介绍道:"这个盒子是汉朝的漆器,是女人用来盛胭脂、香料的,你说得没有错。"王璐瑶被夸奖了,高兴了起来,继续问:"这个盒子是从大姑墩里挖出来的吗?里面是埋着国王的公主吗?她叫什么名字呀?"面对一连串的问题,秦天喜怕她听不明白,带她来到了大姑墩近前,指着最高的土墩说:"你所说的大姑墩就是这个,里面究竟是不是埋着公主,因为没有发掘,我不好断定。我只能够断定是座汉墓。"

"你们不是考古吗?为什么不挖开看看呢?"面对王璐瑶幼稚的提问,秦天喜反而觉着她更可爱了,笑着说:"考古并不代表挖古墓。况且保存完好的古墓,仅凭现在的科学技术,难以保证里面的文物不遭受破坏,所以,我们开展的是抢救性发掘。比如,秦始皇陵墓,都知道里面埋藏着价值连城的宝藏,但没有人敢去发掘,连盗墓贼也望而却步。"面对秦天喜一套套的考古用语,王璐瑶懵懵懂懂。她忽然想起雪梅和王香也来了,怎么不见她们的影子呢?便四处寻找。秦天喜问找谁,她说跟雪梅一起来的。秦天喜有些慌张地说:"不用找了,她……她是故意给咱们留一个空……"

雪梅抱着王香离开了大姑墩,王香还要去找大姐玩,挣脱了雪梅的怀抱就往大姑墩考古帐篷跑,被雪梅一把抓住了,她开始哭闹。雪梅只好哄着她去窑厂找董师傅捏小人小鸡玩,这样王香才止住了哭泣,乖乖地爬上了雪梅的后背。雪梅背着王香走在去窑厂的路上,路边开着好多好多的牵牛花,五颜六色,非常好看。因为二娘的托付,雪梅将王香视如己出,关爱有加,一年四季给她做新衣服,还教她读书认字。"香香,《三字经》都背过了吗?"雪梅回头问。

王香懂事地道:"人之初,性本善。性相近,习相远。苟不教,性乃迁。教之道,贵以专。昔孟母,择邻处……"雪梅点头又问:"《百家姓》呢?"王香熟练背道:"赵钱孙李,周吴郑王,冯陈褚卫,蒋沈韩杨……"听到王香背得滚瓜烂熟,雪梅转过头笑着道:"嗯,香香就是好孩子,都背过了。那唐诗背过几首了?"王香爽快答道:"快三十首了,不信我现在就背。"雪梅忙说信,香香长大了一定有出息。王香将小腮紧贴雪梅的肩膀上,突然问:"嫂子,娘也像你这么漂亮吗?"雪梅一阵心酸,忙道:"二娘呀,可比我漂亮多了。"王香嗯了一声不再问了,喃喃道:"哥哥怎么也不回家看看我呢?"雪梅感觉肩膀头湿了,自己的眼睛也湿了。

路过"节孝牌坊",王香仰头指着高高的牌坊问:"嫂子,这是什么门呀?"雪梅知道这个牌坊的来历,进王家门没多久婆婆就讲了"九指节妇"的故事。刘氏的丈夫在外经商,突遭意外亡故,刘氏欲殉情,经家人劝解,考虑上有公婆下有未成年的儿女,便不再以死相随了,但她依然砍断一个手指为丈夫陪葬。这件事惊动了皇帝,皇帝下旨为刘氏建造"节孝完人"牌坊,当朝宰相刘墉亲自撰联赞扬:"寸心金石摩苍汉,一节冰霜向碧天。"第一次听了雪梅还敬仰刘氏的忠贞和勇敢,可是后来婆婆经常说起这件事儿,这让雪梅渐渐感到特别别扭,以后每次看到这座牌坊,心里就麻麻痒痒地难受。王香尚小,自然不会懂得这些事情,雪梅只好回答,这是朝廷给忠贞不渝、孝顺善良的刘氏夫人立的牌坊。王香又问什么是牌坊呀,雪梅又给做了解释。走一路王香问了一路,雪梅都一一耐心做了解答。

过了青河,王香坚持要下来,雪梅也觉着有些累了,便慢慢蹲下。王香滑下来就跑到牵牛花丛里采了连花带叶的藤蔓挂在身上,雪梅将花藤缠绕她一身,她顿时成了花人儿。雪梅连说香香成花仙子了,逗得王香咯咯笑了起来。王香摘了一朵牵牛花要给雪梅戴在头上:"嫂子,砸碗花真漂亮,给您戴在头上。"雪梅拿在手里端详着,忽然想起在地洞里看到的高柄黑陶杯口形真像牵牛花的外形。"嫂子,这种花为什么叫砸碗花呀?这么好看的花,为啥不种在自家院子里呢?"王香的提问打断了雪梅的沉思,她一手牵着王香,一手拿着牵牛花,解释道:"其实,这种花叫牵牛花,也叫喇叭花,你没看它像一个小喇叭吗?"说着放在嘴前做了一个吹唢呐的动作,王香点点头,但瞪着眼睛一直盯着雪梅,雪梅只好继续道,"过去呀,喇叭花栽种在院子里,因为花儿太好看了,孩子们光去看花贪玩了,不小心就把碗砸碎了,所以呀,以后就很少有人家在院子里栽种这种花了。"

"原来是这样呀,所以在咱家庭院里找不到一棵砸碗花。"王香信以为真了。

雪梅抿嘴笑笑,其实她也不知道为什么叫砸碗花,为了不让王香失望就临时编了一个美丽的谎言。两个人到了窑厂,董玉璀正在制作陶器,见到雪梅和王香进来,立即起身迎接。雪梅让他给王香捏几个小动物玩,他拿起一块泥,三下两下就捏出了小鸡、小狗。王香刚要去拿,他说等晾干了涂上油彩才好看好玩。王香看到转轮上的泥块能做成碗、盆之类的器物,来了兴致,一心要自己做。董玉璀就在转轮上放上一块泥,让她弄着玩。

雪梅想起了黑陶杯的模样,在地上画了形状让董玉璀照着做几个。董玉璀说此前曾经做过很多次,但都没有成功。雪梅建议采取衔接法和打磨、雕刻法试试,董玉璀答应了。那些做成的小动物已经晾干了,董玉璀涂抹上各种油彩,栩栩如生的小动物顿时就展现在王香眼前,她高兴得又蹦又跳,雪梅看到她快乐的样子便放心了。

太阳快落山了,雪梅和王香才回到家,还没有进屋就听见里面有人吵吵,她正要看个究竟,突然见姜邯春从屋里迈出门槛。

第二十七章　古墓遇险

姜邯春造访王家不为别的事,是专门来送喜柬的。雪梅只是跟他点头示意,并不关心谁跟谁结婚,她现在一心想促成王璐瑶与秦天喜的婚事。

王璐瑶天天在房间里画画,近来喜欢画古代仕女图,画风依然以白色调为主,兼有淡蓝、粉红和浅墨,淡雅而迷离。美人衣袂飘逸,神情沉郁,笼着解不开猜不透摸不着的云愁雨恨,只有微微上翘的淡淡朱唇透着丝丝妩媚。"大姐,听说考古队出土了一件漂亮的玉镯,我陪你去看看?"雪梅进屋说。

王璐瑶放下画笔,甚至都不敢看雪梅了,轻轻地说:"雪梅,你忙吧,我自己去就行了。"雪梅一怔,忽然窃喜:"看来他们有望了。"

璐瑶画的仕女图只有秦天喜能看懂,她每次去考古队也不再约上安雪梅,自己想去就去了。秦天喜给她讲了许多考古的故事,她最喜欢听公主的故事,也喜欢跟着他去古墓中观摩壁画。秦天喜指着一座山岭对王璐瑶说:"璐瑶,这是什么?"王璐瑶回答是西山,秦天喜摇头说这是一座王陵。她惊呆了,摇头说不信,他便解释道:"汉朝王侯死去喜欢以山岭做陵寝。但从这个陵墓的规格看,不像梁乡侯的,应该是王级别的。这个地方呢,东有琅琊国,北有齐国,西有城阳国,具体是哪个王的还不清楚。"他还说这个陵墓早被盗墓贼盗空了,可以带她进去看看,说着便不由自主地拉着她的手,弓着腰从巨大的塞石缝隙里钻了进去。

"好大呀。"王璐瑶感觉甬道又长又宽又高,散放着断了或残了的汉画像石柱子,走了好长一段时间才走到头,来到宽敞的大厅。秦天喜说这就是主墓室

一街两城

了，四周墓门上方刻着精美的人物、动物画像，客厅、卧室、马厩、厨房应有尽有，大小配套墓室主次分明，宛如一座地下宫殿。秦天喜举着火把，王璐瑶清晰地看到四周的壁画，她连连叹道："太精致了，闻所未闻，见所未见。"两个人正在仔细观摩着，忽听墓道口有一阵响声，接着传来了密集的枪声。秦天喜急忙将火把熄灭，躲在暗处盯着墓道口，只见两个人影跑了进来，待他们走近了才看清楚是张守东，还有一个不认识的人。

"你们进汉墓干什么？"秦天喜和王璐瑶突然从黑影中出来，尤其是王璐瑶穿着白色衣裙，当即吓了张守东和陈雨田一跳，还未等他们解释，警察举着火把已经进墓道口了。秦天喜顿时明白他们的身份了，立即对张守东说："你们快到墓室里躲起来，我们出去应对他们。"说完紧紧地攥住王璐瑶的手往外走，边走边高喊，"哎，别开枪，我是考古队的秦天喜……"

站在墓道口的警察不开枪了，他们躲在塞石后面正想一看究竟，忽然看到一男一女从墓道里钻了出来，当看到璐瑶时，所有人都惊呆了，认为女鬼跟着出来了。

姜有谷认得他们，便从巨石背后出来，走到秦天喜面前："有没有看到两个'共党'进去？"秦天喜忙摇头，还解释说自己正与王小姐在里面观摩汉画石刻。姜有谷根本不相信他所说的话，命令警察、乡团进去搜查。几个警察小心地钻了进去，就听到里面传来几声沉闷的响声，接着浑身是血的警察爬出来，说"共党"就在里面。这时候没有一个人敢进去了，姜有谷指挥警察在墓道口堆放柴草点上火，叫嚣着："呛死'共党'分子。"

陈雨田和张守东躲在暗处，举着手枪，随时准备朝进来的警察射击，没有想到人不进来了，一股股浓烟从墓道口弥漫整个墓室，呛得两个人几乎喘不过气来。陈雨田急促道："敌人是想用烟闷死我们……"那么，他们两个怎么被姜有谷追到这里来的呢？

事情还得从姜邯春的婚礼说起。

大红灯笼从北街一直挂到南街，大红双喜字贴满街，上街的人抬头能看到，转身也能望到。新娘子叫周惜桂，本是杨金彪的情人。周惜桂穿着新娘服，并没有红盖头,她自觉对不起杨金彪,上车后低着头不敢说话。杨金彪却有说有笑,许多人还把他们当成亲兄妹了。姜邯春穿着青黑色西服,打着领结,胸前别着一朵红花,亲自到南街口迎接。周惜桂下了车,杨金彪走上前,趁别人没注意,小声道:"总归咱们相好一场,晚上睡觉时可要睁一只眼闭一只眼啊。"他嘿嘿笑着,两手做了掐脖子的动作,当即让她浑身一哆嗦。

"哈哈,杨县长亲自将妹妹送来了,姜某感到万分荣幸啊。"姜邯春说完朝周惜桂伸出胳膊,她稍一犹豫,然后挎着他的胳膊朝街里走去。这时前头鼓乐响起,两边鞭炮齐鸣,直到姜家的大门口也没有停下。喜宴在宽敞的大院里举行。姜有谷对前来贺喜的人吹嘘说:"我从前说过,官找官,民找民。哈哈,邯春的媳妇虽然不是县太爷的女儿,但是县长的妹妹,一样的,哈哈。"

王里门将两个红包给了姜有谷,说其中一个红包是二爹的。姜有谷问王兄怎么没有来,王里门找了合适的理由应付过去,就找了座位坐了下来。

酒宴开始了,杨金彪坐在主宾席位,他特意支走姜有理,让姜邯春坐在自己的身边,而且让他陪着喝酒。姜邯春暗暗着急,他四处观察形势的变化,发觉好多宾客不熟悉,不免紧张起来,几次想去小解,都被杨金彪按下。躲在暗处的春雷等不及了,让队员出去看看,刚开门,一梭子子弹打来,他应声倒地。春雷大叫一声:"中埋伏了。"说着猛地一脚踢开门,朝杨金彪射击,身后的队员也开火。这时,装扮成宾客的警察掏出手枪齐朝春雷他们射击,整个姜家顿时枪声大作,宾客纷纷四处躲避,有的被流弹击中死去了,有的哭爹喊娘找路逃生。平时趾高气扬的姜有谷缩在桌子底下瑟瑟发抖:"怎么回事?怎么回事?"

"是谁吃了豹子胆敢来镇长家……"李腊枝想出来逞强,话还没有说完,子弹穿过她的发髻打到门框上,吓得她扑通趴在地上捂着头高喊,"冰儿、春儿,你们死哪去了?快来保护我呀,我的头被打中了。"边喊边往桌子底下爬,正与姜有谷对头,吓得他忙道:"快闭嘴!"李腊枝这才抱着头,浑身哆嗦着祷告:"别打我,我命大。"

姜邯冰此时早忘记了爹娘的安全,一心想在县长面前逞能立功,刚抬头就被飞来的子弹打中左眼,鲜血从指缝里流了出来。姜邯春正巧与杨金彪头对头趴

一街两城

在地上,两个人对这场"戏"的内容心知肚明,只是都没有料到会是这个结果。姜邯春刚要伸手掏枪,杨金彪一语双关道:"怎么,你想同'共党'并肩战斗?"姜邯春的汗珠子掉下来了,他缩回手,清楚地看到若干警察将自己包围了。

正在外围的陈雨田和张守东听到姜家响起枪声,迅速冲进大院投入战斗。张守东趁机点燃厨房,大火冒着浓烟将整个大院遮住,春雷借机突围了出去。陈雨田和张守东边打边撤,但怎么也摆脱不了警察和民团的追捕。张守东忽然想起了小时候玩耍的古墓洞穴,与陈雨田跑进古墓里,不承想遇到了秦天喜和王璐瑶。

到这时候,姜有谷才明白这场婚礼是二儿子的阴谋,尤其是大儿子被打瞎一只眼睛,更让他恼火,他将这股怨气都撒向了张守东他们,一心想抓到"共党"。

墓室里的烟愈来愈浓,陈雨田和张守东都憋得脖子筋鼓凸了,他们只好趴在地上,寻找潮湿的地方,张开口触地,吸吮着极其稀薄的清新空气。陈雨田感觉对不起张守东,伸出大手紧紧攥住他。起初,陈雨田就对姜邯春产生了怀疑,凡是参加暴动的队员不是四处躲藏,就是被敌人抓住枪杀,为什么只有他能照常上班,还如此张扬结婚呢?最后,陈雨田发现阻止不了春雷他们的行动了,他便冒险扮作小贩在王家大门口与张守东接上头,然后两人躲在姜家外面随时接应。

"盗洞口。"张守东指着浓烟流动的方向说。两个人爬到盗洞口,果然感觉细微凉风拂来。张守东让陈雨田先吸几口新鲜空气,陈雨田让张守东先来,张守东干脆将头埋在地上,陈雨田只好伸出脖子对准隙缝吸了几口,然后让张守东来。两个人就这样轮换着吸几口,才得以保存性命,但他们知道,这样下去肯定活不了。

"呛死他们,憋死'共党'……"姜有谷听说二儿子被杨县长抓走了,他更想抓住"共党",哪怕死的也好,作为日后跟杨金彪谈判的条件。

天渐渐黑了,有的警察说里面的"共党"早应该憋死了。姜有谷不放心,让警察添草加柴继续往墓室里烧火,自己急着赶回家处理家事。不一会儿,姜有谷安排张守手给这些警察、民团送来了丰盛的酒菜,他们围坐在昏暗的篝火旁牢骚满腹,有的喝得酩酊大醉,眼前一片模糊。天空中忽然飘下一阵小雨,将篝火浇得忽明忽暗,四周似烟非雾,弥漫缭绕,渲染出死一般的沉寂。忽然,几股阴风出来,灯火倒向一边,几乎被吹灭了。低沉的怪声传来,胆小的警察惊恐地四处张望着,漆黑的夜空让他们愈加紧张起来。

突然,一位白衣女子款款走来。

"哎呀,美女,朝我走来了。"一个喝醉的警察顿时浑身燥热起来,晃晃悠悠站起来,东倒西歪地朝着女子扑去,"美人呀……"结果扑了个空,转身发现美人站在身后朝他微笑,又扑过去,又扑空了,回头发现美人还朝着他微笑,更让他情不自禁了,猛然向前抓住了她的手。哎呀,怎么冰凉啊?仔细看,原来是无皮无肉无血的白色死人骨,一张披头散发没有五官的惨白脸袭来,他大叫一声,仰头倒地,七窍流血,当场死亡。

一街两城

第二十八章 坚持斗争

秦天喜眼看着西山冒出浓浓的黑烟,心情异常焦急。虽然他现在不问政事了,但骨子里还是偏向同情共产党,特别是安杰的牺牲对他打击触动很大,他经常悄悄坐在安杰的坟前抽上几支烟待上一会儿。

天已经黑了,警察、民团还没有撤退的迹象。他走出帐篷,见天气阴沉,夜风骤起,忽然灵机一动,问王璐瑶带纸笔了没有。璐瑶说都有。秦天喜带着道具与王璐瑶悄悄去了西山汉墓门口……当然,走向警察的是王璐瑶,但警察抓住的是死人骨,所看到的平面女鬼,只不过是王璐瑶画在纸上的杰作。警察、民团哪敢还待在此处?纷纷逃跑了。

秦天喜扔下风筝,冲到墓道门口,将堵在门口的巨石往外扒,用了全身力气却没有挪动一点点。正在这时,张传根带着铁锹跑了过来,两个人也不搭话,但都明白是一个目的,合力将巨石挪开,滚滚浓烟从里面冒了出来。张传根忙压低声音高呼:"陈先生、守东,快出来吧。"张守东和陈雨田这才爬出来,长长地呼吸着新鲜空气,都觉舒服多了。张守东先朝秦天喜说了谢谢,然后朝张传根叫了一声爹。陈雨田过去握着张传根的手说:"传根同志,谢谢你了。"张守东惊异道:"你们……你们……"陈雨田笑着解释道:"传根同志很早就是同志了。"传根朝着儿子道:"比你还早。"张守东啥也不说,都明白了。

"此地不宜久留,你们快走吧。"秦天喜对陈雨田说。

陈雨田握着他的手说:"秦先生,今天要不是你,我和守东可能活不了了,谢谢你了。"这时远处出现灯光，接着传来枪声。秦天喜估计姜有谷得到消息，放着枪壮着胆又来了，催促道："你们快走吧，多保重。"说完拉着王璐瑶消失在黑夜中。陈雨田和张守东父子趁着夜色迅速撤退了。

姜有谷望着依然冒着烟的墓道口，明白很难救自己的儿子了，姜邯春因涉嫌与"共党"同谋刺杀县长，被杨金彪关进县大牢里。此时，他气急败坏地指着依然颤抖的警察骂道："你们真是一群废物！无用！哪来的女鬼，啊？你们手里的枪干什么用的！"他刚说到这儿，忽然一阵阴风袭来，有个警察指着墓道口喊道："女鬼来了……"众人抬头见一个女鬼的影子从墓道口飞来，都顾不得听姜有谷瞎指挥了，一哄而散。这时候，姜有谷竟然忘记鸣枪了，跟着也跑了，甚至都不敢回头看看女鬼长的啥样子。

自此以后，每当夜黑风高之时，白色女鬼就在大姑墩周围游荡。各种小道消息迅速蔓延开来。有的说女鬼出来报复，她生前被男人骗了，死后变成女鬼专门挖负心汉的心。有的说盗墓贼挖了一座女人坟，女人的灵魂变成鬼，专门砍盗墓贼的头颅。还有的说女鬼经常从大姑墩飞起来，抓着男人扔到青河里了……许多好奇的人纷纷到张一长的裁缝铺子里探听消息，张一长放下手中的活儿，神秘地说："街上不止一个人看到了。北城老五半夜起来去诸城赶集，看到女鬼抓住一个男人从他头顶上飞过，等他走到青河岸边时，浑身是血的男人躺在路边，他大胆过去一看，人已经死了。"

消息很快传到了王家，尤其是女鬼将男人扔到青河里，让张传兰忽然萌生了不祥的预感。这天上午，张传兰来到丁使秀的房间，小声道："他二婶，你听到街上的传说了吧？"丁使秀点头说听到了。张传兰将身子向前一倾道："你没觉着是香香娘……"她这么一提示，丁使秀也觉着是莫小倩心怀不满出来游荡，便道："大嫂，这种事你比较懂，你说我们该咋办呀？要不去她坟上烧烧纸？"张传兰刚要说怎么办，见王在川从内屋出来，她便以长嫂语气道："在川啊，香香娘走好几年了，你是不是从来没有去她坟上看看呀？"

"死了有什么好看的？"王在川不耐烦地回答了一句。

张传兰小心道："你没有听到街上传言，说女鬼……"见他没有激烈反应，接着道:"我猜想是香香娘心里憋屈,出来……"王在川没有让她说完,生气道:"她憋屈来找我呀,我一刀将她劈了,哼!"

丁使秀听了忙劝道:"我也感觉小倩……"王在川根本不想听了,腾地站起来大声道:"你们没事少叨叨这些子虚乌有的事儿。"说完就要离开。只见姜秀莲慌慌张张跑进来跪在王在川眼前道:"二哥,你快去看看吧,她爹又将你们给的那些钱赌了。"没等她说完,王在川就觉着脑子嗡的一声炸了,脸色阴沉得仿佛暴雨来临,快步去了练功房,拿起偃月刀就奔向王在田的住处。丁使秀见要出人命了,急忙找雪梅想办法阻止丈夫杀人。雪梅听了又气又急,与婆婆拼命往三爹住处跑去。路上,丁使秀在背后喊:"千万别让你爹杀他啊,杀人是要偿命的……"

路上,安雪梅想了很多救三爹的办法,但也真是恨到极点了,天下怎么会有如此不可教的人呢?跑到庭院里,忽然从屋里传出哈哈大笑的声音,她急忙停住脚步,小心地走到门前朝里观望,见爹正与三爹和几个不相识的人说话,桌子上堆放着大洋和银票、金锭。王在田看见站在门口的雪梅,忙招呼她进去,对客人介绍道:"这是我的三侄媳妇雪梅,是她救了我,哦,不,应该是我们一家人的命。"

"听说了,久仰,久仰大名。"客人们朝安雪梅作揖道,弄得雪梅有些不好意思了。这时候,丁使秀、张传兰、姜秀莲、王里门等人都跑了进来,王在川对三弟说:"他们都是为你来的。"王在田惭愧道:"大嫂、二嫂,今天又让你们担心了,我非常内疚。但今天,我将干一件赎罪的大事情,我要与几位老哥办一所学校。"他这么说,大家才明白过来,并暗暗松了一口气。姜秀莲转悲为喜。王在田埋怨她道:"你呀,听明白了再去找大嫂、二嫂呀,刚才差点让二哥一刀劈了我。"听他这么说,大家都哈哈大笑了起来。

王在田觉着上半辈子吃喝嫖赌犯下了不可饶恕的罪责,要不是全家人拉了一把,自己可能被冲到海里喂鱼了。所以,他下决心做一件对得起家人、赎回自己良心的事情,思来想去,觉着办一所小学校最好,教育小孩子从小做好人不做坏人。他的想法很快得到了南城"松风堂""种善堂"、北城"善谷堂"等堂主和商铺老板的响应。

王在川的眉头终于舒展了，认为这是善举，说："古时胡安定先生曾经说过，致天下之治者在人才，成天下之才者在教化，教化之所本者在学校。我举双手赞成，我捐款。"当场捐献五万元。雪梅想起地洞里的那些宝藏，觉着公公捐少了。大家一致推选王在田为校长，并给学校起了名字——两城南城小学。雪梅觉着这个校名不大气，便问："爹，三爹，各位尊长，为什么不叫两城镇小学呢？"王在田解释这不是官办学校，还是低调一些为妥。

"那也应该将'南'字去掉，叫'两城街小学'多好呀。"雪梅接着解释说，"当年秦氏家族就因为兴学重教才出了一门三进士五翰林，我们现在办学校就不能局限于自家或南城了，而应扩大到全街全镇。"她这番话可把在场的人说服了，全体股东一致同意雪梅的意见。"善谷堂"姜有财朝王在川竖起大拇指："在川兄，雪梅这个孩子有眼光有胸襟，你们老王家有这么个媳妇，家门之幸啊。"王在川当然感到脸上有光了，虽然没有表露出别样的神态，但抑制不住内心的高兴，连连点头。

两城街小学坐落在青河桥南头一片空地上。这里远离街区，学生读书安静；靠近大路，学生上学又方便。王在田负责建校招生，整天吃在学校住在学校。他拿出报名的学生名单看，大都是南城和周围村庄的学生，北城送来的学生最少，这让他大惑不解。

姜有谷不是没有儿孙辈到了上学年龄，也不是不知道南城刚刚建起了一所小学，但他对整个家族下令，谁也不准去两城街小学读书。只有姜有财不听，送了儿子姜邯牛去上学。

王在田记得张传根有一个女儿到上学年龄了，便去了张传根的家，可门紧闭着，他喊了几声也不见有人应答，倒是出来两个陌生人问他找谁。王在田看到他们神秘兮兮的模样，很像便衣警察，便大声说是王家三老爷，前来找张传根干活，陌生人这才放他离开张家。

在隐秘的地下交通站，陈雨田、春雷、张传根和张守东聚在昏暗的油灯下召开临时会议。张传根说："我是一名老党员了，说句心里话，虽然我们与上级失去了联系，但也不能无组织无纪律，不听同志的意见蛮干逞能。"春雷感觉他暗讽批评自己,忙变色道:"传根同志,你说话可要注意点。"张传根站起来质问道:"春雷同志,难道我提的意见不对吗?远的不说,就说这次刺杀杨县长吧,行动不但没有成功,还白白牺牲了三名同志,差点让雨田同志和守东同志牺牲了。唉,革命的种子宝贵呀。"说完眼里含着眼泪。春雷知道自己做错了,也不敢再争辩了,只好做了自我批评。

陈雨田示意张传根坐下,然后语重心长地说:"传根同志说得好,革命的种子宝贵啊。下一步在没法与上级取得联系的情况下,我们虽然党员少,但也不能停止与敌人做斗争。为了保证以后不再犯错误,我建议成立党小组。"他的建议得到大家的一致赞成。春雷觉着自己是老党员,又是从省委下来的干部,自信大家能推选自己为小组长,没有先表态。陈雨田也有此意,说春雷是老党员老革命了,正当他要推举春雷为小组长的时候,张传根抢先举手表态说:"我推荐雨田同志为党小组长。雨田同志党性原则强,革命信念坚定,做事稳重缜密,密切联系群众,顾全大局,团结同志……"张守东接着举手,春雷顿时感觉大势已去,瞟了陈雨田一眼,极不情愿地慢慢举起了右手。

两城党小组正式成立了,陈雨田当选为小组长。

陈雨田分析了当前的形势后,异常严肃地说:"同志们,虽然我们与上级党组织暂时失去了联系,但我们继续革命的愿望和行动不能失去,越是残酷的环境,越能锻炼每一位共产党人的信仰和意志!据可靠消息,安哲同志因叛徒出卖被敌人关进沈阳监狱,已经牺牲了,还有郑天九同志在南京也被蒋介石杀害了……"说到这里,大家心情都很沉重。张传根眼眶里溢出了泪珠。陈雨田猛然抬起头,握紧拳头道:"同志们,我们不要悲伤不要停歇,要革命要战斗,要踏着安杰、安哲、郑天九等同志开辟的道路继续前进!"

"对,我们要向安杰、安哲等烈士学习,坚决同反动派做斗争,哪怕战斗到最后一个人……"春雷、张守东、张传根等人纷纷举起拳头,决心革命到底。

第二十九章　不期而遇

根据会议安排，张传根在姜有财的雇工里找到了王永臣。此时，王永臣家一贫如洗，仅有的半亩地也被姜邯冰霸占了，老父亲气不过前去理论，被姜邯冰雇的打手打断一条腿，妻子也活活饿死了。王永臣紧紧拉着张传根的手，泪流满面道："终于找到组织了，我就有希望了。"

营救姜邯春遇到了麻烦，拖了很长时间，陈雨田多次询问春雷进展如何，春雷总是说："快了，正在积极开展工作。"其实，春雷根本没有去营救姜邯春，甚至希望他快死。

说白了，姜邯春是春雷的一块心病。春雷寻找组织那段日子，其中有半年时间没有向组织说清楚。那半年时间，春雷是在敌人的监牢里度过的。后来，虽然通过亲戚疏通关系被保释出来了，但这段经历在他的心头留下了难以驱散的阴云。他也不知道姜邯春是如何知道底细的，更可怕的是姜邯春多次以此相要挟。

这天，春雷刚要出西城门，忽然肩膀被人拍了一下："不会这么快就忘记我了吧？"他猛然回头，见姜邯春竟然站在自己面前似笑非笑地盯着自己。春雷立即冷静了下来，左右环视后拉着他走到城墙脚下，说："你怎么出来的？我正想办法营救你呢！"

"营救？哈哈，希望我快死吧？"姜邯春冷冷地说。

春雷突然变色道："姜邯春，你信也罢不信也罢，我今天明确告诉你，我当年失联半年时间，已经跟安哲书记、郑天九委员汇报了。还有，你以后想继续留在组织里,就必须老老实实听我的,我能让你进来,也能让你出去!"说完仰头大步走了。姜邯春满心想诈唬一番,没有想到春雷态度来了一百八十度的大转弯,云里雾里地反被他训诫了一顿。他刚要弄清楚怎么回事,见春雷已走远了,怕此处危险只好作罢。

杨金彪能够放过姜邯春,那还是因为姜有谷救儿心切,通过丁履密、姜有理、任书武等头面人物向杨金彪施压,并暗中送了两根金条。杨金彪暗叹:"强龙压不过地头蛇。不如先发点小财再说。"就释放了姜邯春,关键是他没有查到姜邯春通共的证据。

姜邯春每天度日如年,县里的职务被辞退了,春雷好长时间没有联系,难道他真的生气要断绝一切关系?姜邯春再三思考后认为,春雷不会抛弃自己,他还用得着自己。出了大门走不远就是镇公所,到那儿转转或许能发现新的消息。

忽然,界碑方向传来清亮的讲演声音,街上有人朝那儿走去。姜邯春觉着好奇,也顺着人流走了过去。秦天喜和刘耀在界碑建造了高台宣讲保护文物。

"哎,这位老哥,你是从哪里搬迁来的?"秦天喜弯腰问台下中年人。中年人说去年从诸城来做生意的。他又问几个人,有的说几年前从邻村搬来的,也有说老辈从江苏东海县迁来的,还说祖上在梁乡县时就来了。

秦天喜结束现场采访直起腰高声道:"好,也就是说我们这些人都不是地地道道的本地人,都是从各地迁移来的。从目前考古发现,四千多年前这儿就有人居住了,而且建立了颇具规模的城池,也就是传说中的大王城。那时候的人多厉害啊,发明了石斧、石镰等石器用作农活,开始种植小麦、水稻、谷子等农作物,还用剩余的粮食、野葡萄酿酒,发明了弓箭用于打猎……还烧制了陶鬶、陶鼎、陶罍等陶器,尤其那个传说的薄如蛋壳的高柄黑陶杯,代表了当时的最高工艺水平,充分反映了古人的高度文明和智慧……那么,我就要问了,大王城的人是从哪里来的?又到哪里去了呢?如此灿烂的文明为什么一下子消失得无影无踪了呢?所以,我们要考古要发掘,要找到那个高柄黑陶杯,揭开许多谜题。"

姜邯冰登上台双手摆动着,冲着人群喊道:"别听他胡说,他怎么知道几千年前的事情?纯粹瞎蒙,现在那个黑陶杯已经价值连城了,老少爷儿们别上当啊。"

说着又戳了几下眼罩,王璐圆高喊道:"姜邯冰,你的左眼咋了?被你弟媳妇戳瞎了吧?"她这么一嚷嚷,下面的人都哈哈笑了起来。姜邯冰羞愧难当,快步下台溜走了。姜邯春怕王璐圆看见自己纠缠不清,刚要转身离开,忽然看见安雪梅也在场,他急忙闪进人群,缓慢移步向她靠拢。

突然,一个学生模样的男孩子跳上高台,他张开双手高喊:"两城街的父老乡亲们,日本人抢占了东北,烧杀抢掠无恶不作,现在又将战火引向华北。同胞们,我们要携起手来,坚决抵制日货,抗日到底!"接着几个男女学生在人群中散发传单,顿时围观的人群开始躁动起来。

刘耀站在台子上振臂高呼:"同胞们,两城街的街坊邻居们,这些同学说得非常好,日本已经将战火引向华北,很快就要烧到我们家门口了,我们要团结起来,坚决……"他刚说到这里,秦天喜急忙将他拉到一边,劝道:"刘先生,你这是要干吗呀?我们是来宣传保护文物的。"刘耀立即道:"秦先生,要是日本强盗到了家门口,你还能安心考古吗?"秦天喜有些生气道:"现在日本人不是还没有来嘛!再说了,我们专业考古,不过问政治。"刘耀立即回敬道:"要是国家都亡了,考古还有什么意义?王懿荣先生舍业舍生的报国精神,你应该还记得。"说完气哼哼地走了。

秦天喜还想喊住他,一阵急促的脚步声传来,姜有谷带着警察跑过来。那个领头的学生喊了一声:"快跑。"学生们呼啦啦地跑了。

雪梅赶紧将手里的传单藏了起来。秦天喜过来说从济南、青岛等大城市来的大学生,他们宣传抗日,唤醒民众。雪梅问刘先生刚才怎么了,秦天喜看到身边有警察,忙示意她不要问了。王璐圆说日本人在东北,离我们山东还好远,能来吗?秦天喜叹道:"谁知道呢?走吧,警察开始清场了。"说完他们离开了现场。

雪梅回到家立即掏出传单看,上面写着"宣传抗日,抵制日货"的口号。她怕留着惹麻烦点上火烧了。想起秦天喜所说的黑陶杯,要是真如他说得那么重要,公公为什么不拿给考古队呢?忽然想再去地洞里看看,到了花园见洞口已经被石头封死了,她隐约感到自己的行踪已经被公公发觉了。

这天,雪梅到窑厂找董玉璀,看到台子上摆放着数个陶坯,其形状与黑陶杯相差无几,她拿起来仔细观看,但高度不够,用手试了试杯壁,也没有薄到蛋壳的程度。董玉璀过来解释说:"只能这样了,采取对接、打磨、雕刻等多种法子,放窑里高温烧制几次都没有成功。"雪梅忽然想起他给王香制作的小动物涂抹了油彩,就让他用黑色油彩试试。他涂上黑色油彩后,高柄杯果然锃亮,几可乱真。雪梅高兴地拿走了。

王璐瑶又约着雪梅去界碑为秦天喜捧场。王满哭着要跟着,他已经学会走路了,亲娘不愿找,喜欢跟雪梅在一起玩。

秦天喜在台子上喊着如何保护文物,手里还拿着陶盆普及有关黑陶的知识。雪梅只能将王满抱着,隔一会儿就四处张望着,希望再次看到那些宣传抗日的学生,也再想听听刘耀的呼声。或许她不会想到,刘耀不会来了,至少现在不会再来了。当他得知日本在北平挑起卢沟桥事变后,义愤填膺,顿足哭泣:"难道就要亡国了……我决不当亡国奴!"意识到中华民族到了最危险的时候,他立即放下了喜爱的考古事业,毅然奔赴延安抗日。

临走时,他将未完成的考古笔记及总结手稿交给了秦天喜:"人各有志,我非常尊重你的执着,这是我的考古日记和未完成的手稿,或许对你有用。"秦天喜接过手稿,握着他的手,激动地说:"全国抗战,少了一个我照样能打败日本侵略者,但两城遗址要是少了我一个,或许很多秘密无法揭开。我非常理解你此时此刻的心情,我无话可说,只有祝你一路顺风,我会保管好你的日记和手稿。"刘耀也无话可说,拍了拍他的臂膀,然后转身背起行囊匆匆踏上了新的征程。

秦天喜在台子上绘声绘色地讲着,王满小小的年纪哪能听进去呀!闹着哭着要回家。雪梅见不远处有个卖糖葫芦的,她抱着王满走了过去。正当她哄着王满挑选糖葫芦的时候,一只大手伸了过来抽出最大的递给了王满:"满满,这个又大又甜。"

雪梅转身见是姜邯春,吓了一跳。姜邯春要去抱王满,雪梅没有同意,倒退了一步,他只好逗着王满:"满满,好吃吗?"王满竟然朝他笑着点点头,这更让他高兴了,忙说,"满满,你想吃,我都全包下给你。"卖糖葫芦的老汉可高兴了,还认为他们是一家人,笑着说:"你们这个儿子有福相。"

雪梅看到姜邯春得意的样子怕引起误会转身就想离开。姜邯春挡住了她的去路，说："雪梅，干吗这么讨厌我？让我看看满满。"雪梅心里清楚对付这样的人最好的办法就是一句话不与他说，转身匆匆离开了。姜邯春还想去抱抱王满，雪梅脚步更快了，甚至不敢去秦天喜演讲的现场了。

姜邯春望着雪梅离去的背影，真想冲上去拦住他们，但他还是停住了脚步，只好对着她的背影大声喊道："你也想在西城门外为自己立贞节牌坊吗？你错了，别犯傻了，为了虚无缥缈的影子不值得，良宵一刻值千金啊。"

安雪梅回到家里足足三天没有出门半步，时常半夜醒来回想姜邯春那句话："你也想在西城门外为自己立贞节牌坊吗？你错了，别犯傻了……"自己等他真的不值得吗？泪水湿透了枕巾。

黄昏时分，她有意识地来到了西门外贞节牌坊处。夕阳照在高大的牌坊上，仿佛给牌坊镀上了一层金黄色，匾额上的"节孝完人"四个大字熠熠生辉，刺得她眼睛都有些生痛。她围着牌坊转了三个圈，然后立在柱子下，回望着很长很长的影子，想了很多很多，古时有望夫石、望夫崖，眼前就有贞节牌坊，要是他一辈子不回来，自己等他一辈子？此时，夕阳缓慢地落山了，光辉万丈照射而来，迷离中恍惚有个人影从大路上走来，近了才看清楚是一个男人扛着一根扁担，一头缠着麻绳，显然白天赶集天黑回家了。

"爹。"忽然一个小男孩从雪梅的身边跑了过去。男人弯下腰将小男孩抱在怀里，从布袋里掏出糖葫芦给他，小男孩挥舞小手朝前高喊："娘，俺爹回来了……"

雪梅回头望去，不远处一位女子正站在路边，看来她领着儿子等丈夫回家。看着一家三口回家的温暖背影，雪梅双眼蒙眬。当她转身再一次向西望去时，夕阳余晖也几近消散了，几抹残红渐已变淡，远山含烟，近树成岭，一条灰白的大路消失在暮霭之中。

第三十章 第九十九封信

千里之外，也是一个黄昏。

王里路吹起了《思乡曲》，笛声伴着晚风，幽怨、委婉、悠远、绵长，如泣如诉、呜呜咽咽，他长长的背影渐渐地淹没在暮霭之中。张新拿着一封信悄悄地走了过来，直到他一曲终了才说："是在思念她吗？"正沉浸在思乡忧伤情绪之中的里路，忽听背后有人说话，知道是张新，并没回头，也没说话。张新走近了说："王副官，你、你的笛声太幽怨、伤感，你看山冈上的黄花多么香呀。"

里路忧郁地说："如果我说黄花下埋着的是战死的军人，那夕阳是军人用鲜血染红的，你还说它美丽、鲜艳吗？"张新不说话了。因为她知道几年前，脚下曾是战场，有数万军人战死在这里，当时血流成河，尸堆如山。

里路感叹道："张新，多少冤魂不散，多少将士回不了家乡啊！"张新禁不住接着说："又有多少泪河至今未曾断流啊！"里路和张新并肩默默伫立于晚风中，看着晚霞慢慢淡去……

天色暗了下来，里路忽然问："张新，找我有事？"张新这才想起了手中的信，说："哦，你的信，这是第九十九封吧？"里路接过信，感激地看了她一眼，说："你很细心，我没数过，我……"脑海里立时浮现那一封封来信……

"我觉着她很可怜，也很坚贞，她并没有错。"张新的话打断了里路的思绪。里路感觉张新的心在激烈地跳动，主动拉着她的手说："不要说她了，我们回去吧。"回到宿舍，里路是用颤抖的手拆开这封信的。

里路：

　　还记得西城门外那座牌坊吧？香香问我啥门，我说是节孝牌坊。进了王家门，娘不止一次跟我说过刘氏为爱殉情的故事，第一次听了真的敬仰刘氏的忠贞和勇敢，可是后来每听一次，心里就难受一次……这天黄昏，我特意来到牌坊下，围着它转了三圈，想了很多，想到了感天动地的刘氏，理解了为情而死的兰兰，也想不顾一切去寻你。可现实总是不尽如人意，家里发生的事情一桩接着一桩来，让我无法远离年迈的爹娘，无法抛弃二娘托付的香香和有着王家一半骨血的满满。香香经常问两个哥哥长的啥样子，四哥为什么不给家里写信呢？里路，你有四弟的消息吗？爹虽然不说，但明显为你们而憔悴了。这么多年了，一直没有他的半点消息……里路，也不知道你能否感受到在夕阳下等待远方亲人的滋味是多么煎熬……

里路看着看着，眼里禁不住流出了眼泪，他觉着自己应该给她写一封回信了。可是怎么写呢？他写了一张又一张，都觉着没有表达出自己此时此刻的心情，写完又撕碎了。是啊，这么些年了，她都在盼望着自己的回信，或者说给她一个态度。那么，自己终要给的是怎样的态度呢？

雪梅：

　　拿起笔来……

刚写到这里，传令兵突然过来急切地说：“报告，王副官，旅长有紧急任务，请你马上去旅部。”

"好，我这就去。"军令如山。王里路不敢怠慢，放下笔直奔旅部。王里户见王里路来了，表情异常严肃地说："王副官，拟一份紧急命令：今晚十二时以前，全旅集合完毕，明日凌晨一点准时出发。"

"什么事这么急？"

"终于与日本鬼子开战了。"

第三十一章　争养

"鬼子飞机来了，快跑啊……"

安雪梅与王璐方正在南城街头熬粥救济从北方拥来的难民，忽听有人高喊日军飞机来了，接着就听到天空传来杀人蜂那般恐怖的嗡嗡声。雪梅放下勺子，招呼璐方不分粥了，快疏散难民撤离躲藏起来。璐方立即疏散难民，忽然发现灶台还冒着烟，抱起一块石头要扔进大锅里，有人阻拦道："砸碎锅，就没有粥喝了。"璐方急促道："锅底冒烟会引来鬼子飞机……"话还没有说完，日军飞机俯冲而来，雪梅扑向璐方两个人一起滚到水沟里，炸弹在璐方刚才的落脚处爆炸，粥锅连同稀粥被炸得飞向天空。日军飞机盘旋于两城街上空狂轰滥炸，躲避不及的人被炸死，房屋、店铺被炸塌，熊熊大火从南城燃烧起来。

王在川指挥南城街民抢救伤员、泼水灭火，许多难民也自发组织起来，参与到灭火的队伍当中。可是，大火借着风势很快蔓延开来，街民的草房、难民的窝棚眨眼间被烈火吞没。天后宫的偏殿、戏楼着火了，王家祠堂、东厢房着火了。王在川心急如焚，担心不及时灭掉大火将会连及整条两城街，便指使王里门向姜有谷求援。王里门刚跑到界碑，见姜有谷、姜邯冰等人拿着水桶、扫帚等灭火工具，却站在原地不动，有的抱着胳膊，踮着脚幸灾乐祸地嬉笑着，还说着风凉话。任凭王里门怎么哀求，他们都不为所动，姜有谷推辞说："我们不是不想去，万一北城起火咋办？"

王里门临走时扔下一句话："好，你们北城永远不用南城，你老姜家永远不求老王家!"姜有财不忍心,对姜有谷说:"镇长,三哥,都是一条街上的人,不能见死不救。再说了,要是再不去帮着南城灭火,恐怕会殃及北城。"

"你没看今天刮的是北风啊!"姜有谷接着以专横的口气告诉北城的人,"各自看好自家房,着火了可是没人帮着灭的。"说完就去了望街亭,他要观一出火烧南城的大戏,望着南城滚滚浓烟和冲天火舌,哼着京剧《火烧连营》,心里叨念着:"快烧快烧,快让王家变为灰烬。"

忽然,一阵风从南袭来,树叶朝北方招摇。姜有谷大惊,急忙跑到亭外观看,大火借着风势已经蔓延到的北城了,而南城上空已经看不到烟火了。姜邯冰急火火地跑来说家里着火了,姜有谷急令道:"快去求南城忠和堂来帮着灭火!"

"爹呀,您忘了,刚才南城失火,您不让去……"还没等儿子把话说完,姜有谷心里别提多后悔了,一边往家跑着一边叨念:"完了,完了,老姜家要烧完了……"刚跑到大门口,忽然见王在川领着南城的人正帮着灭火,不到一刻钟的时间,将大火全部扑灭。

姜有谷来到王在川面前一时不知说啥好了,王在川提着水桶,也没法讲究礼节了,朝他道:"姜兄,总归一条街上的。"说完与众人默默走了,姜有谷顿时面如土灰。

一场大火,让两城街民损失巨大,王家也损失过半。面对潮涌而来的难民,安雪梅担心公公不再熬粥救济难民了,哪知王在川一句话:"继续熬粥救济!"

雪梅每天到南城街口熬粥,路过界碑,见路边跪着娘儿俩,她们都穿重孝。母亲三十多岁的年纪,儿子五六岁的样子,始终低着头紧闭嘴唇。她们前面压着一张白纸,上面写着:卖儿葬夫。王香指着她们,问雪梅:"嫂子,她们怎么了?怎么穿着白衣服跪在这儿呀?还哭了呢。"

雪梅蹲在了女人的面前轻声询问。女人流着泪诉说他们一家五口人,从滕州逃难来的,遭日本飞机轰炸,窝棚被燃着,丈夫烧死了,现在连给丈夫买棺材的钱也没有,只好卖儿葬夫。

雪梅深感同情,因为身上没有带很多钱,就让安妈回家拿了三百块钱给了女人。女人流着泪让雪梅领走儿子周国乾。雪梅安慰道:"大姐,我给你钱不是要买你儿子,你们快忙大哥的后事吧。"还没等女人说话,她儿子给雪梅磕了三个响头,女人哭着道:"我们遇到活菩萨了。"安妈在一边说:"我家少奶奶就有菩萨心肠。"雪梅忙对安妈说:"安妈,可不能这么说,人一辈子谁没个灾呀难的呢?互相帮一把就挺过去了。"然后转身对女人说,"挺住就会好的。"女人领着儿子千恩万谢地走了,围观的人都对雪梅竖起了大拇指。

过了几天,雪梅突然看到周国乾主动过来帮忙,还端着粥送给老弱病残。她觉着这个孩子特别懂事,亲自找到三爷,让他到学校读书。

王在田将周国乾安排在一年级,还将张守花作为旁听生安排到了一年级。张守花比同学年龄大,个子也高,坐最后一排,每天听一节课,然后再去放牛。

王在田倾心办学,教学质量得到了很大提升,生源也逐年增多了起来。每天回到家总是想与外孙共享天伦之乐。王满很乖,与姥爷玩得非常融洽。可是,一旦王在田不在家了,王满就哭闹不止,这让王璐圆烦上加恼,再联想到姜邯春刚刚娶了新媳妇,气就不打一处来,没头没脸,照着王满猛揍,姜秀莲怕伤了外孙又抱回雪梅房里了。好在雪梅已经与王满有了感情,一天不见还真想。

这天,义云堂突然来了五个人,他们不是别人,正是姜有谷、李腊枝、姜有理和姜邯冰、姜邯春。王里门拦在门外叉着腿,指着姜有谷,愤怒道:"你们北城的人还有脸到南城啊,我们可永远忘不了那场大火。"姜邯春一把将他推开道:"没你的事,我们是来接孩子的。"

安妈跑到雪梅房间里,让雪梅快将王满给王璐圆,省得惹来麻烦。姜秀莲跑过来想把王满藏起来。王满大哭了起来,惊动了正与王在川交涉的姜邯春,他跑到雪梅房间就要夺走王满,被雪梅挡住了:"怎么,光天化日之下抢孩子呀?不怕犯法坐牢吗?"

"他是我的孩子,难道爹爹养儿子不对吗?"姜邯春耍起了无赖。

姜秀莲急忙争辩道:"你怎么知道满满是你的儿子呢?你有什么证据?"姜邯春哈哈大笑:"你们出去问问,整个两城街谁不知道王家养着姜家的孩子啊!哈哈。"

"你胡说!我们没有听说。"姜秀莲反驳道。

姜邯春立即道:"璐圆最清楚了,让她出来对质!"

姜秀莲不敢将女儿喊出来对质,又无法与姜邯春讲理,急得号啕大哭起来。王家人都暗暗疑惑:老姜家是如何知道的呢? 俗话说,没有不透风的墙。王家养着姜家的孩子在两城街传得神乎其神,尤其在张一长裁缝铺子几乎演绎成了戏段子。那天,在界碑,姜邯春无意中看到雪梅抱着王满,强烈的亲近感让他断定这就是自己的孩子,后来经过暗中调查,从王家的用人口中得知,王满就是自己与王璐圆的孩子。

雪梅看这样下去不但解决不了问题,反而让王满受到伤害,她走到姜有谷面前道:"姜叔,这样吵闹下去总不是办法,也解决不了问题,有可能伤了两家的和气。不如这样吧,你们先回去,我们全家人商量一下,然后明天给你们答复,怎么样啊?"一直没有说话的李腊枝发话了:"那不行,我们现在必须抱走王满。"

"当初给你们,你们为什么不要呀?"姜秀莲气愤道。

李腊枝也不示弱:"当初黑灯瞎火的,谁知道是孩子还是什么牲畜?"

"我看你才是畜生!"姜秀莲实在气极了。

王璐圆突然冲了出来:"满满是我生的。"

"哈哈,你终于承认王满是我们的孩子啦?"姜邯春故意朝着王璐圆似笑非笑道。王璐圆知道自己失言,忙撒泼道:"谁跟你呀?!"姜邯春接着话茬在众人面前转了一圈,然后说:"各位听到了吗? 是啊,璐圆说得没有错,当时我们就是不知道孩子是我的,还认为她跟哪个野汉子的呢! 哈哈,一向以诗书传家的王家也没有逃过流俗嘛。"他这么说不但羞辱了王璐圆,还把整个王家嘲笑了。王在川气得攥着拳头咯咯响,眼睛都冒火了。王在田从雪梅手里夺过王满自己紧紧抱着道:"你怎么说我都认了,王满这个外孙也认了,我养着。"姜有谷不紧不慢道:"在田老弟,你可是读圣贤书,教圣贤书,难道你罔顾人伦……啊……"

突然,一个人急匆匆地进来走到姜有理跟前附耳说了几句,姜有理哈哈大笑,将全屋的气氛都笑凝固了,众人都朝他投向惊异、疑惑的目光。他摘下礼帽捋了一下散乱的分头,笑着道:"日本人的坚船利炮开到石臼外海了,杨县长跑了,哈哈,机会也来了。"说着将礼帽用手指轻轻一弹,哼哼了两声,然后郑重地戴回头顶上,"你们为了一个小破孩在这里闹吧!我可走了!"说完挺胸仰首大步走了。这时,屋里才回味过来,又开始吵闹起来了。

"你们吵够了没有?!"谁也没有看到王在川什么时候出去的,现在却看到他手里紧握着偃月刀进来,姜有谷第一反应掏出了手枪,安雪梅见事态不妙,急忙站在中间,大声道:"这是要干吗?都是一条街上的左邻右舍,有什么事情不可以商量的?"王在川也没有看姜有谷,而是将偃月刀往地上狠狠一杵,道:"我是要杀日本强盗!来一个劈一个,来两个劈一双!"姜有谷将手枪往桌子上重重一拍道:"好,我也要杀日本鬼子,来一个崩一个,来两个崩一双!"两个人都心知肚明彼此的用意。

雪梅急忙趁机从中调停道:"大娘、爹、三爹。"然后转向姜有谷和姜邯冰道:"姜叔叔、姜大哥、邯春,现在日本人已经打到家门口,我们不能再为一些琐碎家事而闹得不可开交,伤了两家多年的交情。不如这样吧,我们双方都先回去静一静,然后明天……"没等她说完,王在川对王在田道:"老三,你将满满给人家,满满是姓姜的种,在义云堂,我们就要大义在先。"

王璐圆一听更疯了,上前要去夺王满。

姜有谷立即对姜邯春道:"在川兄说放人了,还不快抱着走?"姜邯春走到王在田面前刚要接孩子,雪梅抢先抱在怀中,然后对姜邯春说:"孩子抱走可以,但必须答应我一个条件。"

"不说一个,一百个一千个我也答应。"姜邯春盯着雪梅说。

雪梅紧紧盯着姜邯春说:"你必须保证满满不受到任何伤害,健健康康长大成人。"姜邯春哈哈大笑说:"笑话,我是他爹,还有他爷爷、奶奶,能让他受苦吗?"说完就抢过王满,还故意照着王璐圆一送显示自己胜利了,然后转身不辞而别。王璐圆扭头不理他,王满张开小手朝着雪梅喊娘,雪梅的心仿佛被人掏空了似的,向前紧跑了几步,叫了一声"满满",眼泪止不住地流了出来。

第三十二章　鬼子来了

　　姜邯春抱着王满回家,立即给改叫姜满。周惜桂不冷不热道:"抱回家一个小畜生呀,也不怕麻烦!谁照看呀?"

　　"你照看。"姜邯春脱口而出,将王满递给周惜桂,她有点蒙,没有去接。他狠狠踹了她一脚:"从现在开始,姜满就是你的儿子,他要是掉一根汗毛,有你受的。"说完硬塞进她怀里,王满哇的一声哭了,还尿了她一身。"啊哟哟……"她嫌脏,刚要扔掉,猛然看见丈夫凶神恶煞般的眼睛,只好忍住了,低下头,眼神却凶得如同匕首。姜邯春看到妻子冷漠的表情和凶狠的眼神,联想起在界碑遇到安雪梅给王满买糖葫芦的情景,是多么温柔啊,就是这个画面让他至死也无法忘怀。

　　连日来,炮声不断,大家都躲在家里不敢出门。王在川每天提着偃月刀站在青河桥头,有人好奇地问,他说劈了来犯的日本土匪。姜有谷不以为然,他天天躲在镇公所不出大门半步,还指着青河桥方向嘲讽道:"他有本事去石臼、安家台,去台儿庄同日本人拼杀啊,站在桥头算什么本事?装装样子让街坊邻居看看罢了。"此时,姜有谷正为下一步出路犯难。县政府下了秘密文件,所有政府机构一律撤到内地八十一师驻地,否则就地解散。要是撤了,偌大的家该怎么办?就地解散,岂不是在两城街没有了地位?北城南城岂不都成了王家的天下?姜有谷越想越不甘心,越想越心烦。

　　姜有谷坐在升茂堂,仰头望着中堂上方匾额上"升茂堂"三个黑色大字出神。李腊枝、姜邯冰、姜邯春进来看他面露难色。李腊枝问道:"你舍不得镇长这个官呀?"

"政府下文件了,要求所有政府人员撤到八十一师驻地,否则就地解散,唉。"姜有谷朝门外望了望,没有发现外人,便小声道,"现在正逢乱世,咱们这么大个家业,要是在两城街没有地位,到时候会吃亏的,说没就没了。"

"到时候日本人来了,您投靠日本人就是了,害怕没有官做吗?说不定还能干个县长。"姜邯冰道。姜有谷瞅着他道:"咱想去人家未必能要。再说了,我总归是吃政府饭的人,忠臣不事二主,不能让王在川瞧不起我。"

"难说姓王的不去投靠日本人。"

"我虽然与他有隙,但我还是了解他的。"

"环境是会改变人的。"

"唉……"姜有谷没有了主张,站起来在地上来回踱步。李腊枝指着他的头皮道:"说嘛,你还是男人,遇到大事就慌了手脚、没了主张,我倒是有个'三'全其美的办法。"

"哎呀,你快说快说。常言说,老婆有福托着满屋,我就知道你会有好办法。"

"哼,你们爷仨,一个老政府,一个现政府,一个'共党'……"没等李腊枝说完,姜邯春惊讶得几乎站了起来。姜有谷吃惊地问:"你怎么知道老二是'共党'呀?警察局知道了可是要抄家灭门的。"李腊枝瞥了他一眼,然后对着姜邯春道:"别以为你爷儿们在外面干什么我不知道,我心里明镜着呢。将来无论哪一派胜利了,两城街永远是姜家的。"李腊枝说到这里,姜有谷爷仨顿时豁然开朗,姜有谷拍着大腿道:"好,就这么办。当年爹给我找了你这么个丑媳妇,我看比王在川的老婆差多了,一心想休你,现在看,咱这个家还多亏有你呀,哈哈。"李腊枝白了他一眼。姜有谷没有顾及妻子的感受,接着对两个儿子说:"我告诉你们,杨县长跑了以后,你们四爹干了县长。邯冰,我走后,你顶替我就是两城镇的镇长了。邯春,你在那边也要弄个一官半职,将来说不定你就是两城镇的镇长。总之,两城镇的镇长咱爷仨轮流转,哈哈,天下无论刮什么风下什么雨,两城江山始终是老姜家的,谁也夺不去。"

姜邯冰听说自己要顶替父亲当镇长,自然兴奋不已。而姜邯春显得略为平静,他心里却是上下翻腾,因为始终没有与春雷联系上,还无法判断自己的前程。

几乎同一时间,老王家在义云堂也召开了一次家族会议。王在川坐在椅子上始终一言不发。王里门道:"听说姜有理当伪县长了。"王在田接话道:"还听说那个被逼走的姜邯举,现在成伪军司令啦。"

"竟然有这种事?"张传兰、丁使秀、姜秀莲和安雪梅都惊奇地问。

"荒唐!"王在川腾地站起来,背着手气哼哼地来回踱步。

确实,也只有荒唐世道出荒唐事情。汪精卫潜逃越南发表"艳电"后,与日本人签订《日华新关系调整纲要》,在南京成立汪伪国民政府。在日军大炮坦克开道和强硬扶植下,浙江、江苏、山东、河北等大片国土被国民党政府丢弃,成为沦陷区,政府机构全部瘫痪,伪政府纷纷安排投靠的各色人员接收。一些投机分子、汉奸纷纷登上历史舞台,名义上救国拯民于水火苦难,实则趁机升官发财、祸国殃民。姜邯举因不满王里户的职务超过自己,在汪伪政府特工的策反下通电叛变,被汪伪政府任命为"淮海省"保安少将司令。姜有理得知消息后,专程跑到徐州求他这个侄子帮忙,谋求伪政府县长职务,姜邯举通过南京关系还真给姜有理办成了。

面对老姜家上蹿下跳找门路傍新主,王在川不是不担心家族也有人趁此同流合污,指着门外对家人大声道:"我们老王家决不能跟老姜家一样!"然后转身指着王里门,再三叮嘱道,"尤其是你,我最不放心的就是你,要是听说你跟老姜家穿一条裤子,我决不轻饶你!"王里门虽然不服,但也不敢顶撞二爹。张传兰忙替儿子说好话。丁使秀对王在田说:"老三,我最担心学校那些孩子,跟股东们商量一下,趁早解散了吧。"

"娘,暂时还没事的。"雪梅安慰婆婆,然后对王在田说,"三爹,我最担心形势变了,教学课程也会随之改变,有时候不一定能按照咱们的意愿。"王在田点头,然后说:"雪梅,我能明辨是非对错,也会拿捏分寸的,大不了跟你婆婆所说的解散就是了。"王在川点头道:"在田、里门,我告诉你们,将来无论天下有何风

一街两城

雨，我们老王家不做亏心事！不做汉奸！"

为了排遣心中的烦闷，王在川走进了东林寺，寺院里冷清清的，几乎没有人来上香。他径直走进禅房，慧安正独自喝茶。他将偃月刀立在门后，在慧安对面坐了下来，慧安给他沏上茶，他呷了一口将茶杯放下，两个人沉默了好长时间。王在川叹道："真憋气，大师您说说，现在是什么世道？偌大的两城镇找不到一个日本兵，却有人喊着去县城欢迎皇军入城。我、我要是有当年那股劲头，真想一刀将姜郸冰这个混账东西劈了。"他喝了一口茶重重放下，又道，"唉，姜有谷也算聪明一世，怎么能糊涂一时，让自己的儿子当汉奸呢？"

慧安双手合十道："阿弥陀佛，世间万物，有因必有果，施主不必烦恼。"

"唉，大师，我现在几乎无路可走了，县城里好多亲朋好友走的走、跑的跑，两城街上左邻右舍要么躲在家里不敢出门，要么敢出门的就像姜家……唉，替日本人干活会有好结果？反正我不信，早晚要倒霉的。"慧安道："施主堂号为'义云堂'，心中有义，何惧事哉？"王在川听了心里好受多了，忙施礼道："谢谢大师点拨，我立于天地，当无愧于心。"

"善哉善哉……"慧安双手合十道。

王在川告别慧安来到了窑厂，他走进董玉璀的工棚里，见他正在制作陶坯，看到台子上还摆放着高柄黑陶杯，立即对董玉璀不满道："你还捣鼓这东西干吗？我曾经告诉你不要弄了，会惹麻烦的，你为什么不听！"说着全部砸碎了。工人们听到东家发火了，纷纷围拢了过来，看到一地的碎片，有的还没有明白怎么回事，有的拿起碎片连声说可惜可惜。王在川大声宣布："从今儿开始，窑厂关闭！你们就地解散，各自回家吧。"众人都愣住了，刚要上前问清楚原因，见他大步流星地走了。

当晚，王在田过来质问二哥为何解散窑厂，还说现在两城街好多人骂王家不仗义。王在川叹气道："窑厂是要烧制砖瓦的。你想过没有？日本人修建炮楼是需要大量砖瓦。"说到这儿，王在田听明白了，理解并支持了二哥的做法，然后神秘兮兮地问："二哥，听说董玉璀师傅真的烧制出高柄黑陶杯了？"

"你听谁说的？"

"街上很多人这么说的,还说被你全部砸碎了,这又是为何呀?"

"别听他们胡扯,没有的事。唉,真能造谣。"

王在田走后,王在川就躺下了,可是怎么也睡不着,迷迷糊糊中听到阵阵敲锣声,里门家的大狼狗狂吠不止,他睁开眼,见窗户放亮了。

雪梅拉开窗帘,外面景色刚能看清,她推门出去。院子里倒是很静,她来到大门口,忽然发现公公站在中间,手里紧紧攥着偃月刀,晨风吹散了他的头发,他全然不知,双眼凝视着两城街。

王在田从外面快步走过来,道:"二哥,我去看了,姜家和北城大户人家去得多,张万贯也去了,南城只有古家的人,'种善堂''松风堂'没有去,其他堂号也很少有人参加。"王在川点头,似乎放心了,轻微喘着气。王里门穿着衣服匆匆往外走,雪梅喊他都没有听见。王在川大喝了一声:"里门,你干什么去?"王里门这才停住脚步,急忙解释说出去看看。王在川铁青着脸道:"有什么好看的?回去!"

姜邯冰沙哑的声音在大街上空回荡着:"两城街老少爷儿们,准备走了,每人一块大洋,回来到镇公所领赏……'忠和堂'里门兄来了没有,里门兄在哪儿……"傅美意瞅着王里门道:"哼,你不去,人家也当你去了。"王里门指着大街高喊:"姜邯冰你这个狗汉奸,现在求着我了,哼,早晚我要了你的命!"众人都当他吹牛,各自散去。

突然,任书武造访。王在川忙迎上去。任书武急切地说:"在川兄,今早特来向您道别。"在川忙问怎么回事。任书武说:"唉!一言难尽,长话短说吧!姜有理伪县长命我们警察局在日本鬼子入城当天维持秩序,我堂堂的中国人决不干,听内线人说姜有理要缴我们的械,逼上梁山了,我要落草成寇了,没想到我……唉!"在川不无担心地说:"当强盗、土匪可不是咱兄弟干的事,人生在世可要图个清名呀。"

任书武明白王在川的意思,忙说:"在川兄,你放心,实话对你说了吧!我拉起一支抗日队伍,现在不是'抗日救国,匹夫有责'吗?"说完朝在川双拳一抱转身就走,在川忽然想起一件事,忙喊住他:"书武,你等一会儿。"然后回屋拿了五

一街两城

十块大洋给了他,四只大手紧紧地握在了一起,久久不愿松开。

日军在石臼所建立了军港,在安家台建立了联勤基地,由驻青岛国崎支队派遣日军守卫。

姜有理事先得到伪政府上级通知,日军将派人到日照县负责政务,所以他不敢怠慢,在县城组织不到很多人,只好回老家让姜邯冰组织人前来充数。即便如此,来的人或揣着手或缩着脑袋稀稀拉拉地站在门外。已经半天时间了,也没见日军露头,众人站得腿生疼,刚想坐下稍加休息又被姜有理喊了起来:"起来,起来,皇军快来了,站好了。"风刮着,尘土飞扬,将日本国旗吹得七零八落,许多等不及的人趁机溜走了。姜有理和几个伪政府官员的眼睛都睁痛了,也没见日本兵从石臼所方向来。

"来了,来了……"忽然有人喊,只见大路上来了一匹马,姜有理也保不准是不是,直到走近了才看清马上是个男的,但没有穿军装,他目不斜视,高高仰着头。姜有理认为是翻译官,忙哈腰想问个清楚,那人眼睛都没有斜视一下,径直走进县城。姜有理还想等等,办公室秘书跑来说,皇军已经进县政府大院了,他才醒悟过来日照的皇军应该就是刚才进去的那个人,但他不明白怎么就一个人呢?看来白花费大量人力物力搞欢迎仪式了。

第三十三章　投靠日军

　　日本人叫渡桥次郎，是日本参谋总长、《何梅协议》制定者梅津美治郎的外甥。渡桥次郎出身武士家族，祖上多人侵华，其中一个在两城河口被明军杀死。到了一九一四年，他父亲随日军进驻青岛，任日本驻青岛司令部参谋，主要搜集山东省地区的情报。他拿着祖上留给他的两城镇地图跟随大珠山上的土匪来到了两城镇，没有想到也是在这个地方被杀死了，杀死他的不是别人，正是王在川。

　　渡桥次郎有一个哥哥，叫渡桥一郎，哥俩一心为父亲报仇，正合梅津美治郎的心意。梅津美治郎伸出两个拳头给他们看，哥俩都不明白什么意思。梅津美治郎哈哈大笑，说："这是两个拳头，一个用武力征服中国，一个用文化统治中国人。"

　　果然，渡桥一郎少将率领独立混成旅团铁骑沿平汉线一路向保定、石家庄、南阳进攻。而渡桥次郎则进了由土肥原贤二控制的"竹机关"，任文教课长，专门从事文化、教育、宣传等方面的事务。临上任时，舅舅还特别交代他，一方面要向中国人宣讲大和民族文化；另一方面要善用借用巧用中国文化去统领、感化中国人的思想，达到以华制华之目的。多了解中国的古文化搜集文物。

　　带着复仇欲望和舅舅的嘱托，渡桥次郎踏上了中国的国土。在去北京之前，他先到了伪满洲国拜会了大名鼎鼎的有"夜皇帝"之称的甘粕正彦，向他请教征服中国人的灵丹妙药。甘粕正彦只向他说了一句话："文化艺术无国界，你把它当作武器方能征服中国人。"

一街两城

渡桥次郎如获至宝,到北平之后一方面在各种场合拉拢腐蚀一些旧文人和政治投机分子,组建有利于日本的各种团体组织。另一方面搜集、掠夺了大量的中国的文物运回日本国。一次,他在旧《晨报》上看到一篇报道,说在山东省两城镇发掘了新石器遗址,出土了大量的石器、玉器和陶器等文物,这让他想起了多年前两城镇发现镂空高柄黑陶杯的报道。尤其是最后一段话引起了他的极大兴趣:是什么人创造了两城遗址如此灿烂、辉煌的高度文明?他们从哪里来?又到哪里去了呢?作者署名:秦天喜。他记住了这个名字。

不久,他从北平到了青岛,向国崎登司令说明来意后,国崎登表示全力支持。为方便工作,委任他为驻石臼所日军大队中佐副大队长,全权负责鲁东南沿海地区的行政、经济、文教等事务。怕路上不安全,特意派汽艇将他送到石臼所。他下了汽艇并没有急着上任,而是扮作普通老百姓,戴着一顶苇笠,拿着当年祖上留下的地图,顺着沿海线向北找到了安家台,还在烽燧台遗址驻足沉思良久。然后顺着两城河口来到两城镇、驻跸岭、三珠山,从日照县城然后返回住地。一路走来,他最大的收获是寻到了当年父亲在此失踪的秘密,许多人向他讲起了王在川杀匪试刀的故事,其中有人站在两城河码头告诉他,这儿就是当年忠和堂二老爷王在川手持偃月刀杀死了几十名土匪的地方,其中还有一个日本强盗。两城和王在川一个地名一个人名就永远铭刻在他的记忆里了。

姜有理为了挽回自己的过失,在春和酒楼设宴给渡桥次郎接风洗尘。伪政府官员、伪保安大队长、各个乡镇的伪镇长作陪。渡桥次郎带来的助手藤子也参加了宴会。为了讨好渡桥次郎,当用人端上酱二白和西施赶海时,姜有理特意介绍:"太君,这一道菜一道汤是当地最有名的海鲜,您尝尝。"渡桥次郎夹了一块乌贼片,喝了一口汤,果然鲜香无比,连连点头。他有意拉近感情道:"日本与日照隔海相望,是一片海一个口味,但你们做的大大的好吃,叫什么名字?"姜邯冰一心想展示自己,急忙故作玄虚道:"这道菜叫酱二白,这道汤叫西施赶海。"

渡桥次郎果然朝着他笑道:"好好,你说得好,你是……"还没等姜邯冰回话,姜有理忙介绍说:"我的侄儿,两城镇镇长,对皇军大大的忠心。"

"两城镇,两城……"一下子勾起了渡桥次郎的心事,他问,"你是两城人了,那王在川你该认识吧?"还没等姜有理听明白,保安大队长赵麻六为了表现自己,主动介绍道:"哎呀,太君也认识王偃月呀!"

"王偃月?"渡桥次郎有些不解。赵麻六急忙介绍道:"王偃月就是王在川的别号,他因用偃月刀杀土匪而得名。这个王偃月呀,不得了,在两城街那是响当当……"姜邯冰听见称赞王在川了非常不高兴,急忙打断他的话说:"你懂个屁呀!王在川杀了几个土匪算什么?俺爹八宝乌金枪天下无敌!"接着朝向渡桥次郎吹嘘道,"太君,在两城街要说响当当,那还算俺爹……"此时,他只顾为父亲表功了,没有看到渡桥次郎满脸怒气,眼睛都射出凶光了。渡桥次郎给藤子使眼色,藤子刚要起身去发报让飞机来轰炸两城,忽听赵麻六又道:"太君,听说王在川家开的窑厂已经烧制出高柄黑陶杯了呀。"渡桥次郎一听,忙让藤子坐下,按捺不住内心的兴奋,问:"你所说的是高柄、镂空,而且像蛋壳一样薄的黑陶杯,神器?"

"正是。"赵麻六不顾姜有理不停地使眼色阻止,他卖力表现自己道,"太君,听说王在川还将烧出的黑陶杯全部砸碎了。"

"这是为何?"

"居奇抬高价格吧。"

"哈哈,改日我去会会这个王在川。"渡桥次郎这么说,姜有理来不及了,忙献媚道:"太君,小小的乡绅算什么?他王在川良心大大的不好,忠和堂、义云堂和德书堂没有一个人来欢迎太君入城,还背后骂太君是小鬼子,哪像我们升茂堂姜家呀!姜邯举在徐州当司令,我这个侄子在两城当镇长,我是日照县县长。太君,我们一家有三个人为皇军大大的效力啊。"

渡桥次郎颇为高兴,高声道:"好呀,你们姜家大大的忠心,一门三忠贤。"

姜邯冰听了,忙道:"托太君吉言,求太君留下墨宝,我们姜家高悬庙堂,流传子孙万代呀。"姜有理附和道:"对对,听说太君对中国文化很有研究,太君的字龙飞凤舞。"接着转身对侄子说,"邯冰,过后,你将咱家的牌坊上换成太君的字,让全街坊都看到都知道,一定超过秦家一门三进士。"接着又转身对渡桥次郎说,"太君,我们不是有意彰显姜家,是替皇军着想,让全两城街乃至两城镇、日照县、

一街两城

山东省老百姓都看看,感受大日本国天皇的恩泽,皇军是多么爱民亲民护民呀。"

渡桥次郎听了大喜,正符合舅舅教他"以华制华"的秘密武器,他在众人的簇拥下来到隔壁房间,笔墨纸砚早准备好了,他拿起笔一气呵成地写下了"一门三忠贤"歪歪扭扭五个大字。姜有理说太君的字大气磅礴,连说三个"好",大家一齐鼓掌。

姜邯冰如获至宝,拿着字回到家,将姜家牌坊"光耀门庭"换成"一门三忠贤"。建成那天正逢大集,姜有理带着伪军、伪警察维持秩序,他亲临界碑登上高台并讲话,一再表示自己是在国家危难之时,出来为全县父老乡亲尽绵薄之力,不是为了当官发财。姜邯冰高呼:"哈哈,老姜家啥时候都站稳两城街!"张守手戴着黄帽子、穿着白色褂子、黑色大裆裤子、扎着小腿、挎着盒子枪,像条哈巴狗似的跟着高呼。围观的人背后小声议论道:"他们无非是做给街民看,就是给日本人表忠心呀。"

"你们看到了吗?在姜家当长工的张传梢,他大儿子也当茌鬼子了,你看他耀武扬威的样子,多寒碜啊,看来当汉奸的人不分富人穷人。"

"嗯,照这样说,南城也被姜家占街了,王在川老了,王家后辈无能人了……"

忽然有人插话道:"一切皆难说。别看姜有理、姜邯举、姜邯冰这么嚣张,姜家到他们这辈算是到头了,辱了祖宗毁了自己害了子孙,不信你们等着瞧。"许多人点头称是。

次日一早,有人看到姜家牌坊上的字被换成了"一窝三汉奸",两城大街上还张贴着标语口号:古时一门三进士,现今一窝三汉奸。坚决抵制日货,打击日本侵略者,消灭汉奸走狗!顿时人们奔走相告,一传十,十传百,很快整个两城街都知道了。

第三十四章　唱着校歌奔向战场

张传根听到侄子跟着姜邯冰当了汉奸，立即找到二弟劝道："传梢，听说守手当了茫鬼子，你快劝他别干了，当汉奸没有好处。"张传梢说管不了了，他已经多日不回家了。张传根生气道："都是你娇惯的，当初要是不偷拿东家的东西给他吃，他也不会好吃懒做、腐化虚荣，穷人的孩子就应该安守本分。"张传梢不愿听了，立即争辩道："大哥，你这话我不爱听了，穷人的孩子怎么啦？穷人就应该穷一辈子、几辈子都受穷啦？再说，我不是偷，拿的都是他们剩下喂猪喂狗的东西。"

"唉，我的意思是说，咱要脚踏实地地挣钱养家，更不能当汉奸害人。"

"我没听说守手害哪个人啊！他跟着姜镇长只是想多挣点钱。"

"姜邯冰不是好人，跟着他能干好事吗？我劝你也别在姜家干了，跟着坏人学不了好事。"

"王家就好了吗？我在姜家可从来没有听见有人说王家好。"

"你——"张传根被二弟一句话顶得几乎噎住，他忽然想起了一件事，忙问，"王家再不好，我问你，你还人家钱了吗？"张传梢低下头，不敢回嘴了。张传根接着教训道："我就知道你还没有还人家钱，当初要不是我领着你求东家，人家认识你是谁呀！"

"大哥，我现在真的很困难，一大家子人要吃饭要活命，守手拿不回来一文钱，唉！"不等张传梢说完，张传根猛地站起来道："你要是再不还人家钱，就当没

一街两城

有我这个大哥了!"说完气哼哼地走了。他想先替二弟还上,可是回到家翻遍全部家当也没有找到十个铜板,他来到王家想找太太解释,见一家人正在中堂开会,他便退了回来。

王里门嚷着也要建一座牌坊,发誓要跟老姜家作对到底。整个王家没有一个人同意,都说不去献媚日本人,但也别惹麻烦,这年头多一事不如少一事。王在田说:"不建也罢!老姜家的牌坊还不让人换了字贴了标语嘛!我看要遗臭万年了。"雪梅说:"别看这些小小的标语,比刀枪还厉害,说明两城街上有人开始起来反抗了。"大家都朝王里门望去,他急忙摆手说:"不是我干的,我也想不出这个好点子。"

确实,王里门不会想出这么一个既宣传了抗日又打击了汉奸嚣张气焰的好办法。但这件事还真是王家人干的,就是不起眼的王璐方。她所在的县立中学在日本人进入日照以后就停课了,但他们反抗日本人的斗争没有停下,还编了《日照县立中学临时校歌》:

我们在斗争中生,我们在斗争中长,我们是民众的子弟,团结在抗日民主的旗帜下,受着科学的教育,准备做中国的栋梁。民主作风,严守革命纪律;自由思想,发挥创造力量。我们人人学习,人人革命。街头田地都是我们的课堂!在斗争最艰苦的年头,我们的歌声永远响亮!同学们,革命一定胜利!中华民族一定解放!

王璐方就是唱着这首校歌在陈雨田等共产党的领导下,在县城、乡镇张贴标语宣传抗日救国。他们还到国民党第五十七军一一二师有着进步思想的六六七团宣传抗日救国,立即引起了中共地下党组织的注意。党组织派出了赵志刚等人一起宣传抗日,成立了中共日照临时县委。王璐方就是这个时候走上了革命道路。

此时,日照地区斗争十分复杂。南边国民党第五十七军一一二师、一一一师占领了碑廓、坪上地区,西有伪山东国民自卫军副总司令、第一集团军司令张步云势力已经伸到了五莲山、大青山一带。山东自治联军司令张宗元则率领一千多名伪军沿海青路从北南下逼近海青、两城、潮河、河山地区。境内大大小小的绿林、自卫军、救国军以及形形色色的万仙会、小刀会、聚义堂等民间势力数不胜数,有许多组织、武装打着抗日的旗号,实则排挤、围剿、镇压共产党领导的抗日武装,目的是抢占地盘、扩大自己的势力范围。

在此形势下,为加强统一战线工作,联合各派力量共同对敌,尽快打开日照地区的抗日局面,中共领导的八路军一一五师从鲁南进驻莒南、碑廓一带,成立了鲁东南特委和滨海军区。正式恢复日照县委,民主选举刘鸿仁为县长。县委、政府机关隐蔽在西部山区的范家楼村,这里群众基础好,四周虽然山高林密,但交通四通八达,便于领导全县进行革命斗争。同时,成立两城区委,任命陈雨田为书记,这让春雷非常不满。这时,他想起了姜邯春。

姜邯春迟迟不肯上任,他有种预感,自己一走很有可能与儿子永别。

"满满,让爹爹再抱抱……"姜邯春抱着满满舍不得放手,满满紧闭双眼,虽然不再哭了,但也没有精神。周惜桂今天显得特别高兴,也特别温柔:"你放心地走吧,满满交给我你还不放心吗?我会拿他当亲儿子。"姜邯春欲言又止,将满满递给她,又觉着不交代几句不放心:"惜桂,甭管以前我对你怎么样,我、我向你道歉,满满……"不等他说完,周惜桂抱着满满连连亲吻:"你看看,我们娘儿俩多亲呀!你放心去吧!"看到她对儿子亲密,他才放心离开儿子提着行李包出了门。走了几步又折返回来,来到母亲房间,说自己要出远门,请求母亲帮着照看满满。

李腊枝不高兴了,阴着脸道:"我养你小,还养你儿子小?"姜邯春忙说不放心周惜桂。李腊枝更加生气了:"不提她我还不生气呢,看看你娶回家的母老虎,我看满满早晚也让她吃了。"姜邯春立时说不出别的了,眼泪汪汪。李腊枝缓和了口气道:"你放心给她就是,亲娘也罢,后娘也罢,总归是满满娘,要是满满有个三长两短,我轻饶不了她。"姜邯春只好转身离去。此时,他想起了安雪梅,真想去王家告诉她一声,至少让她知道自己走了,或许她能关心一下满满,在他看来也只有安雪梅对满满是真心爱护。马车已经停在大门口了,要是再不走就超过报到期限了,他只好上了马车。

果然,姜邯春走了,周惜桂大变脸。她怕外人发觉,总在隐蔽部位下狠手。满满痛得哭啼不止,外人听到满满哭过来问询,她却说满满想爹爹了。

"爹爹呀,娘给我做的是芦花袄,与两个弟弟棉花袄一样厚却不一样御寒……"戏台上,两个男演员正在唱肘鼓子戏《芦花袄》。台上演员演得投入,台下的观众泪雨纷纷。雪梅不住地抹泪,她联想到了满满,满满在后娘手里能好吗?她说不出来,也无法去看他,暗暗祷告满满平安无事。

"您看满满现在多听话呀,也不淘气了,就喜欢玩,玩够就睡觉。"周惜桂给满满穿上漂亮衣服,抱着他去各房走走、转转,笑着说,"不亲满满还能亲谁呀?等我老了还指望他养老呢!"其实,外人都不知道,满满是被她用凉水浇头折磨昏死过去后,才抱着出来故意让外人看。不过,有一个人是知道的,就是满满的奶妈。一天,她要给满满喂奶,满满总是吸不进奶水,脸蛋烧得像着了火,昏昏沉沉的,只有"哼哼"微弱声音了。奶妈也不敢给他喂奶了,也不要工钱了,立即向李腊枝提出辞职不干了。李腊枝还认为周惜桂确实变好了,连奶妈都用不着了。当姜邯春捎信问满满情况时,李腊枝说周惜桂对满满比亲娘还亲,姜邯春这才完全放心了。

第三十五章　初次交锋

姜邯春配合春雷做朱信斋的统战工作。朱信斋是盘踞在日莒公路上的土匪,手下数千人,武器装备精良,因其地盘战略地位重要,各方势力都想收拢或招抚他。渡桥次郎来日照之后,就将藤子送给他做了小老婆,还帮助他修建了固若金汤的防御设施,朱信斋渐渐露出了本来面目。

渡桥次郎坐在办公室里,拿着放大镜仔细观察收缴上来的文物。他想起了镂空高柄黑陶杯,想起了秦天喜和王在川,他要会会这两个人,便命令姜有理将这两个人叫来。没有想到这两个人没有一个人来。姜有理说他们不识好歹,是否派军队将他们押来。渡桥次郎摆摆手,道:"不可,他们是两城名人,王在川又是当地颇有影响力的乡绅,不可莽撞,还是我亲自登门拜访吧。"姜有理虽然极不情愿,但也无法阻挡渡桥次郎的行动。

吃过早饭,王在川心里乱糟糟的,刚要出门散心,秦天喜来访。

秦天喜在雪梅的撮合下已经与王璐瑶成亲。成亲那天,没有花轿,也没有鼓乐,只有一辆自行车。王璐瑶也没有穿红色的新娘装,依然一身白色衣裙。开始张传兰不同意,雪梅劝说外国人结婚,新娘都穿白色婚纱,王芳就是穿着白色婚纱举行婚礼的。秦天喜就这样驮着新娘回家了。因为他工作的地方在两城,王璐瑶就一直住在娘家。

王在川回到客厅,秦天喜问接没接到渡桥次郎的邀请,王在川说接到了但没去。秦天喜伸出拳头朝前一挥,坚定道:"对,不去就对了。我也接到邀请了,也

一街两城

没有去。"两个人坐下,丫鬟端上茶水,还没有说几句话,门口来了一个陌生人。秦天喜和王在川对视一眼,都强烈感到来者不善。

这个人正是渡桥次郎。他没有带一兵一卒,身穿西装,头戴礼帽,进入客厅,首先映入眼帘的是"义云堂"三个正楷大字,顿时使他有肃然之感。下面是一幅青绿山水中堂,山高直插云端,水长气势磅礴,溪水两旁茂林修竹,一棵苍松破岩傲立于云海之上。两旁一副对联:清风挺苍松,丹心向碧天。王在川端坐在椅子上,身子没动,但眼睛随着他的一举一动而移动。

秦天喜站起来招呼道:"先生是……?"这时,渡桥次郎收回目光朝他点头问:"请问,哪位是王先生?"秦天喜指向王在川。渡桥次郎的心头立即升起了愤怒的火焰,两眼逼视着王在川,这个人就是杀死父亲的仇人吗?手枪就在腰间,掏出来就可以复仇了。王在川也凝视着他,看着这位不速之客,内心愈加疑惑,他到底是什么人?看样子不像中国人,要是日本人,偃月刀就在身后,一刀将他劈了!

"久仰王先生大名,在下今日冒昧拜访,不胜荣幸。"渡桥次郎赶忙朝王在川鞠躬施礼。王在川不得不起身还礼,然后道:"先生是……?"

"在下渡桥……"渡桥次郎刚说出名字的前两个字,王在川和秦天喜都吃了一惊。王在川猛然站起来,刚要伸手去拿偃月刀,渡桥次郎却哈哈笑着道:"王先生,我今日来是以朋友身份,请不要误会,更不必有所动作。"秦天喜忙示意王在川让他先稳住,根据事态发展再定。王在川只得坐了下来,甚至都不想再看渡桥次郎,将头扭到一边,用眼角瞟着他。秦天喜冲着他道:"我们没有你这样的朋友,你们日本人来中国都是抢劫。"

"你是……?"

"秦天喜。"

"哎呀,久仰久仰。"渡桥次郎站起来连忙给秦天喜鞠躬道,"我在北平的报纸上看到你发表的文章,很感兴趣,一直想拜会你,哈哈,不想今日意外相会,实在太巧了。"秦天喜没有给他好脸:"可是我不想见到你。"

"不要着急,也不要武断,慢慢你就会了解我了,也会喜欢上我们大日本国文化……"说到这里,渡桥次郎用别样的眼神扫了他们两个人一眼道,"不瞒二位,我对中国文化非常敬仰,日本的文化,包括文字、建筑、服饰等等,都是跟着中国学的,尤其在古文化领域,中国和日本是相通的,正如甘粕正彦君所说的,文化艺术无国界嘛……"

秦天喜立即打断他的话:"话虽如此,但是你们并没有领会博大精深的中国文化,反过来恩将仇报,将仁义忠孝礼信化作舰船、大炮、刺刀。自明朝以来一次次侵略、践踏、蹂躏曾经帮助过你们的中国,这是何等可恶,简直是强盗行径!"渡桥次郎听了不但没有生气,反而哈哈大笑,然后道:"秦先生是考古专家,我们只谈文化,我还想请先生去日本国考察,有助于您对日本的了解……"王在川打断他的话:"不去!"

秦天喜朝着渡桥次郎道:"要想让我去你们日本,除非你们的军队全部退回小日本国!"渡桥次郎哈哈笑道:"好好,这件事咱们先不要辩论了。秦先生、王先生,今天我登门拜访的目的,就是想观摩镂空高柄黑陶杯。很早以前,我在报纸上看到美国人的介绍,在两城镇发现一件东方神器。今天有幸来到两城,还请王先生让在下一饱眼福。"

"没有,即便是有也不给你看!"王在川头也没回。渡桥次郎道:"哈哈,既然有,我也不急于一时,我会耐心等着王先生有那么一天想通了,心甘情愿地拿出来给我看。"

"没门!根本就没有,是你理解错了。"王在川的声音很大。

王里门慌忙进来:"二爹,茬鬼子来了。"

姜有理、赵麻六和姜邯冰带着伪军冲了进来,有的还举起了枪。王里门急忙道:"这是王家,你们想干吗?"姜有理跑到渡桥次郎面前哈腰道:"太君,我知道晚了,不知道您独闯虎穴,太冒险了,太危险了。"说着就要指挥伪军将王在川和秦天喜抓起来。渡桥次郎大喝道:"浑蛋,你们想干什么?滚出去!"赵麻六挥手让伪军退出了中堂。

渡桥次郎朝着王在川哈哈笑道:"王先生,进王家大门的时候,我看到门头上'威武之家'匾额,王先生大大的厉害,大大的好。"然后转身对姜有理道,"你的,马上给王先生修建一座牌坊,要比你们姜家的大、高、长。"看到姜有理一脸诧异,他又大声道,"你听明白了吗?!"

姜有理忙点头哈腰说听明白了。他怕姜有理听不明白,又道:"将'威武之家'刻上,建成之时我亲自来为王先生祝贺。"

王在川急了,也忘记了拿偃月刀,站起来几乎走到渡桥次郎跟前摆手道:"不必,我王某人不稀罕。"王里门却对二爹道:"二爹,您傻呀,这是渡桥先生对您的敬仰,看中您的威望,既然渡桥先生有心,为什么不……"没等他说完,王在川瞅着渡桥次郎却朝着王里门骂道:"你少啰唆!黄鼠狼给鸡拜年——没安好心,滚出去!"全屋人都听出这句话是对渡桥次郎说的。渡桥次郎也没有再多言,而是大步走出了中堂。姜有理、赵麻六、姜邯冰等人迅速跟上,大门外的伪军即刻开道的开道、后卫的后卫,将渡桥次郎严密保护了起来。

"太君,请到界碑看看您的墨宝?"姜邯冰献媚道。渡桥次郎点点头,跟着姜邯冰他们来到了界碑。渡桥次郎驻足在"一门三忠贤"牌坊下,望着望着,嘴角微微一撇。

姜有理忙凑上去道:"太君,您这个题字太及时,影响力太大了。自从牌坊建成后,两城街的治安一天比一天好,全街民众齐心归顺皇军,大大的好,大大的好。"渡桥次郎听了很高兴,步行来到界碑,登上高台,环视两城街,见门店照常营业,街民行动自由,鸡不跳狗不叫,一派祥和安定的景象。他满意地对姜有理道:"王家牌坊就建在这里,与姜家牌坊相对而立。"姜有理和姜邯冰不敢不答应,心里也是憋屈。忽然,远处顺风传来一阵阵读书声:"……山河破碎风飘絮,身世浮沉雨打萍……人生自古谁无死?留取丹心照汗青。"

"文天祥的《过零丁洋》。"渡桥次郎便循着读书声而去。

第三十六章　威逼利诱

　　渡桥次郎一伙人进了校门,教室里传出琅琅的读书声,他命赵麻六将校长叫出来。其实,王在田早看见了外面的日伪军,他让学生们不要惊慌,继续朗读,周国乾带头大声朗读了起来。王在田跟着赵麻六来到渡桥次郎面前,渡桥次郎问:"你的,校长?"王在田花白的头发蓬松着,看上去比实际年龄要老得多,双手交握放在胸上,仰望蓝天,满腔忧愤,无奈地点了一下头。渡桥次郎紧紧逼视着他,又问:"你的,没有收到日本教科书?"王在田面无表情地摇了摇头。

　　姜有理可吓坏了,明明给了王在田日本教科书,他竟然……还没等他质问王在田,渡桥次郎的巴掌就扇在他的脸上了,五个红印子出现在他细皮嫩肉的腮帮子上:"你的良心大大的坏,为什么不给学校送来?"其实渡桥次郎心里明镜似的,他故意这样做给王在田看。姜有理很委屈,但不敢当场争辩,将这股火撒在了姜邯冰的身上,照着他也是一耳光:"你真混账啊,为什么不给王校长送来?"姜邯冰刚要争辩,姜有理接着一脚,"怎么,还想跟太君讨价还价呀?"吓得姜邯冰忙朝渡桥次郎道:"对不起呀,太君,都是我的错,我该打……"说着朝着自己的脸连续扇耳光。

　　渡桥次郎朝王在田笑道:"对不起了校长,我命他们即刻给你们送来,学习日本文化、历史、地理,对建立'大东亚共荣圈'大大的有利。"然后转身对姜有理道,"你回去马上办理,送书的那一天,我将带着各界人士一同前来观摩,还有记者,要让全世界知道天皇恩威浩荡,两城街的民众安居乐业,一派和平、自由的景象嘛,哈哈。"姜有理和姜邯冰急忙奉承道:"是是,皇军英明,皇军英明,我们一定照办,一定将两城街做成拥护大日本皇军的模范区、示范点,请太君放心。"

渡桥次郎他们走后,王在田急速回家。王家几乎所有人都聚集在义云堂。王里门还自以为是道:"前些日子,我就想在南城立牌坊,二爹不同意。现在好了,日本人要在界碑给咱们王家立,依我看,是日本人敬重二爹的威望,想以此压倒姜家,别让姜家一街独大。"王在川白了他一眼,显然不同意他的看法。安雪梅说出了自己的道理:"大哥所说固然有道理,但不完全对。渡桥的目的很明显,就是想通过给咱老王家立牌坊收买人心,他现在最想看到沦陷区社会和平、经济繁荣的景象,实现对中国人的奴化教育。"秦天喜接着道:"可能吗?带血刺刀下的一切美好景象都是假的。"

王在田进门就道:"是的,这是渡桥的阴谋诡计,我们决不能相信他。"

雪梅起身给三爹让座,然后找了偏座坐下道:"我现在最担心的是,立了牌坊,不但树立不了爹爹的威望,反而引起街坊邻居的误解,甚至会引起反日力量的敌视。如此一来,我们王家委身日伪的坏名声恐怕会几辈子也洗不清。"

"不是几辈子,子孙万代都是污点!"王在川跺着脚,悔恨道,"雪梅说得不无道理啊!我们王家抗争的能力或许不够,但骨气还是足足的,绝不能接受渡桥的丝毫所谓好意!"说着指着王在田继续道,"你来得正好,北城咱管不了,你去联合南城各个堂号,告诉他们,我们要联合起来抵制日货,不去兑换日本币,至少让日本人在南城的全部计划落空。唉,当时我就差一点将渡桥劈了,可惜让他跑了。"

秦天喜安慰道:"二爹,您无须自责,您让渡桥走了是明智的。杀一个渡桥其实很简单,但是您想过没有,杀了渡桥会不会再来渡边、渡野、渡村?在中国的土地上尚有百万个像渡桥这样的强盗肆意横行呀!而且,一旦杀了渡桥,整个两城镇顷刻间将会化成废墟,老百姓血流成河,得不偿失。"王里门有些丧气道:"要是不听渡桥的话,我担心他不会善罢甘休。"

王在川心烦了就容易站起来走动,他离开座位,倒背着手,望着中堂道:"我现在倒不是担心渡桥会怎样,而是如何阻止立牌坊。"雪梅微笑道:"爹,您不用担心。我要是没有猜错的话,现在会有人向姜家谄媚出谋的,只要咱们不积极,牌坊是立不起来的。"

还真让雪梅说对了。姜有理憋了一肚子气,愁着给王家建牌坊,便找姜有谷商量对策。姜有谷并没有去国民党军队避难,而是编造了留在日伪统治区收集情报的谎言,骗得国民党信任,实则躲藏在后花园暗道里观察时局变化。姜有理见姜邯冰也在,牢骚满腹道:"咱们姜家为日本人出了多少力呀,到头来还不如王家吃香。渡桥不来咱们家看看,却去拜访王在川这个老东西,还要给他立牌坊,真是可气!"

姜邯冰跳起来指着王家方向气愤道:"爹,您知道渡桥为什么去拜访王在川?是奔着那件真品黑陶杯去的!我怕给王家立了牌坊,王在川就会明目张胆地与咱家对着干了。"

"干就干呗,怕啥呀?"姜有谷满不在乎道。

姜有理说:"三哥,上次南城起火您见死不救,已经得罪王家了。现在,您躲在暗道里,外面的事情还不知道。自从邯冰当上镇长,咱老姜家始终占着两城街,更让王家连屁都不敢放了,要是给老王家立了牌坊,恐怕……"姜有谷此时脸都气得铁青了,姜邯冰立即道:"爹、四爹,咱们不能给王在川立牌坊。"

"就怕渡桥那里交不了差啊。"姜有理担心道。

"磨洋工。"秦书中走了进来道。他长了一脸麻子,人送外号"秦麻子"。他流着秦御史家族的血液,却没有秦御史那样的刚直人品。他早年曾经去日本留学,那时学会了日本话,回国后也曾在北京、上海、青岛等地找过工作,可是干不了几天就被辞退了。无奈拖着行囊回家,又嫌农活脏累,他只好投靠姜有理,谋得了管家差事,有意给自己起了别号"秦留洋"。人们当着他的面叫他秦留洋,背地里都称他秦麻子。

"磨洋工?秦留洋,什么意思?"姜邯冰和姜有理忙问怎么回事。

秦书中不紧不慢道:"'磨洋工'是给皇军修建炮楼的人的口头语,意思是别着急,慢慢干,一天垒不了几个砖头,日本人即便是端着刺刀监工也看不出来。"姜邯冰知道有这么一回事,但建造牌坊用不了几十天,忙摇头说不行。秦书中走到姜有谷近前,分析道:"刚才你们担心得都没有错,给王家立牌坊是渡桥想利用王家牵制你们姜家,最好你们两家打起来,他坐山观虎斗。这样的话,谁输谁赢就很难说了。"

姜邯冰不服道:"你懂个屁!我们老姜家有三个人在南京政府里当官,邯举是少将司令,四爹是县长,我官最小也是一镇之长,他们王家一个人都没有,能跟我们比吗?敢跟我们作对吗?"秦书中没敢笑出声来,几乎从嘴缝里说:"话虽如此,但得罪一个人总是一堵墙,况且上次大火已经得罪南城的人了,为何好人不做做恶人呢?"

姜有理盯着秦书中,见他颇有见地,忙问:"你说如何办最妥?"

秦书中接着道:"我之所以这么说,也是为了报答东家,啊,是县长大人对我的信任和栽培。"姜有理连连点头,姜有谷催促秦书中快说。秦书中觉着火候到了,便道:"要抓住渡桥喜欢而且想做的事情,这也是你们露脸的最佳时机,当前他就想在两城街小学推广日本教育,你们就快让王在田校长学习日本课本呀。对王家牌坊能拖就拖,就是'磨洋工',要是渡桥问了,就谎说需要到泰山买上好石材,还要找雕刻师傅精雕细刻,等等,哄个洋鬼……啊,太君啊,还不容易吗?一句话就能拖一年半载,我估计渡桥不会在日照长久,说不定上级来了调令,他拍拍腚就走了。"

"哈哈,好好。"姜邯冰指着秦书中对姜有谷道,"爹,上次渡桥来两城街,街上人来回走动,商铺全部开门,都是秦留洋出的主意。有的掌柜不听,我就命蔡二楞拿着枪去一站,他们就乖乖开门了,果然得到渡桥的欢心。"

姜有理拍着秦书中的肩膀道:"秦留洋要是没有两下子,我能委托他打理偌大的'半山堂'吗?我看就是咱们老姜家的大管家。"姜邯冰指着秦书中开玩笑说:"你秦麻子一个麻子一个心眼子,我看就是老姜家的军师。"

秦书中心中厌恶姜邯冰嘲讽他,但他不敢得罪姜邯冰,表面上还是一副媚俗的嘴脸:"我哪敢呀?只不过是县长大人的狗腿子而已。"说着拿出了一张单子递给姜有理看。姜有理接过一看,是一年的账务,今年比去年增长了二十万石粮食,收入十五万钱,这可是大发了,他连连点头,心花怒放。

姜有理急着办理日本教科书的事情,让秦书中回家跟二太太说今晚不回家了。二太太叫李枣儿,是他在窑子门里看中的妓女,娶回家后因为两房不和,经常打得鸡犬不宁,便安排她回了老家,她一个人带着两个孩子替他守着庄园。

秦书中见到李枣儿,传了姜有理的话,她什么也没有说,鼻子哼了一声就回屋里了。秦书中也没有进去,而是骑上自行车,与看门的姜老头打了声招呼就回家了。夜深了,家家户户都关灯睡觉了。忽然,幽深的胡同里露出一个人影,鬼鬼祟祟地来到大门外,轻轻敲了一下,又连续敲了两下。姜老头开门出来:"是东家,这么晚了才回来呀?"姜有理说:"我回来拿件东西。"说完就直奔卧房,敲了几下,屋里亮了灯,传出李枣儿的问话:"谁呀?"

"我,连我的声音都听不出来呀?!"姜有理显然有些生气,听见里面窸窸窣窣的声音,他愈加疑惑,"在屋里干吗?还不快开门!"

"穿衣服呢!"传来了李枣儿一丝儿颤抖的声音,"谁知道你深更半夜回来呀。"李枣儿开了门,姜有理直冲屋里,先掀开被褥,又打开衣柜,接着又俯下身子查看床底。李枣儿生气道:"你干什么呀?回家就折腾一阵子,你到底找啥呀?怕我在家养汉?不放心就天天在家守着看着!"姜有理见什么也没有搜出来,便笑着说:"我要见渡桥,总不能穿得随便吧!记得有一双皮鞋放在家里。"李枣儿顿时吃醋道:"恐怕放在县城那个家里吧。"说完干脆上床不理他了。

姜有理忙过来亲热她,她用被子蒙住自己的头,他便没有继续下去,而是说:"今晚不在家里过夜,明天还有重要事情,现在就回城里了,你忍耐几天,忙过这几天回来陪你啊。"李枣儿在被子里只说:"谁稀罕?"姜有理咧嘴笑笑,急匆匆走了。他来到前街一辆轿车旁,司机开了门,他进去说:"抓紧回城里。"司机答应着发动轿车,两束灯光照亮前边的道路,迅速驶离两城大街。

突然,一个黑影幽灵般从阴暗角落闪现出来,望着消失在茫茫黑夜的最后一丝亮光,嘴角一撇,然后穿过大街小巷来到大门外,连续敲了两下,又敲了一下。姜老头开门道:"秦管家,这么晚了,还忙啊?"秦书中说:"我还有账没有弄完,明天东家急着要。"说完就匆匆来到李枣儿睡的房间,也没有敲门,而是直接推门进去。黑影中传出低吟且急切的声音:"才来呀?等死我了。"秦书中猛扑了上去,

一街两城

两个人抱在一起滚在床上,他挪开嘴唇喘了一口气道:"总算走了。"

"不会再来个突然袭击吧?"

"不会的,他……"秦书中摸着李枣儿滑溜溜的身子,亲着嘴说,"心肝宝贝,放心吧,他白天挨了渡桥的耳光,现在正愁着如何讨好渡桥呢!"

第三十七章　不是最后一节课

后半夜起的北风直到次日过半晌也没有停下来的意思,顺着两城大街一路无阻地肆虐着。风夹杂着尘土、残叶、纸屑,一会儿冲撞两旁的店铺大门,一会儿飞向天空,被风撕裂的门头上的招牌在凛冽的寒风中飘摇。天空并没有浓云密布,但地面上看不见丝缕阳光。多少日子了,天气就这么迷蒙、阴沉。街上店铺大都关门了,少数开着门的店铺也是门前冷落车马稀。

不过,有两家店铺始终开着。一家是日本人开设的银行,从外观看与中国店铺并无二致,进去却不一样,高高的柜台上有一层铁护栏,门口摆放着牌子,上面写着:"十元法币兑换一元日本币,一块大洋兑换十元日本币。"半天也没见人进来,里面的店员眯缝着眼坐在柜台里面像泥塑一般。另一家是兴隆百货店,在门口还特意挂着醒目的牌子,上面写着:"日本货专供。"老板古运堂躺在逍遥椅子上,来回晃荡着,稀疏的头发都花白了,但他还时不时地顺着前额往后捋几下,说明他曾经有一头浓密的黑发。他女儿古明秀端坐在柜台后面,一条又粗又长的大辫子垂到腰际,笑起来脸上露出一对酒窝,惹得小青年为她神魂颠倒。自从专供日本货后,她和李茹萍每天倒班看店,她在的时候顾客偏多。古运堂看在眼里,乐在心头,庆幸生了一棵摇钱树。

王在田揣着一块布走到张一长裁缝铺,看到门紧锁着,叹气后便转身往学校走去。他想给外孙做身衣服,说起这个外孙他就内疚和痛楚。

前一天,王在田正在教课,雪梅突然跑来说:"三爹,我在张裁缝铺子里听说

一街两城

姜家二少爷出远门后,他老婆就对前窝的儿子下毒手,为了掩人耳目,多冷的天呀,用凉水给孩子洗头……"王在田听了非常着急,交代杨义先照看学校,他立即与雪梅赶到姜家。姜邯冰告诉他们确实是真的,但满满已经死了,已经扔到马虎林里了。王在田转身就往马虎林跑去。雪梅怕王在田出事,急忙跑回家,叫上王里门和安妈,坐着马车去了马虎林。

雪梅赶到马虎林的时候,王在田坐在冰凉的地上傻了一般。雪梅内心骤然一紧,急忙扒开包裹,见满满脸色青紫,紧闭双眼,没有一丝气息了。她不放心,解开捆绑在外面的绳子,扒开层层棉被和衣服,往双手哈了几口热气,然后用力搓热了,伸进去放在满满的心窝处,凉凉的,没有一丝跳动,她的眼泪哗地流了出来。安妈过来叹气,拉着她起来,可是她还不甘心,依然不肯抽出手来,久久地,久久地……忽然一丝跳动从手心传遍她全身,她立即惊喜道:"安妈,您试试,满满还活着。"安妈也搓热了手伸进去试了试,果然有微弱跳动,她朝雪梅点头道:"快,满满还有救。"王在田抱着王满就往家跑,边跑边喊:"满满,你又被你妗子救活了啊。"

王在田擦干了眼泪,不敢回想往事,见姜有理的车早已停在学校门口了,他也没有理会他们,从一边进了校园。姜邯冰忙跑步上前警告道:"姓王的,你跑哪儿去?这次你可不能再说没有收到书啊。"姜有理与侄儿不同,他笑着对王在田和风细雨道:"王校长,这次你可一定要帮帮我呀。我知道你恨日本人,也知道你不想让学生们学习日本课本,但现在的形势你是知道的,胳膊能扭过大腿吗?我说王校长呀,做做样子嘛,只要让渡桥一时高兴,照几张相片,以后谁管你教中国的还是日本的呀。"

王在田平静地回答道:"好,县长大人,我听你的安排。"

"这就对了嘛!"姜有理高兴地说。

王在田走进办公室,将衣料收好,然后安排人将姜有理拉来的书收了起来。姜有理看到王在田非常配合,如释重负,拉着姜邯冰来到县城春和酒店庆贺去了。

"你如此配合他们,还有一点点中国人的良心吗?"杨义先指着一堆书,质问王在田。王在田无奈地摇摇头,并没有回答他的话。杨义先更加生气和悲愤,冲着王在田吼道:"我现在郑重向你提出辞职。"说完扭头就要离去。王在田急忙喊住他,道:"杨先生,你跟我去上完一堂课,然后再走不迟。"杨义先迟疑片刻,然后跟着他进了教室,在后面坐下。

王在田在黑板上写下了三组词六个字:"我们　抗日　胜利",然后转身说:"同学们,今天的课程,先进行组词造句,哪个同学会了请举手。"

周国乾第一个举手,其他同学也举起了手。王在田让周国乾回答,周国乾站起来用清亮的声音回答:"我们是中国人。"

"很好,我们是中国人,周国乾同学请坐下。"王在田说着在"我们"后面加上了"是中国人"四个字。接着,全班同学都举手想回答。王在田让姜郸牛起来回答。姜郸牛有些紧张,但还是大声道:"全体中国人要抗日到底。"他刚说完,姜小夏指着他道:"你们姜家也抗日呀?哈哈。"同学们哄堂大笑,姜郸牛一下蒙了,当他明白过来怎么回事时,立即趴在桌子上不敢抬起头。又有同学指着他道:"姜家一窝三汉奸,姜郸牛,你是小汉奸……"一些同学也趁机羞辱、指责姜郸牛。

王在田并没有当场指责学生们的行为,而是及时做了引导:"同学们,刚才姜郸牛回答得很好,现在中华民族到了最危险的时候,作为有良知的中国人,就要抗日。"突然,一个学生激动地站起来指着姜郸牛道:"他们一家出了三个汉奸,他也抗日?谁信?!"一句话搅得全班一片声讨。王在田急忙道:"同学们,请安静,这是课堂,不是讨论会,听老师讲。"学生们立时安静了下来,听他继续说,"我们看事情要一分为二。姜郸牛同学家族里虽然出了三个汉奸,但不能说他们整个家族都是汉奸。他爹捐款修建了这所学校,是非常开明的乡贤,全班同学都是受益者。姜郸牛同学爱憎分明,与汉奸族人已经划清界限,因此,我们就不能说姜郸牛同学是汉奸,更不能用羞辱的语言打击一位好同学,对不对呀?"全班一阵沉默,有些同学向姜郸牛投去善意的目光了。

周国乾主动站起来道:"报告老师,我认为姜郸牛同学不是汉奸,他爱学习,还帮同学,经常从家里拿好吃的东西分给同学哩!"他这么说,学生们都笑了,刚才有些语言过激或得到过姜邯牛帮助的学生都羞愧得脸红了。

一场风波过去,王在田的心更加清晰明了,急忙引向正题:"刚才虽然出现了小插曲,但也是一件好事,是非需要明辨嘛。好了,现在明白姜邯牛是一个什么样的同学了……我们继续上课,第三组词……"张守花没等老师说完,站起来回答:"我们一定能胜利。"接着又有几个同学起来回答,而且都回答得文字准确、词意深刻。一直坐在后面的杨义先再也坐不住了,也举起手,王在田让他回答。他站起身,抑制不住内心的激动道:"校长,真的,我被同学们的抗日热情所感染。我作为成年人真的感到热血沸腾,真想一步跨上抗日前线。我也造一个句子:中华民族团结起来,一定能够夺取抗日的最终胜利!"他铿锵有力的话语刚落地,全班同学热烈鼓掌。

"好,杨老师说得好,中华民族团结起来,一定能够夺取抗日的最终胜利!下面,我们学习一首歌。"王在田说完,全班同学都安静了下来,他用白粉笔在黑板上写道:

"我们在斗争中生,我们在斗争中长,我们是民众的子弟,团结在抗日民主的旗帜下,受着科学的教育,准备做中国的栋梁。民主作风,严守革命纪律;自由思想,发挥创造力量。我们人人学习,人人革命,街头田地都是我们的课堂!在斗争最艰苦的年头,我们的歌声永远响亮!同学们,革命一定胜利!中华民族一定解放!"

王在田写完了,将粉笔放在讲台上,然后拿起教鞭指着黑板上的歌词对着同学们道:"同学们,我唱一句,同学们跟着一起唱。我们在斗争中生。"同学们也跟着唱一句,一首歌很快就学会了。王在田凝视着同学们一张张青春洋溢的脸庞和一双双纯真无邪的眼睛,他的眼睛湿润了,不由得转身擦干了涌出的眼泪。

"同学们,这首歌叫《日照县立中学临时校歌》。"王在田说到这里,扫视了全班同学,见同学们屏住呼吸瞪大眼睛看着自己,仿佛等待宣布重大消息,他继续道,"这首歌是咱县立中学的临时校歌,你们的哥哥姐姐们正唱着这首歌或奔赴抗日前线与日寇浴血奋战,或在军队、学校、乡村鼓动宣讲,号召广大同胞团结起来抗日救国。"他说到这里,周国乾第一个站起来喊道:"老师,我也要上前线杀敌报国。"其他同学也喊着要去杀日本鬼子。王在田两只手忙做了静止的动作,道:"同学们,请静一静。"待同学们静下来以后,他欣喜道:"同学们的抗日救国热情和决心,让我深感欣慰和高兴。作为你们的老师,我看在眼里,喜在心间。但是,同学们,你们还小,还需要在爹娘的怀抱里被呵护着……"

张守花站起来道:"老师,我不小了,我都能拿动锄头下地干活了,我要拿枪抗日打鬼子。"唐江南站起来道:"老师,爱国无大小,我都能拿动大刀了。"

王在田感动了,嘴唇都颤抖了,面对这些可爱的有着爱国情怀的学生,他还能说什么呢？只有说:"是,爱国不分男女老幼,不分天南地北,只要有日本鬼子的地方,就有我们中国人抗日的战场。"周国乾站起来,高举右手高呼:"同学们,革命一定胜利！中华民族一定解放！"全班同学一齐跟着高呼,激昂有力的声音冲出教室,在天地间久久回响。王在田再也控制不住自己的情绪了,眼泪哗哗流了出来,杨义先也泪流满面。

"同学们,"王在田含着泪说,"明天日本人和伪军端着刺刀要来强迫我们学习日本的课文,我们能答应吗？"

"不答应！"同学们齐声回答道。

"对,决不答应！"王在田攥紧拳头说,"不答应怎么办？我们只有暂时休学……"他刚说到这里,同学们都哭了,喊着要上学,要学习,要打死日本人和狗汉奸。王在田实在支撑不住了,只好蹲下捂着脸哽咽了起来。杨义先快步走上讲台,接着道:"同学们,今天这堂课绝不是我们的最后一节课,刚才的歌里不是写着吗,我们人人学习,人人革命,街头田地都是我们的课堂！你们回家以后,一定要坚持自学,学到本领,将来我们抗日胜利了,建设我们美好的国家。"

王在田站了起来,大声道:"对,刚才杨老师说得对,今天这堂课绝不是我们的最后一节课,我们要学习,我们要斗争,我们要学好本领,将来建设美丽的中国。"同学们还是止不住哭啼,尤其是女同学,都趴在课桌上,怎么也劝不好了。王在田与杨义先交换眼神后,大声道:"同学们,我在这里向同学们保证,等抗日胜利的那一天我们就开课！"顿时,课堂里响起一片掌声,同学们这才破涕为笑。

放学了,同学们都不愿走,围着王在田说还想上学,有的抱着他不愿离开。

一街两城

王在田难受得一句话也说不出来。在杨义先和其他教师的劝导下，同学们渐渐离开了学校，但他们还是一步一回头。鬼子的到来打破了他们上学求知识的愿望，使得他们幼小的心灵遭受了巨大的难以抹掉的伤痛。

"杨先生，你明天就不要来了。"王在田握着杨义先的手说，"我现在郑重通知你，同意你的辞职。"杨义先惭愧道："王校长，在民族大义的这条道路上你不会孤单，我明天一定要来，我陪你——哪怕去死。"王在田很感动，说："杨先生，明天要是我有个三长两短，请你务必答应我一件事。"

"你死我不会偷生。"

"这次渡桥是针对我的，你不要做无谓的牺牲。"

"我是学校的一分子，有责任与你共赴危难、共担重任。"

"我知道先生一片赤诚。"王在田望着灰蒙蒙的天空道，"我跟同学们保证了，你要告诉我女儿璐方，让她一定在抗日胜利的那一天开学，一个同学都不能少。"

"好的，我答应你。"杨义先再也控制不住自己的情感了，紧紧拥抱着他所尊敬的王校长。

第三十八章　火烧日本课本

"啊,太君,一切都准备好了,王校长非常配合,都收下了。"姜有理小心地进了渡桥次郎的办公室,摘下礼帽探身道。渡桥次郎嗯了一声,然后给舅舅打电话,汇报了文化统治下的社会安定景象,还说明天将组织社会各界、国内外记者前往两城街小学观摩学习日本课文,并将照片和消息在各大报纸上刊载,让全世界都知道建立"大东亚共荣圈"已经取得了巨大成果。

"次郎,我告诉你,你的哥哥一郎率领铁骑横扫华北大地,现在已夺取中原重镇安阳,大日本国的皇军将逐鹿中原,太阳旗将迅速插遍中原大地乃至全中国。"

"舅舅说得对,我们一定不会让您失望,请等我的喜讯吧。"渡桥次郎表态道。

"哐——哐——哐——"一早,天刚蒙蒙亮,叫魂似的破锣声又响了。

王里门掀开被子,烦躁道:"敲,敲,就知道他娘的敲,简直催命。"傅美意躺在被子里打着哈欠道:"他敲他的,你睡你的,干吗一大早起来呀?"王里门指着窗外道:"你听听,你还能睡得着吗?"

"全街老少爷儿们听着啦,今天吃了早饭都到街上欢迎太君到咱们两城街视察,凡是不来的,一律不发良民证,不供应日本货,不兑换日本币……"姜邯冰吊着尖鸭嗓子一遍一遍地喊着。

"不供应就不供应,反正二爹不让咱家购买日本货。"傅美意拉了一下被子继续睡。王里门推了她一把,道:"你听。"外面继续传来姜邯冰那搅人心烦的叫

一街两城

喊声:"还有,今儿上午,全街老少爷儿们都到两城街小学集合,凡是不去者,不发良民证,不供应日本货,不兑换日本币……"王里门忽然想起了一件事,忙下床边穿衣服边说:"快起来吧,今天三爹有好戏看。"傅美意爬起来,揉着惺忪的眼睛说:"啥好戏呀?"

"咱老王家要出汉奸了,唉。"王里门说了一句。

傅美意说:"三爹不是拍着胸膛说知道该怎么做吗?"

"他吃、喝、嫖、赌、抽都干过,就怕狗改不了吃屎……"王里门说着,穿上衣服和傅美意出来,见大门口围着好多家人,他们个个心情沉重,即便是交谈也是窃窃私语。

王在田对前来送行的王在川和张传兰说:"二哥,以前都是我不懂事,要不是您、大嫂、二嫂,还有里门、雪梅等家人拉了我一把,我可是要带着不肖子孙的坏名声进坟墓啊。现在好了,即便是死了,也换了好名声,总算是一辈子没有白活。"

姜秀莲哭了,拉着丈夫不让他走。王在田对她说:"你哭啥呀?我这是去做堂堂正正的人,又不是去吃、喝、嫖、赌、抽……"说到这里,他愈加觉着对不住妻子,忙道,"秀莲,我对不住你,让你一辈子跟着我吃苦受累、担惊受怕,我,唉……有一件事,你必须做好——我给满满买了一块布,想给他做身衣服……"他实在说不下去了。雪梅搀扶着姜秀莲道:"三爹,一定要完好无伤,活着回家。三婶、满满,我们全家都等你回来。"最后,王在田对雪梅千嘱咐万叮咛:"三侄媳妇呀,满满这孩子别指望他爹娘了,你多上心呀!"

这时,"种善堂""松风堂""善谷堂"等堂主、族长纷纷跑来劝王在田不要去做汉奸。姜有财拉着王在田的手声泪俱下:"王兄,我深为老姜家出了三个汉奸而感到羞愧、耻辱,你作为我的老作坊老朋友,我劝你别走他们的路,这是一条不归路啊。"王在田听了很感动,拉着他的手说:"姜兄,你放心,一会儿你便知如何,谢谢啦。"说完头也不回地大步朝学校走去。

两城街小学始终关着大门。外面站着持枪的伪军和警察,从县城里赶来的各界人士都聚集在大门口,有记者蹲上蹲下地找角度不停地按快门。姜邯冰气喘吁吁地跑来时,渡桥次郎和姜有理都已经下车了,他们站在大门外,大风刮起的尘土让他们睁不开眼睛。姜有理生气道:"太君都来了,怎么还不开门?王校长在里面搞什么名堂?"

姜邯冰忙说:"一定在里面排队迎候太君呢。"姜邯冰说完就跑过去,刚要抬起手敲门,大门缓慢开了,外面的人一拥而入。只见大院中间堆着高高的书,王在田着一身深色长袍,梳着整齐的发型,神色凝重地站在旁边。

姜邯冰忙回头对渡桥次郎道:"太君,您看到了吗?王校长将书都准备好了,就等太君来给学生们……"他想说发课本,可是扫视了一圈也没有见一个学生,不免暗暗着急。他跑到教室,连学生的影子都没有看到,他下意识地说了一句"坏了",转身跑出来向渡桥汇报,还差点被门槛绊倒。他跌跌撞撞地跑到渡桥次郎跟前,还没有吐出一个字,王在田已经将书点燃了,因为事先倒上了洋油,大火借着风势,很快将所有书烧着了。全场一片惊呼:"怎么回事啊?起火了,日本课本被大火吞没了。"

渡桥次郎的第一反应是对赵麻六喊道:"赵大队长,快将记者赶走,统统不准照相。"

姜有理的第一反应是喊人灭火,可是越扑打火越旺,忽然听到里面有爆竹的爆炸声,他意识到要爆炸,立即拉着渡桥往外跑:"太君,快跑。"还没有跑出大门,轰的一声,几箱爆竹同时爆炸,将所有日本课本炸得粉碎,火苗子冲向天空,然后摇摇摆摆落下,变成灰,被风刮得无影无踪了。

王在田被炸成重伤,倒在地上昏迷不醒。过来扑火的日伪军死伤无数,倒在地上鬼哭狼嚎。姜邯冰爬起来朝着王在田狠狠踹:"我被你害惨了,可恶的东西,气死我了……"踹了几脚还不解恨,然后拿起火把将所有教室点燃了。渡桥次郎站在大门外高呼:"浑蛋,不准点火烧学校,快灭了!"

姜有理想过去灭火已经不可能了,现场已经完全失去控制。火势借着大风将所有教室都燃烧了起来,熊熊大火冲天而起,滚滚浓烟遮住了校园、道路。众人开始纷纷躲避,县里来的名流们抢着钻进汽车里逃离现场,两城街的街民一哄而散,只有记者在伪军的追逐下不忘迅速按动快门。

一街两城

　　渡桥次郎气急败坏地对赵麻六说："将所有记者的胶卷都没收了,不许一个人将消息发出去!"姜有理跑过来还想解释,却被渡桥次郎狠狠训斥了一通："成事不足败事有余,你的侄子大大的蠢猪、无能!"姜有理也不敢争辩,连连说是。赵麻六过来汇报说已经将记者的胶卷全部没收了,渡桥次郎一声也不吭,钻进汽车驶离现场,日伪军随后跟着作鸟兽散。姜有理指挥赵麻六将王在田绑到卡车上,押往县城大牢。

　　简直大快人心。两城街沸腾了,纷纷为王在田竖起大拇指。那些曾经误解过他的人也改口说王在田是英雄了："好样的王校长!"

　　无论怎样封锁消息,一个在《大公报》任职的记者最终还是偷偷留下了一个胶卷,将日本人在中国的罪恶嘴脸和野蛮行径报道出去。不但中国各大报纸都做了刊登,就连国外的报纸也进行了报道。两城街小学冒着大火的照片无疑刺疼了人们的神经,彻底将日本的谎话戳破,也给了那些吹嘘已经在占领区实现长治久安景象的人当头一棒。梅津美治郎看到报纸,气得拿起电话就打给了渡桥次郎："浑蛋,草包,丢尽日本皇军的脸了,丢尽渡桥家族的脸了……"渡桥次郎被骂得直冒汗也不敢解释。

　　其实,梅津美治郎此时也正窝着一肚子火气。渡桥一郎指挥的旅团连续两个月强攻,就是没有通过王里户旅防区,最终导致迅速占领中原的计划全部落空。虽然一个师团从山东方向进了中原,但看到的是白茫茫一片汪洋,日本军队深陷泥泽里出不来淹死了。梅津美治郎曾在内阁和同僚面前夸下海口,说自己两个外甥一文一武,是征服中国的两个"拳头",不可阻挡,而现在这两个"拳头"一个碰到了铜墙铁壁,一个陷入人民反抗的汪洋大海。

　　渡桥次郎坐在指挥室里心乱如麻,被舅舅训斥还是小事,如果被土肥原贤二问责,不但"竹机关"回不去,还有可能被押回国内送上军事法庭。思来想去,他忽然想起土肥原贤二是中国通,尤其喜欢中国文物,要是将稀世宝物镂空高柄黑陶杯送给他,说不定还能提拔自己。可是,去哪儿找这个黑陶杯呢?报纸上虽然刊登了,两城街上也曾经有人看到被疯汉抢走给了和尚,还传说王家收藏着一个……众说纷纭,一直没有准确的下落。他站起来走了几步,然后重新坐下梳理了思路,认为最可能在姜邯冰手上,他是文物贩子,又曾因为盗挖古墓被判刑。再一个就是王在川,他……渡桥次郎想到王在川就憋气,猛地站起来,一拳打在桌子上。赵麻六跑进来问怎么回事,渡桥次郎用手指背敲着桌子吼道:"决不能给他治伤,但也不能让他死去。什么时候答应恢复上课、学习日本课文了,什么时候给他治疗。"

赵麻六急忙点头答应。

正巧,姜有理进来,他刚刚被伪山东政府主席臭骂了一顿,还没有开口,渡桥次郎劈头就骂:"你狗屁县长,连小小的王在田都摆不平,没有能力就别干了。"吓得姜有理连忙赔礼,并表态一定让王在田答应复课。渡桥次郎指着他的头皮道:"别啰唆了,马上叫你那个狗屁不如的侄子到我这里来。"姜有理擦了擦额头上的汗珠,急忙亲自回两城找姜邯冰。刚听说渡桥次郎找他,姜邯冰立时吓得瘫坐在地上哭丧着脸道:"四叔,渡桥是要枪毙我吗?"

"我也不清楚,你还是亲自去看看吧。"姜有理真的也不知道内情,想了一会儿安慰道,"应该不会枪毙你,但你惹下这么大的祸,渡桥被总部训斥了,他总得找个人出气吧,你还是忍着吧。这次山东省政府主席都被惊动了,我刚刚被他责骂了一通,唉。"

姜邯冰委屈地说:"那,咱们现在岂不是成了风箱里的老鼠——两头受气了?"

姜有理叹气道:"咱爷儿俩能活着就算万幸了。"

第三十九章　营救王在田

姜邯冰硬着头皮、颤着双腿来到了渡桥次郎的办公室。渡桥次郎一句话也不说,板着脸闭着嘴,眼睛射出两道凶光紧盯着他。

姜邯冰扑通跪在渡桥次郎面前哭着道:"太君,太君,我该死,但我真的对太君大大地忠心呀,我对您可比对我爹娘好一万倍呀,太君,您饶了我这条狗命吧……"突然,渡桥次郎收回目光,嘿嘿了两声,令姜邯冰浑身哆嗦不已他还没有明白怎么一回事,渡桥次郎亲自将他扶起来,道:"姜镇长,你辛苦了。"姜邯冰简直被弄蒙了,依然像根木头似的立在原地不敢动。

渡桥次郎哈哈大笑,然后拍着他的肩膀,说:"姜镇长,你不要紧张,过去的事就让它过去。我问你一件事,你必须如实回答。"这句话姜邯冰总算听明白了,提着的心一下子落地,忙哈腰道:"太君,我一定如实回答。"

"你知不知道,在两城发现了一个高柄镂空而且像蛋壳般薄的黑陶杯?"

"知道,那是很早的事情了,我也只是听说,没有亲眼看到。"姜邯冰看到渡桥次郎双眼又冒出了刺眼的凶光,忙道,"太君,我说的句句属实,我真的没有那个东西,要是有的话,我一定献给太君。"说到这里,姜邯冰偷偷瞟了渡桥次郎一眼,见他还是用怀疑的目光看着自己,又扑通跪下道,"太君,您要相信我,我倒卖那些玩意儿不假,但我真的没有见过那个东西,要是有的话,您一枪毙了我……再说了,我现在连命都是太君的,还差那个黑陶……杯呀,太君……太君……"看到他一副惊恐而忠心的样子,渡桥次郎心里有底了,变回笑脸道:"你可知谁有？"

姜邯冰不假思索地说："王在川。"渡桥次郎并没吱声，他接着解释说，"就是被太君关进大牢里那个良心大大坏了的王在田王校长的亲二哥。"一口气说完憋得他差点没有喘出气来，好在说清楚了，渡桥次郎也听明白了，但并没有表态，依然朝着他询问的样子，他继续说："这个黑陶杯太神奇了。传说大王用过的，上通天下通地，谁得到它要啥有啥，要想在两城街坐稳必须有那个东西撑着。听考古的秦先生说是几千年前的玩意儿，太稀奇了，到现在也没有人能仿制出来……太君，不瞒您说，我在这汪水里也蹚不少年了，也曾经搅动了几次，但确实没有看到那个真实的东西。前些日子，北京有个国际大文物贩子，叫卢芹斋，卢芹斋您知道吧？"

渡桥次郎点点头："你说下去。"

姜邯冰继续说："他曾经找过王在川，还出过大价钱，可能是出价过低，王在川没卖，反正卢芹斋空手而归，最后找到杨金彪县长弄了几件陶鬶、陶盆之类的破烂东西走了。"说到这里，姜邯冰看到渡桥次郎频频点头听进去了，暗喜然后继续说，"太君，我敢断定那个东西还在王在川手里，最近听说王在川当众砸碎了许多黑陶杯。太君，咱都是实在人，我说了，您别不信，可能吗？这都是障眼法啊。"说完，慌忙擦了脸上的汗珠。

渡桥次郎听了非常满意，还夸奖了一番，并且让他暗中搜集黑陶杯的信息或实物，如果得到真品一定大大地奖赏。姜邯冰这才如释重负，急忙跪下感激涕零道："谢谢太君信任，您就是我的再生爹娘，我一定为太君效劳。"渡桥次郎看到他摇尾乞怜的样子，感到厌恶，毫无表情地向外挥了一下手让他走了。

姜邯冰出来赶紧掏出毛巾擦了脸上的汗水，自语道："我的娘，比过堂还紧张可怕。"

姜有理走了过来拍了他肩膀一下，着实又吓他半死，他回头见是四爷，立即将腰杆挺直了。姜有理问他渡桥找他什么事，他将头往后一仰装出得意的神态道："太君说这次不怪我，是该死的王在田大大地坏，还大大地表扬了我，让我安心治理两城镇，要做成模范镇。"姜有理虽然不相信，但还想知道其他消息，姜邯

一街两城

冰故弄玄虚道,"还有很多事情,太君不让我告诉任何人。好了,四爷,我回两城了。"说完就走了,弄得姜有理一时摸不着头脑,朝着他的背影自语道:"这小子,看样子因祸得福了。"

姜邯冰刚回到镇公所,王里门进来求他帮忙营救三爷。姜邯冰亲热地拉着他的手说:"里门兄,我就知道你会不计前嫌地来找我。南城着火,那是我该死的爹不让北城去帮忙的,现在我是镇长了,我说了算,南城、北城,其实就是一条街,低头不见抬头见。王叔也说过,总归是一条街上的,可是要相互……"王里门不耐烦道:"你别扯远了,现在我三婶天天在家里哭,他家没有一个男丁,我作为老王家长支长子能看着不管?"

"你三爷可惹大了,全中国全世界都知道你三爷大大地良心坏了,你说他不好好教学,烧什么书呀?"姜邯冰眼珠子一转,忽然计上心头,忙说,"其实也好办,只要能劝说你三爷答应学日本课本,渡桥不但给你三爷治伤,放了你三爷,还既往不咎,照样当他的校长。"王里门只好说:"那我跟三婶说吧。"刚要转身离开,姜邯冰又喊住,道:"里门兄,也就是咱们俩是好朋友,我才跟你说实话。其实,渡桥看上你二爷家中的那个黑陶杯了。"

"黑陶杯?我怎么不知道?"王里门一愣。姜邯冰故意挑拨道:"价值连城的宝贝,你二爷能让你知道吗?你傻呀。"看到王里门半信半疑,他继续道,"这么跟你说吧,只要你二爷拿出黑陶杯,我保证渡桥放了你三爷。"

王里门回家跟三婶说了,姜秀莲信以为真,急忙跑到王在川房里,求他用黑陶杯换回丈夫。王在川正思考着如何营救三弟,突然听弟妹这么说,非常吃惊,忙问:"你如何知道咱家有那个东西?你听谁说能换回在田?"姜秀莲抹着泪说王里门找了姜镇长。王在川顿时明白了,耐着性子劝道:"弟妹啊,汉奸的话你也敢听?他们这是在陷害我们老王家呀!你想想,渡桥抓走三弟是因为三弟不让学生学习日本课本,现在都上报纸了,全世界都知道了,他渡桥此时能为一个黑陶杯放走三弟吗?再说了,咱们家哪有那个东西呀!要是有的话,还不早卖给卢芹斋挣几万大洋了?"雪梅正巧进来,也劝道:"这是渡桥的阴谋,他的目的就是让三爷复课学习日本课文,三爷之所以放上鞭炮就是想炸碎日本课本,自己也想舍生取义。这时候,我们要是走错了一步,可能毁了三爹一世英名。"王在川和丁使秀点头称是。

姜秀莲急了,道:"那也不能眼看着她爹等死呀,现在渡桥也不给他治伤,他的伤口都流着血水。"她难过得说不下去了。雪梅忙掏出手帕给三婶擦干了眼泪,安慰道:"三婶,越在这时候咱们越不能心乱,肯定要营救三爹,还得仔细筹划妥当才好。"

王家爱国大义之举和忧愁悲伤气氛张传根看在眼里急在心头,他觉着应该伸出援助之手。区委在地下交通站召开了秘密会议,张传根汇报了王在田的情况,并建议县武工队配合营救他。这时,有人提出反对意见。陈雨田说:"王在田是爱国进步人士,他教的学生不全是富家子弟,还有贫苦孩子,单从他火烧日本课本这件事上,就应该值得称赞和肯定,这是民族大义。"张守东插话道:"据说王在田的小女儿王璐方参加了八路军,在滨海军区⋯⋯"陈雨田摆手制止他发言,自己继续道:"我认为不但要想办法营救王在田先生,还要在全县散发传单,张贴标语,通过各种方式揭穿日本鬼子及其走狗残酷迫害爱国人士、欺骗百姓的罪恶行径,对我们贯彻县委加强统一战线指示精神有着积极的意义和深远的影响。"他的话得到与会人员的支持。会上,确立营救行动由张守东负责。

与此同时,在姜家后花园的望街亭里,姜有谷接待了化装而来的杨金彪。"姜镇长,在如此残酷的形势下,唯有你有闲情望街看水,小日子过得不错呀!"杨金彪望着两城街说。

姜有谷冲上茶水说:"杨县长,别涮我了,有任务,快说吧,这些日子可急死闷死我了。"杨金彪坐下喝了一口茶,然后将营救王在田的任务下达给了姜有谷,最后特别交代救出王在田后,要及时送往八十一师驻地有重用。杨金彪还说出了在县城隐蔽的别动队暗号,让他明天务必同他们联系。为了鼓励姜有谷,杨金彪还说整个行动由他负责。杨金彪临走时,突然朝着姜有谷神秘一笑,问:"姜镇长,你那个儿媳妇可好?"姜有谷连连摆手叹气,杨金彪说:"我知道,惜桂性格有点粗野,只要能驯服了她,绝对是一匹人人可骑的温驯小马驹,哈哈。"说完从后门走了。

姜有谷虽然不情愿营救王在田,但这是上级命令,他不敢不执行。送走了杨金彪,他急忙回到密室盘算着如何完成任务,只见李腊枝急火火地进来:"他爹,我活不了了,我快要吓疯了。"姜有谷忙问怎么回事,李腊枝就将最近发生的恐怖、蹊跷的事情说了一遍。

原来,连续三个晚上,李腊枝窗外出现小孩子的哭啼声:"还我命来,还我命来……"而且照在窗子上的黑影就像死去的满满……

姜有谷听了老婆的诉说心里有底了,让她继续回家睡觉,她心有余悸不敢回家,姜有谷安慰说不用怕,他自有办法。

真到了晚上,李腊枝坐在灯下甚至都不敢眨一下眼睛,总算熬到下半夜,果真外面没有任何动静,心想难道真的让丈夫想办法制住了?还没有想完整,那声音又来了,窗子上又出现了小孩子的黑影,她按照丈夫教的办法大喊:"他爹,他爹,在窗子外。"果然,随她喊完,那个影子瞬间消失了。她长长舒了一口气,一摸浑身都被汗湿透了。

"不要脱了。"周惜桂蹑手蹑脚回到自己屋里,正要脱衣服的时候,突然听到黑乎乎的屋里传出阴森森的声音。她吓了一跳,听见划火柴的声音传来,蜡烛点着了,借着灯光见公公一半明一半黑坐在椅子上,巨大的黑影倒在墙上仿佛一只狗熊要扑过来。她强装镇定,故意拍拍胸口道:"是爹呀,吓死我了。"姜有谷一动也没有动,一语双关道:"你也害怕?"周惜桂用脚尖将地上的东西往床底下推,道:"一个大男人三更半夜突然闯进我的屋里,让谁谁不害怕呀?嘿嘿。"

姜有谷也嘿嘿着站起来,走到她身边弯下腰将东西从床底下拽了出来,原来是用纸扎成的小孩子模型,朝着她一晃,生气道:"原来就是这个东西吓得你娘三晚上都没有睡好觉。"没等他说完,周惜桂见事情败露,立即承认是自己所为:"爹,是我做的,但我自嫁到姜家,就处处受到她的欺负,我也只是吓唬吓唬她,并没有恶意。"

"哼,这么说,满满真是你害死的了?"姜有谷说着将东西扔到地上重新坐下。

周惜桂立即跪在地上说:"爹爹,我真的不是故意的……我知道错了,您原谅我吧,您让我干啥都行。"说着瞥着公公,看到他色眯眯地盯着自己,忽然计上心来,故意搔首弄姿。

姜有谷看到周惜桂主动了,干脆豁出去了,脱下了裤子,正当要脱裤衩的时候,突然听到周惜桂高声道:"爹,您怎么将衣服脱了呀?这是啥事呀?"这声音在寂静的黑夜里尤其刺耳、响亮。姜有谷猛然吓醒了,强烈意识到上她当了,急忙找衣服穿,却被她用脚踢到床底下了,周惜桂还高呼道:"娘,快来我屋里捉贼呀……"

张传梢和用人听见喊声都认为来贼了,纷纷点上灯出来捉贼。李腊枝惦记着丈夫,忽然听到儿媳妇大叫大喊,意识到出大事了。她刚拉开门闩准备去看看,姜有谷几乎光着身子闯了进来:"快关门,快关门,上她当了。"看到丈夫一副狼狈的样子,再听听周惜桂在院子里大喊大叫,李腊枝完全明白怎么一回事。

次日一早,周惜桂拿着椅子堵在门口倒坐在上面高声大骂姜有谷"畜生",一连骂了三天三夜,吓得他像乌龟缩在屋里不敢争辩、不敢发火,更不敢露面。

王在川和王里门骑马,姜秀莲和安雪梅坐着马车去县城探监。走到两城街上,只见墙上贴着好多标语,许多人围着或驻足观看,地上也撒着传单,有人拾起来揣在布袋里或边走边看。雪梅觉着好奇就让车夫停下车下来捡了几张传单,见上面写着:"我们是中国人!中华民族团结起来,坚决彻底将日本鬼子逐出中国!民族义士王在田……"

雪梅刚要拿给公公看看,就听见远处高喊抓人,还没等回过神来发现周国乾拿着传单跑了过来,她急忙将他手里的传单快速揣进自己怀里,这时候几个警察跑了过来,他们二话不说就要抓周国乾。雪梅沉下脸道:"你们想干什么?"警察说他给共产党散发传单,要抓回去审讯。雪梅故意装出恼火的样子,将周国乾拉到身后,正巧姜邯冰赶了过来,雪梅便对他说,"姜镇长,看看你的手下,简直无法无天,光天化日之下竟然随便抓人。"姜邯冰见到雪梅高兴都来不及,哪能让手下如此捣乱,忙赶警察滚蛋,一个警察指着周国乾辩解说:"就是他散发的传单,他是'共党'。"

雪梅立即变色道:"笑话,你见过有这么小的'共党'?"然后转身笑着对姜邯冰解释说:"姜镇长,这是我娘家侄儿,今日跟着我一起去县城看三爹。"姜邯冰相信了,忙呵斥警察有眼无珠,让他们快滚,然后向雪梅赔笑道:"唉,这次你三爹作大了,里门也找过我,不好办呀。"说完就转身走了,走了几步忽然想再看看雪梅,回头见她与周国乾坐上马车走了,只好转身离去。

周国乾听到雪梅要去看望老师,也要去看望,雪梅答应了。路上,雪梅给了姜秀莲一瓶獾油:"三婶,到时候进去,你偷偷给三爹擦在伤口上。"姜秀莲答应了。

到了县城,大街小巷张贴着很多标语,伪军、警察们用枪驱赶着观看的人群。王在川他们穿过几道关卡,在伪军的严密监护下进了戒备森严的监牢,一股霉烂的味道扑鼻而来。王在田奄奄一息地躺在地上,头发已经烧没有了,乌黑的脸几乎分不清哪是鼻子哪是眼,衣服粘在伤口处已无法分离,有的地方还流着血水。姜秀莲扑上去哭了起来,周国乾拉着老师的手哭着喊:"老师,您醒醒呀!我们是中国人,一定要坚强啊!"

雪梅让姜秀莲先别难受了,快给他抹獾油。

王在田慢慢睁开眼睛,看清了是二哥他们,艰难地说:"二哥,别上……渡桥的……当,别管我了,你们快……快……回……"还没说完,昏死过去了。

此时,渡桥次郎就站在监牢角落里,抱着胳膊看着王在川一家人痛苦难受的样子,发出了冷冷的笑声:"王在川,我说过,我会慢慢等着你亲自送来。"

王在川昏昏沉沉地回到家,想到三弟痛苦的样子心如刀绞。他来到地洞里,坐在镂空高柄黑陶杯前犹豫不定,足足三锅烟的工夫,他咬着牙跪下磕了三个响头:"慧安大师,我对不住您了。"然后用棉布将黑陶怀包好放进一个盒子里,洒泪道,"再贵重的东西也不如三弟的性命重要啊。"

第四十章　义薄云天

　　王在川如此犹豫,是因为这个高柄镂空黑陶杯是慧安大师托付给他保管的。

　　那年,一天深夜,慧安大师找到王在川,拿出高柄黑陶杯。王在川惊讶道:"大师,这个杯子没有损坏呀?"说着就要去接,慧安并没有立即给他,而是紧紧握在手里,郑重对他道:"我之所以如此,是为了遮人耳目。你可知道,这个黑陶杯是国宝,世所罕见,请施主一定一定妥善保管好。"

　　"唉!"王在川不敢回想过去了,怀着惭愧的心情走出了花园,刚走到庭院,突然见雪梅站在堂屋门口,他下意识地将盒子放在身后进了屋。雪梅也跟了进来,道:"爹,回家后,我总是琢磨三爹那句话,千万别上渡桥的当。"王在川知道她要说什么,但没有吱声,听她继续说:"爹,您想过没有,即便是给了渡桥,他会放了三爹吗?"王在川豁然明白她知道自己要做什么了,还是没有吱声,只听雪梅说:"依我说,他不会放过三爹。"

　　"为什么?"王在川终于开口说话。

　　雪梅解释说:"一者,渡桥提出的条件就是让三爹复课,学习日本课本。二者,渡桥并没有提出释放三爹的第二个条件,也没有指明哪件东西可以换三爹,仅凭姜邯冰一人之言,不足信,给了他等于肉包子打狗。三者,三爹此举是民族大义,现在并不是咱们一家为他着急,应该有很多正义之士想方设法营救三爹。请爹和里门大哥赶快秘密同他们联络,用武力手段营救三爹出来救治,我看三爹撑不了多久了。"王在川叹了一声,然后说:"雪梅呀,爹知道了,我再考虑考虑,你回屋休息吧。"雪梅不安地出门了。

　　雪梅前脚走，王在川后脚也出门了，他一心想救三弟。王在川从马厩里牵出大黑马一只脚已经踩到马镫上了，雪梅跑过来几乎要伸手阻拦：“爹，我不是心痛东西如何贵重，而是觉着您此举有失尊严不说，还耽误了营救三爹，适得其反。”

　　此时，王在川已经听不进去任何人的劝告了，他上了大黑马喊了一声"驾"。马刚要扬蹄，突然见张守东急匆匆赶来，快速拉着马的嚼口，然后小声对王在川说："东家，王校长已经被营救出牢狱了。"

　　好久不见的张守东忽然现身，王在川和安雪梅虽然猜到了他的身份，但还是十分惊异。当听说王在田已经被救出来时，他们心里都明白一定是他所为。确实，营救王在田的正是八路军武工队，而且现在已将他安全送到了范家楼根据地。王在川得到消息后，高兴得差点从马上摔落下来，张守东急忙扶住他，说王在田生命垂危，最好让姜秀莲去看最后一眼，王在川没有丝毫犹豫地连连点头。

　　当晚，雪梅将姜秀莲送到两城西门口节孝牌坊下，张守东和头戴苇笠的人已经在此等候了，见了面谁也没有说话，那个人朝着姜秀莲和雪梅点了点头转身就走了。雪梅悄声对姜秀莲说："三婶，跟着他走没事，别跟丢了。"姜秀莲顾不得答应了，快步跟了上去。这时，雪梅忽然想起那个人好面熟，他是谁……

　　"少奶奶，你也回去吧。"张守东说话打断了雪梅的思路。这时，雪梅想了解张守东近些日子干什么去了，见他悄然走了，又不放心三婶，禁不住回头朝西望去，黑茫茫的夜幕下已经看不到人影了。

　　前来接姜秀莲的是陈雨田，他也认出了安雪梅，怕耽误了路程也没有跟她打招呼。他们走了整整一个晚上，次日早晨才到了范家楼。让姜秀莲惊喜的是在这里竟然见到王璐方，她是被组织安排看望父亲的，与她同来的还有她的恋人徐斌，是一位八路军连长，他们在战火中并肩战斗并相爱。王璐方跪在父亲面前，一遍又一遍地呼喊着："爹，爹，您醒醒呀，我是璐方呀，您的女儿，俺娘还有您的女婿也来了啊！爹呀，您醒醒啊，爹……"在王璐方一遍一遍的呼喊下，奇迹发生了，王在田的嘴角微微动了几下，艰难地说："方，回……家……开……学……"

忽然坐了起来大叫三声,"杀倭!杀倭!杀倭!"吐出一口鲜血,然后倒下咽气了。

为了宣传王在田的民族大义精神,掀起在全县乃至鲁东南地区反日反伪热潮,民主政府为王在田举办了追悼会,印发报纸、传单进行广泛宣传,还配发了王在田被烧伤的照片,揭露了日伪反人类没人性的罪恶行径。这无疑让沦陷区的人们看清了日本侵略者的本质,太阳旗下所谓和平安定景象都是假象,极大地激起了具有爱国心的中国人对日本侵略者的强烈愤慨,坚定了消灭敌人的决心。

"看看,这就是共产党人善于做的事情,得到拥护。你还是一县之长,懂不懂政治?简直是废物,饭桶。"在国民党第八十一师驻地,重庆派来的特派员拿着报纸对杨金彪吼道。杨金彪很委屈,他说已经安排两城镇镇长姜有谷去营救王在田了。特派员指着他的鼻子,愤怒道:"结果呢?"

"结果……"此时,杨金彪也只能低下头任凭上级训斥了。

王在田事件让渡桥次郎焦头烂额,也深感恐惧,走到街头扑面而来的反日反伪标语、传单让他强烈感受到中国人不屈不挠的意志。他即令石臼调过来日军中队,进行全城戒严,实行残酷镇压,缉拿反日分子。

这时,电话响了,他拿起话筒听是舅舅的声音:"次郎,你辖区反日情绪非常高涨,大有愈燃愈烈之势。你可知道,竹机关长知道后非常恼火,要不是我从中斡旋,你现在已经被押回国内上军事法庭了。"渡桥次郎连声说:"舅舅辛苦了,有负舅舅期望了。"梅津美治郎继续说:"现在有大批军用物资压在安家台码头运不出去,前方战区非常吃紧,急需枪支弹药,可是通往内地的道路都被八路军截断或占领了。"

渡桥次郎急忙表态说:"舅舅,我一定派兵'清剿'共产党八路军,一定在全城'清剿'反日分子。"梅津美治郎缓和口气说:"当前,一切以前方战区为重,对辖区要采取怀柔政策,可不能前方攻城略地,后方起火冒烟。次郎,你懂吗?!"渡桥次郎连连答应:"是是,舅舅,我明白。"放下电话后,他立即召集日军中队长、县长、县保安大队长、伪团长等人参加的紧急会议,部署"清剿"通往内地大通道的计划。

在整个扫荡计划中,以朱信斋所部为主力,他们占据有利地形由西向东进攻,县保安大队由南往北,伪军团由北往南,日军中队由东往西,对范家楼根据地实施围攻。在敌强我弱的形势下,日照县委、政府机关及八路军滨海军区突围后向桑园、峤山、大青山等地区战略转移,根据地被敌人占领。日军军用物资源源不断地运往内地战区。

王在川自从三弟去世后,更加沉郁。因为敌人盯得紧无法将三弟的尸骨拉回王家老林埋葬,他只好将三弟的牌位放在祠堂里,并设立了义士台,将三弟的牌位与二叔的牌位放在一起。事后,他悄悄将高柄黑陶杯放回原处,拜了三拜,暗自庆幸道:"慧安大师,我差点失信于您,以后我将用生命保护此杯。"从地洞里出来,王在川独自来到祠堂,跪在爹娘牌位前大哭,越哭越伤心,越伤心越想哭。丁使秀来了,雪梅来了,张传兰也来了,不管谁来劝,他一概不听,只哭不说话。大家背后小声议论,自老夫人去世后,还头一次见他如此悲伤。

新聘用的管家任北乐过来说:"老爷,您别伤心了,朱信斋来了……"还没等他把话说完,王在川腾地站了起来,脸上的泪痕都顾不得擦,忙问:"他在哪?你快给我拦住,绝不能让他进祠堂。"这时,朱信斋穿着伪军服装已走到门口,听到在川的话,既尴尬又生气,但他装出满不在乎的样子说:"哈哈,王兄,为何不让故人进啊?"说着一只脚就要迈进祠堂,在川猛将他挡了出去,一语双关说:"王家祠堂只能进孝子和忠义之士。"

当着众人的面被王在川羞辱了,朱信斋心里窝火,要不是日本人急需找当地有影响的人物出来维持秩序,他真想拔出手枪崩了王在川。朱信斋压着火气,堆满了笑脸,指着身穿西服的中年人说:"这是咱县新上任的张县长,姜县长不称职被免掉了,还是进屋说吧,这里挺闹的,说话不方便。"王在川故意大声说:"还有什么见不得人的事,不敢当着大家的面说?我王在川一生光明磊落,没有怕的人,也没有怕的事,有话直说,无话速回。"

朱信斋见他不给面子,只好当着众人的面说:"皇军,啊……啊,不……县政府,也就是这位县长大人想委任你为两城镇的'维持会'会长,您看……"王在川的脸色骤然变得铁青,眉头蹙成疙瘩,正色道:"我姓王的即便是死,也不会去当无国无家无亲不知廉耻的汉奸走狗!滚,我永远不想再见到你们。"朱信斋没想到他竟这么不识抬举,也不禁恼怒起来,恶狠狠地道:"好,你有种!但是,王家窑厂必须开工,烧砖烧瓦给皇军修炮楼,还要拿出一千石粮食、一万大洋。"

"休想!"王在川义正词严道,"王家窑厂绝不会开工,你们别想得到王家半块砖瓦,我的粮食和钱只给抗日的军队,绝不会给汉奸走狗。"朱信斋恼羞成怒:"你不怕我带领军队灭了你?"王在川哈哈大笑:"我告诉你,姓朱的,当年刘黑七都没过三珠山,就凭你?哈哈,滚,再不滚,我一刀劈了你!"当即吓得朱信斋与张县长灰溜溜地走了。

朱信斋窝着一肚子火回到驻地,越想越生气,便带着藤子来到日本驻军部,见到渡桥次郎狠狠告了王在川一状,说王在川不识好歹,给官都不当,还暗通共产党,私藏枪支粮食,请求太君派兵剿灭了王家。渡桥次郎一听又是王在川,心头火起就要下令抓人。这时秦书中进来浇灭了他的怒火。秦书中上前用日语说了一番话,朱信斋一句也听不懂,而渡桥次郎却连连点头。待秦书中说完,渡桥次郎对朱信斋说:"朱大队长,你不懂政治,你的职责是加紧'剿灭'山区里的八路军和武工队,你的明白?"朱信斋还想诬陷王在川,却被藤子打住了,她朝渡桥次郎鞠躬后道:"渡桥君,朱大队长明白了,我们这就回去,打搅了。"说完又鞠躬,然后向朱信斋使眼色,两个人告辞走了。

路上,朱信斋问藤子,秦书中跟渡桥说了些什么话,藤子说:"你少知道为好,但我可以告诉你,如果日莒公路出了乱子,整个计划将全盘皆输。"她说完不再重复了,朱信斋似懂非懂,也不好再问,但他脑子里忽然来了一个问号:秦书中到底是什么人?

秦书中现在不只是姜有理管家这么简单了,自从日本人来之后,他看到了机遇,而渡桥次郎竟然是他东京大学的同班同学。从此,他甘愿成了日本人的忠实走狗。姜有理被撤职与他有关,他告诉渡桥次郎,姜有理借着县长的职务中饱私囊,私贩日本紧俏货物……渡桥次郎联想姜有理的平庸作为,一怒之下撤了他的县长职务。那么,秦书中怎么会劝渡桥暂时别动王在川的呢?更大的阴谋在后面。

王家仿佛一夜间失去了笑声,整天都死气沉沉的。雪梅吃完饭,通常都要到

一街两城

公公、婆婆屋里坐坐。她进门见王香趴在桌上写字,王满已经会走路了,正是见啥都新鲜的时候,要么去抓王香的书本,要么去夺她手里的铅笔,王香不敢惹他,只好对父亲不满道:"爹呀,您看看满满,闹死我了。"

满满被雪梅救活后,王在田就将他托付给雪梅照看抚养了,对外一概不说,包括王璐圆。丁使秀忙将满满抱了过来:"满满,别闹小姨了,来,姥姥抱抱。"王满不听话,挣扎着要去跟王香玩,见到雪梅进来他不闹了,扑着找她抱,雪梅将他抱在怀里擦了一把鼻涕,然后说:"满满,是不是又闹小姨读书了?这可不好,你长大了也要读书。"丁使秀接着说:"唉,要是他姥爷还活着,现在也该教他识字了。"

雪梅忙对满满道:"满满,姥爷呢?"王满立即伸出小手指着王在川嘴里喊着:"姥爷,姥爷……"可把丁使秀和雪梅高兴坏了,同时也心酸,丁使秀擦着泪说:"这孩子挺懂事,也乖。"王在川朝着王满咧了咧嘴,又想起了三弟,心情愈加沉重。

雪梅关心地问:"爹,看您最近没有食欲,哪里不舒服呀?要是真有毛病的话,请医生来看看,千万别耽误了。"还没等王在川解释,丁使秀说:"唉,外面整天打仗,那小日本枪炮也厉害,里路也不来封信说说。"王在川觉着媳妇在场,不便说些不吉利的话,安慰道:"里路在旅部,是后方,枪子打不过去。现在到处是小日本,哪有邮差给你递信啊!"

近来,他愈加想念王里道这个儿子,出去那么多年了,至今杳无音信,是怨恨自己,还是……他不敢想象下去,家里连番出了这么多事情,自己老了,没有一个男丁,将来谁支撑这个家呢?越想越不是滋味,越想越生两个儿子的气:"两个不省心的东西!"说完上床躺下闭上了眼睛。

雪梅了解公公近来的心情,感觉出两位老人对儿子的绵绵牵挂,心中不免生起无尽的惆怅,但当着两位长辈的面,又不能表露出来,只好抱着王满哼着小曲儿让他快睡觉。

安妈进来说有人找雪梅。雪梅出门见是周国乾和他母亲邵惠。还没等雪梅说话,周国乾跑上前抱着雪梅哭了,邵惠忙解释说:"大妹子,我们在两城待不下去了,准备去青岛找他大舅,今儿特意来向你辞行,感谢你这些年的帮助。"雪梅忙问他们怎么走,现在外面兵荒马乱的很危险。邵惠说从泊里到胶州,然后绕过胶州湾就到青岛了,烙上煎饼,步行需要四五天。雪梅不放心,问:"这么远的路程,又没有车马,单靠徒步,国乾还有你的那些孩子怎么能受得了啊?"

邵惠叹着气,无奈道:"走一步看一步吧,总比在这里饿死强啊。"说完对儿子道:"国乾,快给恩人磕头,谢谢少奶奶对你的关心。"周国乾要跪下给雪梅磕头,被她急忙扶住了:"国乾不要这样,你是坚强的孩子,快起来。"然后对邵惠说,"大姐,你稍等,我去去就来。"说完进了公婆房间,问婆婆:"娘,大舅还开通往青岛的小火轮吗?"丁使秀拍着王满睡了,然后小声说:"听你大舅说,上月刚刚开通了,日本人查得紧。怎么,你有事?"雪梅接着将周国乾一家的情况说了,请婆婆给大舅写封信,顺便捎带周国乾一家去青岛。丁使秀没有迟疑,就写了信。雪梅本想找张传根赶马车送周国乾一家去涛雒码头,听里门说他干活受伤回家了,只好安排任北乐送他们。

雪梅拿着婆婆的信出来见到邵惠母子说:"大姐,我大舅在涛雒商埠有开往青岛的小火轮,顺便捎着你们全家,这样当天就到青岛了,步行太危险了。这是俺娘给大舅的信,你们到了码头给大舅就行了。"邵惠简直不敢相信自己的耳朵,连声说:"我们全家遇到恩人了,谢谢大妹子。"这时候,任北乐赶着马车出来,雪梅让邵惠他们快上马车,看到她还有一丝担心,雪梅笑着说:"大姐,请相信我,一切都安排好了,你们跟着任管家走就行了。"邵惠感动得眼泪直流,雪梅抚摸着周国乾的小脸蛋说,"国乾,去了青岛也别忘了读书。记住,只有学识才能改变命运。"

"少奶奶,我记住您的话,也永远记住老师的话了。"周国乾给雪梅鞠躬,然后扶着母亲上车走了。

第四十一章 失约

雪梅惦记着张传根的病情,送走邵惠后,便与安妈带上五个大洋和二十余斤粮食去了张传根家。

安妈在门口喊:"有人在家吗?张守东在家吗?"话音刚落,张守东和穿着长衫、戴着礼帽扮作大夫的陈雨田一起出来,陈雨田看到雪梅,急忙把头一低,匆匆而过。虽然他的动作很快,但也没逃过雪梅的眼睛,着实让她大吃一惊,怎么在这里又碰到了他?雪梅心想:他绝不是一般人物,里道很可能与他有关系。

"少奶奶,你们有事吗?"张守东说话,雪梅才回过神来,忙笑着说:"哦,老爷和太太听说大叔受伤了,让我给送点钱物,表表心意。"雪梅说着就和安妈进了屋。张传根躺在炕上想起来,雪梅不让他起来,把钱和粮食放下,安慰了几句就告辞了。

雪梅回家后,越想越觉得在张守东家遇见的那个神秘人与里道有联系,上次送三婶时就应该问清楚。她再一次来到张传根家,这次她是独自来的,见到张守东说:"大叔恢复得还挺快。"张守东说:"多亏陈大夫治得好。"雪梅按照自己的来意说:"真是神医啊!他在哪里开药铺?能不能让我见见他?感谢人家上次帮了大忙,让三婶还能见到三爹最后一面。"

张守东顿时紧张起来,显然不相信雪梅所说的话。雪梅忙说:"哦,不光是感谢人家,还有爹爹最近不适,想请陈大夫去给他把把脉。"张守东听了,心里虽然释然了许多,但觉着事情挺难办,又不好明说,支吾半天也没说可以或不可以。

雪梅看他很为难的样子,说:"怎么了,医生难请吗?"张守东忙说:"这倒不是,只是他整天漂泊不定,没有住所,有些难找。"

"等他来的时候,你告诉我一声……"雪梅说着,从怀里掏出几个大洋对张守东说,"这点钱你拿着给大叔买点药吧,剩下的买点口粮、家什添补添补。"张守东怎么也不敢要,忙说:"少奶奶,这钱我怎么也不会要的,等陈大夫来,我马上叫您……"正当两人互相推辞谦让时,王璐圆突然进来,看到他们俩靠得很近,不免醋意大生,说:"原来嫂子也在啊。"张守东和雪梅听到有人说话,马上都松开了手,大洋当啷啷掉在了地上。

"是你啊,死丫头,这些日子你都跑哪去了?吓了我一跳!"雪梅笑着说。璐圆接上话说:"没做见不得人的事,害什么怕呀!"雪梅觉着她话中有话,不便跟她一般见识,忙强装笑脸说:"你这刁钻的嘴啊,从没见你饶过人!我是来看大叔的,你来干什么?"璐圆马上仰起脸道:"允许你看,就不允许我来?"雪梅感觉璐圆话里带刺,说了句"家里有事"就走了。

王璐圆自从离家出走后,秘密参加了抗日组织,与张守东朝夕相处中,暗暗爱上他了。雪梅自然不知道他们的关系,多日没见张守东回话,难免有点着急,忍不住又去张守东家询问,走到门口忽然又停住了,心想:来多了会不会引起张守东的反感?如果碰巧让那丫头遇见,岂不又误会了?她……唉!还是等等再说吧。虽然雪梅没进去,但她这一切举动,已被躲在墙后面的璐圆看得清清楚楚。

其实,张守东秘密找到了陈雨田,汇报了安雪梅要见他。陈雨田走到窗前沉思了一会儿,然后转身说:"这样吧,你在两城街三大锅饭庄安排单间,我见见她。据我分析,王在川根本没病。"

"她到底想干什么?"

"她想给公公、婆婆治心病。目前,也只有我能治好。"陈雨田自信地说。

三大锅饭庄这几年规模逐步扩大,建成了三层楼,设立若干单间、雅间和贵宾间。每天都有南来北往的人,是共产党的秘密交通站。新来的老板是中共地下党员。张守东找到了区委交通员,让他设法去通知安排。可是,有一件事让张守东为难了,怎么去通知雪梅呢?他想了半天才想出不得已的办法。

天刚黑,雪梅正要去餐厅吃饭,小丫过来小声对她说:"少奶奶,张守东在花园等着您,有急事对您说。"雪梅饭也顾不得吃了,急匆匆地去了花园。

张传兰吃过晚饭总爱到花园散散步,借以消消食。她走着走着,忽听有人说话的声音,侧耳细听,是一男一女在说悄悄话。哪个丫头敢在此做偷汉之事!她不由得气上心头,刚想上前看个明白,隐约见一个黑影朝这边走来,她快闪进花丛里,屏住呼吸想看看来人到底是谁。那人走近了,张传兰差点叫出声来,怎么会是雪梅呢?平时没见她不轨行为和举止啊!这……她刚想出来,又有一个黑影走来,她急忙蹲下了,近了仔细一看,这不是原来的管家张守东吗?原来这对狗男女背地里相好上了。张传兰非常懊恼和气愤,直到张守东跳墙走了,才从花丛中出来。回到屋里,王璐瑶来问安,她说自己乏了要早点休息,可是怎么也睡不着,越想越憎恨雪梅,一定让在川把这个王家的扫帚星、风骚娘儿们扫地出门。

安雪梅清早起来,经过精心打扮,心情格外舒畅。是啊,怎么能不高兴呢?昨晚,张守东告诉她陈大夫已同意给公公看病了,这说明自己的猜想是对的,见到陈大夫就知道里道的下落了,知道了里道,或许就知道他了……

早饭时,丁使秀问:"打扮这么精神,去哪?"雪梅撒谎说:"娘,我正想告诉您呢,好长时间没回娘家了,我想今天回趟娘家看看。"丁使秀接着说:"是应该回去看看,带上咱家里产的梨、枣,让你娘家人尝尝,挑些熟的。"雪梅点头答应了。安妈要跟着路上照顾,雪梅没有同意,还说当天就赶回来,安妈年纪大了路上很辛苦。

吃过饭,雪梅让车夫老李搬上了一筐梨出了大门,正巧碰见璐圆从河边往家走,她问:"嫂子,这么早,去哪?"这个方向是去两城街,雪梅也没多想,随口就说:"去街上办点事。"璐圆忽然觉着特别高兴,家也不想回了,径直去了张守东家。正在家洗衣服的张守花说他天亮就去街上办事了。雪梅不是也说去街上吗?难道他们事先约好了?她生气地来到了丁使秀房间。丁使秀见了她突然进来,怕她看到王满便领到客厅说话,埋怨道:"看看你这个丫头疯得什么都不顾了,你爹走了,你知道吗?"王璐圆点点头,噘着嘴没说话,丁使秀几乎不正眼看她:"回来就噘着嘴,像谁得罪了你似的,要不是你三嫂走娘家去了,让她开导开导你。"璐圆几乎跳了起来,连呼带叫地说:"还让她开导我呢!二大娘,您再不快开导开导她,恐怕我们王家的脸都要让她给丢尽了!"

丁使秀感到她话中有话,忙问:"什么意思?你三嫂怎么了?"

璐圆正在气头上,就把在张守东家几次遇到雪梅以及今天雪梅和张守东同去街上的事添枝加叶地说了出来。丁使秀听了半天,没说出话来,她心目中的儿媳妇不是这样的人啊!再说平时也没看出来呀!她刚想问个明白,张传兰和傅美意也过来了,她只好改口说:"大嫂来了,有事?"

"没事就不能来了?"张传兰阴着脸说。平时妯娌俩见了面,那是有说有笑,而这次都好像有心事,说起话来纯粹是应付。璐圆见大娘和大嫂在场,有些话不便说,因心里还惦念着那事,说了几句客套话就走了。传兰瞅着她的背影说:"璐圆丫头就是不孝顺,她爹死了,也不回来看看,唉。"傅美意就怕自己少说了话憋死,接上说:"她呀,搞对象搞疯了,姜家少爷玩够了抛弃了她,可她竟然下贱到跟那个穷小子好了。现在三爹死了,也管不着她了,由着她的性子来。如果三爹活着,非敲断她的腿不可!"丁使秀感到她这话好像冲着张守东来的,禁不住道:"我看守东这孩子就不错,要不是家穷点还真与璐圆般配。这次,要不是他找人救出了你三爹,还不知咋样呢!"

"救出来有啥用呀?很快就死了。"

丁使秀说着,双手合十喃喃道:"罪过罪过……"傅美意看到丁使秀一副虔诚的样子,不屑道:"二婶,您整天吃斋念佛有什么用啊?儿子儿子跑了,媳妇媳妇又……唉,我不是说您呀,都是您这个媳妇的罪过,要不是她,里路也不会离家出走;要不是她,张守东这个穷小子也不会这么听话好使唤,我看他救三爹是有所企图。"丁使秀听着脸色都变了,心跳得有些喘不出气来。张传兰怕丁使秀对张守东产生好感,不再铺垫直奔主题,说:"他二婶,有句话,不知当说不当说?"

"有什么话,你、你就说呗,还有什么当说不当说的?"使秀说起话来明显有些发颤。

"她……"傅美意和传兰都抢话说,最终傅美意还是让婆婆先说。张传兰故意压低声音说:"昨晚,我在花园里看到雪梅和张守东在一起厮混,他们简直是败坏门风,有辱我们王家。"傅美意接上说:"兆玉爹经常看到他们依依不舍的样子,看着就来气。"如果只听璐圆说,丁使秀还半信半疑,现在连大嫂、侄媳都亲眼看到亲耳听到了,这事还能有假吗?丁使秀感到脸上火辣辣的,地上有个窟窿的话,她真想一头扎进去,但还是有点不相信:"按说雪梅不像这种人啊。"

傅美意添油加醋地说:"哼,我早看到这个女人不是好东西,整天搽脂抹粉的,走到哪里都招惹一群蜂子似的野汉子。二婶,您看看,她为了自己私会方便,连安妈都没有带着。"丁使秀稳了稳自己的情绪,说:"大嫂、美意,这事可千万别传出去,如果让老爷知道了,非要了她的命不可……唉!大嫂,你说,事到如今,这事该怎么办呢?雪梅平时很懂事的,你说就这么赶她走,别人还不说我们欺负她?再说,里路回来,该怎样对他说?都是这东西造的孽,要不是他……呜呜……"说着哭了起来。

傅美意此时只有愤恨了,火上浇油说:"二婶,你别伤心了,事到如今,我想还是对她挑明了好,要不赶快让她回娘家住着,咱堂堂的国军军官可不能由着她的性子胡来……如果不快刀斩乱麻的话,不说你家丢脸,我们也脸上无光!"

"我……唉……"丁使秀的心更乱了,"平时没看她有什么不对啊!"

张传兰进一步分析说:"你就不想想,咱也是从年轻时过来的,年轻女人独守空房,能不寂寞吗?好女禁不住赖汉子缠啊!要不跟在川说说,找几个人教训教训张守东,让他以后别有非分之想了?"丁使秀摇了摇头,说:"这事不妥,本来这件事就见不得人,如果打了他,岂不更张扬了出去?再说,依他爹的脾气能轻饶了他吗?现在关键不知道他们发展到了什么程度。"传兰用手比画着说:"不管发展到了什么程度,这种事就是丢人的事,古来'万恶淫为首',你说现在的年轻人怎么就不知羞耻呢?璐圆也不是个好东西,唉!咱王家怎么出了……唉!"张传兰连连摇头叹气,难过得说不下去了,但说出的每一句话每一个字无疑像钢针扎在了丁使秀的心头上。

雪梅如约来到了三大锅饭庄。她让李师傅把马车停在外头等候,自己进去,上了二楼开了单间,一直等到快中午了也没有见到要见的人,其间倒是来了几个陌生人,有的鬼鬼祟祟让人生厌生疑。她又等到太阳偏西,也没见要见的人,只好下楼无奈而沉郁地回了家,先到婆婆屋里打了招呼:"娘,我回来了。"丁使秀头也没抬,眼也没睁,话也没说,鼻子里却哼了一声。雪梅的心一下子凉了,不知发生了什么事。

晚饭时,雪梅坐在桌子前,安妈给她盛上饭却不想吃饭,心里叽叽喳喳地难受。王香说:"嫂子,快吃饭吧。"雪梅说:"中午吃多了,现在不想吃了。"王在川吃着饭说:"你前些日子还说我厌食,今儿你怎么不吃了?快吃点,即便是中午吃了,走了一路现在也饿了。"安妈心疼她,也劝她吃点。丁使秀却不冷不热地说:"哼,乐都乐饱了,还吃什么饭!"在川看不过去,放下饭碗,朝着妻子道:"你今天怎么了?不阴不阳、怪声怪气的。"丁使秀扭头,鼻子哼了一声。安妈立即接上话:"是啊太太,您今天怎么了?好像少奶奶做错了什么。"

丁使秀越说越生气:"我们可是规矩人家,可不能由着性子来!人要脸,树要皮,如果人不要脸了,与畜生差哪儿去!"雪梅听出婆婆话音朝自己来的,觉着有必要把今天所做的事跟两位老人家解释,便说:"娘……"还没等说话,丁使秀甩下一句:"我用不着你叫娘,担不起!"起身走了。

雪梅再也受不了了,难过地跑进了自己屋里。安妈不放心急忙跟了进来,问她到底发生什么事情,雪梅擦了眼泪强装欢颜说没事,让安妈出去了,自己独自坐在床上黯然垂泪,越想越伤心,自己一心为了这个家,可怎么遭到家人的冷漠和误解呢?屋里静悄悄的,外面秋风又起,刮得树叶沙沙作响,难道连风也在嘲笑自己吗?要是以前,二娘会过来说说话,听自己诉诉心事,而现在,有屈却无处诉啊!里路,你在哪里呀?让我见你一面,也算是没白进王家这一遭、没白爱你一场啊!

第四十二章　相逢太行山

巍巍太行山东麓,一条宽阔河流,两岸悬崖如刀削斧劈,河水湍急一个旋涡套一个旋涡令人望而生畏。王里道站在桥墩上扭紧螺丝,他正与八路军战士抢修被日军飞机炸毁的桥梁。

一辆敞口小汽车在大桥南岸停了下来,王里路从车上下来,看到已经修好的大桥,频频点头,转身对随从道:"你上报旅长,日军炸毁的大桥,已经被八路军抢修好了,加强营可以通行。"随从答应走了。

"三哥,是你吗?"一直好奇打量着里路的里道小心地问。

王里路顺着声音看去,见一位长得高高壮壮、正方形脸的年轻八路军正看着自己,脸上带着惊喜,但投来的眼神些许紧张、不安,恍惚在哪儿见过,但一时又想不起来:"你是——"

"三哥,我是里道呀!"里道再也控制不住自己的情绪,跑上去抱着里路说,"你怎么连弟弟都不认识了,我是里道啊。"

"啊?是四弟!真的是你吗?"里路把里道推开,两手紧紧抓住他的肩膀仔细看了又看,忽地猛然使劲把他抱进怀里,"是四弟,是弟弟……"激动得泪水奔涌而出。

"多年不见,你长得连我都认不出来了,又英俊又威武。哎,你怎么参加了八路军?家里的人都好吗?爹娘都安康吗……"王里路不知问什么好了,只觉着有千万的事情想知道。王里道擦了眼泪说:"三哥,我的事一言难尽,以后你慢慢就知道了。哎,哥,你最近回家了吗?"王里路叹气说:"唉!我也是一言难尽!你还不知道吗?人在军旅,身不由己。况且现在正值全国抗战时期……这些年,枪林弹雨的,今天在河南,明天说不定又去了河北,咱兄弟俩能活着在这里意外相逢,真是老天有眼啊!"说着又不禁潸然泪下。里道流着泪笑着说:"是啊,只要我们兄弟们团结在一起,区区一个小日本,绝不能让他们在我们的土地上任意践踏、蹂躏。"

"是啊是啊。"里路说着拉着弟弟的手坐在路边凸起的石头上,"记得我走的时候,你还是小孩子,眨眼间,你都成了大人。"里道眼里依然闪着泪花,动情地说:"你谁也不说就走了,我都哭了,大娘也哭了,爹都吐血了,对了,还有三嫂也哭了,当时都把我吓坏了,三哥你知道吗?"里道说着站了起来,"是我替你把三嫂娶进家门的,晚上我都哭着找娘……"里路无法回答弟弟的责问,低下头叹气说:"我当时也是不得已而为之,只是让爹娘为我担心、伤心了,唉,是我不孝啊,我……"里道激动了,猛然抓住哥哥的手,接着说:"三哥,你知道吗?比娘更担心、更伤心的人还有呀……"两人正亲密地谈着,一位头戴灰蓝军帽、身着军服的八路军女兵跑了过来:"哎,里道,你跟谁说话?如此亲密。"

里道忙笑着介绍道:"瑞琼,快来,见过三哥。"说着就拉着程瑞琼的手对里路说,"三哥,这是你弟妹,她叫程瑞琼,在我们宣传队。"然后对程瑞琼道,"哎,快叫三哥。"

瑞琼含笑着大大方方地叫了三哥,里路面对朝气蓬勃、热情大方的弟媳妇,显得有些手足无措,忙掏出一把大洋给她:"头次见面,按老家习俗,要给见面礼的,今天没有准备,这点小意思,你拿着买点化妆品吧。"瑞琼咯咯地笑了起来,推辞说:"三哥,我们部队不时兴化妆打扮,官兵平等,同甘共苦,您快留给嫂子吧。"瑞琼的话忽然提醒了里道,他忐忑不安地问:"三哥,你在外面成家了吗?"

里路神色忽然变得阴郁,说:"哪顾得上?"

"还想念兰兰吗?"

"都过去那么多年了,况且她已不在人世了,唉。"

"既然这样,你为什么不回家找我嫂子?"里道有些激动,上前几乎抱着三哥的臂膀，真诚地说，"哥，你千万别错过机会了，我嫂子是难得的女子，你不要辜负了她……噢，对了，她还让我给你捎了她亲自织的围巾，上面还绣着你的名字呢！你在这里等着，我回驻地给你拿，不要离开啊。"说完，里道就往驻地跑去。瑞琼笑着对里路说："三哥，我经常听里道说起三嫂，说她不仅人美手巧，而且很有见识，对您更是痴心不改。"面对瑞琼的夸奖，里路反而有些不好意思了，说："真没想到，四弟能娶到你这么一位又漂亮又会唱歌的'花木兰'，你们可真般配，他没唱《满江红》给你听？"

"唱了。"瑞琼羞涩地说。

"他从小就爱唱爱跳……"王里路正说着，通信兵急匆匆地跑上前："报告！王副官，旅长命令你立即赶赴大窑阵地，不得有误。"

里路接到命令急促地摸遍全身，从上衣口袋里拿出一支黑色钢笔递给瑞琼，说："老家的风俗，要给新媳妇见面礼的，我现在只有这钢笔还算有价值，你或许还用得着，弟妹，就别客气了。军令如山，时间紧急，分秒也耽搁不得，我不能等里道了，你告诉他，不管谁给家里写信，都要互相报平安！"

里路说完转身就走，没走几步又转过身来，说："弟妹，还有啊，二……"刚想把二娘去世的事说出来，忽而一想，还是等有机会亲自告诉弟弟吧，便改口道，"记住了？"瑞琼看到里路眼里含满了泪珠，急忙说："记着了，三哥，您多保重！"她也禁不住流下了热泪。里路上了车，朝瑞琼摆摆手，一阵尘土扬起，很快消失在宛如铜墙铁壁的群山之中。里道满头大汗地跑来，里路早已不见了踪影。瑞琼拿着里路赠送的钢笔，还站在那儿呆呆地望着远方。

"哎，三哥呢？"里道急促地问。瑞琼擦了眼泪，说："三哥有紧急军务走了，他让我告诉你，不管谁给家里写信，都要互相报平安。"里道看着手里的围巾，眼泪又模糊了视线……

那年，里道接过三嫂递过来的围巾，走远了，猛回头，三嫂仍然站在风里向他挥手……

由于日照暴动失败，党组织遭到了严重破坏，王里道不是中共党员，和省委没有直接联系，他在济南流浪了很长一段时间，受尽了磨难。第二年春天，他在趵突泉门口碰巧遇见向中共山东省委汇报工作的陈雨田,两人见面惊喜万分,四只手握在一起,久久不愿分开。

不久,里道被省委安排到八路军鲁南支队工作。这期间,他所在的部队在游击队的配合下,打死了混世魔王刘黑七,终于为姥爷一家报了仇。然后里道去了延安抗大学习。学习期间,里道在联欢会上认识了在鲁艺学习的程瑞琼,毕业后两人双双被组织调到了太行山抗日根据地。一天,风雪交加,特别寒冷,他拿出嫂子送的围巾挡风寒,见上面绣了一行字,他缓慢地展开看,是岳飞《满江红》里的一句话:八千里路云和月。特别是"里路"两个字绣得更为漂亮,并有一朵梅花衬托着。里道豁然明白了,这条围巾是嫂子专为三哥织的,是嫂子对三哥的一片痴心真情。从此,他把这条围巾当作圣洁的物品,好好地珍藏起来,无论遇到多么寒冷的天,他都没有拿出来御寒。他想,总有一天会亲自把三嫂这片心意带给三哥……

王里道大滴大滴的泪珠掉在了围巾上,瑞琼安慰道:"里道,不要难过了,等打胜仗了,再给三哥也不迟啊。"里道自言自语说:"你不知道,嫂子多想三哥啊!"

一街两城

第四十三章　为虎作伥

又是一个漫长而寂寥的夜晚,安雪梅拿起笔给里路写信,虽然信不能够寄出去,但这是她唯一的寄托,毕竟这无言的纸还能听她倾诉!现在王家人见了她就像见了瘟神,不是躲得远远的,就是见了不搭腔,要不就狠狠地瞅上一眼,那眼神剜不死她也让她心里难受好多日子。安妈唠唠叨叨,埋怨雪梅那天不带着她。是啊,当时要是带着安妈或许就不会出现诸多误会。可是,安妈已经年纪大了,不能再为自己操劳了,应该安逸享福了。

"我亲眼看见了,就到她屋里……"雪梅刚写了"里路"两个字,忽听前院传来傅美意和婆婆等人的急促对话声,雪梅刚放下笔,只听杂乱的脚步进院了,接着一阵急促的拍门声。雪梅不知发生什么事情,快步去开门,刚开了一条门缝,傅美意等人就硬闯了进来,不由她分说四处搜查,甚至连衣柜里、床底下也不放过。一番折腾后,并没达到期望的结果,傅美意既失望又不甘心,狠狠剜了倚在门框上面无表情的雪梅一眼,然后朝着门外紧张略显尴尬的丁使秀道:"我明明看到他进来了,难道他……对了,院子里也搜搜,茅房里也看看……"这时,忽然墙外传来男人的声音:"你慢走啊……"

丁使秀和傅美意都一愣,忽然撒腿就往外跑,见李有俊朝着门外挥手,傅美意厉声问:"罗锅,你跟谁说话?"李有俊愣愣地回答:"跟张守东呀,他给我送包子来了,怎么啦?"说着还将手里的包子展示给她看,接着就朝着丁使秀唠叨开了:"太太,我跟守东、里路少爷从小就是好伙伴,他们一直照顾我。唉,少爷不在家了,守东弄了好吃的就给我。"傅美意实在气极了,又问:"他人呢?"

"走了,哦,刚出门。"李有俊朝门外一指,傅美意不放心还要出去看看,被丁使秀喝住了:"好了,各自回家吧。"说完扭头就回自己屋里了。

一场闹剧就这样草草收场了,雪梅看得明白,听得清楚,心如刀割一般,仰望着乌黑的天空。她转身刚要进屋闭门,忽然见张守东出现在眼前,并且要进屋,雪梅来不及多想,用力将他推了出去,然后快速闭上门将门闩插好。她再也控制不住自己了,背靠门任凭两行泪水像两股小溪从脸颊顺着嘴角缓缓地流下来,从下颌簌簌滴落。

张守东看到雪梅惊恐的样子,一时无法解释那天陈书记为何失约,他知道是自己计划不周给雪梅带来了伤痛,无奈而又伤感地转身离去,没走几步又回过身来,隔着门小声说:"陈大夫让我转告你,上次确实事出有因……哎,他还说,里道参加了八路军,现在正打日本鬼子,让老爷、太太不用挂念。"说完,匆匆地走了。

夜晚又恢复了平静。如何把里道的事情告诉公公、婆婆呢?像这种保密的事,又不能不分场合地说。雪梅思忖了半个时辰,觉得还是应该尽快告诉两位老人,免得他们挂念。她披了件衣服去了婆婆住的东院,门已经关上了,她从门缝往里瞅了瞅,屋里没有灯光,雪梅猜想二老大概已经睡下了。她轻轻地转身往回走。阴着天,要下雪的样子,北风刮着树梢飕飕直响。雪梅不由得打了寒战,心里堵得慌,心想:即便回去也睡不着,要是从前还能找二娘说说话儿,而现在……唉!雪梅走着走着,忽然发觉走错了路,竟然走到了二娘住过的屋子。

自二娘去世后,很少有人来这里了,里面的东西爹不让动。前些日子,传说屋里闹鬼,很多人听见鬼哭的声音,还说从大姑墩起来的白影子到这里就没有了,有的说小倩出来诉苦喊冤了。雪梅并不怎么害怕,小倩生前两人如同母女,她突然离去,自己还有许多话没对她说,要是她真能显灵的话,跟她说说话儿岂不正好?雪梅轻轻地推开门,院子里立着没腰的枯草,顿时一股凄凉、哀婉、悲戚的感觉涌上心头。她不想进屋了,走到窗前的石台子上坐了下来,下意识地等待着小倩的出现。

风开始大了,院子里的草来回摇摆、相互碰撞,发出的响声,像女人在嘤嘤呜呜地哭泣。难怪有人说里面有鬼哭泣,原来是风吹草动的缘故。雪梅心想着,坐了一会儿便回自己屋里了。

张守东从雪梅家里出来,心情特别沉闷和不安,虽然把里道的消息告诉了雪梅,但他感到雪梅肯定怨恨自己不守信用。其实那天,陈雨田也按时赴约,交通员突然发了敌情信号,他迅速撤离导致失约。张守东想找雪梅解释,并告诉王里道的真实消息,可是一直没机会见着她。最后,他决定亲自到王家找她,没想到刚进大门,就被傅美意看见,多亏他躲在院子里的桂花树下,才没有被发觉。

事后经过缜密侦察,告密之人就是饭店老板。他不是本地人,来路一直不明,有的说从县城来的,也有的说从青岛来的。他表面上为人豪爽、热情、慷慨大方,天南地北朋友遍天下。交通员被捕后,他就突然失踪了。此时,他作为渡桥次郎的贵宾正跷着二郎腿坐在客厅里喝茶。他真实姓名叫坂垣小二,是日本人,中国名字叫赵贵,出生天津日本商人家庭,这些年一直在中国、日本两国之间做生意。同时在一起喝茶的还有秦书中,他旁边坐着一位日本人,叫稻田,是考古专家,慕名前来考察两城遗址。

"唉!这次如果把中共两城区委书记一起抓着,那咱们可就立大功了,真可惜,可惜啊。"赵贵端起茶杯惋惜道。

渡桥次郎道:"不急一时,我会慢慢将所有'共党'和抗日分子统统打掉,实现辖区长治久安,让中国人乖乖归顺天皇陛下。"赵贵放下茶杯,哈哈一笑说:"渡桥君果然雄才大略啊,眼下就有一件事需要麻烦你。"接着,他说国内需要大批劳工,请渡桥次郎从中国征用一批过去。渡桥次郎满口答应,然后看着秦书中,意思让他办理。秦书中忙说没有问题,同时推荐姜邯冰为城北治安维持会的会长。渡桥次郎讨厌姜氏家族,说他们个个贪财好利,简直是无能之辈。

秦书中端着茶杯站了起来围着渡桥次郎转了一圈,然后低头哈哈笑道:"渡桥君,我们需要这样的人。像王在川一样刚直、姜有谷一样聪明的人,即便是用了还不放心,只有姜有理、姜邯冰这些想当官又想发财能力平庸的人好利用、可驱使,他们为了个人利益往往不计后果。"

渡桥次郎略有所悟,又似有疑惑,便探身问:"既然这样,为何你建议降一个而又升一个呢?"秦书中解释道:"姜有理吃、喝、嫖、赌、抽成性,已经没有利用价值了。而姜邯冰不同,他虽然没有学识和文化,但这样的粗野之人给他点好处,他会头脑发热去摸南天门,正所谓看其短用其长。"渡桥次郎听罢连声说好,当即拿起电话通知张县长委任姜邯冰为城北治安维持会会长。然后,他指着稻田对秦书中说:"稻田君到了两城,就拜托你了。"秦书中点头应诺。

姜邯冰果真去县城从县长办公室拿到了委任状,当接过委任状的时候他手都颤抖了。"日照县城北维持会"尤其是会长后面的三个黑色大字:姜邯冰,他看了一遍又一遍,越看越爱看,毕竟一只眼认字困难,直到字迹开始模糊了,他才暗暗高喊:"爹,我当的官超过你了。"与姜邯冰同时来领受委任状的还有朱信斋和城南维持会会长丁原昌。这是渡桥次郎为了达到长治久安的目的,建立共同防共的"日照新秩序王道乐土"伪政权而采取的一项措施,发展伪警备队、保安队,推行保甲制度,维持社会新秩序。

姜邯冰特意找裁缝制作了一套时下流行的藏青长袍,并到货店里买了礼帽、手杖、墨色眼镜等。经过一番精心打扮,他立即精神高涨、派头十足。他带着张守手、蔡二楞等一干人马前呼后拥从县城赶回两城镇赴任,走到三珠山上时,突然一声枪响,从两边茂密松树林里蹿出一群人,高声呼喊着:"杀啊!杀啊!"姜邯冰当即吓傻了,趴在地上双手抱着头,连连求饶:"八路饶命,好汉留命,要钱给钱,要财给财。"张守手和蔡二楞等人看到他趴下了,也都举起了手,有的干脆把枪扔掉跑了。

"我是姜邯春,哈哈。"

"啊,老二,你……"姜邯冰慢慢地抬起头,果然是二弟,立即起来不满道,"你干吗呀?吓唬我干什么?差点吓死我了。这些年,你都跑到哪里去了?"

自从朱信斋投降日本鬼子后,姜邯春改名秦邿就回到了中共日照县民主政府。这时,县成立抗日救国武装大队,起义过来的任书武任大队长,春雷任政委,秦邿担任副大队长。由于根据地被日伪军封锁,粮食、弹药、药品非常紧缺,他为了立功表现自己,探听大哥去伪县政府接受委任状,在回来的路上打了伏击。秦邿不敢说出实情,谎称自己拉了一帮队伍,让姜邯冰提供粮食和药品。

姜邯冰当然心里明白二弟参加了八路军,忙问:"我问你,你是不是给八路军做事?"秦郐用枪口朝着他的脑门晃了几下:"你不要问了,一句话,办还是不办?"姜邯冰看到黑洞洞的枪口,没有想到亲兄弟也不留情面,忙说:"办、办,我听二弟的。"秦郐将手枪往腰间一插,笑嘻嘻地说:"这句话我爱听。大哥,二弟告诉你,只要你办好了,你汉奸的罪名就减少了一些,我等你消息。"说完,手一挥和队员迅速消失在密林里了。

"办、办、办你娘……"姜邯冰忽然醒悟骂他就是骂自己,便改口道,"哼,吓唬我,没门!走!"朝随从一挥手,随从们都捏着鼻子离他远远的,这时他才闻到身上一股臭味。

回到两城镇,姜邯冰便将二弟交代的事情忘记了。他将镇公所与维持会合署办公,门口挂上了"日照县城北治安维持会"的大牌子,成立"清乡队"和"征粮队"。清乡队专门"清剿"共产党和抗日分子,征粮队专门收缴钱粮运送给日军和伪政府。谁要是不按时间和数量上缴钱粮,清乡队就依共党和抗日分子论处,重则押入大牢,轻则打伤致残。一时间,城北老百姓陷入水深火热之中。

姜邯冰拜秦书中为参谋长,被秦书中摆手拒绝了:"姜会长,你现在可是半个县长了,只要你以后对我言听计从,我保管你继续升官发财。"姜邯冰认为自己再上台阶就是县长了,仿佛一步就可以登天了,兴奋之情难以言表,立即视秦书中为再生父母。

秦书中将赵贵、稻田介绍给了姜邯冰。姜邯冰拍着胸膛说全力支持。赵贵在三大锅饭庄开设了劳工报名处,让蔡二楞站在门口敲着锣吆喝:"报名去东北淘金啦!那里黄金遍地随便捡,一年能发财,三年能盖起房子,五年就能赶上两城街王家和姜家……"果然有不少没吃没喝的青壮年报名。据战后统计,被送往日本的数百名劳工没有一个人能够活着回来。

姜邯冰将稻田安排在三大锅饭庄住下,为了讨好他,还拿出自己盗掘的几件黑陶让他看。稻田看到精美绝伦的陶器大赞:"东方神器,简直太绝美了。"姜邯冰说:"还有更美的镂空高柄黑陶杯。"稻田连说:"知道,知道。"接着问,"姜会长,你这里有吗?"姜邯冰说:"要是有的话还不发大了?"稻田忙让他带领去考古现场看看,他们前呼后拥来到大姑墩时,被眼前的景象惊呆了,原来坑坑洼洼的考古现场现在竟然一马平川,不知何时已经被人填平了,连秦天喜住的帐篷也没有了。

姜邯冰正纳闷的时候,稻田却趴在地上,拾起陶片用放大镜仔细查看了起来,姜邯冰十分不解,稻田摆手让他走开,自己留下继续考察。姜邯冰只好带着随从走了,走到兴隆百货店时,他忽然想找李茹萍玩玩,其实他就是想显摆自己是会长了。

第四十四章　圈套

　　以前,李茹萍只跟王在田私下相好,自从他开办学校以后,两个人的关系就冷淡了。姜邯冰见缝插针,李茹萍就与他明目张胆地好上了。

　　李茹萍见到姜邯冰,连忙说:"你当会长了,祝贺祝贺。"他哈哈了两声,摆摆手,意思是就那么回事不值得一提,四周瞧瞧,忽然觉着店里顾客稀少、货物短缺,忙问:"怎么,顾客不多呀!店里货物很少呀!日本货紧俏吧?"李茹萍忙将他拉进内室,他顿时有了感觉动手动脚,李茹萍抿着嘴说:"你整天想那事,我都愁死了。"他忙问怎么回事,李茹萍告诉他,自从姜有理下台后,日本货就进不来了,当地产的货物日本人又不让卖,所以生意就冷清了。姜邯冰拍拍胸脯说:"这还不好办吗?找我办呀。"李茹萍这才高兴起来。

　　次日,姜邯冰拉着李茹萍来到了县城赵贵办公场所,一进门他介绍说:"赵老板,这是李老板。"还没等他再解释,李茹萍已经跟赵贵拥抱在一起了,他们说说笑笑,仿佛屋里就他们两个人。姜邯冰还想插话,赵贵干脆将他推了出去。他也不敢生气,站在门外的走廊里,听见里面有说有笑,尤其是李茹萍放浪的笑声简直刺心钻肺。姜邯冰独自在走廊里烦躁地来回踱步,不一会儿就掏出怀表看看,简直度时如年,暗暗骂赵贵色鬼,怨恨李茹萍轻浮。也不知过了多久,李茹萍出来了,她满面春风,一再朝赵贵说:"赵老板,谢谢啦,谢谢啦。"赵贵说了一句差点让他气晕:"李老板,下次你一定自己来呀。"

　　一天,姜邯冰路过天后宫,正巧遇到从里往外走的安雪梅,她是来上香的。

安雪梅客气地问好:"姜镇长。"他忙往上戳了一下眼罩,想看清她的面容,并极力表现自己,说:"我现在是会长了,日照县城北治安维持会的会……"不等他说完,也不等他看清,安雪梅早已走远了。他使劲揉着尚能看见的独眼,结果与之相反,更模糊不清了,隐约中望见她风姿绰约的背影,仿佛一只白天鹅在眼前起舞,他出了一身汗,双腿都软了。

如何接近、得到安雪梅,姜邯冰颇费一番脑筋,他决定从王里门那里下手。目前,王里门是王家唯一留在家里的青壮年,他有三房太太,大房傅美意、二房玲玲,三房二妞。二妞曾经是大房的丫头。刚做太太时,二妞确实风光了一阵,但后来渐渐失宠了。二妞的抑郁、愤懑,短工山寨看得一清二楚,他每次见了她,总是关心地问一句或投来温和的眼神,二妞就快乐好大一阵子,特别是他身上的那股清香味道,每次闻到,几乎都令她心旌荡漾。

山寨身上的清香味,是山上的一种俗称网子草所特有的味道。网子草是蔓生植物,味香烈刺鼻,最适合晒干拧成火绳熏蚊子。山寨在王家的活就是春夏期间到山上拔网子草,晒干后拧成火绳,供王家各房用,其他时间在马棚里喂马。久而久之,他身上就沾染了网子草那特有的清香。既同龄又是一个村的人,二妞心烦了或遇到不高兴的事了就偷偷找山寨聊聊、诉诉苦,山寨总是静静地听着,然后好言安慰,同病相怜,相互温存,渐渐地两人产生了难以言状的感情。

这天,王里门接到姜邯冰的宴请,此时,他已经将二爹的话忘到脑后了。

姜邯冰特意为王里门安排了丰盛的宴席,请了当地的名流陪着。王里门简直受宠若惊,一高兴就多喝了几杯,说:"姜镇长,啊,应该称呼姜会长,谢谢啊。"

"我还兼着两城镇的镇长,里门兄要是有意出山,我可以把镇长的位子让给你呀。"姜邯冰这么一说,众人纷纷赞成,有的直接道:"里门兄,这可是好机会呀!我们想干,会长还不给呢!"王里门起高腔道:"我倒是想,可二爹能答应吗?"他这时还算清醒,连忙摆手。

姜邯冰见里门醉得不行了,便转入正题:"老兄,最近县城里来了京戏班子,听说你二爹爱听京剧,我托人好歹弄了两张票,给他一张,借此化解他对我诸多误解,我还是那句话,南城、北城一条街,我虽在北城,但也不能不关照南城嘛。

另一张给你,算是我对你的一片心意。"他转念一想,若王在川知道是自己给的,他肯定不能去,别看王里门这呆东西本事没一点,但性情还挺要强的,不妨激他一下,"我知道你二爹平时总看不起你,你如果说你自己托人弄的,他肯定不信你会有这么大的本事,你就直说是我为了化解南城、北城的矛盾,特意给王偃月买的,也算是孝敬他老人家的,哈哈。"

王里门回到家后酒也醒了,兴冲冲地来到二爹家,说:"二爹,我特意托朋友去县城买了两张京戏票,后天我陪您去过过戏瘾,算是我孝敬您的。"在川问:"没听说什么戏。哪里来的戏班子?"

"是济南名角赵小楼,马派嫡传,剧目是《群英会》,您最喜欢看的。"

"噢——那就去吧。"

王里门没想到二爹答应得这么痛快,得意地想:"幸亏没听姜邯冰的,哼!我二爹能领你的情吗?"岂不知正中了姜邯冰的下怀。

过了小雪是大雪,天气就变得更寒冷了。雪梅眼见炉子里的木炭烧完了,屋里渐渐变冷了,她下了床想添几块炭,见盛木炭的箱子空了,她想出去拿点。刚敞开半扇门,一阵冷风刮来,两扇门啪地被撞开了,紧接着冰凉的雪花打在她的身上,屋里顿时成了冰窖。雪梅顾不得出去拿木炭了,赶紧把门关好,快步上了床,把棉被围在了自己的身上,半天才暖和了些,她呆呆地望着窗外飞舞的雪花,百无聊赖地又拿起了宋词看,由于看的次数多,书的四边都黝黑了,叠的折都开了缝。她看了一会儿,小心地放回原处,然后又把自己写给里路的信拿着看了起来。

里路:

相思欲诉无处诉,只把泪儿滴,一滴是一字,顷刻满信纸。

信每次写到这里,怎么也写不下去了,她其实有很多的话要说,很多的事要写。雪梅感觉还没有睡意,又拿起了笔,把信纸搁在腿上,想接着写,可是越想写越写不下去,她只好在信纸上随意写着:

人生愁恨何能免,销魂独我情何限?觉来残灯孤枕梦,罗衾不耐五更寒。泪眼问信信不语,侧闻风声声幽怨。梦里寻伊千百度,关山重重见时难……

雪梅醒来,天已亮了,她看到罩子灯上烧焦的芯子和眼前的纸笔,知道昨夜写着信睡着了。她趴在窗台上向外望去,外面是白色的世界,这场雪足有一尺厚,天空雾蒙蒙的,似乎还要下雪的样子。院子里静悄悄的,连鸟的脚印也没有。雪梅懒懒地起了床,洗了脸,开门想泼水,见大雪堵住了门口,只好又退了回来。忽然见婆婆站在雪地里着急地喊:"雪梅,不好了,你爹与姜邯冰吵起来了,你快去看看!"

第四十五章 寒冰中的梅花

自作聪明的王里门完全中了姜邯冰的圈套。

王在川一早起来,忽见外面下了大雪,看戏的兴致也就减弱了。丁使秀说雪大路滑劝他别去了。在川站在镜子前穿着衣服说:"里门难得一番好意,如果不去,岂不伤了他的孝心?再说,下雪怕什么?骑马不妨事。"夫妻俩正说着,里门站在门口吆喝了:"二爹,好了吗?该走了。"使秀忙给丈夫披上里户送的黄呢大衣,在川自己戴上虎皮帽子,掏出怀表看了时间,拿起皮鞭刚要出门,王香从屋里跑了出来,说:"爹,下雪滑,路上一定要小心点呀。"

"没事,在家好好读书。"在川朝女儿说。他禁不住多看了王香几眼,每次看着她就想起了她娘,想到她娘就自然想到了儿子,便对妻子说:"那天雪梅说了半截话,这孩子心细,看到我们态度冷漠没有说下去,你过会儿去她房里问问,里道现在到底在哪儿?真要是参加了那个党,就说我的气已经消了,让他回家吧。"说完出门了。丁使秀点头答应着,但还有些不放心,跟着来到大门前对牵着马的任北乐叮嘱道:"北乐,你多带上几个人,照顾好老爷。唉,我的心怎么老跳呢?"北乐笑着说:"太太,您放心,有我在,老爷不会受屈的。"丁使秀听了,稍放下心来,没回屋,也没有去雪梅房间,而是直接去了佛堂。

由于雪下得很厚,走起路来非常缓慢。路上遇到马队,他们驮着麻袋和箱子,当听说给抗日的队伍捐送粮食,王在川挺高兴,连声说:"该送,给打鬼子的军队多送点。"回头还对王里门和任北乐说,"回头你们也给任大队长送点粮食和钱,听说他参加打鬼子的八路军了。"王里门没有吭声,任北乐连声答应。在川和里门骑着马在前头,北乐和伙计们背着枪紧跟在后面,北乐不时地跑到马前马后查看,在川朝他挥手说:"没事,紧跟上,别落下。"

到三珠山下,路上的脚印渐渐多了,而且显得非常杂乱。到了半山腰上,脚印大都进了两边的松树林。北乐忽然警觉了起来,忙跑到前面对在川说:"老爷,我看这些脚印去了树林,是否要到前面打探?"在川抬头迎着山风环视了四周,还没发表意见,里门不耐烦地说:"这些脚印是猎人留下的,打兔子不去树林还能去哪?"在川心想也是,下雪打兔子是最好时机,今天要不是去看戏,说不定自己也去雪地里寻个乐子,便说:"没什么了不起的,这时候土匪不会来……"话音未落,一声清脆枪响,紧接着四周围上来密密麻麻拿枪的人。

王在川不愧是经过险恶的人,当他听到第一声枪响时,意识到遇上土匪了,大喝一声:"快下马趴下!"里门从马上几乎是滚下来的,两匹马应声倒下,发出哀怨的嘶叫,汩汩流出来的鲜血染红了大片雪地。那些送粮的人一哄而散,任北乐跑过去一看,麻袋里全都装着糠草。王在川指使里门回家搬救兵,里门连爬带滚跑出了包围圈。

正当王在川担心东西双方夹击难以招架的时候,西边的枪声突然稀疏下来,叫喊声不断,枪打得漫无边际。他对大家说:"看样子他们改变了策略,要拖死我们,逼我们投降,看来我们跑不了了,只能等援军到来,大家要节约子弹,不到近前不打。"

开始,秦郛在西面指挥着队员猛打猛冲,由于东面总是配合不力,冲到近前了,就被打了回去,还伤亡了几个队员。他很恼火,派了一名队员过去询问,很快,他回来密报:姜邯冰半路上突然回镇公所了,只有蔡二楞领着人坐山观虎斗。还有令他怎么也想不到的消息,姜邯冰把王家少奶奶骗去镇公所了。秦郛顿时怒上心头,把枪一挥:"走,到镇公所!"转念一想,这样鲁莽不妥,容易引起队员的怀疑,回队也无法向上级交代,便对小队长说,"你领着队员在这里顶着,我去镇公所看看姜邯冰葫芦里到底装的什么药,明明说好了前后夹击。"说完独自直奔两城镇而去。

一街两城

早上，雪梅开门看见婆婆着急的样子，忙问："娘，出什么事了？"

"你爹跟姜邯冰吵起来了，你爹说你见识多，让你快去看看！"丁使秀一口气说完。雪梅又问："是谁来传话的？是北乐？"

"不是，那个人我不认识，唉！如果是北乐，我还不着急了呢！你快点吧！"雪梅虽然有些怀疑，但考虑最近和公婆有些误会，这次正是缓和的好时机，便让老李赶出了马车。在上车之前，她还有些不放心，想问清楚事情的经过，看到婆婆焦急的样子，话到嘴边又咽了回去。上了车她隐隐感到有什么大事要发生，便跳下车对婆婆说："娘，如果过半晌，我们还不回来，你马上去找张守东，千万别忘了啊。"丁使秀怏怏不快，并没有表态，望着雪梅上了车出了大门口。

如果不下雪走近路穿过几条窄巷就到大街了，马车必须从青河河堤大路走。路边树下零散着半鲜不干的树叶，是下雪天兔子最好的食料。雪梅很远看见有几个人在打猎，其中有李有俊。雪梅顾不得下车了，透过窗喊道："有俊，你来。"李有俊听到车里有人喊他，马上跑了过来，说："少奶奶，您叫我？"雪梅嘱咐道："有俊，麻烦你去告诉张守东，让他过半晌去找太太，就说是我说的，千万别忘了啊！"

"放心吧，少奶奶，我这就去。"李有俊顾不得打猎了，应允着找张守东去了。

马车到了镇公所门口。雪梅下来，见比以前增加了岗哨，她的心一下子揪紧了。老李赶着马车也想进去，被哨兵挡了出去，雪梅迟疑片刻，然后悄悄对老李说："李大爷，你的马车不要停在院里，到外面的大街上停着，要是我一锅烟的工夫不出来，你就马上回家告诉太太，让她快找人来。"老李答应着把马车赶到了外面的大街上。

院子里静悄悄的，各房的门都紧闭着，不像有人的样子，地上的雪几乎都踩结实了。雪梅四处观察，见一个身穿长袍、眼戴近视镜、自称账房先生的干瘦老头从一间屋里出来，对雪梅说："你是王家少奶奶吧？"

雪梅忙说："啊，大爷，我是，您见过我爹？"

"可把他等急了，你跟着我走吧。"他说着领着雪梅穿过了月门儿，经过窄窄的胡同，来到了幽静的四合小院。院子里跟外面大不相同，地上没一点积雪，一丛绿植倒也增添了不少的雅致。"到了，他在里面。"他刚说完，从四周的屋子里蹿出几个马弁呼啦上前,不由分说把雪梅强硬推进北屋里,哐啷一声把门锁上了,两个哨兵站在门两旁,雪梅这才意识到担心的事终于发生了。"放我出去!你们这些浑蛋,放我出去!放我出去……"任凭雪梅怎样呼喊、怎样砸门都无济于事,她感到自己就像一只鸟儿被猛禽锋利的爪子牢牢抓住了,一切反抗都是徒劳,但她还是本能地挣扎着、抗争着、呼叫着。在对面一间黑暗的屋子里,姜邯冰看到了刚才发生的一切,脸上露出了满意的狞笑。

姜邯冰自从见到安雪梅,她的影子白天总是在眼前晃动,晚上做梦也是她,他才觉得有钱有势不过是男人赢得美人的一种途径罢了。所以,他在阻击王在川的路上,悄悄地退了回来,并安排专人把雪梅骗到镇公所,一旦他们杀了王在川,二弟的计划也落空了,他也不敢贸然前来报复,到时候美人、财富就都是自己的了。

时间在一分一秒地过去。姜邯冰有些坐立不安,掏出怀表看了时间,按计划这时间应该结束战斗了,可是蔡二楞怎么还不来呢?他实在不愿眼看着到嘴的肥肉咽不到肚子里去。又坚持了一会儿,他实在等不及了,便悄悄来到关雪梅的屋子外头,从窗户缝里望去,他认为"猎物"会挣扎着、哭泣着、哀求着,一副使人又怜又爱又痛又痒的样子。雪梅静静地坐在桌子旁边,神情虽忧伤而镇定,宛如刚刚经过风雨的花儿,更加动人心魂。姜邯冰自持不住了,两腿开始打哆嗦了,气喘得也粗了,心里像装了一只野兔子,怦怦乱跳,一个马弁跑过来说:"会长,王里门来了,他非要见你不可。"

姜邯冰暗暗吃惊,他怎么来了?莫非……姜邯冰顾不得开门了,马上来到会客室。王里门见了姜邯冰就像见了救星,上前说道:"姜会长啊,快去救救我二爹吧,他现在正被土匪围着呢!您常说,南城、北城一条街,要相互帮忙,现在除了您,谁也救不了了。"王里门的话仿佛一剂镇定药,姜邯冰放下心来,故作关心地问:"怎么,遭遇土匪了?哎呀,这可怎么办呢?'清乡队'的人都派出去执行公务了,现在有心也帮不了啊!这可怎么办、怎么办……"姜邯冰嘴里嘟囔着便在地上转起圈来。王里门见状,更加着急,说:"姜会长,看在我们同街的分上,您一定要想想办法啊。"

姜邯冰故意装出为难而又关心的样子说："里门兄，不说看在你的分上，就凭姜家与王家这么多年的情分，你二爷与我爹又是把兄弟，我能见死不救吗？我说了，南城、北城终究是一条街，天塌下来也要一起顶着，我一定要救王二叔的。不过，现在还不行，你先在隔壁稍等，只要他们来了，我一定亲自领兵救援。"说着他把里门领进了一间冰冷的屋子里，"你在这里耐心等着，千万别出来啊，否则找不到你，也救不了你二爷。"说完把门哐啷带上了。王里门庆幸自己直接找到了姜邯冰。他身上开始还热乎，可是越等越冷，被雪水和汗水浸透的棉衣也冰凉了，浑身打起了哆嗦，盼望着姜邯冰的兵快些到来。

姜邯冰哪还会顾及王里门的死活？他现在巴不得王里门和王在川快点死。他把院子里的人全部清退，迫不及待地拿起钥匙开门，可是越急心越慌，越慌手越不听使唤，开了半天锁也没开了，忽听有人在身后说："还是我来开吧。"

"好好……"姜邯冰嘴里说着，脑子里忽然觉着不对，猛回头见说话的竟然是二弟。

此时，秦邠非常恼怒，抓住姜邯冰的衣领说："好啊，你还想来个'瞒天过海''先下手为强'啊！你还是不是我的大哥？竟做出这等小人之事！哼，你不仁别怪我不义，今天的事怎么说?!"姜邯冰的汗顿时流下来，他看着二弟手里的枪对着自己的脑门，马上软了下来，说："哎呀，二弟啊，我还不是为你着想啊！我知道你喜欢她，前边打仗，后边我怕她出什么意外……所以我把她接来，这样不就万无一失了嘛！嘿嘿。"

秦邠根本不相信他所说的话："哼！今天要不是我及时赶来，现在恐怕让你美梦成真了！你没有兄弟之情，别怪我没有兄弟之义，我毙了你。"他的话刚落地，姜邯冰吓得趴在地上哀求道："二弟，怎么说咱俩是一个娘养的，我真的为你着想啊！人就在屋里，现在交给你了，王家财产我也不要了，看在我们是亲兄弟，留我这条狗命吧，以后还要给你筹集粮食、大洋呀！"

"这么说，路上那些粮食、大洋都是假的?"秦邠质问道。

姜邯冰忙说："还不是为了迷惑王在川嘛！你快进去吧，少奶奶在屋里等着你呢。"说着就推开门故意大声道，"二弟，我可是把人给你带来了，我先走了，哈哈。"秦邡一愣的时候姜邯冰一溜烟跑了,他忙转身看到安雪梅正用震惊、怀疑和仇恨的目光盯着自己。秦邡似有些失望,有些心凉,来不及多想就被急切而又紧张的情绪控制了,一种别样的滋味划过心头,他将枪插进腰间的皮匣子里,往前走了几步,说:"让你受惊了。我……"

"我爹呢?"雪梅忙问,后退了几步尽量与秦邡保持距离。

秦邡嘿嘿几声说:"好久不见,你瘦多了。"说着就往雪梅身边靠,雪梅立即大声斥责道:"姜邯春,你给我站好了,有什么话说清楚。问你,我爹现在在哪儿?"秦邡口不择言地说:"啊、啊,你公公,我……他……"他不敢说出实情,便说出了心里话,"雪梅,不要误会,你现在处境非常危险,我真的是来救你的,快跟着我走吧。"说着要去拉她的手,雪梅大喝一声:"好一个厚脸无耻的姜邯春!我今天才看清你的真面目,戏该收场了,放我回去!"

秦邡急忙软下口气说:"雪梅你不要生气嘛!我实在太喜欢你了,我自见到你的第一天起,就喜欢上你了,你知道吗?我现在最想回忆的就是你抱着满满,我给他买糖葫芦的那个情景,真的,我常常用这个温暖、美好的情景打发我苦闷的时间,化解我悲伤的心情……"雪梅看到他就像吃了苍蝇那样恶心,不让他说下去:"我不听你的花言巧语,听了都恶心!我警告你,你今天老实点,赶快把我放了,要不然,哼,别怪我不客气!"

"哈哈……想不到你生气的样子也很好看的,唉,这人俊了怎么都好。"秦邡走近了几步,说,"今天实话告诉你吧,你公公和王里门都被三珠山上的土匪打死了,邯冰大哥就是想霸占你们王家的财产,我心疼你,才特意赶来救你。"伸手去摸雪梅的脸。

雪梅急忙往门口跑,还没跑几步,就被他一把拉住了,并趁机把门关上,雪梅用力甩开他,跑到椅子后面躲着,惶恐而警惕地看着他,时刻准备反抗、周旋。秦邡说:"你不要害怕嘛,说起来我们也是老熟人了,我真是爱慕你已久,今天我实在为你好,快跟我走吧,晚了就来不及了。"说着就要上前抱她,雪梅惊叫着躲开,由于慌不择路,不小心把桌子带翻了,茶壶摔在地上,雪梅急中生智,拿起一块锋利的碎片说:"你再过来,我、我就杀了你。"

"哈哈,来,我上前让你杀,你杀呀,杀呀,杀了还痛快了哩,要不整天又想又盼的,更痛苦。"秦邶根本不怕她,嬉皮笑脸地说着迫不及待地冲上前。雪梅没想到他竟如此不要脸,便把碎片朝向自己,说:"你再上前一步,我就死在你面前!"这话果然见效,他立即止住脚步说:"你这是何苦?我真是对你一片真情啊,你整天独守空房,漫漫长夜,过着寂寞、无聊、生不如死的日子,难道就不想有个人给你暖暖被子?"

"下流!"雪梅气得直骂。

"我就不明白这么些年你怎能忍受得了守活寡的滋味,整天想着一个影子能快活吗?雪梅,你要实际点,人活着为了什么?还不是为了痛快、自由、享受!"秦邶的一番魔鬼般的劝导,雪梅再也听不进去了,她脑子里只有憎恨和痛苦,但理智告诉她要冷静、镇定,能多拖延时间就多拖延时间,她相信家里人和张守东得到消息一定会来救她。

秦邶以为说到她心里去了,有些焦急道:"雪梅,只要你应了我,我保证你一辈子享不完的荣华富贵,你不愿在这里,我可带你去青岛、济南、上海,甚至出国……"就在秦邶挖空心思极力说服的时候,外面突然传来一阵嘈杂声,接着枪声四起逼近门前,秦邶心惊,敞开门伸出头查看,姜邯冰跑过来高喊:"二弟,快跑,八路军武工队打进来了。"

秦邶意识到截粮计划已经失败,更怕队员看到他在此私会地主婆,一旦让大队长、政委知道自己私自秘密联络伪会长,那麻烦可大了,忙对姜邯冰说:"大哥,你要是动她一根汗毛,我将来饶不了了你。"姜邯冰往东一指:"我知道,快从后门跑。"秦邶临走时还憋不住朝屋里望了一眼,然后快速跑了。

姜邯冰看到二弟不舍而又急促的样子,哈哈大笑:"一条小妙计就把他吓跑了,哈哈。"回头见雪梅正往外逃跑,他趁机一把将她推进屋里,露出了一副狰狞的嘴脸:"哈哈,雪梅呀,这都是二弟出的主意,要不然我怎么能有机会与你如此亲近?"说着就疾步冲上前去,抱着雪梅就动起手来,嘴里还不停地叫嚣着,"在两城街我没有得不到的东西,你也不例外,小亲亲,我等不及了……"他顾不得擦去脸上的血迹,顾不得雪梅的强烈反抗,无情地撕裂了她的衣裳。

第四十六章　飞雪救人

近来,日军为了保障通往鲁中、鲁东南、苏北乃至中原的大动脉,纠集朱信斋等反动势力,对西部抗日山区实行了"杀光、烧光、抢光"的"三光"政策大扫荡。对控制区则依靠姜邯冰、赵麻六、丁原昌等铁杆汉奸,实行了"清乡、清户、清民"的"三清"政策,抗日组织被严重破坏。两城区委被迫转入五莲山南部山区街头、高家沟一带,发动群众,继续开展对敌斗争。

张守东按照陈雨田的指示,白天做木工、打家具,暗地里宣传发动革命工作,两城镇周围六十多个村庄恢复或建立秘密党支部,有数百人秘密参加了共产党组织。吃过早饭,张守东看到院子里厚厚的雪,不想走远了,想去看望附近村子几家困难堡垒户,腿还没迈出门槛,璐圆满脸愁容地进来。张守东想回避她,忙说:"璐圆,你在家坐坐,我出去办点事。"璐圆立时不高兴道:"张守东,难道我就这样令你讨厌吗?"张守东忙说不是。

"不是,为什么见了我就躲?今天我有话对你说。"

张传根见璐圆来了,忙让进屋里,并生气地对儿子说:"你怎么不懂事?人家璐圆小姐来了,你陪人家坐一会儿嘛。"张守东见父亲也生气了,只好退回屋里。璐圆找张守东就是想挑明自己喜欢他,因为全家人都不理她了,她感到了孤独,需要有人温暖自己。她说:"张守东,我、我想把话挑明……"张守东急忙摆手打断她的话:"璐圆,你不要说了,咱们不可能的。"璐圆急了,上前拉着他的手说:"我什么都不在乎了,只要你对我好就行。"张守东忙躲开,说:"璐圆,我、我们真的不合适……唉！怎么说呢……"一向敢说敢干的他,此时也吞吞吐吐不知怎样说好了。正在这时,李有俊急匆匆地闯进来说:"守东,少奶奶说,让你过半晌了去她家看看。"张守东听是雪梅,忙问:"她什么时候告诉你的?"

李有俊说:"不多会儿,我看她匆匆忙忙地往街上赶路,她在马车上对我说的,并嘱咐我千万别忘了。"张守东不知雪梅发生了什么事,对她的担心更增添了几重。他刚要出去看看,璐圆满脸怒色道:"哼,我就知道你对她好,可你别白日做梦了,她是我三哥的老婆,你就不怕二大爷一刀劈了你?"张守东更生气了,道:"你胡说什么啊！简直胡说八道！"璐圆立即掐着腰冲着他吼道:"我胡说八道?我看你听到她的名字,就浑身打战,脸也红心也跳！"

"你再胡说,你就出去！"

"好啊,到底说实话了,你赶我走,想去找她约会吧！哈哈,我今天就是不走,就是让你们的阴谋不能得逞！"

"你……"此时,张守东真是打不得、骂不得,只好在屋里挨着时间。眼看日西了,张守东实在等不及了,不管她说什么,扔下她就要往外走,璐圆顿时火冒三丈,冲着他喊道:"好,张守东,你有胆,你敢跨出门半步,我就死给你看！"传根听到他们吵了起来,忙从内间出来对张守东不满道:"你这孩子也真够气人的,璐圆这么对你,你别不识好歹,今天哪儿也不能去！"

张守东急得直跺脚,说:"少奶奶如果不是有急事的话,她不会平白无故找我。"传根也觉得他说得对,雪梅的脾气他是知道的,在目前形势下,她能明目张胆地让人捎话给张守东,肯定有火急大事,转过身劝璐圆道:"璐圆,你是好孩子,少奶奶一定有急事,让他去看看?"

此时,璐圆谁的话也听不进去了,满脑子嫉妒、怨恨,她抱着张守东又哭又闹:"不行不行,我不让他去,谁说我也不听。"张守东看不来硬的是不行了,用力推开她跑了出去,璐圆伤心透了,拿起剪刀要往自己的脖子上扎,被传根强行夺了下来。

张守东走到王家大门口听见从里面传来女人的哭声,步伐不由得加快了。围观的人们见了他都投来异样、惊奇的目光,背后里也有人小声议论。张守东觉着纳闷,有些不安,最担心自己这次来会不会再次给雪梅带来痛苦和麻烦。他怀着忐忑不安的心情走到前院,见丁使秀坐在雪地上号啕大哭,谁拉谁劝她也不听。也怪,丁使秀看见张守东走过来时,突然停止了哭泣,用惊异的目光盯着他。

张传兰指着他大声说:"你好大胆,竟敢自己来了?"张守东被问得莫名其妙:"怎么了?"

"雪梅呢?"安妈急切地问。

张守东急忙上前走了几步说:"上午少奶奶托人捎话给我,让我过半晌来这里看看,这不,我听见哭声就过来了,到底发生了什么事?"张守东的话无疑让那些想看热闹的人都感到失望。丁使秀从雪地上爬起来,对张守东说:"她真是这样说的?"张守东忙点点头。丁使秀着急地说:"雪梅临走时也是这样说的,她……"张守东听了忙问:"太太,到底发生了什么事?你如实对我说。"这时,老李急匆匆地赶来,上气不接下气地说:"快、快,救救少奶奶……"王香、安妈都急哭了,拉着张守东说:"快去救嫂子,快去救雪梅……"此时,丁使秀恍如梦醒,觉得误会好媳妇了,人家张守东是好人啊,忙把今天所发生的事情一五一十地说了。

张守东感到这件事非同小可,忙对使秀说:"太太,事非同一般,我马上召集人去。"说完张守东就要往外跑,璐圆披头散发哭喊着跑过来,拉着丁使秀的手说:"二大娘,不要听他的,他去和那个骚娘儿们鬼混。"张守东顾不上她,见种善堂、松风堂的人听到消息都来了,王汗还召集了众多长短工跑来,大刀会的一些成员闻听也纷纷赶来助阵。张守东对这些人说:"诸位,咱们分头行动,你们去救老爷,他那里战斗激烈,需要众多人手,我去救少奶奶,要不谁也救不了了。"说完他们分头行动。

张守东没敢惊动组织,只带了几个平时要好的兄弟,抄近道以最快的速度赶到镇公所关押雪梅的地方。

此时,姜邯冰正撕扯着安雪梅的衣裳,雪梅在不停地抗争着坚持着。紧要关头,张守东夺门而入,照着姜邯冰的头颅重重一拳。姜邯冰倒在地上,还以为秦邵又来与自己争风吃醋,爬起来不满道:"二弟,你……"

一街两城

张守东愤恨道："狗日的,你睁开狗眼看看我是谁。"姜邯冰抬头,眼前乌黑一片,原来眼罩被张守东打偏罩在另一只好眼睛上,他急忙扒开露出一点缝就拔枪朝张守东射击。张守东迅速躲开,也拔出枪朝他开火,由于屋里光线昏暗,两人谁也打不着谁。这时,外面的人也冲了进来,齐朝姜邯冰开火,他见势不妙打了几枪就退,跑到院子里见形势发展与自己设想的发生了根本性转变,情急之中施了苦肉计,让手下把自己绑了起来并锁进一间屋里。

王在川有了增援,改防守为攻击,两边的人都没了头儿纷纷撤退。回到家里,听说雪梅被姜邯冰骗去了,在川气得咬牙切齿,到练功房抄起偃月刀,点上火把带着人奔向镇公所。半路上,遇到被救回的雪梅,在川在张守东的肩上拍了几下,什么话也没说,继续往前走。张守手在门楼上架起了机枪,将王在川他们挡在了门前。张守手站在门口双手叉腰,面对在川高声大喊:"来的什么人?竟敢攻击日照城北治安维持会和镇公所,不要命了?!"在川把大刀一挥,说:"不碍你小子的事,快把姜邯冰这个狗东西叫出来,要不然我踏平你们维持会、镇公所,哼!"

"你敢!"张守手不服。王在川大怒:"你看我敢不敢!给我……"那个"冲"字还没出口,姜邯冰在屋里高声喊:"救命啊,救命啊。"接着,一个马弁跑过来说:"张队长,会长被人绑在屋里,让王老爷快去救他。"张守手听罢,忙对在川说:"那王老爷快去看看吧。"王在川怕他要什么花招,便对他说:"走,你跟我们一起去,如果再耍什么花招,我一刀先把你劈了。"张守手吓得忙说:"是,是。"

王在川在屋子里找到姜邯冰,见他被五花大绑着,浑身打哆嗦,口里不停地喊着:"王老爷救我,王老爷救我,姜邯春这个王八蛋,害我不浅。"王在川见状,质问道:"姜邯冰,你想图财害命?!"姜邯冰辩解说:"王二叔啊,总算盼到你了,我可让姜邯春害苦了,你来了就好。"张守手给他解开绳索,他故作晃晃悠悠地站了起来,然后又扑通倒在了地上,抱紧胳膊装成冻僵的可怜样子骗过了王在川。

王里门被人抬回家,已经神志不清、四肢冰凉了。张传兰哭着说:"孩啊,你三媳妇给你生了个儿子,你睁开眼看看啊。"大夫诊过说:"他是被冻成这样的,现在只能用凉水搓擦慢慢恢复,然后让他喝点姜汤……不过,即便是好了也会落下残疾。"张传兰和傅美意听到大夫的话,都哇哇大哭起来,并怨恨雪梅,都是因为她王家才会遭受这么多的灾难。

王在川对妻子说:"你去大嫂那里打听打听,里户现在到底在哪里打仗啊!无论如何都让里路回来,我现在也老了,家里没个顶起来的男人怎能行呢?"丁使秀明白丈夫的心思,并没有去找张传兰,而是找了算卦先生给王里路算了一卦。算卦先生告诉她每天在大门框上敲九下,每三下叫一声儿子的名字,他就回来了。就这样,每天丁使秀就在大门框上敲三下叫一声:"路儿呀,你回来啊。"

是啊,何止他们盼望里路快回来,每当听到那刺人心肺的敲门声,雪梅简直精神都要崩溃了。经过千万次的思想矛盾斗争,安雪梅下决心要去寻找王里路,即便是死也要见他一面。

一街两城

第四十七章　激战大窑

大窑会战是王里路从军以来打得最艰苦、最险恶的一仗。

大窑县城地处太行山和华北平原的接合部,是通向太原、临汾、西安等大城市的交通咽喉要道,战略地位十分重要,自古为兵家必争之地。

日军分两路军,一路西进,一路南下。西路军先后夺取忻口、大同等地。南下的先头部队渡桥一郎混成旅却遭到了国民党王里户旅的坚决抵抗。日军华北司令部不得不改变进攻策略,命令渡桥混成旅急转西进,山本师团跟进形成铁钳之势,夹攻山西太原。

渡桥一郎受阻后,窝着一肚子火,指挥日军长驱直入,直逼山西南部门户临汾。在严重形势下,为配合太原会战,王里户接到战区司令长官的紧急命令,限期内必须到达大窑县城,占领城墙、高地等险要地点,阻挡渡桥混成旅的进攻。王里户命令王里路打前站,带领工兵营遇山开路遇水架桥,要不是在王里道的大力支持下,事先铺好了道路、架好了桥梁,王里路就是三头六臂,也不能保证加强营早日军仅仅五分钟占领大窑县城。日军刚到城墙下,就遭到了尚立足未稳国民党军队的猛烈阻击,日军被迫退回壕沟外。

难道是天上掉下来的天兵天将?渡桥一郎非常恼火,他根本没有想到阻击自己的就是在南阳差点将自己送上军事法庭的那支中国军队,正可谓不是冤家不碰头。他亲自到前线督阵,并亲自下令两个联队天亮之前占领县城。然而,在天上飞机和地上重火炮的掩护下,日军分三路冲向县城,三天过去了,每天几十次的冲锋、拼杀,日军也没能登上城墙半步。不过,王里户也接到了前头部队的紧急求救电报,加强营已剩下不足二十人,而且大部分人受伤,如果不再快速增援,恐怕就会造成县城沦陷的危险。

王里户在临时作战指挥部,心急如焚,沉思不语。从目前形势看,大部队全部冲过去,很有可能遭到日军的伏击,现在唯一可行的办法就是派敢死队冲过敌占区与前头部队会合,然后与后续大部队内外夹击,才有胜的希望。

敢死队列队完毕,等候王里户下令。王里路看到这些与自己朝夕相处的官兵,就要去闯鬼门关了,心情非常沉重,他心里清楚这些人恐怕大多数回不来了,禁不住走到他们面前一一握手告别。当走到一个满脸稚气、头盔遮住半个脸的小个子面前时,他下意识地问:"你今年多大了?"

小个子说:"十三了。"

王里路心头好像被人猛然一击,他伸手摘掉小个子的头盔戴在了自己的头上,把小个子拉了出来,自己并列了进去,大家都惊异地看着他,他挺起胸膛,一句话也没有说。王里户被弟弟的行为震撼了,他没有多想,大手一挥,敢死队爬上汽车,然后与炮营一起疾驰向大窑。在炮营火力的掩护下,敢死队冒着硝烟和弹雨迅速冲过敌人的封锁线,赶到大窑城墙下。当他们爬上城墙时,先头部队已剩下不到十人了,而且都负了重伤。王里路急忙部署兵力,分头占据要地,誓死保卫县城。

经过十几天的激战,大窑县城已成了一座废墟,几乎没有完整的建筑了,熊熊大火冒着浓烟滚滚,城墙上到处是士兵的尸体,散发着刺鼻的异味。在战斗间隙,王里路提着冲锋枪四处巡视,当他走到南门楼上时,见中尉在搬运沙袋,想尽快对一些炸毁的缺口进行补修,这样在战斗中至少能减轻士兵的伤亡。他感到这个中尉不一般,忙问:"你叫什么?在哪个营?"

"我叫辛芝,二团三营一连连长。"辛芝停下手中的活,行了军礼说。王里路满意地点点头说:"很好,把你的好经验都给弟兄们说说。听口音,是山东的?"

"报告王副官,是的,我是胶南海青的,与两城一河之隔,是老乡。"

辛芝刚说完,敌军又开始了新一轮的进攻。不过,这一次,敌人实施了点对

一街两城

点围攻战术，硬是在西城门撕破了一个口子，大批的日军蜂拥而至。眼看守军就要全部阵亡，王里路带领十个敢死队人员疾奔过来，与日军进行了殊死的刺刀拼杀，王里路的大腿都被敌人刺伤了，有的敢死队人员抱着敌人跳下了城楼，也有的拉响了腰间的手榴弹，与敌人同归于尽……王里路杀红了眼睛，他挥舞着大刀，怒吼着向敌人杀去，一连杀了五六个日军，但寡不敌众，被四个日军逼到了墙角，危急关头辛芝带领敢死队增援而来，一起杀退了日军，重新被夺回了西城门。

接下来几天，敢死队与成倍的日军进行了绞杀战、肉搏战，南城门被占领又被夺回来了，东城门失陷又给争回来了，就这样十天过去了，虽然大窑县城还牢牢掌握在敢死队手中，但敢死队也损失巨大。辛芝对王里路说："王副官，我看这样下去不行，日军把我们围了里三层外三层，要是增援部队上不来的话，用不了一天我们就有全军覆没的危险。"王里路也认识到了，忙问："辛连长，你说我们目前该怎么办。"辛芝指着冒着烟火的废墟说："我们不能把战线拉长了，大窑县城虽然不大，但由于我们过于计较一地一门的得失，这样分散兵力，容易消耗我们的战斗力。不如我们把现有兵力集中在三个城门主要阵地，形成'品'字形，这样既可以发挥各自独立战斗的优势，又可以交叉火力，相互补充，相互协作，能尽量减少死角，不给敌人以可乘之机。"王里路认为有道理，忙说："来不及商量了，就这样吧，辛连长去西城门，赵营长去东城门，我去南城门。"然后登上高台，对不足百人的士兵们大声喊道："为了积极配合太原会战，我们就要像三颗钉子，牢牢地把日本鬼子钉死在大窑！"

然而，王里路也没有想到此时一部日军兵力迅速南下，要与山本合围大窑。

大窑周围会集了国民党军队的三个军、四个师。按国防部的意图对山本师团和渡桥旅团进行合围以期一举歼灭。可是，战场形势瞬息万变，从太原南下的日军，与河南北上的日军对国民党军队也形成了大合围态势。王里户看到友邻部队始终不能增援过来，自己将有全军覆没的危险。他经过再三考虑，决定炸开窑河水，水淹日军。张新看着给工兵营发的电报稿，心情十分着急，拿在手里迟迟不肯发，因为她知道，只要这封电报发了，窑河大堤就会顷刻间炸开，滚滚河水就会把整个大窑县城淹没，到那时不但日军淹死了，就连王里路他们也不能逃生。

吴参谋过来催促道:"张小姐,给工兵营的电报发了没?旅长催问了。"

"这就发。"张新坐在发报机前,手都有些颤抖了,但她还是不肯发。吴参谋看到张新迟迟不发,声音都变调了,严厉道:"张小姐,快发呀,耽误了战机,旅长可要拿你是问。"

"好了,你别烦我了,快出去吧,别影响我。"张新站起来推着他出去。

吴参谋却走到发报机前对她说:"我要看着你发,快快!"面对吴参谋的逼迫,张新感到自己快要崩溃了,她的心都要流血了,她在为王里路担心、着急,她暗下决心,即便自己上军事法庭也决不发这份电报。

"张新,你到底怎么了?你延误战机,是要上军事法庭的!"吴参谋恼火了,大声质问道。

"你滚,你给我出去!"张新发疯了一般,把电报撕成碎片,扔在了地上。

吴参谋见状也着急了,指着张新严肃道:"你拒不执行上司命令,我这就到旅长那里告你!"他说完转身就要往外走,突然与急匆匆进来的王里户撞个满怀,听他急切地问:"电报发了没有?发了没有?"这时,吴参谋有些得意地说:"旅长,您去问她,我催了多遍,可是她拒不执行。"令他没有想到的是,王里户高兴地说:"这就好,没发就好。"王里户这么说,张新和吴参谋都愣住了。

王里户对张新说:"电报不要发了,把底稿烧毁。"说完就急匆匆地出去了。

原来,从太原南下的日军,半路上并没有朝大窑方向奔来,而是去了临汾、运城方向,显然是要占领九条山,然后直捣西安,这样一来,整个战局就瞬间变了,战区长官部要求王里户旅迅速撤离大窑战场,赶往临汾地区进行阻击。现在虽然友邻部队接替了自己的防区,但王里户实在放心不下还在日军重重包围之中的敢死队员,特别是还有自己的弟弟王里路。引窑河水淹日军,那是战争需要,他并没有想到弟弟的安危。而现在形势发生逆转,他把对弟弟的愧疚化作对敌人的仇恨,命令一团和旅部为先头部队奔赴临汾防守,命令二团、三团、炮团向大窑日军发起总攻,他要救出自己的弟弟。

前方炮声隆隆,隔着大山也能看到火光映红了半个夜空。张新坐在台阶上,

一街两城

神情不安地望着远方。

"张新,你怎么还不走?"王里户走过来说。张新没有理他。王里户明白她的心思,走到了她的近前,说:"为了党国利益,我不得不那么做,请你理解,也请你最好不要告诉里路。"说完就回指挥部了。

"打仗狂。"张新白了他一眼,冲着他的背影说。

天明时分,远方渐渐少了炮声。陆续有伤病员从前线回来。张新怀着复杂的心情上前询问:"见到王副官了没有?他怎么还没有回来?我们胜利了吗?救出敢死队了吗?"突然,一辆小汽车开来,吴参谋从车窗探出头来说:"张小姐,你怎么还没有走?快走吧,战斗结束了,大部队都撤了。"战斗结束了,结束了怎么还没有见到他呢?张新更加紧张了起来,她四处寻找,心里不住地祈祷着:"王副官,里路,里路,你千万别出事。"

"张小姐,再不走就赶不上旅部了,走,上我的车。"吴参谋过来拉张新。张新用力拽开他的手,继续往前寻找。吴参谋急了,问:"你找谁呀?"

"我找王副官,不关你事。"张新没有理他。这时,吴参谋颇为难堪道:"王副官就坐在我车上。"

"是吗?"张新听了高兴得差点蹦了起来,急忙跑到汽车前,透过车窗往里看,果然见满身征尘的王里路微闭双眼、半躺在后座上。张新顿时激动得热泪盈眶,不顾一切地上来抱着他哭了:"里路,总算见到你了。"吴参谋见此情景非常尴尬,又非常后悔,不得已把头转向了一边。

第四十八章　巧救辛芝

大窑战斗,虽然歼灭日军两千余人,但王里户旅也损失了一千多名弟兄,加强营只剩下了一名带伤的营长和两名伙夫,另一个营整建制没了,两百人的敢死队活下来不到二十人。

国防部对参战将士给予了嘉奖,连以上军官都晋升一级。然而在晋升的名单里却没有王里户的名字。王里路和几个军官都为旅长愤愤不平,正为此气恼的里户看到他们几个胡闹更加恼火:"都滚回去,谁再胡闹,我关他的禁闭!"里路见旅长真的动火了,极不情愿地离去。晚上,里户把里路叫到寝室:"我当时话重了。"

"没事。"里路说。

"你呀,什么时候才能知道点官场的事?"里户点上了一支烟说,"你知道为什么我这次没有晋升吗?"里路摇了摇头。里户说:"就是因为你上次和两个八路军说话,让军统的人反映到上边了。"里路非常震惊:"就为这么点事?他们可是四弟和弟妹……"

里户打断他的话,说:"两军之间没有兄弟姐妹亲情可言,不是敌人就是对手。况且现在是非常时期,虽然表面上同共产党联合抗日,其实暗中防备。"王里路叹气说:"全国共同抗战是大势所趋,我担心等抗战胜利了,江山谁坐还很难说。有道是,得民心而得天下!"里户表情严肃起来,脸一沉说:"咱们是军人,军人的职责就是打仗,政治不是我们的事。你以后说话也要注意场合,万一让军统的人抓到了把柄，我非但不好为你开脱，还会受牵连。唉！你也要理解我的难处，我们不是嫡系的，就像没娘的孩子，仗得多打，话不能多讲，功还不能多邀。"

里路不解地问："二哥，委员长的亲信陈诚不是保定学堂的吗？与你是不是一期的？你们还是校友吗？怎么也没见你们有来往？"里户解释说："侯门深似海。他现在是老头子的亲信，大权在握，还能想起以前的这些同学吗？党国元老丁惟汾还是咱老乡呢！我也曾拜访过他，到头来还不是一点忙也帮不上吗？再说，现在凭本事吃饭，打了胜仗，立功受奖，打了败仗，找谁也没用。"里路说："我真不明白，咱这些年风里来雨里去，冒着枪林弹雨，出生入死，到头来是为了什么？二哥你能说清楚吗？也就是现在同小日本作战，我还感到像做了件正经事。以前，不是同这军阀打就是同那集团杀，杀来杀去，到头来还不都是杀了自己的同胞兄弟？受苦受难的还不都是广大老百姓！而真正得利的又有几人呢？唉！"里户陷入沉思之中，眉宇之间的皱纹更深了。

里路继续说："二哥，你从军这么些年，也就是人家手里的一杆枪，而真正属于你的时候并不多。现在不同了，二哥，这次大窑会战，我才真正感到了军人的价值，真正的刀对刀、枪对枪，拼个痛快，杀个痛快！"

"要不是当着众弟兄的面，我是不同意你上前沿的，万一你有个意外，我无法向二爹交代……"这是王里户的真心话，他不希望弟弟亲自上战场，大窑之战，要不是战局突然逆转，弟弟恐怕就与日军同时被河水淹死了，虽然战争无情，但生离死别总是最痛苦的事情……两人正说着，外头响起了急促的敲门声，里路开了门，参谋长急匆匆地进来说："旅座，有急事向您报告，政训处袁处长，要把二团三营的辛芝连长带走，全连官兵都不愿意，现在两方僵持着，冲突一触即发！"

里户一听也急了，忙穿上军服，边走边问："什么原因？"

"听说是'共党'分子。"

汽车刚驶进三营驻地，团长、营长等几个军官都围了上来，里户听了汇报后，就与他们一起来到现场，三营的官兵们见旅长来了，纷纷提出抗议或为辛副营长鸣冤喊屈。袁处长过来质问里户："王旅长，我问你，你怎么带的兵，想造反啊？！"如果是平和客气地说，里户还准备配合他的工作，没想到他是自己的手下，却仗着是军统的人就如此趾高气扬。里户吃软不吃硬,仿佛一桶油浇到了冒火的干柴上,立即质问道:"我还想问你呢!你凭什么抓我的兵?你眼里还有没有我这个旅长?!"

"他是异党分子,我有权不经过任何人的同意,随时可以抓人。"袁处长的话,更激起了里户的反感和愤怒,他大声道:"你能抓别人,我就不敢抓你吗?来人,把他抓起来,看看谁管谁!"话音刚落,几个兵士迅速上来把袁处长制伏了。袁处长一看也火了,高声喊道:"王旅长,你这是袒护'共党'分子,我要到重庆告你!"这时,有人替他说情,请里户三思,而士兵们要求毙了他:"旅座,毙了他!我们这些年跟着您出生入死,能活到现在就算万幸了,没想到战场上没倒下,刚刚回来反而让他们抓起来,太伤兄弟们的心了!"

士兵们的呼声震天动地,群情激愤。里户看到这些跟着自己出生入死的弟兄,心里也非常感动,但袁处长毕竟是在执行公务,万一他说的是真的,那自己岂不是犯了包庇之罪,上级能轻饶了自己吗?正当里户左右为难的时候,里路说:"旅座,您看这样处理行不行?袁处长不能抓,辛副营长也不能让他带走,等我们调查清楚后再做决定。"里户点了点头,说:"这事就交给你处理吧。"说完,上了车走了。

里路对士兵说:"把袁处长放了,辛副营长由我带回旅部,等问题调查清楚了,再做决定。好了,大家都回去吧。"大家见里路这样说了,也觉得这是目前最好的处置办法。袁处长虽然不情愿,但看到大家激愤的情绪,也不敢再坚持了。

审讯室里,台上只有里路和袁处长二人,辛芝在下边坐着,两旁各有持枪兵士监控。

无论怎么审问,辛芝始终不承认自己是"共党"分子,有时反问得袁处长瞠目结舌,无言以对。里路看到辛芝毫不畏惧和神情坦然的样子,心想:他即使不是"共党"分子,也是一个激进分子,这样的人从道义上不能杀,从军心稳定上又不能留,大窑之战他立了大功啊。里路站起来说:"今天就审到这里吧,辛芝你好好反思。"说完让士兵将辛芝押回监牢。

当夜,王里路秘密找到同乡加好友辛家芹,亲自授意了如何解救辛芝的措

265

施。最后王里路掏出两封信给他说:"一切拜托老弟了。"辛家芹在大窑会战中失去了左腿,按规定他必须复员回家,他把拐杖往怀里一放,搂着王里路说:"王副官,您尽管放心吧,我一定会给您办好的。"

"谢谢。"王里路眼看着辛家芹一瘸一拐地消失在黑夜中。

辛家芹回到宿舍,秘密联系了辛芝手下一个排长,然后挑选了几个可靠的弟兄,打着王里路要提审辛芝的幌子,把辛芝从监牢里营救了出来。袁处长接到报告后,立即派兵前去追查,这时候辛芝早已无影无踪了。一气之下,袁处长向上级写了报告。王里户见事情闹得这般地步了,为了维护自己的弟兄,也向上级写了报告,说袁处长滥用职权,诬陷抗日将士等,最后袁处长被送上军事法庭革职查办。

事后,军统的人到行政院和国防部为袁处长鸣不平,说辛芝确实是"共党"分子,他们是王旅长看在同乡分上有意放跑的。说归说,没有确凿证据,不好治里户的罪,况且现在正是用人时期,如果逼急了,他也来个什么"曲线救国"或投到"共党"军队里,岂不因小失大?最后也只能来个"丢车保帅"的办法,不了了之。

辛芝逃出国民党军队后,经过组织安排调到八路军山东滨海军区工作,任侦察科长,正赶上滨海军区攻打朱信斋的战斗。

经过缜密侦查和摸底,组织上彻底搞清楚了朱信斋老窝的布防图。是年腊月底,滨海军区老六团作为主攻,日照县武工队配合。辛芝和张守东事先通过地下党员打入敌人内部,与八路军战士里应外合,战斗到次日凌晨,朱信斋和藤子固守在碉堡二楼里拒不投降,等待救援。然而从县城和莒县方面赶来救援的鬼子、伪军都被早已埋伏好的日照县地方武装和莒中独立营的部队打退了。他的主子日本人最后也不过派了两架飞机在上空盲目地扫射了一阵,扔下了几颗炸弹就无奈地离去了。

面对朱信斋的顽抗,辛芝提议用炸药包将炮楼炸了。团首长考虑到周围群众强烈要求审判朱信斋,就指挥战士在炮楼周围点燃了柴草,朱信斋禁不住熏烤,伸出白旗投降了。

在付疃河滩上,滨海军区和中共日照县委联合召开了公审朱信斋万人大会,山东军区领导肖华到会讲了话。人们群情激愤,振臂高呼:"杀死朱信斋,为民除害!"当朱信斋和十二名罪大恶极的头目被枪决时,群众拥上前去,割下了他的头颅装在笼子里到各村游行示众。

任书武看到朱信斋血淋淋的头颅和血肉模糊的尸体,暗自感叹道:"自作孽,不可活啊!"

第四十九章 无中生有

汉奸、土匪朱信斋被镇压,对日照县乃至滨海地区的反动势力、汉奸走狗震动不小。姜邯冰躲在维持会里不敢出来,最恐慌的还是渡桥次郎,他明白,没了朱信斋,日莒大动脉将不会再畅通无阻了。

稻田和秦书中进来,稻田也不看看渡桥次郎的心情怎么样,朝着他大呼小叫:"渡桥君,大发现,重大发现啊。"说着将几件黑陶放在了他面前,兴奋道,"东方神器,渡桥君,我还从未看到过如此精美、如此久远的黑陶。"渡桥次郎有点烦,可是稻田滔滔不绝,最后实在烦透了,渡桥次郎便大声道:"稻田君,我现在很烦呀!朱信斋被八路军吃掉了,通往内地的大动脉断了,司令官很恼火啊!"

稻田更闭不上嘴了:"渡桥君,我告诉你,你要清楚你的职责,你是竹机关文教课长,而不是旅团长、联队长,现在一郎旅团长率领他的军队驰骋中国,而你频频失利,要不是梅津美治郎总长给你在上层协调着,恐怕你现在已经站在军事法庭上了。"渡桥次郎冒出了一身冷汗,忙问:"稻田君,我正为此烦恼,你说我该如何是好。"稻田指着黑陶说:"机关长非常喜欢中国文物,这些东西恐怕他还没有看见过。"

渡桥次郎说机关长未必喜欢收礼,稻田哈哈大笑说:"我说渡桥君呀,你是装糊涂呢还是真傻?这是文化、文化,文化是无级别无国界的。"渡桥次郎似乎明白了,不再反驳,而是耐心地听着。稻田继续说:"我们进入中国的目的是什么?就是要建立真正的王道乐土。那么,单靠飞机、大炮、刺刀能征服了中国吗?"

"能。"渡桥次郎一拳打在了办公桌上,在一旁的秦书中连连说:"能能,一定能。"

稻田不以为然道:"能征服所有中国人的心吗?"还没等渡桥次郎答话,秦书中忙道:"能能,一定能。"稻田没好气地指着他说:"也就你这样的人说能。"秦书中有些尴尬,忙低下头。稻田然后转身对渡桥次郎说:"渡桥君,不瞒你说,我刚进入中国时就强烈感到我们要陷入一场无休无止的灾难。"渡桥次郎立即变色道:"稻田君,这可是危言耸听啊,消极悲观和散布谣言都是要上军事法庭的。"

稻田不紧不慢道:"渡桥君,你听我说。当我踏上两城这块土地时,心里豁然开朗,我们目前亟须文化进军呀。我考察过了,离两城不远处有一个琅琊台,中国人传说秦始皇派徐福带领五百童男女到海上寻长生不老药,就是从这里起航到达了日本国。佐贺市、新宫市徐福当年登岛的地方,至今尚有徐福祠、徐福冢、徐福井等,如此说来,我们日本有很多人原本就是中国人呀。"

秦书中为表现自己的学识,忙插话道:"对,稻田君说得不无道理,日本、日照,都有一个'日'字,连名字都很巧合,其中必有联系。"稻田没有理会他,继续说:"我曾看过秦天喜的文章,他提出了两城先祖从哪里来又到哪里去的课题,我可以说曾经创造灿烂文明的两城先祖到了我们日本国嘛。当然,还需要进一步考古考证。"渡桥次郎沉默不语了。秦书中忽然站了起来,手心翻成手背演示一下,然后对渡桥次郎道:"为什么不翻过来想,两城先祖是从大日本国来的呢?"

"说得好。"渡桥次郎一拍大腿连说好,"秦君,你这话算是说到点子上了,没白到帝国留过学,好好,大大地好。"秦书中一脸得意,稻田却一脸茫然。

渡桥次郎深深吸了一口气,拍着秦书中的肩膀道:"总算找到了打开心结的办法。秦君,难怪中国人都叫你秦麻子,果然有心眼子,哈哈。"秦书中尴尬得只能咧嘴笑笑,渡桥次郎然后指着稻田和秦书中道:"你们马上找到秦天喜,一定要寻找到日本先人来两城的确凿证据,最好有出土实物,并撰写文字加以论证,这对文化进军中国是大有益处的。哈哈,只有消灭了中国文化,才真正意义上征服了中国。"

秦书中朝着渡桥次郎伸出了大拇指:"渡桥君,说得好!"

一街两城

稻田干脆将头转到一边不想看到秦书中如此献媚的恶心丑陋嘴脸,深为被冲昏了头脑的渡桥次郎担忧。

秦书中回到两城直接找到了姜邯冰,让他寻找秦天喜。姜邯冰不敢怠慢,派人四处寻找秦天喜。

顺着丝水往上游走,绕过大、小沙沟村,在丝山北麓的群山环抱中,出现了两汪清水,中间有一个半岛,岛上住着十多户人家,叫两水汪村。村前村后多栽种柳树、桃树,桃花林里有一间茅庐,秦天喜正在里面专心撰写《山东省日照县两城镇史前遗址考古发掘报告》。旁边摆放着刘耀的日记和手稿,他不时地翻开借鉴有用的资料。

报告分最初发现、遗址调查及古墓群分布、考古发掘经过、出土文物明细、考古价值及意义等,分类逐条进行了详细记述和阐述。他确定了两城镇遗址是距今四千多年的史前国家遗存,在政治、军事、经济和文化等领域都显示出了龙山文化的中心地位,同时具有鲜明的海洋文化特性,与国内其他史前文化遗址相比,有着独特的地位。最后,他对高柄镂空黑陶杯的地位及作用也做出了初步论断:该器物是母系社会向父系社会转变的有力见证,是男系社会通天达地的图腾神器,是男人崇拜权力的重要器具。杯口呈流线圆形状,是受海洋文化的影响,在当时已经酿造出酒的背景下,着力显示男人的阳刚特征,也是人类社会逐渐成熟的标志。

王璐瑶一直陪伴丈夫身边,天冷了为他添加炭火,天热了为他扇风纳凉,看到他陷入沉思,她就悄悄退到一边拿起画笔画画。他们夫唱妇随,一个专心撰文,一个精心画画,闲暇时或到东庙老母阁上香,或到西庙牛王庙游玩。秦天喜坐在树下的石板上,脚下流水潺潺,水边茂林修竹。秦天喜抬眼,满目青翠,紧蹙的眉宇下无限的忧思和怅惘。

"秦先生,你让我好找啊!"姜邯冰突然出现在秦天喜面前。稻田望着眼前的美景感叹道:"秦先生想学陶渊明啊?"姜邯冰忙给他们介绍,当秦天喜听说稻田是日本人时,他旋即转身愤然离去。

夜晚,油灯下。秦天喜满脸愁云,无法驱散。他本想与妻子在世外桃源度过一生,潜心研究两城史前遗址文化,但还是被姜邯冰找到了,他知道出去凶多吉少,也知道逃跑已经不可能了,便将考古报告交给妻子保管。

渡桥次郎高规格接待了秦天喜,并让稻田作陪。渡桥次郎说一句,秦天喜就反驳一句。渡桥次郎说:"中国和日本种族相近文化相通,要不然日本和日照,怎么会都有一个'日'字呢?"秦天喜立即进行了驳斥,引用大量历史资料说明日本名字的由来,还特别强调日照名字的由来,汉朝时为海曲县,宋元祐二年设日照镇才有日照这个名字,与日本名字风马牛不相及。渡桥次郎想起秦书中的话,说两城镇的先民是从日本过来的。

秦天喜哈哈大笑,站起来指着渡桥次郎嘲笑道:"秦麻子信口开河,献媚之言你也相信了,真是幼稚和无知。不错,我曾撰文提出两城先民从哪里来又到哪里去的课题,但也是在考证和论证过程中。"稻田这时候站起来,随和道:"秦君此话有道理,没有经过证实的言论是不恰当的。"本来端起酒杯的渡桥次郎将酒杯重重往桌子上一放,变色道:"我告诉你们两个,近期必须确立两城的先民是从日本来的,这是前提,还要经得起专家的考证,让全世界的人都信服,编也编出来,造也造出来,否则你们谁也别想好过。"说完甩袖走了。

秦天喜被软禁了起来,稻田对两城遗址进行大肆挖掘。

渡桥次郎突然接到机关长的电话,说自己对两城黑陶尤其是镂空高柄黑陶杯感兴趣,也提出通过文化征服中国人的指令。这让渡桥次郎大喜过望,为了折罪立功,他把全部精力用在了寻找高柄黑陶杯上。

秦书中趁机献计道:"渡桥君,据我所知,大多数考古学家都死心眼,他们往往认物不认理,认理不认人。为何不在你们本国寻找一个古代遗址或古墓让他们去发掘考古呢?"渡桥次郎连连摆手,秦书中接着道:"其实也好办,从中国弄几个放进去,说从你们日本出土的不就得了?找几个考古专家论证一下,召开一个记者发布会……"渡桥次郎拍着秦书中的肩膀,连连夸奖道:"老同学说得好,你秦留洋聪明、聪明。"

秦书中听到渡桥次郎不再称自己秦麻子了,朝着一同来的姜邯冰露出得意的神情。这时候,姜邯冰也想立功,他凑上前来献媚道:"太君,我敢断定,王家藏

一街两城

有高柄黑陶杯真品。"渡桥次郎听了惊喜万分,连连点头道:"好,姜会长,你做得好,大大的好。你先给王在川捎个话,他主动交出来便好,要是执意不肯,到时候别怪我不客气。"姜邯冰暗喜,连声道:"是,太君!我一定把太君的话捎到。"

第五十章　敲门盼儿归

近来,王家的日子并不好过。

"路儿啊,你回来啊……"丁使秀依旧天天敲着门框喊着儿子的名字。

雪梅斜倚在出门的行装上,神情十分忧郁,连续发生的事,似乎是做了一场场噩梦。此时,她也不知道这一走会是怎样的结局,能找到他吗?一路千山万水,关山重重,况且战火连绵,还能活着回来吗?她不知道,也没有多想,为了这个家,为了自己的真爱,即便前路刀山火海也要去寻找他。王香拉着她的手要跟着她一起去找哥哥,王满还不知道怎么一回事,但他强烈感到比娘还亲的妗子要离开他了,抱着她啼哭不停,安妈挎着小包袱说死活要跟着她,再也不能让她独自出门了。雪梅看到她们个个成了泪人,心酸不已,尤其是听到婆婆不住地敲门,真是声声催人泪,声声敲心碎。

"路儿啊,你回来啊……"丁使秀敲着门框喊着儿子的名字。小丫跑了过来,哭喊说:"太太,不好了,不好了,少奶奶要走了。"丁使秀脑子嗡了一声,扔下敲门棒,转身就往安雪梅的房间跑去,在门口拦住了挎着包裹正要出门的雪梅和安妈。

"雪梅,雪……"丁使秀不知说什么好了,上前拉着雪梅的胳膊流着泪说,"雪梅,你不能走啊!你走了,我们该怎么办啊?"雪梅郁郁地说:"娘,我正要去找您和爹,我不是回娘家,我要去寻找他。"雪梅这么说,丁使秀刚放下的心又提了上来,急忙把雪梅的包裹硬夺了下来,劝道:"孩子,天下这么大,你上哪儿去找他呀？"说着自己先哭了，"现在外面到处兵荒马乱的。"王香拉着雪梅的手哀求道："是啊，嫂子，外面正打仗，您不要走了，好吗？"雪梅望着迷蒙的天空没有出声。丁使秀忙拉着后面的安妈道："安妈，你年长懂事，怎么也不劝劝雪梅呀？你们都是女人家，出门多有不便呀。"安妈正生她们的气，将头扭到一边没有吭声。丁使秀又去劝雪梅，哀求她不要走。

王在川听说雪梅要去寻找里路，也急忙过来带着埋怨的口气说："你这孩子，以往做事都很周全，这次怎么如此草率？况且你们都是女人家，能行吗？现在外面多么乱啊！"说着瞅着安妈。安妈其实也不想让雪梅出去，但最近所发生的事情太让人伤心了，禁不住为雪梅抱屈道："老爷，不是我们想去找他，而是这么多年耗着总不是个事吧？"小丫也过来拉着雪梅的手说："少奶奶，外面很乱啊！你不能出去啊！"

"在家里还不是一样吗？"安妈立即跟上了一句，还白了王在川和丁使秀他们一眼。王在川和丁使秀顿时无语。雪梅不让安妈乱说了，而是对着公婆耐心道："爹、娘，我知道你们为我好，但我寻思着王家不能就这样下去了，我要把他找回来，即便是他不回来，我……"雪梅只觉胸口灼热难受说不下去了。

丁使秀非常理解她的心情，急切道："孩啊，你不能去，我去找他回来！"王在川见妻子也要去找儿子，立即对着她生气道："你跟着瞎掺和干啥？"然后对雪梅说，"即便是要找他，我们也得商量商量，问问你大娘他们现在在哪儿打仗啊。"

"是啊，是啊，雪梅，你爹说得不是没有道理。来，我们先回屋，商量一下好吗？"丁使秀急忙劝道。可是雪梅还是坚持要走。此时，她感到唯有上路了心里才能好受些。

正当雪梅坚持要走时，任北乐过来说来客人了，他们转身朝门口望去，客人竟然是多年不见的安为海。雪梅看到他突然出现在自己眼前，满腹的委屈、伤痛仿佛决堤的洪水一下子奔涌而出，不顾一切扑了上去，抱着安为海就哭了："爹，你们怎么也不管我了呀？"

王在川将安为海请到客厅，让小丫冲上茶水，彼此诉说了这些年所发生的变故，都感叹唏嘘不已。安雪梅陪伴在安为海身边，紧紧攥着他的手，生怕一松手他就飞走了。安为海这次回老家，除了给爹娘上坟外，主要看看雪梅过得好不好，要是不尽如人意就打算带着她去上海。王在川和丁使秀怕就怕这件事，处处对安为海照顾周到，当他问起王里路怎么还没有回家时，王在川讲了一番大道理，现在正是国难当头，凡是有热血、正义的爱国青年都投身抗日救国洪流中了，哪还能顾全小家啊？如此一来，安为海释然地信服了，不再打算带走雪梅。

安为海的到来总算让雪梅感到了安慰，连日来她天天陪着他说说话儿，心情自然放松了不少。这天，他们在屋里聊天，安为海给她剥了一个橘子，踟蹰了好大会儿才说出了雪梅的身世。雪梅开始不相信是真的，当王在川和丁使秀过来说怕她伤心而故意隐瞒多年时，她蒙了。爷爷成了爹，爹成了哥哥，那个疯女人秦翠翠竟然是自己的亲娘……雪梅简直要崩溃了，趴在床上痛不欲生："怎么会这样，怎么会这样呢？你们为什么要瞒着我呀，娘呀——"

次日，雪梅在安为海的陪同下来到安家台，到秦翠翠的坟墓前供上水果、点心和饭菜祭品，烧了纸钱，然后跪在地上号啕大哭："娘，我长这么大没给您做一口饭喂一口水呀，是女儿不孝啊，您一辈子为了我没享一天福呀，娘……娘……"她哭了一遍又一遍，回想起母亲一次次装疯卖傻接近自己就是为了保护自己，自己却没有给她一点点温暖，唯一一次温暖那还是丈夫给的，是他将母亲扶了起来。

在大哥安为江等人的帮助下，安雪梅给秦翠翠立了墓碑，上面写着"母亲大人秦翠翠之墓"，左下方写着"女儿安雪梅立"。

雪梅回到家昏昏沉沉就想上床睡觉，丁使秀过来给她一封信，说王芳专门给她的。她勉强打开信看了起来：

弟妹你好：

其实，我真的不想这样称呼你。我总感到我们是同龄人，你比我还小，应该一样享受世间温暖、和平、阳光。可是，现实是多么残酷和不公平啊！你在东方受苦，我却在西方享乐……来美国已经很长时间了，我已经适应了这里的生活，这里的人们观念和意识都与我们国家有很大差别。单从女人来说吧,在咱中国,女人必须三从四德,必须恪守妇道……哎呀,这是多么可怕的残酷的封建礼教啊!我庆幸来到了美国。这里的女人自由、开放,恋爱自由,离婚自由,谁也不干涉谁。我听老家来人说,你还在等着里路,你怎么就那么傻啊!你人生最美好的青春不是白白流逝了吗?你知道吗?你甘愿为丈夫独守空房,牺牲自己的幸福,不敢与旧礼教抗争,这样就说明了你的忠贞吗?其实不然,恰恰说明了你的愚昧和懦弱,你知道吗?

雪梅小妹,我还是这样称呼你吧。每个人的幸福只能把握在自己手里,只要你来美国,一切由我来办……

雪梅看完信清醒了许多,她攥着信望着窗外出神。王芳的信无疑打开了她心中的一扇窗,使她了解了地球另一边还有一个截然不同的国家,这无疑在她内心深处泛起了波澜。她非常矛盾,也曾想离开这个令她痛苦、委屈的地方,也曾想去美国找王芳享受那和平温暖、快乐阳光,也曾想跟着三哥去上海……想了很多离开的理由和所要去的地方,可是总下不了"走"这个决心。每次想到苦命的亲娘就联想到丈夫那温情的一扶,也只有丈夫给了自己的娘最温暖的关爱啊。当年她朝着自己频频点头,那是她已经认定了这个女婿呀,天下还有比他更好的丈夫吗?

丁使秀执意要去寻找儿子:"我考虑过了,我去找里路,不能让媳妇去,我不放心。"王在川又生气又担心,忙说:"你一个老妈子,去哪找啊?一出门就糊涂了。"丁使秀叹气说:"我看安为海来就是想领走雪梅。还有,王芳这个死丫头来信劝雪梅去美国……"不等妻子说完,王在川就气上心头,说:"我王在川也算是一个人物,怎么就生下这么些逆子呢?里路、里道、王芬、王芳,没有一个替爹娘着想,只顾他们自己,他们要是有雪梅一丁点儿,咱家也不会受人欺负!"丁使秀怕丈夫越说越生气,忙说:"所以,我必须把儿子叫回来,拖也拖回来。"王在川又急又怕,跺着脚大声道:"要去也只能我去呀!"

"爹,娘,你们谁也不能去。"雪梅突然进来了。丁使秀急忙上前拉着她的手说:"雪梅呀,让里路回来,不光为你,我们也老了,家里没有一个顶大梁的男人不行啊。"王在川想说,但心里憋得实在说不出来,只好低下头生闷气,雪梅急忙说:"爹,娘,你们不用担心,家里有我。"就这么一句听来轻柔的话却无疑让王在川和丁使秀感到非常震撼,连日来的阴霾仿佛一下子被驱散了。

　　安为海要回上海了,雪梅送出了大门口,一肚子的话却一句也说不出来。安为海在上马车前拉着雪梅的手说:"小妹,过去的都让它过去吧,不要记恨爹,他或许有他的苦衷。"雪梅说:"我谁也不记恨了,只是觉着没有对娘尽到做女儿的孝心,很内疚也很痛苦,唉。"她说不下去了,将头扭在了一边。安为海轻轻拍了拍她的臂膀没有再说话就上车走了,雪梅回过神来紧跟了几步,扬手高声道:"三哥,你路上一定要小心呀。"安为海伸出头朝她摆手道:"小妹,你也保重呀,来上海看我啊。"

　　雪梅洒泪送别三哥回到屋里,公婆、王香、王满、安妈都围了上来,王香、王满一边一个紧紧抓住她的手生怕她走了。丁使秀掏出手帕擦着眼泪,忽然见院子里来了一个拄着拐的青年人——他瘦长的个头,散乱的乌发,穿着一身浅黄满是油灰的军衣,左腿只有一条裤筒在悠荡着。丁使秀心口一阵剧痛,来不及多想便跌跌撞撞跑了出去。青年张开宽厚的嘴唇欲说未说,道道已经干结的伤疤使他的脸都变形了,呆怯而又期盼的眼睛直穿心肺。难道说这就是日想夜盼的儿子吗?怎么不像自己的儿子又仿佛是自己的儿子呢?丁使秀不敢确认却又泪眼模糊。

第五十一章 喜不双至

  青年是辛家芹,他眼睛眨也不眨地看着丁使秀,很长一会儿才从嗓子眼里艰难地飘出句话来:"大、大婶,您是里路的娘吗?"丁使秀只顾抽泣了,没听见他说什么。王在川跑了出来,他听清楚了,忙回答:"啊,是是,你是……"辛家芹惨然一笑说:"噢,大叔,我是王副官的部下,叫辛家芹,老家东河沿的。"

  "哦,是大侄啊,快进屋,快进屋。哎,你还站着傻呆干吗?里路军队的弟兄来了,快屋里冲茶呀。"王在川把辛家芹往屋里请着,回过头来对妻子说着。这时,雪梅、王香也出来了,丁使秀才回过神来,边擦着泪边答应着快步走进屋里。辛家芹一瘸一拐地进了客厅坐下,王香急不可待地问哥哥什么时候回来,安妈忙问少爷什么时候回来,王在川忙说先让他喝口茶稳稳歇息再问也不迟。小丫沏上茶,辛家芹刚端起茶杯,丁使秀就迫不及待地问:"大侄,你和里路在一起,知道他的情况吗?"王在川忙对妻子说:"看你这人,想儿子也不急这一时嘛,总得让大侄喝口水吧。"

  "哦,对对,大侄喝水。"使秀不好意思地说着,还看了雪梅一眼,雪梅本来很着急的,看到婆婆投来惊喜的目光,有些不好意思了,忙低下头。辛家芹理解大家的心情,慌忙放下到嘴边的茶杯,从内衣口袋里掏出两封信,递给王在川,说:"大叔,这是王副官托我捎给你们的信,一封给二老的,一封是给弟妹的。"

  王在川忙拆开信,丁使秀和王香都凑了上来,雪梅也想过去看看,更想快看看给自己的信,又颇有些难为情,只好伸长了脖子看着公婆的表情,恨不得立即上前将婆婆手里的信夺了过来。

父母大人安康：

儿不孝，久未写信。奈战事频仍，信邮中断，加之四处奔波，无有定所。常念二老，夜不能寐，泪流满面。忠孝不能两全。儿一切都好，随二哥杀敌报国，正遂心愿，请不要挂念。待逐出倭寇，儿当百倍奉孝。

有佳音告知二老，我与里道已会面，他与吾父面似，高大魁梧，已有对象。

另，里道一事，只有自知，不可外传。

不孝儿里路敬上

王在川看完信悲喜交集，久久不能言语。丁使秀竟不顾客人在场，抽泣出声。王在川看到两人都有些失态，对妻子说："还有一封信不是给雪梅的吗？你马上给她呀。"丁使秀这才想起来还有给雪梅的信，擦了眼泪忙说："你看看我，光顾自己高兴了。"说着将信递给了雪梅。雪梅拿着信激动得有些不能自持了，刚要当场拆开信看，又怕内容不是自己所期望的，犹豫之中带着慌乱。丁使秀看出她的心情，道："雪梅，回你自己屋慢慢看吧。"雪梅应了一声转身就走，因为着急没有看脚底，差点被椅子绊倒，安妈、王香、小丫、王满都跟了上去，丁使秀怕打扰雪梅就喊住了他们。

路上，雪梅心如刀绞，想看又怕看，万一他……唉，事到如今，不管么多了，她一进门就将门关上，用颤抖的手拆开信。一张照片随即映入眼帘——是他，是他，雪梅提着的心一下子放下了，她仔细端详着照片上英俊的国军军官，一股幸福的暖流顿时涌遍全身。

雪梅爱妻：

雪梅刚看到开头称呼，激动得眼泪都出来了，她顾不得擦了，急忙往下看。

街一两城

　　本想早时给你写信,怎奈日寇猖獗,战事频仍,辗转各地,尚无定所,望妻见谅。

　　我不辞而别,妻定有怨恨,实属无奈之举,不愿见了新人忘旧情,况且尚不知妻面心境与否。心灰意冷,徘徊彷徨长久,才下决心宁愿违父命,伤妻心,也不愿背弃自己的良心。妻不记仇怨,独守空房数年痴心不改,鸿雁传书,寸寸柔肠,盈盈粉妆,实乃感人至深。加之亲友频告妻之贤惠、孝顺,尊长抚幼,撑起了偌大的家庭,令我不能不为之动心、感颜……

　　早有回家探望之意,奈国之山河破碎,民之家破人亡,作为华夏儿女之一员,拒寇保疆,匹夫有责。只盼国人团结一心,早日驱逐倭寇,收拾旧河山,与妻共述衷肠。

　　随寄小照一张,略表寸心。我一切都好,望妻勿念。

　　　　　　　　　　　　　　　　　　　　　　　夫：里路

　　雪梅含着泪读完信,悲喜交加,想想自己的坚贞、苦熬、等待终于换来一片真情时,只觉心口堵得难受,口舌发干,浑身无力,两手只好紧紧地拧着床单。

　　前些日子,虽然雪梅透露了一点里道的消息,但毕竟不如儿子信中这般真实,王在川夫妇心情自然高兴。王在川禁不住多饮了几杯,拍着辛家芹的肩膀说:"大、大侄,你是里路的部下,就是我家的亲戚,你、你告诉你的家里人,有什么困难只管来找、找我。"话刚说到此,辛家芹呜呜地哭了。丁使秀忙问:"大侄,怎么了?不舒服,还是我们没招待好?"辛家芹说:"大婶,都不是,我、我家里的人前些年都饿死了,现在就剩我一个残疾了,呜呜。"王在川看到他哭得很伤心,也十分同情他,现在国民党县政府早不知躲到哪里去了,像他这样的残疾军人,只有军队发的一点抚恤金,怎么够养活自己呢?吃过饭,王在川拿了三十块大洋给了辛家芹,他拿着千恩万谢地走了。

　　回家的半路上,辛家芹突然想:回去也是空荡荡、冷清清的三间破草房,晚上饭也没人给做,不如去街上买点可吃的东西回去还省事。想罢,他来到了街上,行人并不多,倒是扛枪的伪军不少。辛家芹朝着一队路过的日本兵吐了一口唾液:"呸!狗日的,如果老子好好的话,叫你们一个也不剩!"他转了半天,来到卖猪头肉的小摊前。他掏出王在川给的大洋,没想到交钱拿肉的工夫,忽然一帮乞丐蜂拥而上把他推倒,在他身上乱翻,钱抢到手就跑了。

辛家芹爬起来很费事,等他颤颤悠悠地站起来后,抢钱的人早跑得无影无踪了。他用拐杖漫无边际地指着破口大骂:"你们这些没有人性的混账东西!老子打鬼子连条腿都搭上了,回来你们不但不同情,还把王在川老爷给的钱抢去了,真是亡国奴,没良心啊!我们中国完了,完了啊!"他像疯了一样在街上乱喊。

正巧,姜邯冰从饭店里出来,他对身边的蔡二楞说:"你把那个乱喊的疯汉叫到饭店里,我有话对他说。"蔡二楞不解,问:"一个疯汉,有什么……"姜邯冰眼瞪着说:"少废话,让你叫你就叫!噢,不能告诉他我的真实身份。"他平时别说对一个疯汉不在意,就是他娘病了也懒得去看,今天怎么日头从西边出来了?原来他对辛家芹的话感兴趣。蔡二楞把辛家芹领到饭店里,姜邯冰热情地上前握着他的手说:"英雄啊,英雄,我总算找到你了。"辛家芹的气还没消退,忽见有气派的贵人召见他,他感到很欣慰,气就消了大半,问:"贵人,您是……找我有何贵干?"

蔡二楞忙介绍说:"这是我家老爷。"姜邯冰朝他摆了摆手,说:"啊,我听说你当过兵?"见辛家芹点点头,他又问:"抗日的,打皇……啊,打鬼子的?"

"是,不打鬼子还叫中国人?看看那帮混账东西,有本事去抢日本鬼子和那些坏透气的狗汉奸呀!"辛家芹越说越上气。姜邯冰越听越上气,但还不能表现出不满情绪,急忙对蔡二楞说:"上几道好菜,上酱二白和西施赶海,我要为抗日英雄接风洗尘。"辛家芹听说单为招待自己,说:"那怎么好意思哩!您尊姓大名我还不知道呢!实不敢当啊!"姜邯冰故意谦逊说:"话不能这样说,像你这样的抗日功臣,区区小事何足挂齿呀!"

"唉!"辛家芹看到姜邯冰面善说话真切,真把他当成了好人,叹气说,"时运不济啊,为国家打鬼子少了一条腿,还差点送了命,要不是王副官看在老乡分上,为我治了伤,救了我一命,我……唉!"

"这个王副官是谁啊?"姜邯冰问。

"就是南城王家三少爷呗。我刚从他家里来，王家老爷还给我三十个大洋，没想到让几个臭要饭的抢去了。"

"他不是逃婚跑了吗？敢情也参加打鬼子的队伍了？"

"这还有假！王家就是出忠臣义士，二少爷现在是少将旅长，专打鬼子，哪像姜家净出汉奸，明明一窝出了三个大汉奸，还恬不知耻弄了'一门三忠贤'牌坊，整个两城街乃至全镇全县全省全国没有不耻笑、愤恨的。我要是他们的老祖宗，即便是死一万年躺在坟里化成灰也会跳出来敲断这些不肖子孙畜生的大腿！"辛家芹每说一句话就像一巴掌打在姜邯冰的脸上，他恨不得上前撕烂了辛家芹的嘴，蔡二楞听了刚要制止他就被姜邯冰阻止了："你说那个王里路也打鬼子？"

"现在除了汉奸、茬鬼子这些王八蛋、狗日的……"

姜邯冰实在听不下去了，忙说："好了，好了，你不要说了，你大骂日本人就不怕让政府的人听见，把你抓起来？"辛家芹当兵出身，没多少心计说话直爽，只当是他不愿听，便劝道："哎，你也应该骂那些断子绝孙的狗汉奸啊，现在除了这些狗操的汉奸自己不骂自己，哪有好人不骂的？哪有当兵的不打小日本鬼子的？我他娘的光棍儿一条还怕谁啊！大窑激战，我跟豺狼般凶狠的小日本拼刺刀死都不怕，我现在就盼望着有人把我抓起来，我还有地方吃饭了呢。"

姜邯冰实在听不下去了，便起身说道："啊，你先在此等一会儿，我很快就来，与你痛饮几杯啊，哼哼。"姜邯冰刚出去，蔡二楞指挥伪军不由辛家芹分说架着他就往外走。辛家芹挣扎着高声大喊："你们是什么人？凭什么抓我！放开我，有人还让我在这里等着他呢。"几个伪军哈哈地笑了。

姜邯冰嘱咐马弁们严加看管辛家芹，自己在"清乡队"的护送下，提着两个盒子连夜去了渡桥次郎的住处。

渡桥次郎独自坐在屋里闭着眼沉思，如何扶持像朱信斋这样忠心皇军的中国人打通日莒公路乃当务之急，但他怎么也理不出头绪，不得已用手捶着又痛又涨的头。

"啊，太君，姜邯冰会长来了。"翻译官进来报告说。渡桥次郎听姜邯冰来了，立刻起身穿上军服，说："快请。"姜邯冰对他来说太重要了，自从西面的朱信斋被除掉以后,日照通向临沂、枣庄等大据点的路线都被抗日力量所控制,行走十分不方便,现在只有北去青岛、潍坊的路线还在日军的控制之中。所以作为交通要道的两城镇其战略地位可想而知,而把持该地区的姜邯冰也水涨船高,成为渡桥次郎眼中的红人就不足为奇了。别看姜邯冰平时耀武扬威的样子,可是见了日本人就毕恭毕敬,就像狗见了主人。

"太君,吃饭了的没有啊?"这句问候礼节,姜邯冰还没有忘记。

"坐、坐。"渡桥客气地说。

姜邯冰慌张地坐下又站了起来,站起来又坐下,仿佛沙发上有个钉子,坐吧还扎人,不坐吧又怕主子怪罪。渡桥次郎见他一副不自然的样子,一股厌恶和瞧不起的滋味涌上心头,便说:"姜会长,深夜来访,有什么事吗?"姜邯冰站起来,奸笑着说:"啊,没什么大事,我带队四处巡查,走到这里,特意来向您汇报,给您捎话捎到了,嘿嘿。"

渡桥次郎一时没有想起来让他捎给谁什么话,但对他的勤于职守大为称赞,说:"大大地好,你的大大忠心,我不会亏待你的,两城镇战略地位十分重要,可不要轻心大意,你的明白?"姜邯冰似有失望,但听见他夸奖了禁不住连连点头:"太君,我的明白,明白,在我防区,'共党'的没有,抗日的都吓跑了。"说着就有些飘飘然了,他大胆向前走了几步说,"太君,我看您一个人挺寂寞,有个好去处,太君是否……"这个好去处,姜邯冰指的是雪梅,而渡桥次郎认为是妓院,没有兴趣摆了摆手。

姜邯冰不甘心又说:"太君,不是妓院,是我们那里大户家的少奶奶,美貌无比,如花似玉。"渡桥次郎不是好色之徒,虽常年离家,在情感上有些寂寞、空虚,但他平时很少出入妓院和慰安院,甚至把自己身边的女人也送给了朱信斋,他心里只有对天皇效忠。姜邯冰见渡桥次郎没露出喜悦表情,进一步献媚道:"太君,中国古代四大美人您可知晓?"渡桥次郎怔怔地看着他,没有任何表示,心想:你到底想干啥?姜邯冰见渡桥次郎不解其意,只好如实道:"太君,中国古代有四大美人,两城街现今有王家四美,个个闭月羞花之貌,沉鱼落雁之容。尤其是那个少奶奶……"没等他把话说完,渡桥次郎把桌子一拍,愤怒道:"你什么意思!现

一街两城

在大敌当前,不思效忠,净出鬼花样,乱七八糟的东西大大地不要,你的明白?"姜邯冰吓出了一身冷汗,忙点头赔笑。渡桥次郎朝他挥手,示意他回去。

姜邯冰刚转身要走,忽然觉着这样空手而回太不值得了,把牙一咬,又转过身,对渡桥次郎说:"太君,最近,我经常发现有可疑之人出入王在川家中,很神秘,据可靠消息,是'共党',与攻打朱信斋队长的人有关系。"渡桥次郎来兴趣了,忽地站了起来:"可有此事?又是王在川?对了,上次让你捎话给他,他为何不将高柄黑陶杯送来?"

"太君,我今天就是汇报这件事的,早将太君的话亲自传给他了。"姜邯冰看到引起渡桥次郎的高度关注了,将两个盒子拿上来,小心地打开说,"太君,您先看看这个。"渡桥次郎上前仔细观看,一件是红褐色陶器,一件是黑色陶器,品相完好,在灯光下闪耀着神秘色彩。姜邯冰笑眯眯地说:"太君,我总归在这条道上混了多年,特意找了懂行的鉴定了,是史前器物,珍贵着哪。"渡桥次郎急忙俯下身子仔细观摩了起来,两眼顿时露出了惊喜而又贪婪的目光。姜邯冰在一边介绍道:"这件红色的是红陶,叫陶鬶。这件黑色的三足鸟喙形状,叫鸟喙形足陶鼎,我们街上叫鬼脸足,稀世之物,市面上不多见。"他正介绍着,稻田突然闯了进来,看到这件陶器,上前就拿起来惊叹道:"哎呀,太精美了,太神奇了,我考古大半辈子了,第一次见到如此精美绝伦的陶器。"

渡桥次郎怕他弄坏了,急忙让他放下,然后问他在两城考古收获多少,稻田将一袋子的陶片和玉片拿给渡桥次郎看:"我就挖了这些,有些是从当地人手中买来的。"姜邯冰看都是不值钱的东西,但渡桥次郎如获至宝,忙对稻田说:"哈哈,我们要大功告成了。稻田君,你带着这两件陶器和这些陶片立即回国,找一个遗址埋进去,然后找专家考古发掘……对,一定让秦天喜撰写文章,哪怕认定书也行。哈哈,到那时,大日本国就有灿烂辉煌的历史文明了。"稻田叹气道:"要是能有镂空高柄黑陶杯就更有说服力了。"

"太君,我知道哪儿能找到。"姜邯冰神秘地笑道。

渡桥次郎和稻田齐朝他问:"哪里?"

"两城南城王家,王在川手里。"

"你不是捎话给他了吗？为何胆敢不给送来?!"渡桥次郎生气道。

"这个王在川顽固着呢。"接着说了王在川一大串坏话，最后说，"……如此下去恐怕压不住啊，一旦我成了朱信斋第二，皇军您就……就……还有呀，有人告发王家有两个人在国军里与皇军交战，杀死不少皇军啊。"渡桥次郎也担心姜邯冰被八路军除掉，忙说："哼，这还了得！敢与皇军作对，他吃豹子胆了？果有此事？你把他押来。"姜邯冰看到渡桥次郎真生王在川的气了，便火上浇油道："像王在川这样的人能心甘情愿将黑陶杯献给太君吗？"

"肯定不能。"稻田插话说。

"所以嘛……"姜邯冰接着在渡桥次郎耳边悄悄说了几句话，渡桥次郎连声道："好，好，就这么办。"

晚上，姜邯冰怕半路被劫不敢回家，就在妓院玩了通宵。第二天，往回走的路上他琢磨为什么渡桥次郎不喜欢女色，那么俊的女子，世间少有……唉！自己得不到岂不便宜了别人？况且二弟也一直对她念念不忘。不行，趁这次渡桥次郎亲自打压王在川，想办法把她一块弄到手，哪怕抛弃一切，只要拥有她也不枉活一生。想罢，他对张守手说："直奔王家。"

第五十二章 以死证清白

姜邯冰带着蔡二楞和张守手等一帮人来到王家，正赶上王在川与家人在义云堂聚会。他别提多高兴了，故意将腰间的手枪一晃，站在门口朝屋里大声喊道："王家所有人听好了，城里皇军，啊……不，太君，啊啊……是渡桥大佐传话来，说你们王家与抗日分子有勾结，支援八路军、武工队攻打朱队长，啊，就是那个朱信斋，并让两个儿子参加了国民党军队，明着跟皇军作对，渡桥大佐要亲自来抓你们，统统坐牢枪毙，亏我从中斡旋，好话说尽，才得以暂时缓和下来，我是冒着杀头的风险来告诉你们，也多亏我干了会长、镇长啊，要不然谁知道这些事？"姜邯冰的话像石灰投进水里，王家的人顿时沸腾起来，有的直骂小鬼子，有的顿时吓得变了脸色，大家面面相觑，小孩吓得哇哇直哭。

里门觉着上次没露脸自己反而残疾了，姜邯冰特意来告诉这件事，他是来补偿对自己的愧疚，这次说什么也得让他帮忙，说："姜会长，这次您怎么也得帮……帮忙啊，钱财我们给，我……我们王家不会忘了您的大……大恩的。"姜邯冰嘴上说着，眼睛却在四处寻找雪梅："里门兄，你这是说哪里话，见外了不是？"里门听了很感动，还没等着说出感谢的字，听他继续说道，"唉！事到如今，我也不再瞒你们了，只要送上一人一物，一切万事大吉、平安无事。"

"什么人？什么物？"

姜邯冰看到王家人纷纷相互猜测了，继续在人群中寻找雪梅的影子，想看看她的表情如何，可是搜索了半天也没有看到那张动人的面容，禁不住有些失望，他说:"我实话告诉你们吧,渡桥大佐知道你们家雪梅少奶奶的俊名声了,'王家四美'谁人不知谁人不晓?但他偏偏看上了少奶奶,还说她貌美如仙。本来渡桥就是好色之徒,见了漂亮的闺女拉不动腿,即便是走到大街上,见了漂亮闺女,他都硬抢回家……"他的话还没说完,大家全都明白了,又是她惹的灾祸,王家怎么娶进这么个丧门星啊!众人议论纷纷,情绪激愤。王在川明白姜邯冰挑拨离间,上前捉住他的衣领,愤怒说:"狗汉奸,你少在这里无中生有,挑拨我家的关系,你不要命了!?"

姜邯冰仗着自己有人有枪,把他的手拨开,故意气愤道:"好!你王在川好样的,你能!你行!你敢跟日本人作对!我他娘的狗咬耗子多管闲事,走!我倒要看你怎么对付了太君!哈哈。"说完转身要走,忽然又转回头故意高声道,"还有,你们要是将那个收藏的高柄黑陶杯送去也行。"说完转身扬长而去。

"你怎么把他给气走了啊?往后该怎么办呢?"

"谁惹的,谁平呗……"

面对家人的愤怒、不满情绪,王在川是明白的,他认为日本人再凶狠、霸道,也绝不会为了一个女子而大动干戈,一定是姜邯冰做了手脚或进了谗言。最近,他风闻三珠山截杀、镇公所因禁雪梅就是姜邯冰的阴谋,他想霸占王家的财产,还对雪梅动了邪念。这次他又来耍花招,难道欺我老了吗?但姜邯冰最后那句话可能是真的,渡桥一直觊觎高柄黑陶杯,三弟事件要不是雪梅和张守东及时相劝相助,差点悔恨终生,这次怎么也不能再出差错了,即便是付出生命代价。王在川直觉气冲脑门,大喝一声:"好了!你们不要瞎议论了,有事我一个人顶着!"

"你一个人能顶得了咱百十口人吗?以前你杀的是土匪,现在是有枪有炮的日本军队。"张传兰的话显然带有挖苦意思。傅美意在一边附和道:"就是就是……"在川气得说不出话来。丁使秀见丈夫憋得难受,忙说:"鬼子还没来,咱先乱了阵脚,伤了兄弟和气,岂不是更解决不了问题?"

当晚,凡是王家十八岁以上的不管男女都聚集在义云堂。王在川端坐着,尽量保持沉稳的神态,双手攥得紧紧的并放在椅子扶手上,说:"日本人要找碴儿,我们谁也挡不住,现在怨谁都不管用,我们不能坐以待毙,要想个妥善的解决办法。"姜秀莲忙道:"依我看,还是去找八路军……"没等她把话说完,傅美意打断她的话,撇着嘴说:"三婶,八路军虽然救了三爹,三爹不也很快死了吗?有什么用?别动不动就说八路军好,共产党好,我们王家已经引起姜会长和日本人的怀疑了,我们可不愿意受到牵连。"姜秀莲低下头不说话了。

安雪梅和王璐瑶都反感傅美意,瞥了她几眼。

里门的儿子王兆玉说:"叫俺二爹和三爹回来,他们带兵把鬼子全杀了。"

王在川摇了摇头说:"远水解不了近渴,况且他们是国家的军队,怎么能听咱调遣呢?"姜秀莲又说:"实在没办法,我们就出去避避……"她的话还没说完,又遭到了家人的反对,传兰、里门都强硬地说:"避?上哪去?避了今天,那明天呢?偌大一个家,如何带走?要走你们走,打死我也不走。"

里门听了姜邯冰的话,把一切罪过都推到了雪梅的身上,恨不得把她逐出王家大门,看到大家都想不出好主意,站起来说:"我看……看……还是谁惹的谁……谁去……"他说话费事,但大家都明白他的意思,傅美意随着丈夫又开了腔:"光有个漂亮脸有什么用,丧门星!"

张传兰把儿子的伤残怪罪到雪梅的身上,加上对她的误解和偏见,也恨不得把她扫地出门,趁此机会,她态度明确地说:"王家不同于一般家族,漂亮脸蛋又不能当饭吃,娘在的时候就不要漂亮的媳妇,说过日子三件宝:丑妻、薄地、破棉袄。现在可好了,倒是娶了个漂亮媳妇,可就是那个丧门星,光招惹了一些臭男人,弄得王家一个灾难接着一个灾难。"玲玲看到自家人都将矛头指向了雪梅,她觉着不跟随丈夫说几句,以后很难要钱打牌抽烟了,便接着说:"娘,您可不能这么说,漂亮是父母给的,漂亮本身并没有错,关键是有人下贱,拿这个当本钱。"说完将头埋在两腿之间不敢看雪梅。这时候,很少说话的二妞发话了:"姜会长不是还说送去高柄黑陶杯也行吗?咱家要是有的话,给他们不就得了?"

王璐瑶看着王在川说:"是啊,二爹,什么东西还比人宝贵呀!"

丁使秀立即将目光投向了丈夫,姜秀莲、二妞、王璐瑶等人也都期盼着王在川发话。此时,王在川感到了一生从未有过的难以抉择,为营救三弟想用黑陶杯交换,已经让自己懊恨、惭愧多少日子了,这次又……正当他要发话时,王里门又道:"咱们家哪有那个东西呀!二爹,您要是真有的话,现在都……都价值连城了,我们可……可不能白白给渡桥。再……再说了,要是真有的话,那也是咱们整个王……王家家族的。"张传兰转头用怀疑而命令似的眼光对王在川道:"老二,你可不能吞独食。"

此时,王在川有口难言。

傅美意几乎跳出来,手指虽然到处乱点着,但矛头直奔雪梅而来:"一个破黑陶杯子还值几个钱呀,前几年两城大街上脚踩脚蹋的。我看人家渡桥就是看上了某人的小脸蛋!"

雪梅一直坐在炉子旁边低着头不说话,听着大娘、大哥、大嫂们的话越说越难听,而且都冲着自己来了,把一切罪过都推给了自己,她感到了无比痛苦和不安。当张传兰说她是丧门星的时候,她已经无法控制自己了,委屈的泪水涌了出来,坐在身边的王璐瑶安慰她别当回事。当玲玲说她下贱拿漂亮当本钱时,雪梅实在受不了了,刚要起来反驳,被二妞一句公道话压了下来。她悄悄看着公公的脸,心里骤然紧张了起来,她心里明白这个黑陶杯就在地洞里,也明白此时公公是多么难以抉择。正当她要站起来表明心迹时,王里门、张传兰、傅美意连珠炮似的话语射向她本已伤痛的心。她实在忍受不了了,拿起夹炭火的铁钳腾地站了起来,喊道:"大娘、大哥、大嫂!你们都说是我的脸惹的祸,现在我就变成魔鬼,看看到底是不是我!看看渡桥来不来……"雪梅说着就把烧红的铁钳往自己脸上放,眼看着惨剧就要发生,丁使秀迅速起身两手夹住雪梅拿钳子的手,两人争夺着,兆玉、二妞和王璐瑶也上来帮着夺,好歹从雪梅的手里把火钳夺下来了,但在争夺过程中还是在右眉毛上方烙出了一道血泡。

众人顿时乱作一团,只听王在川说:"快弄面浆,不不,快叫北乐去弄獾油!"

连日来,伤口的剧烈疼痛,使得安雪梅夜不能寐,饭不能咽,眼前一片模糊。

安妈一直陪护在身边,不住地抹泪。王香紧紧抓住她的手不肯松开。王满趴在她身上叫着:"妗妗您怎么啦?"丁使秀心痛地说:"雪梅,雪梅,你觉着好点了吗?唉!让你受苦了。"雪梅用力地反复睁大眼睛,看清了婆婆在说话,身边还有安妈等一些人。她只觉钻心地疼痛,想起所发生的事,仿佛有无数的手在撕裂着自己的心,她无法控制自己的情绪了,发疯地哭喊着:"让我死,让我死算了,为什么总是我的错呀?"

安妈和王香急忙抓住她的手,安妈哭着说:"当初我们决心走就好了,都怪我没有硬拉你走。"王香却流着泪说:"大嫂您不能走,要走一定带着我走,我不让您走。"

丁使秀一阵阵心酸和内疚,怕她的泪水流到伤口上感染,痛爱地把她的身子向外翻着说:"雪梅,你是好孩子,别伤心了。你的苦楚我跟你爹都知道,是我们误会你了,让你受委屈了,你一定要坚强,眼泪流到伤口里就不好了……"说着自己也控制不住地流下眼泪。

烫伤或烧伤,最好的土办法是用百年老槐树根捣碎加獾油搅成药膏抹在伤口上。任北乐家住深山每年都能套几只獾,从东庙老母阁前的槐树上剥根皮,捣碎与獾油拌在一起糊在了雪梅的伤口上。几天来,丁使秀、安妈怕雪梅想不开,出现意外,几乎半步也不离开她。姜秀莲和王璐瑶也经常过来陪她说说话儿,随着伤口不断好转,家人精心照料,她的心也渐渐融化了。

看到公婆终于明白了自己的真意,雪梅顿觉像去了一场大病,身子仿佛一下子轻松了起来。一觉醒来,见王满还在小床上睡觉,王香趴在小桌上也睡着了,手臂下还压着书和本子,看来学着困了就睡了。"真是用功的孩子。"雪梅没有打搅他们,坐了起来,感觉外面阴着天,要不这时候阳光会顺着窗棂照射在床上。她下了床走出房间,院子里也静悄悄的,怎么连一个人影都没有?小丫去哪里了呢?安妈呢?雪梅觉着有点饿,想到前院找点吃的,可是拉大门反锁着。雪梅心里咯噔一下,感到一阵晕眩。

雪梅哪里知道,此时,王家又面临着一场浩劫。

第五十三章　强盗行径

一早,数十个全副武装的日军、伪军冲进王家大院。蔡二楞、张守手用手枪比画着:"王家所有的人都到前院集合,反抗者格杀勿论,快点,渡桥太君就要来了。"

丁使秀见事不好,偷偷将雪梅住处的大门锁上了。

蔡二楞小跑到大门口把渡桥次郎从汽车上请了下来,跟随而来的还有稻田和赵麻六等人。今天,渡桥次郎一身笔挺军装,腰挎日本刀,脚蹬乌黑闪亮的马靴,神情阴沉而目含杀气。刚走到院子里,众乡绅列队鼓掌欢迎,唯有王在川坐在太师椅上没动。今天,他头戴绒帽,身穿黑绒大褂,神情庄重而面带怒气。他身后立着的偃月刀透着寒光,像一员大将,只要一声令下,它就会跃起冲入阵中。

姜郸冰、张守手随着渡桥进屋也不像往常喊叔叫爷了,而是对王在川、王里门等人指手画脚,不满道:"太君亲自到你家里,为何不出门迎接?"王在川不紧不慢地说:"我从来迎的是客人!"姜郸冰气得脸色通红。渡桥大步上前哈哈一笑说:"王先生,我这是第二次登门拜访,应该是客人吧。"王在川立即道:"来义云堂做客的人,从不挎刀持枪。"

"哈哈……"渡桥次郎大笑了起来,他来中国还没遇到敢顶撞自己的人。面对王在川不卑不亢的威严神态,不禁暗暗称奇。接着,他脸一沉,道:"我们来中国帮着你们繁荣、自由,你为何与'共党'抗日分子勾结,破坏新秩序?还送两个儿子与我军交战,打死打伤我众多将士,你良心大大地坏了,你们全家死了死了的!"说着,渡桥次郎有意摆出了拔刀的姿势,姜邯冰、赵麻六、张守手他们也跟着起哄,纷纷拔出了手枪或端起了刺刀。面对恐怖、紧张的气氛,王里门、张传兰、姜秀莲他们都吓晕了,有的干脆瘫倒在地上。

稻田装模作样地挡在中间对渡桥次郎说:"渡桥君,消消气,我们是来拜访王先生,不可大动干戈。"王在川虽然把生死置之度外,但也不愿看到王家上上下下几十口人无辜受害,他要竭尽全力保护他们,强压心中的怒火,说:"简直无中生有!是有人故意造谣,陷害我们王家。"

"按你们中国的说法,不见棺材不掉泪。"渡桥次郎手一挥,姜邯冰跑到门口,大喊:"快,快,把他押上来。"很快,两个伪军拖着辛家芹进了堂厅,狠狠地扔在了地上。王家人都惊疑道:"是他出卖了我们,该死的东西,杀了他!"王家人要上前杀死辛家芹,被端着刺刀的日军士兵挡住了。

姜邯冰幸灾乐祸地说:"哼!王在川,你现在还有什么话说?"王在川鄙视地瞪着他,不愿跟他搭腔,然后把目光投向趴在地上像一摊烂泥的辛家芹,心想:大概他已经被打死了,这样死无对证。他想罢,便道:"姜邯冰,你好狠毒啊!不知从哪里找个死要饭的来冒充抗日分子陷害我们,你想一石三鸟啊!"

"什么是一石三鸟?"渡桥问身边的翻译官。翻译官吱吱呜呜,不敢说。杨义先高声说:"就是扔了一块石头砸死三只鸟。今天姜会长用一个阴谋诡计欺骗你、陷害王家,还打死了地上的乞丐。"

渡桥次郎最恨别人利用、欺骗他,他把杀人的眼睛转向了姜邯冰,姜邯冰顿时慌了神,直觉两腿发软,连忙摆手说:"太、太君,他……他没死,把他弄活问问不就知道了?来啊!用凉水把他喷醒。"张守手把凉水倒在了辛家芹的身上,他苏醒过来,挣扎着坐了起来,看到眼前的情景,干脆又躺下了。张守手又气又急,照着辛家芹的肚子猛踢:"我叫你装死,快起来说,说了就放你,说了给你好吃好喝的。"可是无论怎样打,无论说什么好听的,辛家芹紧闭双眼,一字不吐。

渡桥次郎看到姜邯冰与张守手无计可施的样子,十分恼怒,两个手指一挥,走过来一个日本兵抽出腰中的短刀照着辛家芹的左耳朵下去,流着鲜血的耳朵掉在了地上,辛家芹痛得啊哟一声昏厥过去了。姜邯冰撇着嘴说:"我还以为你哑巴了呢。"一桶水又倒在了辛家芹的身上,他醒了过来,无论姜邯冰怎么恐吓、审问,他还是咬着牙一字也不说。

王家人看到他满身是血的惨样,一些心软的都流下了眼泪。渡桥次郎再一次挥手,那个手上沾满鲜血的日本兵又走了过来,眼看着辛家芹的某一部件又要掉下,王兆玉大喊道:"你们没人性啊,他不说,就说明我们王家是被冤枉的,你们赶快离开!"渡桥朝他一挥手,接着走过来两个日本兵把兆玉从人群里拖了出来。

顿时,王家人一片大乱,哭喊声不绝,张传兰和王里门、傅美意都扑了上去。那个满手是血的日本兵放下辛家芹走到兆玉近前,端起枪就要刺向他的胸口。王家人惊呆了,王在川站了起来,手向偃月刀伸去,鬼子、伪军的枪栓哗啦哗啦全响了,傅美意忽然灵机一动,高喊:"太君,你们要找的人我知道在哪儿。"她话音未落,雪梅身穿紫衫黑裙,头罩帽子前面一圈白色纱帘遮住大半个脸,宛如一尊云罩雾绕的女神款款从天而降,身后紧跟着穿着裙子梳着刘海的王香。

傅美意朝着渡桥次郎指着雪梅狂喊道:"就是她,就是她,她就是你要的王家少奶奶。"刹那间,偌大充满杀气的堂厅沉静了下来,所有人都睁大了眼睛,张大了嘴巴,日本兵手中的刺刀仿佛定格了一般。渡桥次郎也怔住了,他今天来就是想得到高柄黑陶杯,并不是来抓人,王家这个女人突然的举动着实让他一下子摸不着头脑。

稻田忙提醒渡桥次郎道:"渡桥君,我们要物不要人。"所有王家人都醒悟过来,但没有想到傅美意竟然如此不顾亲情道义出卖自家人。丁使秀疾步上前狠狠扇了她一耳光:"混账东西,王家竟然出了你这么一个败类!"然后朝向张传兰和王里门郑重道,"大嫂、里门,这样的坏女人立即让她滚出王家!"这时候,张传兰和王里门也蒙了,一时也不知如何是好。傅美意看到全家人都怒视自己,知道大事不妙捂着脸瘫在地上哭了。

姜邯冰面对突如其来的变故，怕自作主张的事情败露，好在他有思想准备，忙在渡桥次郎身边指着雪梅小声说："太君，她就是王家少奶奶，她知道高柄黑陶杯藏在哪儿。"渡桥次郎走到雪梅面前道："你知道黑陶杯在哪儿？"还没等雪梅开口，丁使秀快步挡在了她的面前，镇定自若道："你不要问俺媳妇，她什么都不知道，我知道，问我好了。"渡桥次郎忙转向丁使秀："好，你知道，高柄黑陶杯在哪儿？能否拿出来让我一睹？"丁使秀立即道："王家根本就没有那个东西。"

"你——"渡桥次郎又生气又失望，撇开丁使秀又转向了雪梅，"你要是不说，带走！"他刚说完，几个日本兵就蹿了上来，吓得王香急忙拉着雪梅的手哭喊道："大嫂……"丁使秀急了，急转身对丈夫说："他爹，咱家要是真有那个东西，给他们就是，人为财死不值得。"姜秀莲、王璐瑶、二妞等人都纷纷劝王在川干脆拿出高柄黑陶杯，王在川跺着脚道："咱家真的没有啊，没有啊！"不等他说完，雪梅却高喊："爹，别管我，那个高柄黑陶杯是咱家的传家宝，是国宝，绝不能落入日本强盗手里。"她这么一说，全场人都相信王家真有高柄黑陶杯了，更坚定了渡桥次郎得到高柄黑陶杯的决心和意志。

姜邯冰上前得意道："太君，我说得没有错吧，她知道，她一定知道。"

渡桥次郎哼哼两声朝雪梅走去，伸出手指在雪梅面前晃了两下，两眼射出了凶狠而又期待的目光："只要你说出来，我保你们全家不死，要是不说，你先死了死了的。"雪梅将头扭向一边，不愿意看到他这张狰狞贪婪的强盗面目，斩钉截铁道："死有什么可怕？"渡桥次郎听罢，简直要疯了，他一怒之下挥舞双手道："好，我成全你，来人，拉出去毙了。"他话音刚落，王家人要么去保护雪梅，要么跪在王在川面前让他拿出高柄黑陶杯，看着日本兵明晃晃的刺刀逼近雪梅，王香一声刺耳哭喊："我知道！"

场面又一次静止了，所有人都朝她望去，雪梅立即高喊："香香，你不要乱说，那个东西是爹的生命，不能说啊。"渡桥次郎哈哈了两声走向王香，弯下腰笑眯眯地说："小姑娘，你知道，你说实话，我给你糖吃。"王香想说又怕被爹责罚，怯怯地看着父亲，王在川的脸色已经变得铁青了，指着她道："香香，不可乱说,你说我就揍死你!"渡桥次郎耐心道:"你不要怕他,我给你做主,要不然,你们全家都得死。"

"我……"王香不敢看父亲了,而是转向了雪梅。雪梅急忙摇着头,说:"不、不、不要说……香香……"姜邯冰突然对王香说:"是不是在你爹书房里?"王香立即回答道:"不是,在练功房……"她刚说到这儿,雪梅挣脱日军朝着练功房跑去,渡桥次郎、稻田、姜邯冰、赵麻六都跟着跑去,王在川也想跟着跑去,却被日伪军的刺刀牢牢困住了。

雪梅不顾一切地跑到练功房用身体挡住了关公像,赵麻六强横地推开她,从龛台里面的暗洞里搜出一个精美的盒子。姜邯冰急忙抢过打开,果然是一件精美的闪着幽光的镂空高柄黑陶杯呈现在眼前,渡桥次郎的眼睛都看直了,稻田久久合不拢嘴:"呀,东方神器,能见到如此精美神器不枉一生。"稻田还想伸手去摸,却被渡桥次郎果断制止:"如此神器不可乱动。"说完合上盖子亲自抱着。赵麻六和姜邯冰正从洞里面往外拿各种珠宝、大洋和金条,被渡桥次郎狠狠踹了几脚:"浑蛋,强盗,统统放进去,否则枪毙!"吓得赵麻六和姜邯冰急忙将到手的财宝放下。渡桥次郎依然盯着姜邯冰,姜邯冰这才将装进口袋里的一根金条拿出来放回原处。

渡桥次郎特意抱着盒子走到王在川面前哼了两声,那得意的眼神让王在川觉着比刺刀刺胸还难受。姜邯冰在背后道:"姓王的,你不是说没有吗?你私藏国宝,被政府收缴了。"王在川如吞火炭,鲜血从口中喷出,大叫一声,昏死过去。

"爹——二爹——他爹——"王家人都跑了过来喊着哭着。雪梅哭着道:"爹,您醒醒呀,都怪我,您醒醒啊。"

得偿所愿的渡桥次郎见此情景,更坚信了怀中宝贝的真实性,正要带着日伪军离开的时候,姜邯冰指着雪梅道:"太君,绝色美人。"王家人这才明白姜邯冰的真正意图,纷纷要跟他拼命,吓得他赶快躲到了渡桥次郎身后。渡桥次郎忽然对雪梅产生了好奇,一时兴起,强行摘掉雪梅的帽子,额头上竟然有一块纱布,他没多想顺手扯了下来。只听哧的一声,血水顿时从雪梅的脸上淌了下

一街两城

来,雪梅啊呀了一声晕倒在地上,王家人蜂拥而上:"雪梅,雪梅……"

渡桥次郎所看到的并不是一张绝美的面容,而是鲜血淋漓的可怕面孔,他瞅了姜邯冰一眼抱着盒子在日伪军的保护下迅速离开了王家。姜邯冰见状,也匆匆走了,被他们遗忘的辛家芹捡回了一条命。

第五十四章　真假高柄黑陶杯

渡桥次郎如同打了胜仗一般回到县城驻地,立即与稻田来到软禁秦天喜的地方,告诉他已经从王在川家找到了那件镂空高柄黑陶杯,逼迫他写出宝物是从日本出土的文章。

秦天喜发疯一般痛苦高呼:"强盗啊强盗,中国的宝物绝不会变成日本的,就是死,我也决不给你们写一个字。"

渡桥次郎冷笑道:"你要死我偏不让你死,让你在这里活受罪。"然后对稻田说,"稻田君,将秦先生为大日本国效劳的消息传出去,文章可由你来写,让他签字,哈哈,到时候他想说清都无法说清。"稻田说:"这叫跳进黄河也洗不清。"秦天喜听了连连咒骂:"卑鄙无耻,渡桥、稻田,你们是卑鄙无耻的小人!"此时,他真后悔当时没有与刘耀一起去延安抗日救国。

渡桥次郎准备将以前收集到的文物,加上姜邯冰行贿的陶器,连同镂空高柄黑陶杯一起送回日本,让稻田找遗址进行假发掘。正在这时,竹机关长从北京打来电话,他对这批文物尤其是镂空高柄黑陶杯很感兴趣,想先睹为快。竹机关长告诉渡桥次郎,自己在济南等着他。渡桥次郎,自己心想自己升职的机会到了,他不敢怠慢,决定亲自将高柄黑陶杯送往济南。

从日照去济南有三条路可行,其中最便捷最顺畅的是日莒公路,但这条路已经被八路军所控制。海潍路宽敞,可通汽车,经海青、诸城、潍坊达济南。还有一条从潮河、五莲、潍坊可去济南。但这是一条山路,路窄崎岖难走,尤其是

一街两城

五莲山三关,山势险峻,两边悬崖峭壁,连鸟兽都望而却步。

日本人偷运国宝的消息最终被中国人截获,重庆政府派中央研究院历史语言研究所的负责人专程前来督导,杨金彪与姜有谷负责具体实施。他们经过商议后,决定在海青与诸城之间的凤台岭拦截。刘耀从延安来到滨海军区,打算协同辛芝、陈雨田、秦郊和张守东追回这批文物,他们经过慎重商量后,决定在五莲山三关进行堵截。

在三关蹲守的辛芝等人,听到从东边凤台岭传来阵阵枪炮声,张守东担心道:"难道日本运送文物的车队真的从海青方向通过?"其他人都沉默不语,唯有陈雨田道:"大家不要着急,沉住气等等看。"不一会儿,负责瞭望的队员跑过来说,从山下来了马队。大家立即赶往三关要隘,发现马队走走停停,还不时地派出人员到前头察看,行为非常仔细谨慎。

秦郊看了泄气道:"就是商队嘛,看来我们真的失算了,功劳被重庆方面夺去了。"陈雨田不放心,与刘耀、辛芝、张守东拦下马队盘问。他们心里都非常清楚,只要马队过了三关就是张步云的防区松柏乡,一旦错过将会造成无法弥补的损失。张守东问对方是干什么的,老板忙上前说去济南贩运干海货,忽然觉着不妥,急忙改口去潍坊。陈雨田与辛芝相视一笑,让张守东检验货物,还没等打开包裹,商队老板撒腿就跑,其他伙计全部抱头鼠窜,其中就有稻田。

陈雨田和刘耀打开包裹,果然发现一批从两城镇遗址出土的文物,其中包括陶鬶和鸟喙形足陶鼎,但无论如何都没有找到镂空高柄黑陶杯。正当大家猜测的时候,一队荷枪实弹的人马飞驰而来,辛芝和张守东等人都举起了枪。来人老远就高呼:"别开枪,我们是重庆政府人员,专门来接收这批文物。"走近了一看,竟然是杨金彪、姜有谷他们,其中还有几个不认识的人。刘耀认识其中的历史语言研究所负责人,和他们握手问好。杨金彪要接收这批文物,张守东不同意,拿着枪说:"这是我们截获的,我们要送往延安,不许你们碰。"

研究所的人拿出梁思永先生的一封亲笔信,刘耀与梁先生是同事,曾经一起到两城镇遗址考古,自然表示理解。他对陈雨田介绍说:"中央研究院历史语言研究所是专门研究文物的机构,梁思永先生还特意写了信,让他们带走吧,不会再流入日本了,请放心。"既然刘耀说话了,陈雨田也就同意了,与研究所的人交接了所有文物。但研究所的人在交接过程中提出怎么不见镂空高柄黑陶杯,杨金彪说一定是让八路军故意扣留了。辛芝和张守东正憋着火,刘耀忙对研究所的人解释道:"我们也正疑惑为什么没有见到那件陶器。我以人格担保,共产党八路军绝对不会扣留任何文物。"这时,大家猜想那件国宝可能已被渡桥次郎从另一个渠道秘密运送到济南了。

确实,此时渡桥次郎正抱着盒子往日军驻山东管区司令部走去。司令部是德式风格的建筑,里里外外都有宪兵警卫,戒备森严。既然三条道路都被截断,渡桥次郎又是从哪条道路来济南的呢?原来,他故意安排车队从大路走,将陶鬶等器物打包从小路走,两条路都是为了迷惑抗日武装。他本人带着镂空高柄黑陶杯,在丁原昌的协助下,从涛雒装上两马车食盐驶往江苏方向。苏北是新四军的根据地,他这不是自己找死吗?而且南辕北辙,越走越远。渡桥次郎并不傻,走到岚山镇突然拐弯向西,装扮成贩盐的商人,经坪上、临沂这条夹缝,通过国民党道道关卡到达曲阜,然后乘火车来到济南。正是他的不按常理出牌使得偷运计划成功。

土肥原贤二机关长闻讯大喜,立即命令司令官土桥中将邀请各界人士及记者举行盛大招待会,他要当众宣布重大消息。在休息室,土肥原贤二和土桥迫不及待地要先看看宝物,渡桥次郎小心地从盒子里拿了出来。机关长拿在手里就感觉轻如巾帛,薄如蛋壳,亮如宝石,他连连赞叹:"果然是东方神器,中国神器。"

"机关长,应该说是咱大日本国神器。"渡桥次郎将自己的想法跟土肥原贤二说了一遍,土肥原贤二连说好想法,一定要将好事办好。

渡桥次郎得到赞许,更加得意,又进一步献媚道:"机关长,据考古专家说,在两城遗址出土的器物散发着葡萄酒香,机关长是否有兴致与远古神器亲近一下?"还没等土肥原贤二回应,土桥立即领会,挥手道:"给机关长上酒。"侍者拿来一瓶红酒倒了半杯,土肥原贤二用鼻子闻了闻,闭上眼睛,陶醉其中,连声道:"啊,果然散发着数千年的历史味道,哈……"正当他仰头开怀大笑的时候,身边的人都吓傻了,渡桥次郎已经大汗淋漓了,只见土肥原贤二手中的杯子渐渐变软,黑色的表皮开始脱落,露出土黄色。

土肥原贤二一愣之下竟然将杯子捏碎了,酒洒了一地。"这……这……渡桥,这是什么东西?"当手里攥着一团黑色泥巴的时候,他大怒道,"怎么回事?"渡桥次郎已经说不出话来了。土肥原贤二扔掉泥巴对土桥道:"土桥司令官,取消招待会,封锁消息,送军事法庭,哼。"说完扭头气急败坏地大步走了。土桥急忙来到招待会现场,宣布机关长有紧急军务回北京了,取消招待会。有记者问到底出什么事情了,土桥用一句话搪塞:"军事机密,无可奉告。"

"放我回去,我要去找王在川报仇……"渡桥次郎被两个宪兵拖进监狱关押了起来,他不停地吼叫着,在他看来,这一切都是王家造成的。

日伪军走后,丁使秀就偷偷告诉王在川,那个高柄黑陶杯是假的,是雪梅用假的骗过了渡桥。王在川激动得眼泪都出来了,忙问:"雪梅怎么样了?"

雪梅在家人的照料下,慢慢地苏醒过来。丁使秀说:"这次要不是你聪明,王家这场灾难是避免不了了。哼,都是姜邯冰捣的鬼,迟早杀了那个狗汉奸!"安妈用温水给雪梅洗净了伤口,然后重新给她糊上獾油药膏,疼痛减轻了许多。雪梅担心地说:"唉!就怕他们不肯善罢甘休啊。"

丁使秀说:"不要紧,等里路回来,我们就不怕他们了。"

雪梅用虚弱的声音问:"娘,托人找里路了吗?"正在帮着安妈给雪梅包扎伤口的丁使秀说:"听你爹说,准备派人去找了。雪梅,你再耐心等等啊。"雪梅坚定地说:"娘,您请人家告诉里路,就说是我说的,让他不赶走日本鬼子不要回来!"

第五十五章　决战石城

王里户旅长率军驰骋华北战场,连克数城,歼灭日伪军十几万,然而在攻打石城的时候遇到钉子了。原来守城的司令官又是渡桥一郎。

石城是一座废弃的小县城,因为石头筑墙,居民房舍也是用石头砌墙,才有了"石城"这个名字。攻下石城不难,难的是攻下石城左右的两个山头。山头上驻扎着日军精锐部队,如果不夺取这两个据点,即便是攻进城里也会被日军居高临下的炮火所覆盖。渡桥一郎得知攻打石城的又是自己的死敌王里户,决定与他一拼高下。

作战指挥室里,官兵们一片忙碌,发报声、下达命令声、报告声加上远处的枪炮声不绝于耳,陡增了大战前的紧张气氛。王里户站在华北地区敌我双方作战地形图前,对团以上的军官部署攻打石城的作战方案。他说:"诸位,石城有日伪军三千余人,防御工事异常坚固,尤其是左右两翼的据点易守难攻。旅团长渡桥一郎是我们的老对手,几年来交手各有胜负,他一心想报大窑之仇,我也一心想彻底消灭这股骄横之敌。此次为我军所围,他一定困兽犹斗,豁出性命与我们作战。战区司令长官命令我们旅不惜一切代价拔掉这颗钉子!目前形势异常紧张,日军一个师团和一个混成旅正向石城增援,军部派两个旅配合打援,八路军派了一个团配合我们攻城,这是国共合作时期的一次大战。下午三时发起总攻,我们必须先打进去,别让那些'土八路'笑话!下面由参谋长布置作战计划。"王里户说完后,参谋长站在地图前布置作战计划。

一街两城

王里路进来小声对王里户报告:"报告旅长,据截获敌台消息,伪军一个军的兵力正从鲁南向石城方向急速靠拢,看样子他们是来救援渡桥旅团的。"

"军长是谁?"王里户紧接着问。

王里路急忙回答:"姜邯举。"

王里户朝里路挥了一下手说:"不管他,只要我们按计划攻下石城,他决不会冒险前来增援,我了解他。"然后对王里路郑重地说,"你电告司令长官,请长官部派军队监视,以防万一。"王里路答应着,刚要去执行命令,王里户又叫住他,"王副参谋长,电报发出后,你立即把总攻的时间通知八路军方面,让他们做好准备。"王里路敬了一个礼:"是!"跑出了作战室。

王里路已升任中校副参谋长,他拟好电报稿给张新发给司令部,然后骑马出营与八路军方面的联络官取得联系,下达了作战通知。交接任务后,他想念四弟,询问王里道在什么地方。联络官告诉他,王里道已升为三营营长了,现在正在前沿阵地上。里路考虑到任务紧急,没有前去找他,往回赶的路上,他的心情格外欢畅。三兄弟并肩在同一战场上与日寇作战,等攻打石城胜利了,把里道介绍给二哥,兄弟三人举杯庆贺,那该是多么畅快多么有纪念意义的事情呀!一路上,他感到山在笑,水在笑,不禁哼起了欢快的家乡小调。

里路快速赶回了驻地,饭也顾不得吃,到了作战室,焦急地等待着万炮齐发的激动人心的时刻。三时整,旅长下达总攻命令。王里路所在旅一团攻打一号高地,八路军团攻打二号高地,主力攻城。到傍晚时分,主力已经攻进石城,八路军也攻上了二号高地。

渡桥一郎下令誓死夺回城墙和二号高地,双方展开了肉搏战,直到夜半时分,双方才逐渐停歇。城墙被日军夺回,好在二号高地还牢牢掌握在八路军手中。王里户对属下的战绩非常恼火,在电话里对一团团长吼道:"你堂堂的国军上校却不如'土八路'!天亮之前拿不下一号高地,我撤你的职!"说完直接将电话摔了。他明白,要是一号高地拿不下来,即便攻进石城也白搭。凌晨三点,国军一团对一号阵地又进行了攻打,直到中午时分还是没有攻破敌人阵地。眼看着攻城的士兵遭受敌人火力打击伤亡甚大,王里户接受参谋长的建议,急令八路军团抽调一个营的兵力火速支援一号高地。王里道接受任务后立即带领全营官兵迅速投入攻打一号高地的战斗。王里道身先士卒冲在最前面,八路军士兵英勇顽强,冒着敌人的炮火率先攻入敌人阵地,杀开了一条血路,终于夺取了一号高地的主动权。

渡桥一郎得知一号高地也被中国军队占领,他想亲自率军夺回来。参谋长小野立即劝阻道:"司令官,一号高地和二号高地都被中国军队占领,石城已经失去制高权,我建议趁中国军队攻进城之前迅速撤退……"渡桥一郎立即打断他的话说:"在我的军旅生涯里还没有'撤退'二字!命令一大队、预备队全力夺回一号高地,违令者死、后退者死!"参谋长立即指挥日军向一号高地反扑。王里道指挥军队迅速投入战斗,双方打得异常激烈,硝烟弥漫整个战场。

王里路从望远镜里模糊地看到了四弟英勇顽强的身影,他立即拿望远镜给王里户:"二哥,您快看,八路军指挥官就是四弟里道。"王里户正要拿望远镜观看,突然参谋长过来报告有军长电话。他急忙来到指挥所,拿起话筒,耳边传来军长的声音:"王旅长,怎么搞的?小小的石城两天了还没有攻下来!我告诉你,日军一个师团加一个混成旅已经离石城不到三十里地了,伪军一个军也正向你们扑来,天黑之前要是攻不下石城,不但会导领整个战局被动甚至全盘皆输,你们旅还有全军覆没的危险。"说完将电话重重挂了。

王里户对着作战地图发呆,王里路跑了进来说:"旅座,八路军打得很顽强,我看一定能守住一号高地。"王里户没有理会他,抓起电话想给炮团打电话,结果怎么也接不过去。他急忙问参谋长怎么回事,参谋长说电话线被日军的炮火炸断了,正在抢修。王里户急忙转身对王里路命令道:"王副参谋长,命你立即赶往炮团,所有炮弹立即轰向一号高地,打完有功。"他话音刚落,里路一听急了:"旅座,二哥,我请求您收回命令,一号高地上有咱旅一团还有八路军,他们……"

"胡闹!"里户见他不执行命令,气得嘴都打哆嗦了。

里路接着说:"二哥,不为别的,就为里道是咱们的弟弟,我们也不能这样做啊。"里户一怔,立即又恢复原先的怒火,高声道:"别说弟弟在那里,就是咱

一街两城

爹咱娘在那里又能怎样？'将士受命之日，则忘其家；临阵之时，则忘其亲；击鼓之时，则忘其身。'这点道理你作为军人不懂吗？！军法处，把他关起来！"参谋长上前想为里路求情，里户厉声道："你也想违抗军令吗？违抗军令者按军法论处！"参谋长和军法处处长只好行动。里路被两个全副武装的士兵押着往外走，他还挣扎着回头大声喊道："二哥，你这是做了'亲者痛，仇者快'的事啊，二哥……"里路的嗓子都喊哑了，耳朵也被外面的炮声震聋了，他躺在禁闭室里的单人小床上，脑子里一片空白，身体好像已不属于自己了，他仿佛看到炮火里的弟弟被炸得血肉横飞。"四弟，弟弟啊……"他心里在不断地呼唤着，眼泪止不住地往外流。

不知过了多久，外面渐渐静了下来。

王里户兴奋地坐在指挥室里，他点上了一支香烟，脑子全是攻占石城取得全局胜利的场景，最让他欣慰的是击毙了日军司令官渡桥一郎，算是了却了一桩心事。刚才军长打电话来，说这次战斗打得很好，战区长官部很满意，要给所有参战官兵晋级、嘉奖。"王副参谋长。"他叫了一声，没有回应。参谋长过来说王副参谋长已经被关押了，他这才想起来关押王里路的事情，独自去了军法处。

"里路，里路，里路……"里户叫了三遍，里路把头扭到一边，没理会他。里户气得说了一句："你不是军人！"他说完转身就出去了，对着黑洞洞的夜空长叹了一声。

第二天清晨，里路从禁闭室里走出来，立刻驱车来到一号阵地上。满目弹坑焦土，大树和枪支被炸得粉碎，散落在地上。官兵们死伤惨重，几个当地的老百姓在默默地打扫战场。他缓慢地走在焦土上，生怕踩到刚刚离去的灵魂。他怀着难以言状的心情，既想寻找到里道的尸体，又祈求上天别让他看到。一个老汉正从土里扒出一具没了头、四肢不全的尸体，见尸体的布袋里有个鼓囊囊的东西，打开一看，是一条烧焦了大半、浸透着暗红色血迹的围巾，他自言自语地说："唉！这东西还能挡挡风寒。"

老汉的话正巧让走近的里路听到了，他急忙拿过来一看，见残存处绣有

"八千里路云和月"的字样,特别是"里路"两个字,被一朵梅花衬托得格外显眼。他顿时感到热血迸发,头疼欲裂,他一把抓住老汉的手说:"你从哪具尸体上找到的?是哪具?"老汉看到他发疯的样子,忙用手指了指说:"这个就是。"

里路紧接着又问道:"你看清楚了?没错?!"

"没错,我看准了。"老汉肯定地说。

里路的泪水夺眶而出,他用手清理着尸体上的土,嘴里喃喃地说:"四弟,哥对不起你啊,是哥没有尽到保护你的责任啊。"

王里路把弟弟残缺不全的尸体火化后,放进了一个精致的木盒里。他把军服脱掉,换上了一身灰蓝长袍,他要永远离开这令他伤痛的地方。王里户几次敲门他都没开。说心里话,如果这次他没有下命令炮轰一号高地,或者里道还活着的话,他还会非常敬重里户二哥,可事情发展到现在的地步,他怎能去敬重一个没有亲情的人呢?他如何回去面对盼望了那么多年的父母?走时一个生龙活虎的儿子,回来却是一抔骨灰,而且还是死在自家兄弟的炮火之下。

临走的头天晚上,王里路来到了张新的住所,她是他最不放心的也是唯一留恋的人。可是到了门口,他忽然停住了脚步——此时此刻见了她又能说些什么呢?里路心里堵着千言万语却无法开口,他怕控制不住自己的泪水,转身离开了。

里路带着无限的伤痛和惆怅,用残存的那小半条带血的围巾包着里道的骨灰,踏上了回家的路。"弟弟,哥哥带你回家。"

第五十六章　如梦初醒

渡桥次郎躺在牢狱里天天嚷着要去两城，他要亲手杀死王在川为父报仇，他要亲手杀死安雪梅以解被骗之恨。大铁门哐当一声响了，他还以为机关长要放自己出去了，抬头一看竟然是舅舅，忙急迫道："舅舅，我是冤枉的，您放我出去，我要戴罪立功！那个王在川，就是当年杀死父亲的仇人，这次黑陶事件是一个女人骗了我……"梅津美治郎似乎没有什么表情，冷冷道："次郎，你回家吧。"

"舅舅，是要送我上法庭吗？"渡桥次郎哭着问。梅津美治郎没有回答，而是转身从士兵手里接过一个白罐子递给渡桥次郎，道："次郎，这是你哥哥一郎，你带他回家吧。"说完扭头就走了。渡桥次郎立刻明白了，捧着大哥的骨灰跪下了："哥哥……"

渡桥次郎用白布将哥哥的骨灰包裹了起来套在脖子上，登上了回国的轮船。他在检票口遇到了稻田，稻田逃跑后差点被张步云的手下当成奸细毙了，后来多亏说了几句日本话才得以侥幸逃生。

轮船缓慢地驶离了码头，两个人来到甲板上，回望渐行渐远的中国陆地，渡桥次郎感叹道："稻田君，此时此刻，我想起了与你初次见面，你所说过的一句话：'我们要陷入一场无休无止的灾难。'现在看，果然应验了。"稻田望着茫茫大海道："我估计也快要结束了。"渡桥次郎用疑惑的眼光看着他，稻田继续说："渡桥君，难道不是吗？我不知你感觉如何，我一直在问我自己，日本国怎么啦？大和民族怎么啦？天皇怎么啦？怎么成了现在的样子？为何不能越过黄河？为何不能顺长江而上？北过不了黑龙江，南陷进泰缅的沼泽里拔不出脚来，在东南亚，在太平洋诸岛，四面楚歌……即使这样还发动了太平洋战争，你以为美国是吃素的吗？你认为中国人是好欺负的吗？简直愚蠢至极，狂妄至极！难道全日本都疯了吗？！"

渡桥次郎不再为稻田的过激言论去斥责他了，而是深有感触，此时此刻，他唯一遗憾的是不能为父报仇了。

稻田从衣兜里掏出一块黑陶残片，这是他从中国大陆带回的唯一的战利品。他感叹道："其实，我们都疯了。在两城虽然没多少日子，但我感受到了中国人的智慧和博大精深的文化，也领教了中国人坚强的意志和战斗到底的决心。现在想来，你所谓的本国考古计划，简直好笑、幼稚，咱们拿历史开玩笑，历史也会拿我们当小丑。"

渡桥次郎疑惑地问："稻田君，你是考古专家，你说，我们是被王在川骗了，还是本来就没有那个高柄黑陶杯？"稻田说："从我对两城遗址的考察和种种迹象来看，镂空高柄、薄如蛋壳的黑陶杯应该存在，只是我们没有眼福。你带兵明火执仗地去抢，与强盗无二，真假与王在川有何关系呢？也就不存在欺骗之说，倒是让你那个老同学秦麻子忽悠了。哈哈，两城远古的人类是从日本来的，亏他想得出来，也怪我们太幼稚了，太急功近利了，咱大日本帝国怎么培养出如此荒唐、无赖的学生啊！"说着拿出黑陶残片，自语道，"中国神物……"渡桥次郎不动声色地从他手里近乎夺过残片，等稻田反应过来时已经晚了，残片已经被渡桥扔进大海里了。

稻田不解而又生气道："渡桥君，你——"

渡桥次郎再没有理他，望着浩渺的大海，恍如梦中，他想起了甘粕正彦曾经说过的话。此时他才彻底领悟了这句话的另一层含义：文化艺术是无国界，也可以作为武器，但恰恰我们选错了时间和地方。不是吗，甘粕正彦君？

稻田无奈地说："渡桥君，听说接替你的是小岛大佐，他的性格与你相反，他会端着刺刀让中国人服软。"

渡桥次郎指着胸前的白罐子道："如此，早晚会跟哥哥一样。"

第五十七章　战地双花分外红

清早,两城街大多数人家还没有吃饭,青河桥方向传来了密集的枪声。

王在川手里端着茶水还没喝一口,便蹿出客厅来到庭院,侧耳隐约听见嘈杂的脚步声了,便大声高呼:"都听我说!雪梅带着女眷从湖里上船到芦苇荡里暂且躲避。里门、北乐组织所有男丁,能拿枪的拿枪,能拿刀的拿刀,与他们拼命。兆玉去关帝庙,找大刀会成员来帮忙……"话还没有说完,姜邯冰带着小岛大佐、赵麻六等日伪军闯进来端着刺刀、架起机枪将王家人包围了。

"都不准走,一个也跑不了……"张守手在前面挥舞着手枪吆喝着,"王家所有人听着,小岛大佐要向你们问话,必须如实答来,如果再欺骗皇军,统统地死了死了的。"这时,大家才知道领头的日军不是渡桥了,都不知他有何企图,屏住呼吸等待他问话。小岛抽出带血的刀朝王家人晃了几晃,然后紧握刀柄,怒视前方,恶狠狠道:"我说一句,你们回答一句,不准说谎,否则统统死了。"王家人没有一个人说话。小岛虎狼般的眼神扫了王家人一圈,然后严厉地问道:"你们王家有两个人在国民党军队里与皇军作战,可有此事?"

雪梅主动上前走了一步,镇定地说:"怎么会呢?我与夫君虽说婚配多年,但从未见面,至今尚不知他长相如何,现在何处。俺娘天天敲着门框,喊着儿子的名字,盼着他回来,敲人心碎的声音,难道先生没有所感吗?"小岛面无表情。雪梅接着说:"我二哥从小出走,现已多年未联系,家中老母等白了头发,哭瞎了眼睛……他们现在做什么我们尚且不知,别人如何知晓?"然后指着姜邯冰道,"一定是他为了独霸两城街而陷害我们王家,这不是第一次了。"

小岛立即转向姜邯冰,吓得他慌忙道:"太君,太君,我所说的都是事实,您可以问渡桥太君,他们把一个假的黑陶杯说成真的。"小岛立即转过脸怒道:"渡桥大佐献给机关长的是假黑陶杯,现在已经被关进监牢等待审判了,你们如何解释?"他话音刚落地,雪梅立即指着姜邯冰道:"当时姜会长,还有赵队长,"说着又指向赵麻六,"他们都在场,是他们从我们家里抢走了黑陶杯。"雪梅这句话可把姜邯冰和赵麻六吓晕了,他们急忙转过身子,不敢看雪梅,也不敢看小岛了。

雪梅继续说:"我们王家不像姜会长喜欢文物、盗卖文物,这些黑黢黢的破罐子破碗的,我们王家从来不稀罕,也不想去发不义之财,是不是呀姜会长?"此时姜邯冰已经无言以对了,浑身开始哆嗦。雪梅像连珠炮似的一口气说完:"他们抢走的那个黑陶杯,是我们祖上传下来的,姜会长当时可是亲眼鉴定了,他懂行,并没有质疑呀!赵大队长你当时也在场,可以证明。"

雪梅尖牙利齿,让小岛哑口无言,让赵麻六不服也得服。姜邯冰不甘心被雪梅反击,忙对小岛说:"大佐,她一派胡言,都是她惹的祸,弄了一个假的糊弄渡桥大佐,她良心大大地坏了坏了的。"

此时,小岛已经被眼前这个女人激怒了,他根本不想沿用渡桥次郎的怀柔政策建立什么"新秩序""王道乐土",也不想找什么中国神器什么黑陶杯,在他的意识里就是大炮、刺刀,只有通过高压政策和武力统治才能迫使中国人屈服。

"你们的窑厂必须开工,给皇军烧砖修建炮楼,否则……"还没等小岛说完,雪梅又道:"王家窑厂早关闭了,工人都散伙了,现在去哪儿找人烧砖呀?"小岛实在气恼眼前这个女人了,将指挥刀朝雪梅一指,身后的日本兵立即开枪了。安妈大叫一声将雪梅扑倒,子弹穿过她的胸膛,雪梅得救了,她却倒在血泊中。

王在川大吼一声:"杀死你们这些狗日的。"说着手持偃月刀冲向小岛。小岛刚要举刀应战,眼看闪着寒光的大刀劈来,他猛然闪身躲开,后面的日本兵立时成了替死鬼,被劈成两半,鲜血喷了小岛一身。王家所有男人都朝日伪军杀来,外面响起大刀会及各个堂号的喊杀声。姜邯冰见势不妙,拉着小岛边战边撤,快速来到镇公所。

一街两城

姜邯冰气喘吁吁道:"太君,快调兵前来围剿王家,反了,简直要造反了!"小岛擦了擦脸上的血迹,抓起电话筒,急调三珠山、驻跸岭等炮楼的日伪军赶来增援,他们合兵一处,将王家大院团团包围。小岛带着日伪军冲进王家大院,结果一个人影也没有见着,留给他们的只有空荡荡的屋子。小岛气得哇哇直叫。姜邯冰提议一把火将王家烧了,还没等小岛应允,传令兵跑来递给他山东管区司令官的加急电报,司令官命令他立即打通日莒公路,否则军法处置。姜邯冰迫不及待地要烧房子,秦书中上前道:"小岛君,中国有句俗话,跑得了和尚跑不了庙。要是烧了房子,王在川就会远走他乡;留着房子,他们早晚会回来。"小岛点头,便朝姜邯冰招手,姜邯冰哈巴狗似的小跑过来。小岛说:"我要回城布置'清剿'八路军和武工队,两城镇就暂且交给你了。密切监视王家,一有消息马上报告我,还要配合皇军将共产党八路军一网打尽,扫清日莒公路,确保大动脉畅通无阻。"说完坐上摩托车带着日伪军走了。

眼看杀不了王家人,又烧不了王家房屋,姜邯冰还想留住小岛,秦书中拉了他一把:"姜会长,快忙你的吧。"姜邯冰问:"忙什么?"秦书中狡黠道:"你是维持会的会长,你还能忙什么?抓'共党'杀抗日分子呀。我刚才对小岛说了,城北、两城有姜会长坐镇,请他放心,他这才放心地走了啊。"姜邯冰一拍脑袋说:"对对,我将这事忘了,怪不得小岛太君对我不满意,等我杀光了'共党'和抗日分子……"秦书中替他道:"皇军会大大奖赏你的。"两个人会意地狂笑了起来。

日伪军撤走了,王家人才敢回家。安雪梅趴在安妈身上号啕大哭:"安妈,我的亲娘啊,本来我要给你养老,可是你却为我舍去一条命,你走了,我依靠谁呀?"丁使秀在一旁听了很难受,也很惭愧。王在川发话,说安妈是王家人,将她安葬在王家老林里。

日本鬼子残忍无道,更坚定了王在川将粮食和钱财捐给八路军的决心,他安排任北乐在夜晚偷偷将粮食和钱送给了任书武。此时,八路军滨海军区为了反"扫荡"、保卫胜利果实,派出大批青年干部进入广大乡村开展宣传及文化普及工作,王璐方到了高家沟。

"大娘大嫂大姐小妹妹们,过一会儿呀,八路军派一位干部来要给你们上课,教你们认字,你们可要认真听认真记认真学啊,我们高家沟识字班一定要在全区争识字第一名。"王璐圆刚说完,张守花就带头鼓掌。她嫁到高家沟后,因为上过小学,认识几个字,而且革命积极性高涨,被村里推选为村妇女干部兼识字班班长。妇女们跟着热烈鼓掌,有的说好,还有的害羞不敢抬起头。王璐圆接着说:"你们坐好了,我去迎教员,等她进屋的时候,大家都站起来欢迎啊。"

王璐圆刚出门就看见一位女八路军手里拿着书朝这边走来,她越看越像妹妹,走近了一看,果然是妹妹。此时,王璐方也认出姐姐,她们不约而同地喊道:"四姐!""五妹!"姐妹俩拥抱在一起。张守花也跑了过来,拉着王璐方的手不肯放下:"璐方,早听说你参加革命了,没想到在俺村见到你了。"王璐方惊喜道:"哎呀,守花,是你呀!你怎么和四姐在高家沟呢?"璐圆介绍说守花嫁到高家沟,还说她参加革命了,是村妇女干部。璐方指着守花说:"当初我看到你喜欢读书就跟父亲说了,后来听说大叔不同意,父亲只好安排你当了旁听生,你学到了文化,现在就派上用场了。"张守花几乎抱着璐方的胳膊说:"我喜欢读书还是受你的影响呢。"

"好呀,以后我们并肩战斗!"王璐方说完,三个女人都咯咯笑了起来。屋里的妇女们都趴在窗台上望着外面发生的一切,互相猜测、议论着。

"姐,你也参加革命队伍了?真好呀,没有想到咱姐妹俩能在抗日战场上相逢。"王璐方朝姐姐说。王璐圆嘟着嘴道:"就你能参加革命,我就不能啦?"王璐方忙说不是这个意思。王璐圆道:"自从爹被日本鬼子害死后,我就下决心参加革命替爹爹报仇。"王璐方接着说:"对,我们不但要为爹爹报仇,还要为被日伪军杀害的千千万万同胞报仇。只有赶走了日本侵略者,中国人才能过上好日子。"姐妹俩正聊着,陈雨田和张守东走了过来,王璐圆指着王璐方道:"陈书记,这是我妹妹王璐方。"

陈雨田笑着说:"我们早就认识了,现在璐圆同志也参加革命,你们姐妹可是战地双花啊。"王璐方和王璐圆都有些不好意思了。张守东指着陈雨田说:"璐圆、璐方,营救王校长的就是陈书记领导的武工队。"璐方和璐圆忙朝着陈雨田说感谢,然后王璐方指着张守东和张守花对陈雨田说:"陈书记,他们兄妹可是战地双英。"

陈雨田动情地道:"是啊,国难当头,谁知有多少家庭中的父子、兄弟、姊妹共同走上驱逐日寇、保家卫国的征程啊!璐方同志,王校长不让学生学习日本课文,誓死不屈,大义凛然,体现了中华民族自尊自强和不屈不挠的精神,令人敬仰啊……欢迎你回两城老家开展宣传工作。现在大多数农村老百姓不识字,甚至连自己的姓名都不会写。璐圆她们已经组织了识字班、扫盲班、夜校等,你来就更好了,一定要教她们学习文化,将来全国抗战胜利了,建设我们美丽的新中国。"

王璐方搂着张守花,忙回答说:"陈书记放心,我一定尽全力教她们学习文化。"

陈雨田点头道:"璐方同志,你自己进去教课吧!璐圆同志还有重要任务,我们就此分手。"王璐方给陈雨田敬了礼,然后匆匆与姐姐握手告别。

王璐方与张守花进了教室,见下面坐着清一色的青年妇女,有的梳着长辫子,有的用头巾裹着头,虽然她们都坐在低矮的板凳上,但一张张黢黑的脸和一双双渴望学习的眼睛让王璐方体会到了普及文化的重要性和紧迫感。张守花将王璐方做了介绍,还做了班前动员。在一片掌声中,王璐方在墙上一块用木板条拼成的黑板上写下了"中国、学习、抗战"等字,然后一个字一个字地教她们。很长一段时间里,"识字班"这个称谓在鲁东南等地区成了青年妇女的代称。

第五十八章　舍生取义

明知前路刀山火海，也要继续前行。

陈雨田、春雷、张守东和王璐圆组成工作组，秘密潜回两城镇开展"反奸反霸反'蚕食'"斗争，改造和建立村级政权，在各村成立了农救会、妇救会、儿童团等组织，配合八路军反"扫荡"。在群众的大力支持下，工作组逮捕法办了几个村的铁杆汉奸和恶霸地主。一时间，商户不开门，佃户不交租，百姓不纳税，姜邯冰征缴钱粮的任务完全落空。

小岛在电话里大骂姜邯冰办事不力，姜邯冰推诿道："太君，你们刚走，王在川就返回家了，是他带头不缴啊。"小岛顿时骂道："浑蛋，王在川回家了你为什么不早报告？王家在南城，为什么北城也征收不到粮食？司令官命令我限期打通日莒公路，你必须稳住王在川，等消灭了八路军，回头再收拾他们。我告诉你，姜会长，皇军大大地需要钱粮和砖块，要是三日内再征不上钱粮，革职查办！"

姜邯冰擦了擦额头上的汗珠。放下话筒，砖块只有王家能烧制，可现在这形势，谁敢去王家呀？他立即命令蔡二楞带领清乡队挨村挨户催缴粮食，不上缴的一律抓起来交给赵贵。蔡二楞带着清乡队扛着枪敲着锣逐村逐户收缴钱粮，嗓子喊破了，锣也敲破了，上缴钱粮的百姓依然寥寥无几，只有张万贯、姜有财等几个地主上缴了少许应付了事。蔡二楞恼羞成怒，指挥队员对抗缴群众进行抓捕。突然，从深巷中冲出几个人影，他们朝着清乡队开枪。清乡队见武工队来了，拔腿就跑，边跑边喊："快跑啊，八路军武工队来了。"蔡二楞扔掉破锣抱头鼠窜逃

一街两城

回镇公所。

征粮不足、抓不住"共党"就要革职,姜邯冰嘟囔着不停地摸着脖子,眼看天黑了,也没有一点头绪。他进了后花园,登上了望街亭,见亭子里站着一个模糊的黑影,还没有进亭就道:"爹呀,您总算露头了,快救救我吧。"姜有谷依然望着夜幕下的两城街,并没有回头,道:"会有人救你的。"

姜邯冰刚要问,忽然感觉身后一阵冷风袭来,他急忙转身掏出手枪,来人哈哈笑道:"大哥,我要是想杀你,你早没有命了,还能来亭子见爹?"姜邯冰见是二弟,忙将手枪收了起来,道:"你整天神出鬼没的,谁知道你想不想杀我!"

秦邡走到姜有谷身后叫了一声爹,姜有谷应了一声,依然没有转身。姜邯冰走到他身边说:"爹多日没有看到两城街了,很想吧?"姜有谷慢慢转过身道:"做梦都想。"姜邯冰心道:"梦想回来当官吧?"爷儿仨坐在了石凳上,姜邯冰忙问:"爹,您说会有人救我,该不是二弟吧?"秦邡点点头。姜邯冰急忙朝父亲望去,姜有谷深深地点了点头。

姜邯冰便朝向二弟,道:"邯春,讲条件吧。"秦邡将一只手放在姜邯冰的肩膀上,说:"大哥兄弟办事别讲什么条件,多生分啊。我现在改名秦邡了。"然后收回手,端起茶杯接着道,"我没有条件,今晚来救你是为了咱们兄弟情谊,也是看了爹的面子,不想你被陈雨田和张守东杀死。你可能知道了吧?他们已经处决了四五个汉奸了。"

姜邯冰浑身颤抖,但嘴硬道:"他们杀死的都是些虾兵蟹将,我堂堂的会长、镇长,要枪有枪,要人有人,谁敢动我一根汗毛呀?"然后故意提醒姜有谷和秦邡,道,"我告诉你们,你们两个人的媳妇还是我照看着呢。"此时,姜有谷虽然身为父亲也不敢得罪这个儿子,连连点头。秦邡扑哧一笑,说:"大哥,那好,既然你这么能,我倒要看看你明天怎么过革职这一关。"姜邯冰不敢说大话了,急忙求二弟说出陈雨田躲藏的地方。

"老二,告诉你大哥吧。"姜有谷发话了,"俗话说,打虎亲兄弟,上阵父子兵。我们爷儿仨虽然不在一条船上,但三条船不会一起翻,翻了这条会有另一条搭救,总会有一条船是老姜家掌舵的。"秦邡会意,压低声音说出了陈雨田和张守东工作组所在的地点。

姜邯冰大喜,忙说:"咱爷儿仨应该回家庆贺庆贺呀。"秦邡跟着说:"嗯,我多年没有吃到娘做的饭菜了,爹,去看看娘吧。"姜有谷只好应允。爷儿仨一前一中一后往中堂走,走在最前头的姜邯冰突然说:"爹,您就不怕我抓你们去日本人那里领赏?您和二弟可是每人值二百大洋啊!哈哈,爹,您别多心,我是开玩……"他猛然回头,只见身后空空,父亲和二弟早不知踪影了,便笑着道:"开个玩笑,还当真了。"

姜邯冰立即召集清乡队、保安团、警察封锁各个街道路口,他亲自带着蔡二楞、张守手直奔陈雨田的秘密地点。

此时,陈雨田、张守东、王璐圆正和农救会会长王永臣、北城支部书记尚近影、北城支部委员尚夏等人研究部署下一步的工作。突然,外面传来几声狗吠,陈雨田抬起头侧耳仔细听,没有理会,继续开会。"……你们要继续发挥农救会和妇救会的作用,反奸反霸反'蚕食',动员广大群众将粮食储藏起来。北城一定要发挥战斗堡垒和党员先锋模范作用,影响带动南城的广大群众共同起来……"陈雨田说到这儿,又传来数条狗的狂吠,他意识到出事了,立即停止开会,将材料揣在怀里。在外面放哨的交通员急匆匆进来报告说,日伪军、警察、民团将北城包围,两城街各条道路口都被封锁了,大批日伪军正朝这边赶来,看样子工作组暴露了。

陈雨田冷静道:"大家不要慌张!一、分头突围;二、尚近影同志负责销毁所有材料……"他的话音还没有落地,已经有人拍门踹门,手电筒和火把照得院子如同白昼。张守东拔出手枪说:"敌人已经知道我们在这儿了,跟他们拼吧!"尚近影急忙拉住陈雨田,急促道:"陈书记,两城我熟悉,我出去引开他们,你们从后窗上屋顶然后向东突围。"张守东拉了他一把,道:"尚书记,这样你很危险。"

"来不及了,快!"尚近影说完,掏出手枪开门就朝着进院的敌人射击,然后冒着枪林弹雨呐喊着冲了出去。陈雨田他们快速从后窗爬上屋顶,然后分头突围。张守东拉着陈雨田往东突出重围,背后传来激烈的枪声。忽然,枪声骤停,接着一阵急促的嘈杂声,陈雨田含着眼泪对张守东说:"尚书记为掩护我们,可能

一街两城

被捕了。"

抓获"共党"在北城的头头儿，姜邯冰如获至宝，急忙给小岛打电话邀功，说抓到了"共党"在两城街的大官，还说王在川正躲在家里。小岛大喜，立即赶往两城，并带着一条狼狗。他们气势汹汹地赶到王家，结果又扑了空，气得小岛怒视姜邯冰："人呢？"

"刚……刚才烟囱还冒烟，可能跑……跑了。"姜邯冰擦着汗急忙解释。

"那个'共党'不会也跑了吧？！"

"不会，我们严加看守。"

界碑，尚近影被绑在一根立柱上，紧闭双眼，已经体无完肤。张守手用皮鞭抽打着尚近影："快说，只要交代谁是同党，太君就放了你，还奖赏你十万大洋。"姜邯冰上前装作同情的样子道："尚近影，与太君对抗有什么好呀？只要你说出谁领导抵抗运动，咱两城街上还有谁是共产党，王家人都跑哪儿去了，我就放了你，太君还有大大的奖赏，要官有官，要钱有钱。"

尚近影睁开眼怒视姜邯冰道："姜邯冰，狗汉奸，你们一窝三汉奸，还有脸站在这里与我对话！滚下台去，要杀要剐随便！谁稀罕你们的奸官臭钱！我告诉你，我就是领导抵抗运动的负责人，我还告诉你，现在所有共产党人都在抗日的战场上！"他的话引起台下一阵骚动。姜邯冰恼羞成怒，指着尚近影对小岛道："太君，他拒不交代，死了死了的。"小岛没有吱声，朝尚近影一指，狼狗扑向尚近影，张开血盆大口撕咬着他，血流如注，他大叫几声昏死过去，台下的人都不敢看了。姜邯冰和张守手还是不住地喊："快说，谁是共产党！"

尚近影下半身血肉模糊。他被凉水泼醒，依然怒视日伪军，大骂姜邯冰一窝三汉奸，不得好死，高喊"彻底消灭日本侵略者""中国共产党万岁"等口号。姜邯冰气急败坏地对小岛说："太君，快杀死他，他哪怕还剩一口气也会蛊惑人心。"小岛也被尚近影的刚强意志激怒了，抽出军刀朝着尚近影的脖颈砍去，尚近影牺牲了。

小岛将尚近影的头颅挂在"一门三忠贤"的牌坊上，表面上是示众，实则为了捉拿前来收尸的共产党人。张守东哭着要去为烈士收尸，张传根痛骂张守手：

"张家世代老实,怎么这一辈出了一个败类啊!都是他爹的错,子不教父之过啊!"

陈雨田召集党员开了秘密会议,商量为尚近影烈士收尸。张传根想了一个办法,虽然冒险,但终究还可以一试。在执行任务之前,他去了二弟家,一见面就气愤道:"看看你养的汉奸儿子,残忍杀害抗日义士,难道你忍心吗?"张传梢忙为儿子辩护:"那个人不是他杀的,是日本人一刀砍头的。"张传根质问道:"他难道不是助纣为虐吗?"

张传梢不敢再争辩了。张传根明白张守手已经无药可救了,便问:"我上次给你的两个大洋还给太太了吗?"张传梢立即哭丧着脸哀求道:"大哥,我实在没有钱啊,现在吃了上顿没有下顿。再说王家家大业大,不差两个大洋,说不定早忘了。"张传根气得手都颤抖了,指着他道:"即便是人家忘了,我们能忘吗?你真是赖皮!你……你没有教育好儿子,借了钱也不还,我现在告诉你,王家的钱不用你还了,我也不是你大哥了!"说完扭头大步出去了。张传梢捂着脸哭诉道:"大哥呀,我也没有办法呀,家里有点钱都还守手借的高利贷了啊……"

张传根回到家,从箱子底下翻出一个玉手镯,这是妻子唯一的嫁妆,女儿结婚时也没有舍得陪送给她。他将玉手镯当了五块大洋,找到丁使秀,掏出三个大洋放在她的眼前说:"太太,实在对不起了,这是当年二弟借您的钱,这几年他家日子过得艰难,到现在才有钱还,就还给您。"丁使秀想半天才想了起来有这么回事,笑着说:"传根呀,你不说我早忘记了。"

"太太,您忘记了,我们不能忘啊。"张传根发自内心地说,"前些年,我与东儿都在王家干活,老爷、太太一直很照顾。最让我感激的是,守花还进了学校当旁听生,还有,守东也没有去当汉奸害人,这都是受王家家风的影响啊,万分感谢!"丁使秀感叹道:"守东真是好孩子,老爷和我都非常喜欢他,这些年也多亏他照应着,我们王家才没有出大乱子,真得好好谢谢他。哎,他最近干什么事情呀?"张传根没有敢说实话,而是说他现在在外面干木匠活儿。丁使秀点头说:"青年学点手艺有饭吃。"

张传根心里还装着任务,没有与丁使秀聊太长时间,起身要告辞。丁使秀拿

一街两城

了一个大洋给他,张传根说是利息,丁使秀不高兴道:"哪有这种说法?借多少就还多少,你还来我就收下了,利息你拿回去吧。"张传根看到丁使秀态度真诚,就接过大洋告辞回家了。他将张守东找来,拿出剩下的三个大洋对他说:"一个给你娶媳妇的。一个给你妹妹的,就说是爹爹补给她的陪嫁。这一个是我的党费,务必交给组织。"张守东接过大洋,有些疑惑道:"爹,干吗呀?就好像交代后事似的。不要紧,有儿子在,您一定不会有事。"张传根淡淡道:"以防万一吧。"

牌坊后面是杂货市场,市场周围住着民户,白天过往的人多而密,到了晚上就少了。清早,张传根推着一车柴草往市场走,看守的日伪军正在迷蒙当中,认为是赶集的村民,没有在意。突然一声枪响,挂着尚近影头颅的绳索被打断了,头颅正巧落在张传根早已准备好的布口袋里,他将布袋口麻利地拧紧抛给打扮成挑夫的张守东。这一切来得太快了,等日伪军回过神端起枪找目标时,张守东已经抱着头颅跑进市场不见踪影了。日伪军迅速将张传根包围了起来,当他们靠近捉拿时,张传根拉响了绑在身上的手榴弹,连同周围十几个日伪军,炸得粉身碎骨、血肉横飞,也炸塌了半个牌坊。

第五十九章　回家

连日来,悲壮的气氛笼罩在两城街上空,多日没有人敢路过界碑了,即便是姜邯冰看到自家那个牌坊只剩下"一门三"也不敢贸然去修建。凡是目睹现场的人都说:"界碑太悲惨太壮烈了。"王在川闻讯后,知道小岛回城了,便悄悄回到家,站在大门外朝着界碑连声感叹道:"没有想到老实巴交的张传根竟然是共产党,壮烈哉,真义士啊!"

两城区委安葬了尚近影、张传根烈士后,在高家村召开了紧急会议,总结了当前对敌工作并对工作组突遭敌人偷袭进行了分析。张守东认为内部出了叛徒,要不然敌人不会把党组织的底细摸得如此清楚。前来参加会议的辛芝同意张守东的观点,认为应该从内部查起。这时,有同志担心两城镇尤其是北城斗争残酷,反动势力猖獗,加上大兵压境,提出是否先暂避风头,到相对平稳的南城开展工作。陈雨田攥紧拳头说:"越是日伪势力猖獗,我们更要踏着尚近影、张传根等烈士的鲜血前进,要让广大群众看到我们共产党人是不怕敌人刺刀的,是不怕死的!只要我们团结起来,就一定能打败日本侵略者,就一定能推翻汪伪反动政府!"

最后,会议决定组成若干工作组分头进街巷、进村庄继续开展对敌斗争。组建由辛芝为组长、春雷为副组长的调查领导小组,秘密调查北城支部被偷袭事件。

面对如火如荼的抗日热潮,加上日军驻山东司令部不断施压,小岛明显感到力量不足,他向驻扎青岛的伪滨海警备司令李永平借调一个师伪军进驻日照。同时,抽调日军一个中队、伪军三个旅,加上保安大队沿日莒公路对八路军在三庄、沈疃、黄墩等根据地进行大规模"扫荡",意在打通日军生命线。两城镇暂时顾不上了,由姜邯冰保安团和李永平一个团维持着,继续征缴粮食和镇压共产党人。

　　天渐渐暖和了,柳絮漫天飞舞,草木遍地新绿。满眼春色虽好,可是谁也没有闲情逸致去欣赏。王璐瑶吃不下饭,画不了画,整日以泪洗面,常常望着远山近水出神,他到底去哪儿了呢?为什么不回家看我呢?雪梅猜透了她的心思,带她去裁缝铺找张一长打听秦天喜的去向。开始,张一长不想再给自己惹麻烦了,只顾摇头。前些日子,只因为说了一句"秋后的蚂蚱蹦跶不了几天了",传到姜邯冰耳朵里去了,被抓去好一顿打,说他影射日本人和南京汪政府,还逼问是不是共产党,这不,刚刚放回来。雪梅理解他此时的心境,刚要与璐瑶离开,听他道:"我听说秦先生被渡桥抓走了。"王璐瑶急切地问:"张师傅,您知道他现在在哪儿吗?"

　　张一长摇摇头,不再说话了。

　　次日一早,安雪梅刚刚起床,还没有梳洗打扮,王璐瑶穿着白色衣裙神色忧郁地过来,还抱着一个大盒子:"雪梅,我要去寻找他,这是他对两城遗址考古的笔记和报告材料,我不知什么时候回来,暂存你这儿吧。"

　　雪梅大吃一惊,忙劝她不要出去寻找,现在兵荒马乱的,一个女人独自外出很危险。张传兰、丁使秀等人闻听后急匆匆过来,劝璐瑶别任性,在家里等着秦天喜也一样。谁劝也不管用,璐瑶只有一个念头,必须出去寻找丈夫,否则在家就憋死了。最终,雪梅看到劝不动璐瑶了,只得将她打扮成寻常村妇模样,还特别嘱咐车夫,在县城里找不到秦先生,一定当天将璐瑶拉回来。可是到了傍黑天了,车夫回来了,王璐瑶却没有回来。车夫说她住旅馆了,第二天继续寻找丈夫。三天过去了,还没见璐瑶回家。张传兰不放心,安排王里门去县城看看。王里门去了那家旅馆,店老板说确实有这么个女人住过店,不过,自从更换一身白色裙子出门后就没有再回来。

张传兰闻听消息后,大骂儿子不尽心,哭着呼唤着女儿快回家。王璐瑶失踪也让安雪梅惦念不安,得知她是换上了白色衣裙走失的,倒是让雪梅佩服她的行为。她每天都要去大娘房间看看,每次都陪着大娘流一次眼泪。

这天,雪梅坐在梳妆台前,从镜子里看着自己的脸颊消瘦了一圈,嘴唇没了往日的湿润,眉角上方由于烫伤,又被渡桥二次伤害,留下了指头肚大的疤痕。她用手小心摩挲着眉角,联想近来的伤心事儿,升起了无限的怅惘和遗憾,这伤疤仿佛刻在心上的印记,难以遣散,无法抹去。

"少奶奶,少奶奶……"小丫跑了进来,"少奶奶,少奶奶,快出去看看吧。"雪梅心头猛然一跳,认为王璐瑶回来了,忙问:"大姐回来吗?"小丫兴奋地摇头,竟结巴起来:"大门外来了一位很像三……大少……少……爷,三少爷的人。"因为小丫见过王里路的照片才这么说。

"三少爷回来了。"雪梅嘴里嘟囔了一句,一时还没明白过来,直到又重复了一句才恍然大悟,激动地抓住小丫的手说,"你说,里路回来了?对吗?是真的吗?"小丫看到雪梅万分激动的样子直点头,又连连摇头不敢肯定了。雪梅还是抑制不住内心的激动,急忙又问:"你看清楚了?"小丫笑了,说:"少奶奶,你还是自己去看看吧,就跟照片上的一模一样,嘿嘿。"她这么一笑,雪梅有点不好意思了,放开小丫的手,一时反倒不知干什么好了,右手背不停地打在左手手心上,直在房间里打转转。

王里路抱着四弟的骨灰回家了。当他站在大门外时,简直被眼前的景象惊呆了,门楼几乎要坍塌了,大门油漆脱落,墙壁上散落着深浅不一的弹坑,仿佛走错了人家,他一时进也不是,不进也不是。

这时,大门慢慢开了,一个熟悉而又陌生、忧郁而不伤感的面容映现眼帘——这不正是自己迫切想见的妻子吗?他急忙往前走了几步,但还是停下了脚步。雪梅看着眼前的里路恍如梦中,这不正是自己日盼夜想的夫君吗?还是那般俊朗,只是连年的征战磨炼已经使他的面庞不再白皙而更成熟了。顿时一股酸楚涌上雪梅心头,眼泪止不住地往外流,她模糊地看见他朝自己走来,而自己却怎么也迈不动半步了。

"你是三少爷吗?"小丫从雪梅身后站出来道。

"是啊,我是里路。"王里路的眼睛依然没有离开雪梅的脸。

"这是少奶奶啊,少奶奶,他真是少爷呀。"小丫高兴地跳着,不知对谁说好了。这时,王里路和安雪梅都迅速上前走了几步,却又不约而同地停住了脚步,伸出的手并没有互相握住反而显得手足无措,相互凝视着却不知该干什么,只有无言的泪水倾泻而下。

"爹呢?娘呢?"里路轻轻地问,不安地四处寻找。

"是路儿吗?是路儿回来了……"丁使秀跌跌撞撞地跑了过来,王在川紧随其后,虽然没有喊儿子,但他两只大手颤抖着伸向了儿子。王里路终于见到父亲母亲,急忙给二老跪下了。丁使秀紧紧抱着儿子的头哭叫着:"是路儿,是我的路儿回家了呀。"忽然她想到了雪梅,忙转身道:"雪梅……"忽然见雪梅不在场了,忙问小丫,"雪梅呢,雪梅……"小丫忙说少奶奶回屋了,丁使秀忙转身对儿子说:"我告诉你,雪梅为咱这个家受苦了啊,快先去看看你媳妇。"里路抬头看着父亲,在川忙说:"你娘说得对,快去看看雪梅。"

里路快步来到自己的院落,见妻子站在庭院里,始终低着头,偌大的庭院显得她纤弱而又孤单。里路怀着复杂而又急迫的心情靠近了她,刚要说一句"雪梅你辛苦了",只见雪梅缓缓转过头来,轻柔地说:"先到爹娘房间吧,娘天天敲着门框喊着你的名字盼着你回来。"说完就先走了,里路紧跟了上来。

进了堂厅,王在川悲喜交加,看着跪在眼前日夜想念的儿子,嘴唇颤抖着怎么也说不出话来,当他看到里路怀里抱着一个木头盒子时,真想大哭一场,但还是把悲痛强咽回肚子里,问:"里道是怎么死的?"里路此时无法实话实说,只好隐瞒了实情,说:"是被炮弹炸死的。"

"是被鬼子的炮弹炸死的?"在川紧接着问了一句。

王里路没想到父亲会问得这么详细,略思便道:"攻打石城鬼子据点时,被炮火炸死的。"听了这话,在川平静了一些,然后说:"只要同日本鬼子打仗死的,就死得其所,死得值,就是义士!"说着,他想站起来,可努力了三次才扶着椅子把手站了起来,踉跄着边往卧室走边道:"打小日本死的,就死得光荣,是我们老王家的骄傲,你安排一下,连他娘的坟都安葬在王家老林吧,他娘为老王家生了一个有种的儿子,也算有功。"

里路看着忽然苍老的父亲背影,忍不住失声痛哭。

忽然,王在川转身对王里路说:"还有,你三爹的坟还在三庄山里,你也起了拉回王家老林下葬,你三爹也有种。"说完就回屋了。王里路连连答应,然后,跪在母亲面前,丁使秀的眼泪擦了一遍又一遍,将儿子扶起来说:"回你们屋吧。"然后指着雪梅叮嘱道,"你媳妇这些年最不容易,别辜负她啊。"王里路急忙点头。

晚上,雪梅把被子铺好了,脸盆里也倒上了清水,毛巾、香皂都是新的。里路轻轻地推门进来,雪梅的心突突地跳了起来,想看他,又不好意思,只好说:"水都倒好了,先洗脸吧。"里路应了一声,脱去外衣洗了脸,然后坐在床沿上发呆,屋里的一切既熟悉又陌生,所有物品、花草都被摆放得整齐、干净,一尘不染,对长久羁旅异乡的人来说既温馨又有些晕眩。雪梅倒掉污水关好门,见里路端坐在床沿上不说也不动,自己反倒尴尬起来,也不知该做什么说什么好了。过了许久,雪梅突然抽泣起来,里路忙问:"雪、雪梅,你怎么了?"他这么问,勾起了雪梅的伤心往事,更是泪流不止。雪梅毁容的事,以及她为王家所做的一切事情,他都听说了,所以,当看到雪梅流泪时,他忽然感到隔在心中尚有的那点距离被拉近了,一阵动容,他一只手握着雪梅的手,一只手抚摸着她的脸庞,深情、爱怜地说:"雪梅,都是我对不起你,这些年让你受苦了。你看,你眉毛上的这块伤疤,多像一只美丽的蝴蝶落在上面啊……"雪梅听了,哽咽得更厉害了。

第六十章　为有牺牲多壮志

王里路回家等于给王家吃了一颗定心丸，用不着听到风吹草动就全家人往外躲藏了，连姜邯冰都不敢贸然给小岛打电话，他弄不清王里路是啥来路。

王在川给儿子王里道做了牌位，郑重地放在了祠堂义士龛台上，与他二爷爷、三爹并排在一起，他呼喊："王家一门三辈三义士啊！"然后跪下叩头。王里路、王里门、王兆玉等人跪下磕头。

接下来几天，王里路悄悄去三庄将王在田的棺椁拉回王家老林埋葬了，然后将莫小倩的坟迁到王家老林，为里道买了一副上好的棺木，并找了他小时候的衣服，连同那条带血的围巾，一起埋在了莫小倩的坟旁边。埋好了后，里路站在里道的坟前，久久不愿离去。

此时，远在千里之外的山冈上，王里道也站在一个坟前默立。其实，王里道并没有死，王里路埋的自然不是里道了，而是他的亲密战友——营教导员夏光年。

在一号高地的战壕里，他们打退了日伪军的多次进攻。王里道高喊抓紧给伤员包扎伤口，归拢枪支弹药准备敌人再次反扑。这时他突然接到上级命令，限一个小时内赶到石城南郊公路上截击从城内撤退的敌人。他朝目的地望去，但见山岭纵横，丛林茂密，带领全营官兵走大路已经来不及了，必须组成先头班从小路穿插才能完成任务。他立即下令，二连一班为先头班，自己亲自带队，每人只带手枪和两个手榴弹轻装上阵，然后二连、三连带着重武器迅速跟进。留下一连由夏光年指挥坚守阵地。夏光年坚持自己带兵去截击,里道忙说:"别争了,我有一事相托。"说着从被包里拿出包裹,"这里面有我嫂子给三哥织的围巾,我如果死了,请你转交给他。他在王里户旅当副参谋长,叫王里路。"说完带着先头班踩着荆棘山石,冒着山风硝烟,攀山岭跃河涧如利箭一般直插新的阵地。

"打!先打前头的装甲车。"当王里道带着先头班赶到目的地时,日军的先头部队只差二三十米就要通过了。他们将所有手榴弹扔向第一辆装甲车,装甲车被炸瘫痪在路中间,阻挡了后面的日军机械化装备。日军端着枪冲了上来,被一阵手枪子弹打了回去。日军发现只是一小股八路军,而且还没有重武器就大胆冲了上来。

此时,子弹已经打光了,面对冲上来的敌人也没有刺刀可以拼杀,只有徒手搏击了,王里道高喊:"同志们,我们要用血肉身躯挡住敌人的进攻……"话音未落,前头的日军纷纷倒下,背后响起了机枪的声音和狂涛般的喊杀声,他回头见后续两个连赶了上来,他们拿着重武器齐朝敌人开火,很快将敌人压了回去。从城里追上来的国民党军队也投入战斗,前后夹击使得长蛇般的日军在公路上乱作一团,他们竖起迫击炮朝八路军阵地开火。炮弹在王里道身边爆炸,掀起的尘土飞了他一身,弹片从他耳边划过,他全然不顾,沉着指挥战士死守阵地让日军无法前进半步。

忽然,王里道从望远镜里看到几匹马朝山坳飞奔,他接过战士递过来的狙击步枪,朝中间日军军官瞄准扣动扳机,日军军官被打中从马上滚落下来。他并没有想到这一枪打死的正是石城最高指挥官渡桥一郎少将。

远处,一号高地在猛烈的炮火下已成了一片火海。

一街两城

第六十一章　杏花村阻击战

最悲伤的恐怕是王香了,她整天拉着雪梅的手,哭着问:"四哥怎么不要我了呀?"雪梅顿时泪如雨下,怕王香伤心过度,好言安慰她,四哥是为国家牺牲的,是英雄是义士,是值得每一个人去学习敬仰的。好在王香还小,里路回家的欢乐气氛很快感染了她,三哥四哥都是哥,她慢慢就恢复往常了。

王璐方闻听消息后,偷偷跑到坟前长跪不起:"四哥,你安息吧,我要顺着你的道路前进!"

虽然平时日盼夜想,但一经相聚,梦已成真,相互间那种突然的陌生和心理上的距离感总是有的。经过几天的磨合,雪梅和里路渐渐融洽了。雪梅有一肚子话要说,当幸福突然降临到头上时,她感到有些晕眩,以前的那些怨恨、委屈、伤痛仿佛随着丈夫的回家统统散尽、化为乌有。连日来,幸福与喜悦的笑容一直荡漾在雪梅的脸上,曾经想要追问的那些为什么,此时也没有勇气和情绪启齿了,她不愿再让那些旧时心绪破坏了欢乐的气氛。躺在柔软、温暖的被窝里,她无法把这种心情驱散,头枕在丈夫宽阔的胸膛上,一句话也不想说,尽情地享受着姗姗而来的温馨和爱意。

一天早上,王里路携妻到父母房间问安。王在川在客厅里喝茶,丁使秀对雪梅说:"该去给你娘上坟了,她一辈子没有享一天福,唉,还有安妈,她是为救雪梅死的,以后也别忘了给她上坟。"王里路和雪梅都答应了。王在川穿上鞋准备出去活动身骨,说:"也别忘了给你爹坟上烧烧纸,怎么说他也是你们的爹。"王里路和雪梅还没有来得及答应他就出去了。

王里路和安雪梅没有坐马车,而是骑着自行车去了安家台。

"快跑,她是疯子。"刚进大街,忽然前面传来一阵孩童的嬉闹声。王里路闻声望去,见一个披头散发、满脸污垢的姑娘执意要跟着一帮闯关东的人走,她满口秽言秽语,不时抓起石头打人,吓得过路的人们四处躲藏,孩子们跟在后面看热闹。里路问:"那疯姑娘是谁家的?"雪梅叹气道:"是古家的。"里路想了想,才想起是古家小姐明秀,她怎么会这样了呢?雪梅带着气愤的情绪解释说:"她被姜邯冰陷害惨遭日本人轮奸后,又遭到了姜邯冰的强奸,受到了刺激,回家后就疯了,见了谁都骂。"

里路气得拍着车把,道:"又是姜邯冰这个狗汉奸!"回来后,他听得最多的就是姜邯冰仗着日本人撑腰作恶多端,欺压百姓,多次陷害王家,还伤害了妻子,看到古明秀的悲惨样子,他更加痛恨日本鬼子和姜邯冰这样的民族败类,在他心目中,明秀可是开朗、俊秀的姑娘啊。

过了青河桥,王里路载着妻子很快到了安家台,他们先去看望了安为江、安为河等亲戚,送上了礼品。然后到秦翠翠坟上摆上鱼、肉、鸡蛋、豆腐、水果、点心等祭品,王里路点上烧纸,雪梅跪在母亲坟前哭着喊娘。王里路跪在妻子身旁,共同给岳母磕头。在王里路的坚持下,他们来到了安老八坟前。安老八的坟茔可大了,显得秦翠翠的坟头小得可怜。雪梅来到父亲坟前,将樱桃手镯摘了下来扔到坟上。王里路忙捡了起来,拿在手里仔细看,见上面刻着一个"顺"字,他说:"雪梅,上面还刻着一个'顺'字,是父亲留给你的吗?"

雪梅简单地嗯了一声,王里路理解妻子的心情,道:"父亲留给你的东西怎么说扔就扔了呢?他老人家对娘再不好,也是我们的长辈,过去的就让它过去吧……哎,你没有觉出父亲给你这个手镯的用意吗?"雪梅此时不愿意提到父亲,只想尽快离开此地,里路走近她将樱桃手镯放在她的眼前道:"你看,上面还刻着'顺'字,无非是让你顺其自然,也就是适者生存吧。"这么多年,雪梅从来没有注意到上面还刻着字,更没有想到这层含义。此时,她似乎理解也原谅了父亲,上一辈的恩恩怨怨怎能一个"恨"字概括呢?

忽然,王里路想起了一件事,问:"雪梅,为海三哥上次回家,他说没说以前损失的钱挣回来了?近况如何?"面对丈夫莫名其妙的问话,雪梅只有实话实说:"三哥说过,要是我在家不如意,就到上海找他,他没有说钱的事儿,也没有提及现在的日子怎么样。"王里路略有所思道:"街上流传父亲一夜散尽家财多种传言,可我总觉着不会那么简单,三哥要是出那么大的事情,上海报纸早就应该刊登消息了。"

雪梅忽然起了疑心,忙问:"你的意思是爹做的一场骗局?为什么要这么做呢?好好的日子为什么不好好过呢?偌大的家族上百口子人从富贵一下子降为平民,爹爹即便是故去了能心安理得?还有,安家万贯家财到底去哪里了呢?"雪梅刚才还原谅了父亲,说着又生父亲的气了。

王里路忙笑着拉着她的手说:"雪梅,不要生气啊,我只是从爹给你的樱桃手镯上联想一些事儿。爹是响当当的安八爷,'八爷'这个称谓不是随随便便叫的,爹做事一向有主见、分寸,我想现在还不能理解,以后应该会有交代的。走吧。"雪梅临走时并没有回头看父亲的坟,而是将目光投向了母亲的坟,禁不住又泪眼蒙眬。王里路怕她过于悲伤,急忙拉着她离开了墓地。

他们本来想去看看大海,但现在都被日军占领,高高的炮楼上晃动着日军哨兵,周围铁丝网下站着持枪的日军士兵。雪梅指着安家台说:"现在安家台已经让任姓家族掌权了,他们与日本人勾结,将码头变成日军的军用码头,将东海头用铁丝网围栏起来,建立军火库,村民都无法赶海和游玩了。"王里路转身上车道:"走,回家。"雪梅跳上后座,右手紧紧搂住丈夫的腰,将头紧紧贴在丈夫的后背上,闭着眼睛恍如天上的鸟儿自由飞翔。

不知过了多久,雪梅突然听到丈夫说话,她才睁开眼,见上坡路里路骑不动了,便下了车,说:"这玩意儿虽然时兴,就是费力,上坡就骑不动了,不如骑马。"雪梅笑着说:"来,给我,我试试。"里路说:"别说试,恐怕你连推车都不一定会。"

雪梅笑笑没说什么,从丈夫手里接过车把,左脚踩着脚踏板右脚轻轻就上了车子,王里路吃惊不小:"哎呀,你什么时候学会骑自行车的?了不得、了不得。"看到她歪歪扭扭快要摔下来的样子,急忙伸出手推着后座,雪梅在车子上开心地笑了起来,这是她自嫁到王家以来最开心的一次。雪梅见丈夫在后面喘粗气了,便下了车子与丈夫并肩同行。忽然,隐藏在沟涧里的小村庄映入眼帘,里路抬手指着道:"梅,你看,山沟里还有一个村子?"雪梅抬头看了眼,说:"是,是辛家村。"

　　里路惊喜地说:"那不是辛家芹的村吗?"里路紧走了几步,说:"哎,咱们不如就近去看看家芹吧,好长时间没有见到他了,他打仗很勇敢。"雪梅觉得合适就同意了,两人上了岭,顺着一条小路去了辛家村。奇怪,整个村子空无一人,连鸡叫犬吠的声音都没有,只有小溪哗哗地流淌着。雪梅看着一棵杏树花开得正艳,惬意地闭上眼睛用心感受着杏花散发出的芳香:"真香啊。'小楼一夜听春雨,深巷明朝卖杏花',红红白白一树春也……里路,你也说上几句赞美杏花的诗。"

　　里路似乎没听见她说什么,四处观察着,大多房门没上锁,路上还遗弃许多日常用品,他感到这个村子肯定发生过什么事或者即将发生什么事。雪梅依然陶醉在春天的杏花芬芳里:"哎,里路,你四处看什么呢?多好多香的杏花啊,你没觉着?"

　　里路疾步走到雪梅身旁,迅速抓住她的手说:"梅,我们不能原路返回了,抄近路,马上离开此地。"说着下意识地摸了腰间的手枪。雪梅不想走,但看到他紧张的样子,忙问:"怎么啦?"里路此时已经顾不得与她解释了,骑上车载着她就往村西口走去。这时他们忽然看见一位姑娘朝村子里跑,后面跟着十几个提着鸡扛着粮食的鬼子和伪军,他们追赶着狂妄地高呼着:"花姑娘的,不要跑了,停下……哈哈……花姑娘的大大地好……"

　　王里路让妻子躲藏在路边的草丛里,自己跑上前迅速隐蔽在大石头后面,气喘吁吁的姑娘跑过来拉着里路走。里路忙说:"姑娘,你快往西跑,别进村,快点!"姑娘怎么也不走了,她连急带累话都说不出来了,用手比画着让他一块走。里路真急了,刚要发火,见雪梅也跑了过来,此时里路气都上来了,大声喝道:"你们认为这是闹着玩啊,日本鬼子杀人不眨眼,你们俩快跑!快往……"话刚说一半,鬼子的枪就响了,眼看着相距二十几步,里路开枪射击阻止他们前进,嘴里不

329

停地喊:"你们再不走,我们全完蛋,快顺着河沟往西跑!"姑娘见状,扭头就顺着路往村子里跑去,急得雪梅不得不跟在后面边追边吆喝:"快往西跑,大姐,快往西跑。"

日伪军见只有一个人在抵抗,便放下掠夺的东西,呈扇面向里路包抄过来。里路没办法只好边回击边向村子里撤,半路上忽觉不可,只有将鬼子引开,妻子和姑娘才没有危险。想罢他就朝村东的深沟撤退,鬼子果然上当端着刺刀追上来。他躲在一棵松树后面边射击边观察地形寻找突围的出路,突然,日伪军背后响起激烈的枪声,王里路趁机夺路而走。他一口气跑到辛家村,边跑边喊:"雪梅、雪梅,你在哪儿?"

雪梅与那个姑娘笑着出现在他的眼前:"同志,感谢您了,我们参谋长想见见您。"这些话,让王里路感到新鲜又好奇。他与妻子跟着姑娘来到用石头砌成的小院,里路刚到门口,一个洪亮的声音就传了过来:"王副参谋长,我可把您盼来了。"里路意外地看见辛家芹出现在面前,忙开玩笑说:"你这家伙,刚才为看你差点送上了我们两条人命。哎,你就是参谋长啊,混得不错嘛,官衔比我大啦,哈哈。"

辛家芹瘸着腿往前走了几步,与里路紧紧握手,然后惊讶道:"王副参谋长,不在军队啦?为什么?"里路叹气说:"唉!一言难尽。哎,你……"里路正与家芹说话,雪梅指着人群里的张守东说:"哎,里路,张守东也在队伍里……哎,张守东,张守东。"张守东早就认出了雪梅和里路,听雪梅招呼,走了出来,说:"少……啊,里路……"里路惊喜地上前抱住了他:"哎呀,多年不见,变化得连我都不敢认了。"张守东只是高兴地说:"是啊,是啊……"

雪梅见了张守东格外亲切,忙说:"张守东,你走了也不告诉我们一声,太太经常提起你,问你去哪里了呢。"张守东只能含糊地回应着。他们正说着,哨兵跑上来对张守东说:"队长,鬼子从两城据点和驻跸岭上的炮楼里出动了,有百十号人,朝我们杀来,北、西、东三面路口都被封锁了。"

张守东立即命令道:"马上集合,带上缴获的武器撤退!"然后转身对里路说,"里路,我们要撤到山里去了,你也赶快离开这里吧。哎,对了,北、西、东三面已被鬼子封锁,你们还是向南多走山路,天黑后再回两城比较安全,我们后会有期。"说完和里路握手随着队伍走了。家芹不能走山路,有两个人用担架抬着他,他躺在担架上向里路摆手,说:"王副参谋长,保重!快些离开啊。"里路看到雪梅有心事的样子,拉了她一把:"哎,雪梅,想什么呢?他们都走了,我们也快走吧。"雪梅回过神来,跟着丈夫往丝山跑去。

崎岖的山路,自行车是没法骑了,只能把它藏在石洞里。走了一段山路,雪梅腿酸酸的走不动了,浑身大汗淋漓。她今天穿着浅蓝色的大褂,加上肥大的套裙,走在长满荆棘的小路上,十分艰难和不便。里路看在眼里,疼在心里。他忽然在她的前面蹲下了:"来吧,小宝贝。"雪梅明白过来后,执意坚持自己走。里路不由她分说,背起她就走,雪梅美美地趴在丈夫宽阔的肩膀上,露出了幸福的笑容。她又想到了娘,又想到了丈夫那温馨一扶,每每想到这一刻,她就觉得再苦再难的等待也是值得的。

回到家中,已是晚饭时分,家里的人都在为他们俩担心。里路刚坐下吃饭,忽听外面传来焦急的呼喊:"起火了——快来救人啊——"里路放下碗筷,顺手拿起水桶就跑到了失火的地方。见众人都拿着脸盆、水桶等灭火工具站在老远的地方观看而不上前施救,只有古家的人在撕心裂肺地呼喊着、哀求着:"帮帮忙吧,快帮着救救吧……"里路刚要上前,被一个人拉住了:"别去,烧了活该,谁叫他们卖日本货!"

里路犹豫着,忽然从着火的屋子里传来救命的声音。他意识到有人还在屋里,于是冒着熊熊燃烧的大火冲进屋里,可是光听人叫却看不见人在哪里。此时,屋里浓烟弥漫,呛喉刺鼻,货架上的油、酒等易燃品发出了啪啪的爆炸声,带火的梁木接二连三地往下掉,整个房屋就要倒塌,赶来的雪梅在外面跺着脚,焦急喊着:"里路、里路,快出来,屋要塌了!"里路躲避着从房顶上掉下来的火团,寻找着此时连声音也没了的那个人,忽然被软绵绵的东西绊倒,他用手摸是个人,也不管死活了,抱起来就冲出了屋子,跑出来还不到十步远,轰的一声整套房屋倒塌,顿时成为一片火海。

里路低头看是古明秀,将她稳稳地放在地上,立即引来一片非议声,他听了

一街两城

非常难过,没想到自己的义举竟没有人赞同和理解。里路在雪梅的搀扶下往回走,没走几步,听见背后传来嘿嘿的笑声,他回头见醒过来了的明秀正朝自己笑呢,乌黑的脸上露出了一排白色的牙齿。

第六十二章　侦察日军码头

古家货店被烧了，古运堂哭了三天。没了货物，就等于没了钱财，他把马车赶了出来，准备到安家台码头去进货。

"古大爷，您这是要去哪里呀？"王里路过来问。古运堂放下手中的活儿说："唉，那些千刀万剐的坏东西，不去打日本鬼子，反而烧了我家店铺，鬼子杀人与我何干？我不就是做点小买卖勉强糊口吗？没有我开货店，两城街的人吃饭穿衣能方便吗？"王里路不想听他解释，忙问："您这是要去哪里进货啊？"

"安家台，码头上有洋货。石臼所码头也有，太远了，唉！"古运堂说着就跳上了马车。王里路见古运堂已经走出了大门，急忙跑了几步，说："大爷，我搭您车去趟安家台行吗？我在家闲着没事，正想去看看码头。"也就因为王里路救了古明秀，古运堂才答应他上了自己的车。到了安家台码头，古运堂就让王里路下车。王里路要进去看看，古运堂说不行，没有良民证和出入证是进不去的。王里路急忙塞给他两个大洋，说自己常年在保定做生意，这次回来就是想与日本人合作，如果条件合适古家也可以入伙。古运堂得到了大洋，又觉着能与王家少爷做生意会赚大钱，就答应自己先进去找小田试试看。很快，古运堂带着小田过来对里路说："大侄子，这就是我经常对你说的小田先生。"

小田眯缝着小眼，上下打量着王里路。王里路急忙笑着说："哎呀，你就是小田先生啊！久仰久仰，怪不得赵贵先生经常说您是商界奇才呢，哈哈。"一听说赵贵的名字，小田就放松了警惕，说："他最近可好？"

一街两城

"好着呢！赵先生的生意越做越大了,他现在小生意都不做了。"

"他做什么生意?"

王里路有意环视了四周,靠近他小声说:"军火。"

"是吗?"小田又惊讶又羡慕,说,"是的,只有他敢做。"

"是的,他的生意遍布全中国,哈哈。"说着聊着王里路就跟着小田进了码头。虽然进了码头,但也只是进了散货码头。日本存放战略物资的码头一步一岗,周围明哨暗堡密布,铁丝网像蜘蛛网似的把高高的外墙几乎封闭得密不透风。王里路实在想进去看看,便道:"小田先生,能否进去搞点洋油啊?现在缺货,赚钱得很。"古运堂也哀求小田。小田摇着头说:"不瞒你们说,现在非常难搞啊,紧缺得很,前线大大地需要,只有小岛大佐亲自签批才行。"

军用码头进不去,王里路没有跟古运堂回家,而是在鱼货码头转悠。忽然有人在背后拍了一下他的肩膀,他急忙回头,那人摘下苇笠说:"还认得我吗?"

"哎呀,竟然是……哈哈,幸会啊。"王里路惊喜道。

辛芝指着漂荡在海水里的渔船说:"这里说话不方便,先上船吧。"他们两个人上了船,见张守东也在,王里路和辛芝这才紧紧握住了双手。"真是太巧了,没想到会在这儿见到你。"王里路接着把自己的想法告诉了辛芝。辛芝哈哈大笑:"我们所见略同啊!我也正有此意,上午刚要接近敌人军用码头就被发现了。"王里路用敬佩的目光说:"你辛芝是共产党,我心里有数。"两个人从军队说到了目前的形势,都认为必须炸毁日军的码头,一旦日莒公路被小岛打通,这样对山东、江苏乃至整个中原、华北战局都不利。但是,从目前掌握的情况看,炸毁日军军火码头非常难。

王里路忽然想到了安为江,便道:"我几个内哥都是渔民,对码头的地形非常熟悉,不如找他们打听一下。"辛芝与张守东交换眼神,认为可行,便与王里路来到安为江家,说明来意,安为江低头沉思,自语道:"有个下水道倒是通往军火码头。"忽然抬头问,"你们都会扎猛子吗?"

辛芝是侦察科科长,自然没有问题。王里路说:"我没有问题,小时候经常在青河洗澡,一个猛子能到对岸。"张守东紧接着说:"你忘了你、我,还有邯春、有俊咱们几个还在水里憋气比赛啊?"他说完几个人都哈哈笑了。

当天晚上,满潮时,躲过日军的巡逻艇,安为江悄悄将小船摇到军火码头正东海面上,这儿探照灯照不着。王里路与辛芝、张守东悄悄下了水,根据安为江的提示从水下找到了那个下水道。还好,能钻进去一个人,他们只好一个一个往里进。当爬到没有海水的地方时,顿时刺鼻的味道袭来,他们快速用手巾堵住了嘴鼻,然后打开手电筒借着微弱的灯光继续往前爬。突然,前头的王里路傻眼了,一个乌黑的东西堵住了去路,他顿时心凉了半截。由于说不出话来,辛芝在后面推了里路几下,里路会意,掏出匕首清理了障碍物,这才得以继续。又爬了一段时间,王里路感到舒服多了,认为可能到了敌人的中心区了,朝辛芝伸出了大拇指。

突然,十几根拇指粗的钢筋牢牢地把通道给封住了。王里路实在憋得难受,加上心急,只觉得喘不出气来,他张着大口,脸憋得通红。辛芝也看到了前面的钢筋网,忙从口袋里掏出钳子递给里路。里路看根本不管用,这么粗的钢筋只能用钢锯才能行。王里路用力推拉,还好,钢筋网有些晃动,他心中一喜,急忙掏出匕首挖掘。挖了一会儿,他就累得趴在地上喘粗气,辛芝从里路的身体上爬了过去接着挖。由于长年累月的冲刷,地下的水泥都腐蚀了,石块有些松动。辛芝挖了一会儿也支撑不住了,趴在地上喘着粗气。正在这时,一股刺鼻的臭气传来,接着听见一阵水声,辛芝急忙说:"快闭上眼睛。"刚说完,整个通道都被臭水淹没了。

臭水过后,通道里逐渐有了新鲜空气,辛芝顾不得浑身污物,又拿起匕首挖掘。两人轮流挖,直到匕首弯曲了,才把埋在水泥里的钢筋网下端挖了出来。辛芝双手抓住钢筋用力往前推,里路用力推着他的脚,张守东用力推里路的脚,三个人齐用力将钢筋慢慢弯曲直到贴近顶端,通道才得以打开。

辛芝小心地爬了过去,然后用脚蹬了几下,口子更大了一些,里路和张守东跟着爬了过去。他们又往前爬了一段路程,找到下水口,急忙深深吸了几口气,用力往上顶,可是怎么也推不动。又往前爬了一段路,终于看到上面有明亮的灯光,里路一阵欢喜,用力往上顶,终于把盖子顶了起来。王里路探出半个头环视了一圈，看清是伙房，然后悄悄地爬了上来，接着辛芝和张守东也上来了，趁着夜色，躲过探照灯和哨兵，他们摸清了码头上的弹药、油料、器材等所在位置，便悄悄顺着下水道原路返回安为江家。

当夜，辛芝、王里路和张守东制定了详细的偷袭军火库码头方案，然后分头准备。

然而，在两城区委和武工队召开的作战会议上，春雷提议趁小岛和伪军"扫荡"和蚕食八路军根据地，两城空虚的有利时机，组织武工队和八路军攻打两城镇和驻跸岭上的炮楼。辛芝建议先炸毁安家台日军军火码头，同时还提到了王里路。他的话立即遭到春雷等人的反对，说共产党领导的武工队没国民党军队掺和照样能打胜仗。

辛芝一再坚持炸毁日军军火库要比攻打炮楼的作用和意义更大，还说王里路是国民党军中校参谋长，对打仗很有经验。会场上发生了激烈的争论。最后，陈雨田选择了春雷等人的意见，这让辛芝非常失望，他只好说："我保留个人意见，服从组织安排。"

根据会议安排，陈雨田领导两城区大队攻打镇公所及维持会、民团等据点。辛芝带领八路军攻打伪军驻两城团部和驻跸岭炮楼。春雷和张守东率领武工队阻截小岛等增援之敌。会议结束，大家分头行动。尚近影牺牲后，尚夏成了临时负责人，他一再表态，北城支部坚决拥护区委的决定，并亲自去动员广大党员群众配合作战。

尚夏并没有去动员党员群众布置工作，而是在街上溜达了一刻钟工夫，然后钻进胡同里，拐了几个弯进了三大锅饭庄，他发现没有人跟踪后，迅速来到二楼雅间，早在此等候的秦邡急忙走到窗前朝大街上观察，确定没有异样情况后便转身道："快说。"尚夏将会议情况及战斗部署告诉了秦邡。然后，两人随着来来往往吃饭的客人分头离去。

当晚，在望街亭上，姜邯冰和秦邡兄弟又见面了。姜邯冰得意道："要是爹爹知道这次全歼'共党'两城区委和武工队的计划该多好呀。"秦邡表情严肃道："那是你的事情，我只要你干掉陈雨田和张守东。"说完就要离开，姜邯冰突然道:"二弟,我告诉你一件不幸的事情。"秦邡猛然回头没敢问,听着他继续说,"你的情敌回来啦。"

"王里路回家了?"秦邡惊得差点瘫坐下来,趁着夜色装作没事道,"老同学终于回家了,好呀,有机会去拜访他。"

姜邯冰冷笑几声,道:"二弟,果然沉着啊!你心里怎么想的,大哥还能不知道?"秦邡不想在此久留,便道:"大哥,以后我们尽量少见面,有事让尚夏传话就行了,现在情况复杂,斗争残酷,弄不好实现不了姜家愿望不说,还性命不保。"姜邯冰笑着说:"二弟,我明确告诉你,我现在谁也不怕。小岛去西山'剿灭'八路军了,整个日照城北都属我管辖,可以说要风得风要雨得雨。你也看到了,你大侄子文奎看上了人家的新娘子,还不是我一句话就要过来了嘛。"

秦邡接上道:"是抢来的吧?"

姜邯冰恬不知耻道:"抢新娘自古就有,谁抢着就是谁的呗,哈哈。"看到姜邯冰得意忘形的样子,秦邡小心地环顾了四周,不觉身后凉飕飕的,道:"大哥,还要拜托你一件事,瞅机会将王里路干掉。"姜邯冰拍着弟弟的肩膀言不由衷道:"二弟啊,大哥是个明白人,只可惜这次王里路不跟八路搅和在一起,不过,我敢明着告诉,雪梅早晚是你的,哈哈,放心吧。"秦邡听罢暗喜,立即转身消失在茫茫黑夜中。

"你怎么如此打扮?"安雪梅见丈夫换上了紧身黑色衣服,将手枪插在腰带上,感觉有重要事情发生,便担心地问。

王里路将袖口的扣子扣紧,用布带绑着小腿说:"你不要问了,不久就知道了。"说到这儿,他又说,"对了,天黑之前,你帮着里门大哥,将家人全部转移到凤凰岭树林里,一个都不能在家。"雪梅更担心了:"到底发生什么事了?鬼子又要来咱家吗?"

"不是,我们去送他们回老家!"王里路坚定地说。

第六十三章　调虎离山

　　小岛拿着望远镜只见绵绵群山,不见八路军的踪影,心急如焚。从县城出来几个月了,在大山中转来转去,始终不能与八路军主力部队正面交锋,大批运输车停在安家台码头上,至今一辆也无法顺利通过日莒公路。司令官又来电话催促了,要是再消灭不了八路军,就将他送到军事法庭。

　　"太君,小岛大佐。"姜邯冰和张守手突然来了。小岛放下望远镜,转身怒道:"你不在两城,跑这儿干吗?浑蛋!"姜邯冰上前几步小心道:"小岛大佐,八路军都到两城了。"

　　"八路军都到两城了?怪不得在这里始终不见八路军的踪影。"小岛高兴得差点摔倒,紧走几步盯着姜邯冰问,"你的消息可靠?"

　　姜邯冰将得到的消息添油加醋地说了一遍,还故意夸大其词:"太君,这次两城区委,八路军主力,还有县武工队,据可靠消息王在川的儿子王里路现在是国民党军队中校参谋长,带着一个团的兵力进驻两城,他们将合兵一处趁您在山里剿匪,两城镇空虚,攻打维持会、镇公所、皇协军团部还有驻跘岭炮楼。"这一番如此细致的描述,让小岛不相信也相信了。最后,姜邯冰还使出浑身解数抹着泪跺着脚近似哀求道:"太君啊,再晚了一步,皇军建立起来的两城新秩序就彻底完了啊,两城战略地位重要,不能丢失啊!"

　　小岛立即将日军主力,伪军一个旅,加上保安大队两个团的兵力迅速增援两城。半路上,他忽然停住了,派出先头部队侦察。走到三珠山的敌人,果然见两城镇上空烟雾弥漫,伴着激烈的枪炮声,维持会、镇公所驻地还冒着火光。他们立即将这个情况报告给了小岛。小岛完全放心了,火速进军。姜邯冰指着火光对小岛急切道:"太君,您听到了吧,也看到了吧?八路军将维持会包围了,正在攻打。"此时,心急火燎的小岛担心兵力少了,打电报将驻扎在安家台一个中队全部调往两城参与合围八路军。

近傍黑,敌人赶到青河南岸,从安家台来的日军也赶到了,两支敌军合兵一处,迅速将两城团团包围,在桥梁上、街道口架设了机枪,在高墩处安放了迫击炮。小岛命令保安大队在前面开路,后面跟着皇协军,日军在最后面,他们向维持会驻地杀去,还没有到达地点,对方先开火了,保安大队人马纷纷倒下,紧接着伪军冲了上去,朝维持会大门口的路障、掩体后面的守军开火。小岛命令迫击炮炸开大门。一发发炮弹落在了大门口阻击的人群里,有的被炸飞上了天空。

姜邯冰借着火光看不像是八路军,倒好像是自己人,他急忙高喊:"是蔡队长吗?我是姜邯冰会长。"对面果然传来蔡二楞的哭丧声:"是姜会长啊?我是二楞。唉,打错了,自家人打自家人了。"姜邯冰急忙让小岛停下进攻,他跑过去看,果然全是伪军和保安团的人,他满目怒火地问蔡二楞:"怎么回事?八路军来了没有?"蔡二楞满脸乌黑,道:"没有啊,一个八路军人影也没有见啊。刚才突然看见一队人马过来,还认为是八……"他不敢说下去了,小岛提着刀已经走到近前了。

姜邯冰急忙问:"我们在三珠山上明明看到滚滚的浓烟,还听到激烈的枪炮声。"

蔡二楞忙指着依然火光冲天的房屋解释道:"是你家着火了,枪炮声是引燃了的爆竹声。"

姜邯冰朝着火光处仔细看果然是自己的房屋,顿时大怒道:"你为什么不组织人员去救?"蔡二楞很委屈,忙道:"您不是说八路军要来攻打维持会,让我们用麻袋垒墙坚守吗?"姜邯冰还要发火,他已经看到小岛两眼冒出凶光了,吓得他连自己家的大火都顾不及去扑灭了,急忙招呼道:"'共党'两城区委和武工队正在开会,快,快!"说着自己带头往两城区委会议地点跑去,等他们到了,只见空空的屋子,墙上还张贴着标语口号:驱逐日寇!汉奸走狗没有好下场!

一街两城

姜邯冰本来就一身汗了,此时他简直要瘫,但他还有最后一丝希望,没敢让小岛进屋急忙跑出来对小岛道:"太君,他们都集合到王家了,快快!"说着就挥舞着枪带头跑。日伪军紧随其后。整个两城街被杂乱的脚步声和吆喝声塞满了,满城鸡飞狗跳,吼声震天。有的小孩子被惊醒,刚要哭就被大人捂住嘴不敢出声,惊恐地瞪着大眼睛望着乌黑的世界听着外面急促嘈杂的声音。

"太君,到了王在川家,八路军和武工队一定藏在里面,'共党'两城区委一定在里面开会,快快,撞开大门,杀……"还没等他说完,伪军已经推开大门了,整个大院静悄悄的,姜邯冰顾不得擦汗了,急忙命人四处寻找,可是全部搜遍了也没有见一个人影。姜邯冰的腿已经发木打战了,他望着怒气冲冲走来的小岛:"太君,太君,王家……"

忽然,一声声震耳欲聋的爆炸声从安家台方向传来,小岛迅速回头看,只见东南方向火光四射照亮了半个天空,爆炸声一声接一声,齐声爆炸仿佛要将天炸塌地炸陷,所有日伪军都惊呆了,像一根根木桩立在原地一动不动。此时,小岛才如梦方醒,但一切都晚了。

姜邯冰几乎爬到了小岛跟前,他不敢解释了,他要认罪,还没等他叫一声"太君",小岛已经举起刀朝他劈去,求生的欲望让他迅速躲闪,左臂还是被砍断了,他大叫一声昏死过去。小岛举起刀朝安家台方向指去,扯着嗓子高呼道:"杀回安家台!"

日伪军从两城镇全部撤出朝安家台奔去,刚走到驻跸岭东林寺前,小岛就被从安家台逃出来的日军拦住了,说整个军火码头已经全部被炸没了。小岛听罢倒退三步,但他还是站稳了。他刚要下命令将炸码头的人一网打尽,又来了通讯兵报告说,在西山"扫荡"的日伪军全部被八路军包围消灭了,大本营司令官非常恼火,要将小岛送至军事法庭审判。

小岛彻底绝望了,通讯兵再说什么他也听不清楚了,恍惚中看到闪着寒光的偃月刀朝自己劈来。他啊呀一声双腿跪地,最后一眼定格在"东林寺"三个大字上,想起了曾在这儿将阻止进寺的慧安住持一刀捅死,此时他感到轮到自己了,握住刀柄用力朝自己腹部捅去:"天皇啊,我尽忠尽力了。"

第六十四章　鬼子末日到了

小岛之死应了渡桥次郎那句话。

当然,这是辛芝、王里路他们计划周到、缜密的结果。炸毁日军码头是王里路的最初想法,但辛芝看得更长远,他认为这是一次减轻内地战场压力和歼灭日伪军的绝佳时机,同时,也是揪出内奸的绝妙机会。他与陈雨田商量以后,故意召开了两城区委扩大会议,布置行动计划,有意让叛徒通风报信。在队伍出发之前将尚夏秘密逮捕,派专人看管,等行动结束后再进行审问。

王里路、辛芝、张守东等组成的行动小组顺利地爬出了通道,但码头上灯火通明,日军几乎三步一岗,五步一哨。因为必须在退潮以前返回,王里路与辛芝临阵碰头,决定硬冲。王里路举起手枪打灭探照灯,辛芝等人借着黑暗抱着炸药包向军火库、油库及货场冲去。这时,敌人发现了他们,喊叫着向小分队射击、冲来。辛芝扔了几颗手榴弹将日军炸死若干,队员趁机接近军火库。突然,暗堡里喷出火舌冲在前面的队员倒地,密集的枪弹挡住了去路。辛芝几次派人拿着炸药包冲上去,半路上都牺牲了。

此时,后面的日军冲了上来,眼看要腹背受敌。王里路四处张望,见高台上存放许多油桶,他急速冲了过去,张守东也跑了过去,他们合力将油桶推下高台,眼看着油桶朝弹药库滚去,一颗子弹就能引爆整座码头。谁知,油桶滚了一半,就被冲上来的日军用身躯挡住了。眼看着这一招就要失灵,整个计划将要落空。危急关头,辛芝冲了上去,用力把油桶往货场推,小鬼子就用力顶住,两个人相持不下，王里路朝着拥上来的日军射击，日军倒下了，油桶又往货场滚去。这时，日军也朝辛芝猛烈射击，他倒在血泊中。

张守东跑过去要给他包扎，他艰难地说："别管我，快炸码头……回去提审尚夏，揪出内奸。"说完就闭上了眼睛。张守东看着辛芝牺牲了，怒火中烧，他立即朝油桶射去，所有队员也朝油桶射击，油桶爆炸起火，巨大的火球滚向了弹药库，引起连锁大爆炸，把油库、弹药库、粮库、装备库都引着了，火光冲天，地动山摇。小鬼子逃命的逃命，跳海的跳海，留在码头上的不是被炸死就是被大火烧死。王里路眼看要成功了，急忙与队员趁乱跳海安全撤退到两城地区。

张守东见到陈雨田和春雷，诉说了辛芝的英勇壮举，大家都非常悲痛。张守东要求立即提审尚夏，得到春雷的答复是他被冷枪打死了。张守东还想调查下去，却被春雷阻止了，说当前的重要任务是要密切关注大汉奸姜邯冰狗急跳墙。

姜邯冰也有难过的日子了，虽然大难不死，但整日好像丢了魂似的，常常来到还剩下半边的"一门三"牌坊下站会儿。人们都不知道他来有何目的，更不知道他此时想些什么，只是觉得他恰巧失去一只左眼和一只左臂正与残缺的牌坊相对应，于是，街上开始流传一句话：半边牌坊半边人。

其实，姜邯冰也算命大，小岛死了，没有人追究他的责任。可是无论如何都无法驱散他肉体和心里的伤痛。事后他才知道，家里起的那场大火，是抢来的新娘丈夫故意放的，不但将整个家园、财物烧得一干二净，还救走了新娘。儿子为夺回新娘子，差点被人家砍死，现在还躺在床上成了废人。唉，失算了啊。姜邯冰来到老家想找顿饭吃，李腊枝是亲娘没有说什么，周惜桂可不管那一套，姜邯冰刚拿起筷子夹了一块菜还没有放到嘴里，她就发话了："大哥呀，你看看你当的官，当镇长让你瞎了一只眼，刚刚当上会长，又让你少了一只胳膊，要是你哪天当上县长，你的头还不……"没等她说完，他气得将筷子连同菜摔在桌子上站起来就走了，背后传来周惜桂的嘲笑声。

已是残疾的姜邯冰虽然明白一切都是日本人造成的，但此时他不敢去怨恨日本人，依然将自己的未来寄托在日本人身上，他认为也只有日本人才能让他重新拥有地位和财富。他一大早就去县城，看看日本人又派何方"神圣"来日照负责,早联系早主动。马车刚走到城墙下,就见一队队日本兵跑步向县城里集合。姜邯冰感到莫名其妙,甚至有了不祥的征兆。到了日本宪兵队部,见院子里全副武装的日本兵等待着坐车出发。姜邯冰好歹找到了翻译官,向他打听日本人又派谁来了,说有紧急情况报告。翻译官哭丧着脸说:"现在皇军哪能顾得上你?你该干吗干吗吧。"姜邯冰听了更加心慌,用力往上戳了戳眼罩,总算看清楚了,忙试探着问:"新任太君来了,我总得见他一面吧,要不我下一步怎么干啊?"

翻译官不耐烦地说:"好了好了,我不跟你啰唆了,我要跟着皇军去苏北作战了,我先走了。"说完,翻译官就走了。

姜邯冰看着满载日本兵的汽车从眼前呼啸而过,忽然有一种被遗弃的感觉。他打了一个哆嗦,头上的礼帽被一阵风吹掉,骨碌骨碌滚到车队里,本来左手就能够得着,现在只能转过身子伸出右手去拿,但已经来不及了,帽子被汽车轮子碾在泥土里了。等汽车全部过去,他下意识地摸了摸自己的头,自言自语道:"这个还在就好。"

安家台码头被炸,日军舰船无法靠岸,弹药无处存放,日莒公路就失去了战略意义,况且现在八路军牢牢控制着这一地区,短时间内很难打通。正赶上日军在亚太各个战场处于四处奔命的状态,兵员捉襟见肘,已经无法抽出多余的兵力进驻日照等地区了。日军只留下一个小队的兵力龟缩在石臼所,其他据点、炮楼都由李永平的伪军和县保安大队维持秩序。

第六十五章　迟来的真相

转过年头,安雪梅生下了一个胖丫头,王在川一向严肃的脸上有了不易察觉的喜悦。王里路请父亲给闺女起个名字,王在川脱口而出:"她娘叫雪梅,她叫迎春好了。"看来他早有思想准备。王里路很高兴,回屋告诉了妻子,雪梅露出了幸福的笑容。小迎春出生之前,丁使秀就给她找了奶妈,还特别嘱咐王妈全力照看着,王里路几乎天天在家里守着妻女,时常半天端详着迎春不肯将脸移开。

晚上,雪梅拿着书半躺在床上等着丈夫,王里路洗漱完毕,却没有上床休息的样子,在屋里来回踱步。雪梅放下书问怎么了,里路道:"这几天我听到最多的是那个高柄黑陶杯,还说咱家就有一个,搞得差点家破人亡。如此说来,那个东西还真不吉利。"雪梅将书放到床头柜上说:"要是不吉利,还有那么多的人想得到呀?"

"关键咱家有没有呀,爹从来没有提过。"王里路说着上了床,半躺在床头上,一只胳膊搂着妻子。雪梅顺势将头枕在了丈夫宽厚的肩膀上,疑惑地问:"你从来没有见过?"王里路道:"我小时候被邯春推下古墓吓掉了魂,有人说用黑陶杯能找回我的魂,爹就到东林寺找慧安和尚,结果不巧,黑陶杯刚刚被摔碎了……从那以后,外面都传说咱家有那个东西,这不是胡扯吗?"雪梅突然爬起来对着他说:"还真不是胡扯。"王里路忽地挺直了腰板,仿佛自己的耳朵听错了,紧接着问了一句:"梅,你刚才说什么?"雪梅笑着将自己见到的听到的围绕高柄黑陶杯所发生的离奇事儿一股脑地说了,王里路如同听了传奇故事。

次日，王里路和妻子来到花园。雪梅指着竹林道："就在那儿。"两个人进了竹林，却不见了假山、小屋子，甚至连小路都消失在竹林里了。雪梅脚踩四处，摇晃竹子，没有发现洞口，却惊飞了若干蝗虫。王里路道："你断定就在这儿？"雪梅应了一声，忽然见李有俊在不远处捉蝗虫，她忙喊道："李大哥，你过来一下。"李有俊提着一个鼓囊囊的袋子咳嗽着走过来，见了王里路，忙道："老爷怕竹林被蝗虫吃了，让我在这儿看着。唉，今年遭蝗虫灾了，捉不完赶不走，倒是也有好处，这些东西可当口粮，嘿嘿。三少爷有何吩咐？"里路环视四周，蓦地升起一丝忧虑，然后说："有俊，你别少爷少爷的，我们从小就是好朋友，你身体不好，重活干不了，应付着干点就行，这些蝗虫不能吃，你烧了就行。"

李有俊说："烧了炸了煮了都能吃，嘿嘿……"雪梅插话问："李大哥，当年，这儿……"王在川走了过来，道："你们俩都在啊？"雪梅见公公突然过来了，朝着丈夫吐吐舌头不敢再问了。李有俊跟王在川打了声招呼又去干活了。王在川说找里路有事，两个人朝向东亭上走，雪梅怕他们爷儿俩有事商量就想回避，王在川说没有什么大事，也过来聊聊吧，雪梅这才跟着上了亭子。

"下一步你有何打算？"王在川问儿子。王里路说："还没有考虑。"王在川道："不用考虑了，我现在老了，家里没有男丁不行，你回来将家撑起来吧。"王里路忙说："爹，我还年轻，应该出去闯闯。况且现在小鬼子还没有被赶走，我总不能眼看着中国的土地让他们任意践踏吧？"王在川接着问："还想回你原来的军队？"王里路望着亭外的远山，叹气道："我适应不了二哥。"他只把话说到这里，因为他无法说清二哥做得到底对不对，还有他也不愿意将真相告诉父亲，不想让父亲伤心。

雪梅插话道："我看去任叔叔的八路军就不错，璐方妹妹也在那里。"王在川和王里路一个摆手一个摇头，王在川先道："八路军总归不是正规部队，我们这样的人家就应该去政府领导的军队。"雪梅接上说："爹，八路军可是国民政府正式任命的呀。"王里路补充说："八路军、新四军都归国军序列。"王在川摆手不让他们讲下去了："好了好了，咱们今天不谈政治。"说着与儿子聊起一些家常话，雪梅见自己插不进去话就起身来到栈桥上，远远望见山坡上、田地里、树林中好多

一街两城

捉蝗虫的人，听老人说，今年两城遭遇百年不遇的蝗灾，收成会大减。忽然，一群山雀从头顶上飞过，她左看看右瞧瞧，无意中发现丝山与凤凰岭连成一线，河山与驻跸岭一线相连，两条直线的交会点恰巧是向东亭。她不由得朝竹林望去，然后由远及近到脚底，根据记忆测算，高柄黑陶杯所在的地方正巧在向东亭下。"怎如此巧合？"她暗暗称奇。

任北乐拿着一封信给了王在川，雪梅见公公看完信指着王里路大声吼道："原来是这么回事？你说，到底怎么回事？！"王里路低着头一言不发。雪梅不知发生什么事情，急忙跑上亭子问："爹，怎么啦？"王在川将信扔给她，她没有接住掉在地上，急忙弯腰捡起来看，是里户二哥写来的：

二爹大人安康：

承蒙二爹教诲，铭记吾心，时刻鼓舞侄儿奋勇杀敌报国。……道弟亡于吾之炮火，实属意外，侄儿亦悲伤难安，乞求二爹体察，国之为重，王家兴矣。

雪梅看完信还没来得及问丈夫话，见公公苦笑着走了，下台阶时差点摔倒，多亏任北乐及时扶住，他推开北乐直径往前走，步履不再矫健，弯腰咳嗽不止。里路和雪梅急忙跑上去扶着父亲，王在川想摆手，里路不由分说背着父亲就快速回房了。

王在川躺在床上咯血不止，吃了大夫开的药略见好转。王里路天天在父亲的身边伺候。王里门突然进来冲着王在川道："二爹，里道四弟不是被鬼子打死的呀？原来参加了八路军。"王在川白了他一眼后没有吱声，又止不住咳嗽起来。王里路刚想解释，王里门抢话说："二爹，照此说法，里道算不上义士，应该从祠堂义士台上撤下来。"王在川听罢，立即生气道："他不算义士谁算？里道带着一个营的八路军仅石城之战，占领了两个高地，阻击了一个旅团的日本鬼子。我问你，你打死几个日本鬼子？"王里门支支吾吾说不出话来了，只好强词夺理道："可他是八路军，不是……"雪梅立即解释道："大哥，现在甭管是八路军还是新四军，都是国军序列，是吧，里路？"王里路点头道："是的，大哥，凡是同日寇战斗牺牲的中国人都是义士。"

王里门自觉理亏，忙改口说："二爹，里路，现在外面倒卖日元的人都快疯了，一块大洋换一百日元，好多人觉着有便宜赚，把家里的大洋都换成了日元。张万贯不但把家里的日元全部兑换出去，还从日本商人那里低价兑了日元，然后又通过姜邯冰高价兑出，着实赚了一大笔，咱们是不是也……"里路忙打断里门的话说："大哥，爹从来不让咱家使用日本人的钱，况且日本人在各个战场接连失利，一旦日本人走了，这种钱就如同废纸。"里门还有些犹豫，里路接着说："俗话说，无风不起浪。忽然刮起一股风，必然有因果关系，这好比钓者放的香饵，一旦不知真相或爱赚小便宜的人咬上就上当了。"

王在川有点厌烦王里门了，指着他道："你做点正事吧！你璐瑶妹妹和你妹夫找到了没有？"王里门急忙指着王里路替自己解脱道："三弟当过参谋长，他能找到。"还别说，真让王里路找到了其中一个人。

王里路在县城西南角破旧的房子里找到了秦天喜。看门的是一位上了岁数的老头，他见了王里路便朝门里指着道："在里面，自己去领吧！我还以为家里没人了呢！"王里路推门进去，只见屋里散发着臭气，秦天喜盘坐在床上面壁，嘴里也不知嘟囔着什么，墙上留下许多脚印和杂乱无章的线条。王里路透过后窗朝外望去，是一片菜园，还有几个菜农在拔草施肥，他们说话的声音都能清晰听见，窗户也没有铁栏杆，轻轻一推竟然四散了。秦天喜已经认不出王里路了，散乱的头发里藏着一双惊恐而痴呆的眼睛。

原来，渡桥次郎将秦天喜软禁后，逼迫他写伪文，证明黑陶是从日本考古发掘的。开始，他进行强烈反抗，稻田进来劝说也被他大骂为考古界的败类，自己绝不当历史的罪人，还将笔墨纸砚全部扔到窗外。后来，他逐渐发现敌人不再逼他了，也不给送笔墨纸砚了，甚至每日三餐也降低了标准，除了几个窝窝头就是咸菜，还不让他到院子里透气。他越来越感觉孤独了，每日面对四壁，喊谁谁不应，要啥啥没有，甚至没有人来烦他，连麻雀都难得一见……最终他崩溃了，踹门捶墙高喊大呼，胡唱乱骂一团："渡桥，你这个魔鬼，放我出去，你说干啥我干啥……"无论他怎么呼喊，只有悲伤的呼喊在狭小潮湿的屋子里回荡着。

一街两城

秦天喜被接回家，依然痴痴呆呆的样子。雪梅将璐瑶托她保管的材料完整地交给了秦天喜，他都没有看，整天望着妻子的画作发呆。

这天，王兆玉突然跑回家喊道："大姑父疯了。"里路忙问怎么回事，兆玉说："大姑父跑到街上又喊又跳，说渡桥滚回老家去了，小日本鬼子完蛋了，张守手和蔡二楞追赶他，还要揍他。"王里路焦急道："看来他真的疯了，走，快去看看，别让茬鬼子打了。"说完与兆玉快步来到两城大街上。只见秦天喜手里拿着棍子，上面绑着一根白布条，头发蓬松着在前面高喊，后面跟着一群孩童看热闹。王里路跑上前拉住了秦天喜，他朝王里路嘿嘿笑道："日本鬼子完蛋了，璐瑶回家了……"

第六十六章　开学

一九四五年八月十五日,日本天皇宣布无条件投降。

日本投降的消息传遍了中国大地。王璐方在第一时间来到两城街小学,刚到校门口,一群穿戴不一的小伙子、小姑娘呼啦围了上来,她一个都不认识。她正在纳闷的时候,杨义先走了过来指着他们说:"璐方,这些孩子都是两城街小学的学生,老校长相约抗战胜利的第一天开学,这些学生主动来报到了。"璐方感动得快要掉眼泪了,急忙安排杨义先根据学生花名册逐家通知还没有到来的学生,号召提前到来的学生们清扫校舍、规整课桌、发放课本。同学们唱着《日照县立中学临时校歌》,在欢快的忙碌中开学了。

杨义先开始点名:"唐江南。"

"到。"唐江南清脆答道。

"周国乾。"当杨义先喊这个名字的时候,长时间没有人回应。杨义先又开始喊:"姜小夏。"……杨义先点完名,张守花背着孩子气喘吁吁地跑了进来:"还有我,张守花。"

杨义先忙叫道:"张守花。"

"到。"张守花立即答道。

全班开学第一天按时到校三十八名同学。杨义先向王璐方解释道:"全班满员四十六位学生,按时到校三十八名,有六位学生或迁走或因故不能来了,有两位学生暂时无法取得联系。"王璐方点点头,杨义先向学生们道:"同学们,今天

一街两城

是中华民族抗战胜利的日子,也是老校长要求两城街小学开学的第一天,我们继续上课。虽然有的同学由于种种原因不能按时到校,但无论何时何地,他们都是我们可爱的同学!"同学们激动地热烈鼓掌,有的含着泪花。杨义先指着王璐方继续说:"这位就是老校长的女儿王璐方老师,她也是两城街小学的新校长。"同学们起立高声喊道:"老师好。"

王璐方登上讲台忍住泪水示意同学们坐下,然后缓慢巡视了全班同学。他们都长成青年了,有的个子还高过自己,大部分同学或从田地,或从工厂,或从街市,或从海上匆匆赶来。有的来不及回家拿课本和学习用具,有的头发没有修整,衣服也没有换洗,甚至身上还散发着鱼腥味,挽起的裤腿上还粘满厚厚的泥巴,但他们对期盼已久的今天的那份惊喜,如愿回到学校教室的那份喜悦和对未来充满憧憬的那份兴奋始终洋溢在脸上,凝聚在一双双明亮的眼眸中。王璐方动情了,她说:"同学们,我很感谢同学们按时来上课。看到有些同学已经比我还高了,这说明几年的日伪残酷统治,并没有阻挡你们在风雨里成长,更没有毁灭你们坚持学习、追求光明的决心。我非常感慨,我知道在抗战的日子里,大部分同学在如此艰难的环境下还坚持自学。我也知道,我们全班四十六名同学没有一名同学给日本人和伪政府做事。你们所表现出的勇敢顽强和民族大义正是老校长所期盼的,我替我父亲谢谢你们!"说完走到讲台一边深深给学生们鞠躬,学生们都哭了,此时此刻,他们都十分怀念可亲可敬的老校长。

王璐方稍调整了一下自己的情绪,道:"同学们,今天是胜利日,我们应该高兴,老校长也不愿意看到同学们伤心的样子,对吧?全国都在举行游行或庆祝活动,杨老师已经将标语和小旗子准备好了,现在,我们就唱着老校长教的《日照县立中学临时校歌》,走上两城大街游行。"同学们齐声喊好,他们从杨义先手里接过小旗子和标语,在王璐方的引领下,唱着歌走向大街:"我们在斗争中生,我们在斗争中长……"并不断高呼,"中国人胜利了!""坚决惩治汉奸走狗!"

界碑红旗招展,锣鼓喧天,高台中间横幅上写着:两城镇庆祝抗日战争取得全面胜利大会!两城街小学的游行队伍成了一道亮丽的风景线。人群冲上"一门三"半截牌坊高呼:"干脆将一窝三汉奸牌坊推倒,彻底清除掉。"众人积极响应,有的拿绳子拉,有的用木棍推,轰的一声,半截牌坊在人们的欢呼声中倒塌了。

王在川带领全家族人在三义士台前下跪叩头,隆重祭奠为民族独立而献身的家族成员,然后像过年似的聚集在餐厅里,放鞭炮、喝喜酒,庆祝抗日胜利。王里门喝了几杯酒来到王在川面前说有事先行离席,王在川问什么重要事情如此匆忙。王里路解释道:"爹,大哥现在是两城镇肃奸委员会的副会长,肯定很忙。"张传兰接着问了一句:"什么委员会副会长啊?官比你二哥少将还大?"王里路忙笑着说:"大娘,这个委员会就是县政府在咱两城镇临时组建的一个组织,比不了二哥。"

"干什么的?"丁使秀也觉着好奇,紧跟着问了一句。王里路便详细解释道:"娘,说白了就是接收日伪留下的机构、财产、人员,组建新的政府机构,还有惩治、清算汉奸……"没等他说完,王兆玉大声道:"先枪毙姜邯冰这个头号大汉奸。"

"对,还有蔡二楞、张万贯、张守手……"全家人顿时气愤难当,细数着每一个汉奸的名字。

张守手半夜里敲门回家躲藏,张传梢与张守柱立即将他扭送至肃奸委员会。他在路上朝着父亲连声怨恨道:"爹,都是你害的,都是你害的。"张传梢扇了他一巴掌,道:"我怎么没有害你弟弟?!"张万贯躲在家里不敢出门,被蜂拥而来的群众撞开大门,从床底下揪了出来,一些曾经被他骗的人拿着已成废纸的日元朝他头上乱打:"打死他,打死这个比日本人还坏的狗汉奸!""上他大当了,现在家贫如洗了。"张万贯家里、大街上到处是大把大把的日元,被风吹得满天飘摇,有的掉进茅坑里,被人直接当擦屁股纸用。

姜邯冰想逃已经来不及了,刚刚新建的宅院里三层外三层全是拿枪的国军和警察,他自知罪孽深重,逃跑的希望没有了,只盼望着父亲快来搭救自己这条即将沉没的破船。

身为肃奸委员会会长的姜有谷意气风发地回到了两城镇。临走时杨金彪特别交代说:"有谷啊,涛雒镇镇长丁履密大义灭亲已经将亲侄子丁原昌严惩了,下

一街两城

一步就看谁表现好了。对肃清汉奸有力的人员不但县政府要嘉奖,还有可能接任县长职务。"言外之意,姜有谷只要表现好就要升迁了。姜有谷回到两城先将姜邯冰和他老婆孩子全部看管起来,全部汉奸抓到位后,在界碑召开了万人大会。姜邯冰不服,哭喊着有话对父亲说。姜有谷怕连累自己,对传话的人说:"他还有什么好说的?投靠日本人,不听我苦苦劝阻,犯下了滔天罪行,罪应当诛。我要大义灭亲,杀!"

姜邯冰、张守手与张万贯等人被五花大绑押上审判台,脖颈上插着白色长牌子,上面写着"汉奸",背后是一排威武粗壮、背着枪的士兵。姜邯冰看到这阵势自知末日将至,但他还不想死,用力抬头四处寻找父亲,果然看到端坐在高台上的父亲,急忙扯着嗓子高呼:"爹呀,当初是您让我干的!说我这条船沉了,还有您呀!拉我一把啊!"

姜有谷没想到儿子临死之前还将自己出卖了,他立即朝刽子手道:"别听他胡说,快快拉出去枪毙,快快快!"士兵将汉奸们推上了去刑场的汽车,姜邯冰拧着脖子高喊:"爹,你要亲手杀死亲儿子啊,爹……"

姜有谷心里咯噔一下,猛地站起来,可是看到众人怀疑的目光齐射向自己又只好重新坐下,将头深埋在桌子后面不敢再看儿子那扎人心肺的眼神了。

张守手没有看到蔡二楞,急忙高喊:"我不服!蔡二楞与我同为日本人做事,为什么不枪毙他?他杀的人更多呀,我没有杀人啊!"尽管他喊破了嗓子也没有人理会,被拉到刑场执行枪决。

"乓乓……"随着一阵枪声的传来,众人欢腾逐渐离去。姜有谷的心随着枪声不断颤抖,直到界碑就剩下他一个人了,他才站起来,踉跄了几步扶着架子站稳了。他环视了四周,满地皆是集会的人们丢弃的纸屑、标语,自家那个遗臭万年的牌坊也倒塌了。他踩着残石碎屑一步一步朝镇公所走去,越走步伐越快,快到镇公所了刚才的一切烦恼也都忘得差不多了,只要重新坐上镇长的位子,两城街还是姓姜的,儿子之死也算值了。

"干什么的?出去出去……"姜有谷兴冲冲地走到镇公所却被门口的士兵拦住了。

第六十七章　鸠占鹊巢

　　姜有谷万万没有想到自己堂堂的一镇之长竟然被几个看门的小卒挡住了，他立即大怒道："你们瞎狗眼了，我是两城镇镇长姜有谷！滚一边去！"士兵们笑得前仰后合，姜有谷更加恼怒，指着他们道："过一会儿我让你们哭出声来！"说完又要往里闯却被卫兵硬推了出去，端起枪指着他道："再不走，毙了你。"

　　"反了，简直反了！"姜有谷勃然大怒。此时，王里门从里面大摇大摆地出来了，后面还跟着蔡二楞和几个持枪的卫兵。王里门拉着长声傲慢道："怎么回事啊？是谁这么大胆子在……在镇公所门前胡闹啊？"卫兵指着姜有谷道："镇长，就是他硬往里闯，被我们拦住了。"

　　"镇、镇长？"姜有谷本来想招呼王里门通报一声，没有想到卫兵称呼王里门为镇长。他认为自己听错了，又觉着眼前的景象不对，冲着王里门质问："你是镇长？"

　　"是呀。"

　　"你是哪门子镇长？"

　　"两城镇的镇长啊。"

　　"你胡说，我才是两城镇的镇长！"姜有谷简直要疯了，指着王里门要往里冲。蔡二楞上前将他拦住了，姜有谷指着他道："蔡二楞，你这个狗汉奸，我还没有来得及清算你呢。"蔡二楞哈哈大笑："姜有谷，我明确告诉你，我早投靠党国了，哈哈，你知道得太晚了。"王里门既不着急也不上火，推开蔡二楞让卫兵打开委任状道:"姜三叔,你可看清楚了,这是县政府颁发的任命状,鲜红的大印章,还能有假吗?"姜有谷还真上前仔细看清楚了,当他看到"王里门"三个黑色大字时,最后那点希望完全垮了,他苦笑了两声朝外走去。王里门在背后故意客气道:"姜三叔,您是老镇长了,常来训导啊。"

"我要去县上告他,县里告不了到省里告他,他王里门竟然取代我,还包庇汉奸,一定给杨金彪送金条了。"姜有谷想回家拿上钱财找杨金彪问清楚,走到大门口,突然见妻子坐在门外号啕大哭,他还认为她在心疼刚刚被枪决的儿子,走到她跟前说:"算了算了,他自作自受,怨不得别人。"李腊枝抱着他的大腿道:"完了,完了,什么都没有了。"他忙问出什么事情了,李腊枝抹着泪说被周惜桂的父亲赶出家门了。

姜有谷的脑子嗡的一声,他急忙往里走,可是怎么也推不开厚厚的大门。李腊枝上前懊悔道:"都是周惜桂这个臭女人捣的鬼!她找我要钥匙,我开始还认为她只是想当家。我也曾打开密室看看,里面的金银珠宝一件也没有少,原来房契、地契还有银票等全被她拿走了,现在我还被她爹周坚这个老东西赶出来,说这个家已经成周家的了。"说着又哭了起来。姜有谷听完气得浑身发抖,扭头就要到县里告他们,一并将周坚告了。还没有走几步,四弟姜有理急匆匆赶来,很远就喊道:"三哥,三哥,快派人将秦麻子这个王八蛋抓起来,简直反天了。"姜有谷已经明白了大概,李腊枝忙问怎么回事,姜有理气愤道:"万万没有想到我竟然养了一个白眼狼。"

"谁呀?"李腊枝还不明白。姜有谷没好气地说:"四弟家让秦麻子鸠占鹊巢了。"

秦书中得知日寇即将投降的消息,他不但没有感到恐惧或忧伤,反而认为时机又来了。他秘密找到王里门的大舅子傅志明,然后约上蔡二楞,三个人合谋动员、帮助王里门竞争两城镇镇长。

开始,王里门怕自己本事不行,担心找不到杨金彪。秦书中特意做了实施计划,由蔡二楞牵头,傅志明出钱,让王里门按照计划一步一步来,果然找到了杨金彪,还如愿以偿当上了两城镇的镇长。杨金彪抛弃姜有谷,一是想出一口被他儿子夺走情人的恶气;再一个王里门是新人,政府基础不稳,可以安插自己的亲信到两城各个要害部门任职,还可以接收日伪财产,趁机发一笔横财。

秦书中眼看着事态正按照自己的设想一步步发展,他便拿着协议书来到神仙居找到了姜有理。此时,姜有理刚刚从监牢里出来,惊慌和拷打让他有些精神失常,只好用大烟来麻痹自己的神经。县肃奸委员会审讯他,让他交代干伪县长时犯的罪行,他狡辩道:"冤枉啊,我有功于党国的啊……我看清了日本鬼子的真面目,就同他们进行了坚决斗争,全力保护民众,抵制日伪政策。渡桥次郎恼羞成怒将我投到监狱里,我受尽了磨难……"委员会通过调查,并没有查到他同日本人斗争的线索,被渡桥次郎免了县长职务是真的,就凭这一条,他被无罪释放了,但他的公司被没收充公,妻子和家人因为给日本人做事,被逮捕法办。在惶惶不安中,他见到了秦书中,庆幸自己老家还有一个安定的窝。

秦书中将协议在他面前晃了几下,急促道:"东家,不好了,委员会要没收老家的一切财产……"没等他说完,姜有理眼前一黑晕倒了。秦书中忙将他扶起来,急切道:"东家,您说咋办呀?"秦书中还在痛苦迷糊当中,喃喃说:"你……你说……说咋办呀!"秦书中暗喜,忙道:"东家,您看这样好不好?我草拟了一份协议书,将您的家产暂时变更至二太太名下,委员会来没收财产也有话说,反正外人不知道你们是夫妻,待风头过去后,再变更回来。您看怎么样啊?"

"好好,反正我们是一家人,她的也是我的,我的也是她的,快办吧。"姜有理烟瘾上来了,急着要去抽几口。秦书中忙将协议书翻到最后一页,递给他一支笔道:"东家,在这里签个字。"姜有理接过笔也没看内容就要签名字,秦书中还特意问了一句:"东家,您不看看条款内容?"姜有理的眼泪、鼻涕都下来了,打着哈欠道:"秦留洋办事,我还不……不放心呀……"说着就签下了自己的名字。秦书中拿着签好的协议书心花怒放。姜有理急忙回到室内拿起烟杆狠狠抽了几口,那飘飘欲仙的滋味使他眼前立即变成一片繁花似锦……等过完了烟瘾,高高兴兴地回到两城安乐窝时,紧闭的大门怎么也推不开了。

姜有谷听完四弟的哭诉,立即要去县上告他们,被姜有理拉住了:"三哥,现在形势不妙啊,能保住性命就万幸了。"姜有谷不服气,拉着他道:"走,找王里门,我看看他管不管。"兄弟俩来到镇公所,见到王里门都急着诉说在自己身上刚刚发生的遭遇。王里门好像早都知道了,哈哈一笑道:"老县长、老镇长,你们的事啊,我有所耳闻。不过,你们说吧。"姜有谷气愤道:"天下有如此不讲理的事情吗?我好端端一个家,竟然被姓周的霸占去了。王里门,现在你是镇长,你到底管不管!给我一个说法。"王里门不紧不慢地拿出一张纸给他看:"姜叔,这是新的惩办汉奸花名册,上面可是有你的名字啊。"

"胡说,我还是两城肃奸委员会会长,我怎么不知道?"当姜有谷看到上面确实有自己的名字时,禁不住浑身发抖,额头上冒出了冷汗,"不会的,怎么可能呢?县政府下的名单,我是知道的。再说了,我整天躲在八十一师,我怎么会是汉奸呢?岂有此理!"王里门当场揭了他的老底:"姜叔,不要以为你所做的事情别人不知道。与大汉奸姜邯冰秘密接头,县城里的别动队是怎么死的?我不清楚你该清楚吧,人家军统也都一清二楚啊,这是他们刚刚下的密令,凡是上花名册的人一律就地枪决。"姜有谷倒吸一口冷气,想起来自己确实将县城别动队告诉了姜邯冰,让他去渡桥次郎那儿邀功,自己趁机逃脱……此时,他再也没有刚才的神气了。

王里门给自己表功说:"姜叔,是我给您保全了下来,只要你待在家里不出来折腾,你就平安无事。"

"我现在哪还有家啊?"姜有谷人生第一次尝到了绝望的滋味。

王里门接着说:"周惜桂还是你的儿媳妇嘛,听她说,是你同意她当家的,她这样做,也是为你着想啊。你是知道的,一旦以汉奸论处,财产是要没收的。"没等王里门说完,姜有谷又气上心头,哼了一声扭头就走了。

王里门在姜有谷面前说的一番话,姜有理听在耳里,明在心里,他明明知道这是王里门的表演,但他更清楚自己的危险境地。他不再诉说自己的不公遭遇了,而是尽量找过去姜、王两家亲密的话题,还说王家有王里门当两城镇镇长,是祖坟上冒了青烟,比他二弟王里户当将军更光宗耀祖……这让王里门大为高兴,从抽屉里拿出了一份协议书翻到最后一页指着签名对他说:"姜四叔,这是你的亲笔签字吧?"

  姜有理见确实是自己与秦书中签的那份协议,刚要张口解释,王里门道:"四叔,你什么也不要说了,我明知道你被秦麻子骗了,也无法帮你,白纸黑字。唉,你曾经也是一县之长,怎么让一个小小的……唉,别说了,说出去丢人啊,人家秦麻子还说为了你好,为你着想。"姜有理愤怒道:"别听秦麻子胡说,天下有如此荒唐的事情,竟然让我遇到了。唉,我应该早认清这个小人,都怪我太信任他了。还有李枣儿这个臭婊子,早知道他们鬼混在一起,我就一枪崩了这对狗男女。"

  王里门安慰说:"塞翁失马,焉知非福。为了你的两个儿子,你就认命吧。"姜有理憋着满腔的怒火,说:"好啊,听里门大侄子的,哦,听王镇长一句话,我无所谓了,怎么还不是一辈子?以后就请王镇长多照顾了。"

  王里门大度道:"谁叫咱们老王家和老姜家是一条街上的邻居呢?没的说,以后姜四叔有事尽管来找……找我。"姜有理说了一番感谢的话告别王里门。来到大街上,他仰头放声大笑,周围的人认为他不愧干过县长,遭遇如此打击还能笑得出来,岂不知他满含眼泪却往心里流。

第六十八章 一门三义士

"二爷，二爷，成功了，我们老王家终于可以占街了！"王里门刚进院子里就高喊，进了堂厅见二爷、二婶、娘、里路、雪梅、秦天喜还有丁履堂等人在屋里说话。张传兰听到儿子当镇长了，笑着对王在川说："风水轮流转，里门总算给咱老王家争口气了。"王在川没有吭声，丁使秀和雪梅等人忙附和着说好，丁履堂说："抗战虽然胜利了，但国家百废待兴，王镇长肩上的担子可就要重了。"

里门脑子一热又结巴起来："没……没什么，谁……不……不听就抓……"

王在川虽然病好了，但身体还是虚弱，大夫再三嘱咐不要动气，他半躺在太师椅上指着王里门郑重道："里门啊，我本意，不希望你去当镇长，这个差事你干不了。既然政府让你干上了，我也不反对。今儿当着你娘还有丁先生的面，我要告诉你，要干就要干好，上对得起国家，下对得起百姓，不贪不占，不瞒不欺，实实在在为镇上老百姓做点事情，千万别让街民戳脊梁骨啊。"

"二爷，这……这件事，我还没……没有数吗？"王里门忙说。

王里路对王里门道："大哥，你干着看看呗，再说了，谁也不知道自己能力怎么样，相信大哥能干好。"王里门高兴了，立即道："里路三弟说得对，正好你在家里，别出去了，跟着我干吧，等我不干了，你来干，镇长的位子都是咱老王家的。"雪梅插话道："大哥，你以为两城镇是咱家的呀？什么社会了，还兴世袭制啊？"丁履堂笑着接着说："里路贤侄现在是县团级别了，他能稀罕一个小镇长吗？"他这么一说，大家都笑了起来，只有秦天喜傻傻地看着眼前的一切。丁履堂来王家,受梁思永先生的委派,请秦天喜到研究院工作。可是,秦天喜整天痴痴呆呆的,还经常跑到大姑墩和大街上游荡,口里不停地嘟囔着:"日本鬼子走了,璐瑶回来了⋯⋯"丁履堂爱惜人才,没有放弃,而是将秦天喜带走了,先安排他到省城大医院接受治疗,想等康复后再去研究院上班。

秦天喜走后,张传兰想起了女儿王璐瑶,不住地抹泪。雪梅劝道:"等秦先生病好了以后,他会找到的。"张传兰生气地指着王里门:"她是你亲妹妹,你要上心。"王里门虽然答应,但根本顾不上寻找妹妹。

仅仅几天所发生的变化让王里门有些应接不暇,甚至有些做梦的感觉。白天到镇公所,有求于他的人络绎不绝,出门前呼后拥,蔡二楞带着士兵寸步不离。尤其是走到大街上,在众目睽睽之下,本来就有些瘸腿的王里门,竟然不知该如何走路了。即便这样,他也从大街南头走到北头,然后折返回来走了两圈,仔细感受了当官那种妙不可言的滋味。家里门槛几乎被踏破了,来人都拿着贵重礼物,有些东西他前所未闻。他坚决不收礼,甚至不开门,可是人家扔到大门口就走了。清晨起来一看,门口的礼品堆成小山。王里门连连惊叹:"难怪姜家霸占着镇长的职位不肯放手,原来好处太多了。"

王里门来到了界碑,这里有他的念想。姜家牌坊已经荡然无存,只有地基还裸露在地面上,被人来人往踩得黢黑了。他倒背着手来回走了几圈,然后来到王在川的义云堂,见全家人都在,王璐方好像在说着什么。他进门就对王在川说:"二爹,界碑对面缺个牌坊,我想给咱老王家立个牌坊,以啥名义好啊?"王在川说:"你刚上任,别瞎捣鼓了,要是有钱多资助点璐方,她办学校不容易,需要大量资金。"王璐方接着说:"是啊大哥,你现在是父母官,我们办学正困难,你要多支持啊。"

王里门坐在璐方身边,接过璐方端过来的茶水说:"二爹,璐方,两码事,学校是全两城街的事情,牌坊是咱们老王家的事情。"王里路猜透了他的心思,忙笑着对父亲说:"爹,大哥当镇长了,是想给咱老王家祖宗增添点光彩。"王在川摆手说:"算了,咱们老王家无论如何都不如老秦家,人家一门三进士五翰林,咱们算什么?不能跟人家比,即便立了牌坊,也容易让街民耻笑,姜家还不是个例子?

算了算了。"

　　王里路觉着这是一件好事,急忙说:"爹,咱怕他干吗?再说了……"王在川摆手不让他说下去:"你不懂。"安雪梅又道:"爹,依我说,不如以咱家'三义士'的名义立牌坊,即了却了大哥心愿,也让二爷爷、三爹和里道四弟流芳百世,宣扬忠义,街民一定会称赞的。"王里路拍着大腿惊喜道:"对呀,我怎么没有想到呢?好好,一定让二爷爷、三爹和四弟的民族大义精神传下去。爹,您就同意了吧!"王在川听雪梅建议当然高兴了,指着王里门和王里路道:"你们呀,还是大男人,都不如雪梅有眼光。"王里路听见父亲夸奖妻子了,笑看着她。而王里门就不是滋味了,他仔细琢磨,三义士恰恰少了自家一支。

　　王里门很郁闷,越想越觉着自己给自己添堵。他想到镇公所静静,这时候,电话铃声响了,一听是又怕又烦的杨县长,他现在一天能来四五次电话,不是安排他的人到税务所、民政所、财务所等要害部门,就是说某某汉奸家中查出了古董、宝贝,要给他留着。这次,他先说自己在日照干不长了,要到省政府任职。县长职位腾出来了,现在有涛雒、石臼所、陈疃等镇的镇长都想竞争这个职位。王里门也不傻,忙说还请县长多栽培,自己也想上个台阶。杨县长连说好办好办,突然话题一转,说省主席非常关心两城遗址的考古情况,还特别提到高柄黑陶杯。王里门立时清楚了县长的意思,忙说自己从不喜欢古墓里的东西,摆在家里看着就瘆人,还说自己只是听说过高柄黑陶杯,但从来没有见过。最终杨金彪憋不住了,直截了当说:"王镇长呀,你这个人太实在了,全中国人都知道你二爹有那个东西,难道你天天在他眼皮底下一点消息都不知道?"王里门还替二爹辩护,说日本人用刺刀、卢芹斋用金条都没有从二爹那里得到高柄黑陶杯,可见是没有。

　　杨金彪最后摊牌道:"王镇长,有没有我不管。反正我现在明确告诉你,只要你能弄到高柄黑陶杯,你的县长位子就板上钉钉了。"说完将电话挂了。

　　王里门琢磨了半天,还是觉着县太爷这个位子太诱人了,而且自己干镇长,就应该有那个东西显示权力,他回家问母亲祖上到底有没有高柄黑陶杯。张传兰说:"听说过,但没见过。"王里门急切道:"那为什么外面都传说二爹收藏了那个东西？是不是爷爷当年偷偷传给二爹了啊？现在我当两城镇长了，二爹应该拿出来给我呀。"张传兰听儿子这么说也有所怀疑，王在川过来问安时，她有意道："在川啊，你说，咱老王家的基业是不是你父兄给打下的？"王在川笑着说："大嫂，这还用说吗？要是没有父亲和大哥，哪有现在的家业啊！"

张传兰直盯着王在川道："那我再问你，咱爹活着的时候，有没有让你保管什么……"

"什么？"

"比如，传家宝、黑陶杯什么的……"

不等张传兰说完，王在川明白了，立即道："大嫂，你又听见什么啦？"

"没有，我只是问问。"张传兰叹了一声，接着说，"按说，里门在两城街当官了，应该有那个东西撑着。"

"那好，我实话告诉你。"王在川有些生气道，"咱爹只传给我如何做人做事，大哥教我如何将这个家业守住，至于你所说的什么传家宝、黑陶杯，他们从来没有对我提及过，也不可能偷偷传给我。再说了，当不当官，跟那个东西没有一点关系！"说完第一次不辞而别。张传兰如实告诉了王里门，王里门更加怀疑二爹欺骗他。正巧，王璐方过来找他谈学校的事情，他一听就烦了："你别跟着烦了，我考虑考虑再说。"王璐方不管他生不生气，拉着他道："大哥，你说话算数，你说要帮我的。"

张传兰笑着对王璐方说："璐方，你也不小了，找个好人家比啥都好。一个女孩儿家，当什么校长啊？多累呀！"听母亲这么一说，王里门笑着对璐方说："娘这么说，我倒想起一个人来。璐方，你看蔡团长怎么样？他……"王璐方猜到了大哥的意思，立即打住道："大哥大哥，别说了，我的婚姻我做主，你别操心了。"

王里门拍着胸脯道："自三爹去世后，我当大哥的不操心谁能替你操心？就这么定了。蔡团长老家虽然不如咱，但人家现在也是政府官员，堂堂的保安团团长，嫁给他不辱你。"王璐方立即觉得今天不是与王里门商量事情的最佳时机，就匆匆告辞走了。她回到了学校，杨义先递给她一封信。她急忙打开看，是徐斌写来的。他在信中说滨海军区一分为二，大部队跟随八路军一一五师从烟台坐船

一街两城

渡过渤海进入东北地区开辟新战场,留下少数部队并入山东军区。他随大部队开赴东北了,因为时间紧急就没有来得及与她见面告别,并相约等全国解放的那一天见面。王璐方含着眼泪读完信,将信放在胸口上,朝着北方暗暗祝愿恋人一路平安。

王璐方当校长,一方面是为了完成父亲的遗愿;另一方面是日照县委特意向滨海军区请示,有意留她到两城开展革命工作。这时候,区委书记陈雨田调县委工作,县委在征求他意见的时候,他推荐了王璐方接替自己的工作。一些资历老的区委领导认为王璐方太年轻了,不能胜任区委书记的工作。春雷更加不满,满腹牢骚地说:"我参加革命的时候,她还没有出生。"陈雨田严厉批评了春雷等人的错误观念,说:"干革命不分早晚,更不能看资历,我们用人的标准是看谁更有能力胜任此项工作。"果然,王璐方不负众望,利用校长身份,各项工作开展得有声有色。

王璐方走访学生家长路过界碑,见姜家牌坊原址新建了一座四柱三开间白色花岗岩牌坊,柱子到顶呈圆形,刻有浮雕云纹,正中匾额书写三个隶属大字"三义士"。四柱的礤磴坐落于高高台基之上,在蓝天白云的衬托下,显得简约而又庄重。她站在牌坊前注目良久,想到了二爷爷、爹和四哥,这座牌坊是为他们而建造的,是里路三哥出资建造的。她暗下决心,一定要沿着他们所走的道路继续前行。

牌坊落成那天吸引了众多人士前来祭祀、瞻仰,有的人还摆上水果、点心等祭品。虽然没有雕刻王静斋、王在田和王里道的名字和他们的事迹,但人们都知道他们的英勇壮举,连连赞叹道:"老王家一门三义士啊。"

第六十九章　杏子

　　姜有谷看到王家在姜家牌坊底座上新建了牌坊,确实气得够呛,一口痰没有吐出来,差点憋死。"难道姜家真的就这么完了?我不甘心啊!"姜有谷捶胸顿足。李腊枝没好气道:"你省点力气吧,别没有气死王在川,先气死自己了。"姜有谷哀叹道:"既有谷何再(在)川?老天爷呀,你为什么总与我姜有谷作对呀!"

　　姜有谷虽然没有露宿街头,但所住房屋之简陋程度也不比露宿街头好多少。这是三间土夯墙结构的茅草屋子。最早是姜家先祖住的房子,一直没有拆,也没有进行维修和保护,几百年下来,日晒雨淋已经破烂得不成样子了。姜有谷做梦也没有想到有一天会回到祖屋居住。姜有谷忽然看见张传梢从门口经过,他追了出来,高声道:"这不是传梢嘛,进屋坐坐吧。"本来张传梢低着头弯着腰走路,见到他却挺起腰杆,扭头就走了。气得姜有谷差点没有喘出气来,李腊枝连忙给他捶背消气,他依旧气愤道:"狗眼看人低,他忘了在咱家扎觅汉低声下气的日子了。"

　　一阵阵鞭炮声将姜有谷惊醒,他揉揉眼睛,猜想:谁家办喜事了?姜有财推门进来说老王家窑厂开业,问去不去贺喜。现在姜家也只有姜有财没有在肃奸运动中受到影响,财产也没有损失。姜有谷生气道:"要去你们去,我不去当狗。"

　　王里路厌倦了战争,不想回军队了,便听从了雪梅的建议开窑烧制红砖瓦销往青岛。王里路到青岛考察市场回来说根本行不通,再好的红瓦再高的价格拉到青岛还不够路费的。但他也不是白去了一趟青岛,他意外发现了商机。青岛人喜欢养鱼和栽花,可以烧制鱼缸和花盆等高档陶器销往青岛。董玉瓘去世后,他儿子董小瓘接替了父亲的班。他按照王里路的要求,制作了形状多样的鱼缸、花盆,并烧制成功。王里路放胆让他担任了窑厂厂长。

家里外头都有丈夫张罗着,幸福的笑意荡漾在雪梅的脸上。王香去县立中学读书了,王满刚上一年级,雪梅将他送到学校,王璐方一直盯着他,雪梅说了实话,王璐方紧紧抱着他流着泪说:"满满,一定要好好学习,为你姥爷争口气!"王满朝雪梅望去,雪梅笑着点点头,他也懂事地朝王璐方点点头。王璐方拉着雪梅的手放在自己的脸上,然后道:"嫂子,多亏有你,谢谢你。"雪梅推开王璐方说:"一家人何必说两家话?"

这天学校放假,雪梅听说王香跟同学在界碑义演,便一手拉着王满一手牵着迎春前去观看。清算汉奸的剧目,王满看不懂,迎春喊累了要娘抱,一哭一闹立即引来观众的目光。雪梅只好抱着迎春,带着王满离开界碑。

正逢大集,乡下赶集的人尤其多,走到大集南头,人渐渐少了。雪梅每次走到这儿,总是勾起一些难以忘怀的记忆。当年自己就是在这儿熬粥救济难民,遇到了日军飞机轰炸,南城燃起了大火,也是在这儿她遇到周国乾一家人,她们现在还好吗?周国乾该上高中了吧。

"娘,我要。"迎春喊了一声。雪梅转身见路边一提篮映山红格外鲜艳,迎春伸着小手要去摘花。雪梅急忙制止,但也停住了脚步,提篮后面蹲着一个小女孩,引起了她的注意。小女孩还穿着红底碎花棉袄棉裤,外面没有套小褂,袖口和衣领上的油渍由于长时间不洗都发亮了,蓬松的头发虽然扎了两个小辫,只是用红头绳简单缠了几下,脚上啥也没有穿,乌黑的脚底还粘着黄泥巴。迎春与王满围着小女孩嬉闹,不小心碰到映山红,花朵掉落到地上,小女孩急忙弯腰一个一个拾起来放到篮子里。她似乎被迎春的打扮吸引了,羡慕的眼光一直跟随迎春忽东忽西、忽前忽后。

雪梅蹲了下来,从篮子里抽出一枝映山红问:"小姑娘,多少钱一枝啊?"小姑娘睁大眼睛看着她想说但似乎不知说啥好。王满和迎春上前摘花放在鼻子闻闻,迎春用力折断了一枝,小女孩立即嘟嘴要哭的样子,雪梅将迎春拉到身后教训了几句,然后转身笑着说:"小姑娘,你叫什么名字呀?怎么你一个人来卖花呀?你爹娘呢?"

小姑娘怯怯地说:"我叫杏子。"然后指着不远处摆摊的村妇。王满立即笑着说:"哈哈,叫杏子,这是啥名字呀?杏子太酸了,我不敢吃。"杏子立即低下头,雪梅看到她不高兴了,忙瞪了王满一眼:"不许胡说。"然后笑着对杏子说,"杏子,多少钱一枝呀?我全要了,好吗?"杏子笑了,笑起来特别纯甜,突然站起来跑到村妇面前说了几句话,村妇过来对雪梅说:"全要了,一元钱。"雪梅忙说好好,从身上找钱,可是零钱都给迎春和王满买东西吃了,只有几个大洋,她拿出一个给村妇,村妇说没有零钱找,雪梅说不用找了,村妇坚决不同意,还说要不就别买了。

雪梅也想作罢,突然看到杏子一直盯着自己,分明是期盼的眼神,她灵机一动,忙笑着说:"大嫂,不如这样吧,我用女儿头上的蝴蝶结跟你交换吧,我看你闺女也没有……"没等她说完,迎春不愿意了,哭闹了起来。村妇也不同意,说:"俺闺女戴着会被人家笑话。"雪梅只好站起来。临走时,雪梅忍不住回头又朝杏子望去,见她依然紧紧地盯着自己,那如针尖扎心的眼神包含着期盼,更多的是失望。一路上直到回到家了,雪梅也无法释怀。她联想到了当年周国乾的眼神,但似乎不太一样,感受也有所不同。

连日来,雪梅每当想起杏子的眼神,心里就不是滋味,总觉着欠了她似的。还好,两城大集每五天轮一次。雪梅匆匆吃过早饭,带着零钱去了大集,可是来来回回转了三四圈也没有发现杏子娘儿俩的身影,直到快中午了,她才失望地回家。远远看见大门口围着几个小孩子,走近了才看清楚是迎春、王满和杏子,她一阵欣喜。

"快走快走,穷要饭的,不要到我们家门口。"这是迎春的声音。杏子似乎哀求道:"我来找奶奶,她、她就在王家,就让我进去吧,一会儿就行。"

迎春态度依然坚决道:"不行,我讨厌你。"刚刚放学回家的王满替杏子说话:"迎春,她找奶奶,放她进去吧。"迎春立即朝着王满生气道:"哼,你怎么向着

一街两城

外人说话？我以后再也不理你了。"说着就往外推杏子，被赶上来的雪梅挡住了："迎春，你怎么回事？"还没等迎春说话，王满指着杏子说："杏子是来找奶奶的。"杏子急忙朝着雪梅怯怯地点点头。

雪梅蹲下看着杏子，她还是那身棉衣服，但脸蛋比上次干净了，一举一动透出质朴纯净的神态，依然光着脚丫。雪梅有些不忍，问："你奶奶叫什么名字呀？是在我们家吗？"杏子瞪着大眼睛看着雪梅道："嗯，我奶奶在南城王家当老妈子。"王满紧问了一句："老妈子是干什么的？"杏子摇摇头说不知道，雪梅明白，老妈子就是用人。她也没有解释，便拉着杏子的手说："杏子，你跟我走吧，我领着你去找奶奶。"迎春看到娘对杏子好了，格外嫉妒加生气，用力朝外推杏子，王满就往里拉杏子，吓得杏子惊恐地望着雪梅。雪梅顿时火了，刚要朝女儿发脾气，王妈急匆匆跑过来，连声对雪梅道歉道："对不起，少奶奶，眨眼的工夫小姐就跑了出来。"

"奶奶。"杏子突然朝王妈喊了一声。正要抱迎春的王妈转身看孙女站在自己眼前，不知是惊喜还是惊慌，立即放下迎春对杏子生气道："杏子，你怎么来这里啦？谁让你来的？快回家。"杏子不但没有伤心反而扑到她身上，展开一直攥紧的小手，手心里竟然有一块糖，说："奶奶，咱村大爷家二哥结婚，给了我一块糖，给奶奶吃。"雪梅听到这儿感动了，忙说："哎呀，王妈，你有一个孝顺的孙女呀，仅仅一块糖，她都舍不得自己吃，给你送来。"说着转身拉迎春想让她跟着杏子学学，可是迎春根本不听，转身跑了。王妈着急了，既怕迎春跑丢了又觉着孙女来会给东家带来麻烦。

雪梅笑着对王妈说："王妈，你去照看迎春吧，杏子交给我了。我们娘儿俩还真有缘，第一面我就喜欢她了。"王妈更惊慌了："这……这这不合适……"说着要去拉杏子走，被雪梅挡住了："王妈，你怎么回事？不要紧，杏子很懂事，我给她找几身衣服换换，都夏天了还穿着棉衣棉裤。"说着不管杏子浑身脏兮兮的就弯身将她抱了起来，王满高兴地又蹦又跳："杏子，我给你好吃的。"杏子有些蒙了，她本能地张开小手朝着王妈喊道："奶奶——"王妈站在原地呆若木鸡。

雪梅吩咐小丫带杏子到洗澡房洗了澡，自己回屋找了迎春换下的旧衣服。

突然,迎春气冲冲地跑了进来,哭着喊着要赶杏子走:"我的衣服不给她穿。"杏子吓得立即躲到雪梅身后。雪梅拉住迎春哄着道:"迎春,你看看杏子多俊呀,你……"迎春跺着脚用小手捶打雪梅的后背,哭着道:"娘,她不俊,赶她走,我讨厌她。"雪梅知道女儿吃醋了,便笑着说:"迎春是娘的乖女儿,听话啊,杏子……"迎春冷不防将杏子推了一把,差点把杏子推倒在地上,杏子吓得哇的一声哭了。

雪梅立即生气了,刚要打女儿的屁股,丁使秀听到吵闹声便过来,见雪梅正在教训孙女,忙抱着迎春走了。

小丫过来说大门口有村妇来找女儿。王妈认为是杏子娘来找杏子了,忙朝雪梅告辞,拉着杏子就往外走。雪梅感觉心头忽然被人牵动了一下,她往前走了几步,杏子突然回过头来,望着她露出了快乐的笑容,雪梅立时放心了,朝她摆摆手道:"杏子,以后跟着奶奶来玩啊。"杏子并没有回答,而是快步跑到奶奶前头了。

王妈抱着小丫已经扔掉的杏子穿过的棉袄棉裤来到大门口,见到杏子娘,埋怨道:"你怎么让她来这地方呀?"杏子娘不由分说就要揍杏子,吓得杏子急忙躲在王妈背后,连声说:"娘,我以后不敢了。"

王妈替杏子辩护说:"别打她了,她是给我送糖的。"说着将杏子的棉衣棉裤递给她道,"快拿着走吧,少奶奶可喜欢她了,还给她换了一身衣服,唉。"杏子娘哼了一声,接过棉衣棉裤扭头就走,杏子急忙跟了上去,她们走远了,王妈喊了一句:"兰兰,杏子娘,别为难杏子啊,她是为我才来王家的。"

兰兰就是杏子娘,杏子娘就是兰兰。

第七十章 欲说还休

兰兰其实没有死。当年,兰兰回家后,爹娘让她给光棍儿哥哥转个媳妇,兰兰死活不同意,于是跑到山中跳崖自杀,不承想被上山抓药草的党硬腿救了,她最终嫁给了他。

兰兰给党硬腿生了儿子,到了第三年又生了女儿,只靠他们夫妻俩种半亩薄地,空了上山砍柴和采草药拿到集市上去卖以维持全家人生计。正巧,南城王家招聘女用人,硬腿娘为了挣点钱添补家用就去报名。丁使秀看中硬腿娘朴实能干就收下了,巧了她也姓王,便称呼她为王妈。从此以后,兰兰仿佛变成另一个人似的,王妈每次回家,尤其说起王家的事情,甭管大小,兰兰都显得不爱听还挺生气的样子。生下杏子以后,她的脾气变得更加暴躁,常常拿着杏子出气,动辄打几巴掌。好在杏子很懂事,从小就开始帮着做家务了。

王里路从窑厂回家,雪梅聊起杏子的事情时颇为伤感。里路安慰道:"穷人家的孩子都这样,当年周国乾不也这样吗?你的心太软了,既然你特别喜欢她,以后我们多帮帮她就是。"雪梅自言自语道:"唉,跟迎春一般大,看看咱女儿多不懂事啊,一家人都宠着她,已经被她爷爷奶奶娇惯得不成样子了。再看看杏子,小小的年纪就知道跟着大人赶集卖花,等杏子六七岁了,我一定想办法让她上学。"王里路安慰了妻子,自己有点累就早早上床睡了。

次日一早,王里路和雪梅照常到父母房间问安。王在川早早起床了,正在堂厅喝茶。王里路说近日将把烧制出来的首批货品拉到青岛试销。王在川频频点头说:"窑厂的事情,你看着办就好。"说着有意看了雪梅一眼:"有些大事或难解的事情,多问问雪梅。"雪梅立即不好意思了,笑着说:"爹,还是他说了算。"王里路看到父亲夸奖妻子,打心眼里高兴,接着道:"我知道,爹。"王在川点了头,道:"我正有件事想找你们商量。"

"爹,您说。"王里路夫妻几乎异口同声道。

王在川喝了茶,将杯子缓缓放下,然后说:"抗战结束了,小日本也滚回老家了,咱们中国总算安定了。"王里路插话道:"目前是这样,但下一步局势并不明朗,国共两党正在重庆商谈和平大计。"雪梅也插话道:"听说是美国牵线的。"王在川立即道:"美国就是瞎掺和,这就好比兄弟俩闹别扭,外人越掺和越乱。"王里路和雪梅相视一笑不说了,听父亲说:"甭管谈也好打也罢,现在局势对我们还是有利的,你舅姥爷当县长了。"雪梅小声问:"哪个舅姥爷?"王里路朝妻子说是丁履密。

王在川说:"两城镇,你大哥是镇长,你舅姥爷又当了县长,这两个人我是知根知底的。"说到这里他停顿了一下,王里路夫妻也没敢惊扰,耐心等着父亲继续说,"我一直有件心事,这么些年,外面传言咱家有高柄黑陶杯,我实话告诉你们,是真的。"雪梅自然是知道的,并没有觉着惊讶,王里路虽然听妻子说过,但毕竟没有亲眼见过,听父亲说了实话还是震惊不已。

"其实,这件宝贝不是咱家的,是东林寺慧安大师托我保管的。"王在川将宝贝的来龙去脉述说了一遍,"……日本人、文物贩子,或明抢或重金收买,我都没有承认,为什么?就是不能负慧安大师的重托,我想把这件国宝交给国家……"刚说到这里,任北乐突然进来说:"老爷,三少爷,少奶奶,三小姐回来啦。"

"三姐。"雪梅机灵,猜到王芳回来了,立即起身朝门外望去。只见王芳穿着一身白色套裙,戴着礼帽,手里提着棕色皮箱往屋里走。雪梅忙迎上去喊三姐,王芳放下皮箱拉着雪梅的手左看右看,笑着说:"哎呀,雪梅,你越来越漂亮了,王家四美就你最美。"雪梅有些难为情,转头看跟过来的丈夫,王里路喊了一声三姐,王芳立即抱着弟弟眼泪哗地流了出来,还攥起拳头捶着他的胸脯道:"你这个讨厌的浑蛋,真该打。"

王里路自然明白三姐的意思,慢慢推开三姐拉着她的手说:"爹在屋里。"王芳擦了眼泪进屋,见了父亲就要上前拥抱,王在川指着椅子道:"坐吧。"王芳还张着双臂,王里路便拉着三姐的手说:"三姐,中国不兴外国礼仪,爹更不习惯,快坐下吧。"王芳看到父亲的头发都花白了,禁不住心酸的眼泪又涌了出来,说:"爹就是老古板。"她这么说,大家都笑了起来。王芳指着雪梅说:"当初要不是雪梅,我根本去不了美国,爹反对我嫁给安德森。"王在川不想提及过去的事情,便朝内屋指道:"别老美国的了,过去看看你娘吧。"

雪梅会意地忙拉着王芳的手说:"娘刚起床,走吧。"王芳急忙擦了一把眼泪与雪梅进了丁使秀卧房。丁使秀正在叠被子,王芳从背后抱住了她,喊了一声娘就哭了。丁使秀吓了一跳,猛然转身见是女儿,禁不住喜泪涟涟,拉着女儿问在美国过得怎么样,有孩子了没有,王芳都一一回答。

王芳这次回家,有一项特殊任务。安德森作为特约记者随马歇尔将军来中国调停国共军事冲突,他特意带着妻子,让她在回家探亲的同时,寻找高柄黑陶杯。近年来在两城遗址出土的陶器精品,引起了西方考古界、文化界的极大兴趣。然而,王芳回家竟然发现都变了,遗址被填平了,秦天喜疯了,大姐失踪了。

"这一切都是日本人造成的。"第二天,王芳与王里路来到了大姑墩前,王里路指着眼前的平地说。王芳用脚尖踩了几下土地说:"我记得你姐夫与大姐夫、丁先生等人就在这里发掘的。"王里路嗯了一声,姐弟俩围着大姑墩转了一圈,然后往回走,王芳拉着弟弟的手说:"你不想出去了?甘愿留在两城?其实,你不愿意从军,可以到美国去嘛。"面对三姐的疑问,王里路解释道:"三姐,对军队,我厌倦了战争。对政府,我又不喜欢尔虞我诈。现在中国百废待兴,我只想做点实事。"

"你想实业兴国?"

"算是吧。"

"哦。"王芳忽然明白了弟弟的心意和情怀,感叹道,"要说咱两城在西方已经非常有名了,有专家甚至大胆推论,史前,两城可能是亚洲最早的城市,真了不起。"王里路笑笑说:"准确地说是四千五百多年前,两城这个地方已经具备城市规模,高柄黑陶杯、陶鬶、陶鼎等黑陶器具,代表了那个时期经济和文化的水平,尤其是高柄黑陶杯,最具说服力和感染力,其高耸、俊雅、流动的线条造型和薄如蛋壳的烧制技术令人叹为观止,有着鲜明的海洋文化特色。"王芳看着弟弟笑着问:"看你对黑陶杯如此了解,你见过?"

"没有。"

"你都听谁说的?"

"听雪梅说的。"

"她又听谁说的?"

"大姐夫。"

"嗯。"王芳点头说,"我都没有见过,何况你呀!要是能找到实物拿到美国去展出,一定会引起轰动,可惜大姐夫生病了。回家之前,我到过国立中央研究院,参观了从日寇那儿截获的陶鬶、陶鼎等黑陶,照了几十张照片,可你姐夫说这些陶器虽然精美,但与高柄黑陶杯相差甚远,让我回家再找找,唉。"露出了失望的神态。王里路明知道父亲就藏有一件高柄黑陶杯,但没有接话,有意将目光投向远方。

王璐方放了学特意来看三姐。吃过晚饭,王在川、丁使秀、姜秀莲他们先睡了,雪梅哄着迎春睡了,便与王芳、王里路和王璐方聚在卧室喝茶聊天。屋子里散发着温馨的气息。进门迎面是梳妆台,上面除了化妆品外,还立着两张照片,一张是王里路穿着军装的照片,一张是迎春穿着裙子在花园里的照片。墙上挂着"王家四美"大照片。王芳看着照片勾起了许多往事,深有感触地说:"当年王家四美也算闻名两城街,唉,现在我已经不美了。"王璐方凑过来说:"我看王家四美还是雪梅嫂子最美。"正在放置水果的雪梅并没有抬头,说:"要说最美还是大姐,仙女似的。"王芳指着北墙一幅仕女图,说:"这幅《踏雪寻梅图》是大姐画的吧?"雪梅摆着糖果应着。王芳忽然惊喜道:"雪梅,画的是你嘛。"雪梅抬起头看着画儿笑而不答,王里路给杯子里冲着水说:"她哪有画上漂亮?"

璐方轻轻拍了他一下,道:"三哥,你可别不知足了。"接着指着画说,"漫天大雪,几株白梅,一位佳人踏雪寻梅,呀,高洁、淡雅、脱俗,只有雪梅嫂才能配得上如此意境,也只有不食人间烟火的大姐才能画出如此绝妙的画作。"王芳连连点头说:

"是，大姐很少用浓重颜色画画，这幅画唯一的红色是雪梅嘴唇上的口红，也是淡淡的红，人与画相得益彰。弟弟找了雪梅这么个冰清玉洁的媳妇，天天像看画儿一样，还不幸福死了？"王里路只是傻笑，在一边伺候她们三个女人喝茶聊天。

雪梅招呼王芳道："三姐，五妹，别光看画了，坐下喝茶。"王芳和璐方过来坐下，雪梅抓了一把花生递给王芳："老家的花生，美国没有，香香口。"王芳剥着花生壳聊起了刚到美国的有趣故事以及回中国尤其是去重庆的所见所闻："中国跟美国简直没法比。"王里路插话道："姐，你可是中国人啊！常言道，子不嫌母丑。"王芳有点激动了："正因为我是中国人才这样感慨，我多灾多难的中华民族啊，你什么时候才能像美国一样和平安定！"雪梅接着说："只要不打仗了，老百姓就有好日子过了。"王芳叹气道："国共两党早晚得打。"

"三姐，你到过重庆，对时局有何看法？"王璐方突然问王芳。

王芳忽然站起来，璐方只好仰起脸看她，等待她回答，忽然王芳又坐下，璐方还是盯着她的脸不放，只听她说："从目前形势看，肯定政府有利了。先不说别的地方，仅东北地区，国军全部美式装备，通过飞机和轮船运输过去，沈阳、长春、哈尔滨等大城市全部或接收或占领。而八路军呢，听说从河北过去一部分，山东的从渤海过去的，坐着驳摇子(一种驳船)，也仅仅占据周边乡村。从全国看，共产党的军队只活动在陕北、太行山、沂蒙山、苏北等贫困地区，我看重庆谈判不过是政府的幌子而已，做给天下人看的，只要国军发动大规模进攻，用不了多久就消灭八路军、新四军了。"

王璐方不以为然道："未必，有道是胜利倾向正义一方。"

"那我问你，哪方代表正义？"

"人民。"

"人民？"王芳疑惑地看着璐方，隐约感到五妹不一般，她想了想觉着没有必要问清楚。

王芳住了三天就去重庆了，她说最高兴的是看到弟弟和弟媳妇团圆了，最遗憾的是没有寻找到高柄黑陶杯。王在川和王里路、雪梅都心知肚明，但没有人说出真相。

第七十一章　将两城一分为二

王里路去青岛销售陶器之前,特意带着妻子和女儿到街上照相。雪梅穿了白色套裙,脖子上戴了一条闪亮的珍珠项链,一顶花边的白色小帽戴在波浪形的披肩发上。里路穿着藏青西服,头发梳得油光发亮。迎春打扮得像花儿一样。里路推着自行车出了大门,把迎春抱到前梁上,雪梅坐在后座上。王里路提醒妻女说:"坐好了啊。"迎春高兴地大喊大叫:"爹,再快点,我要飞起来了,嗷……"

王里路刚要抬脚骑上车子,雪梅指着前面路边垃圾堆里捡拾东西的人,说:"那不是李大哥吗?"里路随口说:"不会吧。"等近了一看,还真是李有俊,他看见里路一家,自觉尴尬,忙将捡拾到的已经变质长毛的饽饽揣进怀里嘿嘿了两声,直起腰就想快速离开。里路忙停下车子问怎么能吃长毛霉烂的食物呢,有俊眼泪哗地流了出来:"年景不好,连蝗虫都没的吃了,唉,这个能吃饱也就不错了,俺爹都快饿死了。"里路抬头望了一眼远方,山岭无色,树木光秃,这几年两城镇遭受了罕见的蝗灾,庄稼几乎被蝗虫一扫而光,许多人家颗粒无收。他暗叹不已,收回目光,埋怨有俊道:"唉,有俊,我不是跟你说过嘛,有啥事找我。"说着掏出三十法币递给他,"你先拿去救急吧,回头……"说着又转头对雪梅说:"你跟北乐说,多支给有俊五十斤粮食,他家人口多。"雪梅连连点头,迎春等不及了,连喊快走快走,里路这才上了车子,还是不放心对有俊说:"你有啥事一定跟我说啊。"

"嗯……我……我……"李有俊拿着钱看着模糊的影子渐渐远离了自己的

视线。

里路一家成了路人观赏羡慕的一道亮丽风景线,认识的街民不免窃窃私语:"你看王家少爷和少奶奶,天生一对、地造一双,郎才女貌,珠联璧合。"正低着头卖松蘑的兰兰,抬起头来,顺着人们的目光望去——不看则罢,一看她立时浑身发抖,周围的人关心地问:"你怎么了?病了?别卖了,快回家吧。"兰兰摇了摇头,一声"少爷"像鱼刺卡在嗓子眼里,怎么也吐不出来,泪水哗地流了下来。

兰兰带着一肚子苦水走回家,刚到村口见杏子穿着裙子正与伙伴玩耍,有人对她指指点点:"看看,杏子穿的衣服多漂亮啊,听说她与南城王家是亲戚。"另一个说:"是她奶奶在王家当老妈子。"兰兰气得冲过去拉着杏子就往家走,刚到院子里就强行扒她的衣服,吓得杏子惊恐地望着她:"这是少奶奶给我的,你为什么不让我穿?"兰兰将脱下的衣服扔到地上,指着门口喝道:"少奶奶是你亲娘,你去找她吧,她有的是衣服,去呀!"杏子看娘又生气了,忙哭着道:"娘,我不敢了,再也不穿了。"兰兰骂道:"我要是再看到你穿她们的衣服,我就给烧了。"

杏子急忙拾起衣服跑了出去,她来到西沟悬崖旁,想扔又不舍,不扔又怕娘给烧了,最后还是狠心扔下悬崖,她难过地蹲在地上捂着脸哭了起来。她不明白娘为什么讨厌少奶奶,不明白娘为什么不让她穿少奶奶给的衣服,不明白娘为什么一直对自己严厉刻薄……许许多多的不明白让幼小的杏子哭了一遍又一遍。也不知过了多久,她止住了哭泣,睁开眼见天已经黑了,黑洞洞的山涧像蛤蟆精张开的大口,四周乌黑的石头仿佛蹲着的马虎(当地用来吓孩子的怪物),但她并不害怕,山风吹散了她的头发,她仰望满天星斗,忽然看见少奶奶朝自己走来,她是那么温柔可亲:"杏子,这是给你的衣服。"杏子伸出了小手……

"杏子……"雪梅半夜突然惊醒。王里路也被她惊醒了,用手一摸她额头满是大汗,急忙点上灯,问:"怎么啦?"雪梅说梦见杏子了,里路忙给妻子擦着汗说:"是你白天总想的缘故。"接着安慰道,"我知道你心情不好,不要紧,我去青岛最多十天八天,市场行情好的话两三天就回来赶制,不要为我担心。"雪梅忙笑着说:"嗯,睡吧。"可是躺下怎么也睡不着了,她便起来给丈夫收拾明天去青岛的行装。忽然一阵眩晕,接着肠胃不适,她急忙跑到茅房吐了几口,心想可能是熬夜加上心情欠佳的缘故。她没有在意继续收拾行装,不觉到了天亮,才斜倚在被子上打了一个盹儿。醒来见床上空了,行李也没有了,她知道丈夫没惊动自己悄悄地走了。她不死心抄近路赶到北大街,但见车来人往,却不见丈夫的影子了。

雪梅闷闷不乐地往回走,走到界碑处,忽然发现新建了四栋小洋楼,红瓦、白墙、立柱、玻璃窗格外引人注目。没等她询问,听见路边有人私下议论:"王里门就是瞎折腾。"

"可别说,他很有心计,跟大舅子在界碑南各自盖了小洋楼,秦麻子和周坚也在界碑南盖了小洋楼,他们俩本是北城的人,用意很明显嘛。"

"现在是南城王家占街了啊。"

雪梅听了不但不开心反而愈加不舒服。

王里门上任三把火中的第一把火,将南城改称一村,任命傅志明为村长。将北城改称二村,任命秦书中为村长。街民普遍认为本来两城街就存在南北两城矛盾和隔阂,现在分南北两村,无疑在中间划出了一条隔离线,人为造成敌对状态。还有,当前两城街因为蝗灾许多老百姓流离失所,饿死不少人,先想想如何救灾才是正事。这些话都传到了王在川耳朵里,他找王里门聊聊,可是还没有说一句话,王里门似乎早有思想准备,道:"二爹,您……您不用说了,两城历史上就南北对立,现在貌似一条街,其实就是南北两城。这些年,南城还不是您说了算,姜有谷坐镇北城,表面上一团和气,背地里巴不得南城全完蛋,上次南城起火他见死不救就是例子。鬼子时期,姜邯冰嘴上说南城北城是一条街,要相互帮助,他帮咱啥了?咱又帮他啥了?我看,南城和北城永远不会一条心,与其纠缠不清,还不如一下子分开亮堂。"

王在川语重心长道:"里门啊,时代不同了,你现在是一镇之长,南城和北城有隔阂有矛盾,你有责任去化解啊!你为什么不采取措施和办法将南城和北城团结在一起呢?至少用老王家的忠厚、诗书家风也能……"王里门立即打断二爹的话,说:"二爹,您……您可别到处显摆我们老王家什么家……家风了,现在不……不吃香了,没人愿意听。一本书能比一杆枪好使吗?读书能读来滚滚钱财吗？现实就是发财升官。"王在川气得眼珠子都瞪出来了，大喝道："如果天天想着发财升官，岂不是成了老姜家啦！"

王里门看到二爹真生气了，便笑着道："二爹，我知道您为我好，两……两城镇区划无论怎么变，镇长还是您大侄子的嘛。不用担心，我会传承老王家的家风……再说了，您……您也看到了，自我当上镇长以后，比姜家父子当镇长的时候有起色了嘛。"他这么说，王在川心里稍稍宽心，但他还不放心便进城找丁履密聊聊。

丁履密在县长办公室接待了他，当两个人聊起两城划行政村时，丁履密哈哈一笑说："在川，不用担心，全县都这样，县城驻地已经划设了十二个行政村，便于政府管理和城区改造。"既然县长都肯定了，王在川从此不再过问此事。

王在川从县城回到家，王里路也从青岛回来了，而且还带来好消息，王家制作的产品在青岛畅销，尤其是花盆上雕刻的花鸟草虫栩栩如生，成了市民抢手货。当他得知妻子怀孕时，便起了暂停去青岛的念头，雪梅笑着道："我又不是娇花嫩叶，生孩子还早呢，你放心去吧。"有了妻子的鼓励，他迅速赶制了一艘火轮的货品送往青岛。临走时，雪梅还特别嘱咐他打听周国乾一家人的下落。王里路明知道在青岛找人如大海捞针，但为了妻子的心愿爽快地答应了。

不久，雪梅生下一个女孩儿。王里路接到电报迅速赶回家，看到妻女平安，他紧紧握着妻子的手说："梅，谢谢你，迎春有伴儿玩了。"雪梅翻身仰面躺下，想了一会儿说："这个女儿叫王兆坤吧。"王里路不假思索连说好，大气！

王里路照顾雪梅出了月子，似乎没有去青岛的迹象，每天也去窑厂看看，但不多会儿就回来了。雪梅认为丈夫舍不得自己和女儿，劝道："我们娘们不用惦记，你两个宝贝女儿我都会照顾好的，你放心去吧。"王里路没有露出喜悦的神情，说："舍不得你和女儿是一方面，另一方面是货品滞销了。"雪梅忙问为什么，里路解释道："现在政局不稳，国共和谈失败，中美三方联合调停小组撤销，国军对山东地区实行重点进攻，听说八路军已经被国军赶到鲁中山区了。"

雪梅的心情顿时沉重下来。王里路安慰道："雪梅，我们不当官，政治不关我们的事，我现在不当兵了，军事又与我们无关联。我一心想搞实业，等这批货品出来,我立马去青岛,你安心便是。还有啊……"他欲说又止。雪梅忙笑着看着丈夫说:"还有啥事呀?不妨说出来,咱们商量商量。"

"嗯,我正想跟你商量。"王里路说,"难说国内形势咋样,大城市总比乡下稳定多,我想在青岛购置房产,咱们全家都搬过去。"雪梅立即回应道:"嗯,你这个想法我赞同,不为别的,就为女儿将来的前途也好。"王里路见妻子很开明,笑着说:"我回青岛就办这件事。"

赶早不赶晚。王里路路过三大锅饭庄,忽然见门口围着很多人吵吵嚷嚷。蔡二楞带着士兵背着枪站岗,傅志明坐在长桌后面登记,前面的竹竿上挂着招牌,当兵报名处。里路知道,现在街上许多青年为了填饱肚子被迫当兵去了。他暗自叹了一声继续上路了。

"璐方书记,二村报名当国民党兵的青年很多,我看得想办法劝止。"王永臣到学校找王璐方汇报。王璐方惊讶道:"没听一村有去报名的呀?"王永臣接着解释说,王里门将县上的救济粮都分给一村了,二村许多青年或闯关东或报名当兵就是为了活命。璐方一听就非常气愤,立即到镇公所质问里门大哥。没有想到里门直接告诉她,他当镇长他说了算,就是不给二村粮食,要报当年二村见死不救之仇。

王璐方当场辩解道:"大哥,当年一村起火,二村是姜有谷拦着不让去帮着灭火。当大火蔓延二村时,二大爷不计前嫌,主动带人去帮着灭火,你知道这是为什么吗?"王里门不愿意回答,王璐方接着说:"二大爷这是义!大哥,你也看到了,你将救济粮全给了一村,为什么一村报名当兵的却很少?你知道为什么吗?"

"为什么?"

"就是因为一村的人有饭吃,不愿意去给国民党当炮灰……"

王璐方刚说到这儿,吓得王里门赶紧捂着她的嘴说:"你小声点,本来就没有人愿意去报名,你这么说他们听到了更不愿意去了。"璐方耐心地劝道:"大哥,你现在是一镇之长,要一碗水端平啊,否则,你失去的将不止二村。"王里门表面上答应,其实并没有按照璐方的要求去做。

随着山东战事加紧,国民党徐州绥靖公署组的四个集团军,二十五个旅的兵

一街两城

力从苏北向鲁南进攻,人民解放军在敌人重兵的包围下实行了战略转移,国民党军队相继占领了鲁南大片地区。王里户作为第一路集团军中将师长亲率大军越过运河直插枣庄、微山湖等地区。原来被共产党改编的姜邯举眼看国民党军队攻势凶猛,错判共产党军队大势已去。他在换防期间逮捕枪杀政委等一百多名共产党干部,拉着队伍投靠了国民党军队,被蒋介石任命为鲁南绥靖区第四路先遣集团军中将司令长官。他猖狂叫嚣半年内将中共华东野战军和山东野战军赶到渤海里淹死。在此形势下,国民党各县地方政府和地主势力在对共产党地方武装和政权实行残酷镇压的同时,也在为国民党军队招兵买马,扩大军事力量。

中共滨海地委、公署要求各县进行针锋相对的斗争,积极发动群众,动员广大劳苦大众积极参加人民军队,贮备粮食,缝衣做鞋,为战略反攻做好准备。

王璐方坐在办公室里批改作业,蔡二楞提着礼盒进来,笑眯眯地盯着她。她警觉起来:难道挫败他们招兵的事情败露了?还是自己的身份暴露了?如果这样,那也应该大哥找自己呀,而且蔡二楞还带着礼品。正当她猜疑时,蔡二楞笑嘻嘻道:"璐方校长,我、我给你买了一块上好的绸缎。"王璐方忽然明白了,此前大哥曾要将自己介绍给他,自己没有同意,他倒当真了。王璐方坚决不要,蔡二楞干脆不走了,坐下来同她纠缠起来。璐方暗暗着急,因为区委会议将在办公室秘密召开,窗外已经有同志来了,要不尽快赶蔡二楞走,会影响大局。她只好暂时收下,还说了感谢的话语,蔡二楞满心欢喜地走了,出了门还故意将匣子枪往背后一拽道:"王校长,谁来闹事,你跟我吱一声。"

春雷、张守东、辛家芹、王永臣、张守花等人以学生家长的身份陆续进来。张守东问蔡二楞怎么突然来这里,会不会暴露了,璐方笑说:"大哥欲将我介绍给他,他当真了。这不,给我送礼来了,我不收他不走,为了开会才暂且收下。"张守花立即道:"癞蛤蟆想吃天鹅肉。"王永臣走到璐方跟前接着说:"他是我们的敌人,敌我水火不相容,王书记绝不能嫁给他。"王璐方笑笑说:"这件事以后再说,现在开会。"

王璐方先总结了两城区前段工作,分析了当前国内形势,然后说:"……我们在各村开展土改运动,让耕者有其田。我看守花在高家沟开展的工作就非常出色,平均五户人家就有一户人家是党员家庭,三个人当中就有一人参加八路军或武工队,人人都是民兵。老人参加农会,儿童参加儿童团,男人白天种田打敌人,女人晚上识字纳鞋底支援前线,全村没有一人当汉奸,高家沟已经成为全区乃至全县的先进村……下一步工作重点,在两城二村推行高家沟经验,然后再推向两城一村和全区,我们要做好一切准备工作,时刻迎接解放军大反攻的到来。"

春雷担心道:"我最担心两城一村群众的觉悟不高,做工作有困难。"王璐方胸有成竹地说:"不要紧,我跟张守东同志去两城一村开展工作,春雷同志和家芹、王璐圆等同志去两城二村工作。大家还有没有不同意见?"大家都点头同意,璐方宣布散会,大家分头散去。

王璐方以家访做掩护到各家各户开展工作,到学校股东种善堂、松风堂等家族、堂号走访,与这些人家交流就顺利多了。这些族长与王在川和王在田都有交情,谈及老校长的往事,还对王璐方寄予厚望。她拖着疲惫的身体回到办公室想梳理一天的工作,蔡二楞却像幽灵似的闪进来,她烦恼道:"你鬼鬼祟祟的干吗呀?"蔡二楞将一盒点心放在她面前的桌子上笑着道:"我来看看你嘛。"

"进来时,敲一下门呀!"

"咱俩谁跟谁呀!"说着就要靠近璐方。璐方急忙站起来躲开道:"蔡团长,请你在我面前稳重点啊。"蔡二楞知错了,道:"好好,我错了,以后离你远点。"王璐方问他又来干什么,蔡二楞说的话可让王璐方紧张了。她忙问:"你说的可是真的?"蔡二楞立即将手举起来道:"璐方校长,我要是对你撒谎天打五雷轰。"

"你是如何知道的?仔细说给我听听。"王璐方的态度柔和了许多。

蔡二楞想凑近又怕她讨厌,便探着身子说:"昨天你大哥得到可靠消息,明天两城二村将有成百上千的穷人到两城一村和镇粮库抢夺钱粮,他命令我派重兵埋伏在大街上,他们露头一律格杀勿论……璐方啊,我对你好才冒着被你大哥杀头的危险告诉你,子弹不长眼,明天你千万别到街上闲逛啊……"蔡二楞再往下说什么都不重要了,王璐方只觉得脑子嗡嗡乱响,心怦怦乱跳,如此大规模的抢镇粮库的行动必定有人组织实施,她甚至怀疑是春雷一手策划的。

第七十二章　迎着枪口上

在两城街流传这么一则故事。

早年,县太爷突然接到报告,两城南城发现一具死尸。他立即带着仵作去查验、破案。到了以后,他发现死尸仰面躺着,便吩咐仵作将死尸翻过来看看。仵作朝后一翻死尸便趴着了,县官说再翻一下,仵作遵照县官命令将死尸往前又翻了一下,死尸又仰面躺着了。县太爷:"说我们回去吧。"仵作说:"还没有查验。"县官生气地说:"你没看死尸在北城吗?我们管不了也不能再管了。"仵作仔细看,死尸已经在北城那边了,也只能作罢。县太爷钻进轿子捋着胡须回衙门了。

民国县政府下达给两城镇两项任务,一是征兵,二是征粮。开始,王里门根据实际情况,将征粮任务分配给两城一村,将征兵任务分配给两城二村。傅志明觉着自己不划算,急忙找到王里门,将征粮任务翻给了秦书中。

秦书中暗暗叫苦。一村富裕户较多,还吃着救济粮。二村本来就穷,遇到蝗灾后又没有得到救济粮,家家户户都有人闯关东或饿死。他天天敲着锣吆喝着征粮,天天去周坚、姜有财等大户人家催粮,半月下来一车的粮食也没有征收到,却看到二村的青壮年跑到一村去报名当兵,当时他气得嘴都歪了。

夜已深了,秦书中独自坐在门前的廊檐下喝闷酒,他明白要是完不成任务就要受到惩罚,要想完成任务只有从自家仓库往外拉,想想就心疼。他喝了一口酒,刚要回屋睡觉,忽然见两个贼翻墙进了院子。他急忙闪在廊柱后面,见他们鬼鬼祟祟来到粮囤子前,用刀子捅开窟窿就往外扒粮食。他摸出手枪慢慢靠近他们,大喝一声:"举起手来。"那两个人转身刚要反抗,忽然看到黑洞洞的枪口立即跪下哀求饶命。秦书中将他们带到客厅,在灯光下,他认出了这两个人,一个是本村的张永淮,另一个是一村的李小四。这两个人长得结实却是出了名的无赖,整天游手好闲靠小偷小摸混日子,他忽然计上心来。

秦书中来到姜有谷家里,谎称要帮他夺回镇长的位子。姜有谷摸起八宝乌金枪大声道:"我已经憋得很久了,好,你领头,我打头阵……"

秦书中忙打断他的话说:"老镇长,您是两城街多少年的头,您跺跺脚两城街就得震三震,这次您举起翻身大旗,二村的人会积极响应。"姜有谷不假思索连说好,他想让王在川不敢小瞧他。

有了姜有谷的支持,秦书中暗中放出风声,说里门镇长是一村人,他偏心眼将救济粮全部给了一村,有意激起二村对王里门和一村的仇恨。还说,救济粮就存放在镇仓库里,一村家家户户有存粮,这年头谁抢到就是谁的。看到二村村民群情激奋了,秦书中召集三四百人在姜有谷、张永淮和李小四的带领下进军两城一村,要求是占领两城镇粮库,到一村见粮抢粮,每个人都不能空手而归,回来时每人必须上缴一半的粮食。秦书中打着小算盘:这次行动有两个结局,要么大功告成,完成征粮任务;要么这些穷人被打死,自己也睡得安稳了。

天蒙蒙亮,两城街笼罩在薄薄的晨雾之中,光滑的石板路隐约可见,两边的商铺、房屋尚未开门营业。忽然,一阵清脆的带有节奏感的声音传来,在寂静的大街上尤其响亮。

王璐方穿着旗袍,脚上是一双黑色的皮鞋,手里攥着皮包,从北向南一步一步走着。她目视前方,表情自然,用眼角观察两边的街巷和门窗,隐约感到有人躲在暗处活动,无数枪口正对准自己,她暗暗鼓励自己:镇静镇静再镇静,坚持这样走下去,哪怕前路是死亡,决不能回头,必须向前。

昨晚,王璐方火速到了两城二村找到春雷,下令立即取消进攻两城镇粮库和两城一村计划。春雷莫名其妙,不明白她的意思。正在这时,王永臣急匆匆赶来说明天有数百村民要去镇粮库和一村抢粮食,他们已经串联好了,只等天明就拥上两城街,情况十分危急。王璐方知道自己误会春雷了,接着将自己得到的情报说了。春雷朝王璐方解释说:"王书记,我不会拿着穷人的生命当儿戏,更不能让老百姓去当枪靶子。"

张守东焦急地问:"王书记,我们该怎么办?总不能眼看着老百姓白白去送死吧。"

这时候,大家都将期盼的眼神投向了王璐方。王璐方冷静思索了三分钟,然后沉着地说:"我们现在就分头行动,利用农救会、妇救会等组织,挨门逐户做好老百姓的工作,跟他们讲明这是敌人的阴谋。蔡二楞已经带领保安团拿着枪炮在大街上埋伏好了,上去一个死一个,上去两个死一双……想尽一切办法阻止他们行动。"张守东担心地问:"那王里门、蔡二楞他们的保安团如何处置?这边的人如果不过去,他们会不会滥杀无辜?"春雷接着说:"是啊,一旦早起的街民们贸然上街,很可能被当成二村的老百姓杀了。"

王璐方握着拳头用力一挥蛮有把握道:"不会的,明天一早我亲自上街阻止他们。"

"不行,太危险了,子弹是不长眼的。"王永臣第一个反对。张守东也不同意:"王书记,你是区委书记,要去我去。"王璐方环视了大家道:"大家不要说了,就这么定了。我要提醒大家的是,我一旦被枪击中,大家千万不要冲上去救我。"张守东站起来对璐方说:"不行,我绝不能眼看着你牺牲。"大家都说要全力去营救。

王璐方坚决地说:"我说的话就是命令,请你们不要做无谓的牺牲,太阳出来了,大街上人多了起来,保安团自然就散了,大家都明白了吗?"虽然都明白,但没有一个人应声。

王璐方就这样优雅地走着,其实心里暗暗担心,害怕突然出现早起做买卖或赶路的人。还好,半刻钟过去了,大街上依然沉静,整个两城街仿佛约好了今天清晨睡懒觉似的。

"王镇长,出来了出来了。"傅志明指着前方一个模糊的人影喊道。王兆玉揉了揉眼睛,看见一个女人,忙说:"爹,是一个女人。"他现在是保安团副团长,是王里门有意拉他出来磨炼的。蔡二楞问打不打,王里门将身子用力前倾仔细看,真是一个女人,忙说:"一个女人打什么打?让弟兄们准备好了,等我一声令下。"蔡二楞只好答应。这时候天已经亮了,蔡二楞仔细看站在大街中间的竟然是王璐方,他急得嗓子眼都冒火了,摆着手并低声喊:"王校长,快离开啊,不要在街上逗留啊。"王兆玉也认出是王璐方,忙高喊:"五姑,快走啊。"见王璐方不走,便对父亲说:"爹,是五姑,别开枪啊,我过去看看。"说完就跑过去了。

王里门也看清楚了是璐方妹妹,急忙喊蔡二楞:"你也过去将她带走。"蔡二楞急忙跑步来到王璐方近前拉着她就要跑:"璐方,我不是告诉你别来这里吗?这里危险,快跟我走。"

这边,姜有谷紧握八宝乌金枪已经站在街口了,身后站着张永淮和李小四,秦书中站在一边,不时地看着手表,焦急地望着各条胡同,盼望着穷人们拥出。可是,天都放亮了,有人开始出门干活了,还没见大批穷人出来。秦书中对姜有谷喊道:"老镇长,不能等了,开始进攻吧。"姜有谷回头看就两个人,不免灰心丧气,道:"就他俩鸟人?"张永淮忙说:"不是鸟人还不来了呢。"姜有谷气得不想再往前冲了。

王永臣慢腾腾地走了过来,不紧不慢道:"姜有谷,往前冲啊。张永淮,去杀啊!李小四,去抢啊!"姜有谷明白了,指着王永臣道:"是你捣的鬼?"王永臣立即回敬说:"姜有谷,我救了你一命,你不感激我也就罢了,还怪我。我明着告诉你,你们被秦书中骗了。"姜有谷急忙转身想找秦书中问个清楚,却不知他跑哪儿去了,看样子他做贼心虚早溜了。

王永臣指着前面一群人道:"看到了吧?要不是王家小姐给化解了这场冲突,你们早被保安团的炮弹炸飞上天了。"姜有谷垂头丧气耷拉着脑袋回家了。张永淮和李小四向前走了几步就再也不敢挪动半步了。

王兆玉跑了过来,王璐方故意甩掉蔡二楞的手大声道:"蔡团长,大清早你干吗呀?拉拉扯扯的,一边去。"蔡二楞急了,想上前抱着她走,王璐方声音更大了:"蔡二楞,你要是对我动手动脚,我让大哥枪毙你。兆玉,你怎么来了?"王兆玉将蔡二楞推了一边。

"蔡二楞,你干吗啊?竟然欺负王校长,你还以为这是日本鬼子时期啊?"一

383

位老太太走了过来大骂蔡二楞。两个早起赶集的老汉也围了上来，他们都指责蔡二楞不干人事。很快，早起做买卖的人家也开了店铺的门窗，街上行人就多了起来。蔡二楞想逃走竟然走不了了，众人都要拉他去镇公所。王璐方看到危机已经化解，保安团的人也陆续撤走了，便朝着众人说："算了算了，放蔡团长走吧。"然后指着蔡二楞道，"你要是再对我有所企图，别怪我不客气！"说完拉着兆玉回家了，众人见王璐方这么说就放走了蔡二楞。

眼看一石二鸟之计被王璐方识破并化解，秦书中非常恼火，立即赶到镇公所密告王璐方是共产党。蔡二楞一听就火了，用枪指着他说："你胡说，王校长整天教书怎么会是共产党呢？"秦书中急了，口不择言道："就是她阻止了二村穷人去……"说到这里，忽然觉着自己说漏嘴了，急忙停住想改口，但王里门、蔡二楞和傅志明都听了出来，都指着他道："原来组织二村穷人到一村偷抢粮食是你的馊主意啊。"秦书中越解释越说不清，王里门生气道："你秦麻子真本事没有，馊主意馊到自己了吧？我告诉你，你要是今天缴不上足额粮食，你就别当村长了，周坚、姜有财、姜有谷都排队等着呢。"当即吓得秦书中回家打开仓库拉了十马车粮食缴到镇公所才算完成征粮任务。事后，他大病一场，仿佛心都碎了。

第七十三章　三占界碑

王璐方的英雄壮举,立即传遍二村、两城街乃至全区全县,广大老百姓认识到——只有跟着共产党走,才能翻身当家做主人。

陈雨田来到两城区委传达文件精神,人民军队在鲁南地区歼灭国民党军整编第二十六师、五十一师和一个快速纵队,有五万多人,创造了解放战争以来我军在华东地区取得的一次大胜利。为积极响应中共中央关于"以自卫战争粉碎蒋介石重点进攻"的总要求,日照县委要求两城区动员广大青壮年积极参军入伍。王璐方立即将县委的指示精神秘密传到各村党支部,要求他们迅速发动群众,讲明政策,将报名参军青年登记造册,然后组织全区人民欢送。

有人密告王璐方是共党分子,王里门开始并没当回事,他不相信如此柔弱的五妹会与自己唱反调、打对台戏。接着,王璐方的一些出格做法让他不得不相信了。他来到二爹家,见娘、三婶、里路和雪梅都在,进门还没有开口,王在川就不满道:"你来得正好,我有话对你说。"王里门急着说话:"二爹,今天来……"王在川立即打断他的话:"你先别说,我问你,你不准备让老王家永久住在两城了是吧?如此卑鄙手段对付一帮穷人,你想干什么?"王里门急忙解释道:"二爹,这些穷人要起来闹革命,要分抢咱们的田地和财产,听说璐方还是领头的。"他不敢说自己因为救济粮分配不公造成的。雪梅插话说:"大哥,我怎么听说五妹冒着生命危险,制止了你们保安团枪杀二村的穷人啊?"丁使秀和姜秀莲都生气地瞅着他。

王里门急了,说话更结巴了:"正……正因为她是共产党,才……才去救穷人。"他朝着王在川说:"二爹,我今天来就是跟您说这件事,您应该管管璐方啊,不安心教学,却四处乱窜,搞什么土改,改来改去还不是改在自……自家头上啊。"这时,大家都沉默不说话了。王里门更来劲了,觉着说话困难,手脚并用了:"参加'共党'有什么好?里道小小的年纪参加了'共……共军',还不是早早死了吗?璐圆、璐方也走他的路,咱……咱们老王家怎么啦?二爹,您逞能一辈子,怎么也管不好几个小孩子呢?"

王在川感觉被晚辈教训了,气得将头转到了一边,只听他继续说:"与政府作对有好处吗?没有!现在国……国军已经打到临沂了,'共军'都被赶到穷乡僻壤去了,听说连姜邯举都投靠国军了。"雪梅又插话说:"大哥,你不知道姜邯举是什么样的人?听迎春爹说,他是反复无常的小人,有奶就是娘,这种立场不坚定的人早晚没有好下场。"王里门转过头朝着雪梅说:"他怎么样不关咱们的事情,我说的是一个……个道理,跟政府唱对台戏没有好处,况且我是两城镇的镇长,五妹应该支持我才对呀!自家人不支持岂不让外人笑……笑话?"

"我问你,你有啥证据证明璐方是共产党?"王在川问。

王里门立即答道:"我就是还没有确凿证据,但确实有不少告她的密信,一旦证实璐方是共产党,二爹、三婶,我今天可把丑话说在前头啊,到时候我会大义灭亲逮捕她,送县党部法办。"说着看了姜秀莲一眼。姜秀莲忙解释说女儿不是共产党。

"好了,好了,你不要说了。"王在川看到姜秀莲脸色不好忙摆手不让王里门说下去,"我问你,闹蝗灾,上边下拨的救济粮,你为什么不给二村?"王里门将腰挺直了道:"现在我是镇长,我说了算!"王在川鼻子哼了一声,接着问:"我还问你,你干镇长也就罢了,你让兆玉凑什么热闹啊?"王里门忙解释说:"二爹,我就是想让他历练历练,我早晚要退的,到时候让他接我的位子,两城街还不是咱……咱老王家的嘛。"雪梅笑着说:"大哥,你还真把两城街当成咱们老王家的了?"

"那当然。"王里门朝着雪梅说,"我们老王家要干,谁也夺不去。能与我们争夺江山的老姜家已经彻底完蛋了。"丁使秀说："里门啊，你可千万别学姜有谷和姜邯冰父子，他们不得人心啊。"王里门急忙说："二婶，您放心，咱要干就得干好。"王在川联想他近来的所作所为禁不住鼻子又哼了一声。王里门也没有在意二爹的情绪变化，而是说明日给小儿子举办生日宴会，请各位长辈去喝喜酒。王在川、丁使秀、姜秀莲听了自然高兴，立即点头应允。他临走时还特别交代雪梅也一定去，雪梅笑着答应。

王里门将所有亲戚都请到三大锅饭庄，蔡二楞要进屋喝酒，兆玉过来说："蔡团长，五姑让您到县城接她回来。"蔡二楞高兴地忙问："你五姑到县城了？"兆玉详细说："是，在教育局领课本，麻烦团长去接她回来喝喜酒吧。"蔡二楞听到能与王璐方单独在一起了，没加思索连声答应，立即骑马去了县城。兆玉来到保安团，说镇长、团长都为小弟弟庆生去了，放假一天。士兵们高兴得纷纷脱掉军装，枪械入库，出营去了。

王里门每年都给小儿子过生日，今年尤其高兴，当了镇长光耀门庭，财源滚滚，他要办得红红火火。前来庆贺的人络绎不绝。王里门端起酒杯先说了祝酒词，然后长辈们敬酒，还没等他坐下，来宾们纷纷过来给他敬酒，一圈下来他已经醉得不省人事了。

雪梅没有喝酒，忽然听到锣鼓喧天，人声喧闹，她开始还以为是客人们行酒令的声音，侧耳仔细听，声音是从外面传来的。玲玲扭着屁股嗑着瓜子鼻子哼哼着先走了。张传兰指着她说："跟她三爹以前没两样，整天赌、抽、喝，我看这点家底早晚让她败没了。"丁使秀没有接话，而是问雪梅："我好像听到外面锣鼓响啊。"二妞此时最高兴了，母随子贵，看到众多人前来为儿子过生日，自然得意扬扬，说："许是谁家娶亲吧！"丁使秀摇头说："不像，不早不晚的娶啥亲啊？"

雪梅刚要起身出去看看，见两个士兵匆忙进来，说要找王镇长和蔡团长。王兆玉说镇长喝醉了，蔡团长去县城。士兵转身就跑了出去，秦书中、周坚、傅志明都慌慌张张跟着出门了，像是发生了什么重要事情。

界碑锣鼓喧天，红旗猎猎，人山人海。横幅标语写着：热烈欢送优秀青年参加人民解放军，以自卫战争奋起反击蒋介石的重点进攻！

一街两城

王汗带着孙子来了,张守花陪着丈夫来了,王永臣领着儿子来了……青年们的胸前都佩戴大红花。王璐方与王汗、张守花、王永臣等人一一握手,感谢他们将自己的亲人送去当兵。陈雨田站在高台上做了动员讲话,台下一片掌声。最后,他大手一挥:"出发。"青年们排着队向西进发,村民拿着鸡蛋、布鞋等物品欢送他们,场面热烈、隆重而感人。

下午三时许,王里门酒醒了,蔡二楞从县城赶回来了,当他们来到界碑,只见空旷的场地上已无一人,只留下了那个刺眼的大红标语,王里门朝着蔡二楞吼道:"你真是蠢猪,还不快扯下来烧了?!"蔡二楞忙用刺刀挑断横幅揉成一团扔到水沟子里去了。王里门朝着赶来的警察和保安团士兵恼怒吼道:"快去抓'共党',凡是家里有人参加解放军的,统统抓起来!"

欢送青年参军大会取得了空前的胜利,但王璐方也完全暴露了身份,王里门咬着牙要大义灭亲。为躲避敌人的搜捕,她不得不离开学校转入地下继续工作。王里门背着手枪气冲冲地进了王在川房间,张口就道:"二爹,我事先跟您吱一声,将来璐方有个好歹,您别怪我无情无义啊。"

姜秀莲听到了,忙跑过来求里门原谅女儿。王里门冲着她吼道:"三婶,我原谅她,她什么时候理解过我呢?她眼里还有我这个大哥吗?您一家人还讲不讲良心啊?当年是我跟二爹拿出钱粮救了您一家人,现在可好了,日子好过了,反过来与我作对?!"姜秀莲只能赔礼说尽好话:"里门大侄,我们怎么能忘记了当年二哥和你们的好处呢?璐方也是一时糊涂,等见了她的面,我劝她向你道歉。"

"现在不是一句道歉就能完事了,她已经犯法了!县里来了特派员,专门对付共产党,警察局已经派人来抓她了。"王里门说到这里,姜秀莲惊恐地望着王在川。王里门没好气道:"三婶,您现在求谁也没有用,快让她投案自首,争取政府宽大处理吧。对了,还有璐圆,有人看到她也在欢送现场。"姜秀莲哭了,丁使秀和雪梅忙过来劝慰。

王在川对王里门说:"你怎么处罚我不管,但璐圆、璐方姊妹俩绝不能有个三长两短。"王里门急了,伸出两只手冲着王在川吼道:"二爹,她们是'共党',国共已经针尖对麦芒了,是要杀头的!"王在川也急了,指着他道:"你杀她们之前,我先将你一刀劈了,你信不信?!"

"好,我等着这一天。"王里门气得扭头就走了。王在川还有话说,见他不辞而别气得高喊:"里门,你给我回来……你……"一阵剧烈的咳嗽,他忙用手巾堵住嘴唇,发现吐出来的全是血。丁使秀看到丈夫气得不轻,忙安慰道:"大夫再三嘱咐你别动怒,容易伤身子的。里门只是发泄发泄火气,你也别当真了,他怎么能伤害自己的妹妹呢?"王在川正在气头上,脱口道:"里户还不是将里道轰死了?他们可是一家兄弟,唉!"然后,边叹气边对姜秀莲说,"你也别哭了,快找到璐方、璐圆劝劝她们。还有,你大可放心,在军队我没有办法,在两城街,只要我活着一天,里门不敢伤害她们。"

"嗯。"姜秀莲含泪同意了。

在高家沟,两城区委召开会议,会上陈雨田激动地说:"鲁南战役,仅我县参军人员就有两千多人,出动支前民工两万多人,光煎饼就十几万斤,有力支援了前线的胜利,受到了华东局的表扬,县政府召开了庆祝大会,对两城区所做的成绩给予表彰。现在我方在山东战场形势已经有了转机,大战即将在鲁中山区上演……下一步,我们要马不停蹄,全力支援莱芜战役。"接着他介绍了发起莱芜战役的过程和意义,然后布置了新任务:要求两城区出动子弟兵团一千两百人、民工四千人、担架两千副、小车五千辆、牲口五百头,募捐煎饼十万斤、白面五万斤、大饼二十万斤、布鞋三万双。陈雨田问王璐方有没有困难,王璐方环视了前来开会的成员,问:"刚才陈书记下达给我们的光荣任务,有没有困难?"

"没有!"大家齐声答道。

陈雨田露出满意的笑容,然后对王璐方说:"困难是有的,现在两城镇的敌人已经对你们采取了高压态势,但莱芜战役时间紧任务重路途远,你们必须高度重视,不怕困难但也不能轻敌,行动越快越好,任务完成后立即把军需运送到沈疃集合。"王璐方坚定地说:"陈书记,我们还要在界碑集合,然后全区人民欢送支前大军。"陈雨田惊讶而又担心道:"璐方同志,你的想法我可以理解,但全县警察都在搜捕你,而且两城镇已经被保安团戒严了,四处搜捕共产党员,我担心会出问题。"

一街两城

张守东也说:"是啊,王书记,我们还是稳妥点好。"

王璐方的态度毫不动摇:"陈书记,不要为我担心,有全区人民的支持,我们一定会圆满完成任务……之所以还在界碑集合出发,因为界碑已经成为我们同敌人战斗的阵地了,我们要占领它,就是让全区老百姓看到正义的力量,树立战斗到底的信心和意志,打垮反动政府最后的妄想。"陈雨田握着王璐方的手说:"好呀,果然有气魄有胆识,我没有看错你,好好干吧,县委县政府全力支持你。"王璐方笑着说:"请县武工队配合就行。"陈雨田立即安排武工队配合两城区委的工作。

王里门亲率保安团和警察挨家挨户搜捕共产党员和积极群众,大街上、胡同里都派了岗哨排查可疑人员。为前线烙大饼、摊煎饼、磨面粉、做布鞋、纳鞋底都只能在半夜里偷偷进行,子弟兵团和民工也都秘密进行报名登记。

一天夜里,王里门和蔡二楞巡查到两城二村一条胡同里,忽然看见一户人家还亮着灯。他们翻过院墙,从门缝里偷偷查看,见屋里四五个女人正在烙大饼和摊煎饼。士兵立即踹门进去,将屋里的人全部抓到镇公所审讯。蔡二楞用皮鞭抽打这些老百姓,问他们是不是给"共军"筹备军粮,她们宁死不屈,咬着牙没有一个人承认。王璐方闻讯后,意识到王里门可能察觉到自己的意图了,决定提前行动,通知县武工队攻打驻跸岭的军火库。果然,王里门上当了,急忙打电话向县长求援,自己带领保安团火速赶往驻跸岭。

两城街界碑出现了短暂的间隙,这天正好是两城大集,支前队伍混杂在赶集的人群中从各村会聚此地。刘鸿仁县长作为支前带队团长亲自到场指挥。巨幅标语写着:全区人民支援解放军多打胜仗,保卫革命胜利果实。

三口大锅热气腾腾,一口锅煮着鸡蛋,一口锅煮着猪肉,一口锅煮着牛肉。但是,这些食物不是给支前民工吃的,而是老百姓捐献出来的,煮熟了装进用柴席做成的筐篓里。肉的香味飘散出来,无比诱人,然而来来往往的人群,无论大人还是小孩子没有一个人抓块肉尝尝,也没有人拿一个鸡蛋偷偷放进自己的布袋里,全部装上车送往前线。王璐方安排张守东等人在青河桥口警戒,与春雷、王永臣等人指挥支前民工有序出镇西门一路向西走去,远的已经走出十里路了,有的还刚刚赶到。

"来了一个走一个,不要等。"王璐方急切地对春雷说。春雷急忙跑到拥挤的队伍中喊道:"不要挤,一直向西,快快。"

一位识字班学员抱着十双布鞋和三十副鞋垫跑来送给王璐方,王璐方让领队收下。一位老大娘抱着家里唯一的一只鸡过来要捐献给支前队伍。王璐方感动地说:"大娘,您老留着下蛋卖钱添补家用。"老大娘不高兴了,说:"看你这个姑娘说的,多少是我的一点心意,给解放军,吃饱了多打胜仗。"王璐方只好收下绑在了一辆小推车上,还特别嘱咐推车民夫别让这只鸡半路上飞跑了。看到支前的热烈场面,有些赶集的人临时起意也带着自己的粮食、蔬菜加入了支前大军。

忽然,从一村来了三四辆马车,松风堂、种善堂的堂主过来对王璐方说:"璐方,两城街上的人都支援前线,也有我们的一份子。"任北乐赶着一辆马车过来,车上装满了粮食,对璐方说:"小姐,你收下吧。"璐方很高兴,忙问:"是二大爷让你送来的?"任北乐忙说:"你就不要问了,快收下就行了。"王璐方安排人将粮食卸到松风堂的马车上。

刘鸿仁不禁感慨道:"璐方同志,你占领界碑的决策是正确的,此举大气而又果敢!不但激发了老百姓拥护共产党,支援解放军的热情,还使得众多大户人家清醒地认识到共产党好,是为全天下老百姓谋幸福,他们已经感受到人民的力量了。"他看着绵延不断的滚滚洪流向西,激动地握着王璐方的手大声道,"璐方同志,挫败敌人征兵缴粮、欢送优秀青年参军,加上这次输送支前大军,你可是三战三胜啊,界碑这个阵地一定要守住!只要全区老百姓都行动起来,人民战争的力量就大了,就能无往而不胜!"

"谢谢县长的鼓励。"王璐方看到支前民工都走得差不多了,便对刘鸿仁说,"刘县长,支前人员都走得差不多了,时间也不早了,我怕敌人发觉上当会返回来,请您快点启程吧。"她话音刚落,从青河桥那边传来急骤的枪声,王璐方急忙道,"县长同志,请放心走便是,我们掩护你们,祝一路顺风。"

"谢谢,你们也要注意安全,多保重。"刘鸿仁说完与王璐方、春雷、王永臣他

一街两城

们一一握手匆忙告辞向西而去。王璐方掏出手枪道:"走,到青河桥支援他们。"众人跟着她奔往青河桥。

此时,王里门指挥保安团向青河桥猛冲猛杀。王璐方看到敌人火力凶猛,忙说往两城河撤退。春雷说:"东面是大海,往东撤退等于送死。"王璐方说:"支前队伍正往西赶路,要是让敌人追上去就麻烦了,听我命令,向两城河撤退,边打边撤。"当他们撤到两城河南岸时,已经没有退路了,敌人将他们包围了。

第七十四章　劝说不成反被劝

"弟兄们,冲啊……"王里门拿着枪在背后督促着,蔡二楞在前面用机枪向王璐方他们扫射。王璐方见形势危急,忙对春雷说:"春雷同志,你带领同志们向河北岸突围,进芦苇荡就安全了,快。"张守东要求自己留下来掩护,王璐方严厉道,"执行命令!"张守东只好跟随春雷他们快速钻进芦苇荡,然后泅渡过河进了五莲山区。

王里门见只有王璐方还在坚持战斗,忙高喊:"抓活的。"王璐方眼看同志们安全撤退了,便朝两城河跑去,边打边撤。突然一颗子弹飞来打到左膀上,一阵钻心的疼痛让她倒在水里,当她挣扎着爬起来时,蔡二楞已经赶到将她牢牢抓住了。

王里门找了医生给王璐方治伤,然后将她关进牢里,等伤口好了再进行审问。这天,王璐方感觉好多了,刚勉强坐起来了,王里门进来,她干脆将头扭向一边不理他。王里门指着她生气道:"哼,要不是念兄妹之情,早让保安团打死你了。"王璐方慢慢转过身道:"大哥,既然你还算有良心,我也念兄妹之情劝告你,为啥还给腐朽、反动的国民党政府卖命呢?听我一句劝……"王里门忙打断她的话说:"五妹,你还小,不懂事,你听我一句劝……"王璐方也不让里门说:"大哥,我劝你不要为蒋家王朝卖命了,不值得,与人民为敌,也不会有好下场。"王里门顿时火冒三丈,气得手指都颤抖了,道:"五妹,你……你如此顽固下去才没有好下场,我劝你早……早觉醒,说一句自己做错了,我就……就放了你。"

"我不会说的。"

"你……你怎么如此偏执呢?特派员要将你们共产党押送县城审问,凡是共产党头头都要枪毙。你是书记,肯定要枪毙,难道你不怕死吗?"

"我不怕,你最好把我押送县上,省得你为难。"

"你……"王里门气得扭头就走了。

王里门直接来到王在川屋里,进门不满道:"二爹,璐方与政府作对有什么好呀?她怎么就不想想当年被债主赶出家门在雨地里叫天天不应叫地地不灵的可怜样子?"见王在川没有吱声,他接着说,"当初要不是您说一家人不能见死不救,我才不帮他们呢,现在可好了,帮忙反倒帮出麻烦来了。"王在川此时也不想与他闹僵,好言劝慰说:"里门,怎么说璐方也是你五妹,她还小,不懂事,你饶过她这一次吧。"

"我……我饶她,共产党能饶我吗?"王里门得理不饶人,大声说,"我们帮着她爹建立了学校,她却利用学校宣传共产主义,进行地下反政府活动,跟我唱对台戏,你说我能饶她吗?二爹,今天,我把丑话说在前面,您面子大,您去劝劝她,再给她一次机会,要不是看在一家人的情面上,我早让警察、保安团的人当场打死她了。现在,特派员要求我们将所有'共党'押送县城。您说说,到了县上能有好结果吗?凡是'共党'头头全部枪毙。"说完气哼哼地走了。

王在川思考再三还是去了关押王璐方的地方,他让警察打开房门,里面条件还不错,床铺、吃饭、洗漱用具样样都有,看样子王里门还念着亲情没有为难她,但臂膀还是用绷带包裹着。还没等他问话,王璐方艰难地站起来拉着他的手说:"二大爷,您亲自来了?您什么也不要说了。"王在川刚要张口,她几乎不给他说话的余地,"二大爷,我知道您今天来想要说些什么。是,当年要不是您、里门大哥和雪梅三嫂,我爹就死了,我们家就败落了,我也无法继续上学,学校也不可能建成,这种恩情我们一辈子,下辈子都忘不了。但你们所做的这一切都是为了一个小家,而我还有里道四哥所做的事业是为了天下黎民百姓,是国家。我们家大门上那幅'忠厚传家久,诗书继世长'对联,当年爷爷就是想让后辈以天下为己任,您也经常告诫我要走正道,我现在正走在为千千万万穷苦百姓谋利益、求幸福的大道上,难道您不感到高兴吗?不为我和里道四哥感到自豪吗?二大爷,里门大哥可以将我粉身碎骨,我无话可说,这是因为我欠了他的恩情。但想叫我改变信仰,这是绝不可能的。"

"唉,你这个丫头啊,怎么……怎么如此倔强呢?"王在川实在憋急了,插话说,"你里门大哥作为一镇之长、政府官员,他所做的一切还不是为了咱两城街的老百姓啊!"

王璐方立即争辩道:"二大爷,您知道大街上还有多少吃不饱穿不暖的穷人?远的不说,看看矗立于两城街上那四栋小洋楼,多豪华多扎眼啊,是他们靠自己的双手辛苦赚来的吗?抗战胜利后,接收日本留下的武器、财产都哪去了?没收汉奸的钱财、田地都哪去了?咱两城街,商业、交通、金融、土地、山林等哪个行业没有被里门大哥及傅家、秦家、周家四大家族所垄断所豪取啊?!老百姓还有活路吗?是老百姓无能吗?还不是被强权、劣绅以及恶霸财主所豪夺、掠取!他们为富不仁,骄奢成性,置千千万万挣扎在死亡线上的老百姓于不顾,自以为有了钱财就可无忧地享受一辈子或者几辈子。现实吗?能行吗?那些长久被剥削被压迫的老百姓能答应吗?二大爷,您也听说了,大哥口口声声当镇长是为了全两城街老少爷们儿好,可是他为什么不将救济粮分配给二村?二村不是两城街的吗?二村没有遭受蝗灾吗?他做得公道吗?二大爷,我一向敬重您义薄云天,您说,这个社会公平吗?大哥是为了两城街上的全体街民吗?"

"这……"王在川已经被侄女驳得哑口无言。

王璐方突然跪倒在王在川面前,流着泪说:"二大爷,您不来我也要传话给您和雪梅三嫂,救救大哥吧。当年,我爹将好端端的一个家败落了,颓废、堕落到无可救药的地步,是您和雪梅三嫂从死亡线上给拉了回来,才成全了爹一世英名,给了我们一个完整的家。二大爷,您和雪梅三嫂去劝劝里门大哥吧,让他早点醒悟吧,不要让他为腐败、反动的政府效命了,不要与人民为敌了。现在,蒋介石搞独裁,只为极少数富人谋利益,不管天下千千万万穷人的死活,挑起战争,屠杀共产党人,践踏民主,已经引起全国人民的奋勇反抗……我死不足惜,可是为了咱老王家的家风传承,您也要拉里门大哥一把呀。"王璐方说完已泣不成声。没有说服侄女，反而被侄女一番大道理说得王在川再也无话可说。

王在川有生以来第一次去求王里门："里门啊，我见过璐方了，她让我劝劝你……"没等他说完，王里门便跳起来埋怨道："二爹，我看您要被赤化了，您就听她的蛊惑？"王在川也是第一次耐着性子对王里门说："里门，你们俩啊，甭管谁对谁错，我不是县太爷，也不想当判官，我只是想你们看在我这张老脸上，都退让一步。"

"不可能！"王里门坚决地说，"我是堂堂的政府官员，岂能置党国利益于不顾？她既然不怕死，就让特派员枪毙她好了。"

王在川感到特别痛苦和无奈，要是当年将偃月刀往中间一横，他们谁也不敢说个"不"字。唉，现在老了，他们谁也不听了。他踉跄地回到家中，丁使秀和安雪梅都过来问怎么样了，他摇摇头连声叹气。丁使秀转身对雪梅说："雪梅，你点子多，你去劝劝他们吧！哪有自家兄妹争得你死我活啊？咱们王家千万别学姜家。"没等雪梅表态，王在川摆手道："不必了。"

"那也不能眼看着璐方被里门枪毙了啊。"

"是啊，爹，我们得想想办法啊。"雪梅着急说。

"唉，两城街自古是两姓在斗，现在倒好，一家人还是兄妹斗上了，家不和外人欺啊。"王在川痛苦道。雪梅能感受到公公内心的煎熬和焦急，忙安慰道："爹，听迎春爹说，他们各自代表了两个不同的政治制度，也就是两个政权的生死存亡较量。不是两姓族人或兄妹之间的矛盾冲突这么简单。"王在川没有吱声，微闭双眼陷入无限的沉思之中。雪梅看到公公实在疲惫了，不想打搅又怕不说出来耽误事，便道："爹，迎春爹还说，兄妹之间总是血浓于水，大哥和五妹握手言和是早晚的事情，您就不要担心了。"

王在川突然睁开眼盯着雪梅道："雪梅，你最近有张守东的消息吗？"丁使秀忽然疑惑地望着丈夫，然后也朝雪梅投去复杂的目光。雪梅镇静道："好久没有他的消息了。"王在川急忙道："你能尽快找到他吗？"看到妻子和雪梅都用别样的目光看着自己，他解释道："里门要将璐方押送县城，听说杨金彪作为特派员回日照了，他一向对王家不满，璐方一旦到他手里就凶多吉少了。"雪梅顿时明白了,急忙说:"爹,我想想办法吧。"

雪梅想了好多办法,最后想到了张守花。她化装成农妇来到了高家沟,刚到村口就遇见几个拿着红缨枪站岗的儿童问她要路条。她说没有,儿童就不让她进村,还说她是特务,要将她抓起来。这时,走过来一个民兵,雪梅忙说找张守花,但民兵也没有将她放进村,而是要了她的名字然后进村找到张守花说明情况。张守花听说雪梅来了,急忙来到村口,见她打听哥哥的下落,张守花开始怀疑雪梅另有企图,当听说营救王璐方时,才完全相信了雪梅。雪梅急切地说:"守花,你务必告诉守东,今晚一定让他来见俺爹。"张守花答应了,雪梅没有进村转身匆匆离去。

几乎同一时间,王在川进城找到丁履密,见他正在收拾办公室像要搬家的样子,忙问:"你要去哪?"丁履密看到王在川突然来了,忙停下手中的活儿,说:"你来得正巧,我有事对你说。"接着关了门,悄声说,"孟良崮战役,国军全部美式装备整编第七十四师被'共军'一口吃掉了,连骨头都没有剩。山东战场局势从此来了一个大转弯,山东全境除济南、青岛等少数地区外,已经被共产党全部占领,我等将无家可归了。"说着连声叹气,王在川忙劝道:"不至于悲观吧,现在还是党国的天下啊。"丁履密叹气道:"在川,你不在政府,了解得还不多,我可以实话告诉你,就现在的发展形势,国军挡不住'共军'的进攻,政府很快就垮塌了,现在已经有很多人打算后路了,唉。"

王在川道:"听说那个杨金彪又回来了,他来干什么?"

"发财呗。"丁履密伤感而又气愤道,"唉,人家共产党现在全力发动老百姓参军入伍或征集粮草支援前线。而杨金彪他们名义上来督导抓捕'共党',实则大捞一笔啊。"王在川心中一沉,他想到了侄女璐方,刚要说话,丁履密道:"在川,我准备去台湾了,好歹弄到几个名额,还有一个名额,想来想去,想到了你,一起走吧,留下来不一定有好处。"

"这个……"王在川还没有想到自己的退路,面露难色。丁履密接着说:"我实话告诉你,我是托了丁老的关系才搞到,你要是觉着有难处,不可勉强,我可要给……"不等他说完,王在川忙说:"这个名额给我吧!不过,我不会走的,我、我想让大侄子走。"

"王里门镇长?"

"是的。"

"可是,我是看在咱俩的老感情上才给你的。"

"老叔啊,里门在两城得罪的人太多了,我怕他……唉……我也……"王在川说不下去了,他知道自己时日不多了。稍停,他继续道:"里门现在一条路走到黑了,以他对党国的效忠,他不会走的。这样吧,我让他给你多带些银两、金条来,你就说去南京开会,骗他上了船再告诉他实情。"丁履密想了想,看到王在川态度坚决,只好说:"好吧,我答应你。"

王在川也没有顾得上在县城吃饭就匆匆回到家,雪梅也回家了,晚上等着张守东到来。直到半夜了,张守东才悄悄来到了王家,王在川赶紧告诉了他营救王璐方的计划。

秦书中向王里门出主意,共产党利用界碑鼓动群众起来闹革命,为什么政府就不能利用界碑来对付共产党呢?里门觉着是个好主意,就将抓来的王璐方和共产党人五花大绑押到界碑的高台上,背后站着持枪的士兵。王里门站在上面高声喊道:"两城街的老少爷儿们,你们都看到了,这就是共产党的下场!明天他们就被押送到县城,全部枪毙。"台下一片议论。他接着高喊:"我王里门,当着对面的'三义士'牌坊,我要大义灭亲。"指着王璐方道,"她是我的五妹,但她误入歧途,一心跟政府作对。你们说,我堂堂的一镇之长,能原谅她吗?"台下只有秦书中、周坚和傅志明等少数人跟着喊:"不能。"

王里门接着喊道:"我们王家出了三辈义士,我老爷爷、爷爷和我爹,我也要做义士……"他说到这里,台下就有人悄声议论:"哎,三义士怎么成了他老爷爷、爷爷和他爹了呢?他老爷爷是谁?""要说他爷爷还可以,修了青河桥,还扩建了城墙。""还不是让他爹给扒了嘛,哈哈,'义士'之名从哪里说起啊?"

这时,王璐方抬起头将胸脯挺直,开口说话了:"各位父老乡亲,别听他一派胡言,三义士是我二爷爷王静斋、我爹王在田和四哥王里道。他们都是为抗击外寇侵略,为争取中华民族的独立和解放而牺牲的,三义士牌坊是三哥王里路为他们立的。"台下立即引来一片议论声:"这就对了嘛。"

王里门指使蔡二楞快堵住王璐方的嘴,王璐方一脚将蔡二楞踢开,高声道:"共产党是为广大穷苦老百姓打天下谋幸福,而王里门镇长是为了极少数搜刮民脂民膏的恶霸地主和土豪劣绅;傅志明利用当官的妹夫强取豪夺;秦书中利用给东家当管家的便利,霸人妻占人田;周坚……"傅志明、周坚和秦书中一听牵连自己了,忙对王里门道:"还听她胡说八道,蛊惑人心?!快拉走关起来啊。"

"不是你让拉这里游街示众的吗?"王里门朝着秦书中道。

"谁知道你妹妹不思悔改,快快。"秦书中忙对蔡二楞说,"快押走,押走……"一场闹剧就这样草草收场了。

第七十五章 南下

夜深了,王璐方被伤口折磨得无法成眠,她咬着牙用手按住防止流出血水。忽然,外面传来一阵开门声,蔡二楞提着一盒子饭菜进来,花言巧语让王璐方吃饭,说着就动手动脚起来,最后露出狰狞的面目,说只要从了他,就立即放她出去。王璐方怒斥蔡二楞的罪恶行径,还与他拉开了距离,不让他近前。蔡二楞奸笑道:"璐方,这么晚了,即便是你大哥也救不了你了,我想你啊,小宝贝……"说着就扑向王璐方,王璐方被逼到墙角,但还是奋力反抗。危急关头,王兆玉进来照着蔡二楞就是一拳:"王八蛋,你竟然敢欺负俺五姑,你不要命了?"蔡二楞捂着脸道:"我跟你五姑搞对象,是你爹做的媒,我们玩玩有什么?"

"呸!你妄想!"王璐方朝着蔡二楞吐了一口痰,然后对兆玉说,"别听他胡说,揍死他。"兆玉听到实信了,朝着蔡二楞扑来,蔡二楞吓得急忙跑了出去,兆玉也跟着跑了出去。这时,张守东和王永臣等人悄声进来对王璐方说:"王书记,快走,我们来营救你了。"狱警发现有人劫狱开始朝着营救队伍开枪。

蔡二楞带着人冲了进来,王永臣和武工队开火截住他们。兆玉见势不妙,背起王璐方就冲了出去,保安团见到王兆玉也不敢开枪,王璐方被营救了出去。

王璐方被安排在张守花家养伤,两个人睡在一个炕上,伴着昏暗的油灯促膝长谈。聊起小时候在一起的情景,张守花还说营救璐方是雪梅来通知她去找的哥哥……王璐方心里明白,这一切都是二大爷安排的,但如果没有雪梅嫂的帮助,她也不会如此顺利逃出牢狱。她忽然想起了当年在冰凉的屋里学习的情景,雪梅进来将暖暖的手伸到自己的脸颊上,立刻一股暖流涌遍全身,此时她多想再一次让雪梅嫂的手暖暖自己啊。一段时间过去,王璐方完全康复了。陈雨田和刘鸿仁来看望她,陈雨田握着她的手感动地说:"璐方同志,你在狱中表现得很英勇啊。"

刘鸿仁接着说:"现在两城镇已经乱套了,镇长王里门突然不知去向,国民党特派员杨金彪亲临两城指定秦书中代理镇长职务,保安团不听他指挥,虽然四处抓捕共产党,但一个也抓不着,哈哈。"

"我大哥不知去向?"王璐方自语道,感到有些意外。

陈雨田笑着说:"璐方同志,我告诉你一个特大好消息,我人民解放军从战略转移改变成战略进攻,现在已经经略中原了。下一步将渡过长江,打败蒋家王朝,解放全中国。"刘鸿仁接上说:"你养伤这些日子,我们全县人民全力以赴支援孟良崮战役,受到了华东局领导的表扬。"陈雨田接着说:"华东局领导特别要求我们县组织一批有知识有文化有能力有品德的优秀干部跟随解放军南下接管大城市,我问首长需要多少人,首长笑着回答,多多益善。哈哈,县委县政府决定让刘县长带队,从县委、政府机关及各区选拔二百名作为第一批南下干部到郯城集训。"王璐方顿时来劲了:"书记、县长,我已经完全康复了,请领导下命令吧。"

陈雨田忽然犹豫了,然后说:"按说你对象在东北,考虑到你的实际问题,要是……"不等他说完,王璐方急忙道:"我个人事小,解放全国事大,我希望到最需要我的地方去工作,我坚决服从组织上的决定。"陈雨田笑着指着璐方对刘鸿仁说:"好样的,璐方同志。"刘鸿仁忙点点头,陈雨田转过头对璐方说:"我们也考虑到你的能力和文化程度,虽然咱县也需要你这样的干部,但全国更需要你这样的好干部,我们一定要输送出去最优秀的人才。璐方同志,这几天你准备一下,与春雷同志交接好工作,下月一号到沈疃集结,然后统一乘车去郯城集训。"

"春雷同志接替我的工作?"

陈雨田看出来璐方的疑虑,道:"嗯,春雷同志的工作方式方法是有些欠缺,但他是老同志,一直战斗在两城,县委考虑再三还是让他挑起重任比较稳妥,同时派去县委宣传部部长协助他工作,任命张守东同志为区长,相信他们能配合好。"璐方听到有张守东协助春雷工作就放心了,接着请求道:"陈书记,刘县长,我唯一的请求是,想从两城街界碑走。"陈雨田和刘鸿仁都哈哈大笑了起来,陈雨田说:"好啊,我们支持你,给你一个团指挥,解放两城镇。"

"谢谢,谢谢领导的支持。"王璐方欣喜道。

不久,鲁南地委派来一个团的兵力,在县武工队的配合下,攻进两城镇。保安团基本被消灭了,蔡二楞被当场打死,杨金彪、秦书中、傅志明和王兆玉等人逃到泊里国民党第十一绥靖区五十军防区躲避,两城随即解放。

王璐方没能见到王里门大哥,心里说不上什么滋味,甚至有些担忧,她感到像大哥这样死心塌地为蒋介石卖命的人不一定能得到好处。她在出发之前回到家里见娘,姜秀莲哭着让她到王在川房间认个错。王璐方立即道:"我又没做错,认什么错啊?二大爷看到我胜利了,应该替我高兴才是。"她来到王在川房间,任北乐却拦住了她,说老爷不愿意见她,她站在门外流着泪道:"二大爷,甭管您怎么看待我,我感谢您和雪梅嫂想方设法营救我,我也没有辜负您的期望。现在形势已经证明里门大哥的道路是行不通的,您现在不理我不要紧,早晚您会理解的。"说完就转身走了。大门突然开了,王璐方还认为二大爷让自己进屋,急忙转身刚要喊二大爷,见是雪梅,忙说:"三嫂,我要走了。"说着扑上去抱紧了雪梅,雪梅安慰说:"放心地走吧,三婶有我们。"王璐方说了一声谢谢就转身离去。

界碑人山人海,两城街及周围村子里刚刚翻身当家做主的穷人几乎都赶来欢送南下干部。高台上横幅写着:两城区南下干部欢送大会。右面竖幅标语是:搞土改、斗地主,分田到户感谢党。左面竖幅标语写着:打老蒋、争解放,翻身人民支前忙。对面三义士牌坊下有巨幅标语:打过长江去,解放全中国。

两城二村党支部王永臣书记,抓住到处乱窜的张永淮说:"你家分到土地了,往后啊,好好过日子,别小偷小摸了啊。"张永淮答应着转身溜了。王永臣看到正在换戏装的张传梢,上前说:"老张啊,分了几亩地?几头牛?"张传梢伸出三个指头,然后又伸出一个指头,王永臣明白了,说:"有田地有耕牛了,以后呀可别懒。"张传梢最讨厌别人说他懒,他说了一句"我跟有俊唱戏去了",眨眼工夫不见了踪影。李有俊自编导演了新"四盼":一盼解放军打老蒋,全国解放有盼头。

二盼斗地主分田地,翻身穷人有奔头。三盼家家户户盖新房,雨天不用露外头……他刚唱完三盼,张守东走过来对他说:"李有俊,四盼王书记南下大显身手,完成任务早日回两城。"接着李有俊即兴编新词唱开了。

王璐方戴着大红花,笑着对张守东等人说:"有志者四海为家,干革命不一定非得回老家嘛。"她刚说完,唐江南跑过来说:"王校长,好长时间没有见到您了,以后我们战斗在一起了。"王璐方看到他胸前也佩戴大红花,笑着道:"早听说你也参加革命了,你也要南下啊?"唐江南指着前面一群人,忙说:"是呀,是呀,老师,还有您好多学生呢。"说着就朝人群喊道,"姜小夏,姜小夏,王老师在这儿。"姜小夏忙跑过来,拉着王璐方的手说:"太好了,王老师,终于跟着您战斗学习了。"王璐方感动得都要哭了,没有想到自己教出来的学生不但出息而且还参加了革命,她动情地说:"以后我们一起战斗一起学习……"

"王老师。"姜邯牛走了过来,王璐方见他胸前没有大红花,虽然疑惑但没有敢问。唐江南解释说:"老师,姜邯牛本来也报名了,但不知为何,上级没有批。"王璐方忙安慰道:"只要跟着党干革命,在哪儿工作都一样,这说明家乡很需要你。"其实,姜邯牛中学毕业后就与家庭脱离关系,秘密参加了共产党组织,看到自己的好多同学都被组织选派南下了,他并不是羡慕到南方工作,而是因为受家庭关系影响前程而郁闷。姜邯牛低下头甚至不敢看老师和同学们了。王璐方非常理解他的心情,拍着他的手臂说:"没事,好好干,要经得住党组织的考验,争取第二批,我们在江南等着你。"

姜小夏有些动情了,紧紧拥抱了姜邯牛,唐江南也过来抱在一起:"邯牛,我们和老师在江南等着你。"他们一齐唱起了校歌:"我们在斗争中生,我们在斗争中长,我们是民众的子弟……"歌声嘹亮,传遍四面八方,在两城街上空久久回响。

王璐圆走了过来,王璐方将她拉了一旁道:"四姐,你还对守东有意思吗?"王璐圆没好气道:"我喜欢他,他不理我。"璐方劝道:"你也不找找自己的原因,是你的脾气不好。"

璐圆说:"哼,都怪雪梅从中搅和。"璐方立即反驳说:"你的脾气,我是男人也不喜欢你,无论什么事,也不想一想,张口就来。"王璐圆也不耐烦了,说:"不说我了,你一个人到南方,吃饭也不习惯,多照顾自己。"王璐方听着却四处张望着,璐圆知道她的心思,道:"不用望了,娘是不会来送行了,我送送就行了。"王璐方感伤不已,便招呼春雷、张守东他们过来,道:"我走以后,春雷同志主持两城区的全面工作,大家一定要积极配合。我现在最担心国民党反动政府会卷土重来,咱们两城距离泊里最近,你们一定要高度警惕,要紧紧依靠广大人民群众,在搞好土改的同时,也要区别对待那些思想进步、拥护我们党的地主和富农阶级。"

春雷总是把璐方当成自己的小表妹,以不客气的口吻说:"璐方,你放心地走吧,秦邡同志也调回来了,我们对付地主、富农阶级会有一套行之有效的办法。"

"秦邡调回来了?"王璐方重复了一句。秦邡笑嘻嘻地走了过来,道:"王书记,好久不见,我回来了你却要走了,啊,祝你一路顺风,前程似锦。"王璐方瞅着他内心不免一沉。

第七十六章　找回亲生女儿

这些年,秦邡一直在涛雒区委干着一般性文字材料工作,几乎没有得到重用和提拔。春雷担任两城区委书记以后,他感觉机会来了,亲自求春雷将自己调回两城区,春雷正需要他这样的人,二话没说就同意了。

"我知道你会回来的,哈哈,两城街又是老姜家的了。"夜幕下,姜有谷抚摸着只剩下两根柱子的望街亭感慨地说。

秦邡站在亭外揣着手并没有说话。姜有谷又朝着两城大街的方向望去,虽然眼前乌黑一片,什么也没有看到,但他脑海里浮现出被人前簇后拥的情景。他干笑了两声,接着道:"邡春啊,我告诉你一件事,邡牛是你亲三弟啊。"见秦邡并没有应声,他接着说:"你六爹没有儿子,将你三弟过继给他了。以后呀,老姜家就靠你们振兴了,要将失去的统统夺回来,要让王在川、王里门加倍偿还,有仇报仇,有恨解恨!邡春哪……"黑夜中传来一句短促却令他震撼的声音:"我叫秦邡。"

"秦邡?"姜有谷重复了几句,似乎明白了什么,猛然颤抖不止,朝着眼前的黑影问道,"连亲爹也不放过吗?"秦邡没有回答。在长久的等待中,眼前只是一个黑影,一点声音都没有传来,姜有谷彻底绝望了,他长叹一声,狠狠拍了亭柱子三巴掌,道:"我明白了,但你必须答应我一件事,否则……"他没有说下去,秦邡心里非常明白,道:"你说吧。"

"必须让王在川死,让他家破人亡!两城街没有老姜家的立足之地,也不能

一街两城

让老王家有半寸生存之所。"姜有谷终于道出最大愿望。秦邠却轻轻道："我知道该怎么做。"说完转身刚走了几步又回身道，"有我这条船在，老姜家在两城街不会消失。"

姜有谷顿时热泪盈眶，想上前去抱抱儿子，但擦干眼泪后，眼前的黑影已经消失了。他倒退几步差点摔倒，悲哀道："既有谷何再（在）川啊？与他斗了一辈子，没气死他，现在反而被自己的儿子逼死了。唉，人强强不过命啊！"说完抽出腰带挂在栏杆上将头伸进去，倒下就再也没有起来。

两城区委进行了分工，春雷负总责，张守东主抓支前工作，前来督导的县委宣传委员尹仲良和秦邠负责土改运动。当前，解放军已经进入了决定命运的战役，亟须大量的支前民工和粮食、弹药等物资。由于两城·村群众思想觉悟较低，尹仲良主动到一村开展工作，并带着不被大家看好的姜邯牛。两城二村在秦邠的直接领导下，启用了张传梢、张永淮等贫雇农斗地主、分田地、烧毁地契、没收财产，周坚、姜有财等地主或被揪斗或被打倒……秦书中在一个深夜偷偷溜回家，被守在门外的张永淮等人抓了正着，立即关押了起来。

连日来，安雪梅明显看到公公的精神一天不如一天。有时候他拿着偃月刀在堂厅里一遍遍擦拭，想一把抓起来，但手上没有力气，当啷一声掉在地上，双手攥紧缓慢将偃月刀举过头顶，两条腿支撑不长久就颤抖了。雪梅跟他商量举家搬迁到青岛，还说里路已经在那儿购置房产了，可是他死活不同意去："我哪儿也不去，死也要死在两城街！"

"卖栗子来——卖栗子来——"大门外传来女人叫卖的声音，而且不停地叫唤，叫得人心烦意乱。雪梅走过去说："大姐，我们家没有买的，你到别处看看吧。"兰兰戴着苇笠，用头巾包着脸，只露出眼睛，她好像心思并不在卖栗子上，眼睛不时向门里张望着，像是在找人，雪梅的话也仿佛没听见。雪梅不得不重复一遍，她这才把注意力转移到自己的生意上，说："这栗子甜着呢，买些吧，少爷、小姐最爱吃的。"

雪梅心想：闺女倒是有俩，哪来的少爷？她脸一沉，刚要撵她走，王妈急匆匆过来，抓起货篮就要扔，兰兰与她争执了起来。雪梅就转身进门了，快到自己房门时,回头见王妈已经将兰兰赶走了。

　　刚吃过晚饭,李有俊突然来到王家,见到雪梅小声说:"少奶奶,听张裁缝说新来的那个秦邡副区长就是姜家二少爷姜邯春。他发誓要杀了王老爷,还要让王家家破人亡。虽然是道听途说,但绝不是捕风捉影,还是预防着点好。"说完就急匆匆走了。

　　雪梅立即与王在川、丁使秀他们商议,到青岛找王里路暂避风头。王在川默默无语,忽然口吐鲜血昏了过去。

　　深夜,王在川昏昏沉沉躺在床上,忽然见姜有谷进来,他大惊:"你……你不是死了吗?"姜有谷哈哈笑了两声,阴沉道:"在川兄,我不在你不觉得孤单吗?哈哈,我告诉你,我在黄泉路上很孤单啊,我今天特意叫你一起走啊。"

　　"你、你……你不配!"王在川挣扎着冲姜有谷怒吼。姜有谷大笑三声,说:"在川兄,咱俩在两城街风风雨雨几十年,现在想想,最开心的还是跟你斗啊。虽然斗来斗去没有斗过你,但总归我是要赢的。我儿子邯春回来了,哦,我还要告诉你一个小秘密,邯牛是我的亲儿子……我们老姜家永远占街!唉,你是看不到了,你的家人也活不久了……"王在川怒吼道:"偃月刀,我的偃月刀呢?我要杀了你……"

　　丁使秀听到王在川胡言乱语忙过来问候,他还是在愤怒之中:"姜有谷呢?我要杀了他、杀了他。"丁使秀安抚他:"姜有谷已经死了,他不会来,医生说你不要动怒,你好好静养才是。"待伺候丈夫睡下后,丁使秀急忙出来找到雪梅:"雪梅,快捎信让迎春爹回来,晚了恐怕见不到你爹了。"

　　王在川醒来,主动握着老婆的手,丁使秀双手抱着丈夫的手不住地流泪,他叹气道:"我没事,你不要担心了,你去叫雪梅过来,我有话说。"丁使秀很快将雪梅找来,雪梅来到公公床前安慰道:"爹,您没事的,已经托人捎信给迎春爹了,他回来带您到青岛大医院看病。"王在川摆手不让她说,道:"雪梅啊,告诉你几件事,记住了:一是全家人去青岛找里路。二是我死了不要声张,在王家老林埋了就行。"说到这儿,雪梅忍不住哽咽了。王在川接着说:"你听我说,还有一件事很重要。我、我等不到里路了,你告诉他,一定要保管好黑陶杯,不负慧安大师的重托啊。"说着咳嗽起来,雪梅忙用湿毛巾给他擦了嘴唇,他感激地看着雪梅,道:"孩儿啊,还有,你看到地洞里那四罐子宝贝,我实话跟你说了吧,是你爹留给你……"刚说到这儿,张传兰、姜秀莲等人嚷嚷着进来,王在川急忙停住说话,不一会儿瞪着眼咽气了。

雪梅遵照王在川的遗嘱,安排人将公公悄悄埋葬了,然后动员家人去青岛。

"我坚决不跟姜秀莲一起走。"张传兰攥着烟杆敲打着门框说,姜秀莲说自己不走了,张传兰立即朝着她说风凉话:"两闺女都是共产党,你当然不走了。"雪梅也没有心情与她们打嘴官司,虽然知道了那四罐子宝贝是爹留给自己的,但现在似乎顾不上了。她忽然想起了杏子,匆匆回房找了一些好吃的食物和衣服想给王妈让她捎回家给杏子。可是,怎么也找不着王妈了。丁使秀慌慌张张跑来说迎春不见了,雪梅大惊,急忙四处寻找。王香气喘吁吁地跑过来说看见迎春被王妈抱着走了,她没有追上。雪梅又急又气:"越急越出事,王妈怎么如此不懂事呢?"她只好让北乐驾着马车去追赶,半路上追上了王妈。王妈正与迎春斗气,迎春不想走了,坐在地上耍性子,王妈哀求着她快走。

"王妈,你这是干什么呀?急死我了。"雪梅下了马车朝着王妈埋怨道。王妈支支吾吾也不知说了些什么,甚至不敢与雪梅对视,雪梅因为心急没有工夫与她计较,抱着迎春就要上马车。王妈突然将她们拦住了,还要去夺迎春,雪梅立即生气道:"王妈,你这是干吗呀?别闹了。我说过了,我们要去青岛,没法带着你一起走。我知道这些年你对迎春有感情了,唉。"说着就要上车,王妈干脆堵住了车门与雪梅争夺迎春,迎春用手打着王妈:"你走,你走,我不跟你去,你不是俺奶奶。"雪梅忙说:"王妈,我知道你好心想照看迎春,但我们这一走还不知是生是死,我们不能连累你,你快放手,我们还要赶路。"这时,任北乐也过来拉开了王妈,道:"王妈,你别闹了,家里人都等着,我们还要去石臼。"

"我不能让迎春走,她是俺孙女。"王妈突然一句话让雪梅一惊,又一想或许是老人与迎春有感情了,并没有当回事,用力夺回迎春就上了车。王妈紧紧拉着迎春的手对雪梅大声说:"少奶奶,实话告诉你吧,迎春是兰兰的亲生女儿,也是俺的亲孙女。"王妈的话犹如晴天霹雳,雪梅感觉眼前一片模糊,浑身无力瘫在马车上,王妈趁机抱起迎春就往前跑,迎春哭着伸出手喊娘快救她。雪梅猛然醒过来,跳下车想去夺迎春,忽然觉着不对,转身对北乐急促说:"北乐,快去找杏子。"这时,任北乐也明白过来,拉着雪梅直奔山里。到了山下,马车上不去了,雪梅跳下车奔山里跑去。她一路奔跑一路喊着女儿的名字:"杏子,杏子,娘来接你了……"

雪梅跑到村口,顾不得口干舌燥腿脚发软,问清楚了兰兰的家。兰兰正戴着苇笠收拾山货,这时,雪梅才认出那天到自家门口卖山栗子的就是兰兰,她那天是想接走自己的女儿。此时,满腔的悲哀和愤怒促使雪梅指着兰兰大声道:"杏子呢,我女儿呢?"兰兰猛然抬头看到雪梅找来了,也禁不住惊了,忙站起来支支吾吾不知说啥好了。

"娘——"杏子背着比她还高的一捆草出现在院子门口,惊恐地看着眼前的一切。雪梅看到杏子可怜的样子,犹如万箭穿心,张着大口却没有哭出声来,没命地跑过去将草从女儿背上卸下扔掉抱着她的头,憋了好大一阵子才哭出声来:"我苦命的闺女啊!"杏子更慌了,挣脱她的怀抱跑向兰兰:"娘,娘……"她怕娘又要揍她,又不敢靠近,惊恐地望着兰兰。雪梅追了上来,抱起杏子哭着道:"杏子,我才是你……你娘……让你受……"她实在说不下去了,哽咽着几度憋得喘不出气来。

杏子还要去找兰兰,这时候,硬腿挑着柴草回家了,看到眼前的一切他老实地站在一旁,不敢看雪梅和兰兰。雪梅抱着杏子就要走,兰兰突然跑过来,拉着雪梅的衣服大喊道:"迎春呢?你还我闺女,你不还我闺女,也不能让你抱走你闺女。"雪梅转身,气愤道:"我不会要你的闺女,滚开!"杏子吓哭了,伸出小手朝着兰兰喊娘,雪梅亲着杏子的粗糙的小腮道:"杏子,我的亲闺女,我才是你亲娘啊,是娘对不起你。"说着就要走,兰兰紧紧拉着不放,王妈抱着迎春气喘吁吁地进来。兰兰不拉雪梅了,急忙上去抱迎春,迎春却不要她。迎春看到雪梅抱着杏子时,又嫉妒又生气,哭着喊道:"娘,娘,您不要我了吗?我以后听话,娘……"

雪梅看到迎春可怜巴巴的样子,更加心酸,这一切都是兰兰和王妈一手造的孽。她来不及问清楚是如何调包的,蹲下身抚摸着迎春的小脸蛋,擦去她脸上的泪珠说："迎春,我不是你娘了。"王妈忙指着兰兰对迎春道："迎春,她才是你的亲娘。"迎春照着王妈的脸就是一耳光："你胡说,一个乡巴佬臭女人不是俺娘。"说着挣脱王妈就拉着雪梅裤子,"娘,娘,我以后不闹了,我以后乖了。"雪梅看到迎春哭成泪人也心软了,流着泪道："迎春,我真的不是你娘了,你……"她实在说不下去了,扭过头抱着杏子就往山下跑去,杏子紧紧抱着雪梅,将小脸紧紧贴在娘的脸上,背后传来迎春的号叫："娘——娘——"

雪梅回到家,丁使秀抱着兆坤与家里人早在院子里等候了。丁使秀焦急地问迎春呢,雪梅忍不住流着泪指着杏子说："娘,这才是您的亲孙女。"丁使秀惊呆了,在场的所有人都惊呆了,丁使秀忙问："雪梅,到底怎么回事?"张传兰看着杏子惊喜道："哎哟,你们看看这个丫头,真像里路啊,鼻子、眼都像。"雪梅擦了一把眼泪说："娘……"可是怎么也说不下去了,蹲下呜呜哭了起来。杏子懂事地拉着她的手,她才站起来将事情的经过说了一遍。二妞说："怪不得王妈这几天神神秘秘的,原来迎春是她孙女啊,这不是白白给人家养大了孩子嘛。"张传兰气愤道："看看吧,穷人怎么啦?穷人就好心啦?"

二妞疑问道："王妈是怎么调包的呢?难道我们一大家子人都没有看到?雪梅当时你……"丁使秀叹气道："当时雪梅难产,我也太相信王妈了,就让她和接生婆在屋里接生,谁知她……"张传兰肯定道："就是在那时候偷换的,老东西伤天害理,死了也下十八层地狱。"丁使秀将兆坤递给雪梅,双手捧着杏子的脸蛋看了又看,眼泪止不住地流了下来,喃喃道："是随她爹,迎春怎么看也不像,当年我差点要……要不是这场难,我们还养了别人的孩子,我们的孩子却在人家受罪,万幸啊。"急忙双手合十念叨,"罪过罪过,善哉善哉。"

玲玲仰着脸撇着嘴道："还善哉呢,这是命。人家知道孩子要受罪了就领回家享福,杏子一天没有享福不说,刚认门就要开始逃难了。"

此时,雪梅不这样认为,她紧紧抱着杏子,喃喃道："我的宝贝女儿,天老爷有眼将你找了回来,以后无论到哪儿,我们都在一起,在一起就是福。"

第七十七章　还乡团

王在川之死流传许多版本,有人说被秦邡逼死的,有人说是自杀的,还有人说本来就有病……秦邡最清楚他是怎么死的,是他扮作姜有谷的模样气死了王在川,也算了却了父亲临终的一个遗愿。他还有一件心上的事,始终没见到雪梅。独自来到她的卧房,闻着尚未散去的脂粉香气,脑海里又浮现出那个给儿子买糖葫芦的情景,面对空荡荡的房间,扭曲的心令他发誓一定让王家人没有好结果,他不顾王永臣等人的劝阻,带着人炸塌了向东亭,将三义士牌坊推倒。

张守东向陈雨田汇报工作时说:"陈书记,某些地区不同程度地出现放弃党的领导,将一切权利归农会,某些同志在土改过程中有过激行为,我担心对当前支前工作和解放区稳定大局不利。"

陈雨田立即找到春雷对他工作教条提出了批评:"春雷同志,关于土改工作,滨海地委转发了华东局对贯彻土改复查的指示要求,一定要纠正对地主不分大小,一律实行'扫地出门'的做法……在当前任务艰巨和环境极端复杂的形势下,你们还必须认真贯彻上级的指示精神,区别对待地主和富农阶级。过激过头的行为不仅会给我们重中之重的支前工作造成困难和压力,还有可能让盘踞在青岛的国民党趁解放军南下之际进行反扑。如此,广大老百姓的生命和财产安全就容易受到损失。"春雷没有辩解,他意识到了自己工作的教条和偏激给两城区大局带来被动,忙说:"我对上级的指示精神领悟不透,工作中出现了问题和失误,请陈书记批评指正。"

一街两城

陈雨田严肃道:"春雷同志,现在还不是检讨的时候。两城区与泊里只有白马河之隔,你速回两城,立即组织党员干部和革命群众转移或躲藏起来。支前的所有物资限一天时间内运送到沈疃区,一定确保群众的生命和财产万无一失。"春雷连连答应急速回两城召开了区委会议,按照陈雨田的要求布置了当前急需的工作。

果然不出陈雨田所料,驻守泊里的国民党军队对解放区进行了反扑,一夜之间占领了石臼、两城、海青、潮河等大片地区,两城镇再次落入国民党之手。一些地主和投机分子纷纷组成还乡团对中共党员和革命群众进行了疯狂报复和残暴杀戮,刚刚建立起的人民政权遭到了重大损失。尹仲良和姜邯牛接到区委要求撤退的通知时已经来不及了。

"邯牛同志,通过我们近期艰苦细致的工作,两城一村大部分地主、富农已经了解了共产党的政策,不再离家或观望,开始积极配合土改工作。从中我得出结论……"尹仲良说着便转向了姜邯牛,姜邯牛领会道:"就是毛主席在延安所讲的'实事求是'。"尹仲良攥紧拳头一挥道:"对,一切从实际出发,紧紧依靠广大人民群众,团结大多数拥护和支持我们的地主、富农、企业家、老板,以及手工业者,我们很快就能打垮蒋家王朝,解放全中国。"姜邯牛接上说:"抗日战争时期,我党就是靠统一战线,团结一切可以团结的力量,才夺取了抗战最后的胜利。"

"是啊。"尹仲良笑着点头对姜邯牛说,"邯牛同志,原定第二批南下干部由我带队,但我考虑到两城区的实际情况和你的表现,我向组织推荐了你,我就不去了。"姜邯牛听了很感动,忙说:"尹委员,其实,我现在也想通了,只要为党工作,为老百姓谋利益,在哪儿都一样。"尹仲良点头同意,指着一处房宅说:"最后一家了……"刚说到这儿,就听到一阵激烈的枪响传来,有人高喊:"还乡团来了。"

尹仲良立即环视了四周,然后沉着地对姜邯牛说:"一村群众基础不稳,快向二村撤退。"还没有跑出一条胡同,就发现整个一村已经被还乡团包围了。还乡团也发现了尹仲良他们,喊着抓"共党"并开枪射击,有的拿着把棍子朝他们袭来。把棍子是村妇洗衣服的工具,大头粗小头细,人员大多是无业游民或混吃混喝的投机者,他们组成把棍子队,跟着还乡团打砸抢。

"尹委员,你先撤,我掩护你。"姜邯牛说着冲到了前头举枪朝还乡团射击。尹仲良没有独自撤退,而是拉着他边打边撤。突然一颗子弹打中了姜邯牛的头部,他倒下了,尹仲良便背着他快速撤离。从姜邯牛伤口流出的血滴在尹仲良的身上,他全然不顾,在小巷胡同里拼命地奔跑。姜邯牛苏醒过来,吃力道:"尹委员,别管我了,我南下不了了。"

尹仲良边跑边鼓励道:"坚持住,一定要坚持住,你一定要能南下,解放全中国。"

进入两城二村就是堡垒区了,还乡团即便进去也很难搜出共产党员。尹仲良眼看快要进入两城二村了,继续鼓励已经昏迷的姜邯牛道:"邯牛同志,快了,进了二村我们就安全了,你一定要坚持住啊。"此时大街上少人走动,还乡团边追边喊:"截住'共匪'啊!谁截住赏十个大洋。"突然,一个肩宽腰粗的壮汉拿着一根扁担将尹仲良拦住了。这时,尹仲良的手枪里已经没有子弹了,他只好转身往西突围,还没跑几步,突然被脚下的石头绊倒,尹仲良和姜邯牛重重地摔在地上,正当那人举起扁担要打向尹仲良的时候,王永臣一个箭步冲上来将壮汉打倒在地,尹仲良迅疾腾空而起,猛虎扑食一般抱着壮汉对王永臣喊道:"快背着邯牛同志撤。"王永臣不敢怠慢,背起姜邯牛就跑向二村,消失在胡同里了,还乡团一哄而上,将尹仲良抓住了。

还乡团的全名叫还乡清算团,团长就是赵贵。还乡团下设三个大队,派往各个乡镇。两城大队长叫贾一山,他是两城南城人,早年家贫,生活过不下去了便闯关东。去年从东北回来到处游荡,无所事事,后来到了天津与赵贵臭味相投。土改时,他家也分上了土地、房宅,当他听说国民党军队占领了日照县时,认为乱世出英雄的时机已到,便跟着赵贵回到老家,四处寻找拉拢地主家的人和闲散无赖,很快发展到数百人。其中就包括傅志明、王兆玉、秦书中、姜有理等人。

尹仲良被五花大绑押到界碑游街示众,头发都被血凝在了一起,耷拉着头紧闭双眼。还乡团有的拿着枪,也有的拿着刀,大多数人拿着把棍子站成一排。贾一山站在中间高声喊道:"两城街的兄弟姊妹们,只要说出共产党窝藏在哪里,或者谁是共产党的家属,我贾一山绝不为难大家,而且,说出一个,我奖十个大洋,两个二十。"他一把络腮胡子,说起话来胡子跟着抖动,眼含杀气,一支手枪斜挎在腰上,给人不怒三分凶的感觉。他喊了半天,也没有人出来答话。

傅志明猛踹尹仲良,大声问:"我还认为你是铁打的呢!快说,两城区的'共党'头头哪去啦?你说出一个就饶你不死。"尹仲良没有任何表示,傅志明又踹了几脚:"我让你不说,踹死你、踹死你。"王兆玉掏出手枪刚要冲上前去,突然一只手拉住了他,他猛然回头,见一个包裹严实的女人朝他示意。他跟着走出人群,这个女人说话了:"兆玉,你可不能杀人。"王兆玉这才认出是雪梅婶婶,立即哭着道:"婶,俺娘让姜邯春、张永淮杀死了,我要杀他为俺娘报仇。"雪梅忙说:"冤有头债有主,这个人没有杀死你娘。"

"我不管,反正他们都是共产党,找不到姜邯春我就要杀他代替。"王兆玉执意要去杀尹仲良,被雪梅牢牢抓住了。

雪梅一家到了石臼,因为局势突变,国民党军队卷土重来,还乡团紧随其后几乎挤满了码头,一时没有去青岛的船只。她们只好暂住表亲刘均一家里。张传兰和玲玲、二妞她们就不想走了,王香、王满嚷着要回学校上学,张传兰咬着牙发狠道:"我们终于有盼头了,回家有恩报恩、有仇报仇!杀死那些穷鬼!"丁使秀一心想回家给丈夫上坟。正巧,安为江来看望雪梅,给她带来一些食物,告诉她安家台也搞土改了。任姓家族坐船逃往台湾,穷人分了地主的土地,但也给他们留下足以养活家口的土地,没有出现逼人杀人的现象。由此,他感叹当年父亲多有眼光啊。临别时,他一再劝告雪梅道:"雪梅啊,别看现在国民党一时兴起,但不会长久的,暂时不要回家,还是去青岛找里路吧。"雪梅心里有底了,忽然听说王兆玉参加了还乡团四处抓人,决定找到他一起走。

为了能让王兆玉离开是非之地,雪梅慌说王里门也到石臼了。王兆玉满心欢喜以为到石臼能见到父亲,到了却不见踪影。"我爹呢?"王兆玉问。其他人也都疑惑地看着张传兰。张传兰只好说了实话:"你爹得罪了许多人,是你二爷爷托刘县长送去台湾了。"众人都惊得目瞪口呆,玲玲破口大骂王里门不是东西,二妞却在一边冷笑。王兆玉对雪梅说:"婶,您就同意我回家报仇吧,里路三爹也快回来了。"

雪梅大惊,忙问:"你听谁说的?"王兆玉只好如实说:"我看赵贵名单上有王里路这个名字,职务是参谋长。"雪梅听罢更加快离开石臼拦住丈夫的决心。

雪梅每天去码头买船票,可是售票员只有一句话:"海上风大,不通航了。"雪梅站在码头上,焦急地望着波涛汹涌的大海,心里祷告着:"里路啊,你千万别回来。"忽然见一艘渔船靠了岸,从船上下来一大帮带枪的人,其中有里路的表舅。从他口里得知,丈夫确实参加了还乡团,还被委任参谋长,雪梅更加焦急不安,立即联系了去青岛的渔船。

一条由木质渔船临时改装的客船,上去一个人整条船都晃悠,胆小的都不敢上船,即便这样,也是一票难求,好多人扛着行李背着包袱,带小孩往船上拥挤。船老大在船头上不耐烦地喊着:"别挤,别挤。"雪梅怕遗漏或走失了家人,在码头上清点了一遍,上了船又清点了一遍,总感觉不对,对玲玲说:"嫂子,人数不对,好像少了两个。谁还没来?"玲玲连看都没有看,心中早有数,说:"是老三和她儿子没来,不管他们了,一路上慢腾腾的,准有心事!"传兰一听孙子没来,急哭了,要下去找,雪梅说:"大娘,还是我下去找找吧。"

船老大不耐烦道:"要开船了,下去不管了。"雪梅没有搭理他,摇摇晃晃地上了码头,焦急地到处张望,可是人来人往,就是没有二妞的影子,正当她要回船上时,只听有人喊她,她转身见是二妞,便埋怨说:"嫂子,你去哪里了?快上船吧,大家都等急了,要开船了。"二妞并不着急的样子,上前拉着雪梅的手竟然哗哗流出泪来,雪梅认为她舍不得里门大哥,便安慰道:"大哥去台湾了,你不要为大哥担心了,快上船吧,晚了就来不及了。"二妞几次欲言又止,看到雪梅着急的样子,不得不说:"雪梅,我、我不想走了。"

"什么?!不想走了?你去哪?"雪梅非常吃惊。

"我……"二妞支支吾吾,不知该怎样说了。正在这时,山寨抱着二妞的孩子过来,雪梅忙说:"哎,山寨,你怎么也来了?这几年你干什么去了?"山寨很尴尬,说:"少奶奶,我……"他也不知说什么好了。雪梅看到人们都上船了,拉着二妞就要走,二妞终于说了:"雪梅,我想跟着山寨走。"

雪梅一愣,忙说:"跟着山寨走?二妞,你怎么了?我们一家人,怎能分开呢?我不能不管你,大娘都急哭了,快走。"二妞呜呜哭了,山寨忙上前给她擦泪,雪梅忽然什么都明白了。此时,她非常生气,上前就要从山寨怀里抱走孩子,山寨怎么也不给。雪梅火了,道:"你真是不懂情理,嫂子既然要跟你走,我无话可说,但王家的骨肉,我怎么也不能给你!"山寨也急了,说:"他是我的儿子。"雪梅简直不敢相信自己的耳朵,忙道:"你不要胡说!"

"是我的,是我的……"山寨说着抱着孩子就跑了。雪梅立即质问二妞:"他说的可是真的?"二妞点了点头,雪梅顿时感到浑身都在打哆嗦,真想给她一耳光,但她还是忍住了,鄙视地瞅了她一眼,扭头便走了。

雪梅刚要回到船上,丁使秀慌慌张张地跑上来说杏子不见了。雪梅心头仿佛被人重重一击,顷刻间昏倒在码头上。王兆玉和丁使秀急忙掐人中,雪梅好歹苏醒过来,她冲开人群就往码头上跑。船老大生气地喊着:"开船了,再不走落潮了,船搁浅了就走不了了。"

雪梅一边跑一边喊着杏子,头发都全部散乱了,码头上的人当她疯了。有人怕她跳海,上前将她拉住,她不停地喊着:"杏子,杏子……"丁使秀跑过来哭着说:"都怪我,都怪我。"正当雪梅绝望的时候,王兆玉忽然高声喊道:"杏子,杏子。"雪梅和丁使秀顺声望去,见任北乐领着杏子快步走来,杏子手里还攥着一串糖葫芦。原来杏子看见娘上了码头她也跟着上了码头,站在人群中哭喊着找娘,被赶来送行的任北乐听到,他急忙抱起杏子,还给她买了糖葫芦。雪梅顾不得感谢任北乐了,抱着杏子哽咽着怎么也说不出话来了,心口窝一阵阵剧痛,从此落下心痛病。

刘均一来送行,雪梅忽然想起了一件事,对他说:"表哥,里路如果回来,您一定劝他返回青岛,我们全家人都在那里等着他。"刘均一边点头答应边催促她快上船:"表弟妹,我知道了,快上船吧,船要起航了。"

雪梅刚要上船,又不放心地转过身来,急切地对刘均一说:"表哥,您有纸吗?我不放心,想给他写几句话。"这时,码头上的伙计解缆绳了,王兆玉、丁使秀着急地吆喝雪梅快上船。刘均一摸遍了全身,只有一包香烟。雪梅见状,毫不客气地

拿过来,撕开盒子把烟卷还给表哥,从口袋里掏出一个铅笔头,蹲下把烟盒展平放在膝盖上,赶紧写了几句话:

里路:
  见字如面。
  全家都去青岛找你,万一你回来了,速返青岛。切记!
妻:雪梅。

第七十八章 避难青岛

  雪梅上了船再也不敢松开杏子的手了,脸上还挂着泪花。船老大不高兴了,呵斥着,怒骂着:"全船人就等你一个,落潮搁浅了,你负得起责任吗?"雪梅不敢顶撞,更不愿辩解,大滴的眼泪掉在杏子的脸上。张传兰问二妞去哪儿了,雪梅搂着杏子,将二妞的事情说了一遍,张传兰拿着烟杆敲着船板大骂二妞骚货,玲玲冷冷道:"我早看出他们不正常了。"张传兰又骂她为什么不早告诉王里门,玲玲哼了一声懒得回答她的话。

  小小的船载着六七十人,大家也不那么讲究了,由于各家拿的行李太多,有的坐在甲板上,有的干脆坐在船舷上,连货仓里也装满了小孩、老人,雪梅将兆坤用背带紧紧捆在身上,一手紧紧攥住杏子,甚至都不敢眨眼,她真怕眨眼的工夫不见了女儿,另一只手不时地按按心口,还是火辣辣地痛。

  船行至灵山岛外老鳖顶时遇到了飓风和巨浪。眼看船要沉没,船老大逼迫船上的人将所有行李都扔到海里去,雪梅考虑丈夫在青岛能有积蓄,忍痛将财物扔进大海里了。张传兰看到自己大半辈子积攒的金银珠宝被扔到大海里,想跳海寻死却被雪梅和兆玉紧紧拉住了。到了青岛,雪梅急忙打听里路开店的地方,有人告诉她:"王老板已经将店转手回老家了。"雪梅感到一阵晕眩,久久不能言语,有心想跟着船返回石臼,又怕再与里路擦肩而过,就在码头外大窑沟停了下来,她想里路见到自己写给他的纸条,肯定会马上返回青岛。

  确实,王里路在一些地主和国民党军人的怂恿下,报名参加了还乡团,还变卖了所有房产、店铺,将钱款用于购置枪支弹药。刚下码头,刘均一就截住他,将雪梅写的纸条给了王里路,他看了之后非常吃惊:"他们怎么去青岛了呢?现在青岛什么也没有了。"刘均一特别强调道:"现在还乡团正在疯狂杀人,好多共产党人和农会的人被残杀,听说县宣传委员尹仲良被把棍子队活活打死了。你现在回去,很可能身不由己,将来很难说清。"

"表弟,听我一句劝,二姨和家里人都在青岛等着你去照应,当务之急快回青岛,一旦他们出点事,你可要后悔一辈子。"

王里路决定先回青岛,再作计较,便道:"表哥,我听你的,先回青岛,只是我购买的武器弹药,我想……"没等他说完,刘均一严厉道:"你想干什么?你想让这些武器去杀人吗?我明着告诉你,这些枪要是落入赵贵、贾一山等人之手,你没有杀人也有份子。"王里路还没有处理的思路,刘均一说:"这些武器你别管了,我处理吧。"王里路只好答应了,他前脚走,刘均一后脚就将所有武器弹药扔到大海里了。

当王里路返回到青岛见到家人时,惊喜之中难免忧虑,庆幸之中难免悲戚,眼前一切仿佛一场梦。里路说全部钱财都用于购买武器弹药了,雪梅也流着泪说所有家财都扔到大海里了。王里路强忍住泪水抱着杏子,急忙安慰妻子道:"钱财乃身外之物,只要家人平安健康,再大的困难我们也不怕。"说着亲了亲女儿的脸蛋,雪梅心里顿时踏实了。

为了养活一大家子人,王里路每天拉黄包车,雪梅则到姓邵的老板家里当用人,给他们洗衣服。杏子很懂事,跟着娘去洗衣服,干起活来不比娘差。雪梅心里清楚,这都是从小受苦锻炼出来的。雪梅端着盆在院子里晾晒衣服,杏子主动拿着扫把清扫卫生,正巧被回家的邵太太看到了,她招呼杏子进屋,给了杏子一块糖。杏子舍不得吃,邵太太就催促她快吃,杏子只好剥开糖纸放进口里,忽然转身跑了出去。邵太太透过窗子朝外望去,见杏子搂住雪梅的脖子亲吻了娘的嘴,她忽然明白了,杏子将糖送进娘的嘴里。她顿感一股热流涌遍全身,眼睛湿润了。雪梅更是泪眼蒙眬,她想起了杏子的往事,总觉着欠女儿的太多了,越想越心酸,她抱紧杏子说:"杏子,娘的心肝宝贝。"

一天,邵太太就给了杏子两根香蕉。杏子不舍得吃,拿回家给奶奶吃。张传兰高兴地接过来就吃了,丁使秀却攥着直抹泪,谎称不喜欢吃让杏子留着吃。杏子跑到王满哥哥学习的地方,朝着他偷偷招手,王满出来。两个人找了一块石头坐了下来,杏子拿出香蕉给他,王满很高兴也没有多想,扒开皮就往嘴里放,他刚咬了一口忽然看到杏子朝着自己笑,眼睛直直的,还吧嗒着嘴。他便将香蕉放进杏子嘴里,杏子咬了一口,然后轻轻推给他,王满咬了一口,就这样两人你一口我一口将香蕉吃完了,都开心地笑了。

这天,雪梅没有带杏子。邵太太与雪梅聊起杏子,说自己太喜欢她了。正说着话,楼下有人喊嫂嫂,邵太太说:"我小姑子来了。"雪梅听说有客人来,就告辞离开了。她走到楼梯上,见往上走着一位中年女人,心想她该就是邵太太的小姑子了。擦肩而过时,邵惠站住了,一直望着雪梅走出了院子才转身上楼。问邵太太:"嫂子,刚才下楼的人是谁呀?"邵太太说:"新来的用人。"邵惠想到了雪梅,总觉不可能,或许认错了,但还不死心,忙问她是哪里人,当邵太太说日照人时,她猛地站立了起来,惊讶道:"难道真是她?"

第二天,邵惠早早来到大门外,等着雪梅到来,她怕惊着雪梅,故意离大门口远一点。雪梅正常来干活,正走着,忽然听到有人喊:"妹子。"她没有在意,继续走路。"雪梅大妹子。"当她听到这句话时,不禁一惊,急忙回头,见一个女人站在自己眼前,似乎认识,但一时想不起来是谁。"我是邵惠啊!妹子,你认不出我了吗?"邵惠顿时泪如泉涌,上前就抱住了雪梅。这时,雪梅才认出了邵惠,也惊喜万分,道:"怎么会是你呢?真巧,在这里遇见你。你这是要去哪儿?这些年你过得好吗?"

"好好。"邵惠擦着眼泪说。

雪梅忽然想起一件事:"对了,你找到大哥了吗?"邵惠忙说:"找到了。"雪梅放心了,说:"那就好了。"邵惠拉着雪梅的手说:"走,到家里慢慢说,这些年我和国乾都想死你了,一直想联系你,可是前几年小鬼子时期,通信也不方便……"邵惠不停地说着。雪梅却惊讶地发现邵惠跟着她往邵家走,怕让邵惠知道自己在这儿当用人,走到门口忙停住了脚步,对邵惠说:"你住哪儿呀?你先忙吧,过几天我……"邵太太从屋里走了出来,笑着说:"邵惠,你快将恩人请到楼上。"雪梅忽然明白了,直感觉眼前一片模糊,她再次抱着邵惠,紧紧的、久久的,一句话都说不出来了。

来到客厅,邵家不再将雪梅当成用人了,而是以高规格接待,茶几上摆着各种糖果。邵惠流着泪诉说了这些年的变化,雪梅只是听着,一句都不想说自己的遭遇。邵惠拉着雪梅的手说:"妹子,要不是你,我们一家人可真不知咋样了。对了,你们现在住哪儿呀?要不一起到俺家住吧,我们买房子了。"雪梅知道这是不可能的事情,便婉言谢绝了。

当天,雪梅不但没有洗衣服干活,而且中午邵太太做了丰盛的饭菜招待了雪梅,临走时邵惠还买上许多点心、糖果让雪梅捎着,雪梅不拿邵惠就要送去,雪梅怕她知道自己住在难民区,只好拿着了。回到住处,王满、王香看到雪梅提着好多贵重食物,都高兴地围拢过来,雪梅这次还真大方,一一分给他们,留着最好最软的奶糖给了大娘和娘吃。丁使秀问哪里来的,雪梅将遇到邵惠的事情说了,丁使秀感叹道:"善哉善哉,行好得好啊。"张传兰嚼着软软的甜甜的糖问谁给的,丁使秀道:"是雪梅当年行好得来的。"张传兰觉着她是在嘲讽自己,气得将糖吐出来扔了。

次日,雪梅就去邵太太家辞职了。邵惠闻听后,哭着道:"妹子啊,你这是何必呀?你当年能帮我,为什么如今不让我帮帮你呀?"

王里路得知妻子将活儿辞了,没有赞同但也没有表露出不高兴的样子。这几天,他很矛盾,赵贵找到他,请他回老家主持大局,众人推举他干县长,还说,国军徐州和北平"剿总"两大战区正向山东夹击合围,整个山东局面将会改变。理路与妻子商量,表露出回家的强烈愿望,主要能摆脱目前的困境。雪梅拿出从邵太太家带回人家看过的旧报纸,说:"你别听赵贵忽悠,青岛内各家报纸都刊登徐蚌会战战况,虽然官方一直鼓吹国军如何如何歼灭多少'共军',但明人从消失或阵亡的国军将领和军队的数量上就不难看出这场战役的真相。山东局势并不明朗,你不能回家,不去蹚浑水。"

第七十九章　兄弟战场见

　　夜幕下的淮海大地滴水成冰，寒风夹杂着雪花呼啸而来，肆虐着蜷缩在战壕里的士兵。远处不时地升起炮火的光芒并伴有沉闷的巨响。近处却死一般地沉寂，白雪皑皑的地面上仿佛被人蘸着墨画了看似不规则其实很有讲究的线条。

　　王里道拿着望远镜朝前方观察敌情，对面不远处驻守国民党一个军部和一个整编师，副军长兼师长不是别人，正是他的兄弟加对手王里户。兄弟俩从太行山到苏北，从苏北到鲁南再到淮海，一路是你死我活的对手。在苏北，王里道所部差点被王里户率领的军队包围了，没有想到短短两年时间形势来了一个大反转，王里道率军将王里户所部包围了。

　　王里道是在冀南根据地告别妻儿去鲁西战场的，其间还利用老乡关系亲自策反姜邯举参加了解放军。谁知姜邯举在国民党军队重点进攻山东时，又投靠了蒋介石。这让他非常气愤，他发誓亲自歼灭这个反复无常的小人，碰巧他俩在淮海战场相遇了。

　　王里道从前线阵地回到团部指挥所，见雷政委与一位鹤发童颜的支前民工交谈，众多官兵从冒着热气的木桶里盛着绛紫色的汤喝。雷政委端着一碗汤药过来说："老伙计，老乡给送来了预防风寒的汤药，你趁热喝了吧。"王里道接过碗，走到木桶边看了看，忽然想到趴在冰凉雪地上的士兵，忙对身边的参谋道："刘参谋，你将汤药送到前沿阵地，让战士们喝了暖暖身子。"

　　雷政委忙笑着说："柳大爷给咱熬了几大锅汤药，我已经安排炊事班送过去了,你放心喝吧。"王里道朝着柳大爷感激地笑了笑才放心喝了,喝了一口就感觉热浪涌遍全身,喝完就感觉堵塞的鼻子一下子被疏通了,便朝着柳大爷说:"谢谢了,柳大爷。"柳大爷笑着说:"首长,说谢谢就太客气了,你们在前线打胜仗,我们老百姓在后方做点力所能及的事情是应该的。"雷政委急忙介绍道:"柳大爷是老中医。"说到这儿,他忽然惊喜道:"老王,柳大爷还是你老乡呢。"王里道紧紧握着柳大爷的双手,惊喜道:"柳大爷,您就是南山的柳中医?"柳大爷忙点头说:"是。"王里道哈哈大笑:"我认识您,您妙手回春的医术在咱们两城镇可是大名鼎鼎啊。"

雷政委接着介绍道:"柳大爷的儿子在担架队,柳大爷听到大冬天战士们受到风寒生病影响战斗力,就推着一车中草药来了。"接着感慨道,"为配合淮海战役,山东、江苏、河南、安徽等省各县成立了支前指挥部,各区设支前站,各村设支前委员会,组成民工团形成了支前大军……我们正是有两支大军,才使得中国共产党领导下的伟大事业从胜利不断走向胜利。"然后笑着对王里道说,"老王,真巧啊,这次给我们送粮送弹药的民工又是你老家的。"王里道很高兴道:"是吗?那我得去看看,说不定还认识他们。"说着与柳大爷告别同雷政委来到后方营地。

营地设立野战医院、战备物资库等设施。担架队、运输队络绎不绝,他们提着马灯行色匆匆,但忙而不乱。王里道突然在人群中认出张守东,高喊:"张守东,是你呀,你们辛苦了,部队打胜仗离不了老乡的强有力支持啊!"张守东也认出了王里道:"呀,是里道呀!老弟,多年不见,已升为首长了嘛。哎,不对呀,你不是牺牲了吗?家里都有你的坟墓,还为你立了三义士牌坊。"看到张守东惊异的神情,王里道接着将自己的经过说了。张守东道:"难怪啊!家里还认为你牺牲了呢!"

雷政委感慨道:"战争残酷性决定了诸多不确定因素。"接着指着张守东对王里道介绍说,"你老家的这个父母官啊,现在是日照县支前民工团副团长,我们打到哪儿,他们跟到哪儿,在鲁南战役我第一次见到他,后来的莱芜战役、孟良崮战役、济南战役都有他们的身影,现在决战淮海了,还少不了他们,谢谢啊。"王里道紧紧握着张守东的手,然后对雷政委说:"雷政委,你不知道,当年日照暴动多亏他呀？是他替我承担了责任，我到现在还觉着对不起他。"

张守东哈哈笑道："里道首长，你知道吗？这次日照南下干部领队就是当年日照暴动的巡视员刘鸿仁县长。"王里道惊喜道："是吗？守东，你以后可别叫我首长，刘县长也来了吗？在哪儿？我想见见他。"张守东忙说："他们还在山东郯城集训，很快就跟着部队南下。对了，王璐方书记也南下了。"

"哦，五妹也参加革命了，也南下了？"王里道看到雷政委不解的样子，忙解释说，"老雷，王璐方是我家五妹。"雷政委顿时笑着道："哎呀，你们老王家一文一武都南下解放全中国了。"

"老家来的？"任书武过来视察工作，见到王里道问。

王里道急忙介绍说："是的，师长，这位同志叫张守东，是咱两城区的副区长，日照县支前民工团副团长，我童年的好伙伴！当年我偷了他保管的枪，给了安杰书记用于日照暴动。"任书武笑着说："哈哈，听说你差点让在川兄一刀劈了啊。"

提到王在川，任书武笑着问："在川老兄还好吧？"张守东刚要说出实情，王永臣与几个民工跑过来对张守东说："张副团长，部队首长要求我们给偷跑过来的国民党士兵讲讲解放区发生的新面貌。"任书武急忙笑着道："好呀，你们多说说老家人民群众都分到了田地，穷人在党的领导下翻身做了主人。"张守东等人答应着走了，雷政委也跟着去了。

此时，东方欲晓，天际一片霞光。王里道和任书武来到小土包上，看着眼前硝烟弥漫的战场，王里道说："师长，你看下一步的仗该怎么打啊？"任书武笑着说："只要野司一声命令，那还不是易如反掌？你看各路支前的民工，如果没有他们源源不断地送粮送衣、抢救伤员，我们的胜利哪能这么快啊！"里道感慨地说："是啊，解放区人民群众组成一队队支前大军，就像流淌在我们军队中的一条条畅通的血脉。"

"说得好啊。"任书武说，"蒋介石只顾极少数人的利益，失去全国老百姓的心，这就叫'得道多助，失道寡助'。得民心者得天下，是一条永恒不变的真理……现在看，我当年多亏选对了正确的道路啊，哈哈。"里道转身看着任书武说："是啊，是啊。"任书武问："纵队首长安排你劝降王里户的事情办得怎么样了?他要是早日投降,不但能加速战争结束,还能避免许多战士牺牲啊。"王里道回答道:"我通过多种渠道将亲笔信给他送去了,不过,到现在还没有回音。师长,我有预感,希望不大,我了解他的脾气。"

"难道他要为气数已尽的蒋家王朝殉葬吗?"任书武接着又问,"还有那个姜邯举呢?他现在正指挥一个军的兵力向王里户靠拢。"王里道急忙回答道:"师长,我更了解他,他肯定见死不救。"

"我们能否争取过来?"任书武接着问。

"没有必要。"王里道摇头说,"像姜邯举这种反复无常的小人,我建议不能再次给他机会了,对他最好的办法是就地歼灭。"任书武点头称是,道:"你抓紧做王里户的工作吧。"说完就走了。

王里道回到团部立即写了《敦促王里户将军投降书》,让广播员从早到晚朝着敌军阵地喊话,又写了一封信让跑过来吃饭的士兵偷偷带给王里户。

王里户看到王里道的信,气得揉成一团扔了:"小东西竟然教训起我来了,当初在苏北就应该追上去将他杀了。"参谋长将信拾起来,道:"军座,我们是不是应该考虑……"

"考虑什么?"王里户立即瞪着参谋长厉声道,"真正的军人只有战死沙场,哪有投降一说?!"看到参谋长面露愁容,他缓和口气道,"你执行命令吧,让弟兄们做好战斗准备。"参谋长出去了,他拿起话筒摇通了姜邯举,请他严格按照杜聿明长官的命令,抓紧向自己靠拢,共同抗击"共军"。

姜邯举连连答应,放下电话后哼哼了几声。参谋长提醒:"军座,要是不执行杜长官的命令,恐怕会被送至军事法庭。"姜邯举哈哈一笑说:"我告诉你,这年头,只要手里有人有枪,谁也不怕,你等着瞧吧,到时候国军、'共军'都会拉拢我。"看到参谋长面露难色,他继续道,"命令前头兄弟做做样子嘛,然后全军做好撤退鲁南山区的准备,一旦他们打起来了,我们坐山观虎斗,谁赢了我们就向谁靠拢。"参谋长竖起大拇指奉承道:"还是军座高见啊。"

淮海战役总前委下达了消灭杜聿明集团的战斗命令,王里道和任书武拿着手表在指挥所里等待最后那一刻。任书武对里道说:"里道,我看你心情有点不好。"里道笑了笑没说话。任书武说："是不是为家里的事？你爹……唉，我听了也很遗憾，但事情已经过去了，你就不要难过了。"任书武不想过多说下去了。里道也明白他此时的心境，说："我不担心别人，我只是惦记我娘，她现在不知怎样了。"

"你娘已经去世了。"

"你听谁说的？是怎么死的？"

任书武见里道还蒙在鼓里，便如实说："我在滨海军区工作时，与辛芝在一起开会，说起你的家事，他说你娘在你走后的当天晚上就去世了，好像是自尽的……"后面的话里道再也听不下去了，他只觉头脑要炸了，两眼冒火，他感到娘就是被父亲逼死的，他要向顽固的封建势力代表——国民党军队开火！正在这时，总攻的时间到，王里道跃出战壕，喊了一声："冲啊——"自己率先冲进了硝烟里……

此时，王里户看到"共军"的炮火和冲上来黑压压的士兵，感到大势已去，对自己的部下说："兄弟们，事已至此，老兄无能为力了，我只有报党国之恩，以身殉国，你们各自珍重吧！"说完提着冲锋枪就要出去。

参谋长上前阻拦，说："军座，我们保护你突围。"

里户惨笑说："你看能出去吗？老弟，战死沙场是军人的荣耀！怕什么！"他刚走出指挥部，一颗炮弹在他身边炸了，他倒在了血泊中。

俗话说：兵败如山倒。十几万国民党军很快在解放军的强大攻势下土崩瓦解。姜邯举看到国民党顷刻间被"共军"消灭，急忙向后撤退，还没有走出十里路，就被解放军包围，他乖乖举起双手做了俘虏。

王里道和雷政委站在高地上，士兵向里道报告说："报告团长，缴了敌军一个军指挥部，副军长毙命，参谋长等十几人投降，这是名单。"里道接过名单急忙寻找王里路名字，见投降名单里没有，阵亡的名单里也没有。他疾步走到投降的人群中，询问国民党军官："怎么没有王里路？"那人说："几年前，抱着他弟弟的骨灰回老家了，据说他弟弟是你们的人，被我们副军长下令打炮误炸死了……"里道心里顿时宽慰了很多。

王里道看到了王里户血肉模糊的尸体,无声地问:"你就是曾经威风凛凛的二哥吗?你就是曾经光宗耀祖的二哥吗?二哥,如果你不是选错了道路,你一定是了不起的人物。不过,你也不愧为军人!"无论他问什么说什么,死去的王里户再不能说话了。

　　没用了多长时间,规模宏大的堪称战争典范的淮海战役以共产党军队歼灭国民党军队五十六个师、五十五万人而结束。解放军乘胜追击,势如破竹,百万雄师饮马长江。

第八十章　请相信我

国民党军队失败的消息传到青岛,人心大乱,物价飞涨,社会治安进一步恶化,许多政要、富商、老板开始举家迁到台湾或海外,政府设立多处征兵报名点。

王里路站立在告示下,仔细将告示看完,身边有人说别去当炮灰了,有钱还是往外跑吧,最好去美国。他明白这时候当兵凶多吉少,但告示的内容特别吸引人,一旦应征入伍就会官复原职,中校军衔待遇可不低啊。他将客人送到火车站后,见到地上散落着许多报纸,随手捡起一张小报,映入眼帘的是一行醒目大字:王里户将军在徐蚌会战中阵亡。他觉着没有必要再看新闻内容了,胸口蹦跳得很厉害,甚至浑身都有些颤抖,他便坐在路边让心静了一会儿,然后将报纸揉成一团扔垃圾堆里。

晚上,王里路回到住处,丁使秀说警察开始清理难民了,将没有户籍的外来人一律赶回原籍。里路觉着屋漏偏遇连阴雨,不走恐怕是不行了。可是要往哪儿走呢?一家人分成两种意见,年老的愿意回老家,年少的希望留在青岛。

邵惠和周国乾急匆匆找来,见到雪梅流着泪埋怨道:"妹子,你这是何苦啊?当年你帮我们,为啥不让我们帮帮你渡过难关啊?"周国乾已经长高了,穿着一身学生服,乌黑的头发遮住了半个前额,上前道:"是啊,姨,这几天我们找您找得好苦呀,团岛、东镇、沧口都找过了,最后还是大舅提醒到难民区找找,果然在这里找到你们了。"王香和王满都过来见面,周国乾问王香学习怎么样了,王香说每天晚上三哥回来帮着补习。周国乾对母亲说:"妈,让王香到我们学校上学吧,我们学校有中学课程。"

邵惠笑着对雪梅说:"我这次来主要有两件事,一件是在我哥的厂子里给妹子找了一份工作。另一件是我嫂子特别喜欢杏子,愿意资助她在青岛上学,一直到大学毕业。"她刚说完,雪梅感动得直掉泪,还给杏子起了大名:王子幸。子幸高兴地跳起来道:"我要上学啦。"有了邵惠的帮忙,雪梅更不想回家了。

晚上,王里路回来了。雪梅听见丈夫放置黄包车的声音,急忙在帐篷外将丈夫截住,递上手巾让他擦了脸上的汗,说:"我有件事想跟你商量。"里路擦着汗说:"进去吧,我也有事跟你商量。"雪梅不想进帐篷,急忙说:"我的事很急。"

"什么事急得不能进来说呀?"张传兰突然站在帐篷门口,接着丁使秀也出来了。王里路朝妻子示意道:"进去说吧。"雪梅稍一犹豫只好跟着进去了。王里路拿着一封信高兴地对娘和大娘说:"均一表兄捎来信,说赵贵、贾一山已经被政府枪毙了,两城没事了。"丁使秀抢话说:"这就是说,我们终于可以回家了?阿弥陀佛,善哉善哉。"见此情景,雪梅到口的话实在吐不出来了,心想当初,多亏没让里路回家。

吃过晚饭,一家人商量是否回家的事情,张传兰、丁使秀都表示回家好,只有雪梅依然坚持暂时留在青岛。张传兰生气道:"要留你们娘儿俩留下,我们回家,我不想在这里捡人家烟头抽了。"丁使秀看到雪梅有些激动,急忙拍拍她的手背,意思让她忍住,雪梅却将期盼的目光投向了丈夫。此时,王里路回家决心已定,他也不是没有想到回家的诸多未知数,但他认为至少不会像现在这样老的老、小的小住在难民区,与其在此艰难度日,还不如回家踏实。他怕引起妻子的误会,便对妻子说:"雪梅,我们出去走走吧。"说完自己先出去了,雪梅随后跟了上去。子幸也要跟着,被丁使秀拉住了。

"我们就在周围走走吧,晚上青岛街头乱得很。"王里路并没有回头,对跟上来的妻子说。雪梅嗯了一声。

"乓乓。"远处传来几声枪响,接着难民区就乱了起来,在外面玩耍的孩童们纷纷往自家帐篷里跑,不时伴有大人们的呵斥声和叹气声。王里路伸出手拉住了妻子的手,走到稍微安静一点的角落分析了留在青岛的困难和回老家的益处,

一街两城

最后说:"雪梅,咱老的老、小的小,一大家子人困在难民区,不是长久之计,综合分析,我认为回家比在青岛有利。"无奈之下,雪梅勉强同意回家了。但如何答复邵惠呢?子幸能留在青岛上学,那可是天大的好事。不过,雪梅一想到要与子幸分离就仿佛撕裂她的心头肉,胸口又开始阵阵作痛起来,她只好按住胸口趴在床上,忽然听到王香和王满的小声谈话。

王香叹气说:"唉,还是有娘好啊。"

"那当然了,好在妗子对咱们像娘一样亲。"王满回答说。王香没有说话,雪梅能感觉到王香似乎对自己不满,她没有起来过去询问王香,而是依然趴在床上仔细回想自己哪儿做得让王香不满意。在她心里,王香对自己不满意,那就等于对不起二娘的临终托付。

一家人都在收拾行李准备回家,只有王香坐在床沿暗暗流泪。王里路忙过去问王香怎么了,王香只是流泪不说话。雪梅过去安慰王香,还说回家就不用在青岛流浪了。王香不但没有搭话,甚至给了雪梅冷冷的后背,这让雪梅难以接受,自己辛辛苦苦待她,如同己出,她却……丁使秀过来安慰雪梅,说王香还是孩子,可能喜欢青岛大城市,不愿意回老家了。

子幸过来拉着王香的手说:"小姑,你怎么哭了?"王香将子幸拽了一下没好气道:"你当然高兴了,留在青岛上学了。"子幸不明白小姑为什么朝着自己生气,但知道娘不让自己留在青岛上学了,还说一起回老家:"小姑,娘说我们一起回家。"王香正在难受当中,脱口道:"你有娘当然好了,想上学就上,不想上学就不上。"因为她的声音很大,所有人都听到了,丁使秀和王里路都过去关心地询问,只有雪梅如梦初醒,明白了王香对自己不满意的根源。

雪梅将留下王香在青岛上学的想法告诉了丈夫,里路不敢擅做主张,征得王香的同意后也同意了。雪梅急忙找邵惠商量,邵惠又找到邵太太商议,在邵惠的极力撮合下,最后邵太太也同意了。可是到了临走的晚上,雪梅梦见莫小倩,责备她将王香扔掉不管了。雪梅惊醒,浑身大汗淋漓,急忙改变主意也不留王香了。

周国乾听到消息即刻找到雪梅,说为了王香的前途,最好让她留在青岛上学。王香也哭着说不想回家。邵惠匆匆赶来问雪梅为何突然变卦,雪梅将自己的担心说了:"邵惠姐,自从二娘将香香托我之后,我待她如同己出,只想培养她长大成人找一门好人家嫁出去就安心了。可是,昨晚梦见二娘责怪于我,我也明知香香留下上学会改变她的命运,但我实在担心香香离开我不适应,怕辜负了二娘……"哽咽着说不下去了。

王香偷听到她们的谈话后,才真正明白了雪梅的用心良苦,感动得跑了出来,抱着雪梅的腰哭着说:"嫂子,我不留下上学了,我跟着您回家,就是要饭也一辈子跟着您。"雪梅急忙给她擦干了眼泪说:"傻丫头,你早晚要出嫁的,我跟你哥一定给你找户好人家。"

邵惠完全明白了雪梅的心情,紧紧握着她的手,动情地说:"妹子,请相信我。"雪梅惊呆了,自己当年不也曾经对她说过类似的话语吗?正是这句话让雪梅最终决定留下王香在青岛读书。

玲玲早不知去向,王兆玉闻知还乡团头子赵贵、贾一山被共产党政府逮捕枪毙了,怕自己回老家没有好果子吃,决定去台湾找父亲,里路和雪梅同意了。

第八十一章　王里道失踪

别了，青岛。雪梅站在甲板上，眼看着栈桥、小青岛从视线中消失，尤其是想到王香留在了青岛，心中不禁升起了无限的惆怅和惦念。出了胶州湾，绕过薛家岛就到深海了，海风开始大了，船随着浪涌猛烈地颠簸着，子幸过来说妹妹哭了，雪梅便快步回了客舱。

船缓缓靠上石臼码头，上来几个腰里挎着手枪的军人，他们在各舱里仔细巡视，然后逐个问了姓名、来日照干什么、家住哪村等问题。王里路一一做了回答，军人没有发现可疑之处，便发了回乡路条。里路一家跟随人流上了码头，见大门口有军人站岗，进出都必须检查证件。出了码头，石臼大街上就热闹了，到处贴着"支援前线打胜仗""中国共产党万岁"等标语口号。由于回乡心切，他们没有到刘均一家落脚，而是直接往家赶。路上，遇到一队队推着小车、挑着担子的男女青壮年朝县城方向走去。上了驻跸岭，当两城镇出现在眼前时，还真应了古人那句话：近乡情更怯。里路开始忐忑起来，怀里像装着一只活蹦乱跳的小鸟儿，抓着、撩着、挠着、划着，既熟悉又陌生，有激动也有惶恐，他无法描述此时此刻的心情，即使若干年后，他也说不清这是一种怎样的滋味。

刚下了青河桥，姜秀莲就迎了上来，看来她在此等候好久了。张传兰、丁使秀、雪梅等人过来见了面，都没有表现出特别惊喜的样子，但也没有过度悲伤，最大的感受是到家见到亲人了，心里终于踏实了。

姜秀莲将一家人领到自己的住处，原来的房产统统充公了，还说牟百财已经上调沂水公署了,现在两城区最大的官是姜邯牛。一听到这个名字,几乎所有人的心都冰凉了:"完了,又掉进姜家的手心里了。"

"邯牛,邯牛,三弟三弟,我们老姜家终于翻身了,真可谓风水轮流转,两城又姓姜。"秦郤还没有进姜邯牛的办公室就大声嚷嚷,推门见屋里空空的,一张办公桌后面一把办公椅,墙上贴着毛泽东和朱德的画像,靠西墙一张床,床脚立着脸盆架子,他四处寻找,也没见到姜邯牛的踪影,便坐在办公椅上,点上一支烟,跷着二郎腿暗自道:"虽然自己没有干上书记,但书记是自己的兄弟,以后兄弟俩一党一政。两城镇经过这么多的风雨,最终还是老姜家占街,老王家现在只剩下一个寡妇了,再也没有人敢与姜家抗衡了。"想到老王家,脑海里就浮现雪梅的画面,"雪梅,雪梅……"秘书过来打断了他的白日梦,他问书记去哪儿了,秘书回答说姜书记支前去了。

姜邯牛受伤住院期间,县里已经批准他加入第二批南下干部。由于一时半会儿康复不了,他的名额被别人顶替,待他康复后,考虑当地也急需干部,正巧春雷上调沂水专署,就任命他为两城区委代理书记。他上任伊始做了两件大事,一件是追捕还乡团头目赵贵、贾一山等人,将他们在界碑举行公开审判大会,然后押赴刑场枪毙。另一件是将两城一村、二村合并,集中力量,统筹开展支前工作。按照县委统一安排,姜邯牛作为县慰问团副团长,率团慰问战斗在长江北岸的解放军和本县支前民工。

姜邯牛见到了张守东、王永臣、任北乐等人,张守东告诉他,王璐方等南下干部也紧跟部队来了。姜邯牛立即前往南下干部驻地见到了刘鸿仁、王璐方、唐江南等人,他们见面互相握手拥抱,唐江南忙问:"邯牛同志,你也南下了?几批的?"姜邯牛将自己的情况说了,王璐方称赞道:"邯牛同志是大英雄,了不起。"刘鸿仁接着道:"无论南下还是留在家乡都是干革命,邯牛同志服从大局和任劳任怨的精神就值得我们每个同志学习啊。"大家热烈鼓掌。

姜邯牛问其他同志情况,王璐方告诉他,许多同志已经被陆续安排到江北解放的城市工作,姜小夏被组织安排到扬州市工作了,目前已经确定刘鸿仁参加接收上海工作。雷政委过来与南下干部交流,见到王璐方告诉她王团长已经升为副师长了,现在正同战士们在长江边进行渡江训练。王璐方听到里道四哥没有死,顿时泪如泉涌,说:"四哥走的时候,我哭了三天三夜,后来三哥抱着他的骨灰回家,我难过得三天三夜不吃不喝,二大爷还将他与二爷爷、我爹并列放在祠堂的义士台上。"雷政委握着王璐方的手感动地说:"璐方同志,欢迎你到我们部队指导工作,顺便看望你的哥哥。"王璐方连连答应一定去。

这天,王璐方抽空赶往王里道所在营地,她实在太想念四哥了。一路上,战车轰鸣,车水马龙,解放军和支前民工两支大军源源不断向着南方大步前进。长江岸边桅杆如林,许多战士在芦苇荡里训练泅渡。王璐方来不及看热闹,匆匆来到里道所在指挥部,接待她的雷政委告诉她王里道同志已经到连队调研工作去了。正当她失望的时候,雷政委摇通了王里道的电话,王璐方拿起话筒,未开口眼泪就已经流了下来,声音都有些颤抖。当她听到四哥的声音时,高兴地边擦眼泪边喊四哥,王里道急忙安慰她,鼓励她好好学习,认真工作,因为是战时电话,他虽然与妹妹有千言万语,但还是尽快结束通话:"五妹,我们兄妹相约长江南岸见,到时候我们聊三天三夜。"王璐方忙擦了眼泪道:"嗯,嗯,四哥,我知道,长江南岸见,你多保重。"放下话筒,捂着胸口久久难以平静。

或许王璐方不知道,刚刚升职的王里道已经被撤职了。

军政治部接到地方寄来的匿名举报信,说王里道出身大地主、大恶霸家庭,在家是无恶不作的阔少爷,是混进革命队伍的特务、反革命,等等。任书武急忙向上级反映,说:"他们老王家我是非常了解的,我和王里道共事多年,他的情况我是清楚的,对党忠诚,打仗勇敢,是帮助日照暴动立过大功的好同志,我希望领导慎重对待……再说现在是非常时期,眼看大军就要过江了,不能仅凭一封来路不明的举报信就毁掉一位好干部。"军政治部主任忙解释说:"他的工作表现,组织是了解的,地方上有反映,我们就不能不做全面的了解、调查,请你转告王里道同志,相信组织,不要背包袱,一定会调查清楚的。"任书武将主任的意见转告给王里道,他立即表态说:"我服从组织的决定,配合组织调查,我只有一个请求。"然后攥紧拳头坚定地说,"在我停职期间,我希望和同志们一起打过长江去,坚决推翻国民党反动政府!"任书武郑重地点头同意。

一九四九年暮春的晚上，江面风平浪静，烟雾轻淡。突然，江北万炮齐发，江南火光冲天，照亮了半个天空。总前委一声令下，江北扬帆起航，万人划桨，千万战船像离弦的箭，冒着敌人的炮火直飞南岸。瞬间，解放军像秋风扫落叶，横扫国民党军经营多年的江防阵地。王里道站在船头上，看着江面上水柱冲天、千帆竞发、硝烟滚滚的壮烈场景，被深深感染了，忘记了一切烦恼和忧伤，唱起了《满江红》：

　　长江滚波涛，万炮齐声吼。军民齐努力，船头利如刀。江岸火光如霞照，解放军个个逞英豪，飞江夺隘捣蒋巢……

　　王里道跟随团部登上了长江南岸，从各方面汇总来的消息和对方阵地上稀疏的枪声中，断定敌人要南窜，他立即对团长说："团长同志，我看敌人要溜，建议马上命令特务连穿插到他们后面堵截。"团长也看出了这步棋，立即给特务连打电话，线路中断联系不上。团长急得团团转。里道说："团长同志，现在就我清闲，我骑马去通知。"说完骑上马奔向特务连阵地。团长想拦也来不及了，对警卫员大声说："警卫员，骑马保护王副师长。"警卫员飞马而去。

　　国民党飞机从空中看到两匹飞奔的战马，断定是"共军"大官，一路俯冲追来，炸弹在里道身边不断地爆炸，他见势不妙，对警卫员高喊："快下马隐蔽！"说着一个跳跃将警卫员从马上扑了下来，滚到路旁水沟里，飞机一阵猛烈扫射，然后飞走了。警卫员苏醒过来，见里道浑身是血，胸部、脑部均中弹，鲜血汩汩流出，染红了河水。

　　"王副师长，王副师长……"警卫员哭喊着。里道醒了过来，声音颤抖着，艰难地说："快，快，去特务连，插……后，阻……击。"说完又昏迷过去了。警卫员爬上战马，赶到了特务连阵地，对连长说："团长命令，急速穿插敌后，阻击逃敌。"特务连圆满地完成了阻截任务，警卫员急忙带着连长、指导员原路返回寻找王里道，可是满路的沟沟坎坎、树林草丛里都找遍了，只有王里道留下的大摊血迹和染红的水沟，生不见人死不见尸。

一街两城

几乎与此同时,王璐方接到命令到刚刚解放的芜湖工作,她没有忘了与四哥的约定,立即赶往王里道所在部队。一路上,她思索着如何与四哥庆祝渡江战役的胜利,如何将这些年的人生经历与四哥分享,如何请教四哥干革命……然而,当她赶到团部时,却听到了四哥失踪的消息。雷政委不得不说出了实情,王璐方简直不敢相信这是真的,雷政委安慰她:"王里道是好同志,请你相信组织一定会找到他的。"璐方含着泪点头说:"我四哥信仰坚定,也很坚强,我坚信四哥还活着,一定还活着。"考虑离报到还有一段时间,她擦干眼泪与雷政委道别,在部队驻地、村镇街头、废墟之上、河道两旁寻找四哥,可是连续几天也没四哥的一点儿音信,她望着滔滔江水,伤心地哭泣起来。这时,有人过来告诉她到战地医院看看,璐方如梦方醒,快步奔向各个战地医院。

在一座山坳里,用帐篷临时搭建了前线战地医疗抢救所,大批的伤员被民工抬了进来,医生、护士都在紧张而有序地抢救伤病员,远处不时传来阵阵枪炮声。

"快救解放军,他伤得很重。"两个民工抬着一位被鲜血染红了、昏迷不醒的解放军进来。当兵不久的卫生员小扈跑过来,看到一个血人,吓得惊叫起来,所长嗔道:"你已经是战士了,还怕血?快给他脱去血衣,擦净身上的血迹,清理伤口,抢救!"

这位解放军脑部受伤,生命危在旦夕,必须转到后方大医院抢救。所长拿着他的病历问小扈:"小扈,这位伤员叫什么?"小扈愣了一下,然后急忙去找他的血衣,最后从给伤员洗衣服的妇女手里找到了,但他的名字、部队番号、职务等都看不清了。小扈耷拉着脑袋回来了,所长问:"伤员叫什么?"小扈认为解放军个个都很勇敢,就脱口道:"叫勇敢!"并将职务说成团长,当所长连珠炮似的问籍贯时,可把小扈难住了,谁知他是哪里人呢?对了,抬他的民工是江苏口音,江苏有苏州,就是"苏州"。

"好。"所长说,"勇敢就交给你了,你负责把他送到野司医院,这是病历。"

小扈将勇敢护送到后方野战医院。医生对勇敢做了全面检查,取出身上多块弹片,其中一块弹片紧靠脑中枢,必须开脑壳取出,医院没有所需的医疗设备,需要去刚刚解放的南京治疗,小扈自然成了勇敢的专职护理员,又踏上去南京的路程。

　　小扈他们刚走,璐方就寻找到这儿。医生告诉她,是有一位跟王里道相似的解放军伤病员。璐方高兴地紧紧抓住医生的手要去见他,但医生说他已经转院走了,璐方忙问他叫什么名字,当医生说出"勇敢"两个字时,璐方有些失望,听说是苏州人时,她完全死心了。报到的时间快到了,她决定先去新单位报到,然后慢慢寻找四哥。

　　与此同时,王里道的政治生命来了转机。军政治部主任来到师部,宣布对里道的调查结果:举报信所反映的问题,纯粹是凭空捏造,诬陷之词。已经担任公署专员的陈雨田同志也特别写了证明信,证明王里道早年就参加了日照暴动,是革命同志……军党委经过慎重讨论,最后研究决定,恢复王里道的职务。

　　那么,是谁如此恶毒陷害王里道呢?

第八十二章 伤别离

秦邡是从支前民工口中,偶然得到王里道还活着而且还当了解放军首长的消息,连夜给王里道的上级写了举报信。王家破姜家兴,已经成了他完成父亲遗愿和人生追求的目标。当然,得不到安雪梅,他一辈子都不会安心。

张永淮悄悄进来告诉秦邡不好不坏的消息:"姜副区长,王里路一家人回来了,没有见到王兆玉。"秦邡腾地站起来,忙问:"那个少奶奶,啊,不,就是王里路的老婆回来了没有?"张永淮朝他狡黠一笑道:"回来了,我清清楚楚看到她在人群里,还跟以前一样漂亮。"秦邡抑制不住内心的兴奋,嗯了一声,朝张永淮摆手让他出去,张永淮走了几步,忽然又被秦邡叫住了:"现在斗争形势复杂,国民党在解放区安插了很多特务,你要安排民兵对王家白天黑夜地监控。"张永淮连连答应:"我亲自去。"

目前,两城区委书记、区长都支前去了,只留下区委副书记辛家芹主持工作,但辛家芹身体不好,实际就由秦邡主持日常工作。

王里路眼看着冬天就要来临了,可村里还没分给一厘土地,如果不尽快种上小麦,明年一家人吃饭就成了问题。里路几次找到代理村长张永淮,他总是吞吞吐吐说"研究研究,商量商量"。这天,张永淮突然对里路说:"从南大洼分给你家二亩地,你们抓紧种吧,要不过了小雪就不行了。"里路听了很高兴。

第二天,王里路带着雪梅、王满和王子幸去地里翻土。刚干了一会儿,张传梢带着儿子张守柱、张守富气哼哼地跑了过来。张守富就是姜有理日子过不下去时,送给张传梢的那个儿子。他们不由分说,夺下里路的镬头,把柄砸断,口里还不停地骂骂咧咧:"狗地主,现在还想欺负人啊,没门!现在老子是主人了!"子幸吓得哭了,里路上前解释道:"这是村里分给我们的地,你这是干什么?"张守柱气哼哼道:"干什么?打恶霸、斗地主!现在这块地是我们家的了,不再是你们王家的。怎么,还想欺负人?"

雪梅上前解释说:"我们从来没有欺负谁。"然后对着张传梢道,"张二叔,我们是什么人家,你应该最清楚。"张传梢忽然想起还欠了人家的钱没有还,立即转过头不敢看雪梅,也不敢吭声了,雪梅然后对张守柱道:"这是张永淮代理村长同意我们种的!"

"呸!"张守柱立即说,"还当自己是少奶奶了,好孬都由你说?现在不同了!"说着要夺她的锨,雪梅不给,他上前连夺带打。张守富冲过去就攥紧雪梅的头发并将她摔倒在地上,举起拳头就要打下去。本想息事宁人的里路实在气急了,上前挡住他的拳头保护妻子。张传梢见里路参与了,高喊着:"地主打人了!地主打人了,还乡团又来了……"在地里干活不明真相的人参与到了追打里路的队伍中。里路被打得失去了理智,恼怒道:"你们再不住手,我回家拿枪杀了你们!"众人听说他要拿枪,更加愤怒,八百万国民党兵都被打败了,还怕你一个人?打得更厉害。此时,里路感到绝望了,他没想到村民会如此对待他,挣脱着跑回家,要拿枪拼个你死我活。

"你把枪放哪儿了?快给我找出来啊!"里路发疯地在屋里翻腾,他明明记得放在箱子底下的,现在怎么没有了呢?雪梅见他近乎疯狂的样子,急忙劝解说:"里路,先忍一忍吧,现在我们没法与他们理论,也惹不起啊。"里路已经被愤怒冲昏了头脑,嘴里不停地嘟囔着:"杀死他们,杀死他们……"雪梅忽听外面人喊马叫,伸头一看,只见墙头上已站满了拿枪的民兵。她赶紧把门闭紧,着急地对丈夫说:"民兵都来了。"

里路跺着脚说:"你把手枪藏哪儿啦?"

"从青岛往回走的路上,我扔到海里了。"

"你!唉!"里路拿起一把菜刀就要冲出去,雪梅看情况不好,急忙跑上前把他抱住。丁使秀、王满也上前拉住里路："你不能出去啊,出去就没命了。"

外面,秦邻站在墙头上对大家说："民兵注意了,姓王的枪法厉害,只要开门,就放枪射击。"关键时刻,辛家芹听到消息跑来了,远远高喊："住手,不要开枪!"到了近前对秦邻说："你们这是干什么?"秦邻踮着脚尖得意扬扬地说："姓王的要拿枪杀人民群众,我能不管吗?辛副书记,你回办公室吧!这件事你不要管了。"辛家芹严厉道："统统给我撤了,出事我负责!"主持工作的副书记说话了,众人不敢不服从。

辛家芹走进院内,高声说："王副参谋长,我辛家芹来看你了。"雪梅见辛家芹来了,急忙敞开门,哭着对他说："副书记,你快救救里路吧,救救我们全家吧,他快疯了啊!"

"上!"秦邻见门敞开了,命令张永准带着蔡大楞等几个民兵冲进去,把里路抓了起来。辛家芹不满地问道："你这是干什么?"秦邻反而质问道："抓'还乡团'呀!怎么,你不支持?带走!"说完就把里路带走了。

为了达到整死王里路的目的,秦邻挖空心思搞了一份材料:一是国民党军队中校副参谋长。二是还乡团参谋长,有人可以证明。三是地主野心不改,殴打群众,恐吓群众。四是私藏枪支。雪梅几番求情、哀告都没有结果,当她得知要把丈夫押到县法院审判时,又找到了辛家芹。辛家芹为难地说："唉,谁让他赶上镇反呢?你们的身份不同,私藏枪支,殴打、恐吓群众的性质是很严重的。"

雪梅哭诉道："这都是冤枉他的,我们根本没有枪。"

辛家芹叹气说："谁能给他证明呢?再说,他参加还乡团的事,有人举报他是参谋长,还购买武器。唉!只能以后再想办法了。"雪梅知道救里路出来已经无望,流着泪说："家芹,让他走之前,再回趟家吧,孩子们想见见。"辛家芹只好说："我试试看吧。"

晚上,里路由蔡大楞等民兵押着回了家,大人们都无语流泪,子幸不知道发生了什么事,抱着爹的腿喊饿。丁使秀知道里路在家的时间不多了,虽然想和他说说话,但觉着还是把时间让给雪梅,自己抱着兆坤就躺下睡了。王满肚子饿了,不愿离开,姜秀莲怎么哄他也不听,直到半夜才睡着。这时,外面有人故意咳嗽了几声,意思是时间快到了,有话快说。里路内心很是愧疚,当初如果听了雪梅的话,留在青岛,也不会遭受此难,自己走了,家里的生活该怎么过呢?自己的前路会是什么样子呢?……一连串的疑问使得他烦躁不安、伤心痛苦,为了不让家人看出来,尽量克制自己保持平静。雪梅此时更难过得要命,事到如今,说什么也没用了,为了不让丈夫担心,也克制着自己强装欢颜。她看见熟睡的大娘、婆婆和孩子们,拉着丈夫的手,然后倒在了他的怀里,两人紧紧地抱在了一起……

"快天明了,让秦副区长看到就不好了。"外面响起了蔡大楞的声音,雪梅的心顿时刀割般难受,眼泪再也止不住了,双手抱着里路不想让他走。

"好了,该走了。"外面又响起催促的声音。丁使秀她们也都起来了,其实,她们一晚上何曾睡着啊!里路拿开妻子的手,说:"雪梅,家里就全靠你了,我、我走了。"刚出门,雪梅就奔跑了出来,叫了声"里路",只觉胸口被东西堵住了,喘不出气,也说不出话来。里路回头看,只觉眼前一片模糊,他猛然把妻子抱住了,也是一句话都说出不来。此时,他们心里都明白,下次相见还不知何年哪月,能否相见也难以预料,因此都想把心里话说出来,但都说不出一个字来。

雪梅送里路到村口,蔡大楞不让她送了。这时,她心里的话终于爆发出来:"里路,你一定要坚强,一定!相信我们的好日子会来的,我和孩子等你回来,我等你回来。"含着泪用手给丈夫梳理着蓬松的头发。里路强忍巨大伤痛,说:"雪梅,娘和孩子他们都靠你了,我、我最担心的是你,姜邯春不会善罢甘休的。"

雪梅说:"你放心吧,我会坚强的,你、你无论天涯海角不要忘了我,我永远是你的。"

"雪梅,是我连累了你,我……"里路实在说不下去了,扭过头就走了。雪梅追了几步,不放心地喊了起来:"记住!我们的好日子会来的。"

第八十三章　暗中相助

王里路被押送到县上不久，雪梅打听到二姐夫在专属担任公安局局长，立即赶往专属驻地找到春雷的家。现在王芬终于与丈夫团聚了，他们有了自己的家。雪梅突然到来，让王芬又惊又喜，非常热情地招待了这个从未谋面的弟媳妇，诉说了离别家乡和亲人的痛苦，还特别提及当年多亏里路弟弟帮助他们逃离封建家庭，要不就不会有现在美好的生活和地位。雪梅趁机将丈夫被关押的情况说了，王芬脸色骤变并警觉了起来，足足憋了半个时辰没有说一句话，起身在屋里来回踱步，有意与雪梅保持一定的距离。

雪梅认为她是同情弟弟的遭遇，紧紧握住王芬的手道："二姐，里路的性格你是知道的，他是国民党中校不假，但没有杀过一个共产党、八路军。他没有参加过还乡团，刚到石臼下船就回青岛了，是赵贵给按上了空头衔，他购买的武器也被表哥扔到大海里了。他不曾伤害一个人，他也没有欺负穷人，是有人故意陷害……请二姐夫帮帮忙，里路是冤枉的。"王芬心里虽然疙疙瘩瘩的，但还是应承了下来。

春雷外出开会没有回家，雪梅等了几天，王芬不再给她好脸色看了，她只好先回家等候消息。事情往往就这么巧，她走的那天晚上，春雷开完会回家了。不过，王芬纠结了一晚上，终究没有将雪梅前来求情的事情告诉丈夫。

没过多久，王里路就被以反革命等罪名判了无期徒刑。

雪梅赶到县城监狱探望，里路已被押上了去胶州兰村修铁路改造的汽车。

雪梅在人群里寻找着丈夫,哭喊着里路的名字,然而她的声音再大,埋头蹲在车厢内的里路又如何听得到?雪梅眼看着一辆一辆的汽车从眼前掠过,可就是没见到自己想见的人,她伤心地坐在地上哭了起来。

"不要哭了,走,先跟我到饭馆吃饭吧。"雪梅忽然听到背后有人关心她,心里感到一丝温暖。擦了眼泪回过头一看竟然是秦邡,顿时恨得咬牙切齿,两眼充满了仇恨的目光。秦邡上前拉了她一把,雪梅照着他的脸就是一记耳光,愤恨道:"你再无理,我让你难看!"说完扭头就走。秦邡看着不少人过来询问,捂着脸,慌道:"两口子吵架,没事,没事。"趁机溜了。

法院没有判王里路死刑,这让秦邡大为失望,他自然不会想到这是李有俊奔波相助的结果。开始,秦邡极力拉拢李有俊,想让他帮忙陷害王家:"有俊,咱俩从小就是好伙伴,你遭受王家的压迫和剥削,我看在眼里痛在心里。现在我替你撑腰,只要你控告王里路欺负穷人,当还乡团杀人,我就让你干村保管员……"没等他说完,李有俊立即反驳道:"你还好意思说,我从小就受你欺负最多。"说完扭头就走了。不久,当李有俊听说王里路被逮捕时,他强烈感到这是秦邡的阴谋,便去找张守东帮忙,可是张守东支前去了。他又找到辛家芹说明情况,辛家芹出主意让他做通张传梢的思想工作,然后一起到县公安局说明情况,这才保住了王里路一条性命。

安雪梅也不知道李有俊在背后相助。那天,她从县城往家走,走到三珠山天黑了,总感觉背后跟着一个人,她怕是秦邡,拼命地跑,到了青河河堤已经气喘吁吁跑不动了。忽然看到前面有火光,她急中生智,高喊:"娘,您来了。"果然听到了丁使秀的回音,还有李有俊的咳嗽声,立时就听到身后草丛一阵乱响,她回头看,那个黑影跳下河堤不见了。

每次在界碑召开批斗会,张传兰、丁使秀和安雪梅必须参加,张永准还特意做了纸筒高帽戴在她们的头上,让她们难看。每次上台下台,雪梅都小心搀扶大娘和娘。群众看不惯秦邡偏心眼,将李腊枝和周惜桂也押到台上批斗。秦邡并不知道儿子还活着,一直怨恨妻子和母亲,恨不得群众将她们批斗死。周惜桂看到自己的丈夫高高坐在主席台上,自己却遭受批斗,便将满腔愤怒倾泻到婆婆的身上，指着她破口大骂。李腊枝也不甘示弱，就在台上上演了婆媳大战，台下的群众无心斗地主了，围着周惜桂和李腊枝看热闹。

雪梅怀孕多月了，站了一整天，两腿都木了。由于营养跟不上，加上繁重的体力劳动，雪梅又犯了在青岛的老毛病，四肢开始红肿起来，晚上痛得整夜睡不着。一天，雪梅挑着大粪往田地里走，秦郏开完会正巧遇到，故意关心地说："哎呀，你娇贵的身子怎么能干又重又脏的活呢？来来，我帮你。"说着就要上前，雪梅故意把两桶晃了一下，溅了他一身粪水。秦郏恼怒道："你不是很有骨气吗？好！我会让你们一个一个倒霉，不得好死！"说完悻悻而去。

一天夜里，外面下起了雨，忽然一阵急促的敲门声，雪梅要去开门，传兰起身说："你身子不方便，我去吧。"接着朝外问："谁啊？"门外有人喊："查户口的！"

张传兰开了门，见秦郏满身酒气地要往里闯，传兰忙伸出手拦住说："都睡了，你一个人查什么户口？再闯，我报政府啦！"秦郏见老太婆开门，顿时恼羞成怒，照着她的胸膛狠狠踹了一脚，传兰倒在地上。雪梅急忙跑过来将大娘扶起来，正要跟秦郏评理，见他骂咧咧走远了。从此，传兰大病不起。

这天晚上，雪梅拿出烟杆给张传兰点上烟，张传兰吸第一口就尝出了是东北烟叶："是关东烟叶。"雪梅点头说是，张传兰慢慢吸完烟，浑浊的眼睛忽然有了精神，抓住雪梅的手终于说出了心里话："雪梅啊，你是咱王家的恩人啊，我、我以前做了许多对不起你的事，说了惹你生气的话，唉，现在后悔也晚了。我看姜邯春不会放过你，三侄媳妇，我只有到那边保佑你了，记着大娘的话，老王家跟老姜家势不两立！"

"璐瑶，璐瑶……"张传兰梦见大女儿穿着白纱朝她走来，当她张开手要去拉大女儿时，总是抓空，惊醒后却发现秦天喜抓着自己的手，"你……"秦天喜小心地说："娘，我是天喜啊。"

"天喜，你怎么来了？璐瑶呢？她怎么没有来？"岳母的问话让秦天喜无法回答，他转过身子擦干了眼泪，然后说："娘，我正在找她。您放心吧，她会回来的。"张传兰的脸上没有显露出任何表情，呆呆地望着屋脊轻叹了一声。

秦天喜的病已经治好了，但原单位随着南京城的解放迁到了台湾，他舍不下两城遗址考古没有去台湾,而是回到了两城。然而,令他没有想到的是,遗址种上了庄稼,自己撰写的考古报告下落不明。他问张传兰,她摇头说啥也不知道,嘴里只念叨着大女儿的名字。

秦天喜决定从头开始,在庄稼地里搭建了茅草棚子,建了一半就被土地的主人拆了并将他赶走。他耷拉着脑袋回了家,坐在岳母身边连声叹气。忽然,张传兰拉了他一下,他急忙将脸转过去,她说:"你答应我一件事。"秦天喜忙点头,张传兰直直地盯着他,说:"一定找璐瑶回来。"连日的挫折加上对妻子的思念让秦天喜委屈、心酸起来,含着泪忙说:"嗯,娘。"张传兰额头上的皱纹似乎舒展了,脸颊有了些许光润,但声音极其微弱,说:"我知道你整天找那个东西。"秦天喜一愣,不知道岳母啥意思,侧耳听她说些什么,"我在青岛偷听到里路跟雪梅说话,那东西确实不是咱老王家的,雪梅……"秦天喜直觉岳母所指的东西应该就是那件高柄黑陶杯,他一阵惊喜,刚要继续细问,雪梅和丁使秀过来了,他忙住嘴决定以后再问。

晚上,张传兰感觉自己不好,将丁使秀叫起来:"她二婶啊,我感觉不行了,有句话想对你说。"丁使秀蒙眬未醒的样子,披上衣服安慰她几句:"大嫂,没事,有雪梅照顾着,你放心吧。"张传兰叹气道:"雪梅是咱老王家的恩人,她来王家没有享几天福,现在数她最难,她要是想走别拦着啊,至少还能有条活路。"说完就咽气了。秦天喜闻讯赶来,岳母已经下葬了,他伤感不已,更遗憾没有将高柄黑陶杯问清楚。

雪梅不舍得让王满和王子幸耽误学习,地里的活只有她一个人干,往地里送粪、耕地等重劳力活,只有靠换工,自己去给人家补衣服、做饭,人家出壮劳力帮着干这些重活。但下种、栽秧、锄草、割麦子这样的活就必须自己干。她不是没有想到父亲留给自己的四罐子宝贝,多次趁着夜深人静的时候来到水塘边想打捞出来以渡难关,她找了五米长的绳子拴上石头扔进水塘,不一会儿沉没影了。她无力坐在岸边暗叹不已,忽然又想:捞不出宝贝或许是幸事,一旦被人告发还藏有这么多的宝贝,不知又是什么结局。

吃了中午饭,雪梅扛着锄头走到地头,顿时两腿发软扑通坐在了地上,满地

一街两城

谷苗东倒西歪全卷叶了,显然有人暗中使坏用刀损坏了谷苗。傍晚,雪梅拖着疲惫的身体刚走进家门,王满和子幸跑过来说兆坤生病了,雪梅抱着浑身发热的兆坤问婆婆到底发生什么事情了。丁使秀说下午领着兆坤在大街上玩,遇到了姜邯春,她刚说到这儿,雪梅猛然心惊,立即道:"他对兆坤做什么了?!"丁使秀想了想说:"他倒是没有做什么,就是故意拿着枪在我面前显摆。"说到这儿,雪梅完全明白了。

当夜,雪梅去找张守东,在她意识里现在只有他能帮助自己了。可是家里、区里都找了,就是不见他的踪影,最后有人告诉她:"张区长早就支前去了,还没有回来。"雪梅不甘心就此放弃,她又去找辛家芹,区政府值班人员告诉她,辛副书记到县里开会去了。

夜已深了,雪梅坐在孤灯下暗暗垂泪,过去的一幕一幕浮现在眼前,她心里如翻江倒海无法平静,她明白自己一天不离开王家,王家人就会一个一个跟着遭殃倒霉,甚至死去。她不是没有想到去死,可是为了肚子里的孩子,为了跟丈夫说的那句"好日子会来的"又不能去死。不死,还有第二条路可走吗?

忽然,传来轻轻的敲门声,她开门看是李有俊。还没等她说话,李有俊蹲在地上也没有看雪梅,低着头说:"跟、跟我过吧,我、我能给你打掩护。"

雪梅顿时气上心头,刚要骂他乘人之危、别做梦了,却见李有俊依然低着头说:"我知道姜邯春不会放过你,他一直就想得到你……我不会有别的企图,只想报答里路对我的好。"听到这话,雪梅明白了李有俊是在救自己,是在帮自家。不过,雪梅总是还有担心,并没有答应。这时,肚子里的孩子一直在动,她升起了一线希望,不能死啊,不管有多大困难也要挺过去……想着想着,眼泪止不住地往外流。李有俊站起来依然不敢看雪梅,但内心强烈感受到了她的悲伤和担心,便道:"活着才有希望。你放心吧,我小时候被姜邯春这个王八羔子踢了下身,不中用了。"说完咳嗽着出门走了。

张永淮又通知雪梅去参加批斗会。这次,雪梅没听他的,而是去了区政府,办理与王里路离婚的手续。办手续的同志问她什么原因要离婚,她说父母包办的娃娃亲,要婚姻自主。办手续的同志听了很高兴,告诉她在家等着,等她丈夫签字就行了。

雪梅离婚的消息迅速传遍了两城街,骂的、笑的、怜的说什么的都有。秦邡四处扬言:今生娶不到雪梅,让她生不如死。雪梅跟李有俊结婚的消息又像风一样,很快传遍了全镇。有的说雪梅下贱,连个罗锅也看上了,也有的说"一朵鲜花插在了牛粪上",雪梅是不得已而为之,这就叫红颜薄命。

秦邡半路上截住了李有俊,警告他:"李有俊,你要是敢娶雪梅,不会有好结果。"李有俊立即回敬他:"哼,我小时候怕你,现在不怕你了!我正想告诉你呢,你以后再敢欺负雪梅,我会让你当不了干部,吃不了兜着走!"

"就凭你罗锅小样?"

"不信? 张果老骑驴看唱本,走着瞧!"李有俊说完就走了。

刚刚支前回来的张守东听到消息,急忙找到雪梅,说:"你为什么要嫁给他?"雪梅反问道:"我为什么不能嫁给他?"

"他……他是……"张守东真不知道说什么好了,过了一会儿,他缓和语气说,"唉,真想不到我不在家的这些日子,你会遭受如此大的伤害和委屈,不管怎么说,我不会让你再受委屈了。"雪梅心里又恨又怨,是啊,在自己最困难的时候,多想他能帮自己一把啊。可事到如今,说得再多又有什么用呢? 想着想着,泪如泉涌。张守东见雪梅哭了,认为她回心了,说:"你应该知道我对你的感情,以前我不敢想,现在我……"

"你不要说了,你现在也不能想。"

"你是知道的,我一次一次救你帮你,为了你我什么事都敢做,什么苦也愿意承受,我……"雪梅立即打断张守东的话,甚至有些生气道:"是,不错! 你不止一次救过我帮过我,我的第二次生命也是你给的,那好,现在我就把这条命还给你,你说让我怎么个死法?!"

"你——"张守东没想到她性格如此刚烈,一时不敢再说了。

"你说呀! 说呀!"雪梅像疯了似的。

此时,张守东非常痛苦,他怕再说下去对雪梅伤害更深,无奈地长叹一声走了。本来下次支前工作没有他的事了,他不愿意在家,跟姜邯牛打了报告继续参加支前工作,组成马车队去更远的战场了。

兰兰听到雪梅与少爷离婚的消息,立即找到雪梅,质问道:"你为什么要与少爷离婚?你不是人,你没良心。"此时,雪梅连生气的劲也没有了,她只觉肚子胀得难受,浑身冒火,她用尽浑身力气,说:"你走,我还没找你算账呢,你反倒对我指手画脚、说三道四。你走,我们的事不用你管!"

兰兰哭着说:"没想到少爷娶了你这个不贞节的女人,还不如死了!呸!呸!呸!"

"我就是不……"雪梅再也说不下去了,感觉头晕得厉害,她不愿在兰兰的面前晕倒,刚把门闭上便倒下了。

胶州兰村,正在进行济青铁路扩建工程。工地上一片繁忙,服刑人员正低着头干活。王里路拼命地干活,不停地干活,汗水都湿透了他的衣裳,他全然不顾,想起雪梅那期盼的眼神,心里就有一种希望的力量,就想老实改造,争取早日出狱与妻子、家人团聚。

然而,他盼来的却是妻子的离婚书,他难受得整整七天七夜没吃一口饭,多亏所长每天用勺子强行喂进他的口里一点水,才保住了他的性命。

所长叫康开林,老家淄博,父母都被东家逼死,他和哥哥一起参加了解放军,哥哥在淮海战役中牺牲,全国解放后,他被分配到战犯劳教所。一开始,面对这些和自己有血海深仇的地主、国民党军官,他真想痛痛快快地出出气,可是最后还是忍住了,党组织让自己来管教改造他们,自己怎么能为泄私愤不顾党的政策呢?当康开林了解到里路的情况后,预感到他是被冤枉的,并写了材料报告上级,要求对他重新审理。

数月后,康开林要押送一批因犯到青海改造,原本没有里路,但不放心他,也就带他一起踏上了西去的火车。劳改犯们到了青海西宁做短暂停留后,改乘马车继续向西行。此时,恰好一轮夕阳即将落山,晚霞染红了辽阔的天空,茫茫的戈壁草原,寂寥而又荒凉,马队扬起的滚滚尘烟一直伸向远方……此情此景,里路忽然想起了曾读给兰兰听的一首词:"长亭别,风骤狂,万里长路尘飞扬。挥长鞭,步匆忙,阳关门外看斜阳……"眼前的景象不正是词里所描写的景象吗?难道说命该如此？此时,王里路怎么也不曾想到一个女人正走在寻找他的路上。

兰兰决定找到里路,她要陪着他。她到了兰村劳教所,王里路已经去青海了。兰兰身上已经没钱买火车票了,她决心去找他,可又不知怎样走,她想青海应该在东海边,就顺着路往东走。天快黑了,路边的一位大爷见她独行,担心她出事,忙问:"女同志,天快黑了,你这是去哪啊?"

兰兰驻足说:"我要去青海,找、找人。"

"你这是往东走啊,越走越远。"

"大爷,那,应该往哪儿走?"

"青海在西边,往西,顺着火车道轨一直向西。"

兰兰感激地给大爷鞠了一个躬,转身向西走去……

第八十四章　向南、向南

　　兰兰寻找王里路，等于把安雪梅唯一的希望之火熄灭了，她更加内疚和痛苦，里路啊，我的夫君啊，别人都不知我的苦衷，你能理解吗？确实，很少有人理解或相信安雪梅真心嫁给既罗锅腰又病秧子的李有俊，尤其是张守东根本无法理解，怎么也想不通。

　　张守东坐在马车上一路向南、向南，过了长江继续向南，他们这是给战斗在衡阳、宝庆一线的第四野战军运送粮食，与他一路同行的还有王璐圆。

　　王璐圆得知张守东也下江南支前可高兴了，但一路见他不吭声，心里明白因为啥，多次主动靠近他，都没有得到回应。张守东将痛苦埋在心底，不停地拼命干活、干活，即便是坐在马车上也不停地大声吆喝着："跟上，快跟上……"车队到了休息站，张守东每个车都要检查，绳索松了就紧紧，车轮气压低了立即给充气，要是撒了粮食，他一粒一粒捡起来放在随身带的布袋里。王璐圆走到他跟前道："我有话对你说。"张守东头也没有抬，道："你说吧。"王璐圆看到周围人很多，不想说却又忍不住道："到一边说好吗？"张守东还是没有抬头，说："在这里有啥不好说的？"王璐圆看到有人投来好奇的目光，气得扭头就走了。

　　车队到了芜湖，王璐方热情地接待了张守东、王璐圆等支前人员。吃过饭，王璐方悄悄对王璐圆说："姐，命运给你最好机会，你可要把握住哟。"王璐圆正在气头上，道："他心里只有她，哪还有我！"璐方知道这个"她"指的是雪梅嫂，忙笑着说："他是单相思，有三哥，他……"没等她说完，王璐圆脱口而出："她改嫁李有俊了,你不知道?"

"我不知道呀。"王璐方惊呆了。接着,王璐圆将家里发生的事情告诉了妹妹,璐方听完沉默好久好久才道:"三嫂一定有她的苦衷。哎,三哥不应该呀!他参加国民党军队不假,你看见他参加还乡团、私藏枪支了吗?"王璐圆忙说听人家说过,王璐方接着说:"对呀,都听说过,并没有亲自看到嘛。还有,像三哥这样的人,说他欺负穷人我是打问号的。"王璐圆反问道:"是秦邠、张永淮他们整的材料还能有假?"

王璐方当然明白秦邠是什么样的人,她在两城区主持工作的时候一直没有起用这个人,便道:"这样吧,四姐,等你们返回的时候,我给辛家芹副书记写封信,请他复查三哥案情,不单是为咱老王家,是为了公正。"王璐圆担心道:"不怕影响你的前程?"王璐方立即道:"四姐,你这是啥话?我们共产党人最讲实事求是,这句话还是毛主席说的。"

次日,王璐方匆匆写了一封信托张守东捎给在四野打仗的徐斌。王璐圆笑着说:"老五,你们可真有福呀!没想到四野从东北打到平津,又从平津打到江南,你们终于要在江南团聚了。"王璐方大手一挥说:"现在还不行,我们相约全国解放的那一天。"

送走支前车队,王璐方给辛家芹写了一封信,整天盼望着张守东等人支前回来路过此地,想着在不久的将来与恋人团聚,脸颊顿时泛上了喜悦的红晕。一个月过去,终于盼到王璐圆和张守东他们了,同他们一起来的还有一位解放军干部,经过介绍璐方得知他是营教导员,与徐斌搭档。教导员递给她一个包裹和一封信,璐方看到他表情严肃而伤感的样子,隐约不安,立即拆开信看:

璐方,我思念的爱人。明天我们营担任突击任务,今夜我特别地想念你,有许许多多的话想对你说,总结一句话吧,我们相约全国解放的那一天。

看到这里,王璐方已经泪流满面了,什么都明白了。当数枚军功章和一身带着黑褐色血迹的军衣展现在眼前时,她趴在上面痛不欲生:"你为何不等我呀?

一街两城

你不是说相约全国解放的那一天团聚吗?"王璐圆抱着妹妹跟着哭了。接着,教导员将徐斌牺牲的经过诉说了,并将他的遗物及军功章郑重交给王璐方保管。

张守东和王璐圆要走了,王璐方将写给辛家芹的信托他们带给他。张守东看到她伤感的样子,安慰王璐方不要难过,干革命打仗肯定有牺牲。王璐圆安慰道:"璐方,不要难过,现在解放军团长、旅长的首长光棍儿多得是……"璐方立即打断她的话:"你不要瞎说,我跟他是一辈子。"然后望着南方黯然伤神。张守东忙岔开话题问:"璐方书记,你有里道的消息吗?"王璐方联想起刚刚牺牲的恋人,禁不住浑身一颤,明白凶多吉少,但她没有说出口,禁不住暗暗祈祷:四哥、四哥,你可别像他呀……忽然,她联想到了勇敢,要是……唉,禁不住摇头暗叹一声。

勇敢虽然被医生救活了,但他忘记自己的事情了,也就是说他因脑部受伤患上严重失忆症。手术那天,小扈自始至终都站在手术室外的走廊里,心里不停地祷告着:"勇敢,你一定会好的,一定会好的,你是勇敢,一定能战胜病魔。"连日朝夕相处,勇敢的命运已和她紧紧地连在了一起。

手术很成功,勇敢被转移到治疗病房,小扈在勇敢身边护理。勇敢睁开眼睛见到的第一个人便是小扈,圆圆的脸庞、期盼的眼神、微笑的嘴唇定格在他的记忆里。从此,勇敢认定了小扈,只要她在他就高兴,她不在他就又哭又闹,谁护理也不行,不得已医院只好将要归队的小扈留了下来。

这天,小扈所在的医疗所所长来了,他说要随二野到西南作战,今天特意来看望勇敢,并带小扈归队。小扈听说要归队了,高兴得又蹦又跳,连忙回房收拾自己的东西,当收拾到铅笔、画纸时,看到上面教勇敢画的小动物,心里不禁咯噔一下,是啊,自己走了,勇敢该怎么办呢?她来到了他的房间,见他正熟睡着,没叫醒他,在转身的一刹那,一阵酸楚涌上心头,眼泪不知不觉地流了出来。所长见她流泪了,开玩笑说:"怎么,小扈,不愿意走?舍不得大城市呀?"小扈马上笑着说:"谁说?我、我刚才被沙子眯了眼。"医院院长接着说:"现在连点风儿都没有,没起风哪来的沙子?哈哈。"在场的人都笑了。

小扈每走几步就回过头看看,仿佛有什么东西把自己的心给牵住了。院长看出她的心思,说:"小扈,你放心走吧,我们会把勇敢护理好的。"小扈猛然抓住院长的双手嘱咐说:"院长,他喜欢喝小米粥,不要太热也不要太凉,哦,别忘了放一勺子红糖,是面糖。"院长说:"都说好几遍了,知道了。"小扈想了一会儿,又说:"他晚上遗尿,让他起来两次撒尿。"院长说:"知道了,快上车吧,你这丫头像个老婆婆。"说着把她扶上了车。小扈上了汽车,当汽车启动时,她的眼泪也流了出来。

汽车行走在南京大街上,到处都洋溢着欢乐的气氛。小扈挂念着勇敢,心情不好,一路上没有笑容。到了长江渡口,汽车排队上船。突然,院长乘着汽车追了上来,小扈一惊,知道勇敢出事了,没等他说话,马上问:"院长,勇敢出事啦?"院长点了点头,然后对所长说:"所长同志,勇敢醒来,发现小扈不在了,又吵又闹,谁也安抚不了,一个劲儿地喊小扈。我怕这样下去,对他恢复不利,您看这样行不行?让小扈留下来照顾勇敢,都是革命工作。"

所长为难地说:"这件事好是好,只是我说了不算,得上级批准。"院长说:"这好办,只要你同意放人,一切都好办!我回去马上写报告,不过,现在先把小扈留下,这个你能说了算,哈哈。"所长也笑着说:"好说好说,院长说得对,不管在哪儿,无论在什么工作岗位上,我们都是革命,都是为新中国做贡献嘛!"院长高兴地说:"说得好!小扈,你同意留下来吗?"小扈不假思索地说:"同意。"大家看到她可爱的样子,都笑了。没过几天,小扈的档案被调过来了,她正式成了医院护士。

一年之后,勇敢转到位于杭州西子湖畔疗养院继续做康复治疗,小扈作为他的专职护理员去了杭州。院方要登记勇敢的工作简介,他只摇头,问急了就大声嚷嚷着:"你们不去问小扈,问我干什么?我要是知道我是谁,还能憋在这里?岂有此理!"护士不敢再问了,她们问小扈,小扈也只能说,姓名:勇敢。职务:团长。原单位:三野。籍贯:苏州。可是,勇敢说的不是苏州话啊,满口山东腔。

勇敢的身世成了谜。

第八十五章　长夜难眠

张守东和王璐圆回到家,雪梅已经搬到李家多日了。张守东几次想去找雪梅聊聊,但每次走到半路或到了门口却又退缩了。木已成舟,说啥也没有用了。

夜深了,安雪梅木然地守着一盏罩子灯,眼泪不住地往下流,仿佛整个身子已不属于自己,连日来的一幕幕如做梦一般。身边的李有俊早已睡熟了,鼻子里发出几乎令人窒息的鼾声。雪梅起身走到院子里。这是四间低矮的夯土结构的草房,东边打着一个草棚子,里面住着爷爷和有俊的两个弟弟,东两间是通着的,外间做饭,里间住着李有俊爹娘和妹妹。她见东屋还亮着灯,便走了过去,只听里面有人说话:"姐,我看你跟有俊纯粹给她拉扯孩子。"

"话可不能这么说,有俊年龄也不小了,还是个病秧子,能有个女人跟着就是他的福分了,做娘的也就放心了。况且媳妇还是个地主家的大少奶奶,天上掉下来的喜事啊。其实,到咱家里实在委屈她了,唉!"

"姐,你就好心,可好心不一定好报,我看她不一定真心跟咱有俊,他们也没有去政府办理结婚登记,哪天她前夫回来了,她肯定走。"

"是有俊不想办手续,再说了,做人还得讲良心……"

两个女人对话,其中一个是有俊娘。雪梅不想再听下去了,便退回到自己屋里。李有俊睡得正香,雪梅依然没有丝毫睡意,以前的一幕一幕又浮现在眼前。本想有一个美好的婚姻,谁知人生无常,命运坎坷,好端端的新婚之夜,里路竟不辞而别,从此拉开了人生悲伤的序幕。唉,如今之夜,何曾想过啊!雪梅想着想着,不觉泪水又涌上眼帘,两个夜晚虽然情形截然不同,但心境又是何其相似啊!不是再一次拉开了思念心上人的漫漫路程吗?

"杀杀,全杀了……"雪梅竟然嫁给了李有俊,这让秦郀无论如何都难以接受,当夜连着摔碎了五个酒瓶子,怎么可能呢?一个如花似玉的少妇,一个老气横秋的病汉。"你们不可能,他不配……雪梅是我的……"秦郀攥着酒瓶子歪歪扭扭来到有俊家硬要往里闯,有俊将他拦在了门口,警告道:"你要是再来骚扰,我到人民政府告你,我赤脚的还怕你穿鞋的?!"

"好好,你李有俊有种,我小瞧你了,你不是说张果老骑驴看唱本嘛,咱们走着瞧!"说完就踉跄着走了。此后,他憋着一股气,做着疯狂的事情,指挥王永臣、张永淮、李小四等人用长锯杀关帝庙的银杏树。

秦天喜闻听后急忙赶来阻止杀树:"别杀了,这棵树树龄千年以上,不能杀了,是国宝啊。"张永淮认为他故意捣蛋,破坏建设,要将他抓起来审判。王永臣替他说情:"他是捣鼓文物的,别理会他,赶走就是了。"秦天喜被几个民兵强行架走了,很远还传来他撕裂的声音:"不能这样大拆大扒呀,都是古文物,要保护啊……别杀了,上千年古树留到现在不容易啊,你们早晚会后悔的。"

银杏树干解成板后做了大礼堂的排椅。秦郀兴冲冲地来到姜邯牛办公室汇报,见姜有理在屋里说话便退到外面等候。姜有理是被姜邯牛找来谈话的:"四爹啊,您不要总是表白自己如何如何,过去的事情老百姓清清楚楚,你说得天花乱坠也没有用,真的假不了,假的真不了,认清形势,好好改造自己嘛。"姜有理忙弯腰说:"还是侄儿站得高说得对,我要好好改造自己。唉,看到你们这辈数你有出息,在两城街,他们老王家终究不如咱们老姜家,你应该找到那个真的黑陶杯……"

姜邯牛立即驳斥道:"什么时代了?还老姜家老王家的!四爹,在两城街,往后当家做主的是老百姓、人民,人民你懂了吗?"姜有理忙直起腰说:"我当然懂了,我要早日成为人民、人民。"姜邯牛走到他面前,用温和的语气说:"你什么时候真懂了,也就改造好了。"说完亲自送到门口,看着他走了。

秦郀进来,张口就道:"四爹来干什么?哈哈,他肯定是看到两城街咱兄弟俩

455

一街两城

一文一武、一党一政。"说到这里,他不顾姜邯牛翻白眼瞪着他,凑到近前小声道:"邯牛,爹爹曾经说过,你是过继给六爹的,咱们是亲兄弟,应该称呼你三弟才对……哈哈,当年爹爹当镇长,弄了一个假黑陶杯镇街,现在我给你建起了大礼堂,可比那个黑黢黢的东西强多了。我看对面老牌坊底正好缺个牌坊,不如将咱老姜家的牌坊重新建立起来,哈哈。"

"住嘴!你还是一名共产党员吗?"姜邯牛接着教训道,"满脑子自私自利,当年姜家牌坊你没觉着丢人啊?"

"三弟,我是为你……"

"你以后别三弟三弟的了,我听了很烦!你也是老党员老革命了,怎么就不能进步呢?"秦邶恬不知耻道:"你进步我就进步了。"姜邯牛看到他嬉皮笑脸的样子,更加反感,立即质问道:"张一长师傅的问题调查清楚了吗?"

"还在调查。"

姜邯牛不满道:"哼,等着你调查清楚,一年又过去了。我今天郑重告诉你,裁缝铺子里既没有特务,也没有反动分子,只是几个性情激进的老百姓闲聊而已,派出所已经调查清楚了,对他们也进行了批评教育,回去马上将张师傅放了。"秦邶不以为然道:"这么点小事,你也……"

"群众无小事,难道你不懂吗?"姜邯牛又接着质问,"是你带人将关帝庙和东林寺的古树杀了?"

"对呀,解成板材做排椅啦。关帝庙一棵不够,东林寺两棵……"

"胡来!你为什么不请示?"

"我这是做好事,有啥好请示的?"

"这些古树都一千多年了,你不经请示擅自杀了,你、你……我处分你!"

看到姜邯牛真生气了,秦邶不敢辩解了,站在一边不吭声,但心里很不服气,肚子一鼓一鼓的,刚要把父亲交代的话说给他听,只见姜邯牛指着门口道:"你出去吧。"秦邶走了几步,忽然转身问:"大礼堂对面……"姜邯牛没等他说完立即回话:"你不用管了,这几天待在家里好好反思反思吧。"

大礼堂坐落于界碑,举行落成典礼的当天,街民看到对面老牌坊底竖立起了一座工农兵塑像,准确地说,是一座画壁墙。底座为青石,红砖砌成,墙体正面抹成白灰,上面画了工农兵三个代表人物。女农民抱着一捆麦穗弓步向前,中间是一位工人老大哥,他一只手攥紧铁锤,另一只手伸向前方。靠后是一名解放军战士,他披着风衣,背着钢枪,右手紧握枪带。三个人目光炯炯,带着对未来的憧憬和建设新中国的信心,目标一致,齐向前方。街民们纷纷前来围观。每逢大礼堂召开会议,参会人员会前会后都在壁画下留影,照相馆师傅干脆在壁画前设立了照相点,一时间成了两城街观光的最佳地点。

"人挡杀人,佛挡杀佛。"秦邝面对壁画驻足许久,心里五味杂陈,脑海里闪现一个个阻挡或妨碍他的人物,"邯牛啊,三弟,你挡我道了!还有李有俊,下一步你们将会步王里路的后尘了……"

一街两城

第八十六章　当沙尘暴来临时

　　经过长途跋涉,王里路他们终于到了目的地——格尔木市。一眼望不到边的戈壁荒漠上只有三个帐篷:一个是市政府,另一个是邮局,还有一个是公安局。成千上万的劳改人员和管理干部下了马车,有的当场就昏迷了,医务人员马上过来急救,给他们吸氧。王里路被编在一大队二中队四组,主要工作是建房。

　　晚上,十几个人挤在地屋子里。所谓的地屋子其实就是挖了像地窖似的沟,上面盖上苇草,用泥糊上就行了,因为这里常年不下雨,不担心会塌,地上铺了草,又挡风沙又暖和。这些人大都是被俘虏的国民党县团干部和大财主、反动分子等,他们都曾有过享乐腐化的生活和耀武扬威的经历。而现在睡在地上,铺着稻草,盖着薄被子,白天还得拼命干活,逆反情绪很大。一个曾是国民党团长的人说:"唉,要早知受这种罪,还不如当时吃一个'花生米'完事,哪怕党国不给个荣誉,最起码还是条汉子。"

　　另一个说:"谁说不是呢?想当年,我手下也有千儿八百的,鞭子在咱老爷手里,看谁不顺眼,谁的身上就得落下几道红印,可现在……唉!"

　　曾经是大户少爷的叹气道:"别说那些不中用的话啦!我在家小老婆五六个,晚上看中哪个就和哪个睡。"

　　王里路实在忍受不了他们,常常彻夜难眠。这天夜里,他从梦中醒来,忽然听到两个人悄声说话,"都联系好了,就等你一声令下了。""那好,往南跑,过了昆仑山就到了西藏,那里还没解放。"外面有巡逻的脚步声,他们急忙蒙头装作睡觉不说了。王里路虽然没听清他们最后说些什么,但隐隐感到不祥的征兆。

王里路肠胃不通畅造成便秘,往往蹲茅房半个多小时。他从工地上回到食堂,忽然肚子痛,来不及排队打饭直奔茅房。刚蹲下,忽听外面吵闹起来,他想又是几个刺头因饭菜不均同炊事员吵了起来,这种事经常发生。不一会儿,突然传来激烈的枪声,他忽然想起那天晚上偷听到的话,意识到可能劳改犯们集体越狱了。他急忙提上裤子跑了出来,只见满院子锅碗瓢盆,饭菜扔得满地皆是,一片狼藉,远处枪声阵阵。正当里路不知所措的时候,康开林带着部队闻讯赶来,看到只有他呆呆地站在院子里,忙问:"就你没跑,他们呢?"里路紧张地摇了摇头。康开林没再说什么,带着人急奔枪声响的方向去了。

如此大规模越狱,自然有人故意煽动,策划人就是那个原国民党团长。他是在成都战役中被解放军俘虏的。此人虽无多大能耐,但一向骄横独断,特别对蒋介石不满,多次说党国之败,皆蒋一人之过。到劳改队后口服心不服,总念念不忘反攻,盼望着第三次世界大战爆发。他和里路都是干建筑的,他趁着监工不在,便偷工减料,结果还是被监工发现受到了惩罚。为此,更激起了他对共产党的敌对情绪,背后串通几个老部下集体越狱。他们选择晚饭秩序比较混乱的时候,几个骨干故意找碴儿与炊事员吵闹起来,引起众人高涨的对立情绪,国民党团长趁机高喊:"共产党把咱们拉到这里,就是想活活折磨死我们,谁想活命就跟着我跑,往南过了山就是西藏,那里通向自由的世界,外国黄金、美女有的是啊!快跑啊!"他这么高喊,几个骨干一齐响应,众人纷纷扔下饭碗跟着他们奔向梦中的自由世界。

管理人员面对突如其来的越狱行动,忙进行劝阻,但为时已晚,警卫鸣枪震慑,也没能阻挡住狂奔的潮流,顷刻间数千人跑了个精光。虽然在外围机枪的威慑下,一部分人趴在地上不动了,但也有少部分人趁着夜色逃出了。

当夜,大队部立即召开紧急会议,研究部署下一步的工作措施和方案,经过大家反复讨论,由大队长带队寻找外逃的劳改犯,方圆数百公里都是无人区,没有粮没有水,根本走不出去。教导员组织人员在劳改犯中开展思想政治教育,稳定他们的情绪。康开林在教育动员大会上表扬了王里路,说他思想觉悟转变快,

一街两城

要求大家向王里路学习。会后,有人背后辱骂王里路,说他被共产党拉拢、腐蚀了。里路总是默默无语,'哀莫大于心死',他的心早已封闭,逃到哪里还不是孤身一人?

众人都不愿意与里路在一起干活,他只好自己搬砖垒墙。不小心让砖头砸伤了脚,鲜血直流,他去医疗所包扎,刚包了一半,大队部来人对医生说:"上级来电话说,下午有沙尘暴,队部要求医疗所立即搬到闭风的地带。"他说完就走了。医生给里路包扎后,马上收拾东西搬家。王里路心想:要来沙尘暴了,他们只顾自己,我们这些人不管了,唉!我们这些人现在也叫人?早死早利索……走到半路上,见西北方向狂风掀起的黄沙如钱塘江大潮滚滚而来。里路忽然想:不行,我得快回去告诉他们。

"管理员,你马上组织所有人到河西避风,解放军、共产党员留下保护仓库和其他物资。"

"教导员,我们人少,他们再集体逃跑怎么办?"

"顾不得那么多了,生命要紧。没了粮食大家都得饿死,没了物资我们的城市就建不起来,服从命令!"康开林说完就带领干部们和解放军战士直奔仓库去了。而管理员则奔向了工地,立即组织众人向河西山丘前环转移。这一切王里路都看在眼里、听得明白、记在心里,他从此对共产党有了全新的认识和理解,心中的坚冰开始融化,他不顾脚伤的疼痛,赶上转移的队伍,高声道:"人家共产党都不怕死,我们还怕什么……"狂风裹着沙土使大地变成了混沌的世界,十米开外看不见任何景物。康开林带领人保护的一、二号仓库,里面有水泥、棉花等重要物资,一旦被风刮开,国家和集体财产将会遭受重大损失。"用绳子拉住,快、快!"康开林边喊边干着,沙尘几乎把他眼睛眯瞎了。

"报告教导员,二号仓库被风刮开了,水泥都被风刮跑了!"一个人跑上来说。

康开林忙说:"快叫人用被子、帐篷遮盖。"

"人数不够呀!这里也需要人啊?"

康开林坚决地说:"分开,有多少人算多少人,绝不能让国家的财产受到损失!"刚说完这句话,只见上来许多模糊的人影,原来是那些转移的劳改人员来帮着保护财产了,他一阵激动,顾不得多想就又投入抢险救灾当中……经过两个多小时的奋战,财产终于保住了。沙尘暴过后,管理人员清点人数,劳改犯们一个也没少,康开林上前与他们一一握手,表示最诚挚的感谢。

过了几个月,外出寻找的人陆续回来了,除了带回几个瘦得像麻秆似的人外,其他的人或渴死或被狼吃掉了。那个团长最终也没能走出茫茫沙漠,渴死在干涸的河床上面。通过这两件事,大多数劳改犯转变了思想,认识到只有好好劳动改造,依靠政府才是自己唯一的出路。

王里路的表现得到大队表扬,并给他减了刑期。其实,减与不减,对他而言,已没多大意义,每到傍晚时分,王里路总是喜欢到东边的山丘上坐坐,虽然心情是伤感的茫然的,虽然压抑着自己不去想她,但他总是不经意地向东方望一眼……有时也拿着笛子,吹起他最喜爱的那首《思乡曲》,笛声呜呜咽咽、如泣如诉,在晚风中传得很远、很远。

第八十七章　尽孝

　　雪梅生下了一个男孩。丁使秀得到消息,算了日子不是李有俊的,又高兴又伤心,想去看看,又怕别人说闲话,翻来覆去致使性情逐渐暴躁起来。子幸放学回家,肚子饿了问奶奶要东西吃,使秀说:"吃、吃,你就知道吃,想吃找你娘去!"子幸惊呆了,怎么也想不到一向温和的奶奶突然变得凶狠无情起来,吓得哭了。丁使秀看到她哭了心里更烦,把一切怨恨都发泄到子幸的身上,照着她屁股几巴掌,子幸抱着奶奶的腿说:"奶奶,我不饿了,我听话,您别打了。"晚上,奶奶不再搂着她睡了,子幸自己孤零零地躺在床上,望着黑洞洞的夜晚,反复地问:为什么娘要嫁人?为什么奶奶不再喜欢我?黑夜不能告诉她,流淌不止的眼泪不能告诉她。

　　第二天早上,丁使秀对子幸说:"子幸,今天放学后找你娘去吧,不要回这里了。"子幸吃惊地看着奶奶,奶奶冷冷的没一点笑容,她又看看王满,他低着头不说话,子幸伤心地哭了。王满上前搂着她说:"子幸别哭了,妗子给你生了一个弟弟,快去看看吧。"他这么说,子幸顿时破涕为笑。

　　子幸放学后,磨磨蹭蹭的,不愿往家走。同学马芫英问她怎么了,她也不说,只求她们多陪着玩会儿。天快黑了,子幸才往回走,可走着走着她又停了下来,到底要去哪个家啊?奶奶不让进门了,娘又没说让去,子幸往奶奶家走,觉着不合适,又回过头来往娘家走,来来回回,回回来来,直到天完全黑了,她才决定去娘那里,她想看看弟弟。她把身子贴着墙,心仿佛吊在了半空,一脚一脚地往那里量着走去。

　　子幸的到来使雪梅既高兴又难过,她明白女儿并不是自己愿意来的。雪梅紧紧地抱着孩子,心里说:里路,你知道吗?你有儿子啦!他脸庞像你,眼睛像我,鼻子像你,小嘴像我……

　　辛家芹听说雪梅生了男孩,买了二斤红糖、一斤鸡蛋,用一块花布包着送来。雪梅将孩子抱给他看,接着说:"日子都挺紧的,你也刚成了家,还花那么些钱,能来看看,我就感激不尽了。"家芹看着襁褓中的孩子,有些心酸,又有些感慨,然后一瘸一拐地靠近墙根坐在炕沿上,说:"王副参谋长是我的救命恩人,他生了儿子,我哪能不来送个囤子?唉,只是他……唉……"心里憋得说不下去了。雪梅惨笑,接着道:"还提那些干什么?顺其自然吧,只是希望……"说到这里,她戛然而止,家芹明白她的意思,说:"好人有好报,他知道有儿子了,会多么高兴啊!"

　　雪梅将孩子重新包好抱在怀里,说:"家芹,里路的事你还得操心,我写了申诉书,你帮着往上面反映反映,里路确实是冤枉的。我都去找过二姐夫,可是……唉……"辛家芹很惊讶,按说春雷现在是公安局局长,只要过问一下案子,让办案人员实事求是办案也不是违法违规。辛家芹暗叹不已,不便将王璐方写信事情告诉雪梅,只好安慰道:"春雷局长身在其位,往往身不由己,求人不如求己,我们按照程序一步一步来,不要着急,是真的假不了,早晚会水落石出的。"说着四处找李有俊,"有俊呢?他对你好吗?"雪梅点了一下头,然后说出去了,辛家芹看出了雪梅心中的那般无奈和伤感,便道:"雪梅啊,我实话告诉你,有俊还真是个好同志,要不是他,里路可能判死刑了。"看到雪梅惊讶的表情,他将李有俊为王里路上下奔波的事情一五一十地说了。

　　雪梅对李有俊有了重新的认识,感激之余已经无法表达自己此时此刻的情感,也只能朝辛家芹点点头,叹气道:"你给苦命的孩子起个名吧。"家芹想想,然后说:"你们可以说是从死灰里掏火星,就叫星星吧。"雪梅也觉着不错,说:"好,叫王兆星。"雪梅爱怜地看着自己宝贝儿子自言自语地说。

　　雪梅在月子里,得到了李家人的精心照顾,有俊娘跑前跑后,忙里忙外,把家

一街两城

里一只正下蛋的老母鸡杀了，每天给雪梅炖一碗汤喝，有俊的妹妹有翠天天趴在小孩的脸上看个没够，有俊的爷爷露出了开心的笑容……其实他们都知道这孩子不是李家的骨肉。

雪梅虽然有遗憾，但同时也感到了莫大安慰，这种大家庭的温情是她从来没有体验过的。李有俊为了不影响她休息，自己在外间打了地铺，白天除了到地里干活外，还要背着兆坤去医院打针。其实，兆坤只是因感冒发热引起了肺炎，由于得不到及时治疗，才愈来愈严重。有俊背着她到了医院，医生检查后，直埋怨他粗心，说再不快治疗的话，他这个孙女就没命了。有俊听了很尴尬，有苦说不出来。

雪梅出了月子，抱着儿子来到了丁使秀家。门紧闭着，雪梅刚要推门进去，忽然又停住了，一手抱着孩子，一手轻轻地敲了几下。里面传来了虚弱的声音："谁呀？"雪梅说："娘，是媳妇我啊。"过了一大会儿，传出丁使秀的声音："你走吧。"雪梅含着泪说："娘，您不认我，难道也不认孙子吗？娘——"雪梅刚说到这里，兆星哭了一声，就听屋里扑通一声，像是有人掉下炕了，雪梅慌忙推门进去，见婆婆确实趴在地上。雪梅忙把她扶到炕上，丁使秀顾不得疼痛，抱过孙子不知怎样才好，又是看又是亲，眼泪像断了线的珠子，滴到兆星的脸上。

此后，雪梅每天都抱着儿子过来看看丁使秀，做饭、洗衣、种庄稼，啥活都干，丁使秀抱着兆星就舍不得放下，已经分不出两家人了。

"娘，我写了申诉书已经托家芹书记交上去了，相信政府会给兆星爹清白。"雪梅在灶台前烧着火说，锅里煮着豌豆面条。丁使秀抱着兆星坐在饭桌前，说："嗯，听璐圆说，璐方你五妹为兆星爹的事也很上心，还给区里领导写了信，让他们复查。"雪梅忙问："璐圆回来啦？"丁使秀点头，忽然想起一件事，道："听你三婶说，璐圆打听王满的事情，好像听到什么风声了，告诉王满，别理她。"

雪梅盛上一碗满满的面条端在丁使秀面前，然后又盛了有菜有面的三碗放在桌子上，丁使秀喊正在复习的王满、子幸和玩耍的兆坤都过来吃饭。丁使秀看到雪梅碗里只是清汤，将自己碗里的面条夹到雪梅碗里，雪梅理解婆婆，便将面条夹到王满碗里，王满舍不得吃夹到子幸碗里，子幸最喜欢小妹妹，夹到兆坤碗

464

里,兆坤嘿嘿笑着端起碗大口大口吃了起来。丁使秀见此情景,忍不住掉泪道:"兆坤,慢慢吃,别噎着啊。"孩子们吃完饭都离开了,雪梅奶着兆星,丁使秀拾掇碗筷,雪梅接着饭前的话茬儿说:"娘,璐圆好像比以前温柔多了。"

"她再不改变性格,没有青年喜欢,当一辈子老姑娘吧。"丁使秀不喜欢璐圆,忽然又想起一件事,问,"咱们回家一两年了,怎么没有见王香来信呀?"提到王香,王满和子幸都跑过来说想她了,雪梅解释说:"我给她们写了三封信,都石沉大海,至今没有回音,我现在每当想起王香,心里就沉甸甸的,连做梦都梦见她,生怕出什么事情。"丁使秀忙安慰道:"香香不是小孩子,已经能照顾自己了。再说,我看那个邵惠挺面善的。"雪梅点头道:"嗯,我就是相信她说的那句话。"

这天,丁使秀的话特别多,将以前的陈谷子烂芝麻全都说了个遍,一直到天黑才让雪梅回家。雪梅觉着她有些不正常,见王满、子幸上学还没回来,便烧了开水,让使秀吃了药才回到自己的家。刚奶了兆星要生火做饭,王满满头大汗地跑来,说:"妗子,奶奶快不行了,喊你和兆星的名字。"雪梅吓了一跳,放下手中的活儿,抱起兆星就朝外跑去。雪梅赶到丁使秀家,她拉着雪梅的手,眼睛直直地看着她,雪梅明白她的意思,忙把兆星放到她的眼前说:"娘,您看兆星多像他爹呀,等兆星长大了伺候您,娘……"雪梅实在说不下去了,丁使秀嘴角上露出一丝笑容,当着雪梅的面安详地闭上了眼睛。出殡时,雪梅披麻戴孝抱着兆星走在前头,不仅尽了做儿媳妇的义务,还替里路尽到了做儿子的责任。

第八十八章　失去联络

丁使秀死了，秦邡来到姜有谷坟前，点上一支烟，说："爹，您的遗愿儿子给您实现了，老王家死的死、撤职的撤职、劳改的劳改、改嫁的改嫁，两城街已经没有王……"他忽然不说了，越想越疑惑，越想越难受，越想越生气。安雪梅为丁使秀跑前忙后，如同一家。她最近生了一个儿子，显然不是李有俊的。还有，李有俊伙同张传梢去过县公安局，反映王里路的情况……种种迹象表明，安雪梅不可能嫁给李有俊，他们这是演了一出戏——假婚配。

秦邡偷偷来到张传梢家，再三敲打他管好自己的嘴。张传梢拍着胸脯发誓没有提"秦邡"两个字。秦邡放心了，又去了张永淮家。张永淮不在家，他便溜达着去了一村二村合署办公室。张永淮独自在屋里值班，看见他忙道："秦副区长。"秦邡板着脸道："我现在不是副区长了，以后叫我老秦就行。"

"那、那叫您秦委员还是秦干事？"张永淮忽然对秦邡有了轻视的心理，但他总归是区里的人，也不敢得罪，便小心问。秦邡正烦着，也没有回话，他找张永淮有事交代，刚要说话，邮递员进来放下一沓报纸和信件。张永淮拿出了一封信说："又是给王里路的，他都被判刑了，到哪儿找他啊？"

秦邡接过信看，是从青岛寄来的，说："以前寄来的信都退回去了？"张永淮支支吾吾不敢说实话，秦邡故意问："你都给销毁了？你可知道擅自销毁或拆开公民的信都是违法的？"张永淮吓得忙低下头不敢看他，秦邡并没说话，而是将信拆开，映入眼帘的第一行字是：想念的三哥三嫂您好……落款是六妹王香。

信是王香写给王里路的。自青岛一别，王香思念家人常常躲在被窝里哭泣，没事就写信回家，连续写了十多封信也没有见回信。她考上高中那年青岛解放，邵泽儒的企业被国民党政府逼迁台湾，邵太太也想带着王香一起走。邵惠为了自己的承诺，毅然将王香留了下来。当时，留给三哥的是邵泽儒的地址，王香每隔几天就去看看，每次都失望而归。邵宅已经转卖他人，而且这家人态度非常刻薄，见了王香就往外赶，连连说没有见到来信。王香经常站在海边的礁石上朝着家乡远望："三哥三嫂，难道你们忘了我吗？三嫂，您知道吗？邵惠姐对我可好了，如同亲娘……"王香自然不知道家里的变故，她也不会想到信被张永淮等人销毁了。

秦邨将信交给张永淮道："凡是给地主的信，都要看看，一旦是台湾敌特的来信，麻烦可就大了。"张永淮看秦邨不但没有批评，还肯定了自己的工作，他将信撕掉扔到垃圾堆里。秦邨凑近前小声问："上次让你办王里路的……事……"张永淮一听就明白，忙说："秦委……秦干……您放心，我谁也没说，到现在也没有人找我。"

"我再次告诉你啊，你要绝对保密，上边我可是有人，书记是我亲三弟。"秦邨警告张永淮，看到他毕恭毕敬的样子，接着说，"还有一件艰巨而光荣的任务交给你。"张永淮学着军人敬礼的模样，挺胸道："是，请秦副……啊，请秦委员、干事吩咐。"秦邨也不管他语无伦次了，示意他坐下，然后说："最近开展'三反''五反'运动，我们要高度警惕，不但要防止敌特搞破坏，还要防止革命阵营出现贪污、受贿等腐败行为，你的任务是偷偷监督姜邨牛和张守东。"他说到这儿，张永淮惊得嘴里都能放进去酒杯。秦邨赶紧道："永淮同志，不要惊愕嘛！邨牛虽然是我三弟，他要是犯法，我们也不能包庇嘛。"他这么说张永淮放心了，一拍胸脯道："请放心，我坚决完成您交给的光荣任务！"

秦邨看见王永臣和任北乐从外面进来，立即跟张永淮使眼色，张永淮急忙与王永臣交班后，陪同秦邨走了。任北乐看着他们的背影道："狼狈为奸。"王永臣善意提醒他少说话，并嘱咐道："抓紧通知他们来开会吧。"

近日，从台湾秘密潜回大陆的特务与死心塌地为国民党效忠的潜伏人员进

一街两城

行策反或破坏行动。上级要求各村提高警惕，并逐一找姜有理、秦书中等特殊人群谈话。周惜桂进来将脸仰得高高的，根本不把谈话当回事。王永臣问一句，她鼻子一哼，问两句她说不知道，问第三句时，她说找姜邯春去吧，说完扭头就走了，气得王永臣指着她的后背道："死性不改的地主婆，早晚有你倒霉的时候。"

周惜桂出门巧遇往里走的安雪梅，她知道自己的男人就是被这个女人所迷惑所倾倒，嫉妒之心让她愤怒到了极点，指着雪梅骂道："不要脸的臭女人，搂着丑男人，还想勾引……"雪梅没等她骂完，也没有辩解，更没有回击，而是平静地从她面前走过。

安雪梅经常来询问自家信件："书记，没见寄给俺家的信件？"王永臣说没见，任北乐也说没有看到，还说只要收到一定给她送去，雪梅说了声谢谢便告辞了。她出了院子，见大街上停着一辆绿色吉普车，从车上下来一位短发、着浅黄军装的女干部，两人正巧打了照面，雪梅没敢多看，转身与她匆匆擦肩而过。女干部可不一样，对她产生了似曾相识的感觉，并被她特有的气质所吸引，看着她离去的背影，不免怅然若失。

王永臣见有领导来了，马上迎进屋里。女干部对他微微一笑，说："我叫程瑞琼，叫我瑞琼同志好了，我是来了解点情况的。"她对墙上布告栏感兴趣，看了一遍又一遍。王永臣凑上前讨好地说："首长，为了便于管理，及时掌握村里特殊人员的动态，我把名字都写在上面了。"程瑞琼没吱声，看了一会儿回头问："两城街曾经有个很出名的人叫……"王永臣接上回答："哦，您指的王在川？"瑞琼点头问："他的名字怎么没在上面？"王永臣说："早病死了。"瑞琼脸上顿时露出不易察觉的抽搐，稍后又问："他家里还有什么人吗？"

任北乐抢话道："没有了，大儿子劳改了，二儿子从小就被他爹打走了，抗战时打日本牺牲了，是他大哥抱着骨灰回来的。前些日子，支前的人回来说他没死，还成了解放军大官，唉，不知为何又失踪了，部队还来人调查过。"

瑞琼听着听着，眼泪止不住地往外涌，她赶紧转过脸去，也不想多说什么了，便和王永臣、任北乐握手道别。

王里道调到山东军区后不久，瑞琼生下了一个儿子，她写信把喜讯告诉了丈夫。里道也很快回了信。接下来由于战事紧张,里道的信就见少了,瑞琼只好从报纸和电台里了解华东地区战况,借以知道丈夫的消息。当渡江战役胜利后,就再也见不到里道的信了。全国胜利后,瑞琼被分配到北京工作,她便写信给里道所在的部队了解情况,没想到收到了"该同志下落不明,正在寻找调查"的回复。一个师级干部,怎能平白无故失踪了呢?瑞琼急了,把儿子托付给战友,立即南下到里道所在的部队,才知道部队已经开赴朝鲜参战去了。留守的部队领导接待了她,并把里道失踪前前后后的经过都告诉了她,瑞琼听了伤心不已,她坚信丈夫还活着。

　　瑞琼漫步在两城大街上,思念丈夫的忧伤、愁绪升上了眉头,心中不止一次地呼喊——里道啊,你现在到底在哪里啊?

第八十九章 崇高的爱情

不光程瑞琼在寻找丈夫，还有一个女人也在苦苦寻找哥哥。

王璐方从芜湖调到杭州市下辖的区政府工作，担任文教委员会副主任，工作之余四处寻找四哥。每到一地出发或开会，空闲时间她都到当地民政局或荣军院、疗养院等机构了解四哥的情况。站在与四哥相约的长江南岸，望着滚滚长江水，心里在不停地呼唤："四哥，你在哪儿呀？你知道吗？中国共产党胜利了，新中国已经建立起来了！"

这天，王璐方正在办公室里处理公文，电话铃响了，是好友牛家玲打来的，她在电话里说疗养院最近转来一位与王里道极为相仿的解放军伤员，请她来看看。牛家玲是疗养院的院长，也是南下干部，受王璐方托付十分留意前来康复疗养的解放军伤员。王璐方听了非常激动，立即驱车来到了疗养院。没有想到牛家玲却说给介绍对象，王璐方当场又失望又生气，扭头就要离去。牛家玲急忙拉住她不厌其烦地介绍说："这位同志因脑部受伤失忆了，对以前的事情都记不起来了，别的地方都跟正常人没两样。"王璐方听到这儿，忽然感到好奇了，忙问："他叫什么名字？老家哪里？"

"不着急走了吧？走走，到办公室细细地谈。"牛家玲与王璐方来到办公室，她接着介绍道，"这位首长叫勇敢，老家苏州，人家职务是团长。"

"勇敢……"又是勇敢，王璐方念叨这个名字，脑海里立即浮现在战地医院的情景，不免又有些失望，三个条件都与四哥不符，听部队领导介绍说，四哥失踪的时候已经没有任何职务了。牛家玲没有察觉到王璐方的情绪变化,继续说:"璐方,你年龄也不小了,不要总想着过去,我看勇敢的条件跟你差不多,虽然患上失忆症,但不是顽症,更不是不治之症,相信随着治疗条件的提高,说不定哪天就恢复了,人家是团级干部,又是老革命,你们……"王璐方不想听下去,便起身告辞:"家玲,你的好意我领了,但我现在真的不想考虑个人问题。"说完就转身出门,牛家玲追了上去,忽然传来一阵声音:"慢点,慢点,对,就这么走,一直走……"

牛家玲指着林荫间小道上一对练习走路的男女说:"那不,那个伤员就是勇敢,他恢复得最好,这几天嚷嚷着要回部队战斗。"王璐方没有回应,而是顺着牛家玲指引的方向看到了身穿病号服的中年男人坚强地一步一步往前走,他那用力的架势就好像大步大步往前冲。紧随其后的女护士一直呵护着他,有时靠近了,他还甩手让她离得远一点。这个人长得虽然魁梧高大,但几乎没法与四哥联系起来。王璐方摇摇头转身走了。

媒人没做成,牛家玲对勇敢也格外上心。她把小扈叫到办公室,说:"小扈,以后我们就是一家人了,你下一步的工作主要还是护理勇敢,他现在的思维也就是几岁的小孩,可以说一切都得从头开始,不仅要做好基础性护理,还要教他说话、写字、吃饭等等,让他尽早像正常人一样。"小扈担心地问:"院长,他能像正常人吗?"牛院长笑着说:"这很难说。不过,只要有耐心,相信会出现奇迹。"看到小扈不住地点头,牛院长说:"往后,我们院还要接很多的伤病军人,你在护理好勇敢的同时,也要护理其他同志,所以,你要尽快让勇敢克服对你的依赖意识,要试探着接纳别的护理人员,这样不仅有助于你开展其他工作,还能让他感受到大家庭的温暖。"

小扈听了牛院长的话,每天教勇敢识字、说话,熟悉认识外边的事物、景物。随着抗美援朝战争的爆发,疗养院里的伤病军人渐渐多了。小扈无论多忙,每天晚上都要给勇敢全身按摩、洗头,她从一位老中医那里学到了按摩疗法。一年过后,勇敢不仅健步如飞,而且思维发生了重大转变,除了依然忘记以前的事情,对现在的认知程度几乎与正常人无区别了。全院没有不为他的这些变化高兴的。

一街两城

同时,大家也都对小扈的精心护理非常称赞,投去了敬佩的目光。由于工作出色,她被提升为护士长。正当小扈向院里领导表决心,不辜负领导和同志们期望的时候,一件不大不小的事搅乱了她的心绪。

一天,小扈准时到门卫拿信。忽然,一封写着"小扈收"的信跃入眼帘,竟没有发信人的地址,她随手揣进口袋里,待全部发送完信件后,才回到宿舍把那封信拆开看了起来:

小扈你好:

自见到你的第一面起,我就被你漂亮的面容和善良的心所吸引……

啊,这是一封求爱信。小扈的心顿时扑通扑通地跳了起来,往后的词语更令她脸烧心跳,她忙看落款,写信人竟是同院里的军医孔宪国。这家伙,竟这么大胆,小扈一时没了主张,当夜失眠了。

孔宪国二十五六岁的年龄,小伙子长得眉清目秀,是从部队调过来的。他的办公室就在小扈护理室的隔壁,他俩经常在一起研究对病人的治疗方案。正因为如此,小扈的为人、性格,他了解得非常清楚,从敬佩渐渐发展到爱慕了。

第二天,小扈和往常一样,查房、打针、送药,见了宪国依旧有说有笑,像什么事也没发生似的。而孔宪国受不了了,几次向她暗示,小扈也装作不知。过了几天,小扈又收到了宪国的第二封求爱信,这封信比上封写得更热烈、更真诚、更坦白。小扈拿不定主意,便把这件事告诉了牛院长。牛院长笑着说:"傻丫头,这种事还有告诉别人的吗?"小扈羞涩地说:"我把您当成亲妈,才告诉您的嘛。"说着低下头。牛院长非常感动,忙用家长的口吻问:"那你的意思呢?"小扈抬起头,不解地问:"我的意思?"牛院长笑着说:"是啊!你收到宪国的求爱信,你什么态度呢?"小扈的脸霎时羞红了,牛院长用手指轻轻划过她的耳朵,说:"你看,我这么说你就脸红了,连耳朵都发烫,分明心里有意思了,只是不好意思说。"

"院长……"小扈更难为情了,甚至不敢看牛院长了。

靠近龙井有一处园林景点,梅花争奇斗艳,蔚为壮观。小扈陪着牛院长来观梅。牛院长边走着边讲解着梅花的来历、特点。"院长,小扈,你们也来赏梅啊。"孔宪国突然出现在她们眼前。小扈惊讶道:"哎呀,你怎么也来啦?"牛院长看着孔宪国却对她说:"只准你来就不许人家来呀?"小扈忙不说话了,挽着院长的手臂继续往前走,孔宪国紧紧跟在后面。翻过一道山梁,牛院长喘粗气了,说:"我上年纪了,走不动了,在这里歇一会儿,你们年轻,去高处玩玩吧。"说完就坐在路边的石凳上不走了。到这时,小扈才明白了院长用心良苦。小扈只好自己往前走,牛院长向宪国挤眼,他马上会意地追了上去。

"你是不是早跟院长约好了?"小扈听见宪国追了上来,头也没回地说。宪国马上表白道:"我、我也是刚才明白院长的用意,昨天,她只是说让我在这里等着,别的什么也没说,我向你保证。"小扈笑了笑,说:"谁让你保证什么?"

游览的人从他们身边擦过,两人越走越觉得没话说,可平时并不这样,这层窗户纸一旦捅破,反而更觉不自然了。梅花渐渐多了起来,红的、白的、绿的,或繁花似锦,或俏立枝头,小扈靠近梅花闻着花香,突然道:"如此好看又香的梅花,他却不能来观赏,唉,等来年,我一定带着勇敢也来看看。"小扈发自内心的话语,宪国却听着不舒服,她时时刻刻都在想着别人,这哪里是在谈恋爱?

在牛院长的撮合下,孔宪国和小扈确立了恋爱关系,两人节假日也偶尔出去玩玩。这天,天上飘着毛毛细雨,小扈和宪国去了钱塘江游玩,回来时已是晚上九点多了,只见勇敢独自蹲在大门口,小扈马上跑了上去,把他扶了起来,生气地问:"你怎么在这里啊?看看,都淋湿了,万一感冒了怎么办?"勇敢见她生气了,支支吾吾地说:"我……我……找不……不到你,我……等……等你……我……"小扈看到他浑身都湿透了,一阵内疚涌上心头,眼睛也湿润了,说:"我知道了,别说了啊!快回去吧,啊?"说着便扶着他回了屋,留下宪国呆呆地伫立于雨中。

当晚,勇敢发起了高烧,口里不停地喊着:"小……扈……扈……"小扈给他用凉水擦着身子,泪水却止不住地往下流。接下来几天,小扈哪里也不敢去,一直陪伴着勇敢,与宪国相约去黄山游玩的事也给忘了,让他白白在黄山进口等了一天。从此,两人的关系开始紧张起来,见面都不愿多说话。牛院长知道情况后找到小扈,说:"小扈,你怎么把人家晾在黄山一天呢?"小扈也感到委屈,一时不知怎样回答,只顾擦眼泪。牛院长疼爱道:"病人是需要照顾的,可对象也得搞呀!"小扈生气道:"他自私,连这么点事都经受不起考验,还说如何如何爱我呢!我看是表面文章!"说着转过头去生气了。牛院长转到她对面,两手轻缓地放在她的臂膀上,弯腰侧着头试探地问:"我看这事并不简单,你对我说实话,你到底爱不爱他?"

"这……"小扈一时又说不上来。

牛院长进一步问:"你是不是对勇敢有感情啦?"

"这……"小扈感到太突然了,不知如何回答。

牛院长似乎明白了,直起腰说:"回答不上来就不要回答,我是过来人,懂的事比你多点,我只是想告诉你,感情是不能勉强的,你喜欢谁就大胆去爱吧。"

不久,小扈拿着一份和勇敢结婚的申请书找到了牛院长,她突然收住了笑容,严肃地对小扈说:"小扈,这可是人生大事,不可草率。"小扈真诚地说:"院长,我慎重考虑千万次了,我只有和勇敢在一起才能快乐、幸福,我说的是真心话,他也需要我。"

牛院长颔首说:"我相信你,只是我想提醒你,崇拜英雄和爱慕英雄是两回事。"小扈看着牛院长的脸,坚定地说:"我知道,我真心喜欢他,我无论走到哪儿都放不下他,就能说明他在我心里有多高的地位。况且目前也只有我适合护理勇敢,我会让他恢复到继续为国家做贡献的精神状态。"牛院长动情了,起身握着小扈的手说:"你太伟大了,太善良了,真让人感动,勇敢能找到你这样的革命伴侣,是他一辈子的幸福,你的行动给同志们做出了榜样。"对院长的褒奖,小扈只是平淡地笑笑,笑得很开心。

小扈和勇敢在院里举行了简朴的婚礼,那天晚上,客人都走了,小扈给他按摩了身体,洗了头,然后扶他上床睡觉。勇敢太兴奋了,怎么也不想睡觉,坐在床上不肯躺下直朝着小扈笑。小扈伸出手抚摸着他渐渐稀疏的头发问:"你笑什么?是不是看着我高兴啊?"勇敢忙不停地点头。小扈缓缓将丈夫扶着躺下,然后趴在他的脸上轻柔地问:"今天是咱结婚的日子,你知不知道啊?"勇敢不停地点头,要起身却被小扈按住了,又问:"那我问你,你叫什么名字啊?老家是哪儿的啊?"勇敢还是笑着不停地点头。小扈爱怜地抱着他的头说:"你呀,还要努力啊。"说也怪,勇敢不笑了,眼里流出了两行泪水,紧紧抱着小扈说:"咱们一同努力!"

"嗯嗯……"小扈紧紧抱着丈夫连连点头,激动、高兴的眼泪都把他的衣服浸湿了。

第九十章　近在眼前远在天边

牛家玲将勇敢和小扈结婚的喜讯告诉了王璐方，还埋怨她失去了美好的姻缘。璐方并没觉着遗憾，经常夜深人静之时拿出徐斌获得的军功章看了又看，每当想起教导员的那句话："徐营长打仗很勇敢，他是为解放全中国而牺牲的，我们都不能忘记他……他是孤儿，他的遗物经过组织批准就交给你保管吧……"

"勇敢，勇敢，他打仗勇敢，四哥打仗也一定很勇敢。"王璐方为勇敢的康复和结婚感到高兴，联想到四哥又不免伤感起来，要是四哥活着，兄妹俩一起回家探亲……每每想到这里，她联想起三哥，他的事情现在办得怎么样了呢？前些日子辛家芹来信说正在办理，对了，姜邯牛担任两城区委书记，他是自己的学生，给他写封信一定能管用。想罢，她坐在台灯下给姜邯牛写信。信笺铺开了，钢笔也拿在手里了，她沉思了一会儿，忽然觉着不妥便停了下来："雪梅嫂一定在申诉，相信法院吧。"

雪梅在地里干活淋了雨，得了一场大病昏睡了三天三夜。醒来时天快晌午了，屋里很静，孩子们都出去了，兆星也不在，想必是有俊看到自己累了抱到婆婆屋里去了。雪梅想起来做饭，但浑身没劲，这些天来都是子幸帮着有俊做饭熬药，子幸很乖巧，俨然成大人了。她干脆躺着静静地环视四周想着心事。房间低矮而窄小，两根木棍从南到北架起了一个平台，庄户人称之为附棚，一人多高，上面堆放各种粮食或杂物，冬天穿的棉袄棉裤也放在上面，为防止小孩子弄坏或偷拿，一些贵重物品或花生种子也放在上面。墙壁贴糊着旧报纸，使得屋里不再那么黑暗,两张潍坊木板年画"年年有余"是过新年时贴上去的,格外鲜艳,两个大胖娃娃抱着大鲤鱼。还别说,兆星长得胖墩墩的,还真像画上的胖娃娃,要是让他爹……想到这儿就想跟他说说话,虽然这些话只能放在心底,虽然无论想什么说什么他都不知道,但每次默默地想出来说出来心情就会好受一点。雪梅觉着不如找纸记下来,一旦与里路联系上了,给他寄去岂不是更好?下炕找纸找笔,可是翻遍了全屋,也没有找到一张像样的纸。正犯难的时候,她眼睛一亮,看到墙上贴着旧皇历,上前小心地揭下来,再小心还是揭碎了,她用剪刀裁方整,从子幸的书包里找到铅笔头,在纸的反面写了起来:

想念的里路:

　　你现在过得好吗?自从你走后,我一刻也没有忘记你……里路,我之所以活到现在,是有俊给打掩护,他是好人,是他救了你,是他救了我们一家……等你回来的那一天,把孩子们完好无损地交给你。

　　里路,相思欲寄无从寄,只在纸上记。今天记我,明天记你……

雪梅正写着,听见外面有脚步声,知道李有俊回来了,她急忙把信掖到席下,忽然见有俊带着多年未见的迎春进来了。迎春见到雪梅就哭了起来:"娘,您收留我吧!奶奶死了,娘走了,爹残疾了,我没有人要了。"雪梅不免可怜起迎春来,面对她的苦苦哀求,雪梅也犯难,本来日子就不好过,再加上一口人吃饭,况且她又是情敌的女儿,看着也别扭。雪梅朝有俊望去,有俊急忙解释说在大街上遇到迎春哭着找娘,就把她领回家了。

雪梅没有怪罪有俊,但也狠下心没有答应收留迎春。可是,迎春就是赖着不走,直到天快黑了,子幸回家了,迎春还是傍在门框上啼哭。雪梅担心子幸会讨厌迎春,没有想到子幸得知迎春的遭遇后,竟然拉着雪梅的手道:"娘,就留下迎春姐姐吧,她多可怜啊,我们也好做个伴儿。"子幸的话让雪梅大为感动,不再纠结,答应留下迎春。当晚,迎春和子幸睡在一个被子里,完全没有陌生感,就好像久别的亲姊妹聊到了半夜才睡去。

一街两城

多了人口吃饭，日子就过得更紧巴，好在雪梅精打细算一家人填饱肚子没有问题。但给里路写信的纸就没有多余的钱买了，雪梅就用子幸的作业本背面，用的笔是子幸的铅笔，反正这些信也寄不出去，只当自己情感发泄。

思念的里路：

给你写信，已成为我生活中的重要内容。一提起笔来，整个身心都不属于自己了，就会忘记一切烦恼、忧伤。你的一笑一颦、一言一语，历历在目，仿佛你就在我的身边，心里总有千言万语，诉不尽、道不完……

里路，孩子们都很好，子幸每次考试都是满分，兆坤的肺病也康复了，兆星长得越来越像你。还有，兰兰的女儿迎春被有俊领回家了……

写完信，雪梅从腰间拿出钥匙，敞开带锁的小木箱，把信郑重地放了进去。这时，她像完成了一件大事，长长地舒了一口气，便和衣躺下。忽然，有俊干活回家，他进屋说："哎，街上都说三婶迟迟不肯死，是在等人。"

"三婶？三婶怎么啦？等人？等什么人？"雪梅起身，不解地问。有俊坐在炕沿上咳嗽着说："三婶病了，还不轻，等她女儿呗，两个闺女都不在身边。"雪梅开始觉着有道理，仔细想又不对。次日，雪梅先到两城中学将王满接回家，然后从鸡窝里掏出两个鸡蛋，又从罐子里找了三个凑了五个鸡蛋带着王满来到三婶家。进门见王璐圆在家，便将鸡蛋递给她，来到三婶身边关心地问候。姜秀莲看到雪梅来了，顿时眼眶里溢出了泪珠。雪梅打了一碗蛋花用勺子小心地送进姜秀莲口里，可全部流了出来，她两只眼睛直勾勾地看着雪梅，仿佛有什么事要对她说。雪梅看到她的表情，猜到了她的心思，便喊王满进来。

姜秀莲见到王满浑身都在颤抖，仿佛一下子要坐起来，嘴里发出微弱的声音："外……孙……"雪梅对王满说："满满，快叫姥姥。"王满怯生生地喊了一声姥姥，姜秀莲的脸上顿时露出了欣慰的笑容，当天下午平静地闭上了眼睛。

王璐圆万万没有想到儿子竟然奇迹般地站在自己眼前，她上前抱着王满让他喊娘。王满疑惑地望着雪梅，雪梅没有任何表示，任凭璐圆怎么诉说哀求，王满也没有任何表示。璐圆又去哀求雪梅,雪梅冷冷道:"先料理三婶的后事吧。"

王璐方接到母亲病危的电报,急匆匆地赶回家,也没能见上母亲最后一面。王璐方伤心不已,雪梅安慰王璐方,并帮着她姊妹俩体体面面料理好了三婶的后事。雪梅拉着王满要离开,王璐圆忽然清醒,上前抱着王满不让他离开,嘴里还不停地叫着:"满满,你是满满,我是娘。"吓得王满急忙躲在雪梅的身后。王璐圆求雪梅答应将王满还给自己,雪梅根本没有理会,拉着王满就走。

王璐圆还想追上去夺回儿子却被王璐方拉住了:"姐,你这样做永远也拉不回儿子。"王璐圆蹲在地上哭了:"满满,我的儿子……"

雪梅和王满回到家,王满问:"妗子,她是谁呀?是不是疯子?为啥让我叫她娘?"雪梅也不想现在解释清楚,便道:"她是你四姨,甭管她,以后呀,无论什么人叫你、拉你,你都不要理他们,更不要上他们家,知道了吗?"王满忙点点头说:"知道了,现在特务、坏人很多。"雪梅抚摸着他的头,亲切地说:"上学去吧。"王满背着书包上学去了。

雪梅是闲不住的人,不上地里干活就在家里给孩子们缝补衣裳。王璐方进来了,雪梅给她倒水,璐方拉住了她,并紧紧抱着她道:"嫂子,你永远都是我的三嫂。"雪梅放下暖瓶转身猛地抱着她,久久不说一句话。雪梅拉着璐方来到院子里坐在榆树下,璐方依然紧紧握着她的手不肯放开,目不转睛地看着她,看着看着禁不住又泪眼蒙眬。

雪梅像小河流水一般将家里所发生的事告诉了璐方,使得璐方不停地擦眼泪。璐方问雪梅有啥困难需要帮助,雪梅没有提任何要求,只是请她打听王香的下落,当璐方说四哥还活着时,雪梅惊喜地拉着璐方的手,连声说:"是嘛,是嘛,他在哪儿?"当听说里道又失踪时,雪梅脸上顿时露出无限的失望,她坚定道:"璐方,想方设法找到你四哥,他命大,一定还活着。"璐方含着泪用力点点头。

王璐方回到单位,姜邯牛的信就跟着来了,她拆开信看,全是恭维和请求指导的话语,她笑着将信放在一边。另一封是浙江医学院的邀请函,请她去给大学一年级的学生讲革命史。次日,她如约来到医学院给学生们做宣讲,先与学生们分享了自己参加革命的经历,然后将话题一转道:"同学们,我今天要演讲的主题就是'什么是勇敢和奉献'"。接着她讲了勇敢和小扈的爱情故事。她饱含深情道："同学们，不是谁都能叫勇敢，那些为解放全中国冲锋陷阵的解放军，还有现在正在朝鲜战场上奋勇杀敌的志愿军才叫勇敢！不是每个人都能奉献自己的青春，而小扈将自己的纯真爱情无私地献给了一位伤病员，这才叫奉献！是人间大爱！"她的演讲得到全体师生的热烈鼓掌，好多学生满含热泪地鼓掌，其中王香同学鼓掌最长久最热烈。

　　王香是今年从青岛考上的大学生，她一直没能与家里取得联系就直接来到杭州上大学。临走时，邵惠嘱咐她道："将来别忘了回家找到你的好嫂子雪梅，好好报答人家。"王香在大学里学习非常刻苦认真，假日就约着同学们参加义务劳动。勇敢和小扈的爱情故事，深深打动了她，她便在周末约着两名同学来到疗养院找到小扈。小扈正在给勇敢洗头、按摩。王香一阵激动，也要给他按摩，小扈解释说："小同志，你不知道他的穴位，谢谢你了。"王香就帮着干其他活儿，还到其他病房帮助护士护理伤病员。此后，王香经常来到小扈家帮着护理勇敢。勇敢每次看到王香也高兴，让她教着认字，还让她唱歌。王香想起了家乡的《四盼》，每当唱这支歌，勇敢就高兴得像个小孩子。

第九十一章　倒霉的饭局

"一盼是那个……"李有俊哼着歌闯进屋,忽然想起雪梅最烦自己唱这支歌,马上来个急刹车。他小心地进了屋,从门帘缝里瞧见雪梅在给儿女缝衣裳便放下心来。"哎,过来试试衣裳。"有俊听见雪梅说话以为她招呼孩子,环视四周,也没见一个孩子的影子,难道是叫自己?他不敢相信,犹豫了一会儿,刚想要走,听雪梅又道:"叫你呢,试完了衣裳再去干活吧。"这会儿,有俊真的相信了,快步进了里屋。

雪梅把最后的针线用牙咬断,从炕上起来,把手里的衣裳披在了有俊的身上,说:"穿上试试,看看合不合适。"她的话顿时像春风荡漾在他的心头,有俊感到从未有过的畅快和愉悦。这是时下最流行的中山装样式,一般都是领导穿的,领子窄而紧,四个口袋,外面都有盖,料子是白布用颜料染成的。雪梅看着一身新衣裳的有俊像换了一个人似的,脱口道:"有俊,其实你不丑啊。"说完,自己的脸先红了,有俊更不好意思了,羞得忙把头低下了。

李有俊歌唱得好,经常有慕名者登门请教,县里请他去唱歌,他考虑家庭困难就没有答应。这次参加区里组织的民歌会演,穿上雪梅专为他做的衣服,确实增色不少,最关键是心情顺畅,唱歌就来劲,他得到了观众的一片好评,取得第一名的好成绩。演出结束后,他不顾众人邀请急匆匆回家跟雪梅报喜,忽然听到有人喊:"哎哎,有俊,这么急去哪?回家咂奶啊?"

有俊循着声音望去,见秦邴站在三大锅饭庄门口朝自己微笑,他马上驻足打招呼:"啊,是秦副……秦干事呀,您这是……"秦邵向他招手:"来来,我准备了酒菜,特意向你祝贺!"

"嘿嘿,谢谢啦。"有俊说完就要往家走。秦邵忙上前硬拉着进了房间,只见张永淮和一位身穿浅黄棉军大衣、头戴无徽棉帽的退伍军人坐在桌子前。此人有俊认识,二村蔡三楞,与蔡大楞、蔡二楞是亲兄弟,参加抗美援朝,刚复员回家。

"三楞,你回来啦!什么时候回来的?"李有俊上前热情招呼。三楞忙站起来笑道:"刚下了汽车,秦副区长和张会长亲自来接,非到饭馆里给我接风洗尘不可,听说您唱歌得了第一名,这可好了,咱们两城街有了农民歌唱家啦,哈哈。"有俊对秦邵说:"您看看,出去和不出去就是不一样,三楞才出去几天,就学会说话啦。"秦邵笑着说:"是啊是啊,我现在不是副区长了,不过干的事甚至比副区长还要多,哈哈。"他们说笑的工夫,服务员把烧酒、菜肴端上来了,三巡过后,李有俊只觉眼前发花,说话也表达不清楚了。

秦邵忽然想起下午还要开会就先行告辞,张永淮陪着他们继续喝,三楞越喝越起劲,一盅一盅地下了肚,脸上的汗像小河里的水流了下来,连衣裳都浸湿了。他索性把棉衣也脱了放在大衣上面,对有俊说:"有俊大哥,来,咱们俩喝!"有俊实在不想喝了,他趁三楞脱衣裳的时候,拿了两个芋头悄悄放进自己的口袋里。三楞觉着酒盅不过瘾,干脆用茶碗当酒杯,张永淮喝了三茶碗就连说不行了,于是跑了出去,三楞认为他上茅房呕吐了,就与有俊两个人继续喝。有俊趴在桌子上连连告饶:"三……三楞,我不行了,我还要……回家吃……吃你嫂子擀的面条……"这时,三楞忽然想起家中的老娘,说:"对啊,你不说,我还忘了,走,咱们一起走。"他们俩刚要起身走,服务员上前说:"哎,两位先别走,结了账再走。"

有俊摸遍全身没有一分钱,忽然想起秦邵请客,忙说:"是秦干事请……请客,他不是付钱了吗?"服务员摇头说:"没有。"三楞喷着酒气大方说:"今天算我请客,刚发了三百元的安家费,请客还是……"说着就从刚穿好的大衣口袋里掏,口袋竟然是空的,他有些慌了,忙脱下大衣里里外外寻找还是没有,他的额头已经出汗了,然后蹲下从行李包里寻找,把乱七八糟的东西都翻腾了出来还是没有找到三百元钱。有俊也帮着寻找了一遍,倒是找到一张汽车票,没有发现一分钱,然后小心说:"你、你是忘了,还是上级没发?"三楞回答说:"我记得清清楚楚放在大衣口袋里,早上摸了还在,现在怎么就没有了呢?"有俊再三安慰说:"别急,再找找。"周围一些人也围了上来,都让他别着急,到处找找。

三楞木然地跌坐在地上,越想越难受,越难受便产生不想活的念头。有俊看他呆呆的样子,忙把他拉起来说:"三楞,回家吧,你娘在家等着呢。"

"娘,娘……"三楞什么也不要了,站起来茫然往前走,店里女服务员拉着他付账,他甩开她就蹿了出去,有俊忙把他的行李背在肩上紧随其后。由于行李很沉,走起路来很吃力,慢慢地就落下了。

"不好了,有人跳河啦,快来救人啊……"有俊听到喊声,猜想是三楞,不由得加快了脚步,赶到了河边,见躺在地上的正是三楞。

区武装部、派出所和村委都来人了。有俊看到这么多人来了,情急之下忘了扔掉三楞的行李转头就往村里跑,他想快去告诉三楞娘。武装干部和公安人员追了上去,把有俊连同三楞的行李带到了派出所。部长和所长联合审问,从李有俊口袋里搜出两个芋头,物证、人证俱在,在强大的威严下,李有俊承认偷了三楞的钱,公安问他钱藏在哪儿,他说扔河里了,并在招供书上按了手印。

雪梅在家里等急了,中午有人来说有俊得了第一名,她心里也非常高兴,可是天都黑了,也没见他回来,她不由得着急起来:"敢情让人家请去喝酒了?那他也应该回来说说啊。"正胡思乱想的时候,有俊娘急匆匆地跑了进来,说:"你还有心在家里啊,有俊被抓走了!"

"什么?抓走了?"雪梅吃惊不小,说,"到底发生了什么事?有俊他怎么了?"有俊娘抹着泪说:"被公安抓走啦。"雪梅顿时紧张起来,但为什么要抓有俊,她还不知道原因,马上将兆星从怀里放到炕上,急忙跑去派出所。看门的警卫听说她是来看李有俊的,马上翻脸道:"走走,没有一个好东西!"任凭雪梅怎样哀求,警卫就是不让见。

第二天一早,雪梅又来到派出所,警卫说李有俊已经被捕了。雪梅感觉眼前的一切景物都在晃动,她只好扶着路边的树想稳一会儿,见人们都用愤怒的目光瞅着自己。

第九十二章　绝地反击

秦郔就是想置李有俊于死地。

前些日子,他匿名举报姜邯牛和张守东受贿贪污,县里来人调查没有此事。让张永淮暗中监视他们两个,也没有抓住任何把柄。秦郔心有不甘,但也无计可施。一次,他看到从杭州寄给王里路的信,以为逮到大鱼了,私自拆开后,见还是王香写来的,信中说自己考上大学了,更加思念三哥三嫂和孩子们,还问满满该上中学了……秦郔看到这里,暗道:"难道我儿子还活着?雪梅家那个十几岁男孩子就是满满?"他按捺不住内心的激动和兴奋,将信亲自撕掉了。这时,两城街疯传王璐圆跟安雪梅索要孩子,更坚信了他的判断,立即前往两城中学大门口蹲守。放学的铃声响了,学生们纷纷走出大门口,他在人群里仔细寻找,眼睛都瞪痛了他也不顾,不敢遗漏每一个人。终于一个似曾相识的男孩子出现了,正当要上去喊他时,李有俊背着一捆柴草走了过去,王满立即将柴草背到自己的肩膀上,两个人笑着说着往家走去。看到他们亲密和谐的情景,跟在后面的秦郔心如蝎蜇,当即暗下狠心:李有俊啊,总不能好事都让你占了!

不久,传来要枪毙李有俊的消息,全两城街拍手称快,有俊娘号啕大哭。雪梅怎么也无法理解一向老实巴交的有俊会去偷人家的钱,她呆呆地坐在屋里感叹自己命运多舛,一时也无法找到帮助有俊脱罪的好办法。突然,秦郔拿着一包点心进来,雪梅腾地站了起来,与他保持距离,质问道:"你来干什么?!"秦郔也不答话,眼睛却四处巡视,仿佛丢了东西。雪梅再次不客气道:"请你出去,我家不欢迎你。"秦邡哈哈了两声,然后问:"雪梅,不要这样嘛!我又吃不了你。哎,你家那个小子呢?就是……"他刚说到这儿,雪梅忽地清楚他来的目的了,也强烈地意识到有俊被逮捕很可能与他有关,立即指着门外,大声喊道:"你滚出去!"

"好好,我走,我走,你别喊。"秦邡害怕引来邻居围观,急忙快速离开,但眼睛还是不停地在屋里、院子里来回寻找,走出门外还不时地回头,手里的点心竟然忘了放下。

雪梅来到区政府大院张守东办公室。张守东并没有感到意外,第一句话就说:"你不来我正想找你呢。"他满脸愤慨,接着说,"有俊怎么偷人家的钱呢!他这是犯了大罪,三楞不是一般人,人家是光荣的复员军人,在朝鲜立过大功,他这次政治影响大了。"雪梅刚刚升起的那点希望瞬间跌入冷谷,但她还是尽力往上爬,以寻找突破口:"张书记,你们是从小要好的伙伴,你说,他能……"张守东不等她把话说完,指着门外高声道:"人是会变的,我也没有想到他会变成人民的敌人!"

雪梅还是不甘心,联想到秦邡那副得意带恶的嘴脸,坚信有俊是冤枉的,便再三央求道:"张书记,看在你们多年的交情上,我求你拉他一把,有俊是冤枉的,他是被人陷害……"张守东的情绪更加激动,因为雪梅在场,便压住火气道:"一点也不冤枉他,也没有人会陷害他,他当天就签字画押承认了,还能有假?!唉,我真想帮他,可是他犯了重罪,我也爱莫能助……雪梅,我生气的是,他不但害了自己,还害了你……"他说到这儿,见雪梅满脸泪水了,急忙停住愤慨,刚要上前安慰雪梅,见她站起来不打招呼就走了。

雪梅这是第二次来到县城监狱,每向前迈一步,心就仿佛被人抓了一下,在狱警的引领下,来到岗哨林立、铁丝网密布的监室。

"……三盼是那个秋天里,雨打梧桐声声滴,天凉更嫌夜漫长,哭瞎双眼泪不止……"李有俊正唱着他最喜欢的《四盼》。

"三〇一号,还有心唱,你老婆来看你啦,快点。"牢门被打开,看守对李有俊没好气地说。李有俊正唱着歌,忽听有人喊他,回头见雪梅挎着篮子站在眼前,不知是喜是悲还是屈,感情堤坝一下子被掘开了,眼泪哗地流了出来。

雪梅对有俊说:"有俊,我今天来看你,是看在咱们相处一场的情分上。要不是你为我打掩护,我也活不到今天,我感谢你护佑了孩子们,也想尽一切办法报答你,除了在感情上没有给你外,别的我还瞒你什么呢?"话说到这份上,还有什么不可说的呢?有俊心想,反正自己快要死了,何不趁此机会把心里的话都说出来,便道:"雪梅,我知道。但这些年来,你了解我吗?你知道我的心情是怎样的吗?"

雪梅知道他要说心里话了,不出声地听有俊继续说:"唉,我自小多病,吃不饱穿不暖,还要给东家放牛。后来,为了多挣几个钱,娘托人找到太太,让我去了老王家干活。唉,现在说什么我也不害羞了,我是得过且过的人,反正也快死了,生死对我而言,已经没什么意义了。"有俊说到此,深深地看了雪梅一眼,又深深地叹了一口气,接着诉说了自小对雪梅的爱慕之情以及心甘情愿为她付出一切的初衷。

雪梅强忍泪水,说:"有俊,我对不起你,你的好我会记一辈子的。实话说,我当初之所以同意跟你一起过,很大原因是你为人老实,让人觉着可靠。但你为什么要去偷呀?"

"我没偷!"有俊突然说。

"你要是没偷,人家能冤枉你吗?"

"我、我只偷了两个芋头……"此时,有俊最不愿意让雪梅看不起自己。

"你为什么要去偷两个芋头呢?"

"我……我、我是想留给兆星,你没奶水,他饿,我想碾成糊糊喂……"

雪梅一阵感动,此时更加相信有俊是被冤枉的,仿佛从乌云中看到光明。她顾不得想别的了,马上问:"你只偷了两个芋头吗?三楞的钱,你没偷,对吗?"

"我……"有俊想说实话,忽然想起自己的心事,又不想说了。

"真急死人啦!你知不知道,只因你的过错,现在全家人都抬不起头来,娘整天哭,兆坤、子幸、王满天天喊着找大爷,我……"雪梅说不下去了,不停地抹泪,心里却十分焦急,见有俊还是不肯说实话,就故作生气道,"好,你不说,就等明天枪毙算了,我也没有什么好说的了!"说完转身就要走。有俊一看急了:"我说、我说实话……"

雪梅听完有俊的诉说,心里有底了,她说了一句"你不会死的",就出了牢门。

雪梅回到家已经天黑了,刚进家门口,见张守东早已在此等候了。还没等她开口,他先说:"雪梅,对不起你们了。"雪梅不想跟他说话,从他身边走进屋里,守东跟了上来,又说:"有俊应该是被人陷害的。"

一开始,张守东也认为李有俊犯罪了,所以当雪梅来求情的时候,他觉着爱莫能助,甚至还非常气愤。雪梅前脚走,秦邡后脚进来,张守东忙解释雪梅是来替丈夫申诉的。秦邡哈哈一笑,坐在椅子上跷着二郎腿说:"咱们四个从小一块长大,谁还不了解谁呀!王里路跟李有俊是一路货色,两个反革命,咱们俩跟他们不一样。"说着放下腿,身子往前一躬道,"我告诉你,张区长,有俊偷钱是有动机的,他从小就想得到雪梅,可能吗?雪梅能看上一个又穷又丑又病的罗锅吗?他们在一起纯粹是气咱们,瞎糊弄!有俊为了讨好雪梅,给她买好吃好穿的,才去偷钱的。"然后又小声道,"守东,我知道你喜欢雪梅,要是有俊死了,你可……哈哈……"听到秦邡不怀好意的提醒,张守东隐约感觉李有俊被他陷害了。

张守东走后,安雪梅从箱子底下找出勾边碎花深红大襟袄穿上,在大襟袄的口袋里掏出一盒陈旧的胭脂,照着镜子用锅底灰描了眉,又找了一块红对子纸,用唇含着,抿了抿,然后把头发绾成了发髻,最后用整齐的刘海把额头上的那块疤盖住,在镜子前照了又照,理了又理,直到自己满意为止。

刚要出门,雪梅忽然心跳了起来,她只好返回坐了下来,待恢复了平静,便悄悄地带上门,来到了秦邡的住处。

冬夜月底,大地漆黑一片,伸手不见五指。寒冷的天气,使得人们不愿出门。秦邡家就在街上,他却愿意独自住在宿舍里。喝着酒,啃着猪蹄,哼着《四盼》,想着雪梅,悠闲自得,飘飘欲仙。忽听有人敲门,他吓了一跳,急忙把酒藏在被子后面,把猪蹄掖进了床铺下,问:"谁啊?深更半夜的。"

"我,开门。"

秦郏没听出是谁,但听出是女人的声音便放心了。他开了门,忽然一阵久违的胭脂香扑鼻而来,一个美貌女子飘然而至。"你是……"他使劲揉了揉被酒烧花了的眼,这才看清,惊疑地问,"雪梅,是、是你?"

"是我,没想到吧?"雪梅捋平了稍微散乱的头发,平静地说。

"那你是……"秦郏感觉她就像一团熊熊燃烧的火,使自己全身都要沸腾起来。忽然,他冷静了下来,他想到了儿子,本来打算最近找机会向雪梅要回儿子,没有想到她竟然自己找上门来了。

"我是来要你命的。"雪梅平静的一句话,对秦郏却无疑是一桶刺棱棱的冰水倒在滚烫的心窝里。开始还认为雪梅是在跟他开玩笑,当看清雪梅宁静而含杀气的面庞时,他瞬间将儿子忘了,不得不面对现实,哈哈大笑道:"就凭你,哈哈……"他笑过之后,满以为她会抽出一把刀子扑上来,或怒目辱骂,或乱砍乱捅……然而,她始终保持着平静的神态,只是两眼逼视着他,宛如两根银针。秦郏酒劲也上来了,浑身发颤,说话结结巴巴,阴笑道:"嘿嘿……你、你想使美、美、美人计,勾引我?嘿……哈哈……嘿……"

雪梅仍然镇定自若地盯着他,仿佛说:"我根本瞧不起你!"秦郏的自尊心受到了伤害,他立即还击道:"你以为你是谁啊!我根本没瞧得起你!"

雪梅两眼依然盯着秦郏,没有任何行动,搅乱了秦郏的敏感神经,冲垮了他的心理防线,他恼怒道:"怎么,瞧不起我是吧?你以为你是谁啊!你还当自己是以前的少奶奶吗?你还当自己像从前一样漂……"秦郏突然戛然而止,如今的雪梅比以前更迷人了。如果说第一次见到的她,有种温柔、宁静的美,那么她落难后则是忧伤、婉约之美,而此时的她却是孤傲、清高之美,像天山上的雪莲、飞雪中的蜡梅,直沁心肺。他感到从未有过的失落和自卑。秦郏指着雪梅吼道:"你自以为很漂亮是吧?呸!我根本没看上你,你也不过是我脚后跟上的灰,漂亮女人我有的是,我……"他越说越显心虚。

雪梅趁机道:"既然这样,用得着伙同姜邯冰把我骗到镇公所吗?你的那些表白我还没忘!既然我是你脚后跟上的灰,你又何必紧紧相逼?你所说的那些话,你不会忘记了吧?"雪梅绵里藏针的话语,就像揭了他的伤疤,痛得他浑身打战,脑袋也仿佛要爆炸。雪梅继续说:"姜邯春,虽然你现在改了名换了姓,但能改了你卑劣的品行吗?"

"你……你胡说……"

"天下还有你这样恬不知耻、无情无义的人吗?姜家跟王家的仇恨恩怨我不想再提了。我今天来,就是明确告诉你,你再有权有势,你就是天王老子,也永远别想得到我,就算有下辈子,下下辈子,我宁愿嫁给比李有俊更丑的,甚至牛马畜生,也不会嫁给你!因为,你在我眼里畜生不如!"

"好!你嫁一个我让他倒霉一个!让他们一个一个都不得好死!"秦邯实在被雪梅的话语气疯了,脱口而出。雪梅见他说出实情,紧跟道:"这么说,里路、有俊都是你陷害的了?"此时,秦邯也豁出去了,满脑子只有报复,说:"是又怎样?我得不到的,谁也别想得到!王里路没有判死刑便宜他了。今晚,我不妨实话告诉你,你不是要嫁给牛马吗?我会让那些牛马死得比李有俊更惨!哼,你不是不服吗?今晚本想你自己主动送上门了,让你有来无回,但现在我倒要看看你还有多大的能耐,我要看看还有哪些不知死活的……"没等他把话说完,雪梅长舒一口气,说:"唉,恐怕你是看不到了,外面的人进来吧!"

张守东、王永臣、任北乐以及公安呼啦拥进来,不由秦邯分说四下搜查。很快,一个公安说:"这里有两个猪蹄。"接着另一个公安说:"所长,这里搜出一瓶高档酒。"这时,秦邯酒醒大半,虽然记不清跟雪梅说了些什么,但大体意思他还是明白,顿时懊恼不已。他想以攻为守做最后的挣扎,指着雪梅说:"都是这个坏女人来勾引我、气我,我,我才一时胡说的,我是清白的,我要到区里、县上告你们!"派出所所长走到秦邯面前,严厉地问:"你先别嚷嚷,待会儿你就老实了,把钱藏哪儿去啦?"

"钱?什么钱?"秦邯故作不知。张守东走到他面前,厉声道:"三楞的钱!"

"他的钱我怎么知道?"秦邯看到要露馅了,故作镇静而强横道,"哼,我倒要看看你们能搜出什么,要是搜不出来,我轻饶不了你们……"说着不经意地往锅台边的风箱一瞥,雪梅眼尖,对王永臣说:"王书记,去那风箱里找找。"王永臣从进风口伸进去手,大叫道:"在这里,在这里!"众人围了上去,看到他手里崭新的

一街两城

钞票,都把愤恨的目光投向了秦邡:"还有什么话说?"秦邡见势不妙,撒腿就要跑,被两位守门的公安抓了个正着。此时,雪梅感到浑身都被汗水湿透了,无力地倚着门框,望着秦邡消失在黑夜中,听着他哀号般的吼叫:"满满,是我的儿子……"

第九十三章　酒醉人不醉

秦邡将所有罪行推给了张永淮,只承认自己收了他二百元钱。公安人员将张永淮抓获审问,他招供秦邡是主谋,目的就是嫁祸李有俊,同时还供出秦邡为得到雪梅陷害王里路、私拆王家信件、诬陷姜邯牛等罪行。公安人员将证言、证据摆在秦邡面前时,他闭口不言,死活不再招认其他罪行。

"秦邡,你老家来人看你了。"看守人员道。

秦邡认为妻子来看他了,慢腾腾地转过身,突然看见雪梅领着王满进来,要不是隔着铁栏杆他真想冲过去将儿子抱在怀里。此时,他忽然感到六神无主、手脚无措,说也不是走也不对,甚至不敢抬头看自己的儿子。渐渐地他愤恨起雪梅来:她这是要干吗？故意带着儿子来羞辱嘲笑自己吗？她是想让儿子知道有一个坏蛋爹吗？自己岂不是一辈子没有希望了……他咬住牙,暗自道:"仅凭张永淮交代的罪行,自己也活不了了,干脆死猪不怕开水烫,咬紧牙关,啥也不说,看看他们能奈我何？"

"满满,这是你亲爹,叫声吧。"雪梅对王满说。

来的路上,雪梅将王满的身世如实相告,还说去看望被关押的亲爹。王满生气道:"他是坏蛋,我没有坏蛋爹,我不叫。"雪梅耐心地开导他,说:"满满,人生下来不都是坏的,《三字经》上说得好,人之初,性本善……你叫他一声爹,是为人之孝道,不但不会损害了你,亲情的力量或许能唤醒他的良知使他改过自新岂不更好？"

"爹。"王满听从了雪梅的话,叫了一声。

秦郆一愣接着激动万分,他万万没有想到雪梅是让儿子来认亲。他多想将儿子抱起来亲一口啊,但压抑住内心的狂澜,两只手紧紧抓住铁栏杆,凝望了王满很久,猛然转身吼道:"你不是我儿子,我跟周惜桂从来没有孩子,你们走吧。"

"爹——"王满又喊了一声,秦郆浑身都在颤抖,想回头,又怕……最终没有回头再看儿子一眼。

雪梅让王满先出去了,然后轻声对秦郆说:"你为何不认儿子?你不是一直想要回他吗?"秦郆转身抓着铁栏杆,流着泪悔恨道:"雪梅,我对不起你,我对不起你啊!"

雪梅转过身道:"我今天带着满满来看你,就是想让你知道,他现在身心都健康,在学校年年都是五好学生。"说完转身离去,背后传来秦郆沙哑的哀号般的忏悔:"雪梅,我对不起你们王家,对不起你,谢谢你了……"

很快,秦郆交代了自己的全部罪行,除了张永淮供出的那些问题外,还有向国民党姜有谷暗送日本人偷运国宝的路线图,泄露两城支部会议地点,指使叛徒尚夏图谋暗杀陈雨田书记,向汉奸姜邯冰偷送作战情报等。最重要的是对受伤的安杰书记见死不救,同时还供出了春雷。

春雷被立即停职检查。

李有俊被无罪释放。

接下来的日子,安雪梅和李有俊两人都有些尴尬,彼此甚至不敢正面对视,话语更少了。有俊除了晚上回家睡觉,白天吃过饭就匆匆出去了。雪梅感到内疚,想让他不要这样,但几次话到嘴边又咽下。

这天,有俊兴冲冲地回到家,对雪梅说:"好消息,好消息,县上要在大礼堂召开审判秦郆、张永淮的大会。"雪梅听了感到特别舒畅和轻松,她虽没说什么,但露出了开心的微笑。审判秦郆那天,两城街里的人都去了,唯独雪梅没去,是是非非、恩恩怨怨到此结束了。此时,她只想一个人静静。

晚上,雪梅特意炒了几个菜,让子幸去店铺里打了一罐老白干酒。有俊回来,她已把酒菜摆到桌子上了,有俊知道她的意思,也没多问就坐下喝了起来。开始,有孩子们闹,雪梅只忙着照顾他们。子幸、迎春、兆坤、兆星他们吃饱了,学习的学习,睡觉的睡觉。雪梅重新坐下来对有俊说:"有俊,现在没什么事了,咱今晚喝个痛快,有什么话随便说,也说个痛快。"

有俊自那天把心里话全吐出来后,只觉心中的石头落了地,轻松多了,但如今再面对雪梅时,反而觉着非常难堪和不安,他突然觉着自己更可怜了,心里堵得难受,想说又说不出来,只是一个劲儿地喝酒。雪梅端起酒盅朝他一举说:"有俊,今晚怎么只顾喝酒了?来,咱们俩喝一个。"有俊嘿嘿地咧开了嘴,也没有回应,只是将一盅酒一口倒了进去。有俊不说,雪梅也无从说起,两人喝着各自的闷酒,想着各自的心事。有俊连喝了十几盅,乘着醉意说:"雪梅,姜邯春死了,你们总算有盼头了,等他回来,我、我的任务就完成了,唉。"说着眼里溢满了泪水。雪梅没想到他会说这样的话,顿时不知该如何回答,看着满脸通红的有俊,说:"有俊,今晚,咱们谁也不提,只喝酒。好吗?"

"唉!我知道,就是不提,你也在想着他。"

谁说不是呢?雪梅放下了酒盅,里路的影子总出现在脑海里,想想不久就能见到心爱的人,顿觉畅快多了。但看到闷闷不乐的有俊,忽然又升起了无限的伤感,心里乱糟糟的,理不出个头绪来。她端起酒盅一饮而尽,连干三盅。有俊忙拦住,道:"你不要再喝了,这样毁身子的,走、走、睡觉去。"说着就上前搀她,雪梅胳膊一甩道:"我还早,来,跟我喝,不醉不睡觉。"有俊看她晃晃悠悠的,忙说:"你醉啦。"雪梅挥着手放声道:"哈哈……醉?我为什么要醉?我是高兴!姜邯春死了,我的里路就回来啦,我、我们就要团圆了,咯咯,来,有俊,咱再喝,别人看不起你,我和孩子喜欢你,来,喝!"说着推开有俊又倒上一盅喝了,由于喝得太急,到了口里接着吐了出来,并且呕吐不止,有俊拿脸盆也来不及,她吐得浑身都是,然后一头倒在桌旁。

有俊看雪梅醉得不省人事了,想抱又抱不动,只好颤颤巍巍将她搀扶到炕上,把满是污物的外衣脱了。可是内衣也湿透了,想给她都脱了,可刚脱了上衣,雪梅细白的肌肤猛然出现在眼前,有俊顿时心不停地跳动,眼睛都有些发花,他

493

不敢再给她往下脱了,喘着粗气想离开。这时,雪梅一把搂住了他,她恍惚中看见了里路……

一阵阵鸡叫声中,雪梅醒来了。她看了看窗户,外面已经亮了,这时候有俊该起来了。她起身想叫他,忽然想起昨夜做的梦,心里不禁咯噔一下。见有俊已不知什么时候出去了,而自己几乎裸身,顿时一阵钻心地难受,她用力拧自己的大腿,扯自己的头发,咬着自己的嘴唇,血从牙缝里流了出来。

"娘,您这是怎么啦?娘,您别吓唬俺。"早起上学的子幸见娘发疯似的折磨自己,满嘴是血,立即吓哭了。迎春、兆坤也惊醒了,都哇哇地哭了……这时,雪梅稍清醒了一些,怕真的吓着她们,忙把她们抱进怀里,泪水像溃决的堤坝堵也堵不住。

青河边上的柳条在微风中摇曳,潮湿或向阳的地方已冒出了嫩绿的小草,野菜尖尖角上面挂着晶莹的露珠,候鸟在绿油油的麦田里觅食,早晨的雾气在低洼处弥漫着。李有俊从背风的旮旯里钻出来,扑了扑身上的尘土、杂草,然后扛着锄头,去了菜园将盖在芫荽的上草帘子掀起来又放下。其实,现在芫荽还不是收获时期,刚刚露出了嫩芽,他在空地上锄着表层僵硬的土皮,很快就锄完了,见时间还早,又锄了一遍。待锄了三遍时,才有早起拿山鸡的人,提着夹子出来了:"有俊,这么早,不在家搂着老婆暖和,锄什么啊?"有俊含糊地答应着,那些人也不过见面说句客套话而已,没等他回答也就走远了。有俊坐在地头上抽了一袋旱烟,街民们陆陆续续下地了。通红的日头从两城入海口慢慢冒了出来,有俊觉着暖和多了,他懒懒地起来,又在锄过的地方反复锄了起来。

"有俊,吃饭啦!还干啊?"

有俊听到回家吃饭的人朝他打招呼,抬头见刺眼的日头已升到一竿子高了,田地里干活的人们都陆续回家了。他也想扛起锄头走,可走了几步,又不得不停了下来,昨晚上的事就像做了个梦,自己悔不该……唉!李有俊蹲了下来,感到无所适从,心神不定。

"大爷,回家吃饭了。"兆坤跑过来说。有俊显得有些慌乱,忙站了起来,点头道:"你娘……"兆坤忙道:"是俺娘让我叫的。"这时,他才稳住了神态,跟着兆坤忐忑不安地往回走。到了家,饭菜已摆好了,孩子们坐在桌子边上等着,有俊问:"你娘怎么不吃?"迎春先说:"俺娘早晨哭了,嘴唇都咬出了血,不知为什么。"有俊听了立时站了起来,想到里间去向雪梅解释,看到孩子们都瞪着迷惑的大眼看着自己,只得轻轻地叹了一口气,木然地坐下说:"咱们先吃吧。"

　　从此,一向乐观的有俊显得深沉而忧郁了,有人找他教歌,他不是说忙就是说有事,一概推辞。他几次要对雪梅解释,雪梅都摇头或摆手不让他说了。是啊,能解释出什么呢?雪梅被痛苦、悔恨、内疚所包围,几次想给里路写信,可每次拿起笔来,滴滴泪水先把信笺湿透了,心里纵然千言万语,此时却连一个字也写不出来了。

第九十四章　寻找亲人

"里路,里路,你的信……"

王里路正在工地砌墙,听到有人招呼,擦了一把汗直起腰来,见康开林拿着一封信笑着过来,说:"里路,你家里来信啦,快打开看看。"

里路听了高兴无比,顾不得洗手了,接过信,寄信地址竟然是浙江杭州。杭州?他一愣,没有亲人在杭州啊!不管那么多了,一口气将信看完,立时悲喜交加,喜的是自己有儿子了,悲的是娘、大娘、三婶都走了,自己没能尽孝,儿女还要由别人来抚养。信是王璐方写来的,璐方信上还说四哥没有死,不过现在又失踪了,兰兰也失踪了……里路怎么也没想到璐方妹妹到了杭州工作。

王璐方从老家回到杭州以后,雪梅的处事不惊和对命运的坦然令她敬佩而又心酸,她觉得应该帮助三哥渡过难关。她通过关系找到了王里路的地址,立即给他写了信,将家里的情况告诉了他。她倚在办公椅上让自己沉静了一会儿,然后逐一审查各个院校上报的优秀学生名单,王香的名字跃入眼帘,她急忙找出了她的档案,当看到籍贯一栏里清清楚楚写着日照两城时,她的心激动得仿佛要跳出来,立即放下手头工作驱车去了医学院,在院长的带领下来到大一三班。她从门缝里看到坐在五排中间位置的那位女同学正是自己的小妹王香。

王香被老师叫到院长办公室,突然见曾经给自己做报告的领导,刚要喊王主任,王璐方几乎跑上去抱住她大声道:"香香,我是五姐璐方呀。"王香蒙了,看着院长又看着王璐方,仔细端详后果然是五姐,抱着璐方就哭了:"那天您演讲,我听您的口音是老家的,但老师、同学们都喊您王主任,距离您太远我也没有敢上前确认。五姐,我好想家。"院长见此情景非常感动,忙安排她们到接待室好好聊聊。

王香说一直没有家里的消息,写了很多信都没有回。王璐方将家里发生的变故告诉了她,王香又趴在她的肩膀上哭泣道:"难怪三哥不给我回信,三哥去了青海,三嫂和孩子们咋过呀?"王璐方叹气说:"三嫂改嫁了,她很坚强。"王香立即说:"三嫂肯定是迫不得已,我知道三嫂是好人,三嫂是爱三哥的。"王璐方点点头说:"我知道,现在三哥和三嫂都联系上了,只是四哥还没有消息。"

"你说里道哥哥吗?他还活着吗?快说,他现在在哪儿呀?"王香听了,激动得简直要蹦起来了,泪眼含着惊喜的目光,抓住璐方的手急切地问。

接着,王璐方将王里道的事情告诉了王香,王香将手放在自己的胸口上,说:"老天保佑哥哥平安无事,我一定找到四哥。"王璐方拉着王香的手,安慰道:"香香,部队、组织也在寻找,你当务之急是给三嫂和三哥去信,就说……"想到三哥和三嫂的分离就不免伤心,忍住快要奔涌的泪水说,"就说我们姊妹俩见面了,下一步我们一起寻找四哥,一起帮助三哥渡过难关。"

王香连连答应。

王璐方走后,王香当天就给三哥、三嫂写信,诉说了自己的思念之苦和感恩之情,结尾特别写上:盼望回信。周末,她按时来到小扈家,小扈说勇敢没见到王香已经好几天不开心了。王香拉着勇敢的手说:"首长,您不知道,我这几天有喜有悲,喜的是终于跟三哥三嫂取得联系了,悲的是至今还没有四哥的消息。"

勇敢忙问:"王香同志,你四哥去哪儿啦?"王香说:"我四哥跟您一样也是解放军,在渡江战役中失踪了,唉。"正在晾晒衣服的小扈接上说:"这种情况打仗期间很多。不过,王香同学,你也不要太着急,慢慢找。"勇敢关心地问:"你四哥长什么样?他叫什么呀?什么职务?哪个部队的,二野还是三野?"一连串的问号让王香也说不清,她忙回答道:"四哥离家出走的时候我刚出生,他好像在华东野战军。"

"那是三野。"勇敢和小扈对视一下,肯定了所在单位。

王香继续说:"我哥叫王里道,在部队……好像,好像是大官,他在八路军中是营长,后来牺牲了,家里还有他的坟墓,昨天刚听五姐说,他还活着,失踪的时候没有职务了。"小扈急忙找来信纸,将王里道的姓名、部队、籍贯等记下来,安慰王香道:"王香同学,我们帮你找找看,说不定哪天他就转到我们这个疗养院疗养。"王香高兴地说:"好的,谢谢首长,谢谢小扈姐。"

王香心心念念找到四哥,有空就到部队、疗养院等机构寻找,还到四哥失踪的地方,走村庄、问村民,连那个医疗所的旧址也找到了,逐户找到给伤病员洗衣服的妇女,可就是没有四哥的准确消息。天渐渐黑了,王香又困又渴,两条腿像灌了铅般地沉,每走一步都觉艰难。望着前不着村后不着店的长路,看着纵横交错的江河,她不想在荒郊野外被狼吃掉,坚持走了一段路忽然倒在路边昏了过去。

王香醒来,发现一位中年尼姑在给自己喂粥,慈眉善目的年长尼姑站在一边,她忙起身问:"大师,我这是在哪儿啊?谢谢您救了我。"年长尼姑指着中年尼姑说:"这是白莲寺,你身子虚弱晕倒在路边,是静白把你救回来了,喝完了早点休息,明天再赶路吧。善哉善哉。"王香连声说谢谢,吃了饭感觉身上舒服多了,不觉又睡着了。

"四哥、四哥……"王香被噩梦惊醒,猛地坐了起来,出了一身汗。她不敢再睡了,睁着眼环视四周,啥也看不清楚,从窗棂间透进来一丝光亮,她爬过去向外张望。只见一间禅室还亮着灯,好奇心驱使她悄悄开门走了过去,从窗子向里望去,静白尼姑正在专心画画,一只白鹭静静地站在白莲下。她没敢进去打搅,而是悄悄退回室内坐等天亮。

次日一早,王香就起床了。她走出寺庙,发现门前就是一条大江,江边停泊着几条小船,靠近寺庙生长着一棵粗壮的古樟树,上面的枝丫上拴着密集的祈福红丝带。她没心流连这里的风景,转身去跟尼姑们告辞,见静白一身素色站在寺门中间,看着她轻柔道:"吃了斋饭再走吧。"王香和静白一起吃了早饭,然后告辞离去。静白将她送到寺门外,王香一再表示感谢,她双手合十道:"阿弥陀佛。远在天边,近在咫尺。施主一路保重。"

王香只当是静白尼姑佛语也没有往心里去,回到杭州跟璐方说了自己的奇遇。璐方惊愕道:"香香,你再说说她长什么样子?"王香道:"她看上去挺优雅的,只是从她平静的眼神里还透着忧郁的神情。"璐方一拍大腿说:"这就对了,一定是大姐。"

"你的意思是静白尼姑就是失踪多年的璐瑶大姐?"王香吃惊道。璐方点头道:"是的。"说着拿出笔和信纸边写边对王香说:"我现在就给邯牛书记写信,请他转告大姐夫,让他马上来杭州,然后我们一起去白莲寺找大姐。"

"好的好的,找到大姐,就不愁找不到四哥了。"王香高兴地说。

秦天喜接到姜邯牛转来的信,立即启程来到杭州,三个人会面后马不停蹄地赶往白莲寺。他们进了寺门,老年尼姑迎了上来,王香主动上前施礼道:"大师,您不认识我了吗?我就是前几天您和静白师父救的那个学生,我叫王香。静白师父呢?"尼姑双手合十道:"阿弥陀佛,静白……唉!"看到她突然变得表情凝重,秦天喜顿时有些心慌,忙问:"大师,静白在吗?"尼姑终于说实话了:"不瞒施主说,静白已于前天圆寂了……"不等她说完,秦天喜踉跄几步,仰天长啸:"璐瑶啊,你这是为何啊!为何不等我呀!"

尼姑将王璐方她们领到璐瑶生前住的禅室,里面只有一张床和一幅《白鹭白莲图》。秦天喜抱着画哭着道:"是璐瑶的画,可是她为什么不等我就走了呀?璐瑶啊,我到处找你,你为何舍弃我又走了啊?"

王璐瑶虽然永远走了,但也算有了她的准确下落,这无疑给王香增添了找到四哥的信心和力量。这年暑假,她来到了渡江战役纪念碑前,纪念碑高耸云端,四周松柏环绕,肃穆中显得格外宁静。她从雕刻着烈士名字的墙壁上仔细寻找四哥的名字。程瑞琼走了过来:"你也在寻找亲人?"王香回过头道:"嗯,你呢?"程瑞琼望着密密麻麻的烈士名字道:"我也是寻找亲人。"接着问,"你找什么人?"

"四哥。你呢?"

"我丈夫。你四哥叫什么名字?"

"王里道。"

王香话音刚落，程瑞琼惊呆了，她猛然扑上去抱着王香问："王里道？王里道是你四哥？"王香惊愕地立即点点头，程瑞琼眼泪哗地流了下来，道："王里道是我丈夫。"王香顿时醒悟道："这么说，您就是瑞琼嫂子啦？"还没等她点头，王香抱着她道，"嫂子，我是王香啊，嫂子……"两人抱头哭泣，然后相互安慰了一番，顺着烈士名字又重看了一遍，没有王里道这个名字。程瑞琼擦着泪道："我希望看到他的名字，但真怕在这种地方看到他的名字。"王香接着说："还好，这里没有他的名字，我们就有希望找到四哥。"

当天，王香带着程瑞琼来到王璐方的家里，三个人见面惊喜之余相拥而泣，相互介绍了各自的情况以及寻亲的艰难。程瑞琼含泪说："以前里道经常说想念小妹香香，没有想到在这种情况下见面，香香都是大学生了。"王香抱着瑞琼亲切地说："爹活着的时候还告诉三哥要寻找你们娘儿俩……"程瑞琼插话问："三哥现在怎么样了，过得还好吗？"王香和璐方都沉默了，过了一会儿，王璐方道："不过，相信三哥很快会被无罪释放。"

忽然有人敲门，璐方起身去开门，见姜邯牛站在门外："是你呀！邯牛，你怎么来啦？快进快进。"姜邯牛进屋，见到王香和程瑞琼，璐方忙做了介绍。姜邯牛笑着说："王香我认识，瑞琼嫂第一次见面。"璐方给他冲上茶水，说："四嫂是为寻找四哥来的，王香考上大学了。哎，你来杭州干什么？不会是专门来看我的吧？"姜邯牛忙解释说自己来杭州开会，会议结束后顺道看望老师。王璐方开玩笑说："我说呢，唐江南、姜小夏等在江南的学生都来看我啦。对了，老县长在上海已经担任区政府一把手啦。"

"刘县长就是有能力。"姜邯牛说。

"你也不错啊，还是区委书记嘛。"

"区和区不能比嘛，上海的区级别比咱县的区大多了……"

王璐方打断他的话问："快跟我说说，咱两城发展怎么样了？停止拆除古建筑了没有？秦先生的考古用地落实了没有？"姜邯牛都一一做了回答，他说："老书记，秦邘这个人当初您就没有看走眼，现在果然出事了，已经被法办了。"接着将秦邘的罪行一一说了，璐方惊讶道："没想到他潜伏得这么深啊！这么说二姐夫也受牵连了?"姜邯牛点头说:"是的,春雷已经被开除党籍,降为一般工作人员了。"王香拍着巴掌道:"姜邯春这个大坏蛋终于完蛋了,三哥的冤屈就会昭雪了。"

"里路,里路,你又有来信了。"正往宿舍走着的王里路见康开林拿着一封信件跑过来说,"告诉你一个好消息,你的家乡法院来了信函,对你重新进行了审理,认为你是被人陷害的,陷害你的人已被政府严办了。现在经过省劳改局审查,决定对你无罪释放。"里路并没流露出特别的惊讶和兴奋,显得异常平静,道:"谢谢你。"开林靠近一步,笑着道:"里路,你可以回老家了。"

"家。"里路随口说了出来,然后缓慢地转向东方,内心深处陷入无尽的怅惘,"家在哪儿啊……"

第九十五章　人生何处不相逢

安雪梅把写给里路的信从箱子里翻腾出来,一封一封地看,越看越伤心,越看越觉着自己是在欺骗自己。她下了炕,把信扔到锅灶里点燃了。

李有俊自那天晚上酒醉之后就搬到东屋去住了,并且多次说自己完成任务了。雪梅心里当然清楚,他这是让自己留去自由了,尤其是听到里路被无罪释放后,在强烈盼望里路回来的同时,难免从心底升起无限的忧伤。到这时,她才真正感到现实的复杂和残酷并不是当时想象的那么简单。

"雪梅,快点,王满在外面跟人打架了!"茹萍气喘吁吁地跑来说,雪梅不顾锅底冒着烟急忙跑了出去。

李有俊干活回来,忽然发现满屋浓烟,急忙冲进屋里,口里喊着雪梅的名字,并四处寻找火源。当他发现烟是从锅灶里冒出来的,用烧火棍掏出来,见是一团还未烧完的纸,他灭掉了烟火摊开仔细看,原来是雪梅写给里路的信。他刚要重新扔进锅灶里,忽然觉着这样不妥,便连同烧了半截的信一一摊平,找了一块布包好放在附棚里藏好。

雪梅领着满身泥巴、哭成泪人的兆星进屋,王满低着头紧随其后。雪梅急忙弯下腰查看锅灶,见除了灰啥也没有了,心头仿佛被人重重敲了一下,随手拿起烧火棍一阵乱搅,从锅灶口冒出一团团灰尘,呛得李有俊连连咳嗽:"你这是咋了?"雪梅也没有答话,扔掉烧火棍冲出屋子,站在院子里眼泪直在眼眶里打转转。

"娘,是猛子先动手的,我打不过他,哥哥替我狠狠揍了他。"兆星走过来拉着雪梅的衣角解释道。雪梅回过头问:"你们为什么打架?打架容易伤身体、伤感情。"兆星急忙替自己辩解:"他说我跟哥哥长大了都不能当兵,我不信,两个人就争论起来,然后就……"雪梅听了像针扎一样难受,弯腰给儿子擦去泪痕,说:"无论他说什么,有理讲理,打架总是不对的。"这时,王满小心地走了过来,喃喃道:"妗子,我知道错了,以后不打架了。"雪梅满意地点点头。

事后,雪梅见了猛子爹王永臣连连道歉,他笑着说:"没啥没啥,孩子们在一起顽皮,兵打兵一律清。"

这天,王璐圆突然赶到雪梅家要带走王满,还说给儿子一个好的家庭教育。她现在调到县商业局工作,局长是牟贾贝,在他的撮合下,王璐圆与张守东组建了家庭。雪梅一口回绝,王满干脆躲着不见亲娘。

王璐圆将牟贾贝搬了出来,他们来到雪梅家。牟贾贝说:"雪梅,我知道你跟王满有感情了,但你也要为他将来着想啊,他跟了亲娘就可以吃国库粮了,将来还可以接班。"雪梅听到这儿猛然清醒,强忍着伤心的泪水说:"表哥,我不是不明事理的人。王满这个孩子懂事孝顺,我知道他早晚会离开我,但我一时难以接受,说实话,不放心他娘。"说着白了璐圆一眼。璐圆刚要起身辩解,牟贾贝忙朝她摆摆手,然后笑着对雪梅说:"璐圆是脾气不太好,好在张守东与她成家了,王满去了应该受不着罪,你放心吧。"

"唉。"雪梅不经意地叹了一声,听从了牟贾贝的话,终于点头同意。璐圆感觉雪梅是因为张守东才同意将孩子还给自己,不但没有感激雪梅,一股怨恨还冲上心头。恰巧昨日收到王里路留在青海不回家的信,她说了一番难听的话:"雪梅同志,我现在可以告诉你了,三哥决心不回山东了,一辈子留在青海,你们好好过日子吧!"雪梅当场哽咽。是啊,按理里路应该回来了,可是他留在了青海,难道因为自己吗?你为何不回来或写一封信问一声呀!

王里路是在康开林的帮助下,到诺木洪川农场当了工人。

春天天长,吃过晚饭,太阳还是不肯下山。里路走出场部宿舍,信步来到了一道山梁上,他看着眼前的风景,一道山梁,一条河水,一处山坳里几棵树下住着几户人家。他忽然想起安阳那个满地黄花的黄昏,随手折了一根嫩树枝,用手一

一街两城

转,将里面的硬秆抽了出来,剩下的皮筒做成哨,放在口里吹,声音虽然细尖,但捧在手心里,声音就软润、浑厚了许多。他吹起了《思乡曲》,悠长、委婉的曲调随着晚风向远处飘荡。

突然,山脚下的小路上出现了一个女人的身影。里路怦然心动:"是兰兰吗?可是,她怎么知道我在这里呢?她没有听过我吹曲子啊!难道是……"那女人越走越近,越近越像兰兰。里路停下吹哨,不由得朝那女人跑去。

"兰兰,兰兰!"

"王参谋长……"

啊,不是兰兰。里路不禁大失所望,立即停下了飞快的脚步。她照样快步走来,抑制不住内心的兴奋和激动,说:"王、王参谋长,真的是你!我、我……"她一时高兴加激动,不知说什么好了。这时,里路才看清来人竟是张新:"啊!张新,是你?"

张新不顾一切拥抱了里路,高兴地跳着说:"是我,是我,我这不是在梦里遇见你吧?"里路简直忘乎所以了,紧紧拥抱着她说:"傻丫头,天还没黑,哪来的梦?不信,你拧我一下。"张新开心地笑了,说:"谢天谢地,天老爷也真是公道,终于让我与日夜想念的人相会了。"

里路从火热的兴奋中清醒过来,急忙松开了手,说:"你呀,还是当年那个活泼的小丫头,人生何处不相逢。这可是人生一喜,他乡遇故知嘛!我、我真是高兴。"张新拉着里路的手,说:"里、里路,我也是。走,到我家里再说……"意外重逢是人生一大快事,特别曾是相恋的人,特别还是在他乡。里路和张新你看我,我看你,说一会儿,笑一阵,感到多年来未曾有过的舒畅和激动。张新家住在山下的村庄里,准确地说是农场的工人宿舍。

"我开始听到声音时,很吃惊很意外,心想这荒山野岭的,哪来的这么动听的乐曲啊!仔细一听,竟是《思乡曲》,而且和你平时所吹的节奏、音律都非常相似。所以,我跑了出去。说真的,开始我还不相信是你,当你朝我走来时,我知道就是你了。"张新边给里路倒水边说着。里路眼睛眨也不眨地看着她,皱纹无情地爬上了她的眼角,高原特有的褐红涂满了她的脸颊。"里路,喝水。"张新把冲好的茶水端到他的眼前,里路忙收回目光点点头。张新看到他这样看着自己,忙问:"你在几队?"里路回答:"在三队。"张新略带遗憾说:"你看看,离我们二队很近,我们却不知道。我家老吴经常到你们队里办事。"

里路刚要问老吴是谁,张新快嘴:"老吴就是……"里路接上说:"就是吴参谋!你们真般配,吴参谋找到你真是他的福气,你找了他也……"里路刚想说些奉承的话,忽然想:有福之人还能发配到这人迹罕至的塞外高原?忙改口道,"哎,你们是怎么来的?"张新听了里路的话,忽然心酸起来,要是当年硬拉着里路走,或去香港,或出国,还能受这般苦?现在却跟着一个……唉,她不敢往下想了,说:"哪有什么福啊?我是被人遗弃的人,能有人要就不错了。"里路看见她眼里含着泪花,感到她心里对自己还存有芥蒂,一时却不知怎么解释,当年那些快乐时光,现在说起来只有感叹和唏嘘。

掌灯时分,老吴满身酒气地回来了。张新擦了一下眼,迎上前说:"老吴,你看谁来咱家了?今天又去哪喝了?"老吴晃悠着打量着里路:"你……你是……"里路见他认不出自己了,上前拉着他的手说:"吴参谋,我是王里路呀。"老吴一拍脑瓜,道:"哎呀,原来是参谋长,稀客,稀客,我说怎么这么面熟呢!你也来这里啦?"里路越听越尴尬、别扭,从外边进来一个背着书包的小男孩,张新拉着他说:"兵兵,快叫伯伯。"兵兵叫了一声:"伯伯好。"里路抚摸着他的头,心头蓦地一震,自己的儿子也该这么大了吧!张新见他的脸色不好,关切地问:"里路,嫂子她们也来了?在三队?"里路觉着自己失态,笑了笑道:"唉,我刚才看到兵兵,有点难过,我儿子也这么大了,可是我、我们至今还未曾见上一面。"

张新似乎明白了,忍不住又问:"这么说,嫂子和孩子们都在老家?"里路点了点头,张新说:"上级不是有文件吗?农场里有家口的可以随队吗?你没申请?"里路摇了摇头。老吴挥舞着手臂,说:"怎么,你们队里不好办?还是不给办?"里路伤感地摇了摇头,说:"都不是,是……是家里没人啦。"

"怎么,嫂子她……"张新和老吴几乎异口同声地惊道。

"改嫁了。"王里路嘴上这么说,心里却在暗暗呼喊,"雪梅啊,我知道你不是那种水性杨花的人,可你为什么不再坚持几年,等着我啊!"

第九十六章　相爱未必长相守

"里路，我如果不想等你回来，我还能活到现在吗？还能将你的儿女抚养成人吗？"安雪梅躺在炕上思绪难平，黯然伤神。

"娘，我回来了。"王子幸从工地上回家了。雪梅忙起来给她做饭："迎春怎么没跟你一起回来吃饭？"

"她到公社水利营工作了，中午不回来吃饭了。"转眼间，几年过去，子幸长成大姑娘了，她不忍心看到母亲受累，提前下学到生产队干活挣工分养家。雪梅心想，迎春就是粗心，这么大的事情怎么不打声招呼呢？萝卜菜玉米饼子很快做好了，雪梅看到女儿狼吞虎咽的样子，心疼地问："子幸，干什么活？饿成了这么个样子。"子幸边吃边说："娘，您没到青河看看？那里热闹极了，红旗招展，歌声嘹亮，'公社是棵长青藤，社员都是藤上的瓜，瓜儿连着藤，藤儿牵着瓜……'"子幸说着就唱了起来。

雪梅嗔怪道："哪有吃饭唱歌的？快吃吧。"子幸顾不得吃了，攥着饼子对娘说："娘，全公社都在青河填河造田，塌陷的那个湖泊也要填平。"雪梅暗暗吃惊，听子幸继续说："公社张书记说了，要在南湖、青河做成样板示范工程，县上还要在这里召开现场会哩。"

说者无心听者有意。子幸干活走后，雪梅简单地拾掇了家务就赶到青河。青壮社员挑的挑、推的推，一片繁忙景象，河道改了，塌陷的湖泊已经被填平，她心里暗暗叫苦："那四罐子宝贝和高柄黑陶杯恐怕永远找不着了。"

"雪梅,看什么呢?"秦天喜突然走了过来。雪梅吓了一跳,忙道:"是大姐夫啊!你怎么来这里了?"秦天喜的表情十分凝重,望着漫山遍野插满红旗的工地道:"我担心他们破坏了古代遗址和古墓穴,或者挖到文物不当回事随手扔了,或顺手牵羊拿走了。"这时候雪梅才发现他手里攥着几块陶片,问:"大姐夫,听说大姐找到了?"

"唉,是找到了,又死了,不如没有找到,起码还有个念想。"

"她怎么去的南方?"

"被人贩子骗到南方,多亏被白莲寺里的住持搭救才得以逃脱,后来就留在寺里了。"

"唉,当年大娘去青岛时,见了穿白衣服的女子就上去喊闺女……"

雪梅说到这儿,秦天喜打断她的话,问:"对了,我正想找你问一件事,娘活着的时候对我说,咱家确实有一件高柄黑陶杯,还说你清楚……"不等他问完,雪梅就让他死心算了:"大娘是听谁说的呀?我怎么不知道?从没有听爹和里路说过。"

"真的不知道?"

"真的不知道!"

"你们在说什么?"张守东突然走了过来。他现在是公社书记,又是大会战的总指挥。还没等雪梅上前打招呼,秦天喜就先开口了,跟大领导似的要求张守东一定爱护文物,要保护好古遗址。张守东嫌他啰唆,应付了几句,然后快速离开了,气得秦天喜道:"张守东样样好,就是文化浅。"

雪梅也没有心情跟秦天喜聊天了,便告别回家,路过界碑,看到画壁上的内容换了,改成了"人民公社万岁",她没有太多惊异,自入社后,许许多多的变化在改变着她的生活和人生。

雪梅刚到家,见王满站在门口,急忙开锁一起进门。雪梅只当王满又像平常一样回来看看,王满却说这次回家就永远不走了。雪梅在惊讶之余,愈加担心。王满那年离开时,迎春说子幸偷偷哭了好几天,后来王满经常给子幸带城里好吃的东西。雪梅隐约感到他们的关系不一般了,从心底也想成全他们。

虽然城里各方面条件都比乡下好,但王满依然没有将城里当成自己的家。张守东因工作几乎天天不在家,璐圆脾气急躁,动辄教育王满几句,他感觉一天也过不下去了。高中毕业后,璐圆通过关系在商业局下属的食品厂给他找了工作,在简历登记表父亲一栏里,他填写了王里路的名字。

王璐圆非常恼怒,立即强迫王满改写张守东。其实,为填写父亲,他也费了很多脑筋,按说父亲应该是秦郍,但他是叛徒和反动分子,他不想写。现在张守东是名义上的父亲,但他从心底还是无法接受。还有王里路、李有俊也曾当过自己的父亲,他考虑再三便写了王里路。张守东倒是没觉着什么,而王璐圆指着他的头皮吼道:"我告诉你,你写张守东,就可以顺理成章当工人,写别人你……"没等她说完,王满扭头就走,临走时还扔下一句话:"我宁愿跟当农民的娘,也不愿找当工人的爹!"

此后,张守东、王璐圆都多次来找王满回城里,他死活不回去。雪梅也多次劝他回到亲娘身边,王满最后给雪梅跪下了,含泪道:"妗子,您就是我的亲娘啊。"

日照县举全县之力在沈疃公社建造一座大型水库,各个公社根据规模大小,抽调精壮劳动力组成劳动建设大军,王满报名参加了建设大军。忽然一天晚上,迎春回家跟雪梅提出要与王满结婚,这让雪梅一下子又吃惊又犯难。

原来,迎春与子幸都爱上了王满,但王满喜欢子幸。迎春又嫉妒又恨,甚至将子幸托她捎给王满的鞋垫也说成是自己千针万线纳的。没有想到王满并没有领情,每次见了迎春都要问子幸怎么样了,这让迎春不得不动了歪脑筋。一天,社员们都上工地了,迎春突然说肚子痛告假躺在工棚休息。她从门缝里看到王满急匆匆赶过来,急忙将自己的上衣服脱了只露出乳房,王满不知是计一步闯了进来,突然看到迎春光滑的身子惊呆了。正当他要转身快跑离去时,迎春紧紧抱着他道:"我们很难说清楚了……"王满此时也惊恐万分,没多加考虑答应了她的一切条件。

雪梅听了迎春的诉说,也知道无法改变现实了。王满和迎春结婚那天,子幸哭了,哭得很伤心。雪梅过去安慰她,她哀怨道:"娘,我是不是您亲生的啊?"

雪梅胸口又痛了起来,她来到了两城一大队卫生室,见屋里人很多,便坐在了长条凳子上。赤脚医生姓安,社员习惯称他安医生。"姑,您怎么啦?又心口窝痛?"雪梅点了点头。安医生忙朝药房喊:"小柳,小柳,你出来帮下忙。"话音刚落,从药房走出一位朴实、清秀的青年。安医生说:"小柳,我正给这个孩子打针,倒不出空来,你给她看看,又犯了老毛病。哦,你也得叫她姑。"

小柳叫柳玉柳,是南山柳中医的孙子,他忙拿了听诊器套在脖子上来到雪梅跟前,有些腼腆地说:"姑,您哪里痛?让我看看。"说着就要给雪梅看病。起初雪梅认为他也不过是新学习的赤脚医生,也没多大信任他,为了给他个面子,也就让他把脉、听诊。他边仔细诊断边询问,待全部检查完后,说:"姑,您没什么大病,是受到某种刺激或打击,致使心理压力过大,郁火攻心造成胃部灼痛难受,遇到烦心事就容易犯这个毛病。"几句通俗易懂颇有道理的话语,说得雪梅口服心服。柳玉柳接着说:"这种病没什么好药可治,主要平时少生气,无论遇到什么事把心放宽就好了。"雪梅问:"现在还痛得厉害,没什么药可止痛吗?"柳玉柳知道自己说多了,忙说:"有、有,吃几片心痛定就好了,以后可要按我说的去做呀。"拿了几片药包好给了雪梅,她回家吃上药果然见效。

不久的一天,安医生路上遇见雪梅,两个人聊起孩子的事,当得知王子幸还没对象时,他开玩笑说:"正好小柳也没对象,我给他们牵牵线吧。"雪梅对柳玉柳有好感,就爽快同意了。子幸回家,雪梅对她说:"子幸,安医生要给你介绍个对象。小伙子长得不错,我见过,也是个赤脚医生。"子幸没有考虑,立即说:"娘,我还小呢。"雪梅立即生气道:"咋!娘说的话你也不听?"子幸将头转一边,说:"娘,别的什么都听,唯独这件事我不听。"雪梅没想到女儿这样执拗,不听自己的话,气上心头,道:"真是孩大不由娘啦!你到底听不听?"

"娘,您别逼我。"

"这是我逼你?是你想气死我!"

"娘,是您想逼死我呀!"

"你——"雪梅没想到女儿会说出这样的话,强烈感到她越来越不听自己的话了,难道连自己的女儿也不亲近了?

第九十七章　纷飞离巢

"为了孩子,我不打算再找了。"王里路对张新说。

老吴说:"里路,孩子不是不在你身边嘛。我劝你,到你这个岁数啦,别挑三拣四的了。"里路知道他们是为自己好,但实在没有再婚的意愿,谢绝了张新夫妇的好意。张新明白里路的心境,说:"王大哥,你的心思我最明白,不如你先把孩子们接来,听说雪梅找的那个男人一身病,单靠她一个人拉扯一大群孩子真不容易。"

"是啊……"王里路道。当晚,他就给王璐圆写了信。

王璐圆拿着王里路的信来到雪梅家,刚说明来意就被雪梅顶了回去,雪梅对她既反感又生气,而且态度坚决:"想要孩子,我不同意,谁也别想打他们的主意。"璐圆劝说:"雪梅同志,我们都知道你把王家的孩子拉扯大了不容易,我们也非常感激你。但你也要替孩子们想想,现在正闹饥荒,吃这顿没那顿的。你总不能看着孩子们吃不饱穿不暖呀。"

雪梅听了她的话更加生气,道:"我不是你的同志!你说的什么话?好像我亏待了孩子们似的,难道他们不是我身上掉下来的肉?王满不少胳膊不少腿的还给你了,你没有留住是你的问题。哦,现在你不舒服啦,帮着你哥要孩子,真有你的啊,璐圆。"璐圆知道自己说话有点急,忙缓口说:"正因为王满,我才知道想孩子的滋味是多么痛苦,三哥太想孩子们了。"

"谁不想孩子?!"雪梅真想将埋藏心底好久的话说给璐圆听,考虑她只是传话而已,只好改口道,"璐圆,不是我不讲情理,我也知道他想孩子,可孩子们去了,难道我就不想了吗?将心比心,他没有理由也不应该同我争孩子,我坚决不同意。"璐圆见雪梅态度很坚决,便放下里路给兆星的皮鞋和给子幸、兆坤的衣裳走了。雪梅看到里路捎给孩子们的东西,仿佛看到他在嘲笑自己,恨不得统统扔了出去。

田野里,子幸正与识字班们锄地,她不说话低着头只顾干活,很快超越了其他人,受到了生产队队长的表扬。歇息期间,子幸独自躲在一旁,芫花过来悄声问:"哎,子幸,你夺得第一,怎么还不高兴的样子?"

子幸和芫花是无话不说的知心朋友,子幸忧郁地说:"俺娘让我明天去相亲。"芫花叹气道:"你就认命吧!你王满哥已经同迎春结婚了,无法挽回了。"子幸眼里顿时溢出泪花。

兆星突然过来说娘病了,子幸顾不得悲伤了,拔腿就往回跑,到了家见柳玉柳正在给雪梅打针,子幸不认识他,只趴在娘的脸上呼叫:"娘,娘,您怎么啦?早上还好好的,怎么突然病了呢?"雪梅依然闭着眼不说话。柳玉柳对子幸说:"姑是突发急性胃肠炎,可能与霉烂的剩菜剩饭有关,打个小针就好了。"子幸掉着眼泪说:"是,俺娘过日子,几天的剩饭都舍不得扔掉,有的都馊长毛了。"玉柳叹气道:"家家都一样。"说完就要走,子幸将玉柳送到院子里,他又道:"还有,姑有个心痛毛病,平时少惹她老人家生气啊!"子幸点头答应了。

次日,玉柳拿着一罐子汤药来到了雪梅家,子幸正在给母亲熬稀粥。玉柳将汤药放在炕上,对雪梅说:"姑,我给你熬了汤药,专门治你的老毛病,是爷爷传给我的。"雪梅忽然想起了柳中医,忙问:"南山有个柳中医,你认识?"玉柳笑着说:"就是俺爷爷。"雪梅笑着说:"这就对了,当年你爷爷妙手回春名闻乡里。鬼子时期咱这儿闹瘟疫,子幸爷爷还专门请你爷爷到俺家开方子抓药预防,果然有奇效,王家没有一人得病。"玉柳笑着说:"我爷爷心肠好,活着的时候每年都熬药无偿分给社员们喝,还送汤药到淮海前线。"

雪梅说着,看看玉柳,再望望正在做饭的子幸,越看他们越像一对,有意对女儿说:"子幸,给柳医生钱啊。"子幸答应着找钱,玉柳忙摆手道:"姑,真的不用,

一街两城

是我亲自上山挖的草药熬的。再说了,合作医疗不收社员的钱。"子幸找出五毛钱硬塞进他手里,他便扔到炕上,背着药箱走了。雪梅看着他的背影,有意说:"真是一个好医生、好青年,医术高明又忠厚老实。"子幸没出声,做饭去了。

一连五天,柳玉柳都来给雪梅送汤药,雪梅渐渐好了,子幸也渐渐熟悉并对玉柳有了好感。当安医生再上门提亲,子幸才明白上次介绍的对象就是玉柳,她感觉自己无法拒绝了。不久,玉柳娘挎着一篮子地瓜干来到了雪梅家,这门亲事就算定了下来。

璐圆知道消息后,马上写信给了里路,他看完信气得浑身打哆嗦,要不是白纸黑字,他真想不到雪梅如此糊涂。里路立即给璐圆写了回信,请她转告雪梅,大意说:"我不反对闺女找对象,可总要跟自己这个亲爹商量商量才是。"面对里路的不满,雪梅对前来传话的璐圆说:"商量?谁不想跟他商量?可他给我来封信了吗?问候一句了吗?"脾气火爆的璐圆此时连一句话也说不出来了。

子幸的陪送嫁妆与迎春一样,一把竹皮暖水壶、一个脸盆、一个长方镜子,上面印着毛主席头像,再就是一对木箱子,这是时兴的"四大件"。子幸出嫁时没有坐花轿,现在也不时兴用花轿,是被玉柳的弟弟用独轮车推着去婆家的。

王璐方和王香特意回家贺喜,本高兴的雪梅误认为她们合伙来轮番争孩子,热情中带着忧伤。王香抱着雪梅一直哭,说这些年想死她了,同时还说周国乾来日照工作了,他在水利局工作。雪梅忙点点头,说:"国乾这个孩子我老早看他有出息。"说完忽然长长叹息。王璐方觉察出雪梅的心事,笑着安慰道:"三嫂,我跟香香借子幸的喜事回家,主要是看看你呢。香香研究生毕业了,邵惠大姐让她回青岛分配工作,她觉着没有找到四哥,决定留在南方工作便于继续寻找。"

雪梅听到这儿,略略放心,问起邵惠的一些情况,王香说她惦记着雪梅,还说多亏她一直供养自己上完高中并考上大学,比亲娘还亲。雪梅让王香捎信给邵惠,让她有时间来两城玩。

王璐方临走的头天晚上,突然跟雪梅商量要带走兆坤,雪梅立即警觉了起来。璐方拉着雪梅的手放在了自己的脸上,耐心地开导道:"三嫂,我真的没有将兆坤转交给三哥的想法,我只是想帮帮你。以前你对我们家的无私帮助,我铭记在心,您这只手给我的温暖至今保存在我的心窝里。现在要说报答你,一家人就见外了,但我现在的条件总是比你和三哥要好,我已调到北京工作,让兆坤跟着我到北京上学,各方面条件总比乡下要好得多,而且将来工作机会也多。"

雪梅听罢,当然愿意孩子有个好的前程,道:"我怕兆坤去给你添麻烦,再说你还要成家……"璐方立即插话道:"兆坤去了,我就有家了。"雪梅忙道:"璐方,女人过了四十生孩子就困难了,我劝你还是遵从现实……哎,对了,那个姜邯牛好像对你有意思,他也一直没有找对象。"王璐方摇摇头道:"我们不太合适。"雪梅忙问:"是因为他是老姜家的缘故?"

"不是。"璐方叹气道,"说不上为什么……"

"大爷,您多保重身体啊,我学好了一定给您治病……"王兆坤上车时,还是哭着朝着李有俊喊。李有俊不敢看她了,低着头掉着泪一个劲地朝她挥手:"走吧,走吧……"雪梅见此情景,也忍不住感叹道:"兆坤活在了他的手里。"

李有俊的身体越来越差了,每天晚上蜷曲在窗台前咳嗽不止,看着憔悴而忙碌的雪梅,说:"雪梅,我、我有话想说。"雪梅忙得似乎没有听见。有俊稍加停顿,然后说:"今年年景不好,会饿死人呀!我觉着你们别挨蹭了,还是去找他吧。"

雪梅猛然停住了手中的活儿,但并没有去看有俊,刚要继续干活,听有俊说:"要不,先让兆星去找……找……找他爹……"话音未落,雪梅将手里的毛巾扔到脸盆里,气恼道:"你什么意思?王满、兆坤走了,迎春、子幸刚嫁出去,现在又想撵兆星了?!你觉着星星大了跟你争食了是吧?早知道这样,何必当初可怜我们?我跟你实说了吧,要么我死,想让星星离开我,你省那点心思吧。"有俊见她发火了,便不再言语。

日子越来越艰难了,政府发的救济粮月头到不了月尾,子幸回娘家总是带着山里的蘑菇、山菜和地瓜秧添补家用,年底了玉柳还推去满满一车柴草。邻居们看到了都说雪梅有眼光,将女儿嫁到山里至少不挨饿。璐方和王香虽然留下了一点钱,但子幸和王满结婚花了一些,有俊又是个病秧子,不在队里干活工分就少了,分的粮食自然也少。

这天,老师找到雪梅,说一个下午没见兆星去上学。雪梅更急了,吓得哭了

一街两城

起来,正当四处寻找的时候,兆星回来了。雪梅质问道:"你去哪里了?啊!想吓死我啊?快说,不说我今天就打死你!"

兆星害怕了,战战兢兢地说:"我、我和猛子去……去……去要饭了。"

"什么?"雪梅简直惊呆了,扬起的手怎么也打不下去了,泪水涌上了眼眶。兆星见娘哭了,忙说:"娘,我在海边要饭时,一个大娘真好,还给了我一块刀鱼,我舍不得吃留给您吃,您快吃吧,我以后一定听您的话。"说完把手里紧紧攥着的快要碎了的刀鱼伸到了娘的眼前,雪梅拿着仍然热乎乎的刀鱼控制不住自己了,抱着兆星哭了起来……这一夜,雪梅又失眠了,最终决定让兆星去找他爹。

兆星要去青海了,雪梅整天在屋里拾掇东西,常常一件东西一天挪几次。他临走前的晚上,子幸快要生产了不能亲自来送,玉柳来了,他见雪梅毫无边际地干活,说:"妈,您这是怎么了?一个东西从这边挪到那边,过会儿又挪回来,快歇歇吧。"雪梅直起腰说:"唉,我也不知道,这几天一停下心就烦闷、难受。"说完又弯下腰拾掇东西。玉柳明白岳母的心情,忙劝说:"您是觉着星星要走了,心里惦记。没事,他是去当工人享福,再说家里有子幸和我呢。"雪梅勉强地笑了笑。

雪梅自己把兆星送出大街。他们来到青河南桥头,兆星满含热泪,怎么也不让她送了,雪梅强忍住泪,说:"星星,路上要照顾好自己啊!""到了你爹那里,对你兰婶要尊重,要听她的话啊!"说到这里,雪梅硬憋住了奔涌的泪水,为了不让儿子看出来,她咬着牙强颜欢笑,说:"兆星,我说的话你都记住了?"兆星回答说记住了,与雪梅洒泪而别。雪梅看着儿子渐渐远去的背影,实在支持不住了,蹲下用手捂着脸哭了。

"雪梅,你怎么了?"张守东骑着自行车正好路过这里,见雪梅痛苦的样子,忙下车问。雪梅抬头见是张守东,想站起来说话,可不但没起来,反倒跌坐在地上。张守东见事不好,忙上前把她搀了起来,关切地问:"雪梅,你到底怎么啦?看你样子挺吓人的,走,我送你去医院。"说着就要往车子后座上扶。

雪梅艰难地站了起来,说:"张书记,没事,老毛病啦,一会儿就好了,有事你忙吧。"张守东见她这样子,哪敢自己离开?硬把她扶到座位上,他不敢上车骑了,推着车子急往着公社卫生院而去。雪梅坐在车子上,看着张守东累得满头是汗,心里很是不安。这时,街上、地里有早起干活的人了,他们都用奇异、新鲜、疑惑等复杂的目光看着他们。雪梅觉着不好意思,要从车子上跳了下来,张守东道:"你坐好,很快就到了。"雪梅强行跳下车子,说:"张书记,我好了,你快忙去吧,我自己回家就行了。"张守东埋怨说:"你别张书记张书记的,我听着刺耳,叫张守东不是很好吗?"雪梅不想跟他多说话,自己先走了。

公社在山区各个大队都建上水库,为了掌握第一手资料,张守东亲自骑着自行车到各个大队实地考察,今早碰巧遇到多日不见的雪梅,看到她憔悴的样子,原想与她聊聊天,见她倔强地下车走了,只好作罢,骑上车到别处去了。

晚上,张守东拖着疲惫的身子回到家,刚进门,王璐圆变脸道:"还有脸回来?"张守东见她饭也不做,孩子趴在床上直哭,刚进门就无故找碴儿,不耐烦地说:"你什么意思?饭不做,孩子不管,我刚进门就无故找碴儿,又哪里不舒服啊?"璐圆依然生气道:"还好意思说!你整天往外跑,你什么意思!"张守东说:"我到各个大队搞调查研究。"

"呸,找相好的吧!"说到这里,璐圆的气就更大了,"也不知道要脸,一个大公社书记带着一个老相好的大清早兜风。"霎时,张守东明白她发火找碴儿的原因了,可能自己早上带着雪梅被小人告诉妻子了,他忙解释说:"你别听小人谗言,雪梅病了,我凑巧碰上,便带她去卫生院,难道错了吗?"璐圆根本听不进去,指着丈夫说:"哼,我告诉你,张守东,你的老底我是清楚的,你以前的污点是怎么来的,你应该最清楚,但你怎么就不知悔改啊?!"张守东辩解说:"我与她光明磊落,你别以小人之心度君子之腹。"璐圆怒道:"好啊,你的妻子是小人,老情人是君子,那你是什么?她抢走了我的儿子不算,还要抢走我的男人,我倒要看看她有多大的能耐。"张守东见她不讲理,一气之下到办公室去了。

张守东将建造两座大型水库和十座小型水坝的地址、草图绘制了出来,安排秘书起草上报文件,走出办公室想透透气,见值班室有几个人在悄悄说话:"哎,你看见了没有,两城一大队里的那个安雪梅前几天在集上突然疯了。"张守东一惊,忙上前问:"你看准了?她是怎么疯的?"那人说:"都说像受了什么刺激。"张守东一下子想到是璐圆干的。

第九十八章　难解的心结

张守东窝着一肚子火回到家,见妻子正在写什么,上前抢下她的笔:"说!你对她怎么啦?"

王璐圆正在给组织写信要求工作,冷不防被张守东抢了笔,开始还以为是他不让给组织写信,当听到最后那句话时,她顿时明白了,他是为雪梅出气来的。她扔下钢笔,双手照着张守东的脸就来了,虽然张守东个子高躲闪得快没被抓到,但璐圆的嘴可不饶人了:"我让你打,我让你打,为了老情人,竟不顾多年的夫妻感情,我看你堕落到极点了。"张守东隔段距离依然气愤道:"你为何逼人太甚!你对她都说些什么了?"

璐圆委屈地说:"我、我最近就没见过她,我能对她说什么?!"

"那她怎么疯了?"

"我怎么知道!你不分清是非,为了老情人竟敢打我,我、我非告你不可,我要和你离婚!"张守东从妻子伤心、委屈、愤怒的表情上,知道自己错怪她了,任凭她说什么,他一句都不敢反驳了。的确,张守东错怪了璐圆。

那天,雪梅回到家,感到自己的心仿佛被人一下子掏走了似的,看着空荡荡的屋子,呼吸着孩子们留下的温馨气息,再也控制不住自己的情感了,泪水夺眶而出,再也无法自持了。

中午时,玉柳兴冲冲地来报喜,说子幸生了个女儿,并放下两元钱让雪梅从集上买只母鸡给子幸补补身子。正巧第二天是两城大集,雪梅揣着女婿放下的两块钱,加上自己攒的三块钱共五块钱来到了集市上。雪梅先到禽畜市场上花了一块五买了一只母鸡,花了两块称了鸡蛋和猪肉,剩下的一块五她想给外孙女买三尺花布做个囤子。

布市人多,雪梅一手提着鸡,一手拎着鸡蛋,在人群中好不容易挤到布摊前。摊主是古大宝夫妇,他见雪梅提着鸡和鸡蛋就知道她的用意了,笑着说:"嫂子,割布送囤子吧?"雪梅把鸡和鸡蛋放在脚下,怕鸡跑了便用一只脚踩着,然后问:"是大宝啊,多少钱一尺?有没有颜色鲜艳的?"大宝马上说:"有、有,您看看,我这里什么样的都有,要红底黄花的还是绿底红花的?"雪梅边试着布的质感边说:"看看。"大宝故意套近乎说:"嫂子,给谁送啊?"雪梅回答说:"闺女的。"

大宝惊喜道:"哎哟,嫂子,您这么年轻就当姥姥了,真是幸福!来来,您要哪块?"

雪梅听了心里也舒服,挑选了绿底红花的布,她看中上面的大牡丹,买了三尺,每尺四毛钱,共计一块二。雪梅算了算,手里的钱还能余点便同意了。大宝把裁好的布料给了雪梅,另一只手也伸了出来,雪梅忙从里边褂子里拿钱,翻来翻去怎么也找不到了,她的脑子里顿时嗡的一声,浑身像触电一样颤抖起来,脸上的汗也冒了出来。

大宝把布收了回去,探着头问:"嫂子,您细细找找,没忘了或放在别处了?"

雪梅从裤子口袋里,一直找到褂子口袋里,还是没找到,她喃喃道:"刚才明明放在褂子口袋里,买了一只鸡剩下的钱……哎呀,我的鸡呢?"雪梅只顾找钱了,竟把脚下的鸡给忘了,当她想起来时,那只鸡早无影无踪了。刹那间,积压在雪梅心底已久的万般痛苦终于像火山喷发一样,滚烫的岩浆漫过了她的心脏她的头脑,她一头栽倒在了地上。"我的鸡,我的鸡……我的钱,我的钱……闺女给的钱没了……没了……哈哈……完了完了……"雪梅疯了。

李有俊拿着一只鸡和五斤鸡蛋来到了玉柳家,子幸问娘怎么没来,他撒谎说:"你娘这几天腿脚不方便,不能走山路,就、就让我来啦。"子幸这才相信。吃过午饭,有俊坚持要走,玉柳和玉柳父母都挽留他住下。有俊说:"不啦,家里离了我不行。"

一　山路不好走，玉柳背着有俊下山，半路上有俊见路旁有个石板，忙说："玉柳，你让我下来坐会儿歇歇。"玉柳将有俊放下扶着他坐到路边的石头上，有俊从怀里掏出一包纸，颤抖着给了玉柳。玉柳见有俊说话的表情很伤感很痛苦，忙把包打开，见里面是一沓破旧的信，有的残缺不全，还有被火烧过的痕迹。玉柳知道这里面的内容很重要，没敢细看，重新包好了，但似乎不明白他的意思。有俊咳嗽一阵子后说："这是你娘给你爹的信，咳咳……唉，这是她的心意，差点被火烧了，我偷偷地收了起来。我没几天日子了，现在托付给你们把它收好，将来给、给他。"

玉柳见有俊的眼里噙着泪花，忙说："大爷，这么重要的东西，还是您给比较好。"有俊重重地叹了一口气，望着层层山峦，然后说："你娘疯了，唉！"玉柳吓了一跳，猛地站起来迫切想去看望岳母。

有俊的嘴开始哆嗦了，双手似乎也有些颤抖，示意他坐下，然后说："你先别着急，有些重要事情必须现在说清楚。"玉柳也没有坐下，听他说："你娘跟我过，最初是我提出来的。这些年虽然跟着我没过上好日子，但我、我从没敢动她。"他的话让玉柳吃惊不小，听他继续说："你娘因为仇人被枪毙了，一高兴就多喝了点酒，当时我也醉了。唉，我实在控制不住自己了，其实我是正常的，当年故意说不中用了，是让她放心。唉，我怎么就鬼迷心窍就、就抱住了她？可就在这时，她喊里路，我立刻清醒了，非常后悔，觉着自己是在乘人之危，不诚实了，放开她就出去了，再也不敢跟她在一个炕上睡觉了。她当时虽然没怪我，但从眼神里看出她在怨恨我，恨我不守诺言，本来她应该去青海找他，她一直没去……唉，她以为我们……可我、我们真的什么也没做呀。我几次想对她解释，她都摆手不要提过去的事了，我知道她原谅了我，但这个结始终在她的心里，一天解不开她难受一天，我也难受。唉！玉柳，我觉着自己活不了多长时间。"说着又咳嗽起来，吐出的痰带血。

玉柳忙安慰说："大爷，娘不去青海有好多原因，您不必自责。"有俊咳嗽着朝他摆手，摇了摇头说："你娘是追求完美的人，她心里只有里路，谁知道她突然有病，我怕等不到她好，就……玉柳，实话对你说吧，我都愿意为她去死，我总算是完成打掩护的任务了,没有想到……"有俊说不下去了,眼泪流了出来。

玉柳听了很受感动,忙把信收好:"大爷,您不要多想了,一切会好的。走,我背您走。"有俊说不用,玉柳硬把他背在自己的身上,直把他送到山下。分别时,有俊说:"你娘心眼好,看我身子有病,才没有离开我。等我没了,你们想法子给他们复了吧。"说完便咳嗽着走了。

玉柳回到家里天已经黑了,也没敢将岳母生病的事告诉妻子。他把信收藏好,到药房按治肺结核的方子配了几服中药,想明天一早去看望岳母,顺便给李有俊送去汤药。次日天刚亮,玉柳打着呵欠提着尿桶出来,见门口蹲着一个上了年纪的男人,他手里拿着一根木棍,玉柳大惊刚要问话,那人站了起来,说:"啊,你是玉柳吧?"玉柳忙点头。那人说:"我是两城一大队的,你岳父昨晚走啦。"玉柳担心的事终于发生了,但他没想到这么快,他对妻子谎说公社开会匆匆去了岳母家。

李有俊的尸体挺在堂屋的正面里,脸上盖着一张白纸,一些上年纪的男人出出进进帮着料理丧事。雪梅被有俊的小妹妹架着,嘴里还不停地胡乱喊着,给她穿上孝衣,她把它撕碎,李家看她疯疯癫癫的样子也就算了。出殡那天,李家的人都哭,唯独雪梅不哭,她不但不哭,还嬉闹不停。围观的人私语道:"她这辈子也真够命苦的,先前的男人劳改了,这个男人又早早去世了。唉,一个寡妇这往后的日子可怎么过啊!"

"谁说不是?你看她又嬉又闹的,说不定是装的,她一向有心计,你没听说她把兆坤送到北京,又将兆星送到青海,她第一个男人就在那里当工人。有俊一死,正称了她的心愿,说不定很快与她那个男人团聚了。唉,可怜的有俊。"茹萍实在听不下去了,气愤地说:"你们这些人啊,背后糟蹋人会烂舌头的,平白无故的谁去装疯?你们没听说兰兰早去青海了吗?!"说风凉话的人自觉理亏,便不再言语。

第九十九章　风雨同舟

　　王里路用一辆马车把王兆星接到农场宿舍。兆星下了车满屋子乱跑，似乎在找什么，里路疑惑地问："兆星，你找什么？"兆星没有回头，继续寻找着说："找、找兰婶。"王里路没有吭声，兆星拉着他的手哀求说："爹，赶她走。"里路刚要回话，张新进来笑着说："哟，这就是兆星啊，都长这么高了。"兆星不知她是谁，张口就问："你就是兰、兰婶？"张新抚摩着几乎和自己一般高的兆星，说："是啊，兆星真是乖……"话还没说完，兆星哼了一声就跑了出去。张新蒙了，她想问里路怎么回事，里路忙说孩子认生不懂事，张新勉强地笑了笑没出声。

　　里路端详着兆星的嘴巴、鼻子、脸型像自己，眼睛、眉毛像他娘，想到她，他忽然打了一个冷战：子幸出嫁了，兆坤去了北京，兆星来到自己身边，她舍得吗？她现在怎么样了？她……唉！想到雪梅，里路心头就如刀割般地难受。

　　连日来，里路除了白天到农场里干活外，其他时间都陪着儿子玩，兆星更是形影不离，里路完全沉浸在天伦之乐中。兆星试探着问："爹，家里都说兰婶来找您了，怎么我没见到？她……"孩子的问话，里路感觉有些不好意思，说："哪有的事？别听家里人胡说。"兆星又说："俺娘也说。"里路心里怦然一动，一时不知如何回答，犹豫很长时间才憋不住地问："你娘……她好吗？"兆星来精神了，搂着爹的脖子说："爹，俺娘可好了，是天下最好的娘。爹，您也把娘接来吧。"里路苦涩地笑着说："那怎能行啊！她还有……"里路实在不愿提到那个男人。兆星似乎也明白了，噘着嘴不再提及此事。

娘、大爷,你们好:

　　我顺利到达了青海,被爹用马车接到了农场。这几天,爹领着我到处逛,这里的风光真好,有洁白的雪山,有广阔的草原,还有成群的马、羊、骆驼。娘,我们吃的粮食,都由农场供应,请您放心。

　　还有,爹还问您好哩……

兆星给娘写了信,马上送进邮筒里,他合掌放在胸口上,暗暗祈祷这封信快让娘看到……

"娘,这是兆星的信啊!您快看看呀,娘,还有兆坤的,五姑、小姑也来信了,都问您呢,娘。"子幸拿着一大沓来信,在雪梅的眼前晃动,但她视若无睹,嘴里照旧胡乱说着别人听不懂的话。子幸看到娘苍老的面容、呆滞的目光、散乱的头发,心痛地趴在娘的肩上哭了。王香得知三嫂生病的消息,立即赶回两城,还有她的爱人孔宪国。

为了寻找四哥,王香大学毕业后分配到市立医院,工作之余,她依然到疗养院看望勇敢。勇敢也十分关心王香的心事,只要来人疗养,他都要去问问是不是王里道,每年八一建军节和春节部队领导来看望慰问,他就主动打听王里道的下落,还再三嘱咐人家,王里道是三野的,老家山东,曾经是副师长。

孔宪国虽然没有得到小扈的爱情,但他依然关心照顾着勇敢,这让小扈非常感激。正巧王香也经常来,小扈就巧意安排他们见了面,王香不敢做主给雪梅写信征求意见,雪梅立即回复完全同意。国庆节那天,王香与孔宪国举行了简朴而热闹的婚礼。婚后,小夫妻恩爱甜蜜,节假日照常到小扈家帮着护理勇敢,两家不是亲戚,但胜似亲戚。又到了周末,王香突然接到周国乾发来的电报,内容四个字:雪梅病重。她立即打电话给小扈说这个周末不去了,带着丈夫急速赶回两城。她看到三嫂目光呆滞的样子,回想起曾经的那些好,抱着雪梅痛哭流涕:"三嫂啊,您别吓唬我呀!我还没有报答您呀!四哥至今还未找到,您要陪我一起找呀!"

周国乾拉着雪梅的手,含着泪道:"阿姨,俺妈想您,还让我带您去青岛玩。"

一街两城

无论他们说什么雪梅都没有丝毫表情。王满、迎春一直陪着雪梅,几乎寸步不离。

张守东提着两斤大米来了,任北乐拿着五个鸡蛋来了,辛家芹、茹萍和一些邻居都来了。子幸抱着刚满月的女儿,看着喜怒无常、我行我素的娘,又害怕又担心,踟蹰不前。孔宪国鼓劲说:"子幸,不要紧,骨血连心,大胆给三嫂抱。"子幸在众目睽睽之下,将女儿放进了娘的怀里:"娘,您看看,这是您的外孙女啊!娘,您看看……"

茹萍说:"雪梅,快看看你的外孙女,长得多俊呀!"

张守东说:"雪梅,你一向坚强,今天也一定要坚强啊。"

一声声呼唤,一句句期盼,一份份爱心,像一股股暖流、一缕缕春风涌进了雪梅的心田,慢慢地,她心中的冻冰在融化,她脑海里的迷雾在澄清……"外孙女,外孙女……"雪梅哇的一声抱起外孙女哭了。

"她清醒了,雪梅醒了,娘好了。"在场的人们高兴地欢叫着,无不流下了喜悦的泪水。

张守东看着雪梅醒来百感交集,有许多知心话想说,但此时无法诉说。他走到雪梅面前,说:"雪梅,好了就好,凡事往好处想。我走了,你多保重。"

子幸牵着娘的手说:"娘,您病的时候,张书记来看望您多次,他还特意给您带来一包大米,给您保养。"雪梅两眼紧盯着张守东,没有惊喜,没有感动,没有哀怨,没有忧伤,甚至没有一点表情。而张守东受不了了,他感到雪梅的眼神已穿透了自己的五脏六腑,一种从未有过的酸楚涌上心头,泪水再次蒙住了眼睛。张守东急忙出来,他想尽快离开,免得感情过分流露,又被人抓住了话柄。

周国乾跟了上来,道:"哎,张书记,你的水利会战规划方案我看了,总体上还可以,但有些地方还需要进一步论证。"张守东停住脚步,道:"周技术员,我们农业学大寨,要走在全县各个公社的前头,你这个大学生可得多指导啊。"周国乾忙说:"那是一定的,不说我父亲的坟还埋在这儿,为了我曾经在这儿上学念书,也应该好好报答这片培养我的热土。"

"我们老区需要你这样的大学生啊,你一定会大有作为的。"张守东说完,与周国乾握手告别。周国乾走了几步,忽然想起一件事,忙转身叫住张守东:"哎,张书记,我有件事需要提醒你啊。"张守东站住了,周国乾走了过来说:"我看你们造田将青河河道占用了,我认为需要疏浚,河堤需要加固。万一遇到大洪水,两城公社必然遭灾。"

"一般不会的,这些年我们年年抗旱……"张守东说了一半忽然停住了,他明显感到周国乾一直用怀疑的目光盯着自己,忙应道,"嗯,我记住了。"

大雨连续下了三天三夜不曾停歇。

雪梅一早起来,敞开门见院子里积满了水,雨滴打在上面仿佛开满了密集的雨花。她没敢出门,而是探出身子想望望阴沉的天空,头发很快就被雨水打湿透了,她只好退了回来,用毛巾擦干了头,然后拿着板凳坐在门槛上望着门外出神。

一番凤凰涅槃般地重生,安雪梅心底的郁结被抚平了,岁月的痕迹像无法挡住的脚步,她显然苍老了。"雨是好雨,可是怎么下起来没完没了呢?"她自语道。

周国乾打着雨伞进来,他经常来看望雪梅,并将平时节约下来的粮票,从食堂里买了馒头给雪梅吃。雪梅很过意不去,嘱咐他千万别费心了,可是周国乾只要有好吃的就给雪梅送来。今天,他特意来两城找张守东商量青河防洪事宜,顺便将五个馒头捎给雪梅,临走时,还再三提醒雪梅晚上睡觉要警醒一点。

到了晚上,雪梅还真睡不着了,听着外面狂风夹着大雨,将窗户纸打透了,风夹杂着雨穿窗而入,将炕上的衣物全部打湿,她只好找麻袋给挡住。忽然,听到大队喇叭里传出急切的声音:"一大队的社员同志们注意了,青河发大水,快往界碑跑,不要管财产,人的生命最重要。一大队的社员注意了……"雪梅本来就没有脱衣服,迅速下炕,见洪水已经从门缝流进屋里,锅碗瓢盆都漂了起来。她披上蓑衣,戴上苇笠,打开门,一股洪水猛兽似的迎面冲了进来,她一个趔趄差点摔倒。多亏王满及时赶到,背着她蹚过没膝的洪水艰难地朝界碑走去。街道上挤满了躲避洪水的人,大人抱着孩子,孩子牵着大人,人们哭喊声一片。

界碑,张守东站在高台上挥臂高呼:"青壮年一律到青河抗洪救灾,堵住决堤的口子……"这时,二大队的广播喇叭也响了:"二大队的社员注意了,青壮年一律到青河去,帮助一大队社员抗洪……"王满将雪梅背到较高的地方,交代迎春照顾好她,自己去青河抗洪了。

到了天亮,大雨才渐渐停歇。看到一大队几乎变成泽国,许多房屋倒塌了,社员们都绝望地跺着脚痛哭流涕。这时,小孩子们都哭着喊饿。正当大家犯愁的时候,张守东和王永臣带领着二大队的社员们挑着稀粥、煎饼等早餐来了。二大队离青河较远,而且大都居住在凤凰岭、大姑墩前,地势相对较高,大部分社员没有遭遇洪水。

张守东跳上高台,举臂高喊道:"社员同志们,你们不要惊慌,党和政府不会不管你们的,现在二大队的社员就给你们送早饭来了,这叫一方有难,八方支援。大家不要挤,每个人都有份。"大家自觉排好队领取食物。雪梅没有去排队领,而是始终注视着跑里跑外维持现场秩序、号召社员群众与自然灾害做斗争的张守东。"他真是好样的,是个好干部。"她在心里说。

因为洪水还没有完全消退,社员们暂时回不了家,也无法重建家园。张守东找到任北乐和王永臣,要求他们立即做好一大队和二大队结对子工作,凡是投靠不到亲戚的一大队社员,全部安排到二大队各家食宿,直到洪水退去,房子修好,才可以搬回去。雪梅跟迎春商量去南山找子幸,可是现在青河河水暴涨,根本过不去。正在这时,多年未见的二妞突然过来,她主动拉着雪梅的手说:"雪梅,到俺家吧。"雪梅还在犹豫,迎春巴不得了,立即同意了。

雪梅和迎春两家到了二妞家居住,山寨立即腾出热炕让雪梅休息。晚上,山寨去青河抗洪没有回来,二妞与雪梅聊天,说起那些往事,二妞始终牢牢抓住雪梅的手说:"雪梅,当年在石臼码头,你要是反对我跟着山寨走,我可能就跳海自杀。"雪梅听罢暗叹不已,庆幸自己没有将事情做绝。

到了第二天,青河水下落了,玉柳和子幸急匆匆来二妞家将雪梅接到南山居住了。一住就是一年多。有俊生前交代玉柳的事,玉柳和子幸时刻也没敢忘记,只是有俊刚死不久,心情一时都还没静下来,如果让娘和爹复婚未免有些不近人情。兆坤来信提到此事,她现在已经考上西安交通大学。玉柳和子幸就商议着找合适的机会跟娘说。

第一百章　高柄黑陶杯惊世间

仲夏的农家小院,显得简单而又整洁。东窗台上有几个酱坛,是雪梅给邻居家做的酱,一棵榆树长在猪栏边上已经高过屋顶了,昨晚一场浓雾打湿了叶子,水珠滴落在地上湿了一大片。碎石砌成的南墙,爬满了牵牛花,朵朵粉红的花儿开得正艳。

雪梅一早起来开门忽然见王满站在牵牛花旁,急忙迎了上来:"满满,你回来啦!好好,快进屋。"王满背着一条破被子,手里提着带拉锁的灰色皮革旅行包,有些踟蹰,甚至不敢大步进屋:"我没有家了,只好……"雪梅立即从他手里近乎夺过旅行包,大步走在前面说:"胡说,这就是你的家,快进屋,我擀面条给你吃。"王满扑通跪在地上,大声喊道:"娘,我回家了!"

王满是因为倒卖鱼干货被抓判刑,刚从监狱里出来。其间迎春与他离了婚。

雪梅将王满扶起来领进屋里,让他先上炕休息,自己急忙做饭。很快一碗热气腾腾的面条端到王满的眼前,他三口两口就吃完了,娘儿俩正说着话,忽见院子里进来王璐圆和几个陌生人。王满不愿见亲娘,快速躲到里间去了。

"雪梅同志,有人反映你家收藏高柄黑陶杯,要是有的话,你献出来是为国家做贡献。"一个留着分头、戴着像章的中年男人对雪梅说。其他人也跟着劝雪梅,但她一直保持沉默。王璐圆等不及了,生气道:"安雪梅同……啊,你可不能私藏国家宝贝啊,一旦查出来,那是要坐牢、枪……"不等她说完,雪梅厌恶地道:"你们走吧,我不知道就是不知道,即便枪毙我也不知道。"说完将头扭到一边。

一街两城

中年男人只好走了，走了几步又转身道："雪梅同志，你好好想想啊，有，献出来是你为国家做了贡献，即便是不献，也是你的权利，不会有任何问题的，请放心。"说完还跟雪梅握握手，然后转身走了，其他人也跟着走了。王璐圆临走之前还狠狠瞪了雪梅一眼："哼，你等着吧！"

王满小心地走上前问雪梅，"娘，他们是干什么的？俺那个娘想干什么？"雪梅解释说："没事，那个讲话好听的是文物局的同志，其他人好像是革委会上的人，尤其是你娘，越来越不像话了，趾高气扬的。"看到王满疑惑的样子，又道，"他们是为高柄黑陶杯的事儿。还说这次是总理特别批示的，还拿着文件给我看，有国务院的大戳子，还说美国总统访华点名要看那个东西，谁知道真假。"雪梅说完，出门喂猪去了。

这件事是真不是假。这年，中美关系趋向缓和，几十年的坚冰开始融化，在双方的努力协调下，美国总统第一次访华。行程之前，他说踏上中国的土地后一定要看看东方瑰宝——高柄镂空蛋壳黑陶杯。他与安德森是好朋友，年轻时就听他说中国出土了一件稀世文物，还看了他拍摄的照片及报纸文章。后来，王芳到了美国，不遗余力地宣传中国文化，着重介绍黑陶尤其是高柄黑陶杯的传奇故事，无疑加深了他对此物的好奇。外事人员得到消息报告总理，总理立即指示文物部门限期办理。

主办人员找到刘耀，他说黑陶在山东临沂、章丘等地均有少量出土，但最精美绝妙的高柄镂空黑陶杯恐怕只能在山东省日照县两城公社找到。

王璐圆回去后立即张贴告示，要求社员如藏有高柄黑陶杯尽快献出来，否则一经查实，将严惩不贷。半个月过去了，不但没有社员捐献，甚至社员连跟黑陶杯沾边的话都不敢提及了，生怕惹上官司，弄不好还坐牢。眼看规定的时间快到了，文物局的同志又找到了刘耀，真诚地征求他的意见，他提议找丁履堂试试，还讲述了当年日本人被两城王家使巧计骗过的故事。

路上，丁履堂想到了秦天喜，认为他有办法找到。来到两城便四处寻找秦天喜，最后在茅草棚子里找到了他。办事人员向秦天喜说明了情况及这件事的政治意义，请他务必五天之内找到。秦天喜也犯难了，说："不瞒你们说，我几十年一直在苦苦寻找、挖掘黑陶杯,常常感觉近在眼前,却无缘触摸到它。"

丁履堂开导说:"天喜同志,你好好想想。依你的判断,当年有那么多的人到王家寻找、求购,甚至日本人都前去威逼、抢劫,你说说,王家藏宝的可能性有多大。"他的话提醒了秦天喜,他立即联想到岳母生前说过的话,对丁履堂道:"雪梅应该知道。"丁履堂一拍大腿道:"好呀,这叫踏破铁鞋无觅处,得来全不费工夫。走,找雪梅去。"秦天喜忙摆手道:"她即便知道,也未必说。前几天,王璐圆已经找过她,被她一口回绝了。"见文物局的办事人员着急,秦天喜忽然想到了一个人。

文物局安排了吉普车,拉着丁履堂和秦天喜来到王家滩盐场找到了正在下放劳动的王璐方,当说明来意后,她不假思索上了车一起去找雪梅。

雪梅看到门口又来了一群人,刚要关门忽然见王璐方走在前面,只好将他们迎进屋里。当王璐方将前因后果说明以后,雪梅不再沉默了,说:"璐方,你先让领导同志们回去,我再想想。"璐方忙朝文物局的人笑笑,意思说:有希望了。文物局的人走后,雪梅留下秦天喜和王璐方诉说了心中的担忧:"你们也不是外人,我实话告诉你们,咱家还真藏过那个东西。"秦天喜和王璐方听了都高兴地站了起来,王璐方紧紧攥着她的手说:"连王家女儿都不知道,可见三嫂在王家的地位多重要。"

"其实,早在赶走小日本后,爹就想捐给国家,对我和里路说,这个东西是慧安大师托他保管的,是国宝。正准备让里门大哥捐献的时候,接连出了那么多的事情,国家开始动荡,这件事就搁下了。后来,也多次想献出来,但……"雪梅说到这儿面露难色。王璐方并没有看透雪梅的心事,劝说道:"现在是新中国了,应该捐给国家。"秦天喜忽然想到前些年破"四旧"的情景,不免担心道:"不说雪梅担心,我也担忧啊,现在形势……唉。"王璐方这才明白他们的担忧,急忙说:"你们不用担心,听文物局的同志说,这次是总理亲自安排的,这个高柄黑陶杯关系到国际政治和中美建交等方方面面,他们不敢随意损坏。"

雪梅听了稍觉放心,但又说:"但那个东西很难找到了。"

"为什么呀?"

一街两城

"已经深埋到地底下了。"

"在哪儿？无论多深也要挖到。"王璐方道。

秦天喜也接着道："几千米深的石油都能抽出来，何况埋藏不过几十米深的黑陶。"

"不是那么容易的。"雪梅仔细介绍了自己如何发现藏宝洞、秦邝炸向东亭以及张守东围湖造田的经过。最后她吐露了心声："还有，那个洞里藏有我父亲留给我的四罐子宝贝，是爹告诉我的，我也曾见到过，一罐子黄金，一罐子白银，一罐子珠宝首饰，一罐子大洋。"秦天喜和王璐方简直听呆了，仿佛听神话故事一般。雪梅继续说："说实话，我现在并不稀罕那些财宝，而是担心一旦挖出来，就有人诬告我私藏宝贝，那我们要遭罪了。"秦天喜忙说："这是你祖传的宝物，怕什么？应该没事。"王璐方却沉默不语了，她明白就现在的形势很难说清楚。

王璐方从雪梅家出来找到了丁履堂还有文物局的同志，诉说了事情的经过及雪梅的担忧。文物局领导果断地说："这样吧，让秦天喜同志挖掘，派解放军同志严密保卫，任何人不得进入，一旦挖到那四罐子宝贝就地埋藏，我们只要高柄黑陶杯，告诉雪梅同志，绝对保密。"王璐方还有点不放心，朝丁履堂望去，想征求他的意见，丁履堂坚定地朝她点点头。

在解放军战士的严密保护下，安雪梅在丁履堂、秦天喜的陪同下来到一片田地。雪梅目测驻跸岭与河山作为一条直线，再将丝山和凤凰岭拉成一条直线，找到两线交会点，然后朝秦天喜点点头。解放军派来了一个排的兵力将现场严密保护起来。文物局的人和丁履堂坐镇两城公社遥控指挥。秦天喜先让士兵挖了直径五米的洞穴，将深达四米的填土清除，这时候出现碎石、水泥、砖瓦块、木屑等杂物，按照雪梅的说法，这就是向东亭的遗留物，一切都对上号了。

秦天喜安排士兵将杂物清理出去，感觉差不多了，便让战士们回避自己着手挖掘。不知怎么，他的手开始颤抖起来，心跳也加速了起来。他小心翼翼地将泥土一层一层铲掉，突然出现一块残片。他顿时惊出了一身冷汗，仔细看，是一块现代的黑色瓷碗残片。他长吁一口气，暗道：这就是雪梅说的那个喂猫的破碗，也就表明离目标不远了。他直起腰稍加休息稳住心神，接着慢慢蹲下继续小心清理泥土。经过一天一夜的挖掘,终于看到了泥土里出现了似亮非亮的一丝黑线,他断定这就是高柄黑陶杯的口沿。此时,秦天喜的心都要跳出来了,眼前忽然一片模糊,他急忙坐在地上用袖子擦了眼睛稳稳神魄,放下铲子跪在地上朝着黑陶杯拜了三拜。然后,秦天喜用手指一点一点去掉包裹着黑陶杯的泥土。黑陶杯轻如鸿毛,薄如蛋壳,通体乌黑,泛着幽光,散发出神秘而醉人的神奇魅力。挖掘的成功令他一阵眩晕,急忙稳稳坐在地上,但双手依然捧着黑陶杯,生怕放下就会飞走了。他激动地连连道:"是它,是它,终于找到了,见过此物,不枉一生啊。"

不过,令秦天喜疑惑的是,那四罐子宝贝并没有挖掘到,为了不节外生枝,他将破碗埋回了泥土里并停止了发掘。然后将黑陶杯用棉花包好,外面裹上黄色绸缎,系上一根红绳放进早已准备好的木头箱子里,在解放军的保护下安全送到文物局的干部手里。丁履堂看到此物,惊喜道:"果真有此物,实为上天神人所赐啊!"他都不敢伸手去触摸,对着宝物三拜,然后道:"快送北京。"

当天,秦天喜来到雪梅家诉说了挖掘经过,再三强调并以自己的人格担保没有看到那四罐子宝贝。雪梅听了似乎并没觉得意外,甚至还有一丝庆幸之感。秦天喜说:"雪梅,这件事我不会撒谎,我……"雪梅急忙打断他的话说:"这件事到此为止,以后谁也不要再提及,我估计……"以下的话她不想说了,秦天喜也没有敢再问。

高柄镂空黑陶杯在解放军的严密保护下,由文物局同志安全送到了人民大会堂。美国总统看到此物,大为赞叹:"与照片上的一模一样,东方瑰宝,太神奇了!"事后,这件高柄镂空黑陶杯被作为国家一级文物永久地收藏在国家博物馆。

不久之后,国家文物局的干部专程来到安雪梅家,送来了一张奖状和两百元钱、五十斤粮票,还征求她的意见,有什么要求可以提出来。雪梅淡淡地说:"那件东西本来不是我们家的,是慧安大师托爹保管的,理应上缴国家。我们不占国家便宜,你们还是将东西拿回去吧。"文物局的干部很受感动,说这些东西是作为保护国家文物的特殊奖励应该收下。雪梅这才收下。当天,她只留下奖状,将所有奖金和粮票给了任北乐,让他分给大队贫困社员和"五保"户。任北乐知道雪梅的脾气,遵照她的要求全部分给了最贫困的社员和"五保"户。

不久,王璐方突然接到回单位上班的通知。临行前,她特意到雪梅家告别,聊到捐献高柄黑陶杯时,璐方忽然问:"嫂子,那四罐子宝贝,以您看……"雪梅道:"我想大姐夫不会撒谎,他都以人格担保了。有两种可能,一种是让你二大爷挪地方了,爹知道我曾经下过地洞。第二种可能被大水冲走了,当时向东亭被炸,洞口一旦炸开,巨大的力量冲走四罐子宝贝不是没有可能。"璐方追问道:"那为什么如此轻小的黑陶杯却没有被冲走?"雪梅一时无语,想了一会儿,也没有找出合理的理由解释,只好说:"要说嘛,真是万幸,总算找到了,那些财宝也是身外之物,现在看多亏没有找到,心里也不惦记了。"璐方又接着问:"听说您将政府的奖励都捐献给大队啦?"

"本来也不是咱家的。你二大爷活着的时候就想让你三哥捐给国家,临终一再让我告诉你三哥,保护好……你也看到了,自从捐献了黑陶杯,咱家好事连连,我不用扫大街了,王满当了工人,你也回北京上班了。"

王璐方道:"要是再找到四哥就好了。"

"一定会找到的,估计快了。"雪梅也是安慰璐方,随口而出。

璐方接话道:"要是三嫂跟三哥复婚就更好了,王家就圆满了。"说完双手拉着雪梅的手,雪梅叹了一声没有搭话,而是挣脱她的手做饭去了。

王璐方吃完饭就走了,临上车时抱着雪梅,含着泪说:"嫂子,你回家我们就团圆了。"雪梅没有搭话,硬将她推上了汽车。雪梅回到屋里,呆坐了一会儿,被璐方的话弄得心里乱糟糟的。她刚要拿出毛线给外甥织毛衣,忽然见邮递员在大门口高声道:"大娘,您又来信了。"

信很厚,是杭州王香寄来的,雪梅猜想里面一定有照片。忙拆开信封,果然有一张照片,是王香与一位解放军干部模样的人合影照,她感觉眼前发花,擦了擦眼睛,将照片往远处放了放,这会儿看清楚了,这不是王里道吗?虽然上年纪了,但穿着军装依然威风神气,几乎跟爹一模一样。雪梅心头猛然跳动了一下,急忙打开信,开头第一句就是:"嫂子,我终于找到四哥了……"

第一百零一章　兄妹相认

王香虽然结婚生子了,但一刻也没有忘记寻找四哥。她像走亲戚一样隔三岔五与丈夫去小扈家里看望勇敢。小扈每天依然坚持给丈夫洗头按摩,还学到了按摩的独特办法,用两个大拇指的指甲轻轻在他头上像小鸡吃食一样啄头皮,这样能散火去淤、激活大脑,还能解痒。勇敢非常喜欢这种按摩方式。每次王香来,他都要问:"王香同志,找到王里道同志了吗?"当王香摇头时,他都安慰说:"不要着急,他命大福大造化大,死不了,你一定会找到他的,我也会帮助你找的。"

一位部队宣传干事前来疗养院采访,勇敢请求他帮助寻找王里道。宣传干事听后道:"首长,您说的情况,跟我之前听到雷政委说的故事很相似,他说有一位战友打仗很勇敢……"勇敢急忙插了一句:"叫什么名字?"宣传干事想了想说:"叫……好像就跟你说的名字一样,对对,也叫王里道。"

"就是他,一定是他,天下没有第二个王里道,请你回去一定给问问。"勇敢再三道。

宣传干事急忙道:"请首长放心,我回去见了雷政委一定问清楚,一有消息就告诉您。"

宣传干事走了以后,勇敢天天盼夜夜想,不觉到了冬末初春。王香和孔宪国带着女儿来到小扈家。孔宪国说今天外面阳光明媚,适合首长外出活动。王香说梅花山上的梅花都开了,建议去那儿玩。小扈征求勇敢的意见,他说去看看吧。两家五口人来到了梅花山。这里的游人似乎不多,道路很久没有维修了,青草长满了小道,像一条条绿色的地毯蜿蜒于梅花林中。孔宪国指着大片白梅道:"快看,那是白梅园,此时开得正艳。"王香看到满山满坡盛开的白梅花,香气扑鼻,顿时兴致盎然,随口赞叹道:"啊,雪梅!"

"雪梅?雪梅!雪梅……"勇敢忽然坐在地上,嘴里不住地叨念着,喘气急促起来,额头上冒出了细小的汗珠。小扈和王香都吓坏了,认为他又犯病了,急忙过来给他按摩、吃药,孔宪国看他的样子不像犯病,扒开他的眼皮看了看,又试了试他的脉搏,安慰小扈道:"不要紧,他的脉搏虽然加快,但还正常,应该是过于激动引起的。"忙问勇敢:"首长,你怎么啦?刚才想到什么啦?"

"雪梅,雪梅……"勇敢还是不停地念叨雪梅,眼里已经含着泪花了。王香忽然醒悟,急忙拉着他的手迫切地问:"首长,雪梅是你什么人?首长……"小扈看王香忽然激动的样子,怕她刺激了丈夫,忙拉开王香道:"王香,你怎么啦?"王香没有听她的,而是迫切地继续问:"首长,您说呀,雪梅是您的什么人呀?"

"三嫂……"当勇敢说出这两个字时,王香扑到他身上,哭着道:"四哥呀,你让我找得好苦啊!四哥,我是香香啊。"孔宪国和小扈都愣住了,互相疑惑。王香急忙回头说:"首长就是我们苦苦寻找的王里道四哥呀。"这时,孔宪国和小扈都明白了,孔宪国怕王里道过于激动伤着身子,忙说:"我们先回家,快带首长回家。"说着要去搀扶王里道。王里道推开孔宪国,抱着王香就大哭大喊道:"你是香香,我的小妹妹啊,我终于看到你了,四哥对不起你啊!"兄妹俩终于相认,抱头痛哭。

王里道就像做了一场梦,醒来妻子突然变了模样,襁褓里妹妹也长大了。他牵着王香的手不肯松开,怕松开再也见不到妹妹了。王香女儿让小扈抱着走在前面,王里道与王香两个人并排走着,他说:"当年,我走的时候,最惦念的是娘和你。"王香说:"你走的当天晚上,娘把我托付给三嫂就自尽了。要不是因为我,三嫂可能就去上海了,也用不着留在咱们家受那么多的委屈、遭那么多的罪了。"王里道仰天长叹,从前的事情像电影里的镜头飞速地出现在脑海里,他想到了妻子程瑞琼和儿子,他们还好吗……王香的话打断了他的回忆:"四哥,这么多年,我一直感觉你离我不远,可就是看不见找不着。那年找你找到天黑,我晕了过去是白莲寺的一位尼姑救了我,事后我才知道她就是大姐。"

"大姐还在吗?"王里道忙问。

王香说:"我跟大姐夫、五姐去找她,住持说她在我们去的头一天突然去世了。"王里道顿时露出伤感的神情。王香继续说:"我跟大姐告别时,她说了一句话,远在天边近在咫尺。当时我并没有在意,现在想想,你还不就在我身边嘛!我怎么就没有想到呢?想谁也没有想到你呀!是命运故意捉弄我们兄妹吗?"

"不能这么说,应该是命运偏向我们兄妹,虽然历经千难万苦,但最终还是相遇了嘛。"王里道接着问,"璐方还好吧?"王香点头又摇摇头说:"唉,她下放王家滩盐场劳动,在杭州工作的时候跟我一起寻找您,还有……"说到这儿,她下意识地看了小扈一眼,虽然没有说出这个人是谁,但王里道也猜到了,也没有追问下去,只听她继续说,"五姐对象牺牲了,一直没有找。对了,听院长说她还给你们牵线了呢!"说到这里,王香庆幸道:"这个世界说起来也真小,多亏你们没有成。后来,姜邯牛追五姐,五姐一直没有同意。一次五姐生病差点死过去,被姜邯牛及时拉到医院救活了,他们结婚了。"

王里道自语道:"老王家和老姜家总算有情人走到一起了。"

"四哥,你说什么?"王香似乎没有听清楚王里道在说什么,王里道也没有回答,王香突然噘着嘴生气说:"我们家都让姜家害苦了。要不是姜邯春,噢,后来改名为秦邡,要不是他,你也不会免职检查,失踪这么多年。要不是他,三哥也不会去青海。要不是他,三嫂也不会改嫁。要不是他……"王里道顿时愤怒起来,停住脚步,攥着拳头转身问:"香香,他现在在哪儿?我找他算账去!"

"早下地狱了。"王香说完,见四哥还盯着自己,眼睛都冒火了,接着详细解释道,"……他做了很多坏事,彻头彻尾的一个叛徒、特务、大坏蛋,解放后被政府枪毙了。"

"罪有应得!"王里道大手一挥,转过身仰起头开始走路,边走边对王香道,"历史是公正的,害人者终究害己。"王香接着说:"是呀,老姜家父子自相残杀,兄弟相互争斗,到头来大都没有好下场……"说着来到了疗养院大门口,见门口停着一辆吉普车和一辆轿车,车外站着几位军人,还没等王里道走近,其中一位跑步过来,很远就高喊:"老伙计,终于找到你了。"王里道定睛细看,原来是雷政委,紧走几步,四只大手紧紧握在一起。接着任书武也快步走了过来,拍着王里道的肩膀说:"你这个家伙,让我们好找啊。"

雷政委忙解释说:"这几年我到地方工作了一段时间,前几天刚回部队。宣传干事就将你的事迹讲给我听,还询问我老战友王里道的情况,我一听勇敢就是你啊……哎呀,总算找到你了。"说着又与王里道紧紧拥抱在一起。任书武遗憾地说:"其实,我转业后就在杭州市,这么近就是找不到。"小扈忙笑着说:"各位领导,首长,别在门口说话了,快回家聊吧。"

"对对,快回家……"王里道急忙请任书武和雷政委等人回家。

王里道将前因后果诉说了,大家都唏嘘不已,王香紧紧拉着他的手不肯松开。雷政委见小扈要做饭,忙笑着对王里道说:"老伙计,我在楼外楼订了一桌,算是给你接风洗尘,今天老领导也在,正好我一块请客了。"任书武要尽地主之谊,雷政委说:"您是老首长了,理应我请。"任书武只好同意了。从家里到了饭店,王里道跟战友们更是有说不完的话,王香和小扈都插不上嘴。吃过饭太阳已经西沉,送走了任书武、雷政委他们,王香拉着王里道进了一家照相馆,兄妹俩拿着时兴的道具照了合影。王香洗了许多张相片,先给雪梅寄了,也给王里路、王璐方、王璐圆等人寄了。该寄的都寄了,唯独最该寄的程瑞琼却没有寄,甚至连找到四哥的事情都没敢提,她觉着再等等,或许更稳妥。

王里道找到院领导要求上班,还对小扈说要跟王香一起回家看望三嫂。院领导考虑他刚恢复记忆,需要稳定一段时间,直到身体完全康复了再上班。小扈也劝他,回家需要颠簸好几天,身体受不了,等身体好了一定陪同他回家探亲。最后,王里道同意了,立即给雪梅写了信,还寄去两百元钱。

第一百零二章　等你一声问候

雪梅从供销社买了一把剃须刀,然后包上几个热包子朝饲养院走去,她要将找到王里道的好消息告诉在那里劳动改造的张守东。

雪梅走到张守东住的地方,里面黑乎乎的什么也看不见,又想进又担心里面没人。犹豫间,从里面传出微弱而颤抖的声音:"是、是雪梅吗?"

雪梅听出是张守东的声音,胆子就大了,进了里面,说:"里面挺黑的。"张守东叹了一口气,没说话。雪梅想快说快走:"我给你捎来一把刮胡刀,还有几个包子,快趁热吃了吧。"张守东拿起包子吃。雪梅怕自己忍不住,说:"你慢点吃吧,我、我走了。"说着就往外走,刚走到门口,张守东带着哀求的口气说:"雪梅,你不能多陪我一会儿?我、我怕以后再也见不到你了。"

雪梅急忙转过身来,急切地说:"你千万不要胡说,人哪有不经受点磨难的?古人说,人不经忧患穷困、顿挫、折屈,则心不平、气不易,察理不尽,处事多率,故人须从这里过。你是个男人,就应该熬过去,要相信好日子会来的。"最后这句话她也曾对踏上远路的里路说过。今天,不知怎么她也对张守东说了出来。

张守东叹气道:"唉,说句真心话,这些年要不是有你,我、我恐怕早支撑不住了。"雪梅见他特别消沉,鼓励道:"张守东,你千万不要这么说,在这样的环境里,我一个弱女人能做些什么呢?说实话,我是不忍看你消沉下去,因为你在我心目中一直是个很坚强的人。"

张守东激动地刚要去抓雪梅的手,忽然停住了,说:"有你这句话,我死也足了。"雪梅忙说:"一个大男人,别总是死死的,凡事往好处想。社员群众不会忘了你的。你知道吗?你带领修建的水库,现在正发挥着作用呢!连凤凰岭也建上引水渠了。"

"是吗?那好,那好……"几年来,张守东第一次露出了欣慰的笑容。

一天,张守东被县组织部门悄悄接走了。又过了一段时间,从县城里传来消息,张守东被任命为县水利局副局长。原来,县里准备建一座大型水库,周国乾推荐了张守东。人生的磨砺使得张守东对任何事情宠辱不惊、安之若素,他平静地接受突如其来的转变,立即领命去了工地。

不久,张守花亲自登门为大哥说媒,任凭她说得天花乱坠,雪梅始终没有应口,但张守花到雪梅家提亲的事很快在两城街传开。

子幸听到消息,顿时着急了,马上回娘家,不高兴地问:"娘,您不愿意去青海找爹,是不是为了张叔?"雪梅立时羞红了脸:"你瞎说什么!"子幸眼里含着泪道:"还瞎说呢!现在全公社没有人不知道,一个大局长提亲,您应该高兴啦。"雪梅生气道:"子幸,你胡说啥!"子幸见娘生气了,也就不说了。

"子幸。"雪梅缓和了情绪后说,"是,你张叔找过我,也托人提过,可我始终没答应,不是我怕你们反对,也不是人家张守东不好,更不是怕别人说闲话。其实,你应该明白我的心才对!当年,一大家子人要活命,是你有俊大爷救了咱们家,我都没……唉!"她说不下去了。

"娘——"子幸这才明白娘的心,猛扑到娘的怀里,哽咽道,"娘,都是女儿不好,这些年娘受的委屈和痛苦,我、我怎么会不知道呢?"雪梅给子幸擦擦眼泪,说:"都这么大了,还像个小孩子,好啦好啦。"子幸破涕为笑,说:"我知道娘心里只有爹,连有俊大爷也这么说。"雪梅含笑瞪了她一眼没说话,但子幸完全释怀了。

子幸趁机劝说雪梅去青海。雪梅理解女儿的心情:"我知道你们都对我好,只是你爹这个老东西……"子幸忙说:"星星信上说,爹同意了。"雪梅终于说出了自己所担心的话:"我知道他的性格,他虽然表面上不反对,但心里还是有疙瘩啊。"

"什么疙瘩?"

"还能有什么疙瘩!"

"难道因为您跟有俊大爷过日子?"

雪梅伤感地叹了一口气。子幸见机会来了,搂着娘的脖子说:"娘,我告诉您一件事……"接着把有俊对玉柳说的那些话原原本本地说了。子幸原以为娘听了会很开心,没想到雪梅听后立刻呆滞了,像一座木雕。子幸吓坏了,忙抱着娘叫唤:"娘,娘,您别吓我呀!娘……"在子幸一声声的呼唤下,雪梅渐渐恢复神态,叹了一声说:"没事。"子幸却一遍一遍地问:"娘,您又怎么了?吓死我了。"

雪梅面无表情地说:"唉,你怕什么?"子幸见娘恢复常态,长舒一口气说:"娘,小的时候不知道什么是怕,这长大了,心事也多了,反倒胆小了,自从您得了那场病,我现在一听您有点风声,心就直跳。娘,您可要为我们当儿女的想想。"雪梅抹了一把泪,没说什么。子幸接着说:"娘,您是不是听了高兴的?俺大爷可真是好人哪,为了您,他甘愿付出一辈子。"雪梅顿时泪如泉涌,面对着女儿,还能说什么呢?

风起了,吹起的尘土罩得天地灰蒙蒙的。西岭上的墓地,枯草瑟瑟。雪梅跪在李有俊的墓前号啕大哭:"有俊啊,你怎么不早说啊?我知道你对我好呀!为了我,你牺牲了一辈子啊……"西边的太阳快要落山了,她也不知道。

雪梅下狠心不去青海了,甚至连儿子的婚礼也没参加,这让王兆星又惦记又难过。

兆星的新婚妻子是张新的女儿,名叫雅娜,两人自由恋爱,高中毕业后一起分到了另一个农场上班。结婚后他们就要回到自己的单位了,兆星特意找父亲谈话。里路看到儿子期盼的眼神和快要掉落的泪花,心中也不免伤感和不忍。他转过头不敢看儿子,说:"星星啊,我跟你娘的事,不是你们想象的那么简单,得需要一个过程、一段时间……唉,星星啊,我现在不求别的,只希望你和雅娜幸福,让我早日抱上孙子。"

兆星再三劝说:"爹,其实,您现在的痛苦就是因为娘没有来到您身边,我常常看到您一个人发呆,就知道您想娘,只不过您不说罢了。明天我们就回场了,留下您孤单地在这里,我和雅娜实在不放心。爹,您同意了吧!您是男人就应该大度,放下架子,忘记过去,先给娘去封信吧!您知道吗?娘比您苦。"兆星哽咽着说不下去了,里路怕儿子太伤心,便说:"星星,我不反对你把你娘接来养老,我跟你娘复婚的事以后就不要再提了。明天还要赶路,去睡吧。"兆星见爹始终不肯答应跟娘复婚,心中虽然难过,但也无可奈何,只好怀着满腹伤感和遗憾离去。

儿子、儿媳走后,里路思前想后,为了孩子自己也应该给雪梅写封信,可是每当拿起笔来,胸口就仿佛被东西堵住了似的,喘不出气来,憋得浑身难受。他也尝试着劝解自己,雪梅是为了家人才离婚的,她受的苦并不比自己少,应该理解她、原谅她……可是,每当那一纸离婚书浮现在眼前,苦恼和矛盾使他无法解脱,无法释然。

百无聊赖中,王里璐决定睡觉,刚躺下就听有人敲门,他以为儿子回来了,忙去开门。门开了,才发现张新站在门口,他不免有些尴尬,笑着说:"张新,是你啊。"

"大白天的,睡什么觉啊?"张新说着一脚就跨进了门。

里路摇头说:"没什么事,不睡干吗?"张新接上话说:"是不是兆星他们不在家,觉着寂寞了?"自从两家结为亲家,张新对王里路说话从来不客气:"人嘛,要将心比心,知道一个人孤独的苦处了吧?我看你老了咋办!"无论张新说什么,里路都不会介意,他笑了笑说:"老吴在家?"

张新没好气地说:"他不在家,还能去哪?现在已醉成了一摊烂泥,唉!"里路知道他们夫妻不和,没敢多嘴,便说:"你有事?"张新哼了一声没说话。里路觉着她心里有气,忙劝说:"老吴不就爱喝口酒嘛,平时也没多大的错,你将就着点。"张新瞪了他一眼,说:"我今天是生你的气!"里路一愣,忙问:"我、我怎么了?"张新借着气说:"里路啊,都多大年纪了,还意气用事,你把孩子们逼成什么样了,啊?"里路一惊:"怎么了?"

张新喘了一口气:"还怎么了呢!你还好意思问!"接着连珠炮似的倾泻出来,"雅娜来信说,兆星整天闷闷不乐,唉声叹气,晚上常常半夜起来喊爹叫娘,弄得雅娜也快被折磨成神经病了!他为什么这样?还不是因为你!打又不能打,骂又不能骂,只好有苦往自己肚子里咽。你呀,真是有个好儿子不知道心疼。"里路听了张新的话,为儿子担心的同时,也为自己的心境感到委屈:"张新,自古多情空余恨。

我现在只想对你说,我已有儿子和儿媳了,明年再抱上孙子,对我这命运多舛的人来说够幸福的了,别无他求。"

张新说:"你呀,既然咱是亲家,我不能看着你痛苦不管,女婿管不了你,我不怕管不了你……当年,我成全了你和雪梅,这次我还要给你们复合。"里路刚要摆手,她把眼一瞪,说,"我不是为你,我是为了孩子们!"里路听到这种话,只好把自己的话咽了回去。只听她继续说:"里路啊,我能理解你的心情,但你替雪梅考虑过没有呢?当年你走之后,一大家子人靠谁照顾?是谁给三位老人送终?是谁拉扯孩子成人?当时她跟你离婚,一定有她的苦衷,难道你不想弄个明白?你就为什么不能放下架子去封信问候一声呢?要我说,你早就应该回老家跪在她面前说声谢谢啦!说白了,是你心胸狭窄、太封建了!"一时说得里路无言以对。接着,张新不管里路同不同意,给子幸和玉柳写了一封信,大意是让他们安排雪梅来青海。

子幸接到信后,立刻去了娘家,雪梅看了信不但不高兴,反而埋怨他们多管闲事。子幸回到家越想越难受,气得趴在炕上哭了。玉柳过来安慰:"你这是何必?老人们自有他们的想法,慢慢来就是了。"子幸哽咽着说:"他们怎知儿女的心呀!弟弟为此整天闷闷不乐,弄得雅娜也跟着受罪。他们这是何苦啊!"

玉柳突然高兴地说道:"哎呀,我差点把这事给忘了。"子幸马上爬起来说:"什么事?"玉柳说:"我看娘不是不想去,只是爹一直没亲自来信,她怕去了难堪。"子幸道:"是啊,可爹为什么不来封信呢?既然同意兆星把娘接去,他为什么不亲自写封信呢?"玉柳说:"我认为爹还是误认为娘改嫁有俊大爷,娘又不愿意也没有机会解释清楚内情,虽然爹原谅了娘,但他心底里的那个疙瘩始终难解,我想把娘给他写的没寄出的信寄给兆星,让他去找张姨,做通了他的思想工作,婶这边就好说了。"子幸猛然醒悟过来,说:"对呀,我怎么没想到呢?"第二天,玉柳就将信打包寄往了青海。

兆星接到信,高兴得一晚上都没睡好觉,对雅娜说:"雅娜,爹看了娘的信,肯定能明白娘的苦衷,并且为有俊大爷所付出的巨大牺牲而感动。"雅娜高兴地说:"是啊,娘对爹也太痴情了。唉,天下真有为爱痴情到愿意牺牲自己的人。有俊大爷真是不简单,令人尊敬。"兆星拉着妻子的手说:"我明天就请假回场部,快把信给妈,

一街两城

让妈告诉爹。"雅娜说："我跟你一起回去。"兆星深情地说："雅娜，你怀孕几个月了，行动不便。哈哈，你知道吗？我们就要全家团圆了，好日子就要来了，我真是高兴。我这辈子有两件最高兴的事，一是娶了你，二是看到爹娘能够团圆。哎呀，我巴不得明天娘就来了。"

这一夜，兆星像有说不完的话。次日天亮，他吃过早饭就到队部请了假，回来提着包裹就要走。刚走到门口，回头见妻子倚在门框上，眼泪汪汪地望着自己，顿时一股暖流涌遍全身。他跑上前把妻子的眼泪擦干了，刚想拥抱她，雅娜嗔道："小心，孩子。"他立刻会心地笑了，紧紧地握着她的手说："雅娜，这些日子，也让你跟着受苦了。等我回来，我们一起过好日子……"说着，他一步一回头地离去。

第一百零三章　再相守

雪梅做了早饭去了公社医院。

王璐圆在工作岗位上突发脑出血，虽然抢救过来了，但吃喝拉撒都需要人照顾。雪梅没事就常过去帮帮忙，有时也熬粥给她送去。进了病房，见王满和迎春正在给璐圆喂饭，璐圆见了雪梅眼珠子直直盯着她，雪梅朝着璐圆点点头，说："多吃点，吃饱了身体还有力气。"然后对王满说，"晚上继续给你娘按摩、翻翻身子。"没等王满回话，迎春端着碗道："我每天都给娘擦身子，要不这么长时间还不长褥疮？"雪梅朝着王满点点头，王满明白她的意思了。

雪梅走到哪儿，璐圆的眼睛都紧紧盯着她，雪梅猜到了璐圆的心思，拉着她的手说："你放心吧，我知道该怎么做。"这时，璐圆歪斜着的嘴露出了满意的笑容，涎液从嘴角流了出来，王满急忙用湿布轻轻擦干了，璐圆直直望着他，然后又望着迎春。雪梅忙朝她说："你放心吧，他们会和好的，看看你儿媳妇多孝顺啊。"璐圆又咧开嘴笑了。

雪梅从医院出来，王满送到大门口，她说："我懂你娘的意思，她也希望你们和好，过几天让她搬回来住吧。"王满没有提出反对意见，雪梅接着说，"你娘算是用命让你们和好，我看迎春不嫌脏不怕累已经够好的了，别再苛求太多了。"王满点头答应了。

雪梅回到家，突然见子幸来了，看她眼睛红红的，便说："怎么啦？昨夜没有睡好？"子幸忽然趴在娘的肩膀上哭了，雪梅心里一惊，问："到底发生什么事情了，

541

啊?"子幸再也控制不住自己了,哭诉道:"娘,兆星走了,我没有弟弟了。"

那天,兆星告别妻子,坐上了去场部的班车。所谓的班车,是用一辆解放牌卡车改装的敞篷车,由于不是星期天,车上的人不多,大多是到场部报账或购买生活用品的。车上都是熟人,兆星今天心情好,又说又笑。同事说:"哎,兆星,今天怎么这么开心?是不是老婆有了?"兆星笑着点头。另一个人说:"兆星,你怀里抱着个什么贵重东西呀?连手都不敢放。"兆星还是笑。是啊,这东西对他来说最珍贵了,因为它会给爹和娘带来幸福、快乐……他心中充满了无限的喜悦。

到场部必须经过几条河,其中一条比较难走,河水湍急,而且河底淤沙不定性,有时明明看上去是条路,走进去却是险滩深潭。刚到河边,司机就高喊大家注意,车上的人顿时紧张起来,有的已摆开架子要随时跳下去,兆星紧抱着包裹也做好了准备。汽车颠簸着到了河中心,汽车轮子突然在原地打转,接着整个车身开始倾覆、下沉,司机见势不妙,马上高喊:"别管东西了,快跳!"车上的人惊慌一片,纷纷往河水里跳。

兆星在忙乱中,怀里的包裹不小心被挤掉,他忙蹲下找,可车上的人乱成一锅粥,早已不知被踢到哪里去了。所有人都朝一个方向跑去,车身倾斜到九十度,眼看就要沉入水底,人们在没腰的河水里挣扎着、呼喊着。兆星一手抓住车厢沿,一手在散乱的行李、货物堆里寻找,逃上岸的或在水里的人见车就要翻了,都朝着他高喊:"兆星,快跳,快跳啊!车就要翻了!"此时,兆星什么声音也听不到,他脑海里只有一个信念,寻找那个能给他带来希望的包裹,终于在车厢角行李底下找到了。正当他扑上去两手紧紧抱住包裹时,汽车轰然倒扣过来,他眼看自己出不去了,用力把包裹往岸上扔去:"给我爹……"话没说完,人连同整个车身被扣进河底的泥沙里了。

雅娜听到噩耗,立即昏死了过去。里路、张新、老吴接到消息也急忙赶来,里路看着儿子的遗体悲痛欲绝,拿着一封信哭诉着:"兆星啊,你睁睁眼啊,这是我给你娘写的信啊!"

兆星同事拿着兆星扔出来的包裹递给里路:"伯伯,这是兆星临死之时扔出的东西,他喊着给您。"里路跺着脚,痛苦地说:"我儿子都没有了,什么东西能比我儿子宝贵? 我什么也不要了……"雅娜听到公公绝望的话语,悲泣道:"爹,兆星就是为了给您送这个包裹才……"她说不下去了。里路听到就为了这么个湿漉漉的包裹而断送了儿子的性命,拿起包裹就扔进奔腾的河水里:"什么东西能比上我儿子呀!"雅娜快步跑进河里,把包裹抢救出来,拿过去对里路说:"爹呀,您知道吗? 这里面是娘给您写的信,兆星今天是特意给您送的,他希望您和娘早日团圆啊!"旁边有人说:"怪不得兆星连命都不要了,唉!"里路听了,愈加悔恨不已。

王兆坤从洛阳赶到诺木洪川时,兆星的遗体已经被掩埋了。她看到的是一幅凄惨、令人心酸的场面。雅娜整天躺在床上不吃不喝以泪洗面,不停地喊着丈夫的名字。里路神情呆滞,面色憔悴。张新见到兆坤,含着泪说:"你可来了,再不来,我就让这一老一少逼死了。"兆坤见到爹,再也憋不住了,哇地哭出声来。张新劝道:"兆坤,现在就你是主心骨了,如果你再撑不住,这个家就完了呀!"兆坤止住眼泪,强忍住悲痛去安慰爹和弟媳。

包裹打开了,里面已成了一堆废纸,上面的字已模糊不清,不过一些被烧过的痕迹还能看得出来。兆坤流着泪对爹诉说着关于这些信的来历,她说:"爹,这是娘用心血写成的,我不骗您,要不是里面的字看不清了,您肯定会相信的。"里路听了,叹气说:"事到如今,信上写的什么已不再重要了,我对不起你们,对不起你娘啊……"

雪梅猛然打了一个冷战,她理了一下混沌、发涨的头脑:"兆星?"子幸憋不住,又哭了。雪梅好久才回过神,喃喃地问:"兆星? 兆星怎么了?"子幸抽泣道:"兆星出车祸不在了,他……"雪梅猛地跑了出去,一边走着一边自语道:"出车祸,不在了,他去了哪里? 他去了哪里? 我为什么抓不着他? 他去了哪里……"说着一头倒在地上两眼发直,张着大口哭不出来说不出来……

没过多久,里路寄来了雪梅的准迁证。雪梅看着大队里开的证明信对子幸说:"那地方再好,也是令我伤感的地方,我这次去,快则一年,慢则两年,我要把孩子接回来。"子幸见娘没提爹,刚想说,雪梅慢慢地说,"还有你爹。"这时,子幸放下心来。

　　一路上,雪梅只是流泪,玉柳不停地安慰。到了诺木洪川,张新和老吴到车站接她。一见面,张新就哭了,老吴用胳膊肘碰了她一下,提醒道:"别控制不住自己,人家受不了。"张新忙擦了眼泪,握着雪梅的手,雪梅哭不出声音也说不出话,只有眼泪不住地流着。

　　里路没敢到车站接,他怕自己失态。但从早晨起来,他的心就狂跳不止。挨到中午,他从窗户里见张新领着一位年龄相当却满头银发的女人进来了。"是她,是她……"里路刚想迎上去,突然又站住了,"我这是怎么了?"一定稳住神,他不断劝告自己。

　　"王大哥,您看谁来了?"张新先进屋对着里路吆喝。里路望着雪梅,二十多年的爱、怨、情、恨仿佛一下子消失得无影无踪,只有两行老泪无声地流淌,纵有千言万语也难以表达。同样,雪梅也抑制不住自己的情绪,新痛旧怨、千磨万难、朝思暮想,终于以巨大的代价换来两人的破镜重圆,怎能不百感交集、唏嘘伤叹呢?雪梅强忍泪水,不敢去看里路一眼,而是去拾掇乱糟糟的屋子。可是,拿了凳子却放到锅里,拿起扫帚却当了饭帚。里路明白雪梅此时的心情,走到她的面前,轻轻地把她手里的扫帚拿了下来,握着她的手,声音含在嗓子眼里:"雪……雪梅……"刹那间,压在雪梅心底多年的怨恨、情感海啸般爆发出来,她不顾一切扑到里路的怀里,捶打着他的胸脯:"你还我儿子,还我儿子啊……"

　　张新看到眼前的情景,顿时感慨万分,抹着泪悄然地退到隔壁做饭去了。

　　雪梅的到来,无疑给里路撑起了一片天,也让雅娜对生活有了信心。雪梅顾不得自己的伤痛,更腾不出时间与里路共诉衷肠。她让玉柳先回家了,自己每天都陪伴着雅娜,给她做饭洗衣,好言安慰,生怕她有什么闪失,处处格外小心。雅娜明白婆婆的心意,怕勾起她的伤痛,尽量不说兆星的往事,但有时也难免流露出来。"唉,兆星要是活着,真不知高兴成什么样子。"其实,雪梅也是强压着自己不提兆星的事怕媳妇伤心,她这一说,像打开了自己记忆的闸门,娘儿俩边说边流泪,终于抱在一起哭成了泪人。

　　冬月,雅娜生下了一个男孩。雪梅和里路笑一阵哭一阵,雪梅说:"老家靠着大海,他是在青海生的,就叫海海吧。"大家都同意,罩在王家头上的阴影也随着孩子的降生渐渐消散。

　　雪梅来青海之前曾对子幸说很快回去,可是事情总不能遂人愿。雅娜生下孩子后,她就琢磨着怎样对雅娜说把孩子带回老家,可是雅娜的精神越来越恍惚,常常抱着儿子发呆。雪梅几次欲言又止,只是心里暗暗着急。

第一百零四章　回家

雪梅心事重重地来到张新家,张新高兴地把她拉进屋里,两人相识久了,彼此了解了,说话也就随便多了。先从孩子说起,又说到了雅娜,雪梅想趁机把要说的事说出来,还没来得及说出口,听张新道:"唉,其实,我比你的心情好不了多少,你看看雅娜这孩子,整天哭哭啼啼的,心里只有海海和他那个没福的爸。"说着就掉泪了。

雪梅此时心里难受,又不好表现出来,说:"雅娜也只有你能劝。"张新叹气说:"劝也没用,她说这一辈子再也不嫁人了,要不是为了孩子,她早就跟着他去了,她现在只想把海海抚养大。"雪梅听了非常感动,为有这样忠贞的媳妇感到欣慰,憋在心里的话怎么也说不出口了。

雪梅和里路两人长吁短叹,又想带走海海,又不忍心雅娜受到伤害,怎么商量也找不出两全其美的办法。

里路回老家的手续已经办好了,无疑加重了他归家的心情。然而,每次看到雅娜伤感表情和对海海的舐犊之爱,雪梅几次欲言又止。

雪梅对里路说:"媳妇对咱好,咱更不能再拖累着她了,我看还是走吧。"里路正逗着孙子玩,听了忙问:"她同意我们带着海海了?"雪梅憋了一大阵子才说:"还、还没有。"里路顿时不高兴了,将孙子紧紧抱着说:"不带孙子回家,我们回去还有什么劲!"雪梅听他话里带气,自己也正心焦着,没好气地说:"没劲就都别回去了,老死在这里算了。"里路急忙说:"你看看,越老脾气越大了,你说不回就不回了？现在手续都办了下来,能退回去吗？"就这样,他一句我一句,为了留住孙子吵了起来。

"你跟她直说咱要海海不就行了吗？孙子跟着爷爷天经地义,到哪里咱也讲得过去。"里路越说越抱紧海海,海海受不了哭了。雪梅急忙将孙子接过来抱着说:"你光想着自己,你就不想想咱们没有儿子的滋味,雅娜已经没了丈夫,如果再失去儿子,她能承受得住吗？"她的话触到了王里路的痛处,要是儿子活着,自己怎么会这样痛苦？他不满道:"要不是你犟,星星不会死。"

雪梅听了又委屈又伤心,原来在他心中的结还没解开,道:"你说这话就有昧良心。是,当初星星让我来,我不来。但我为什么不来,你不知道吗？你心里不清楚吗？"里路自觉理亏,只好没理找三分,说:"哼,你是恋李有俊！"雪梅听到这里真动了气,道:"你别自己错了还不承认。李有俊,你没资格褒贬,他是君子！要不是他,你别说还有孙子,就是我你也看不到了！"里路见她真生气了,自己首先住嘴躺下睡了。雪梅见他不言语,也不好再说什么,将海海送给了雅娜,回屋也躺下了,两人辗转反侧了一夜,谁也没睡着。

晚上,里路怎么也睡不着,半夜时分坐了起来,他知道妻子也没有睡着,便说:"我们不能再待下去了。"雪梅担心,又为难地说:"我们走了,那海海怎么办？怎么跟媳妇说呀？"里路叹气说:"我想开了,自己的孙子,到哪儿也改不了,你说得对,要是把海海领走了,媳妇不就没了儿子吗？失去儿子的滋味不好受啊！我们不能让她失去了丈夫又没了儿子。"

里路和雪梅为了媳妇的未来,决定忍痛离开孙子回山东老家。把老吴和张新叫到家里,做了一桌丰盛的菜肴。席间,他们对走的事只字不提,抱着海海尽情地享受着快乐的时刻。张新见亲家高兴的样子,以为他们不打算回山东了,也就放下心来,说:"你们不走,我们也好有伴了。"

雪梅说:"兵兵、雅娜都在这里,你们还能去哪？这里最好。"老吴高兴地说:"是啊、是啊,住在儿子身边,心里最踏实、安……"还没等他把话说完,张新瞪了他一眼,他顿时领会,忙改口说:"你们有孙子、媳妇在身边,以后一定会更幸福的,是吧？哈哈。"里路和雪梅都勉强地笑了笑。

一街两城

场里为照顾里路,特意把雅娜从盐场调到场部工作。她每天上午去,中午回来给海海喂奶。雪梅抱着海海站在门口对将要上班的雅娜说:"雅娜,雅……雅娜……"她实在说不下去,感到胸口仿佛压了一座大山。雅娜见婆婆今天有些反常,忙问:"娘,您今天怎么了,是不是哪儿不舒服?要不我今天不上班了,陪您到医院里检查检查。"雪梅笑着说:"别多心了,这不是好好的吗?我……"那到了嗓子里的话就是吐不出来。雅娜走到雪梅身边,把手心放在她的额头上试了试没发烧便放下心来,说:"娘,您有事可要对我说啊。"雪梅强忍住快要流出的眼泪,说:"我、我想对你说,上班的路上小心,下班就快回来。"雅娜听着心里暖暖的,答应了一声骑上车子走了,雪梅拿着海海的小手,朝雅娜摆动着:"跟妈妈再见,再……见……"

雪梅看着雅娜远去的背影,眼泪止不住地流了下来。里路走过来说:"别望了,该走了,快去吧。"雪梅擦干了眼泪,抱着海海去了张新家。正巧张新在家,雪梅说:"张新,我和里路要回山东……"话还没说完,眼泪就止不住地流了出来。

张新非常吃惊,忙说:"这么大的事,你们怎么事先没告诉一声?这事雅娜知不知道?"雪梅说:"就是不让她知道,我们才不事先告诉你们,她知道了不会让我们走。张新,我们现在就要走了,海海你就多费心。家里的东西我们都不带,就算留给孙子的一点家当吧。"张新劝道:"嫂子,您别那么着急走,等雅娜和老吴回来,我们再商量好不好?你们这样空着回去,以后的日子怎么过呀?别走啊,我去找老吴和雅娜回来。"

雪梅一把拉住她,说:"张新,我们主意已定,你把海海抱着吧。我们的行李都装到去西宁的汽车上了,里路已经去车站了。"说完就把海海塞给张新,头也不回地走了。

车站,康开林和里路的几个相交前来送行,彼此之间,难舍难离。雪梅流着泪来了,开林上前握着她的手说:"弟妹,里路就交给你了,我祝你们一路顺风。"里路和雪梅同他们一一握手,雪梅上车后,里路却迟迟不肯上车,目光总是投向来的方向。汽车发动了,司机催促他快上车,开林说:"里路,放心走吧,等海海长大了,我让他去山东看你们,快上车吧。"雪梅明白丈夫这是期盼着再看孙子一眼,禁不住泪如泉涌,她下了车拉着里路的手,说了一句:"我们回家吧。"

里路真不想走啊,他望着自己工作生活了二十多年的地方,一山一水、一草一木,往事如昨日浮现在眼前,一切都是那么亲切、那么令人牵肠挂肚。

雪梅把里路拉上车,其实,她心里更不好受,自己亲自送走的儿子,却永远留在这里,他像心头上的肉,被血淋淋地割下扔在遥远的地方,怎能不让她肝肠寸断?她望着窗外急速闪过的景物,总觉着有东西扯着自己的心,不住地回头望、回头望……

张新抱着海海怔了很长一会儿,当她明白过来后,雪梅早已离开。她抱着海海就往雅娜单位跑去……

一辆吉普车将雪梅他们坐的客车截停,在客车前停下来,张新和雅娜从吉普车上下来急忙敲打着门窗呼喊:"开门,开门,司机师傅开门。爹、娘,海海来了……"

雪梅和里路突然见雅娜抱着海海来了,真是喜出望外,他们跑下来抱起海海就哭。雅娜抱着雪梅说:"娘,你们怎么能这样对媳妇呀?让我怎么去见他啊!"雪梅说:"好孩子,千万别说傻话,爹娘就是为了你和海海好,才决定回山东,跟你妈快回去吧,别送啦,啊,以后你要照顾好自己,海海就全靠你了。"

雅娜哀求道:"爹、娘,我求你们别走了,跟我回去吧,要不我一辈子也不会安心的呀!"里路紧紧抱着海海不想上车了,雪梅扯了一下他的衣角,可是里路并没有动,呆呆地看着海海。雪梅上去硬从他怀里把海海抱过来给了雅娜:"雅娜,海海就全靠你啦!我们走了。"说完拉着里路就上了车,眼看车门就要关闭,张新跑了上来,把门挡住,对雅娜说:"雅娜,把海海给你爸妈呀!"客车司机不知发生了什么事,道:"快点,晚了就赶不上火车了!"张新对司机说:"师傅,您稍等一会儿。"从雅娜怀里抢过海海放在雪梅的怀里,对司机说:"司机师傅,好了,走吧!"说完跳下车。汽车开动了,雅娜跟在汽车的后面奔跑着、呼喊着:"海海……"

雪梅和里路相拥着海海,生怕别人抱走。突然,海海哇的一声哭了起来,雪梅忙把他抱起来,怎么哄也不行,海海一个劲地望着窗外哭。雪梅顺着他的目光望去,自己也哭了:"海海,快望呀,快和你爸爸告别。"里路顺着他们的目光望去,霎时一阵钻心地疼痛,他拍着玻璃窗哭出声来——荒山上一座孤零零的土堆,冷漠地望着远去的亲人。

　　车上一名边防军人见他们老少三人如此悲哀,不知发生了什么事,于心不忍,走过来问:"大爷,大娘,怎么了?这个孩子怎么哭得厉害,他妈妈呢?"有人关心,更引起雪梅和里路的伤心,他们哭得更厉害了。军人带妻子回家探亲,他见海海哭得厉害,忙把他抱了过来,递给了妻子。她怀里正奶着一个与海海一般大的男孩,男孩离开妈妈也哭了,但她没去管自己的孩子,而是把奶头放在海海的嘴里,海海吮着丰盛甘美的乳汁不哭了。里路一家顺利地回到了阔别已久、令他们魂牵梦萦的家乡。

第一百零五章　渡尽劫波兄弟在

王里路一家回到家不久,正赶上中国发生了划时代的大事件,改革开放像春风吹遍神州大地。

两城公社改成两城镇,两城一大队改成两城一村,两城二大队改成两城二村。界碑的画墙上写着"农村家庭联产承包好"巨幅大字。在村里举行的村民大会上,在一片怀疑和嘲笑当中,安雪梅第一个承包两亩土地种植芫荽。里路和雪梅每天都到责任田里锄草、施肥、捉虫。海海还小,不放心他自己在家里,于是雪梅用筛子当摇篮,顶上盖上一条毛毯,遮阳又挡风,早晚干活都带着他。

"大爷、大娘,芫荽长得不错嘛。"两城镇副书记王兆军下村调研,路过雪梅的责任田,见她家没有用塑料大棚种植,觉得好奇,便走过来了解情况。里路解释说塑料大棚里的芫荽虽然长相好看但味道不足。雪梅给海海喂了牛奶后,过来说:"我们的芫荽吸日月之精华,经风霜之磨炼,受雨露之滋润,王书记,你说,能不好吗?"

"好好,大娘出口成章,又有道理,大爷、大娘种的芫荽一定能卖上好价钱。"本来王兆军就对雪梅第一个报名承包土地的印象很深,刚才她这番话更让他敬佩不已,真不敢相信是出自老年农妇之口。此后,他多次在不同场合以雪梅为事例,要求人们解放思想、更新观念,大胆干大胆闯。雪梅听了很感动,但她怎么也没有想到这位王书记就是王里道和程瑞琼的儿子。

王兆军出生那年,王里道已经调往苏北战场了,在战斗间隙给儿子起了这个名

一街两城

字。王兆军大学毕业后,被组织上安排到基层锻炼。瑞琼找到组织部门请求把儿子分到两城,并说是他爸爸战斗过的地方,有特殊的教育纪念意义。就这样,兆军被派到两城镇挂职党委副书记。

王兆军跟母亲通电话时,不禁说起雪梅的事迹。程瑞琼当即猜到了雪梅就是自己多年苦苦寻找的亲人,次日就坐车来到了两城。

王兆军到车站将母亲接着一起来到雪梅家。瑞琼不等雪梅明白过来,上前搂着她就哭:"嫂子,我终于找到你了。"雪梅一时蒙住了,想不起来在哪里见过她,但看到她激动的样子,尤其是看到后面跟着王书记,雪梅料定她是跟自己有密切关系的人。她忙把瑞琼引进屋里,拉着她的手,却不知如何称呼她。瑞琼看出她的疑惑和惊异,忙说:"三嫂,我是瑞琼呀!"说着把另一只手伸给了走过来的里路:"三哥,您还认得我吗?在太行山抗日前线。"里路霎时记起来了,连连说:"是、是,想起来了,想起来了……"兆军见他们相认了,上前恭敬地叫了声:"三大伯、三大妈。"正当雪梅和里路惊疑时,瑞琼解释道:"三哥、三嫂,这是您的侄儿兆军。兆军,你爸爸长得跟你三大伯一个样。"兆军顿时抱着里路久久不肯松开。

雪梅和里路高兴得无法形容。雪梅拉着瑞琼的手不愿松开,满肚子的话语道不够、诉不完。兆军因工作忙吃过饭就走了,瑞琼住下了。三人聊起往事,都心潮澎湃,久久难以平静。瑞琼说:"三哥,自那次见到你后,就再也没有你的消息,你是怎么回来的?"里路说:"我一直在找你,想把里道的事告诉你,可世事变迁太快,转眼四十多年啦。对了,小四,他跟你联系了吗?"

"什么?找到他了吗?"瑞琼惊呆了。

"怎么,你还不知道?"雪梅一怔,见瑞琼已哭成泪人了,忙道,"是王香找到他的。"接着将王香、璐方寻找王里道的经过说了,当说到他与小扈结婚时,雪梅这才意识到难题来了,难怪王香一直不敢告诉她真相。瑞琼沉默好久才道:"不是他的错。"说完扑到雪梅肩膀上委屈地哭了,"嫂子,我等他四十多年了啊,也找他四十多年,他竟然……"此时此情此景,雪梅还能说什么呢?只有好言宽慰。

晚上,雪梅和瑞琼坐在炕上,像亲姐妹一样促膝交谈。瑞琼说:"嫂子,你还记着有一年我来两城,在大队部院子里遇着你的情景吗?"雪梅经她提醒,忽然想了起来:"是、是,那时你短发,穿着一身黄色军装。"瑞琼说:"是的,当时我就觉着你的气质不同一般,没想到我们错过了一个相识的机会。"

雪梅叹了一口气说:"人生谁知道有多少个错过啊"?瑞琼听了也感到人生的无奈,说:"嫂子,都说时间能使人忘掉一切,可是不知怎的,我现在越老越想找到他,一天比一天强烈。谁知找到他,他竟然……还不如找不着他,还有个盼头,连孙子的名字叫盼盼……"她说不下去了。

雪梅安慰说:"是啊,要是爱上一个人,一生一世怎能忘得了呢?里道从小就惹人喜欢,我还是他领进王家门的哩!记得那天晚上他为了让我欢喜,唱了《满江红》。"瑞琼说:"是啊,他热情豪爽,最爱唱《满江红》,我们分别的那天晚上,他也唱过,现在他应该对她唱了……"

确实如此,千里之外的杭州,王里道正在唱《满江红》。

"小扈,我唱《满江红》给你听。"小扈正在给王里道按摩,嗯了一声。

王里道立即唱:"红日升波涛,老大喊起锚。披波又斩浪,船头利如刀……"唱着唱着,他就哭了。小扈急忙给他擦拭眼泪:"老王,你最近总是爱流泪,咋了?你恢复记忆了,也回部队了,三哥三嫂也找到了,璐方、王香妹妹也见到了,等过几天陪你一起回老家看看。"王里道只有点头,其实他心里想到了瑞琼和孩子,他们现在怎么样了呢?要是知道自己又结婚了,还不……每次想到这儿,他都忍不住地流泪。

"四哥,嫂子。"王香来了,她将水果放在客厅的桌子上,然后帮着小扈一起给王里道按摩。小扈到厨房做饭去了,王香小声说:"四哥,跟你说件事。"还没有说出口,小扈又进来了,反反复复直到小扈出去买菜了,王香才说:"四哥,三哥三嫂来信了,说、说……"说着望着四哥,里道慢慢道:"是不是找到瑞琼了?"王香立即流着泪点头:"四哥,您以后该怎么办呀?三嫂还说兆军是两城镇的书记,您的孙子都十几岁了,叫盼盼,是四嫂盼您回家。"说到这儿,她实在说不下去了。此时,在门口听到他们兄妹俩谈话的小扈,手里的菜篮子掉在了地上。

瑞琼在雪梅家住了五天就恋恋不舍地回北京了,雪梅给了她王里道的地址,她拿着但好似已经无所谓了,带着满腹委屈和伤感上了回家的汽车。

一街两城

有一件事令瑞琼没有想到,她的到来无疑给里路一家在时事、经济等方面带来了明确的信息。雪梅私下也曾问她农村实行的"包产到户"政策会不会长久。瑞琼说:"国家实行的改革开放和在农村实行的家庭联产承包责任制政策是大势所趋,是社会发展到了一定阶段的必然选择,中国不能再落后贫穷了,我们以前之所以受到外强的侵略,就是国家落后贫穷的缘故。"听了她的一番话,雪梅像吃了定心丸,一字不少地对王满说了一遍,就连瑞琼带来的一台小型收音机也给了王满。雪梅说:"这东西能帮助你长见识。"

王满辞职下海经商,从贩卖海鲜做起。他看到人们生活水平提高,饮食习惯也在逐步改变,抓住时机贷款在青河岸建了一座冷藏库,春秋两季收海鲜冷藏,夏冬两季销售,着实大赚一笔,成为家喻户晓的万元户。

姜有理路上遇见雪梅,奉承说:"雪梅呀,我就说你这个人有福,别看年轻时遭了不少的罪,到老来还是让你过上好日子。"雪梅淡淡一笑,说:"慢慢地都有好日子过了。"

这天,雪梅挎着一篮子芫荽想到大集上卖,脚还没有跨出门槛,就见秦天喜领着一个不认识的人进了院子。秦天喜朝着她笑道:"雪梅,你看谁来啦?"雪梅刚要放下篮子上前辨认,稻田紧走几步握着她的手,大声道:"雪梅小姐,你还是那么年轻漂亮,我是稻田啊。"

稻田是中日建交后,比较早来中国参加两城遗址考古的专家,来两城之前亲自到博物馆观摩了高柄镂空黑陶杯。他当然没有忘记与王家的交道,见到秦天喜就打听王在川的情况,得知详情后又打听安雪梅的消息。秦天喜就带着他来到雪梅家,见雪梅虽然上了年纪,但气质犹存,禁不住赞美了几句。

雪梅急忙放下菜篮子,将稻田和秦天喜请进屋里,喊出里路认识。秦天喜笑着说:"稻田先生,听说当年你跟渡桥次郎抢劫的高柄黑陶杯,是雪梅用假黑陶杯骗过了你们。"

稻田叹气道:"唉,我们开始让秦书中忽悠了,接着让雪梅小姐骗了。"雪梅立即变色道:"是我骗你们还是你们端着刺刀抢掠的?"稻田忙解释道:"雪梅小姐,你别误会,是我口误,我道歉!"

"你们日本人就应该向中国人郑重地道歉!"

"是是。"稻田站起来深深地朝着雪梅鞠躬道,"对不起,雪梅小姐,我稻田真诚地向你道歉,对不起了!"

雪梅看到稻田态度真诚,也就消气了,说:"稻田先生,你能深刻反省我很欣慰,请你回去转告那个渡桥次郎……"秦天喜插话问:"他还活着吗?"稻田回答说:"他在东京大学担任教授,专门研究中国文化。"雪梅接着说:"他不是专门研究中国文化吗?让他来中国研究,前提是交流合作……当然,那段黑暗的历史不会再有了。"稻田忙说:"是是,当年我们回日本的船上他就醒悟了,指着他哥哥的骨灰对我说,端着刺刀进中国只有跟他哥哥一样的下场。果然,来两城的小岛君就是如此。"

雪梅道:"算他醒悟得早。"

秦天喜说:"我可是被他害苦了,他走后我还照样被关了好几年。"

里路在一旁责怪他道:"大姐夫,也怪你胆小,看门的是一个老头,牢狱窗户甚至都没有铁丝网,你完全可以逃走。"

"当时我……"秦天喜不想自己在稻田面前出丑,便改变话题道,"雪梅啊,我跟稻田拜访你,就是想打听一点消息,要是还有……"雪梅立即道:"要是还有那些东西,我们会全部捐献给国家。"说着看向丈夫,里路连连点头称是。几个人正说着话,突然见秦书中急匆匆进来,见面就朝着稻田喊:"哎哟,稻田君,我到处找你呀。"稻田站起来扶着近视眼镜一怔,忽然指着秦书中问雪梅:"他是……"不等雪梅回答,秦书中伸出双手,稻田并没有握手的意思,而是看着雪梅,秦书中急了连忙说:"稻田君,我是秦留洋,秦书中呀,您不认识我了?"

"哦。"稻田点了一下头,忽然道,"不认识。"又坐了下来。

秦书中看看雪梅,再看看秦天喜,伸着无处放的双手非常尴尬。秦天喜明白稻田不理会秦书中的缘由,心中也讨厌秦书中的为人,便与稻田并肩走开了。秦书中哭也不是笑也不是,朝着雪梅不知说啥好了。

雪梅对秦书中说:"老秦,稻田也是刚来,你有事到宾馆找他吧。"秦书中趁机给自己找台阶下:"小日本,不找他,我不找他,到时候他会找我的。"说完就快步走了。稻田忙转身朝雪梅竖起大拇指,接着对秦天喜:"我算是领教秦麻子了,你可别

555

听他忽悠。"秦天喜立即道:"我可从没有跟他打过交道。"稻田听出他蔑视、嘲讽自己的意思,朝着雪梅笑道:"雪梅小姐,用你们中国的俗语,叫吃一堑长一智。"

雪梅笑着说:"应该是,日久见人心。"

"对对,日久见人心。"稻田一再念叨着。

稻田刚走,院子里就进来两个中年人,他们一个穿着白色西服,戴着白色礼帽;一个穿着青色花格西服,梳着光滑分头。还没等雪梅问询,他们扑通跪下,哭着道:"婶婶啊,我们终于见到您了。"

"你是兆玉?"雪梅不敢相认,试探地问。

"是我呀,婶婶,我是兆玉啊,想死我了。"王兆玉抱着雪梅的腿就哭了起来,然后指着身边的人道,"他是里户二爹的儿子,叫王兆树。"雪梅忽然明白了,急忙将他们两个人拉了起来。

那年,王兆玉去了台湾,在举目无亲的情况下,四处寻找父亲,可是半年过去了,也没有父亲的一点消息。此时,他已身无分文,只好拾破烂、要饭勉强度日。为了活命,他报名当了兵,在金门岛前线阵地上,每天听着大陆打来的炮弹声、看着宣传单,虽然与大陆近在咫尺,但就是回不去。复员后,他联合几个老兵在高雄市开了酱菜厂,随着效益的提高,又相继开了面粉厂、糕点厂等。一次,制造方便面的王兆树来洽谈生意,交谈中竟发现两人是同堂兄弟,王兆玉还得到一个好消息,父亲还活着,而且就住在台北市。当王兆玉急匆匆赶到台北市见到父亲时,王里门已经身患重病。没多久王里门就病逝了,临终前拉着儿子的手说:"回家、回家、回家!"

后来,王兆玉和王兆树联合成立了以加工面食为主,餐饮、酒店、娱乐为副的大型集团公司,王兆树任董事长,王兆玉担任总经理。

海峡两岸形势转暖后,台湾一些老兵纷纷转道香港或其他地区回大陆探亲。兆玉一心想回去,又怕自己临走时所犯的罪行家乡人不能原谅,就向回乡的老友打听。他们都说,现在中国共产党和老百姓不计前嫌,欢迎旅台老兵等回大陆探亲、旅游观光、投资兴业。就这样,他约上王兆树,兄弟俩怀着激动而又忐忑不安的心情踏上了归程。

王里路闻声出来,王兆玉、王兆树给他磕头,里路忙将他拉起来,左看看右瞧瞧,认不出面前谁是王兆玉谁是王兆树,雪梅一一作了介绍,他才认清楚。

正巧王兆军前来看望三大伯、三大妈,王里路忙指着兆军介绍说:"兆玉、兆树,他叫王兆军,他爹是王里道,是你们的四爹。"然后回过头对兆军说,"这是兆玉,他爹叫王里门,你的大爷。这是兆树,他爹是王里户,你叫二大爷。你们都是忠和堂老王家的子孙,是堂兄弟,按家族排行,兆军应该叫他们哥。"

兆军和兆树猛然对视,彼此都感到心在剧烈地跳动,仿佛上一辈的恩怨要在此刻爆发,时间也仿佛在此刻凝住了。忽然,两人紧紧拥抱在一起,相拥而泣,任凭感情宣泄。里路、雪梅、兆玉都感动得热泪盈眶。此情此景,应了前人那句话:渡尽劫波兄弟在,相逢一笑泯恩仇。

第一百零六章　先富帮后富

王兆树在家乡参观了三天就回台湾了,大陆投资事情全权交给王兆玉负责。不久,王兆树、王兆玉兄弟在青河南岸投资建立了一座蔬菜加工厂,主要加工当地盛产的香菜、芋头等蔬菜,加工后全部出口。香菜就是芫荽,两城一村得天时地利人和,家家户户种香菜,剩余劳动力全部到厂里上班,迅速成了远近闻名的富裕村。各地纷纷来考察学习,引起了副省长陈雨田的关注。

陈雨田在副县长张守东和王北军的陪同下来到两城调研,来到界碑,陈雨田伫立良久,动情地说:"界碑对两城有着特殊意义,尚近影、张传根、尹仲良等烈士就是在这里牺牲的,王璐方为占领界碑这个阵地,三战三胜……"他们参观了"日照暴动"指挥部,给安杰烈士墓献了花圈,他感慨道:"日照暴动虽然失败了,但给了反动政府以沉重打击,在群众中播下了火种,锻炼了一批革命力量,有力地支援了南方红军取得反'围剿'的胜利……美丽的江山和幸福的生活是无数先烈用鲜血和生命换来的……"陈雨田回忆起与安杰开展地下工作的艰苦岁月,忽然问有没有秦翠翠的消息。张守东忙回答,政府已对她追认为烈士,当他们来到她的墓前,看到墓碑上刻着"女儿安雪梅立"时,大家都震惊了。

陈雨田特意来到雪梅家,第一句话就是:"雪梅啊,我来晚了啊……"张守东介绍了雪梅的情况,陈雨田大为感动,说:"王家三代出了六位革命者,抗战期间没出一个汉奸,还将高柄黑陶杯无私献给国家,令人敬仰啊……"雪梅淡淡地说了一句:"都是应该的。"陈雨田勉励雪梅说:"一定要将家风传承下去。"雪梅说:"请领导放心,我们一定会的……"

最受益的还是王满,他的冷库正好为蔬菜加工厂提供了冷藏保鲜场所,效益成倍增加。正当他要扩大业务规模的时候,镇政府拟请他去担任砖瓦厂的厂长。这是一家镇办企业,面临倒闭,工人半年发不上工资了。王满经过认真考虑决定接受聘任,他来到雪梅家,正巧王兆军也在,雪梅特意包了饺子给他们两个人吃,王满吃了饺子就高高兴兴地上任去了。王兆军吃了饭还不想走,依依不舍的样子。雪梅看出了他的心思,说:"你爹和你妈的事情你别管了,你也管不了,顺其自然。你爹信上说要回家看看,到时候让你妈也来。让他们自己处理,什么结果都是对的。"王兆军含着泪点了点头。

王里路安慰道:"你三大妈说得对,无论什么结果都是好的。"王兆军点点头。王里路继续说:"好好干工作,你在两城这几年最起码我没有听到老百姓在背后骂你,说明你称职。我为老王家有你这样的好孩子感到高兴。"王兆军忙说:"谢谢三大伯夸奖,我会继续努力的。"王里路说:"咱两城镇古时有个秦御史,一辈子清正廉洁,天下闻名。现在有你五姑璐方,她一心为天下老百姓,愈挫愈坚,很了不起。她也在北京工作,你要多向她学习。"雪梅插话说:"兆军呀,多跟你五姑走动走动,她为咱家没少出力,她在杭州工作的时候,闲暇日子都在寻找你爹。"王兆军急忙答应:"三大妈,我记住您的话了。"

王兆军调走后,周国乾任镇党委书记。

周国乾发现机关各部门都越来越喜欢到两城一村调研,上级来领导检查也指令到一村,镇里安排任务、分配计划也都将一村作为首选,就好像整个两城街就只有一个一村。

周国乾亲自带着铺盖住到二村调研。通过深入细致的了解,周国乾摸清了二村经济落后的根源,也亲身感受了群众对某些领导干部有意见。

周国乾回到镇办公室立即召开了会议,汇报了调研情况,感慨道:"两城二村为革命做出了巨大贡献,日照农民暴动、打日本锄汉奸、妻送夫参军、娘送儿参军,全家为支前忙的情景还历历在目,有一位大娘的两个儿子都牺牲在战场上,在社会主义建设中也始终冲在前头。为什么改革开放多年了,二村反而成了落后村,有些村民还吃不饱。同志们,我问你们,这是为什么?"与会人员没有一个人回答,他掷地有声道:"根源不在两城二村,而是在座的每一位同志工作没有做扎实,是我周国乾本人失职!"他的话引起了大家的强烈震动和共鸣。

周国乾继续说:"我们现在要像当年革命前辈那样深入群众中去,与二村一对一结对子,听取他们的呼声,帮助他们出主意、想点子解决问题,还要利用自己的人脉资源替他们招商引资……直到两城二村全部富裕起来,一个人都不能少,否则谁也不准回来……同志们啊,我们这代人要完成共产党人为人民谋幸福、实现共同富裕的奋斗目标啊。"

周国乾将两城二村作为自己的联系点。他来到雪梅家,请她帮忙联系王兆玉和王兆树兄弟,动员他们到两城二村投资办企业。他又到了王满的企业,希望他在招工等方面多向二村倾斜。

王满想给里路和雪梅在村外规划区建造一栋别墅,雪梅听了又摆手又摇头,说跟村里的人住在一起心里踏实。他们家与大多数村民家一样,五间玻璃门窗红瓦屋,红砖院墙,大门上每年都是那副对联:"忠厚传家久,诗书继世长。"中堂挂着一幅松鹤延年图,两边贴满了海海在学校获得的奖状。雪梅还从老照相馆找到了当年"四美"合照的底片,重新洗出并放大后加框也挂在内室墙上,另一边则是外孙女柳小红在舞台领奖的大幅照片,她现在成了全国著名模特,也成为雪梅引以为傲的王家"名片"。靠窗子的地方建有土炕,上面铺着光亮的印着花格的皮革席。雪梅说已经习惯了土炕。透过玻璃窗就能看到院子里千姿百态的花花草草,尤其到了冬天,白天阳光照射进来暖洋洋的,晚上灶台添上柴火,做熟了一顿饭炕就热了,睡在炕上暖暖和和、舒舒服服的。

靠西墙设置报纸架子,从中央到地方的报纸都有,左邻右坊都喜欢来看报纸,任北乐、张一长、二妞等人经常来聊天,雪梅好茶好水热情接待,他们往往一坐就是大半天。

秦书中佝偻着腰拄着拐杖徘徊在门口,想进去似乎又有难言之隐。雪梅看到了,热情地请他进来,还给他倒上一杯茶水。他不管别人理不理他,急不可待地拿起报纸读了起来,忽然读出声来:"临刑之前,贾百万跪求秦御史:'大人若留我犬子性命,让贾家香火不断,我将十船生金送到两城,从两城河口到两城街一步一金砖.'秦御史不为所动,义正词严道:'你富甲山西,可以送我十船生金,要是我收了,那屈死的百姓能答应吗? 天理何在!'好一个秦御史,刚正不阿,我们老秦家……"说着就伸手去端茶水喝,没有想到抓了空,抬头看见本家老秦将茶水泼了出去:"你也配称秦家人!"

秦书中刚要起身评理,看到屋里所有人都投来鄙视的目光,立时感到自己是不受欢迎的人了,放下报纸便起身走了。雪梅埋怨老秦道:"他想看看报纸,多了解点新闻、知识什么的,你干吗呀?"张一长在旁边答话:"像他这样坏心眼子多的人,不能让他懂得太多了,懂得越多,害人的馊主意就越多。"任北乐紧跟着说:"是是。"

"都一大把年纪了,哪还有那么多的心眼子啊?"雪梅不放心秦书中,出门观望,见他已经走远了。忽然见王满急匆匆地过来,他要是不出差,几乎每天都过来嘘寒问暖。雪梅说:"王满,你忙,不用每天都来了,我跟你舅都很好。"王满紧走几步搀扶着雪梅,说:"娘,周书记找过我,我决定到二村办厂。"娘儿俩说着就进屋了,王满见满屋人忙一一问候,任北乐等人还夸奖王满有出息,为一村做大贡献了。

雪梅坐下来说:"王满准备到二村去办厂……"全屋人几乎都反对,张一长连连摇头说:"不能去,不能去。"老秦接着说:"王满,你是咱老南城的人,为啥去老北城为他们出力啊?"王里路顺着他的话接道:"是,是,老北城的人自古以来强势、难缠,就怕费力不讨好啊。"

雪梅刚要对王满说你就应该回你老家北城去做点贡献,忽然觉着不妥,忙改口说:"王满,别听他们瞎叨叨,你听周书记的就对了。"接着任北乐补充了一句话:"当年一村闹洪灾,是二村帮助我们渡过难关的啊。"

一街两城

第一百零七章　难舍难分

　　王满再一次打碎了自己的铁饭碗,到两城二村办窑厂,烧制红砖红瓦。这一次,王满赶上好时机,富裕起来的农民家家户户盖新房,一个窑厂供不应求,他扩大规模,接连上了三个窑厂,成了远近闻名的民营企业家,两城二村由此脱贫致富。

　　王满每天都要看新闻,偶然从新闻中获知有人用牡蛎研发了保健营养品。他灵机一动,两城河口盛产优质贝类,尤其是蛤蜊被称为"天下第一鲜",又含有蛋白质、维生素、氨基酸、铁、钙等多种人体需要的成分。他立即与水产科研所合作,从蛤蜊里提取成分研制了一种天然的富有营养的调味品:海精油。王满为总经理,总部设在潮河南岸,与王兆玉的蔬菜加工厂隔街相望。张一长曾经私下对人说:"南城、北城又旗鼓相当了,王满总归是北城的人。"

　　雪梅有事给王满打手机,怎么也打不通,电话打到公司,办公室人说一早外出了。周国乾突然登门找王满有急事,雪梅更加不安,急得在屋里团团转。

　　其实,王满去两水汪村找秦天喜谈重要事情去了。

　　秦天喜为重新撰写两城遗址考古发掘报告闭门谢客,可是怎么也找不到感觉,一些数字怎么也记不起来了。他便来到了曾经与妻子隐居的两水汪村,租了一户农家,沉下心撰写。他为了考究制作黑陶杯的真实数据,建立了工作室,邀请董小璀前来制作黑陶,并让他根据自己的理论试着制作高柄镂空蛋壳黑陶杯。

　　王满今天找秦天喜还不是为黑陶杯制作的事情,而是请教为什么当地的优质黄泥土烧制不出陶瓷、瓷砖等此类的高端产品。

秦天喜笑着解释道:"烧制瓷器和瓷砖的土,都是用含铝较高的云母和长石变质的高岭土。咱们这里的黄泥土虽然优质细腻,但矿物成分较为复杂,颗粒大小不一致,常含粉砂和黏土等,烧制陶器是上好的原材料,要想烧制瓷器和瓷砖等就很难达到预期效果,质量无法保证。"说着与王满来到制陶车间,董小璀正在模具上制作泥坯,两边的架子上晾着造型各异的泥坯。其中一个近似高柄镂空黑陶杯的泥坯引起王满的注意力,他拿在手里反复观看,然后对秦天喜说:"感觉还有些沉,而且造型也没有博物馆里的原物那般灵动和高雅。"

秦天喜介绍说:"我与董小璀师傅正在积极探索,相信不久的将来能够成功。"王满惊喜道:"大姨夫,你真能复制得跟原物一模一样?"秦天喜解释说:"现在的原材料已经受限制了。"说着与王满来到后院,指着一堆泥土说:"这些泥土还是我前几年趁两城河干涸,从河底挖掘了一些储藏在此处,现在两城河已经改造,河底已经全部清理,而且青河上游的榆树全部被砍伐光了,古时制作高柄镂空黑陶杯的条件已经完全不具备了,唉。"王满紧问了一句:"您的意思现在根本不可能复制了?"

"要想完全达到古人制作的质感、光度、音质及品相,很难。"秦天喜说。

在聊天中,王满忽然生出与秦天喜合作建立两城黑陶研究所的念头,他出资,秦天喜出技术。秦天喜当然高兴了,立即将董小璀拉进来,三个人达成了合作意向。

王满回到办公室,座机铃声就响了,是王兆军从北京打来的,他说明天陪着妈妈来两城。王满匆忙回了家。雪梅见到他顾不得埋怨了,急促说:"王满,周书记找你,赶快给他回个电话。还有,你到酒店订两个房间,明天你四舅和四姥子分别从南北两个方向来。"王满先给周国乾回了电话,然后赶到酒店预订房间。

程瑞琼正想如何同王里道相认时,盼盼从杭州打来电话说找到爷爷了。

小扈为了里道的身体,结婚后一直克制着自己不与他同房。里道的身体恢复得差不多了才要了孩子。女儿的降生无疑给这个家带来无穷的欢乐,但里道心里很矛盾很痛苦,他一直无法开口对小扈说出真相。小扈则照样每星期至少给他洗两次头,每天都给他按摩。

八月一日建军节,军分区召开文艺联欢会,上级文工团来慰问演出。里道在妻子的陪同下领着女儿来到大礼堂,里面早坐满了人,里道和小扈不停地同认识的人寒暄问好。部队里的节目充满了阳刚之气,老歌百听不厌。节目演到一半时,出来一位清秀、稚嫩的小战士,看上去十六七岁,他说:"尊敬的各位首长,尊敬的爷爷、奶奶们,尊敬的战友们:你们好!我的爷爷、奶奶是八路军老战士,在渡江战役中,我爷爷在给部队送信途中突然失踪了,我奶奶为了寻找爷爷,这么多年来,矢志不渝,带着爸爸四处寻找……现在奶奶已经满头白发,至今未见到思念的亲人。我奶奶天天盼望着爷爷回来,就给我起了盼盼这个的名字,现在我接过奶奶、爸爸寻找爷爷的接力棒继续寻找爷爷。如果在座的首长、爷爷、奶奶和战友知道爷爷的消息请告诉我,谢谢。"他打了一个标准的军礼,然后继续说,"我爷爷最爱唱老家民歌《满江红》。"

红日升波涛,老大喊起锚。披波又斩浪,船头利如刀。闯海人潮头尖上逞英豪。

哎哟嗨,嗨哎哟,撒一网,海鸥叫,虾兵蟹将网中跳,不觉夕阳西下一抹晚霞照……

盼盼说完开场白,老军人们都流泪了。盼盼唱完了歌,有的已经泣不成声。小扈自己擦着眼泪,瞥见里道也在流泪,她没有去惊动他。散场回家后,里道坐在沙发上呆呆的不说话,女儿过来要他抱,他第一次显得不耐烦推开了女儿。小扈立时眼泪流了下来,端着给他洗头的水在屋里打转转。里道走了过来,接过脸盆放在脸盆架子上,然后抱起女儿扶着妻子进了卧室。小扈忽然将自己的头埋在丈夫怀里,哭着道:"里道,对不起,我……"她哽咽着说不下去了。

里道抚摸着妻子日益消瘦的脸庞说:"对不起的应该是我,我对不起你,我……"里道知道再隐瞒不住了,他抱着妻子痛哭流涕,刚要把以前的经过说了出来,小扈说:"你不要说了,其实我早就知道了。"这一夜,里道和小扈都不曾合眼。次日一早,小扈背着丈夫去了盼盼住的宾馆……

瑞琼见到雪梅只顾哭泣,雪梅一时也不知怎么劝才好。正在这时,门口出现了一对体态丰腴的夫妇,里路和雪梅迎了上去,两个男人对视了一会儿,忽然火山爆发般紧紧拥抱在了一起。

"三哥,我是里道啊!没想到我们这辈子还能见面呀!"

里路叫了一声:"小四。"再也说不出话来了。他们兄弟俩相认了,其他人就不用解释了。雪梅忙拉着小扈的手来到瑞琼面前,然后把她们两人的手合在了一起,虽没说话,但彼此的心是相通的。小扈和瑞琼相拥而泣,里道连忙把头转向一旁,实在不忍心看这令人伤感的一幕。

当夜,全家人坐在炕上,说呀、笑呀、哭呀、叹呀,诉不完的情和爱,道不完的恨和怨……可是,再多的话也总有说完的时候,而情感绵绵无绝期。当大家从万般情绪中恢复了理智时,不能不为里道和小扈、瑞琼的关系犯难了。

第二天,瑞琼和小扈都推说家里有事要提前回去,其实她们都是为了逃避尴尬的场面。兆军陪着妈妈回去,临走的时候,里道握着他的手说:"兆军,我对不起你,长这么大,我没照顾过你一天,我、我不配做你的父亲。"兆军含泪道:"爸爸,我和妈妈能看到您就是天大的幸福了,我没有过多的奢望,只是妈妈她……"他说不下去了,里道说:"天下没有解决不了的难题,只不过是时间问题,你妈你要多操心,我、我对不起你们娘俩。"说完自己先回屋了。

刚送走小扈和瑞琼,一辆高级轿车停在了不远处,车门开了,王芳的脚还没有落地就高喊:"雪梅,雪梅……"雪梅定睛看,才认出是王芳,急忙上前拉着她下车,道:"你回来也不事先打个电话,刚送走了你两个弟媳妇。"王芳忙问:"里道的,还有谁的?"雪梅说:"都是他的。"

"都是他的?他没有死?"王芳似乎有些不解。雪梅拉着她说:"走吧,他们复杂着呢!回家慢慢说,里道还没有走。"王芳听到四弟不但没有死还回来了,脚步甚至比雪梅还要快,恨不得一步到家看看多少年没有见的四弟。

"四弟、四弟……"王芳认出了站在王里路身边的王里道,上去就抱着痛哭。王里道有些蒙,雪梅跟上来介绍说:"老四,她是三姐。"

"哎呀,是三姐呀。"王里道抱着王芳,指着王里路说,"这是俺三哥。"王芳朝里路点点头,说:"你三哥我还不认识嘛!"

王家又热闹起来，王满、子幸、海海都回家了，雪梅特意做了酱二白和西施赶海。席间，王芳问王里道："小四，我问你，咋回事？怎么还两位呀？"王里道叹气道："三姐，别提了，我正愁着呢！"

"你咋让她们走了？让我看看她们长得怎么样，多好呀。"王芳遗憾道。

"谁知道你也回来呀！"王里道说，"长得都丑八怪。"

雪梅白了他一眼道："瑞琼跟小扈呀，一个端庄大方，一个清秀安然，不比当年'四美'差。"王芳听到这儿，忽然想起一件事，便朝里路道："三哥，有件事想跟您商量。"雪梅没等里路开口，便道："啥事呀还商量，说就是了。"王芳看看雪梅，再瞧瞧里路，吧嗒几声嘴才道："二姐想回家看看。"里路听罢腾地就站起来，厉声道："我这里不是她的家，我没有二姐，以后在我面前不要提她。"

雪梅立即朝里路不满道："你这是干吗呀？三姐刚开口，还没有说明什么原因。再说了，二姐回家看看，未必就来你家呀！两城街大得去了。"里路还在烦头上，道："她上哪我不管，反正我不会让她来这个家。"里道急忙拉了他一下，意思是坐下消消气。王里路依然气愤难当："不应该呀！不就是一句话嘛！还死了不成？老王家没有她这样的。"王芳不敢再说了，王里道刚要劝几句，却被雪梅挤眼阻止了。

王芳现在孤单一人住在济南，丈夫早死了，唯一的儿子去英国留学，结果留在英国就不回来了。她越老越想家，但心里总是对当年那件事感到愧疚，就怕三弟和三弟妹不能原谅她，听说三妹要回家探亲就让她捎信试探一下，结果与她预料的一样。王芳看到三哥激动的情绪，不能说三哥不近人情，要说当年二姐确实不应该如此冷漠和无情，王芳暗叹不再提及此事。

王芳现在是世界著名的科学家，她这次随团来中国访问，顺便回家探亲。她还有一个心愿，就是考察两城黑陶，希望能在美国举行巡回展览。

姐弟仨给祖宗上坟，然后在两城街、天后宫、青河桥等处走走、转转，家乡的一草一木都很容易勾起他们的回忆。

三个人来到人民广场，听见从学校里传来琅琅的读书声。他们站在台阶上，青河南岸的校园尽收眼底，里路指着教学楼说："三姐、小四，你们还记得这里最早是什么地方吗?"里道顺着他的手指望去,说:"记得三嫂送我的时候,还是一片田地。"王芳点头说:"嗯,我记得是三爹的地。"里路接着说:"你们都说对了一半,是两城街小学旧址。"

王里道点头,然后笑着问:"你们知道咱脚下是什么地方?"王芳不假思索地说:"肯定是界碑啦!听说当年爷爷来定居的时候,特意来这里看看界碑。"

王里路点点头,说:"当年一座界碑分成南北两城,分分合合数百年,唉,好在……"忽然有人接着他的话:"好在彻底分不出来了。"王芳、里路和里道回头一看,见一个与自己年龄相仿的人笑着走了过来,但都一时想不起来是谁。看到他们疑惑的样子,张守东哈哈大笑起来,说:"我是张守东,认不出来了吧?"

"哎哟,原来是张守东呀!我说这么大嗓门呢,依然不减当年啊!"里道惊笑着上前握住了张守东的手。张守东说:"我很远看着像你们,果真是,哈哈。"里路说:"副县长大人,怎么今天有空回来了?"张守东忙说:"退二线了,退出位子让年轻人施展。可闲不住,这不,被两城实验中学聘为校外辅导员,给他们讲讲我党我军的光荣传统,还讲讲如何保护两城遗址文物,我们脚下都有国宝呀!"

里道握着张守东的手不肯松,说:"很好,让孩子们时刻牢记新中国来之不易,是成千上万的革命先烈用鲜血换来的。"王芳知道四弟讲起革命史三天三夜说不完,忙挡在两个人之间插话:"守东你做得对,两城遗址被中美考古专家誉为考古圣地。哎,对了,它们都还在吗?"张守东这才转头回答她:"都在。下一步我们要在两城遗址上建设一流的世界性的遗址公园……"不等他说完,王芳忙道:"我正要找他们商量这件事情,你带我去看看。"正说着,周国乾急匆匆地赶来,他听说王芳从美国回来,想趁机让她为家乡多做贡献。张守东笑着说:"你真能见缝插针啊。"

王满特意请王芳、王里道和王里路、雪梅来公司参观,介绍公司的发展状况及销售业绩。王里道和王里路啧啧称赞:"王满就是有眼光,他看到政府不会无休止地消耗土地资源,早转型早获益。"而王芳似乎不以为然。

在接待室,王芳对王满毫不客气地说:"王满,你不要被眼前的光景眯了眼,我告诉你,你现在所有产品其他人都会做,你的企业再大,别人也能达到。"王里路替王满说话:"已经不错了,王满是名副其实的大企业家了。要不是你来,他与周书记都到洛阳洽谈合作项目了。"雪梅打了他一下,说:"你少打岔。"王芳继续说:"当然,我不否认王满的能力、魄力,我的意思是要做就做别人做不了至少还没有做的事业,而且具有民族特色,尤其是具有本地特点的事业。"

"肯定是黑陶嘛。"雪梅插话。

"是,就是黑陶。"王芳说,"两城黑陶已经闻名世界,我建议你在这方面多动动脑筋。"雪梅又接着道:"民族的就是世界的嘛。"

王里道哈哈大笑,指着雪梅对里路道:"三哥,看看,这就是三嫂,就是超前,思想比你我都开明。"王芳立即接话说:"那是,雪梅的心胸和眼界,恐怕咱老王家没有一个能比得了。"雪梅被大家奉承得有点不自然了,忙笑着说:"我一个人自然打不过你们姐弟仨。"雪梅拍拍王满的手背说:"听你三姨的没有错。"

王里路接着道:"你三姨是国际眼光。"王里道立即笑着说:"三哥终于跟上三嫂的步伐了。"大家又都笑了。

王芳要去洛阳考察。正巧,王满和周国乾去洛阳洽谈项目,他们结伴一路同行。雪梅再三嘱咐王满路上要照顾好三姨,并打电话给兆坤,让她接待好三姑。王芳紧紧搂着雪梅久久不愿松开。

送别王芳回来的路上,王里路走在前面,雪梅对里道说:"四弟,别听你三哥的,他越老脾气越犟,告诉二姐,她愿意回来我们欢迎,过去的都过去了,有些事记在心里反而更添堵。"王里道听了感慨道:"三嫂啊,你的胸怀比大海天空还辽阔啊。二姐回不回来不重要了,有你这句话相信她应该知足了,我立即告诉她。"里路听到背后有人说话,回头问:"你们说什么?"雪梅朝着他一挥手,道:"走你的吧,没跟你说。"

王里道住了半个月,要回杭州了,王满已经从洛阳回来,他特意赶来送行。王里道嘱咐道:"王满,我风风雨雨走了大半辈子,总结一句话,啥时候也离不了人民的支持。"王满笑着回答:"四舅,我明白您的意思,一定对职工好。"王里道点头说:"嗯,有你这句话我就放心了。"说完与前来送行的王里路、雪梅等人挥手告别:"三哥、三嫂保重身体呀!"雪梅顿时被泪水蒙住了眼睛,想到了那年送他的情景,转头望着依然向弟弟挥手的丈夫,感觉恍然如梦。

第一百零八章　回归

王满到洛阳与王兆坤洽谈业务非常成功。兆坤因为出国开会脱不开身,特意安排专家到两城实地考察。最终,专家拿出可行性报告。然而,正当先期勘察选址时,秦天喜跑来阻止施工,说整个二村都是古代遗址,不准建设大型企业。

王满非常焦急,急忙向周国乾汇报。周国乾拿出一份文物局来函对他说:"文物局来文件了,要求我们立即停工。"

"周书记,那怎么办?总不能上千万的项目泡汤了吧!"

"你别着急,我正在向市里汇报。"周国乾拿起电话就向市里领导汇报遇到的问题。市领导也觉得问题严重,但说这个项目一定要留下来,具体怎么办还要研究。周国乾安慰王满别着急,一步一步来。王满腾地站起来,朝着周国乾摊开双手,几乎吼道:"周书记,你说,我能不着急吗?为了这个项目,我睡不着觉吃不下饭就不说了,光前期投的钱就几十万了。"周国乾没有阻止王满,因为他现在太需要像王满这样具有开拓、敬业精神的企业家了。

尽管周国乾和王满四处奔波、请示报告,但三轮车制造厂项目最终没能落户于两城二村。周国乾灵机一动,经上报市里同意,在凤凰岭西,潮河北岸的沙岭地带设立两城工业园区。这样,三轮车制造厂就名正言顺地落户于工业园了。周国乾找王满商量,他要是愿意去建厂,制造厂就由他负责。但王满心底里总是舍不下二村,还有一起创业的职工,就推荐了他人。

让王满没有想到的是产品严重滞销,公司效益连续下滑,许多职工跳槽到工业园去了。屋漏偏逢连阴雨。随着国家对耕地面积的控制,窑厂再也不能无节制地开发使用了。国家为了加强生态保护,已经关停大批污染企业,一些窑厂纷纷倒闭,王满的企业也不例外。王满抱起胳膊,用两个手指捏着下颌沉默思考。

忽然,公司大门外传来一阵阵吵闹声。张守柱等人聚集在公司大门口,要求公司补发工资、发加班费。王满急火火地来到现场就被职工们围了起来,有的要求补发工资,有的要求给加班费,也有的要求赔偿损失。正窝着火的王满大声说:"你们无理取闹,我一个条件也不答应!"他的话音刚落,张守柱高声道:"大家听到了吗?他根本不答应我们提出来的条件,他不仁别怪我们不义,我们去镇政府上访,还职工公道。"

王满更加生气道:"你们有本事就去上访。但是,我明确告诉你们,去一个我开除一个,去两个我开除一双!谁不给我干活,我就不给他工资,天经地义。"

职工甲道:"你这是剥削!"

王满立即道:"我没有叫你非来干啊,你有本事也开公司呀。工业园里有的是岗位,你们可以去打工呀!"

一位上年纪的职工拨开人群,不满道:"王总,可不要说过头话!我们干活,你给工资,也是天经地义,你的的确确三个月没有给我们发工资了。"

张守柱一脚踹坏了大门,有几个人也开始情绪激愤了起来,砸坏了厂房设施,他趁机煽动道:"王满本是老南城的,他不会有好心为我们老北城的人做事。工业园多好啊,他都不去,他就是看到我们二村的人好欺负,就是为了挣我们的血汗钱。"本来,王满就为辛辛苦苦引来的大项目不能为自己所有而郁闷,刚才被张守柱的一番话气昏了头脑,他不假思索脱口而出:"张守柱,像你这样的人……"王满刚要继续说下去,忽感到头一阵剧烈疼痛,急回头一看,雪梅拿着拐杖狠狠地瞪着自己,他刚要张口说话,雪梅气愤道:"你给我闭嘴!"

王满一阵委屈,急忙想解释:"娘,您听我……"雪梅恨道:"你要是还认我这个娘的话,现在就跟我回去!"说完,颤巍巍地往家走去,王满急忙跟着回去了,围观的人见此情景都默默离去,闹事的人趁机抢了物品一哄而散。

王满小心地回到家,那声"娘"还没叫出口,只听雪梅厉声道:"你给我跪下!"

说着拿拐杖在空中晃了三晃没打下来,只听见旁边的桌子啪的一声,茶壶茶碗掉在了地上。王里路怕妻子感情用事伤着身子,又伤着王满,忙上前扶着雪梅说:"你看看,都一大把年纪了……"

王满流着泪说:"娘,其实我也不想这样啊,是他们太过分了,堵住大门不让拉料的车进来,一些平时老实的人也跟着起哄。为什么我好心总得不到好报呢?没有我,他们恐怕一分钱也挣不着!"王里路也有些生气道:"看看,当初我怎么劝你来着,好心未必……"雪梅朝着王里路瞪眼道:"这时候别说风凉话!"里路只好退到沙发上自顾喝茶不说话了。

雪梅对王满一字一字道:"王满,你还想怎么报啊?你经营着一个大公司,好几个分公司,上千号人,出门有车,吃饭有肉,热了有空调,冷了有暖气,你还想怎么着啊?真是没娘教、教养!"雪梅气得说话都哆嗦了。王满忙把雪梅扶到沙发上让她坐了下来,立在身边低下头任凭雪梅数落。雪梅见他知错了,便把他拉到身边坐下,看着他后脑勺凸起的血泡,用手轻轻地在上面揉着,痛得王满直咧嘴。雪梅说:"痛吗?"王满忙说:"不痛。"

里路又道:"不痛是假的,你娇子下手太重了。"

雪梅深深叹了一口气,说:"王满,我这样做,是给你一个教训,你伤了我的心,我打你,最多起这么个疙瘩揉揉也就好了,而你伤了广大职工的心呢?那可不是在你头上打个疙瘩揉揉就能好了的啊!人活着得想好啊!俗话说,行好得好。当年咱一村发洪水的时候,是人家二村给了饭吃,给了房住,帮着渡过难关的啊。"王满深深地点了点头。

雪梅意味深长地说:"你四舅临走时曾经嘱咐你的话,你怎么记不着呢?一个人无论有多大本事,无论什么时候千万不可说出欺天的话,更不能把事做绝了。你里门大舅还不是个例子?你要永远记住,要与人为善,不可倚上傲下。"雪梅说一句,王满点一下头。"你为什么不给职工发工资和加班费?"雪梅问道。

王满解释说:"公司结构调整,两个窑厂关闭,产品严重滞销,公司新上了几个项目,钱都投进去了,还要还贷款利息。现在账上实在没钱,我们班子半年没发一分钱了。"雪梅说:"有些事最好让职工知道,叫什么来……哦,叫厂务公开,增强透明度，他们知道你的难处，也就能理解你了，故意捣蛋的毕竟是少数。自古以来，以信待人，人皆信之。无论做人还是经商，首先要讲个诚信，你对职工没有诚信了，怎么让职工相信你？怎么能让职工真心真意为你干活！一木成不了森林，也就是老人常说的人心换人心。"

"娘，我记着了。"王满点头答应。

"这样吧，你缺多少钱？我跟你三舅还积攒了一点，再跟你四舅、三姨、五姨他们，还有兆坤、王香他们都帮着你。"王满感激地说："娘，我会想办法尽快发放工资的，您放心就是了，别给四舅、五姨他们添麻烦了。"雪梅听罢点头，接着说："你有办法就好。"话刚说到这里，猛子急匆匆地过来说："王总，不好了，公安局和土管局的人来了，指名要见您，快去吧！"雪梅立刻催促道："公安局的人来了，那这件事非同小可，快去看看吧，有话回来说。"王满答应着急急忙忙地走了。

王满走后，雪梅的心就剧烈地跳了起来，坐立不安，总感到有什么大事要发生。约莫半小时，王满秘书小王跑来说："奶奶，不好了，公安局要抓王总，现在职工都堵在门口不让走，您快去看看吧。"雪梅听了，脑子仿佛要炸了，她强打精神，跟着小王去了公司。

大门口挤满了人，挡住了警车的去路。王满神色沮丧地坐在警车里，外面的人们为他抱不平，要求公安放人。雪梅来了，众人主动让出一条路。雪梅来到警察面前，问："同志，他犯了什么罪？为什么要抓他？"警察客气说："大娘，有人告发他购买货物不按时付款，涉嫌诈骗，我们例行公事，请您配合。"

雪梅问："你们调查好了吗？"王永臣走上前道："警察同志啊，王总是来帮着我们二村发家致富的，你们不能抓他走啊，上千职工还要吃饭啊。"

张传梢挂着拐杖过来道："警察同志呀，你们不能带王总走啊，是我儿子守柱和一帮无赖捣乱，闹得王总不得安宁，您把他带走吧。"警察说："老大爷，现在无论做什么都要讲法，不管谁犯了法都要受到惩处，王总也不例外。你儿子在公司捣乱、闹事，公安干警会对他依法惩治的。"正当他解释的时候，一阵刺耳的警报声传来，两个警察把张守柱和几个带头闹事、哄抢财产的人带走了。

眼看着载着王满的警车离去，雪梅感觉一阵头晕，她双手紧握拐杖没站稳倒在地上。

经过医务人员的全力抢救,雪梅苏醒过来,睁开眼看见里路在床边流泪,心头一热,拉了一下他的手。里路见她醒了喜出望外,急忙抹了一把眼泪,说:"我还以为你这遭挺不过来了呢!"雪梅说:"我哪那么容易死!咱不是说好了吗?等海海给我们生了重孙子再闭眼嘛。"里路剥了橘子放在她口里,说:"是的,我就知道你不会扔下我不管。"雪梅咀嚼着橘子看着丈夫,露出了欣慰的微笑。

子幸急火火地跑来,雪梅已经坐了起来,娘儿俩没说几句,雪梅就催促她回去干活。忽然,好久不上门的迎春小心翼翼地进来,雪梅忙让她坐在自己身边,拉着她的手想说话,一时又不知从何说起。迎春今儿却主动了,拉着雪梅的手亲热地笑着说:"娘,您以后就不要为我们操心了,我现在也想开了,他想怎么办就怎么办吧,我不会再闹了……唉……"说着望着子幸道,"还是子幸的命比我好。"

子幸忙劝道:"家家都有本难念的经。你跟她大舅顺其自然才好。"

雪梅点头说:"对,迎春,顺其自然,王满也不容易……"正说着,周国乾拿着一篮子鲜花进来,王香紧随其后也进来了,她冲到雪梅面前搂着她不肯松手。雪梅急忙给她擦了眼泪,说:"看看,都不是小孩子了,说流泪就流泪,让周书记看着笑话。你怎么大老远的突然来了?听谁说的?你四哥还挺好吧?"

"嫂子,我现在就想像小时候那样躺在你的怀里,经常想。"王香说着又流泪了。雪梅朝着周国乾笑着说:"看看,香香,孩子都上大学了,她却长不大了。"周国乾笑着说:"俗话说,老嫂比母。王医生把您当成母亲了。"王香直点头。突然,王兆坤也来了,扑在雪梅身上就抹泪。雪梅急忙问:"你怎么也来了?谁告诉你们我病了?"她忽然想起来了,说:"哦,肯定是老东西,他怕我过不去了,叫你们来看最后一眼。"兆坤忙说不是,王香也说想嫂子就回来了。

雪梅忙对兆坤说:"兆坤,快给你四爹、三姑、五姑、兆玉大哥、兆树二哥、兆军三哥、你外甥小红,对了,还有你王芬二姑和上海的舅、姨他们打电话,告诉他们千万别回来折腾了,就说我好了,都怪你爹老东西多心……"

雪梅关心王满案件的发展情况,迎春说已经聘请律师打官司了,并想办法先将他保释出来。雪梅还是不放心,在没有完全康复的情况下,坚持让迎春陪同来到了看守所。

　　王满见到雪梅，一再重复对不起娘，让她操心惦记了。雪梅没有怪罪他，此时，她显得非常沉静，因为之前听迎春说过王满的案情。王满从一家企业购置了制造饮料的设备，收到货物后并没有按合同期限付款，被人家告了，涉嫌合同诈骗。雪梅知道王满不是不讲信用的人，必定事出有因，就问："王满，你到底出了啥事啊？"

　　"唉。"王满解释道，"多年前我在镇办厂干厂长时，这家企业欠了镇办工厂八十多万，我催要了多年，他们都以各种理由不还钱。前些日子，厂长找到我，建议我将这笔货款不要付给他们，直接转给镇办工厂抵账。我想想也有道理，当时我是负责人，现在虽然走了，但应该负责到底，就多次与企业的老板协商，谁知半路上他们将我告了。"

　　迎春生气地说："三角债嘛。镇办工厂也可以去告他们啊。"雪梅心里有底了，对王满说："我想起你五姨说过的一句话，相信法院。"王满含着泪连连点头，雪梅还想说什么，忽然觉着此时说再多的话也没有任何意义了，便挥手朝王满告别转身走了，背后传来王满的呼叫："娘，您多保重身体啊！"

　　雪梅出院那天，王满突然开着商务车亲自来接，这让雪梅格外惊喜。王满解释是迎春请律师帮助办理了取保候审，还说这起案子不会有太大的麻烦，律师说算不上诈骗，顶多是民间经济纠纷，只要三方坐下来协商就没有解决不了的问题。雪梅听罢，完全放心了。

　　迎春扶着雪梅上了车，王满先打开收音机播放茂腔戏，雪梅高兴了起来："还是满满了解我爱听戏。"王里路坐在她身边说："别自作多情了，我也爱听啊，是不是满满？"迎春立即笑着说："满满哥是放给二老听的。"王里路和雪梅都朝迎春投去满意的目光，而王满一句话也没有表示。

　　出了医院大门，车稳稳行驶在宽阔的大道上，王满说自己辞职了。雪梅大惊，急忙问："怎么了？"王满赶紧解释道："娘，我跟大姨夫和董小璀合作成立了'两城黑陶研究所'，下一步我就专心研发黑陶产品了。"雪梅接着问："那公司呢？"王满开着车说："交给他们了，没有问题的，您放心。"雪梅松了一口气，忽然觉着迎春就坐在身旁，用眼角斜视了她一下，见她今天出奇地平静。

汽车经过界碑,现在改建成人民广场,雪梅透过车窗朝外望去,忽然发现画墙不见了,取而代之的是一尊数人高的高柄镂空黑陶杯造像。她觉着好奇,便让王满停下车自己要下来看看,迎春要陪着她下来,她没有同意,嘱咐王满先回家,她想在街上走走。王里路不放心下车陪同,雪梅没有反对,两个人来到黑陶杯造像前,见好多人围着参观、留影,其中还有许多金色头发、高鼻梁的外国人,而且,他们都朝一个方向走去。雪梅转身问王里路他们这是去哪儿,里路指着大街上一幅广告画,对妻子说:"他们这是去参观两城黑陶作品展,肯定是王满搞的。"

"走,咱们也去参观参观。"雪梅与丈夫手牵手向展览馆走去。

二〇一九年七月十二日完稿